苏州优秀新闻作品选（上）

（2013—2022）

中共苏州市委宣传部
苏州市新闻工作者协会 编

苏州新闻出版集团
古吴轩出版社

图书在版编目（CIP）数据

苏州优秀新闻作品选：2013—2022 / 中共苏州市委宣传部，苏州市新闻工作者协会编. -- 苏州：古吴轩出版社，2024.8
ISBN 978-7-5546-2204-9

Ⅰ. ①苏… Ⅱ. ①中… ②苏… Ⅲ. ①新闻－作品集－中国－当代 Ⅳ. ①I253

中国家版本馆CIP数据核字(2023)第171748号

责任编辑：俞 都 窦志霞
见习编辑：万海娟
装帧设计：孙佳婧
责任校对：蒋丽华
责任照排：吴 静

书　　名：苏州优秀新闻作品选（2013—2022）
编　　者：中共苏州市委宣传部
　　　　　苏州市新闻工作者协会
出版发行：苏州新闻出版集团
　　　　　古吴轩出版社
　　　　　地址：苏州市八达街118号苏州新闻大厦30F
　　　　　电话：0512-65233679　邮编：215123
出 版 人：王乐飞
印　　刷：苏州市越洋印刷有限公司
开　　本：787mm×1092mm　1/16
印　　张：74.625
字　　数：1500千字
版　　次：2024年8月第1版
印　　次：2024年8月第1次印刷
书　　号：ISBN 978-7-5546-2204-9
定　　价：118.00元（全二册）

如有印装质量问题，请与印刷厂联系。0512-68180628

《苏州优秀新闻作品选（2013—2022）》编委会

主 编：金 洁

副主编：刘 纯 张建雄

编 委：（按姓氏笔画为序）

李 勇 沈 玲 郭昌雄 奚 松

常 新

编 务：（按姓氏笔画为序）

王 刚 田 星 李 婷 杨 轶

汪 炜 周 爽 钱建平

序

　　继《苏州优秀新闻作品选（1997—2012）》结集出版至今，光阴荏苒，又历十载。此十载，极不平凡，我们面对的是中华民族伟大复兴战略全局和世界百年未有之大变局；我们隆重庆祝中国共产党成立一百周年、中华人民共和国成立七十周年；我们迎来了中国特色社会主义进入新时代，完成脱贫攻坚、全面建成小康社会的历史任务，实现第一个百年奋斗目标。作为中国改革开放的前沿城市，苏州在这样磅礴恢宏的历史大潮中，勇立潮头，敢为人先，涌现了一大批历史意义和现实价值并重、继承发扬和开拓创新共举的新闻，这些注定在历史长河中熠熠生辉的瞬间，有厚重底蕴的渊源，有守正创新的当下，更将激励我们面对未来，勇毅前行。

　　面对如此丰厚鲜活的历史馈赠，苏州的新闻工作者时刻警醒，以高度积极的新闻敏感，不断进行的知识积累、技能学习和踏实的工作作风，走基层进社区，看里弄巷陌，访吴中沃土，更有上雪域下香江，遵循新闻规律，恪守专业精神，观察记录着这个伟大时代的精彩点滴。在他们的文字和镜头中，有群像有典型，有瞬间有追踪，有创新有爆款，从扎根于苏州的优秀作品中脱颖而出的18篇荣获中国新闻奖，苏州日报社、市广电总台以及各市、区媒体不断奋进，综合实力坚守同级媒体前列。通过收录在此书中的263件作品，我们再一次深刻体会到生活、工作在苏州这座历史文化名城的幸运、这个中国式现代化示范之地的幸运。

　　二十一世纪的第一个二十年已成历史，记录着历史的新闻作品也成为历史。苏州在社会发展、文脉赓续的实践中重视传统与现代的结合，在江南文化这株枝繁叶茂的大树上，今天的苏州"不仅有历史文化传承，而且有高科技创新和高质量发展,代表未来的发展方向。"希望全市新闻工作者能以更高的站位、更大的格局,坚定"四个自信",保持人民情怀,记录伟大时代;掌握网络时代信息传播的新观念、新技能,讲好发生在苏州的中国故事,在"强富美高"新苏州现代化建设新篇章的谱写中,留下更好更多的新闻佳作。

金 洁

2024年6月

(作者系中共苏州市委常委、宣传部部长)

凡　　例

一、为更好地发挥优秀新闻作品存史、资政、弘文、励人的教育、示范作用，特编辑出版《苏州优秀新闻作品选（2013—2022）》。

二、作品收录时间：本书收录2013年至2022年发表的苏州优秀新闻作品。

三、作品收录标准：由于时间跨度较长、作品篇幅容量太大，《苏州优秀新闻作品选（2013—2022）》仅收录第十六届至第二十五届苏州新闻奖一等奖以上的新闻作品以及在此期间我市新闻单位获得中国新闻奖、江苏新闻奖的作品，共计263件，其中中国新闻奖18件、江苏新闻奖20件。

四、为便于了解作品，中国新闻奖、江苏新闻奖获奖作品配以记者手记、专家点评。

五、编排形式：全书作品编排先是按获奖等级：中国新闻奖、江苏新闻奖、苏州新闻奖；然后按照体裁：消息、通讯、评论等；再按获奖时间顺序排列。单篇编排：先冠以获奖等第，其次为作品，接着是"记者手记"和"专家点评"。

六、全书统一只列主创人员，编辑人员不列出。

七、全书分上下两册，上册为文字类（含报刊、新媒体刊发）和新闻摄影、新闻编排类作品选，下册为音频类、视频类（含广播电视、新媒体刊播）及媒体融合类作品选。

八、本书作品的落款都以刊播时为准，特此说明。

目　　录

序

凡　例

文字类

中国新闻奖

甩掉一只马桶有多难……………………………………………………… 2

新闻专栏：星期五调查……………………………………………………… 7

江苏新闻奖

2054个基层群众自治组织全部签约"政社互动"

　　我市全面推行社会治理创新模式　"两份清单"激发基层自治活力 ………… 20

中国应对疫情给国际投资者带来巨大信心　星巴克投9亿元在昆建产业园

　　为美国500强企业今年在华投资首个产业项目……………………………… 23

创新生态：看似无形却最核心 ……………………………………………… 26

破除"等通知"心态，让干部敢为地方敢闯 ………………………………… 30

发现城市软实力　苏州日报"行走街区"大型新闻行动 …………………… 33

拯救种群系列报道 …………………………………………………………… 51

喜迎二十大　奋进新征程——苏报头条里的中国梦………………………… 61

苏州新闻奖

"天堂"之美在于太湖美

　　总书记寄语苏州把生态文明建设作为率先标准，为太湖增添更多美丽色彩 …72

承接民生公共服务　评价民政事务成效　全国首家民办民政事务所诞生………74

"一滴水"让盲人重见光明　"千人计划"专家发明的眼底病注射药正式上市
　　为我国首个具全球知识产权单克隆抗体类药物………………………………76

19岁男孩无偿捐献眼角膜和遗体
　　其三口之家也是我市首个共同签署捐献器官志愿书的家庭…………………78

首批中新跨境人民币贷款落地
　　7家中外资银行向园区11家企业发放跨境贷款，签约金额5.275亿元　………80

邹命东用板车救了20多位工友………………………………………………………82

苏州工业园区首创环保"居民自治"模式　558户居民管好15家工厂排放 ……84

国家现代农业示范区建设水平监测评价
　　报告认为，太仓已进入基本实现农业现代化阶段综合得分蝉联全国第一……86

老兵方阵第1车第1排第1座　苏州百岁老人成阅兵"明星"……………………88

开放创新综合试验园区全国首试水
　　总体方案获国务院批复，争创推进创新驱动发展新模式的示范样本…………91

我市家庭医生服务签出"第一单"　2246户大病困难群众将配"私人医生"……93

苏州发出首张积分户籍准入卡
　　凭积分流动人口将享受户籍准入、子女入学等市民待遇
　　　　积分落户实施半年共有2413人可迁入苏州　……………………………95

用遗体捐献回馈第二故乡　88岁日本老人心愿达成，为江苏首例外国人捐遗…97

东山4家茶企获森林认证　碧螺春有了走向国际市场的"绿色通行证"………99

在全省率先建设标准化稻麦重大病虫害监测预警信息园
　　物联网给稻麦"拍片问诊"………………………………………………………101

20亿元换天蓝水清　我市"贴钱"关停转型一纳税大户…………………………103

舆论监督联手检察监督　共同守护公共利益　地方主流媒体与检察机关相互借力，
　　发起成立"公益守护联盟"系全国首创　………………………………………105

科创板第一股花落苏州　华兴源创股票代码688001……………………………107

国务院印发《关于6个新设自由贸易试验区总体方案的通知》
　　江苏自贸区苏州片区落户园区　…………………………………………………108

"昆山模式"创新　"一带一路"人才培养
　　首位受资助埃塞青年赴上海大学研习…………………………………………110

股份经济合作社"身份证"换来9.85亿元银团贷款
　　永联村首以"法人"身份签下全国"第一单"　………………………………112

两个月救治87人　经历两次急救　苏州新冠肺炎患者全部治愈出院 ……… 114
为太湖岛屿立法　《苏州市太湖生态岛条例》提出将太湖生态岛建设成为低碳、
　　美丽、富裕、文明、和谐的生态示范岛 ……………………………………… 116
1000000户！昆山再创一项纪录　市场主体总量稳居全国县级市首位 ……… 118
全国首笔！数字人民币三农贷款落地苏州 …………………………………… 120
习主席点赞的动画片"苏州造"
　《孔小西和哈基姆》再度火出圈　续集正在紧锣密鼓制作中 ……………… 121
品牌资源变成"真金白银"　全省首笔"苏质贷"花落张家港 ……………… 123
"良心债，一定不能欠！" ………………………………………………………… 125
爱心"的哥"　两毛钱的慈善 …………………………………………………… 127
社区引导+约法三章+相互体谅　"三步"走,跳美广场舞 …………………… 130
509路公交车司机途中发病,车上有二十多名乘客
　　最后一刻,他力保一车乘客安全 ………………………………………… 132
达人俞喜鹤："我拿到世界纪录证书啦！" …………………………………… 134
肾病发病率越来越高近1000个病人等一个肾源
　　器官捐献：艰难的生命接力 ……………………………………………… 138
苏州"三花",渐行渐远的花香 ………………………………………………… 142
用生命诠释使命——追记赴陕支医的苏大附二院医生史明 ………………… 146
网购"快感"背后藏"痛感" …………………………………………………… 150
"双元制"十年育三千蓝领　不少学员成为技术骨干,走上管理岗位 ……… 154
老张在芦墟做小生意,平常闲下来,除了写文章,就是做小凳子
　　"板凳爷爷"三年做千张板凳送人 ……………………………………… 156
先进制造业立区：现实与远景 ………………………………………………… 159
一个模式改革激发"三农"新活力
　　——昆山锦溪创新农地流转经营的实践和观察 ……………………… 164
刚清出的淤泥又被倒进阳澄湖 ………………………………………………… 168
独步江湖的创新"炼金术"
　　——从苏州"单打冠军"企业看供给侧结构性改革新成效 ………… 172
一个姓氏延续折射的敦良家风 ………………………………………………… 176
一张"红色"存单背后的故事 ………………………………………………… 179
港口岸电缘何出现"肠梗阻"? ………………………………………………… 183
一只候鸟与张家港的三年"情缘" …………………………………………… 186

为治儿子的病,58岁阿姨扮成猪八戒　逗乐背后藏着心酸故事……………… 189
晚高峰时交通信号灯突发故障,三名外国留学生帮助指挥交通
　　"这是座友善的城市,我要入乡随俗"……………………………………… 192
"总书记三次同我握手　是对张家港精神最大的肯定"…………………………… 195
苏州人周彩根,我国国防某领域的奠基人、开拓者和领路人
　　如果他还活着,他的名字还将是个秘密……………………………………… 198
激活"新火花"永做"守护侠"
　　——蓝绍敏李亚平参加首期民营企业家月度沙龙活动侧记………………… 203
35岁民警倒在战"疫"岗位上　一路走好　位洪明…………………………… 206
同饮一江水　反哺"母亲河"……………………………………………………… 210
他,给山货插上了翅膀——记从常熟走出去的万山电商领头人陆晓文………… 214
跃上两万亿　苏州都挺好…………………………………………………………… 217
倡导不捕、不卖、不买、不食,营造全社会生态保护意识——
　　挥别"江鲜",不留下一块招牌………………………………………………… 220
别了,德企之乡的"招商红娘"——怀念太仓荣誉市民克罗斯特………………… 224
产业转型迈出"新步伐"　创新驱动构筑"新优势"
　　苏州,十年增加一万亿GDP…………………………………………………… 228
嘉昆太一体化发展　乘风破浪向未来……………………………………………… 232
第十万零一个"为什么"…………………………………………………………… 237
警惕少年微博自杀背后的"他杀"………………………………………………… 239
告别"农民工时代"………………………………………………………………… 241
尊重市民知情权　赢得媒体公信力………………………………………………… 243
"创新四问"1+4社论、系列评论员文章………………………………………… 245
贯彻落实省委常委会　专题研究苏州市工作会议精神系列评论………………… 254
改革开放40年,民企理应乐观前行………………………………………………… 262
思想再解放　开放再出发　目标再攀高
　　再创一个激情燃烧干事创业的火红年代……………………………………… 264
同舟共济汇大爱　众志成城战疫情………………………………………………… 270
跳出地级市思维就是跳出"舒适圈"……………………………………………… 276
听!这走向春天的声音……………………………………………………………… 278

"新南环"长成回望录	283
一核四城　大城时代的苏州视野系列报道	295
"米爸爸的苹果"金秋义购爱满苏城	313
寻访"最美家庭"	318
"高原的格桑花——情洒苏州林周二十年"系列报道	323
关注苏州创新驱动新优势系列报道	339
"昆山经济新业态调查"系列报道	350
聚焦创新第一线	360
抗战记忆	370
走进产业园　触摸巨人梦	376
"创新四问找差距　对标先进促发展"系列报道	391
好人"泉城",我们在找你	407
跨越太平洋的情缘	413
昆山试验区获批五周年系列报道	419
融入上海·向长三角更高质量一体化发展出发	430
姑苏时光	438
百岁荣光　盛世开甲　回顾科学之路　探寻巨匠精神	451
加快培育新产业新经济　激发转型发展新动能	464
苏报行走乡村·探访乡村振兴的苏州路径	469
吴江产业,新冠疫情下突围!	486
小康路上的苏州足迹	496
聚焦"民营经济看吴江"系列报道	501
苏州高水平全面小康建设启示录	512
双元育才20载	523
从太仓打造"中国最具幸福感城市"中总结"幸福辩证法"	532
来自过去　开向未来——从苏嘉铁路到通苏嘉甬高铁	539
聚焦昆山开发区国批30周年系列报道	551
海归陆涛筑梦双山岛	561
新闻专栏:码上议事厅	565

新闻摄影、新闻编排类

中国新闻奖

吕成芳：一个人的昆曲舞台 …………………………………………… 574
触目惊心！2万多吨垃圾跨省非法倾倒苏州太湖边 ……………………… 576

苏州新闻奖

独具江南特色的"陆慕窑炉"长啥样 …………………………………… 578
变与不变 ……………………………………………………………… 579
"鸭司令"和他的6000只稻田鸭 ………………………………………… 580
跨越江河湖海　300公里纵贯线"丰"行长三角 ………………………… 581

文字类

2013—2022

第二十四届中国新闻奖三等奖　第十六届苏州新闻奖一等奖

昨天,苏州城区居民家庭"改厕"工程宣告完成。三年来,解决资金难,市、区两级不断加大投入;攻克技术关,工程技术人员巧花心思;打开"邻里结",社工一天两次上门沟通……2.3万居民户告别马桶的背后,有着说不尽的艰辛与坚持——

甩掉一只马桶有多难

苏报首席记者　刘晓平

姑苏区宝城桥街5号402室,不到3平方米的卫生间,抽水马桶、台盆一应俱全。"在这里住了30多年,没想到还能过上这样的好日子",看着眼前的新设施,86岁的许珍娥喜不自禁。昨天,她面对前来走访的省委常委、市委书记蒋宏坤等领导,连声说"谢谢"。

这样的"好日子",源自城区居民家庭"改厕"工程。三年前,苏州市委、市政府打响了消灭城区最后2万余只马桶的"歼灭战",或"个案解决"或"项目征收",随着"改厕"工程不断推进,受惠居民迎接新生活的喜悦成了苏州现代化建设中最新的幸福注解。

不惧老大难
零星低洼老屋"欠账"多

"终于能过清清爽爽的日子了。"山塘街倪家场23号,听到要实施"改厕"的消息,82岁的段金森和老伴喜形于色,一遍遍地和邻里分享着这一喜讯。

这一幕出现在三年前。2010年12月22日,市委、市政府召开城区居民家庭"改厕"工程动员大会:我市将用3到4年时间,让城区的居民彻底甩掉马桶。

小小一只马桶,事关民生大计。上世纪80年代中期,在苏州城区内,约有10万户居民居住在上世纪初建造的老房子内,日常生活与"三桶一炉"(马桶、浴桶、吊桶和煤炉)为伴。

历届市委、市政府高度重视切实改善居民生活条件。随着古城街坊解危安居、老住宅小区综合改造等一系列民生工程的推进,苏州城区先后甩掉了8万多只马桶。但由于受条件限制,到2010年,仍有2万余户居民还在使用马桶,这些居民的住所多为地势低洼的零星楼,基础设施"欠账"严重,普遍存在房屋结构陈旧、污水管网不通等"症结"。

经济社会快速发展,市委提出力争率先基本实现现代化。站在全新的发展起点上,"马桶现象"的存在,与现代化建设的要求不相符,更与广大老百姓过上更好生活的新期待不相配。"从吃的到穿的,现在的生活条件已经大大改善了,但每天还要下楼倒马桶,这不是我们想要的现代生活,也不是光靠我们自己就能实现的。"段金森说。

"改厕",已是民心所向,势在必行。

在深入调研的基础上,"改厕"目标明确:坚持"政府主导、管网先行、居民配合、政策引导,分类实施、改造到户,标本兼治、改造彻底"的原则,做到"五个结合",即"改厕"工程要与解决住房困难相结合,切实改善老城区居民基本生活条件;与危旧房改造相结合,使人民群众住得更放心、更舒心;与疏解居住密度相结合,有效优化老城区人口布局;与历史文化传承相结合,全面体现古城风貌与现代文明的完美融合;与水环境综合整治相结合,再现古城小桥流水人家的生活景象,全面改善城区居民生活设施与环境,全面提升城市品质和古城保护水平。

推进"改厕"工程,资金是绕不开的一大难题。三年来,市、区两级财政克服困难,千方百计筹措资金,累计投入已达23亿元,平均花10万元扔掉一只马桶。

巧解施工难
细节让民心工程更贴心

"螺蛳壳里做道场",技术难题纷至沓来。集思广益攻关,一个个奇思妙想换来居民们的开心笑颜。

下塘街10号,清代状元陆润庠故居。扔掉了马桶,"72家房客"连说"想不到"。

大院里一共住着20多户人家,"改厕"工程启动后,10余户先完成了"改厕"。但受条件限制,还剩8户人家,由于楼板承重能力差、排水困难等,"改厕"施工一度无法顺利进行,这也让盼了多年的居民百般焦急。工程技术人员不厌其烦,一趟趟上门测量,一次次出新方案。不久,一个个漂亮的卫生间终于安装进了家,困扰居民多年的生活难题得到了圆满解决。

受地理条件限制,无法机械施工,开挖、运送材料就靠人力完成;解决部分区域地势低洼排水困难的问题,建设了提升泵站;解决二楼木楼板承重问题,进行结构加固并推广使用轻质的整体卫生间;解决狭窄街巷铺设污水管道难题,引进了"一管双孔"的水污一体管……

更多的细节让这一民心工程更加贴心。

外五泾弄一栋老居民楼。楼上"改厕",污水管要从头顶过,楼下人家就是不答应。社区工作人员一天两次上门沟通,现场办反复测量,调整卫生间的安装位置,重新规划污水管道的走向,既确保居民使用方便,又绕开了有争议的区域。双方都表示认可后,才确定施工方案。

"改厕"工程确保不遗漏一户居民。实施中采用以道路、小巷为基本单位的网格化施工方式,逐一上门查看,对符合条件的当场设计;严把质量关,所有主材送第三方检验,邀请市质监站、市整治办等相关单位定期检查,每个环节监理到位,做好台账;针对"改厕"实施过程中的诸多诉求,每户"改厕"结束,除了让居民签字确认外,改厕办还动态回访,及时解决日常使用中的问题。

攻坚覆盖难
用心用情啃下"硬骨头"

马桶扔掉了,小区环境还变好了,家住专诸巷39号的杨梅芳满心喜悦。专诸巷39号是一栋老的零星楼,上下5层,共住了10多户人家。"改厕"工程实施前,大楼的每层只有一个倒粪池,一到夏天臭气熏天,"门窗不开家里都是一股臭味。"提及过去,80多岁的杨梅芳皱起眉头连连摇头。

"改厕"施工人员进场后,除了对每户进行个性化设计,还对整个楼进行了集中改造,封堵倒粪池,粉刷楼道,一个个人性化的举措让杨梅芳和邻里们竖起大拇指。

到2013年"改厕"收官之年,最初统计的21013户增加到了23568户,零星楼、空关户以及受地理条件限制无法排污等的居民户就像一块块"硬骨头",影响着这项惠民实事全覆盖。

数据显示,今年零星楼共涉及20多栋、400户居民。针对零星楼的特点,改厕办确定了"试点—改善—推广"三步走的方针。以东中市234号为零星楼"改厕"试点,通过每户入户设计,方案统一公示,居民全部同意后再施工的程序确保"改厕"顺利进行;通过将污水管网进行统一规划,每户一管,做到可以及时排查及时追溯。

找不到户主,空关户影响着"改厕"进程。改厕办、街道、社区所有工作人员一有空就上门查看,在"改厕"工程涉及范围张贴公告,同时将印有"改厕"政策的环保袋发放给周边居民,尽可能使居民享受"改厕"福利。

因客观条件限制导致无法实施"改厕"的居民户也不能落下。改厕办多次会同市相关部门一起踏勘现场,研究可实施的方案,除对遵义新村、向阳新村等采取片区整体搬迁外,还充分利用正在进行的虎丘综改、城中村改造等重点项目,带动了"改厕"工程推进实施。

用心用情用劲,啃下了一块又一块"硬骨头"。

"这里的马桶是不是就扔不掉了?"眼见着技术人员来过一拨又一拨,但就是不见动静,宝城桥街5号、70岁的胡琴华和邻里们曾无比焦急。而现在,整个楼道家家装上了全新的内隔卫生间,"有了它,生活质量大大提高了。"卫生间刚一装好,胡阿姨就迫不及待地添置了热水器、冲淋喷头、洗衣机等。昨天,面对前来走访的蒋宏坤等市领导,胡阿姨欢喜地"晒"出家里的新装备。

"到我家里来看看呢。"86岁的许珍娥就住在对门402室,向客人们发出邀请。"我在这里住了30多年了,终于赶上了这样的好时光,终于可以不闻臭味过日子了,终于可以每天舒心洗澡了。"许阿婆连说了三个"终于"表达她的兴奋劲。

看着居民个个喜笑颜开,蒋宏坤也笑了:"'改厕'工程3年花了23亿,能让老百姓过上舒心生活,再难也值!"

原载2013年12月29日《苏州日报》

记者手记

2011年,苏州市启动城区居民家庭改厕工程,计划用三年时间与城区所剩的2万余只马桶彻底告别。而要彻底甩掉"马桶",又涉及古城内污水管网改造、老新村和零星楼房改造,甚至居民搬迁等,工程量大且复杂。

工程实施三年期间,记者去过充满恶臭的楼道,见过楼上楼下因为要通管道混乱争吵的场面,在动态不间断予以报道关注该工程进展的同时,也积累了无数一线素材。有了这一积累打底,2013年12月28日"改厕"工程完工当天,记者一气呵成写成了《甩掉一只马桶有多难》一文,报道通过梳理工程实施遭遇的资金、技术和全覆盖三大难题及破题方案,对工程为苏州古城保护、民生改善带来的可喜变化进行深度解读。细节生动、图景立体的报道深深打动了读者,引起强烈反响和共鸣。

专家点评

此篇通讯荣获中国新闻奖,可谓实至名归。从新闻采写角度来看,有几点特色值得我们学习和借鉴。一是新闻性强。改革开放以来,苏州市的经济社会发展始终走在全省乃至全国的前列,但如何让百姓分享发展的红利,使他们有真正的获得感和幸福感?苏州领风气之先,敢试敢为,为全国探路。以"改厕"工程为抓手,让百姓过上"清清爽爽的好日子"。改厕工程3年花了23亿元,正如文中市领导蒋宏坤所言"只要百姓能过上好日子,再难也值"。报道以小见大,从中我们不难发现其所蕴含的新闻价值。二是有可读性。3年的工作,改厕工程琐碎复杂,"螺蛳壳里做道场",楼道改造、邻里关系,千头万绪。但记者以一篇通讯统而括之,且又做到脉络清晰,一目了然。说到底,秘诀在于记者善于讲故事。从许珍娥的喜不自禁、段金森的喜形于色;从山塘街23号的喜讯传来到"72家房客"连说"想不到",一个个生动的小故事跃然纸上,生动形象,感人至深,从而使报道可读耐读。三是颇具启示性。一篇通讯的意义大小,在于它能否给人启示,在于其是否有普遍的借鉴意义。一只小小马桶,事关民生大计。反映了苏州市委、市政府心怀百姓,真正把"以人民为中心"的执政理念落到了实处。一枝一叶总关情,苏州从小马桶抓起,勿以善小而不为的执政理念也为其他省市如何进一步贯彻落实"以人民为中心"的发展理念提供了"苏州路径""苏州经验"。

第二十八届中国新闻奖"新闻名专栏"奖

新闻专栏：星期五调查

主创人员　姑苏晚报

无收费公示却称"已承包"
人行道停车"圈地收费"何时休？

本报记者　叶文婕

最近，本报热线和12345热线都接到市民来电，称在一些医院、商场等公共场所门前的空地上停车，明明地面没有划定停车区域，也会有收费员前来看管并要求付费；而一些划有停车区域的地面，却只需按序停放好车辆，并不见收费员在场；还有市民反映，从去年起就听说市区范围内所有非机动车停放都是免费的。非机动车停车到底要不要交费？哪些才是正规的收费场所？记者进行了调查。

疑惑：为啥停车有的收费有的不收费？

上周三，市民陈先生骑着电动车去石路附近办事，因和朋友约好晚上在石路天虹商场碰头，下午5时许，他将电动车停在了商场门口的人行道上。"我看人行道上划了停车线，也有好多电动车停着，就停过去了。"刚停好车准备离开，一名男子迎上来，要求陈先生支付1元停车费用。"我还特地看了一下，周围没有停车收费公示，就觉得有点奇怪。"陈先生询问收费依据，但对方只说"一直要收费的"。不愿多纠缠，陈先生支付了费用，对方却给出一张10元的客运发票，"收费员还说发票作用都是一样的，面额多少没关系的。"和朋友见面后，陈先生说起此事，没想到朋友也有相同的经历，也同样收到一张10元客运发票。陈先生质疑：此处停车收费规定是否合适？

本周一上午,市民徐女士骑车到市立医院本部看病,顺手把电动车停在医院门前广场的空位上,很快就有收费员前来收取1元停车费用,令她有些不解。"之前几次来医院,车都是停在附近的人行道上,从来没交过钱,怎么这次要收费?"收费员称,该处收费是经过物价部门审批的,不远处还竖着一块收费标准的公示牌。

同一天,市民高先生路过市立医院北区,发现门前广济路的人行道板上排满了电动车,还有收费员忙着向每位车主收费,令他觉得有些不妥。"这里长期以来都是这样,导致道板上的残疾人通道和盲道全部都被电动车堵住了,又是在医院门口,肯定很影响弱势群体的出行。"高先生告诉记者,此前他就了解过,目前苏州所有的非机动车停车都是免费的,在医院门口设置收费点,显然不合理。

上周日,赵先生将电动车停在天平山景区的入口处,刚要离开就被两名老太拦住收费,"那里就是块空地,什么标识都没有,收费倒挺贵,一辆车要2元钱。"赵先生说,交完钱后,老太给了他一张手写着编号的小纸片,称是车辆寄存票。

调查:苏城到处"圈地收费",多数人懒得理论

各个不同路段和不同场所的非机动车停车状况究竟如何?带着问题,记者走访体验了不同地段的非机动车停车管理情况。记者走访发现,路面划有规定停车区域的地方并不在少数,除了个别按规收费的情况外,多数区域无停车收费公示,但"圈地经营"的收费行为却时常出现。

昨天上午,记者骑车来到十梓街苏大附一院附近,路边的人行道上也停满了非机动车,有两名中年女子一直在停车区域逗留,看见有市民前来停车,便走上前去指挥按序停放,随后向市民收取停车费用。在人行道一侧的路边,竖着一块指示牌,一面是非机动车停车标志,另一面是一块物价部门的收费公示,标注着自行车、电动车、三轮车每辆的停车收费标准均为1元,责任单位则是"苏州都市之星有限公司"。

在市立医院本部门前广场上,也竖着一块收费公示牌,标注内容类似,广场上专门划出一块区域,用于非机动车停放。收费员称,医院门前的广场上有三块非机动车停车区,分给三个收费员管理,按照标准收费,但在广场区域之外停车,就不归他们管,也不会去收费。

在石路附近,记者首先将车停在百脑汇门前的人行道划线停车区域内,随后穿过马路来到金阊医院门口。由于医院大门正对着马路,并没有留出广场空位,就诊市民大多将电动车停在门口,人行道上整齐停了三排电动车,一名身穿红色工作服的男子正忙着维持停放秩序,并收取1元钱停车费用。

记者注意到，该处并无收费公示牌，但市民对于收费行为却鲜有拒绝。记者询问了一名正要取车离开的先生，他表示虽然不清楚该处是否为正规收费点，但有人帮忙维持秩序，看管车辆，支付1元钱也觉得合理。马路对面的天虹商场门前人行道上，也坐着一名身穿同样工作服的收费员，向前来停车的车主收取费用。

等记者准备取车返回时，一名操着外地口音的中年女子拦住了记者，索要1元停车费。记者质疑该处并无收费公示，女子却称该处从去年10月起承包经营，每辆停放的非机动车都要收1元停车费，"这一片都是承包的，我们都是按照规定收钱，给你看车，不收费我在这站着干吗？"女子告诉记者，附近路口几乎所有人行道的停车区域都被承包，除了金阊医院近广济路一侧的人行道外，无论把车停在哪里，都免不了收费。在记者的再三要求下，该女子提供了一张定额发票，加盖着"苏州市新舒畅物业管理有限公司"的印章。

说法：人行道停车收费全面取消，监管有难度

非机动车停车该不该收费？为弄清答案，记者咨询了市容市政管理局，相关工作人员介绍，此前，在道路的人行道上会划定一块非机动车停车区域，如果要进行停车收费行为，需要先由停车管理所进行审批，审批通过后，部门会发放"苏州市区非机动车停车场准停证"，之后相关承包单位才能开始经营。

但是，从去年开始，考虑到占道停车对交通产生的压力，这一审批工作已经全面停止，也不再向占道的企业发放准停证。此前已经经过审批允许经营的企业，在去年7月14日也已全部到期。也就是说，从那之后，在人行道停放非机动车后进行收费的行为，都是不允许的。目前，在人行道上的停车秩序，按照属地管理原则，由道路所在各区城管局及相应街道办事处进行监管，收费员所谓的"承包""看车"等说法，都是无依据的。

在"非机动车临时占用城市道路"审批到期点位明细表中，记者看到，石路金阊医院门口、石路新苏天地（现更名为天虹）、石路百脑汇、市立医院北区等区域的非机动车停放点，都在明细表序列之内，去年7月14日都已审批到期，目前已无收费资质。

不过，工作人员解释，这一规定针对的只是占用道路资源进行停车收费的区域，而一些大型公共场所，如医院、商场等门前的广场区域，属于单位的自有产权，在此停车如何定价，则由各个单位自主决定，收费需明码标价。

虽然占道停车收费不合规范，但实际监管却有些困难。记者从物价部门了解

到，物价部门仅对合法的停车点收费情况进行监管，对于私自占道收费的情况，无法管理。并且，即便是合法收费点，因政府取消非机动车停车收费指导价，也只要求企业明码标价。然而，由于非机动车占道停车收费审批停止，因此这些企业没有收费资质，属于乱收费行为，市容市政管理部门对此也无执法权。

记者从12345便民服务中心了解到，虽然接到不少类似的市民投诉，但由于涉及多部门，解决起来并不轻松，有可能最终只能建议市民拒付停车费或报警处理。

原载2017年02月24日《姑苏晚报》

孩子刚出生就被儿童写真影楼盯上了，个人信息泄露绝非个案

是谁动了新生儿的个人信息？

苏报融媒记者　天　笑

"孩子刚刚出生二十来天，就接到儿童写真影楼打来的电话，对方知道我家孩子出生时间，还知道我家住哪里，可这些信息我只留在医院，影楼是怎么知道的呢？"家住吴江区的张先生刚刚喜得贵子，就被一通写真照片推销的电话打乱了思绪。"难道孩子刚出生，信息就被贩卖泄露了？"

接到报警，吴江警方汇集线索、循线追踪，最终牵出了一条从信息获取源头到中间商再到非法使用者的侵犯公民个人信息犯罪链条，而这起案件的始作俑者，竟然就是当地一家二甲医院的妇产科护士。

影楼电脑存上千条新生儿信息

"经常接到各类推销电话，已经烦不胜烦。现在孩子才出生不久，个人信息和家庭信息就被泄露，这样的事情想着都觉得有点可怕。"另一名和张先生有同样遭遇的母亲告诉记者，她从医院回家后第二天就接到了这家儿童写真影楼打来的电话，一再追问对方如何获知自己的信息，没有任何结果之后，她选择了报警。

而在同一时间段内，吴江区公安局平望派出所接到了多个类似报警。经过线索整合，侦查人员发现该推销电话均来自一家儿童写真影楼的座机电话。随后，侦查

人员针对这家儿童写真影楼开展了调查。

在这家儿童写真影楼里，侦查人员在后台的电脑里发现了多个电子文档，里面详细标明了新生儿的姓名、出生日期、家庭住址以及孩子父母的联系方式，数量多达上千条。随后，侦查人员在该影楼负责人姚某的手机里找到了她与一名微信好友的聊天及转账记录。

在确凿的证据面前，姚某承认，她购买新生儿信息主要用于推销、经营。据姚某交待，为了扩大客源，从今年6月份开始，她通过当地一月子中心的工作人员张某，向另一家儿童影楼的负责人陈某，以5元每条的价格购买新生儿信息，姚某每月支付中间人张某500元好处费。

医院护士从妇幼系统拷贝信息后出售

在取得进一步线索之后，侦查人员又找到了姚某的中间人及上家——月子中心的工作人员张某和另一家儿童写真影楼的负责人陈某。经过进一步侦查，这起侵犯公民个人信息犯罪案件的源头终于浮出了水面。

原来，自今年6月份起，当地一家二甲医院护士危某，利用在医院妇产科工作的职务之便，多次从妇幼系统拷贝产妇及新生儿信息，以平均每条0.3元的价格卖给儿童影楼的负责人陈某，信息数量多达三四千条。

而陈某一方面利用购得的信息通过电话推销形式向新生儿家庭推销摄影业务，另一方面又多次将购买来的信息以5元每条的高价，通过中间人张某转卖给同行姚某，从中牟利2万余元。目前，犯罪嫌疑人陈某与危某因涉嫌侵犯公民个人信息罪已被分别刑事拘留及取保候审。

新生儿信息遭泄露并非个案

在信息技术支撑和商业利益驱动的双重作用下，公民个人信息遭受侵犯的现象时有发生。很多公民的个人信息成了"公开的秘密"，个人资料成为在网上贩卖的"商品"，其中也包括新生儿及其家庭的信息。

记者查询发现，在吴江"东太湖论坛"上，也曾有网友发布新生儿信息被泄露的网帖。发帖时间为"2016年3月23日15：36"，网名为"晨晨鼻鼻"的网友称："本月初在吴江某医院生产，回家后不断接到给宝宝免费拍照等电话，且知道我的详细信息，在哪生产、姓名、工作单位、地址等等，想问这些信息他们如何获得，医院是怎么做的？（信息只在住院时留过）"

回帖中，不少网友表示有过类似遭遇，而在该网帖中被提及的医院在回复中表示："我院孕产妇和新生儿信息按照区妇保所要求，录入'吴江区妇幼保健管理系统'。我院在日常工作中，也重视对信息保密方面的管理，对录入信息的工作人员也设置了统计和导出数据的权限控制"，对网友"晨晨鼻鼻"反映的问题，医院要求产科加强信息保密工作的管理和教育，并将情况反馈给妇保所，不断完善系统的管理。回复中，该医院也建议"向警方报案，通过警方进一步追查违法诈骗行为"。

调研显示九成以上市民曾遭信息泄露 但报警很少

记者从警方获悉，为了打击此类犯罪，2017年以来，苏州、南京、连云港等地均针对侵犯公民个人信息犯罪进行了专项攻坚行动，捣毁多个侵犯公民个人信息窝点，共抓获犯罪嫌疑人50余人。

从目前已发案件来看，因为市场存在"刚需"，造成了公民个人信息非法买卖和交换的市场。此外，贩卖信息的嫌疑人在收集信息时所付出的成本几乎可以忽略不计，一般每条信息的价格从1毛到5毛不等，远小于其最终卖出的价格。资料贩卖者正是通过这种中介式的层层倒手，获得了数倍于成本的收益。

同时，行业监管不力，企业及工作人员法律意识薄弱也是造成公民信息被不断贩卖的主要原因之一。一些行业单位掌握着大量的个人信息，如医院、民航、银行、电信等等，而这些企业的工作人员也有机会接触到大量的公民个人信息。这些行业虽然也有出台关于个人信息保护的行业规定，但很多企业及从业人员法律意识不强，导致这些规定形同虚设。

吴江警方近期针对公民信息泄露做的一份调研报告显示，93.8%的人有过因个人信息泄露带来的困扰，但对此进行报警或投诉的却少之又少。之所以发生这种情况，主要有以下原因：其一，无法确定信息泄露主体，某人的家庭住址有可能是被银行、考试机构或者电信等其他部门泄露，但是公民很难判断。其二，潜意识里不愿意投诉或诉讼，认为多一事不如少一事，法律保护意识不强。其三，诉讼程序复杂、成本高，一旦进入诉讼，费时、耗力，与诉讼所获取的赔偿不成正比。其四，公民个人信息防范意识不足。网站上注册填写信息，网上购物所用的信息，办各种卡、证填写的申请表，等等，公民个人信息时刻存在被泄露、被利用的风险。而日常生活中，很多人并未对此足够重视。

新闻链接
"两高"出台司法解释明确侵犯公民个人信息犯罪定罪量刑标准
"内鬼"出售公民个人信息将从重处罚

今年5月9日,最高人民法院、最高人民检察院联合发布《关于办理侵犯公民个人信息刑事案件适用法律若干问题的解释》(下称《解释》)。按照《解释》,"在履行职责或者提供服务过程中获得的公民个人信息出售或者提供给他人"的,认定"情节严重"的数量、数额标准减半计算。这就意味着"内鬼"出售公民个人信息,依法从重处罚。

《解释》规定,"公民个人信息"包括身份识别信息和活动情况信息,即"刑法第二百五十三条之一规定的'公民个人信息',是指以电子或者其他方式记录的能够单独或者与其他信息结合识别特定自然人身份或者反映特定自然人活动情况的各种信息,包括姓名、身份证件号码、通信通讯联系方式、住址、账号密码、财产状况、行踪轨迹等。"

《解释》对侵犯公民个人信息罪的"情节特别严重"的认定标准,也即"处三年以上七年以下有期徒刑"量刑档次的适用标准作了明确。根据信息类型不同,非法获取、出售或者提供公民个人信息"五百条以上""五千条以上""五万条以上",或者违法所得五万元以上的,即属"情节特别严重"。同时,《解释》将"造成被害人死亡、重伤、精神失常或者被绑架等严重后果"造成重大经济损失或者恶劣社会影响"规定为"情节特别严重"。"

原载2017年09月01日《姑苏晚报》

私桩共享能否解决家门口充电难

本报记者 叶永春

在小区旁缺乏足够公共充电桩的时候,安装私人充电桩成为众多车主的选择,但安装所需的条件,并不是哪儿都具备的。尤其是老新村,硬件资源本就捉襟见肘,想要实现在家门口充电,就更难了。

小区里一部分有条件安装私人充电桩的"桩主",是否可以在充电桩空闲时将其共享出来,有偿供其他车主使用?这或许有助于解决电动汽车家门口充电的难题。

电动汽车车主"诗和远方"遇瓶颈

低碳环保,空间独立又能遮风挡雨,哪怕续航里程只有300公里,也足够应付城市出行,实现"诗和远方"。园区青澄花园四区的许先生做事麻利,觉得电动汽车好,就直接买一辆开回家。他有车位,原打算先把车开着,再安装充电桩,若实在不行,还有公共充电桩可以用。可眼下的实际情况却是:因考虑到安装私人充电桩的业主将越来越多,怕楼内供电容量不够,物业建议他重新申请一路电,增加一个电表。许先生已向供电部门提出申请,在等待安装期间,他的电动汽车只能基本不开。因为据他查询,距离小区最近的公共充电桩也有近3公里路程,步行去取车不方便。目前,他使用的仍是燃油汽车。

安装私人充电桩的现实困境,一定程度上还影响到车商对电动汽车的推广。高新区塔园路与马运路口,有多家新能源汽车销售公司,可以看到前来保养、充电的,大部分是电动网约车,私家电动汽车极少,展厅内有些冷清。"现在买电动汽车的,家里大部分是独门独户,因为充电方便。"一名销售员说,普通小区住户购买电动汽车的不多,因为安装充电桩受限。他介绍说,虽说物业同意就可安装充电桩,实际上还要考虑到线路安全。以一辆续航里程300公里的紧凑型电动汽车为例,建议用6平方毫米线充电,实际上用4平方毫米线也可以充,只不过充电时间会增加,还有可能会引起跳闸。

另一家销售公司的销售员则向记者列举了几个常遇到的难点:1,很多小区开始使用立体车位,因车位是可移动的,不建议安装;2,有的车主有地面车位,但旁边没有墙面、立柱,充电桩难以挂靠;3,车辆与充电桩距离太远也不行,因为考虑到安全,充电线的长度一般不超过5米。

老新村的"桩主"更不好当

"一周顶多充两次电,上下班正合适。"作为参加工作不久的年轻人,卞先生早就看中了一辆车型小巧的电动汽车,但万事俱备,却因装不成私人充电桩,像被泼了一盆冷水。他住在莳门路草鞋湾一个只有5幢居民楼的老小区,没有固定车位不说,连物业也没有,"目前肯定是没有条件装的,只能再等等看。"

作为小区安装私人充电桩的第一人，徐家浜北二村的王阿姨也感叹这个"桩主"不好当。她家的充电桩安装到位不到3天，就被邻居投诉了。

记者看到，这个充电桩安装在楼道旁，可谓小巧，形同路上常见的锥桶，楼道一侧有一个车位，她家的电动汽车就在这里完成充电。虽然充电桩有上锁的保护措施，但还是有居民认为不妥：一是过于靠近楼道，直接露在外面，万一有孩子去玩，担心会有危险；二是既然有居民这么安装了，不可避免会有更多的居民跟风，要是缺乏规范，恐怕整个小区会乱套。

"早知道就不买电动汽车了，谁知道国家都给补贴的好事，操作起来这么难！"王阿姨说，邻居的不解，让她很过意不去，她不希望此事让邻里之间不开心，可也希望大家能多体谅体谅她，她家的这个充电桩，实在是来之不易。

此前，王阿姨家已有一辆燃油汽车，因人多不够用，为了上下班方便，也节约成本，才打算再买一辆电动汽车。"也是响应国家号召，倡导节能减排吧。"看了电动汽车的宣传广告，王阿姨很心动，加上又有国家补贴，一辆原价14万元的车，实际只需6万多元。虽然去年她就去看了车，但迟迟没买，因为她先要解决给车充电的问题。

当时小区还没有充电桩，从去年下半年开始，王阿姨一次次到物业申请，物业一直没法同意。因为老新村里停车位非常紧张，她家还没有自己的车位。一年多过去了，经过协调，有邻居让给她一个车位，她才算有了固定车位。今年11月8日，她迫不及待买了车，随后找专业安装人员在楼道口装了这个充电桩。

王阿姨说，她成了"桩主"后仍担心有"后遗症"，还在与物业等沟通，希望让充电桩的设置更加合理，消除邻居的疑虑。

姑苏区"第一桩主"愿尝鲜共享

今年11月初，订购电动汽车后，何先生到供电部门提交申请。他被告知是姑苏区第一个申请安装私人充电桩的市民。虽然这一点尚未得到证实，不过毫无疑问他在小区是第一个。他认为自己安装私人充电桩的过程具有示范意义，可以为更多电动汽车车主提供参考。

从买车到申请安装私人充电桩，何先生有一张清晰的时间表。今年10月底，他到无锡一家4S店看车，11月6日签订购车合同，以不到65800元的价格购买一辆电动汽车。11月16日提车至苏州上牌。

购车前，何先生更为上心的是安装充电桩。"我们是新小区，设施比较齐全，物业也配合。"何先生住万科金色里程小区，物业收到他的申请后，只有两个要求：

一，车位是自己的；二，不影响旁边的业主停车。何先生的车位是买的，旁边有立柱，正好可以安装充电桩，对周边的车位也没有任何影响，条件符合。11月1日，物业通过他的申请。11月3日，他到供电营业厅提交申请材料；11月7日，供电工作人员到小区实地勘查；11月29日，工作人员到小区设计施工图纸。

小区首个规范的私人充电桩建成在即，在与何先生聊到"私桩共享"话题时，他认为这是一个非常好的模式。"充电桩是我自己的，如果我空的时候不用，可以提供给有需要的其他业主，有偿使用。"他说，他认为这对推广电动汽车有帮助。

技术没问题还需规范护航

在技术上，"私桩共享"已不存在问题，还极为便捷。一家全国连锁私人充电桩服务商的工作人员告诉记者，他们安装的私人充电桩均可与手机APP绑定，客户通过APP就可随时了解充电桩的运行情况。当充电桩处于空闲状态时，可以提供出租服务，价格可自行设定。需要租用私人充电桩的车主，就可以使用APP预约，并通过线上支付完成交易。

在东环路一处老小区，记者找到物业经理张先生时，他正和社区工作人员说起私人充电桩的话题。他说，这个小区已有20多年了，当初的设计和现在的小区完全不一样，但也面临着私人充电桩的安装问题，之前已有一辆电动汽车，平时在公共充电桩充电，没多久又有了第二辆，需要安装私人充电桩，物业有些为难，还在帮忙争取。"停车位、供电设施和安全因素，这些方方面面的事都要先想到。"张先生说，物业和业主一样，首先要熟知充电桩的申请、安装流程，在安装前就要将工作做细做全，才可避免后续出现麻烦。他认为，相比新小区，老小区私人充电桩的普及有极大难度，给电动汽车充电需要采用更灵活的方式。他认为，"私桩共享"不失为一个值得探索的方向，但具体的实施细则还需更加规范，避免有"后遗症"出现。

原载2017年12月01日《姑苏晚报》

附《姑苏晚报》"星期五调查"栏目2017年度见报文章目录

1.2017年01月06日A03《老小区"标配"限高杆让人看花眼》
2.2017年01月13日A03《小区车库成活动场地合适吗？》
3.2017年01月20日A10《奔跑在"绳命"上的外卖小哥》
4.2017年01月27日A04《云南游的"门槛"为啥这么奇葩？》

5.2017年02月10日A03《匆匆逛趟博物馆就为盖个章？》
6.2017年02月17日A03《打狂犬疫苗,如此收费合理吗？》
7.2017年02月24日A03《人行道停车"圈地收费"何时休？》
8.2017年03月03日A03《苏州的超市有几个大润发？》
9.2017年03月10日A05《培训机构退费难为啥难》
10.2017年03月17日A04《老年人为啥如此痴迷保健品？》
11.2017年03月24日A05《预付费储值卡成吞金"黑洞"》
12.2017年03月31日A05《交通违法"顽疾"的病根在哪？》
13.2017年04月07日A05《"校园贷"让大学生深陷其中》
14.2017年04月14日A03《出租车司机边聊微信边开车》
15.2017年04月21日A03《"包过"的心理咨询师含金量几何》
16.2017年04月28日A03《一不留神侵犯了知识产权》
17.2017年05月05日A05《是什么让我们成了"透明人"》
18.2017年05月12日A04《值得警惕的日常农药中毒》
19.2017年05月19日A05《液化气钢瓶的"爆脾气"何时能消除》
20.2017年05月26日A03《爱美人士请警惕"美丽的危险"》
21.2017年06月02日A03《以"狗狗"的名义见证文明》
22.2017年06月09日A05《苏州人有多讲信用？》
23.2017年06月16日A03《广场舞"入侵"虎丘风景名胜区》
24.2017年06月23日A03《礼让斑马线苏州人表现如何》
25.2017年06月30日A05《"精准进社区"直击民生难题》
26.2017年07月07日A05《"整容控"其实是一种病》
27.2017年07月14日A06《全科执法能否根治古城"慢性病"》
28.2017年07月21日A04《野泳：暗藏杀机的"勇敢者游戏"》
29.2017年07月28日A05《高温酷暑斗酒驾》
30.2017年08月04日A03《"西布曲明"们为何屡禁不止》
31.2017年08月11日A04《保险版"以房养老"试水苏城》
32.2017年08月18日A04《文明"蹭凉",没毛病》
33.2017年08月25日A03《"网红店"是泡沫产业吗？》
34.2017年09月01日A03《是谁动了新生儿的个人信息？》
35.2017年09月08日A03《"光污染"亟待走出监管盲区》
36.2017年09月15日A05《花钱就能开发孩子超能力？》

37.2017年09月22日A03《"露天食堂"的舌尖安全如何守护》
38.2017年09月29日A03《这笔车贷担保是买车捷径还是个坑》
39.2017年10月13日A03《"横行将军"的线上江湖波澜不小》
40.2017年10月20日A06《非急救转运苏州有了规范平台》
41.2017年10月27日A05《网约车司机疲劳驾驶怎么破》
42.2017年11月03日A04《微信小程序推介热暗藏过度包装》
43.2017年11月10日A04《双11考验你的数学和阅读理解》
44.2017年11月17日A04《"泡沫保险杠"到底安不安全》
45.2017年11月24日A05《家装设计维权路上几多难》
46.2017年12月01日A04《私桩共享能否解决家门口充电难》
47.2017年12月08日A04《禁放烟花爆竹看得见的好》
48.2017年12月15日A05《景区的旅游商品能否更"活"一点》
49.2017年12月22日A05《购车合同中还有多少霸王条款》
50.2017年12月29日A04《口碑VS挂牌起底"老字号"》

记者手记

是什么让一档栏目延续16年,依然活力充沛?是什么让一群记者坚守一档栏目,乐此不疲?初心、使命和责任!

正是定位于"聚焦百姓关心、关注的身边事、烦恼事",《姑苏晚报》"星期五调查"栏目创办16年来,始终做到"俯下身、沉下心、察实情、说实话、动真情"。从非机动车停车收费乱象,到新能源车充电桩安装难,再到绕城高速汽修黑色产业链等,栏目直面问题难点和痛点,深入调查,理性分析,层层剖析,既揭露问题,又推动解决问题,推出了一批"有思想、有温度、有品质"的新闻作品。

思想、温度、深度,铸就栏目品质;围绕民生,服务民生,绘就栏目底色。这正是"星期五调查"栏目始终占据主流高地的基础和底气。在围绕中心、服务大局中,栏目将继续找准坐标定位,牢记社会责任,直面问题,更加注重解决问题,推动舆论监督和正面宣传有机统一。

专家点评

"新闻名专栏"可谓中国新闻奖中竞争最为激烈、获奖难度最大的项目,奖次等同一等奖,每届一般不超过10件。《姑苏晚报》2007年创办的深度调查类原创新闻专栏"星期五调查"获此殊荣,既是对栏目内容品质的肯定,更是对栏目采编团队十多年坚守主流媒体使命担当,积极践行"四力"的最好褒奖。

从停车收费乱象到电动车充电难,从预付费储值卡"黑洞"到"校园贷"陷阱,从"露天食堂"舌尖安全到日常农药中毒,从网约车司机疲劳驾驶到新生儿信息泄露……"星期五调查"始终坚持以问题为导向,以民生为视角,报道选题的切入点都很小,却是涉及千家万户的大热点。坚守新闻的真实性和舆论监督的客观公正性,栏目不盲目跟风、不当判官,而是独立思考、冷静采访,做到事实准确,解决问题有实效,并为党委、政府施政决策提供有益参考。

应对传媒行业变局,探索融合转型之路,栏目努力创新传播手段、拓宽传播渠道,实现了报道在报、网、端、微的同步呈现和多元表达,进一步提升了"星期五调查"的影响力、传播力和公信力。

第十八届江苏新闻奖

2054个基层群众自治组织全部签约"政社互动"

我市全面推行社会治理创新模式 "两份清单"激发基层自治活力

苏报讯（记者 吴秋华 吴军 实习生 徐婧鞞）拿好"两份清单"、签好"协议书"，吴中区越溪街道莫舍社区居委会主任莫海龙说："哪些事是社区自己该做的、哪些是协助政府做的，这下都一清二楚了。"昨天下午，莫舍社区等11个村民委员会和社区居委会主任与越溪街道办事处签订了"基层群众自治组织协助政府管理协议书"。

"至此，全市2054个村民委员会和社区居委会全部与政府签了约。"苏州市民政局基层政权与社区建设处处长李忠军介绍，这标志着政府治理与社会自我调节、居民自治良性互动的社会治理创新模式已在我市全面推行。

朱亚萍是太仓市城厢镇梅园社区居委会主任。对于该市的"政社互动"实践路径，她如数家珍：2008年，太仓就在全国率先开展了"政社互动"探索。2010年3月，太仓市政府确权勘界，列出了"基层群众自治组织依法履行职责事项"和"基层群众自治组织协助政府工作事项"这"两份清单"，明确规定凡村居自治事务，放手其自主管理；政府部门行政事务，不得随意下派。朱亚萍至今记忆犹新："这一改，政府下派给居委会的事务从78项减到27项，'瘦身率'66%。"

政府权力"瘦身"，给基层自治组织"松了绑"。双塔街道二郎巷社区是姑苏区的"标杆"社区，各类创建、迎检工作繁重。以往，社区工作人员大量精力要用在做台账、出展板、迎检查、忙接待上。2012年起，苏州全市逐步推广"政社互动"。今年以来，该社区居委会主任顾司琪发现情况有了很大改善，2014年的"两份清单"规定社区"依法履职事项"有11类16项、"依法协助政府事项"有18类33项，这些内容将以前的486个工作小项目减少到189个小项目。顾司琪说，"减负"以后，她有了更多的时间走访居民，服务群众。

时至年底，朱亚萍这几天正忙着筹备评估工作。自从2009年与政府"签约"

后,协助政府办理的事项办得好不好,居民满不满意,从社区居民代表到政府官员都要来评估打分。"如今给我们村居干部付报酬的'钱袋子',不再是政府财政,而是自治组织的协管经费了",朱亚萍告诉记者,去年打分得了98.6分,最后政府支付的协管经费也按协议的98.6%计算。"我们对辖区南长春河的黑臭现象不满意,去年扣了分。今年,居委会积极向上反映我们的呼声,河道清了淤,面貌有了很大改变。"居民代表老宋评价,以前社区和镇政府是上下级关系,现在变成了协约式的伙伴关系,居委会干部真正成了居民的"代言人"。

原载2014年12月27日《苏州日报》

记者手记

这篇稿件的新闻性,在于苏州的创新,在社会治理方面的独创和首创。记者对民政系统业务很熟悉,上接"天线",下接"地气",通过深入采访挖掘,把这个极具专业性的知识及时进行了通俗化解读、新闻式呈现,使得这个消息时效性强、案例生动。

其实一开始记者的采访和写作走了弯路。为了全面展现苏州基层治理的进程和节点上的成绩,初稿过于琐碎又枯燥,基本没有可读性。重新调整稿件,记者多次到吴中区、姑苏区、太仓市、常熟市等地社区采访,和社区居委会主任反复聊,掌握了很多鲜活的素材,写作时把案例和基层治理的进程结合起来。这样脉络清晰、案例生动,事情讲清楚了,可读性也强了。重大题材的稿件既要会抓"活鱼",又要会写"活鱼",缺一不可。

专家点评

这是一件实笃笃的新闻,没有一句大话、空话、套话,称得上是干货满满、新意连连,其特点可以概括成三个字:新、实、近。

新:正如作者在"记者手记"中写的,"这篇稿件的新闻性,在于苏州的创新,在社会治理方面的独创和首创"。既然是"创新",是"独创""首创",那么,"新"就构成了这件作品的主基调、主旋律。一是改革体现的"率先":2008年,太仓就在全国率先开展了"政社互动"探索。2012年起,苏州全市逐步推广"政社互动"。二是改革选择的路径:明确规定凡村居自治事务,放手其自主管理;政府部门行政事务,不得随意下派。三是改革带来的变化：以前社区和镇政府是上下级关系，现在变成了协约式的伙伴关系，居委会干部真正成为了居民的"代言人"。正因为内容是新的，是"首创"的，人们从这一报道中不仅感受到了苏州上下勇于探索、大胆改革的精气神，更体会到了这座明星城市奋勇争先、快速发展的奥秘所在。

实：这件作品反映的是苏州推行社会治理创新模式，实现政府治理与社会自我调节、居民自治良性互动。这是一个很专业的话题，谈不好就会枯燥、空泛，明明与社区居民的利益息息相关，却让读者兴趣索然。报道在引用了民政局处长李忠军对这一改革的总体评价后，用大量事实和数据，令人信服地展现改革带来的喜人变化。这些变化既不是记者的印象观感，也不是官员的总结概括，而是社区居委会主任和居民的切身感受。比如，朱亚萍至今记忆犹新："这一改，政府下派给居委会的事务从78项减到27项，'瘦身率'66%"；顾司琪发现情况有了很大改善，"两份清单"将以前的486个工作小项目减少到189个小项目。正因为改革是实实在在的，后面的变化也就水到渠成、顺理成章了。

近：居委会主任是基层治理的主体，也理所当然应该成为新闻的主角。他们是改革的亲历者、参与者，也是改革的受益者、宣传者，基层治理改革究竟带来了哪些变化，意义何在，社区居委会主任和社区居民无疑最有发言权。所以，在不长的消息中出现了莫海龙、朱亚萍、顾司琪等三个有名有姓的社区居委会主任，以及"居民代表老宋"。记者深入吴中区、姑苏区、太仓市、常熟市等地社区，和他们面对面聊天采访，掌握了大量第一手材料，用他们的原话来描述社区居委会主任眼中的基层治理改革："哪些事是社区自己该做的、哪些是协助政府做的，这下都一清二楚了""如今给我们村居干部付报酬的'钱袋子'，不再是政府财政，而是自治组织的协管经费了"……这些口语化的表述，不但原汁原味、鲜活生动，更使报道增添了可读性和可信度。

第二十四届江苏新闻奖　第二十三届苏州新闻奖一等奖

中国应对疫情给国际投资者带来巨大信心
星巴克投9亿元在昆建产业园
为美国500强企业今年在华投资首个产业项目

本报讯（记者　李传玉）全球咖啡烘焙与零售巨头星巴克，在美国本土以外布局的最大一笔生产性战略投资，3月13日签约落户昆山开发区，将打造一座前瞻性、可持续发展的星巴克中国"咖啡创新产业园"，项目首期投资1.3亿美元（约9亿元人民币）。这是美国500强企业今年在华投资的首个产业项目。

"尽管疫情让我们面临暂时困难，但星巴克对中国的信心从未动摇，我们在中国市场长期发展的决心甚至比以往任何时候都更加坚定。"星巴克全球执行副总裁、星巴克中国董事长兼首席执行官王静瑛说。疫情发生以来，中国应对疫情展现了大国担当，给国际投资者带来巨大信心。

在当天举行的国务院联防联控机制就应对疫情影响做好稳外贸稳外资工作情况发布会上，商务部外资司司长宗长青表示，中国经济长期向好的基本发展趋势不会变，中国超大市场规模的强大磁吸力不会变。

"中国是我们最重要的市场之一，'咖啡创新产业园'是一项意义深远的战略投资。"星巴克咖啡公司总裁兼首席执行官凯文·约翰逊表示。

作为当前外商投资合作的一个典范，星巴克中国"咖啡创新产业园"将打造业内首家全产业链基地，以"中国力量"重塑星巴克全球产业链。产业园功能涵盖咖啡豆进出口、烘焙、包装、储存、物流配送、分销以及咖啡烘焙培训。产业园核心主体即首期投资1.3亿美元的咖啡烘焙工厂年内开建，预计2022年夏季投产，将成为星巴克在美国以外产能最大的烘焙工厂。该工厂还将打造成为星巴克全球首个通过最新国际LEED铂金级认证，同时又符合中国三星级绿色建筑认证标准的范例。

星巴克成立于1971年，总部设在美国西雅图，目前在全球80多个国家和地区设有3万家门店和6家咖啡烘焙工厂，在中国设有4300家门店，在苏州的门店数量居全国各大城市第四。此次星巴克咖啡烘焙工厂，将为中国门店供应新鲜烘焙的高品质咖啡。

面对疫情影响,开放型经济重镇昆山春节一过就集中签约29个重大外资项目,投资总额55亿美元,注册资本23亿美元。近年来,昆山开发区积极打造高端食品和咖啡产业群,集聚顺大、三井等咖啡产业项目及日世冰激凌、黛妃巧克力等品牌食品项目,集咖啡生豆仓储分拨、烘焙研磨、平台交易、品牌销售于一体的咖啡产业链加速形成。"星巴克项目落户将成为开发区打造千亿级全链条咖啡产业的重要支撑。"昆山开发区管委会副主任潘建康说。

原载2020年3月14日《昆山日报》

记者手记

这篇稿件采、编、发的过程,有三个时间点,我依然记忆犹新。一是得知项目"要来"的消息后,便紧紧盯住不放。因为,当时疫情还比较严峻,招商面临诸多困难与挑战,而昆山开发区竟"悄悄地"锁定了这么一个大项目,并且马上要签约了。当时,我和很多人一样,都特别兴奋。二是项目"要签"的前两天,我和翟老师(昆山开发区宣传办主任)提前采集大量素材,做了充足的准备,反复修改打磨形成了初稿。写初稿的过程,仿佛就是项目签约的预演。三是项目"落地"当天接近凌晨的时候。项目签约后,各家媒体争相报道、抢先快发,看得出疫情之下昆山的这次"咖啡之约"振奋人心。我虽然也心急如焚,但是最终并没有急于发布:在做好微信传播的同时,稳扎稳打、精心打磨做优纸媒消息。这样一来,反而较好地把握了传统媒体和新媒体各自的传播优势,起到融合发力的效果。令人感动的是,当晚我与编辑一起认真修改导语,与值班领导一字一句商讨标题;在接近次日凌晨,为精准提炼标题,不当班的编委从家里特意打来电话,提出修改意见。这一切,只为做好一次新闻报道,只为更好地突出新闻事件本身的传播价值。

专家点评

这条消息的时代背景是新冠疫情初起之时,社会经济骤然遭受强烈冲击。世纪疫情叠加百年未有之大变局,国内乃至全球政治经济形势都在发生激烈演变,不确定性不稳定性显著上升,人心普遍迷惘,发展陷入困境。可以想见2020年3月,江苏这个外向型经济大省率先传出的星巴克中国"咖啡创新产业园"项目签约落地昆山的好消息，在当时可谓横空出世，极大地鼓舞了士气，提振了全社会抗击疫情和发展经济的信心。时任国务院总理李克强还为此次签约仪式专致贺信。而从今日来看，星巴克和昆山的这次签约实则是双方奔赴，并且经受住了世纪疫情和国内外形势的严峻考验。昆山也正是由此起步，从无到有，逐步建成引人瞩目的咖啡全产业链，成为了中国咖啡的"硅谷"。江苏昆山是改革开放先行区，这里一直是一座新闻富矿，但无论如何，这条消息都将因其特殊而关键的价值意义而被人铭记。作为这一重要新闻记录者的《昆山日报》，其融合报道无疑更为及时、充分，文本内容也更为精准、权威，是一篇体现了"短、时、新"要求的好新闻。

第二十届江苏新闻奖

创新生态：看似无形却最核心

李 勇

当前的苏州，正处于经历了吸收外资阶段、工业聚集阶段、技术吸收阶段，向全面创新阶段转型的关键节点。

优化创新生态系统才能网罗天下英才、提升"创新浓度"、筑起创新高峰。

苏州应着力培育、提升六个创新生态元素，即宜居宜业的生活环境、集群发展的高科技企业、开放的大学和科研院所、集聚的创业资本和风险投资、专业服务的孵化器、多元融合的创新创业文化。

"你听说过硅谷有人才政策吗？"

近期，苏州日报组织骨干记者，分赴北京、上海、杭州、深圳等国内创新高地，探寻它们经济逆风飞扬的成功密钥。国家"千人计划"特聘专家陈宁在接受记者采访时给出的这一反问，发人深思。

归国创业的陈宁，有着深厚的在美学习、工作背景。他的这一反问，潜台词十分明白：人才政策、经济补贴或许具有短期吸引力，但最终对创新创业人才构成"致命诱惑"的，是一个地方出众的创新生态系统。

创新是引领发展的第一动力。日本著名经济学家大野健一分析了东亚国家和地区经济快速增长的情况后，提出追赶型经济的"四个阶段"，即吸收外资阶段、工业聚集阶段、技术吸收阶段、全面创新阶段。

当前的苏州，正处于经历了前三阶段，向全面创新阶段转型的关键节点。党的十八届五中全会提出，必须把创新摆在国家发展全局的核心位置，不断推进理论创新、制度创新、科技创新、文化创新等各方面创新，科技创新在全面创新中起着引领作用。

面对汹涌而来的世界创新大潮，我们坚持创新发展，深入实施创新驱动战略，必须坚持系统思维,不断优化创新生态系统。

优化创新生态系统,才能网罗天下英才。在新的战略坐标下,人才优势更加凸显出决定性作用,人才尤其是高层次人才,已经成为最关键的基础性资源。当今世界最前沿的科技创新策源地,世界最顶尖的大学、实验室、高科技企业,以及科学家、企业家仍然集中在以美国为首的西方发达国家,而且这种格局还将持续较长时期。苏州现实的人才条件,还难以迅速支撑起建设成全国创新高地的重任,必须"择天下英才而用之"。以前我们习惯于用政策创新、政策力度来吸引和留住人才,但随着经济发展进入新常态,进入创新驱动发展新阶段,诸如税收优惠、项目资助、廉价土地等手段的作用已经比较有限。现在的人才引进工作,要更加注重软环境建设。人才竞争已演化为人才创新创业的生态系统竞争。

优化创新生态系统,才能提升"创新浓度"。"创新浓度"理论由北京大学经济学家周其仁教授提出,是指在一个区域内,只有各类创新要素的聚合度超过某一阈值,才能产生"化学反应",大量科技型企业才能持续涌现,对周边地区的辐射带动作用才会逐渐显现。北京中关村的形成与发展就是该理论的佐证。中关村"独角兽"企业异军突起、创新创业者人才辈出,新技术、新业态、新模式不断涌现,制度与政策创新成果层出不穷,形成了具有标杆意义的"中关村现象"。造成这一现象的本质原因,是中关村通过体制机制创新,在创新要素总量有限的前提下,自觉地集聚资源,不断优化创新生态系统,提升特定区域"创新浓度"。时至今日,其"创新浓度"已达历史峰值,并在京津冀地区乃全全国范围内形成了强大的溢出效应,对我国推进以科技创新为核心的全面创新发挥着至关重要的引领示范作用。

优化创新生态系统,才能筑起创新高峰。对创新创业的呵护和扶助,是最现实的发展之道和惠民之举。在杭州滨江,政府20年来坚持奉行"不叫不到、随叫随到、服务周到"的"三到"服务,对企业的服务"像空气一样",平时企业感觉不到,但又离不开。事实上,企业对降低制度性成本的渴求,倒逼政府必须加快深化"放管服"改革,把该放的权放到位,把该营造的环境营造好,把该制定的规则制定好。华为总裁任正非曾说,其实政府只要筑牢法治化、市场化这两条堤坝,给企业在堤坝内有序运营提供有力保障就可以了。深圳做得比较好的一点,就是政府基本不干预企业的具体运作。正是在这样的"生态系统"里,华为才能专注创新,长成令世界瞩目的"参天大树"。

自然界的生态系统,涉及土壤、气候、水源、植被,还有生物的多样性等多个生态元素或生态链,它们之间相互关联,相辅相成,形成一个大系统。苏州要形成一个出众的创新生态系统,就要着力培育、提升六个创新生态元素,即宜居宜业的生活环境、集群发展的高科技企业、开放的大学和科研院所、集聚的创业资本和风险投资、专业服务的孵化器、多元融合的创新创业文化。

当下的中国，正在用创新重新定义"国家力量"；当下的苏州，更是在用创新升级"城市引擎"。厚植创新的土壤，优化创新的生态，用好创新这把发展的"密钥"，苏州，这座从不缺乏创新基因的城市，定能担当好全省乃至全国创新发展的引领者。

原载2016年12月25日《苏州日报》

记者手记

"创新四问"引发的新思考

2016年，时任江苏省委书记李强在参加省党代会苏州代表团审议时，专门就创新向苏州提出了四个方面的问题。苏州干部群众将之概括为"创新四问"，引发极大反响，形成全市上下谈创新、谋创新、比创新、争创新的热烈氛围。《苏州日报》编委会强烈感觉到"创新四问"不仅是苏州谋划未来的"必答题"，也为主流媒体"跳出苏州看苏州"提供了广阔视域。我与其他编委同志第一时间分别率队，分赴北京、上海、杭州和深圳实地采访调研，进园区、访企业，对话科技招商服务干部、海外归国人才团队，学习先进、寻策问道，推出"创新四问找差距 对标先进促发展"系列报道，取得很大反响。采访中，我们深切感受到四地推动创新的理念新、思路明，可谓各有妙招，但是归结起来就是要把"创新生态"这个看似无形却最为核心的大系统、大环境营造好，致广大而尽精微，春风化雨润无声。这篇文章也成为这次采访调研的一个沉淀、总结和思考。

专家点评

改革发展，苏州几十年来始终走在全省、全国的前列，成功的秘诀在于创新。目前，改革进入深水区，苏州在追求高质量发展的道路上，仍在向创新求答案。这篇评论之所以荣获第二十届江苏新闻奖，原因同样得益于"创新"。创新性是其一大特点。首先标题让人耳目一新，突出问题导向。创新生态，何为无形？何为核心？评论标题最忌"张开嘴巴就见喉咙"。标题留有悬念，让读者有一探究竟之心理。创新性还体现在切入口鲜活，它来自一线调研，以创新之问切入，针对性强。现在评论界有一种现象值得警惕,就是闭门造车、坐而论道,切入口都是"据报载""据网传",评论员不调研、不深入一线采访,关起门来写文章,这样的评论自然了无新意,更无谈精品力作了。特点之二,就是丰富的知识性。评论内涵丰富,视野开阔。文中有国家"千人计划"特聘专家陈宁的创新之问求解,有日本经济学家大野健一赶超型经济的"阶段论"介绍,有北大经济学家周其仁关于"创新浓度"理论的深度解读等等,不一而足。读了这篇评论,让人仿佛徜徉在知识的海洋,又好似在饱餐一场知识的盛宴。特点之三是鲜明的指导性。评论理论联系实际,鲜明指出,优化创新生态系统,关键是要坚持系统思维。论述层次清晰,环环相扣。如何优化创新生态系统,理论依据和实现路径在这里一目了然,可学可鉴。应该说,对于经济发达地区如何进一步拓展创新空间,如何提档升级,实现经济社会的高质量发展,该评论给人启示,具有一定的指导性。

第二十六届江苏新闻奖　第二十五届苏州新闻奖一等奖

破除"等通知"心态，让干部敢为地方敢闯

主创人员　沈振亚

　　11月17日—23日，苏州率先组织开展赴日包机服务工作——这是自2020年疫情发生以来，中国地方政府层面组织的首次大型经贸团组包机服务。随后一段时间，全国多个省市主动出"机"，赴海外招商引资、推介产品、分享商机、寻求合作，让人在寒冬里感受到了一种火热的干事创业的冲劲和闯劲。

　　争订单、抢市场、拼招商，这些在疫情前政府和企业的常规操作，却在朋友圈里纷纷刷屏，并登上热搜，引起叫好一片。一次看似普通的招商行为火出圈，背后正是破除了"等通知"心态，聚力高质量发展，不等、不靠、不张望的争先意识、拼搏精神，引发公众共鸣，也在情理之中。

　　一段时间以来，一种凡事都"等通知"的心态在社会上有所蔓延。上级让干啥就干啥，上级不发话、不发文就干等着。有的人甚至凡事被KPI（关键绩效指标）牵着鼻子走，KPI考核里没有的事项，即使有利于发展，也坚决不做坚决不碰，主动谋划的劲头少了，干事创业的闯劲小了。"这个世界会好吗？等通知！"网络上流传的这个段子，形象地描述了这种"不求有功但求无过"，甚至"不求无过但求小过"的混日子状态。

　　"等通知"本质上是一种不作为，这种现象的产生，背后有诸多原因。比如，一些人认为，改革创新的空间已经不大，根本性的变革很难再度发生，只要按部就班、得过且过即可，小心驶得万年船；比如，一些KPI考核设计得不尽合理，人们光是完成"规定动作"已经筋疲力尽，对"自选动作"当然无暇他顾，甚至还要担心"多做多错"；再比如，一些地方也出台了容错纠错机制，但主要是作为一种文件存在，接受现实检验的机会不多，"愿干事、敢干事、能干事"的氛围稍显不足。

　　要破除"等通知"的心态，需要从体制机制上激发和保障全社会干事创业活力，让干部敢为、地方敢闯、企业敢干、群众敢首创。一方面，需要形成更为合理的考核

考评机制，落实好容错纠错机制，对探索中的失误，多一些宽容，切忌问责泛化，在全社会大力营造干事创业的浓厚氛围，以发展论英雄，以实绩论英雄。另一方面，也要充分信任基层一线基于当地实际的首创精神，在顶层设计和法律法规框架内大胆试、大胆闯、大胆干，给予更大的自主空间，以基层一线的丰富实践，为高质量发展注入新动能新活力。

"高质量发展是全面建设社会主义现代化国家的首要任务"。高质量发展体现在经济、社会、生态、文化等方方面面，理念新颖、内涵丰富，更需要我们破除"等通知"心态，以时不我待的紧迫感上下求索、主动出击，贯彻新发展理念，构建新发展格局，在后疫情时代赢取战略主动、争得发展先机，为全面建设社会主义现代化国家开好局起好步贡献力量。

原载2022年12月14日今吴江客户端（吴江新闻网）

记者手记

2022年11月中下旬以及12月上旬，苏州组团赴日、赴欧招商，成为当时舆论场上备受关注的政商现象，甚至一度火出了圈，上了热搜。

外地网友的话，颇有羡慕嫉妒恨的味道："瞧瞧别人家的政府在做什么！"

有"别人家的孩子"，也有"别人家的城市"。

2022年11月中下旬，十分微妙的一段时光。在有关政策走向尚不明朗之际，苏州果断出击，发力拼经济、拼招商，属于三年来第一个"吃螃蟹"的地方政府：这是自2020年疫情发生以来，中国地方政府层面组织的首次大型经贸团组包机服务。

新闻足够弹眼落睛，解读颇费思量。如果就事论事，固然也能体现苏州的锐意进取，但可能流于套路化，没有新意，泯然众人，少我一篇不少，多我一篇不多。因此我决定再等一等，看看有无合适的角度切入。

入行二十年，我不怕等，怕的是匆匆忙忙，少思少虑。

到12月6日中央政治局会议召开，分析2023年经济工作时，我觉得时机大略已经成熟。仔细阅读会议新闻稿，内有"要坚持真抓实干，激发全社会干事创业活力，让干部敢为、地方敢闯、企业敢干、群众敢首创"这样的表述——苏州组团招商，不就是"干部敢为、地方敢闯"的典型标本吗？

评论应该敏锐捕捉社会情绪脉动。作为一个工作生活在真实环境里的人，不得不承认，近几年来，"等通知"心态颇为普遍，甚至上升为一种精神现象。拨一拨动一动，不拨就不动，"规定动作"尽力完成，"自选动作"基本没有，说"躺平"可能言过其实，但主动性一定程度丧失，"不作为"一定程度蔓延，是肯定的。

这与"中国式现代化""高质量发展"的要求肯定背道而驰。

苏州，没有"等通知"，一定程度上作为一种标杆，出现在公众视野中，体现出这座城市丰厚充实的精神底蕴、快人一步的领先思维、敢闯敢拼的实干精神。生活在这里有福气，是因为有底气在支撑。

回头看去，把各种要素拆解开来，看似简单，然而实际写作过程，一波三折数易其稿，该删节的删，该添的添，最终呈现在公众面前的，是一个相对完善的版本。当然，现在再看，囿于见识、水平、能力，文本不免有些许遗憾之处。要弥补遗憾，只能继续写，写到写不动为止。

专家点评

"顶天""立地"：新锐评论的基本逻辑

《破除"等通知"心态，让干部敢为地方敢闯》的写作切中时弊，鼓舞士气。

一是独具慧眼，"顶天""立地"。聚焦小话题——火出圈的苏州组团赴日、赴欧招商的政商事例，延展大现象——"等通知"这一蔓延社会的独特视角，落点于全国"干部敢为地方敢闯"的典型标本，升华到"中国式现代化高质量发展"的深层主旨。既做到立意高远放眼全国的"顶天"，又实现具体事件为切入点的"立地"，解读颇费思量，避免了人云亦云，体现了优秀新闻评论应有的力透纸背的高瞻性和思想性。

二是洞察热点，精准射靶。深挖中央精神的核心要义、深悟现象背后的重要本质、捕捉社会现场的鲜活素材，提炼出并反复强调一种公众广而感知的"等通知"心态，节奏感很强，可谓一滴水见阳光。巧妙地结合"让干部敢为地方敢闯"这一中央指示，不仅展开说理，而且提出形成合力的考核机制、落实容错纠错机制的破除办法，表现了强烈的现实针对性、敏锐的社会情绪洞察力及自觉的媒体责任感，产生了良好的社会效果。

三是把握航向，深度阐述。整体论述结构严谨，逻辑清晰，洞悉透彻，通过纵深式的思考和引导，理清了几层关系，即"等通知"心态在社会上的蔓延、"等通知"行为产生的原因及其本质、破除"等通知"心态的对策，条分缕析，层层剥茧，一气呵成，彰显了苏州不等、不靠、不张望的争先意识和敢闯敢拼的实干精神，颇具引领性和方向性。有理有利有力的深度阐述，充分展示了评论员的脑力和笔力。

第十七届江苏新闻奖

发现城市软实力
苏州日报"行走街区"大型新闻行动

苏州日报集体创作

开启发现之旅　解读城市软实力
苏报大型新闻行动带您"行走街区",探析我市城镇魅力之源

苏报讯（苏州日报"行走街区"报道组）中国的城市发展,已进入软实力竞争时代。当前,苏州站在了转型升级的重要关口,要增强城市竞争力,关注软实力、建设软实力意义尤为重大。昨天下午,"发现城市软实力·苏州日报'行走街区'大型新闻行动"举行启动仪式。今天起,由10多名苏报骨干记者组成的"行走街区"报道组将先后走进我市城镇15个特色街区,为读者发现、探析、解读它们各自的独特魅力之源。

如果说硬实力是城市的"筋骨肉",软实力就是"精气神",它们共同构成了城市竞争力。硬实力是软实力的载体和基础,软实力是硬实力的灵魂和延伸。如今,单靠粗放式的资源消耗、廉价劳动力换取硬实力发展的模式已经难以为继。

实践证明,一个城市,只有拥有了强大的软实力,才有发展的后劲。

街区是城市的肌理,城市由一个个街区组成。近几年,平江路、山塘街因其对历史古迹的保护与利用,先后当选"中国历史文化名街",成为苏州特色街区中的佼佼者。与此同时,伴随工业化、城市化、现代化的脚步,诸多传统街区也随之发生巨大变迁。有的已经消亡,有的将长期保留,但需直面破解经济、社会、文化、建筑风貌等诸多领域中发展与保护、传承与创新的一系列矛盾；有的街区已经"旧枝发新芽",在传统中融入时尚元素,或进化为商旅融合、文旅融合区,或变身为国际贸易展示区,或转变为时尚创意区,呈现五彩缤纷的绚烂色彩。审视那些独具魅力的街区,会发现它们具有更强的社会凝聚力、文化感召力、科教支持力、参与协调力等软

实力。

苏州日报今年的"行走"行动在苏州全市范围内精心筛选了15个街区为窗口，来观察、解读它们的发展软实力。城市软实力有很多侧面，但简而言之，要检验一座城市的软实力，只需两个问题——

问问自己的市民，这座城市是否让你引以为傲、不离不弃？问问外来的客人，这座城市是否让你印象深刻，来了就不想走？

在接下来的20天左右时间里，苏州日报"行走街区"报道组将带着这两个问题，从山塘街起步，走进姑苏区、高新区、相城区、常熟市、张家港市、太仓市、昆山市、苏州工业园区、吴江区、吴中区等地的特色街区，试图通过触摸它们的文脉肌理，记录时代洪流里人们的生活变迁，体味街区百姓的所感所思，来发现并解读这些特色街区的魅力之源，梳理出苏州城市现代化建设的新韵律，探析提升城市发展软实力的新路径，为破解"千城一面"、增强城市竞争力提供一份参考。

本次"发现城市软实力·苏州日报'行走街区'大型新闻行动"由虎丘婚纱城全程支持。

原载2013年10月18日《苏州日报》

在苏州城郊，葑门塘流淌了几百年的市井民俗风情，汇聚成一条水乡市集老街

不到葑门横街，就不懂苏州人的生活

苏州日报"行走街区"报道组

走在葑门横街，我们报道组5人淹没在熙熙攘攘的人群里。虽然已经是上午10时多，但买菜的人还是成群结队，各色店铺一家挨着一家，人们忙着讨价还价、挑挑拣拣，喧闹声、吆喝声充斥耳边。

这是依着葑门塘而自发集聚的沿河老街，从一开始就是老百姓市集形式，如今延续着它原始的市井风貌，依然承担着满足柴米油盐的生活开销的功能。我们走到这里，感受着古今一成不变的鲜活浓烈乡土气息。

一条横街承载了最低成本的苏式生活

横街上最蔚为壮观的,是整条街密密麻麻的菜市,各种新鲜蔬菜鱼虾的摊点布满了路边。我们从西街走进,一条"横街水八仙赶集日"的红色横幅悬挂在南侧小楼,十来个鸡头米摊点一字排开,摊贩基本来自黄天荡一带,他们手指套着铁戒指,手法娴熟,饱满圆润的鸡头米不一会就盛满了一碗。"80元一斤,最新鲜的,买点尝尝吧!"

直观的感觉是,横街是条拥挤而有些陈旧的巷子,一走进去,放眼望望,这些店铺都是随意摆放,甚至有些乱,但让人生出一种自然的亲切感。经营者也似乎不把你当外人。在吴家豆腐店,我们站在门口,可以直接看到店里是如何制作豆腐等豆制品的,而且每个工艺都是直白地操作,顾客站在门前一目了然。

摆在街头的还有鲜嫩的茭白、慈姑、莲藕等苏州人餐桌上的传统美食。铺子贴着铺子,店面连着店面。苏州人爱吃的糕团,上市时还冒着腾腾热气;水灵灵的红萝卜、碧油油的小青菜和扑翅挣扎的鸡鸭,还有倚门而坐的小贩的手剥虾仁。随意走一下,几乎能找到家里需要的各样物品。

葑门街道和横街社区的工作人员告诉记者,四时不断的时鲜吃食,包括水八仙、太湖三白之类本地特产,总能在这里买到,新鲜而便宜。沿街两旁,一家挨一家地开满各色店铺,其中一些是原来横街上的老店铺。"翁记木桶店"也是一家老店铺,店里陈列着三四十种品种,长浴桶、泡脚桶、马桶,应有尽有。最起码说,普通人家的日常用品在这里都能搞定了。

民间工艺延续不是失去生活形态的空关街

横街老字号繁多,一批拥有绝活的民间手艺人散落在街巷,这里不仅有着日常生活离不了的鱼行、米行、面馆、箍桶店,还有钟表行、理发店、浴室、茶馆等其他业态的店铺。

在葑门钟表店,今年57岁的许琪传承了父亲许昌文的手艺,为登门的顾客维修各类钟表。12平方米左右的店铺,从墙到柜,从上到下,挂满、摆满了各式各样的钟表。有晚清民国初年间出产的"自鸣钟",也有父母辈结婚必备的"上海牌"。看着这些许久不见的"老朋友",追忆如流水般敞开。

从小,许琪就喜欢钻在钟表店里,看长辈们摆弄钟表的各种零件,看得多了,忍不住动手试试。渐渐地,他成了父亲的小助手。1975年,许琪高中毕业后,被分配到苏州铜材厂，从事精加工维修工作。后来，许琪有很长一段时间，在常熟招商城做进出口贸易。虽然有正式的工作，但许琪从未离开过钟表维修行业。晚上，他向父亲学习维修技术，钻研各类书籍，掌握钟表的工作原理和修理不同钟表的技巧。目前，许琪正在文庙开一家新店，是钟表文物收藏店。他向记者介绍，他也是一个藏家，已经收藏了500多个古旧机械钟表。

"上午皮包水，下午水包皮"，这是"老苏州"的生活方式。在横街，茶客有居民，也有卖完菜、做完生意的人。王连华是个"老横街"，他说，以前横街最出名的茶馆是椿沁园，茶馆连书场，每天都满座，开了日场还开夜场，街上来往的人流都是赶着时间听书的。最近，他正在配合街道，准备把这家久负盛名的茶馆恢复起来，原生态地再现当年的市井风情，点缀这条老苏州文化的街市。

城郊结合横街呈现动态江南水乡特色

我们站在朝天桥上，望着里河水波光粼粼，听东街花苑小区老居民杨知非介绍他的故事。

杨知非1949年从常熟恬庄（今张家港凤凰）来到苏州。当时，横街南面全是水田和农村，盛产鸡头米、茭白等水产品。杨知非就住在朝天桥边上的鱼行，当内场学徒，娶了当地姑娘。1952年，大儿子在这里出生。杨老伯记得，城外每天早上都有大量乡下人划着船，把农产品运到码头交易。当时，里河连着葑门塘，横街就是城里城外连接节点，也是河道陆路的交汇码头。本地菜非常新鲜，城里人都赶来买，买卖双方自行交易成了市集，而且，搭建的菜场里是空的，大家都摆在路边叫卖，"水八仙"成为葑门横街的一大传统特色，不仅价格实惠，购买也便捷。

"我到苏州60多年，一直住在这里，也一直是在横街买菜的。"杨老伯说。上世纪80年代后，东街和西街陆续建造房屋，这片水田和农村开始繁华起来，向城郊接合部转型，如今已是闹市。但是，横街的特点始终没有变，反映了市井生活。苏州有好几条叫"横街"的地方，但只有葑门这一条保持了原有风貌，紧扣着城郊结合的水乡特点。

【街区名片】

葑门横街

葑门横街位于古城东南部，南傍一条叫葑门塘的河，东西走向，故称葑门横街。横街长约五六百米,可供三至四人并行通过,路面至今仍保留着数百年前的青石路板。

自古以来,葑门横街一直作为葑门附郭集镇式城乡贸易中心而存在。以前,苏州东部的农民,都要摇了船运菱、藕、鸡鸭、鱼虾、大米及茭白、水芹等蔬菜来横街交易。2009年后,横街经过综合整治,再现了清末民初的建筑风格,保留了多家老字号及农副商贸街市,散发出原汁原味的苏州市井文化气息。

【行走微日记】

留住市井文化之根

@多多爸1978:去横街老茶馆喝个早茶,顺道买一块用卤水点出来的豆腐,去老酒店沽一斤传统的粮食白酒。但我不知道这份安逸还能维持多久?在利润为王的现代商业冲击下,老店、老手艺人或将因收益低,难以为继。留住老手艺人,就是留住横街市井文化的根。保护苏州传统文化,绝不能缺了他们的参与。

@水母与蜗牛:上学那会,出了苏大东区的南侧门,步行约百米就到了横街的东头。横街看起来很脏,但却能吃到正宗泡泡馄饨。时隔多年重访故地,馄饨铺子仍在,下馄饨的老人已被年轻夫妇取代。坐进铺子,叫了一碗,吃的那叫回忆!

原载2013年10月22日《苏州日报》

创新管理　让横街更亲民

苏州日报"行走街区"报道组

"横街不长,也不是苏州有名的景点,但它可算是最有苏州市井气息的老街",作为古城唯一保留较完整的百年横街,葑门横街承载了很多老苏州的悠长记忆。走进葑门街道办事处探访横街的发展轨迹,话题刚一打开,迎上前来的每个工作人员几乎都有着说不尽的话。

话题的中心就是老街上的那份热闹。2009年开展的葑门横街风貌整治工程在全面提升改善民生基础设施的同时,横街原有的特色风貌更加鲜明突出:枕河人家依旧,老字号重开,传统集贸街市更值得一提,物美价廉,不但满足了葑门街道辖区近10万常住人口的菜篮子的需要,并辐射东面的工业园区以及葑门内的十全街居民,成为苏州市区最有名的露天街市。

横街的名声越来越响,街区留住了传统的民俗风情特色,同时也给管理带来了不小的难题。一是,人气足、生意"挺好做"必然带来沿街商铺的升值,一些利润高的行业可能会将一些利润低的特色小店变相"赶"出去。二是,受地理条件限制,横街街面狭隘,人多拥挤,路边摊点也多,交通与治安也成为令人挠头的问题。怎么办?唯有从创新中寻出路,葑门街道党工委书记杨跃表示。

围绕老字号,管理部门创新商业生态的保护模式。葑门横街原有众多的知名老店,凤仙园书场、鼎源南酱店、同益生药店、葑门茶室等,粗粗一算就有十余家。这些原有的业态和老字号是横街传统商业文化的象征,更是水乡风情的载体。为此葑门街道出台了相应的扶持政策,不断整合社会资源,吸引社会资本延续老店的经营与管理特色,为的就是留住这些珍贵的遗产。

围绕购物环境,管理部门创新横街的"自治"模式。摊位摆上街中央这些事,经过不断上门劝说,横竖铺设的青石板路上渐渐有了"规矩":店外设摊不超过竖铺的青石板,中间的街面则留给行人往来。这一条"规矩"虽未写入法律法规,却成为商贩们自觉遵循的底线。横街治安一度也困扰着周边居民,为改善这一状况,街道一方面增加技防监控设施,同时又引入社会组织,合力维护街区安全。

无论是保护老字号,还是给商铺"出界"立规矩,创新的目的都是惠民、利民、便民。杨跃表示。事实上,如何提供更优质的惠民利民便民服务,一直是街道管理部门工作的重点。今年初,他们着手打造"智慧社区"服务平台,整合各类便民服务资源,并在各社区统一配置触摸屏一体终端机,让居民在家门口就能解决衣食住行。"不仅能在横街买到城区最新鲜与便宜的菜,还能在社区享受到最优质的惠民服务。"杨跃说。

行走在横街,幸福徜徉心间。

原载2013年10月22日《苏州日报》

系列报道

浏河海鲜街：老渔港劲刮休闲风

苏州日报"行走街区"报道组

由苏州娄门出发，娄江流经了昆山，流经了太仓，最终以浏河的名义注入长江、东海。

如果说浏河是一条流淌的纽带，那么，海港是一个支点，渔港路是一根杠杆，撬起了一个航海渔业、江南古镇和滨江新城的交融街区。

太湖的一湾碧波向东。生活在江海河汇合点，这里的人们有着怎样的情怀？我们走到了浏河边、渔港路，领略了江风海潮催生远洋渔业的壮阔壮美，品味了这个江边古镇的海洋情节。

娄江的尽头，转个弯就是上海

滨江大道还未正式通车，这里新铺了沥青。站在新浏河大桥上，我们眼前是江海河交融的景象：桥下是宽阔的浏河，密密麻麻停泊了大型轮船，有货轮，有渔船。右面往西是华东水产市场，左面往东是货运码头和在建的滨江新城。

太仓市滨江新城发展有限公司董事、副总经理徐勤介绍："当年，郑和带着他的船队，也是从这里出发，七下西洋，开启了伟大的航海历程。"

站在桥上，我们目测浏河的宽度，大概是娄江苏州段的两倍。娄江由西往东，到了太仓就改名浏河，我们站的这个节点，就是娄江的长江口。徐勤指着远方几乎与江面相平的一个小岛，说那就是上海崇明岛了。

滨江大道从浏河直通上海，过了桥，左转是宝山，右转是嘉定。因此，这条路也是上海市沿江进入江苏省的第一站，也是上海人吃"江海河"三鲜最近的通道。

行走渔港路，体验"抢海鲜"的乐趣

到浏河，最不能错过的地方就是渔港路上的海鲜码头。渔港路，当地人称"海鲜一条街"，这里每年有1000多艘渔船进出。每当渔船回港，"抢海鲜"就成了码头一景。

在浏河镇，渔港路是向外转运"江海河"三鲜的集散地。我们驱车前往码头采访，还有1公里路程，空气里已经弥漫了海鲜味，进入码头区，混杂的鱼腥味迅速把我们包裹其中。

一条渔轮靠岸,码头地面都是碎冰块,10个工人通过一架约10米长的不锈钢传送带,将一箱箱用冰覆盖的新鲜海鲜运上岸。在市场打工的挑夫2人一组,忙碌地把各种鱼搬到堆放区,几辆集装箱货车正等着。小带鱼一箱200元、鳗鱼一箱300元……双方谈好价格,立刻把新鲜海货拉走,一渔船的货很快被抢光了。

"每年12月,大批渔船回港,那时候,百人抢海鲜的场景才叫震撼!"船老大周存军是浙江嵊泗人,他介绍,出海后遭遇台风,在海上漂了半个多月,最近才收网。这一船有5000多箱,主要是带鱼和梅子鱼,还有一些小黄鱼、鳗鱼等,每箱30多公斤。刨掉柴油费、人工费和其它开销,赚头并不大。

现在,来码头卸货的渔轮多是外地的。今年57岁的刘长明是浏河有名的船老大,拥有2艘各130吨的拖网渔船。今年9月15日开捕,他的船出了几次海,但核算下来觉得亏本。

刘长明生在船上、长在船上,爷爷、父亲都靠捕鱼为生。他回忆,浏河码头最兴旺的时候是上世纪八九十年代。那时,码头挤满了渔轮,其中,仅仅江苏省海鲜渔业总公司就有70多艘。1990年前后,他出海捕一趟鱼,可以收入10万元。如今油价越来越高,海上的渔船也越来越多,出海捕鱼不再是暴利。刘长明说:"就算每年鱼汛出海,也不一定赚钱。现在到处都是渔船,把鱼都弄光了。"在浏河,拖网渔船一共只剩下了3对。

从吃海鲜到长江口度假,渔港玩出新活法

出海打鱼,既苦累,又挣不到钱,谁干啊?于是,渔港和靠渔港吃饭的人,就寻思着"换种活法"。

以前,渔港路是渔船回来卸货交易的地方,现在取而代之的是大大小小100多个冷库。

雄飞水产公司老板赵雄鹰15年前开始做海产贸易。做着做着,他发现到港的渔船少了,海货紧张了,光靠做海产贸易很难有大的发展。2003年后,他发现上海、苏州不少家庭开始有了私家车,到浏河来吃海鲜的人多起来了。很快,赵雄鹰就开起了一家海鲜饭店,主打新鲜海产品,一个招牌菜"黄焖带鱼"给他带来了诸多回头客,尤其是上海客人。

前两年,他听说要在浏河建长江口旅游度假区,觉得这个前景好,投资6000多万元建起一家四星级标准酒店。他说:"我以前在渔港路也算是大型水产公司了,现

在转型做酒店,吃海鲜、住酒店、游长江口森林公园,逛老街,一条龙全有了。上海和其他地方来的顾客都赞不绝口,因为这是浏河,这里不仅有最新鲜的海鲜,还有最原生态的环境!"

徐勤介绍,浏河镇是一个非常独特的地方,既有浏河自身的水产品,又有长江和大海共存的生物,每年的"江海河三鲜美食节"都是长三角地区盛大的节日,吸引了八方来客。从单一的渔业产业,浏河镇开始利用沿江沿沪的优势,扩充生态公园和休闲旅游度假区。

我们来到长江边,这里有一个蓄淡避咸的水源地,220万平方米,1742万吨蓄水量。这个水库既是应急水源,又是一处绝佳的风景。环水库路约7公里,灰白色的芦苇在风中摇摆,远方江面上点点布列着看似不动实则在行驶的大船。江堤西边有一条人工河,河边是亲水平台和居民区。休闲的意味不言而喻。旅游度假区还没有建设完毕,目前景区已游人如织,其中大半是上海人。

【街区名片】

浏河渔港路街区

浏河渔港是国家一级渔港,码头距长江口2.5公里,可供200艘渔船24小时停靠交易。经过投资改造,该港目前的生产、加工、冷冻、销售条件已超出许多老牌渔港,成为远洋、近海各类水产品进入上海、苏南市场的首选卸货港。

浏河渔港所在的渔港路,当地人习惯上称它为海鲜一条街。这里每年有1000多艘渔船进出。据估算,海鲜年交易量超过5万吨。

2012年,长江口旅游度假区获批省级度假区。度假区对渔港路及渔港码头一带的规划是建设独具江海风情的渔人码头。渔人码头占地1000亩,其中包括18万平方米的华东水产交易市场,占地6万平方米的江海河三鲜美食城以及渔港路美食街,主打特色水产、特色餐饮,可以了解和欣赏捕捞知识、海洋风情,观光长江入海口。

【行走微日记】

"沪牌车"满街

@荧荧白兔:沿江沿沪是浏河街区最大的特征。一到周末,满街都是沪牌的汽车。他们到浏河,吃一顿海鲜,看一下长江口森林公园的江景,在滨江花园酒店住上一晚,就可以有一个完美的假日。这就是浏河的魅力。

@多多爸1978：当了一辈子海捕拖船船老大的刘长明面临后继无人的窘境。他家有两个女儿，成年后没人想再去海中打鱼，一是很少有女孩当渔民；再者，现在出海捕鱼屡屡出现亏损，让海捕成为一个"鸡肋"行业。刘长明说，20年前，浏河至少有30多对拖船，如今只剩下了3对。拖网捕捞已成为活着的历史。

原载2013年10月30日《苏州日报》

主打三鲜美食再现渔村风情

苏州日报"行走街区"报道组

浏河，江苏最重要的渔港之一，因渔兴而兴，也因渔衰而面临转型。

随着省海洋渔业公司的解体和改制，浏河渔港路往日的辉煌渐渐消退。近年来，由于过度捕捞等原因，造成我国近海海洋渔业资源的枯竭，中国的海洋渔业进入了衰退期。在这样的背景下，作为国家一级渔港浏河的水产业下一步该如何发展？渔港路和渔港码头该如何进行资源整合，再创辉煌？

2010年3月份动工兴建的华东水产品交易中心是浏河镇提档水产业的大手笔，项目总投资3.8亿元，建筑面积达18万平方米，建成后水产品交易能力可达30万吨。

"如果说，传统的渔港路更像是一个露天的'菜市场'，那么华东水产品交易中心则是一个现代化的商务型市场。"浏河镇党委副书记杨晓峰介绍说，交易中心共分三大区域，即交易区，配套服务区，公共设施区。每一个商铺底层为店面，二层为办公室，三层是宿舍。其中二、三层都配备了有线电视和水电煤气等工作生活必需的基本设施。市场建立的一站式特大型水产批发场所设有海鲜区、河鲜区、冰鲜区、干货区、水产品特制区、物流区、酒店用品区、停车区。水产品大区内经营的品种有活海鲜、冰海鲜、冻品、贝壳类、海蜇类等，不但集全国水产品经营之大成，也将成为集交易、展示、仓储为一体的华东地区最大的水产品一级中心市场。

据介绍，在浏河渔港建设水产品市场，可以提升渔港路一带市场的基础设施及优势，保证水产品的货源以及新鲜度，节约交易成本，与某些水产品市场仅靠集散功能来支撑市场相比，市场和渔业产地之间的合作，扩大了经营的影响及互补。"产地（渔港）+市场+批发商"则是提升了水产品批发的竞争力。"交易市场的建成，提升了浏河镇水产业的硬件设施和经营业态,目前入驻的商家有来自苏北地区的、浙江的、上海的、福建的,未来渔港路的商户都将迁入交易中心经营。"

"除了继续做好水产交易,近年来,浏河还依托'江海河'三鲜资源,做好做足旅游文章。目前正在建设的长江口旅游度假区中的重要片区渔人码头,就是把渔港路作为核心,突出风情美食,打造渔村风情。"杨晓峰说。

据了解,按照规划,长江口旅游度假区规划面积16平方公里,主要包括滨江新城、渔人码头、浏河古镇、森林公园等四个主要旅游发展集聚区。其中渔人码头占地1000亩,包括18万平方米的华东水产交易市场,占地6万平方米的江海河三鲜美食城以及渔港路美食街,主打特色水产、特色餐饮,可以了解和欣赏捕捞知识、海洋风情,观光长江入海口。其中美食街主要以浏河本地的"江河海"三鲜美食为主打,以室内外排档等为主要形式,并且配套各色商铺,打造浏河渔村风情。

"渔人码头将整合国家一级渔港、华东水产品交易中心、江海河三鲜等资源,打造展现渔港风貌、渔村风情和体验渔业文化、美食餐饮的旅游聚集区。"杨晓峰告诉记者。

原载2013年10月30日《苏州日报》

高淳老街:"吴头楚尾"慢生活

苏州日报"行走街区"报道组

编者按:高淳,隶属南京市,离南京主城有上百公里远,属于长三角的边缘地区,今年4月刚撤县建区。由于地处"吴头楚尾",高淳老街兼有徽派建筑和香山派建筑的特点,别具特色;原先由于交通不便,使得高淳生态环境较少受到工业化的侵蚀,近年发展起来的休闲农业和生态旅游成为其特色和亮点。

苏州日报"行走街区",旨在发现城市"软实力"。报道组花20天左右的时间,已对我市城镇的15个特色街区进行了深入解读。一路上,我们听得最多的话题有两个:一,老镇老街怎么保护、利用,让它更具魅力;二,生态环境如何修复、保护,让家园更加美丽。

高淳对老街"活态保护"的做法和独特的"国际慢城"生态之旅,恰好为这两个问题提供了一份"参考答案",吸引了我们的注意。报道组因此走进高淳老街,希望他山之石,能够提供借鉴。

苏州出城驾车朝西南方向走,宜兴的大竹海、溧阳的天目湖,加上浙江长兴与安吉,构成了一条苏州人很喜欢的短途自驾游线。其实,天目湖景区再向西,还藏着一个推崇"慢生活"的小城高淳。

高淳,因"地势高,民风淳"而得名,历史可以追溯到2000多年前,春秋战国时它是吴楚两国战略争夺的要地,故又有"吴头楚尾"的说法。

说高淳古老而又神奇,是因为当地有个高淳老街。从这条老街走上一遭,酷似品尝百年陈酿,让人有似醉非醉的感觉。

吴地与徽州文化
留下了双重烙印

高淳之"淳"缘于水,其水之润泽绝不亚于周庄与同里。最早的高淳老街是两面临水的,东跨固城湖,经胥河到苏锡常;西由官溪河连贯长江。便捷的水上交通,让高淳老街不经意中就成了沟通徽州与太湖流域的中转站。老街一侧几乎每条小巷都通往码头,磨得光滑的粉色胭脂石,雨水冲刷过的青砖白墙,都在诉说着这段"勾连苏皖"的辉煌商业史。

高淳特殊的地理优势,既成就了老街的繁华,又为老街烙上吴地文化与徽州文化的双重印记。这里的建筑风格既带有徽派特色,又带有苏南建筑特点;既呈现徽派的古朴典雅,又体现香山派的通透轻盈。

老街宽不过4米的街道两旁,民居挨肩接踵。临街的是店铺,中进乃客堂或作坊,侧有账房,卧室一般在楼上,后进则为货栈或晒场。民居门窗多为木结构,徽州特征凸显。为节省土地,邻里共用一堵山墙。它同时是风火墙,上砌"墀头",形状类似龙口含一腰鼓。这实为江南龙头的变异,古代称为"摩羯",相传它专吃火魔。

沿街店铺的梁枋和斜撑木雕也是老街的"门面",偶一抬头,一片"伯乐相马"的主题砖雕落入眼中,雕刻中的人物与马匹栩栩如生,似乎正用自己的故事讲述着这条老街的传奇。

高淳区委宣传部副部长左年生说,老街建筑被称为"皖南徽派与苏南香山派的过渡类型"。从老街的建筑风格上反映出它作为沟通苏、皖经济与文化走廊的历史定位。"说着吴方言、住着马头墙、吃着淮扬的蟹黄包",高淳老街因其文化的多样性入选中国历史文化名街。

传统手艺
在老字号中代代相传

老街其实是一个城市的博物馆，盛满了城市的历史和一代代人的成长故事。

"吃一口酒酿再走。"老磨坊豆腐店的老板娘郝明香听说我们来自苏州，拿起小勺捞了一碗送到面前，非要请我们品尝。听到赞叹声，郝明香忙不迭地介绍起自家的产品。不大的店铺里摆放的豆腐干、糕点是她堂哥连夜做的，糯米酒酿是她辛苦了两天一夜的成果，她最得意的作品是那盒火辣辣的虾子酱。"今天做了一盆，装了20多盒，只剩下最后1盒了。"郝明香说。

做酒酿、虾子酱与豆腐干是郝明香的家传手艺。今年57岁的她，一出生就住在这条老街上，从小看着祖父做豆腐与豆腐干长大。郝明香说，她长大后进了一家机械厂，没再从事祖传的行当。最近几年，慕名前来的游客越来越多，她就想着把祖父传下来的老手艺重新捡起来，重开了这家百年老字号。为了让家传手艺更原汁原味，郝明香年逾九旬的大伯，几乎每天都到铺子里指点。

对面传来的叫卖声清脆响亮，给来往的人推销的是刚刚出锅的蒸糕，锅盖掀开，热气直往脸上走。传统的制作手艺，少不了的是上辈人流传下来的老物件。用筛子选最细的糯米粉，撒在手工制作的木质模具里，点上芝麻白糖等做成的馅儿，把表面整平，再翻过来就变成了有棱有角的糯米糕，这个木盒子同样也可以做玉米糕、黑米糕等。

"这条老街上的店铺大多是百年老字号，做千层底纯棉布鞋的、羽毛扇的，做糕团、蟹黄包的，做瓷器的、子孙桶的，扳扳手指数来，两只手还不够用。"左年生介绍说。

保护"非遗精髓"
让老街"活"起来

最近几年，高淳老街、国际慢城成为南京、上海等周边地区游客的新宠。看着熙熙攘攘的老街，很难想象它曾经破落的样子。

高淳老街在保护性开发之前，也曾面临衰落甚至拆除的危机。由于年久失修，老街上许多房屋破旧不堪。"老街原长1135米，现保护完好的长505米。北边的那段因破旧严重等原因已彻底消失了。"左年生说。

从上世纪80年代开始，当地政府陆续对老街进行维修整治，按照"修旧如旧"

的原则，先后修复了吴家祠堂、新四军驻高淳办事处旧址、耶稣教堂等文物古迹，原址复建关王庙，建成高淳民俗馆和杨厅两处景点，逐步恢复了老街的明清风貌。

在保护老街的过程中，高淳人又发现，对老街的保护，不能只局限在历史建筑的"外壳"，独特的建筑特色只有和深厚的文化底蕴以及淳朴的民俗风情结合起来，才能"活"起来。最近两年，围绕高淳民俗风情重新布置街区内的景观，调整商业业态、组建新的民俗艺术团，把当地"非遗精髓"原汁原味地呈现给游客。"今年'十一'黄金周，老街民俗文化非遗馆开馆，整条街都挤满了游客。"左年生介绍。

【街区名片】

高淳老街区

高淳老街又称淳溪老街，位于南京市高淳区淳溪镇，是高淳的商业中心，江苏省内保存最完好的古建筑群，被誉为"金陵第二夫子庙"。

高淳老街自宋朝正式建立街市，至今已有900余年的历史。老街东西全长800多米，宽4米多，因呈"一"字形，又称一字街。两旁建筑为砖木结构，合面式店房，上下二层。造型既具皖南徽派风貌，又有鲜明的江南传统风格。

【行走微日记】

扇出文化交融之风

@多多爸1978：高淳可以说是多种文化的融合地带，这里的人说的是古吴方言，住的是徽派建筑，老街地方特色的产品有大众布鞋、羽毛贡扇、珍珠饰品、玉泉炻器、香干豆腐等。其中，以羽毛贡扇最负盛名，明嘉靖年间成为皇室贡品。我们也买了几把鹅毛扇，扇一扇历史文化交融的风。

@荧荧白兔：高淳慢城，恍如世外桃源。这里的人家全都依山傍水，不但空气清新，而且环境优美。经过政府对农户院落的修葺，农家乐已经不是对于游客的招牌，而是当地人们自己生活的感受，路边添置了公厕和垃圾箱，生态环境有了硬件的保护。更让人感慨的是，当地很多人并不服气外界称呼他们所生活的地方是"慢城"。他们说，我们不慢呀，做事情很利索的。呵呵，这帮幸福的人们只缘身在此山中啊！

原载2013年11月18日《苏州日报》

以理性回归的"慢" 追求高质量的"快"

苏州日报"行走街区"报道组

高淳,一个因"慢"而知名的地方。

在国内众多城市习惯"急行军"发展之时,高淳桠溪镇"生态之旅"风光带在2010年突然被世界慢城联盟授予国际慢城称号,成为中国第一个也是至今唯一的国际慢城。这宛如高速公路上的一个掉头标志般,引起了广泛瞩目。

高淳桠溪镇"国际慢城"区域面积150平方公里,休闲农业和生态旅游成为特色,有生态、农业、文化、健康4个慢城功能区。关于"国际慢城"称号的来历,南京市高淳区委书记、人大常委会主任吴卫国感慨:"既是意外之喜,又在意料之中。"

吴卫国所指的"意外",说的是国际慢城花落高淳的过程令人意外。6年前,高淳县与意大利波利卡市结为友城,2010年7月1日,波利卡市市长安杰罗瓦萨罗第3次来到高淳,点名要到"生态之旅"看看。巧的是安杰罗瓦萨罗本人具有的另一层身份——世界慢城联盟副主席、国际部主席。他在高淳逗留了三天,绕着桠溪镇走了几圈,临走时撂下一句话,"这里的一切,完全符合'国际慢城'的标准。"后来,便有了中国首个国际慢城。

说在意料之中,指的是高淳获"国际慢城"称号,是实至名归。世界慢城联盟对国际慢城有很多的公约,其中两条公约非常重要。一个是人与自然要和谐,要平等相对,第二个是对历史文化的保护和传承。高淳三分水三分山,有固城湖、石臼湖相拥,水网密布,被茅山余脉环绕,青山连绵,至今保留着最古老的吴语发音和多处千年古镇老巷,不论外界如何喧哗,绿水青山依然安静存在着。有网友这样评论:"比获得称号更重要的是,高淳慢城倡导了一种生活模式。"

利用水草等生物净化污水的小型生态污水厂处处可见,这种污水厂投入不需要很大,只需要百姓克服随意的习惯把脏水排入指定管道。全区5万多名中小学生都是环保小卫士,从电池回收到"生态立区",他们自觉从身边事做起,是每个家庭最活跃的生态讲解员。

为了清洁水源,固城湖内8000多亩围网养殖,说拆就拆,官溪河480多艘船舶,说撤就撤,百姓很通达。"高淳原本就是一方净土,我们没花钱就获得国际慢城联盟的认可,这完全得益于百姓的生态意识强。"吴卫国是苏州常熟人,2008年来到高淳工作。5年来,他感受最深的是,高淳干部群众对于生态保护的自觉意识。

今年高淳十一次党代会提出，建设成为城乡环境最优美、富民强区最协调、社会关系最和谐的幸福城市。在高淳，生态保护绝对凌驾于经济发展之上。

吴卫国说："高淳的慢，是一种生活的状态，也是一种心情。如果一味快，往往与急躁浮躁联系在一起。高淳的慢，也是一种生态建设的后发优势，我们总结出了快与慢、富与强、舍与得、美与善的四个辩证统一关系。其中，特别是要正确处理快与慢的关系，概括起来就是以理性回归的'慢'追求更高质量的'快'，以摈弃粗放的'慢'实现全面均衡的'快'。"

目前，高淳802平方公里的70%拿出来做生态生长区，被呵护的山水报之以丰厚馈赠。高淳全年优良天气占93%以上，全区43万人口，有百岁老人近30位，95岁以上老人1600多位。

原载2013年11月18日《苏州日报》

附《发现城市软实力 苏州日报"行走街区"大型新闻行动》系列报道见报文章目录

1.《开启发现之旅 解读城市软实力》

2.《七里山塘：姑苏繁华图绵延千年》《独特文化内涵引得游人慢游》

3.《不到葑门横街，就不懂苏州人的生活》《创新管理让横街更亲民》

4.《上塘街区：八方乡音托起运河街市》《上塘河两岸大有文章可做》

5.《镇湖绣品街："绣三代"登上大舞台》《打造生态旅游"双面绣"》

6.《渭塘中国珍珠宝石城街区：珠圆玉润的生活》《像保护眼睛一样保护珍珠湖》

7.《常熟服装城：靓衣如海"秀"精彩》《不断找寻冲破瓶颈的"通关密码"》

8.《张家港步行街：老先进演绎新传奇》《擦亮文明张家港的"金字招牌"》

9.《浒河海鲜街：老渔港劲刮休闲风》《主打三鲜美食再现渔村风情》

10.《李公堤：东方水城里的国际街区》《形式可以模仿精髓难以复制》

11.《黎里古镇：素颜"明珠"深藏吴越间》《发挥后发优势实现错位发展》

12.《藏书羊肉美食街："灰太狼"们的天堂》《从游击队到正规军》

13.《长桥街区：再造苏州主城"南中心"》《走"再现代化"之路破解"城关镇"难题》

14.《观前街区："去中心化"考验核心商圈》《传统文化是观前之魂》

15.《平江历史街区：这里的风貌最苏州》《苏式慢生活最是醉人心》

16.《高淳老街："吴头楚尾"慢生活》《以理性回归的"慢"追求高质量的"快"》

17.《报道组发稿回顾：十五个街区个个有味道》

记者手记

　　城市街区把人们汇聚在一起，但成千上万人又沉浮于不同工作和生活的惯性波澜里，往往对置身其中的街区有着熟悉的陌生感。这也是苏州日报"行走街区"新闻行动的初衷。

　　记者们放慢脚步"闯入"街区探访，去观察当地是如何把社会、产业、生态等"丝线"编入人们安身立命的圈子，而这些圈子的痕迹也正是街区的特色，甚至散发着独特的气质。山塘街、上塘街就是如此，人们津津乐道七里山塘到虎丘、轧神仙等话题时，对于这么一个八方乡音托起的京杭大运河街市的"前世今生"，反而熟悉到熟视无睹的程度。《苏州日报》发出相关报道，当地街区部门突然回过神来，感谢苏报颇具历史穿透力的分析，表示一定要把大运河的文章做好。还有浏河海鲜街，记者们去逛了一趟，"走出"了一篇视角独特的报道，原来苏州文化居然还包含了海洋文化，海神庙就矗立在太仓浏河镇，跟海港城市毫无两样。

　　行走十五个街区，个个有味道。

　　系列报道细细梳理了苏州的成熟街区，比如李公堤、观前街区、平江历史街区，还有一些新兴街区，比如镇湖绣品街、渭塘珍珠宝石城、常熟服装城、藏书羊肉美食街，以人的活动细节呈现了苏州街区的软实力。这种"软"，是因为苏州文化的"糯"。这里的水土，这里的店铺，这里的生活器具，这里的风景环境都与人们保持了黏性，诠释了苏州养人的风雅气质。

专家点评

　　这是一组匠心独具、生活气息浓郁、内涵丰富的新闻作品。

　　该组新闻作品的主题是"解读城市软实力"。应该说，城市软实力内容庞杂，相关资料显示，城市软实力的考核指标，涉及8个维度、3个层次、44项指标。

　　作品绕开这些通常的"维度""层次""指标"，而是另辟蹊径将城市软实力的表现与质量体现，聚焦于城市与乡村的街区。通过精心选择的街区采访解读，体现城市的温度、城市的活力、百姓的生活、政府的努力，使这组报道生动可读，使新闻主题可见可信，为新闻作品获得较好的传播与影响力，打下了较好的基础。

　　作品充分体现了"行走"之意。作品描述了众多街区的现实场景，尤其是真实

49

反映了众多百姓的生存状况,即使是采访的政府工作人员,也是对话简洁背景真实,让读者感受到了面对面交流的场景以及浓郁的生活气息。

作品充分反映了苏州从城市到乡村为提升城市软实力作出的努力。街区体现着城市的文脉肌理,记录着人们的生活变迁,承载着百姓的所思所感。作品中有"老苏州"对自己街区自己城市的自豪,有"新苏州人"对街区对城市的热爱与愿景,有城市管理者对街区对城市的发展之路的探索与实践,作品的潜台词是,这一切,是苏州城市软实力不断提升的底色与力量。

第十九届江苏新闻奖

拯救种群系列报道

主创人员　胡其生

编者按

　　伴随城市化浪潮，通衢大道无尽绵延，高楼大厦争相崛起，人类活动空间日趋广阔，但也导致许多种群走向萎缩以至消弭。

　　种群是人类赖以生存的基础，各个物种的出现和消失都密切关系着我们的生存环境。一个城市的生物多样性情况，是这个城市生态环境质量的重要衡量标准之一。一个物种一旦消失就无法再生，它的各种潜在使用价值也就不复存在了。

　　可喜的是，苏州在城市化进程中没有抛弃这些与我们生活息息相关的种群。太湖鹅、太湖猪、东山湖羊、长江鹿苑鸡、昆山麻鸭、水八仙、洞庭碧螺春等等，一一进入了种群保护的视野，并有实质性的举措，有些甚至已经上升到"国保"高度。

　　本报今起推出"拯救种群"系列报道，聚焦太湖、阳澄湖地区和长江之滨几个典型种群的保护现状，既褒扬政府部门和有关人士为保护、延续种群作出的种种努力，也呼吁更多的人、单位和部门在这方面有所作为，同时期盼大家提供更妙的智慧和思路……

　　保护种群，就是保护生态，就是保护我们人类自己！

鹿苑鸡：保种场业主"押回"儿子承己业

商报记者　胡其生

　　位于长江之滨的张家港市畜禽有限公司，不久前拿到了"国家级鹿苑鸡保种场"

牌子，董事长张一平的心里喜忧参半。喜的是，自己和合伙人几十年的心血得到了国家农业部肯定。忧的是，苏州和张家港等地为防禽流感一度禁止批发市场、集贸市场和零售店活禽交易，今年以来公司商品鸡销售"很受伤"，对整个企业冲击巨大；而公司的保种场，恰恰又是目前鹿苑鸡的唯一保种场，肩负着"国家级重任"哪！

这个有名的地方鸡种，走过了一条漫长而艰辛的保种之路。

早在1973年，张家港市（时称沙洲县）就开始了鹿苑鸡的品种调查和选优提纯复壮工作；再由点带面扩展，至1984年10月实现了鹿苑鸡的良种化，种鸡由18羽发展到3万多羽，商品代苗鸡发展到50万羽。然而，从1986年到1997年期间，饲养户纷纷瞄向快大型鸡种，导致因生长慢、产蛋少而饲养成本高的鹿苑鸡数量急剧滑坡，总量不到1万羽；鹿苑鸡种鸡场原有四家，最后仅存张家港食品公司畜禽良种场一家坚守，种鸡不足1000羽。

1998年，这个良种场转制为张家港市畜禽有限公司。董事长张一平和搭档蒋建明思路清晰，新公司要做大"正宗鹿苑鸡"这个拳头产品才能生存下去。客观上，市场形势也在变得有利——生活水平的极大提高，使消费者对口味越来越讲究，鹿苑鸡正"投其所好"。2003年，公司对鹿苑鸡开展比先前良种场更为严格、更大规模的保种，保存鹿苑鸡的遗传多样性主要包括其特征特性和遗传品质。保种方案详尽，从保种方法、繁殖程序，到效果监测、技术管理措施、生产防疫记录和档案建立归类等等，每个环节都有周密规定。

最近两三年，公司更是加大鸡舍改造和设施投入力度，其中防疫和检测设备占相当比重。在公司原种场，张一平依次指着消毒衣帽间、淋浴间、配饲间、种鸡生活间对记者说，外来人员进去参观必须走和工作人员一样的流程，在禽流感等非常时期则严禁任何外来人员进入。如今，这个目前唯一的鹿苑鸡保种场，种鸡已建立了40个家系，每年保持2万羽左右，其中核心群保持1000羽左右；实行保种和选育相结合的"动态保种"，每年1个世代。其鹿苑鸡的选种、饲养、复壮，已于2007年列入张家港市非物质文化遗产代表作名录。

张一平和蒋建明从农业院校一毕业就从事畜禽养殖，在这行已摸爬滚打30多个年头，对这个地方鸡种可谓"一往情深"。这也是他们坚守到今天的原因之一。

技术后继乏人，疫情飘忽不定，实在是养鸡行业的两大"痛点"。张一平坦言，他和老蒋都老了，但新人极不愿意干这行，要招个年轻技术员很难。他告诉记者，他的儿子张贤2009年从大学电子信息专业毕业后在移动通信公司上班，可谓专业对口。2013年，他软缠硬磨几乎是逼着儿子辞去原职，到他的畜禽公司上班。儿子也争气，去年考取了扬大农学院在职研究生班，决意钻研畜牧技术。另外，他正与扬大一名毕业生沟通,想把他引进来与儿子做伴,作为公司技术新力量,让鹿苑鸡的养殖路一直走下去。当谈到活禽交易禁令的冲击时,张一平说,原本他公司产出和投入能持平并略有盈余,今年看来肯定亏,所幸禁令已于5月份解除,希望下半年能扭转一点。他表示,无论公司遇到什么困难,对鹿苑鸡的保种他们是铁了心要做好的,这事关一个国家级品种的命运。

鹿苑鸡
基本面

鹿苑鸡因原产于张家港市鹿苑镇而名,2014年被列入国家畜禽遗传资源保护目录,是著名的肉蛋兼用型鸡种;已有两百多年饲养史,主要分布在张家港市和常熟市,以张家港市鹿苑、塘桥、妙桥、西张和乘航等地为集中产区。肉质细腻香鲜肥美,据传清朝光绪皇帝老师翁同龢常把它作为家乡特产赠送皇室和同僚,故有"贡品"一说。

纯种鹿苑鸡一般有"四黄三黑"特征,即毛、皮、嘴、脚均黄色,颈、翼、尾羽间有黑毛。公鸡脚杆高壮,大的体重超4公斤,有"九斤王"之称;母鸡脚杆粗矮,年产蛋140个到200个之间。

张家港地区鹿苑鸡的饲养量,1984年达50万羽,1997年时不到1万羽;此后经有关部门促产而有所增长,但由于饲养效益等多方面因素而盛景不再。原有的四家种鸡场,如今剩下一家,它的坚守令人欣慰。

原载2015年10月21日《城市商报》

相城荷园:繁花背后是个庞大种源库

商报记者　胡其生

满载夏季的荣耀,怀着对来年的期盼,相城区荷塘月色湿地公园的数千亩荷花再度完美谢幕。

对江南人来说,这个湿地公园绝对是一个值得感谢的存在!因了一个创意,曾经再也熟悉不过的"鱼戏叶田田,凫飞唱采莲"的优美意境,重新回到了人们的眼前。

2006年10月,极富水乡情调的相城区启动实施了一个大胆的创意:将黄桥地区5300亩地面沉降较严重的鱼塘连成一片,改建为以荷塘月色文化为主题的湿地公园,成为集生态旅游、科普教育等功能于一体的国内最大的荷花观光基地之一。区里认为,荷花,这个典型的江南种群不该在"水相城"乃至整个姑苏水乡趋于式微。经过多年运作,其中的2000亩鱼塘已彻底"变脸"。

每年的6月,这个湿地公园就有荷花开放了;7月、8月则是公园人气最旺的时期,一拨又一拨的人涌到这里赏荷。视摄影为唯一爱好的退休职工老戴,常带着一帮酷爱拍摄荷花的"摄友"往这个地方跑,大家都认为这个家门口的荷园是他们拍摄荷花的最佳取景地,就是残荷在他们眼里也别有一番风韵。

他们也许不知道,这个望上去蔚为壮观的湿地公园,是在地面沉降较严重的废弃鱼塘基础上建起来的,原本不少塘埂已没入水中数米。他们也不大会知道,眼前这一大片一大片鲜艳娇美的荷花背后,有一个精心建设呵护的种质资源库,库里目前集聚着405种荷花的种质资源。

荷塘月色湿地公园初建时期,中国科学院武汉植物研究所给予了技术上的大力支持。通过移栽、培育,苏州本地所有原生品种的荷花,在这里都保存下来了。2010年,苏州市农科院接过了"技术活",与公园签订了合作协议。当年,苏州市农科院组建的六人荷花项目组,在对全国各地荷花资源调研的基础上,针对苏州地区荷花资源的保护现状,确定了在荷塘月色湿地公园建资源圃作为保存荷花种质资源的方式。第二年,资源圃开建,至今已建成种质资源圃1500平方米,选种观察圃3000平方米,扩繁及生产试验区1000平方米,深水荷花池72平方米;种质资源圃里构建了405个单独品种池,每个单池1.2平方米。项目组人员李欣告诉记者,2011年种质资源圃从广州、南京、连云港等地收集到的荷花种质资源就有近200份,2012—2015年间又从重庆、四川、湖北、江西等地收集到荷花种质资源近200份。如今,人们能在荷塘月色湿地公园看到品种如此之多的荷花,全靠资源圃在背后"默默奉献"。一个湿地公园,集聚405种荷花种质资源,是一个真正意义上的荷花种质资源大库。

这个项目组还锐意创新,采用杂交、辐射、染色体加倍等多种技术手段开展观赏荷花新品种选育。2012—2013年间,他们自主选育的适合苏南地区生长的荷花新品种"苏绣""锦衣卫""荷塘情深",均获得了全国荷花展大奖,并通过江苏省省级新品种鉴定,丰富了荷花大家族的品种。3个新品种各具特色,"苏绣"花期长,"锦衣卫"能开出荷花中少见的黄花,"荷塘情深"耐深水。除了挺水植物荷花,荷塘月色湿地公园引种了浮水植物睡莲、王莲等,其中睡莲有10种。此外,项目组制定了2项荷花种质资源保存标准。

据介绍,荷塘月色湿地公园的"种源库效应"已显现。苏州本市的园林以及外地很多公园经常去这里取种;还有一些地方从这里引种荷花,用于河道治污。

苏州荷花
基本面

荷花按照用途分为花莲、子莲和藕莲三大系统。荷花全身是宝,藕和莲子能食用,莲子、根茎、藕节、荷叶、花及种子的胚芽等都可入药。

苏州的荷花以子莲和藕莲为主。苏州目前的荷花生长总面积,并没有统计数字公布。工业化、城镇化的加快,使荷花生长范围大幅缩小,荷花品种也大大减少,"江南可采莲,莲叶何田田"的盛景已淡去。但夏季人们依然可在拙政园、三山岛生态植物园、尚湖风景区、东太湖生态园、莲池湖公园和沙湖生态公园等,看到荷花盛开的壮丽场面。

2006年,相城区利用黄桥一带地面沉降比较严重的鱼塘,启建"荷塘月色湿地公园"。这个项目规划面积5300亩,已开发2000亩,种植了荷花、睡莲、王莲等水生植物。其中,荷花品种多达405种,使这个公园成为目前全国荷花种植品种最多的湿地公园;与之一一对应的种质资源圃具备,因此公园也是一个庞大的荷花种源库。公园一期项目早在2007年建成,再现了"接天莲叶无穷碧,映日荷花别样红"的景象。

原载2015年10月27日《城市商报》

太湖莼菜:正苦苦求解一道"超级难题"

商报记者 胡其生

每年四五月份,莼菜的采摘季就开始了。自此至10月份,太湖东湖莼菜厂当家人叶洪兴的手机往往时开时关,记者曾连续几天打他的电话,很少打通。东山农林服务站的李浩宇告诉记者,厂里莼菜供不应求的时候,他一般会关手机。肖下湖采莼菜的人越来越少,为叶洪兴采摘莼菜的工人,前年有27人,去年减为19人,今年只有6人。他厂里的货源也因此越来越紧张,有时关手机实属无奈。

小李的话道出了太湖莼菜的最大隐忧——采摘人力跟不上,愿意去干这个苦力活的人难以为继。他用肢体向记者形象描述了采莼菜的动作:漂浮于湖面的菱桶里,采摘工身子趴在一块两端架在菱桶边沿的木板上(有时嫌木板硬,就用厚厚的布垫衬在胸下),两只手伸入水中采摘带有卷叶的嫩梢……采摘者清一色是50岁以上的人,一般从早上六七点钟采到下午一两点钟;再采下去就是年轻人也吃不消,更何况五六十岁的人。常干这活的人还会因此犯病,颈椎、腰关节、手关节不适。

由此,莼菜加工厂只好开高采摘工钱来维持自己的运营。但这个成本一上去,再加上莼菜外运贮存要求高,更加重了运营成本,加工企业无奈纷纷转行,有的干脆关门。东山原有13家莼菜加工厂,目前只剩叶洪兴那一家,这也是江苏省目前唯一的莼菜加工企业。

就是这个"致命伤",苏浙两省太湖水域的莼菜种养面积锐减,以至目前只有苏州东山在生产;在苏州太湖水域,吴江区的几个乡镇和吴中区的横泾也曾有莼菜产出,但目前已绝迹。东山的莼菜种养面积最多时是在十六七年前,大约有3000亩,有290个种养户,如今种养面积不到1000亩,种养户27个。也就是说,现在整个太湖,莼菜的种养面积、种养户数分别是后面这两个数字。更让人担忧的是,这两个数字还在不断变小。

东山镇在急! 2012年初,镇里在当地新潦村龙头山一带的太湖滩涂划定一个保护区,以300亩水面作为核心基地。保护基地是划定了,可是实在拿不出有效的后续举措,而仅仅划定一个基地是无法促进莼菜生产的。事实上,囿于莼菜如此生长特性,也很难拿出应对之举,而靠一镇之力更是难解这个棘手之题。东山镇副镇长杨忠星道出了他们的苦闷。他说,莼菜已经到了种质资源保护这个急迫地步了,需要建立一个保障机制和体制;在这个机制和体制下,再加强优选优育等改良品种方面的工作。他举了白玉枇杷的例子。白玉枇杷为何至今在枇杷市场上立于不败之地? 这要归功于上世纪70年代的优选优育,使它成为白沙枇杷中的优良品种,当时淘汰了照种枇杷等品种。相比于枇杷,莼菜在这方面几乎没有作为,种质退化问题肯定是存在的。他坦言,根子上的原因是莼菜采摘困境无法突破,这是个"超级难题"。镇里一直在寻求对策,也曾向各级农业部门和农业专家反映,但还是苦于无计可施。

"科技这么发达,难道就不能用机器代替人工采摘?"记者不禁纳闷。叶洪兴对记者说,喜欢吃莼菜的日本人发明过专用的采摘机,但根本没有用开来。镇里曾派他去考察过那玩意儿，他认为我们这里也别想使用它。采莼菜是个细活，机器部件入水极容易割断莼菜茎干；而且，一人操作机器，还需要一人撑船篙，劳动力成本大大提高。在他看来，这种机器根本不可用，即使用了也绝对不划算。

采访结束，叶洪甩给记者一句话："再过五年，你吃不到莼菜了！"

这句话会变真吗？

太湖莼菜
基本面

莼菜，1999年被列入国家Ⅰ级重点保护野生植物，生于湖沼池塘，有"水中碧螺春"之美誉。

莼菜是非常珍贵的蔬菜，药食两用，含丰富的胶质蛋白、碳水化合物和多种维生素、矿物质，4月至10月为采摘期。原主产于江苏、浙江两省太湖水域和湖北省，浙江萧山曾在稻田套种；现江苏、浙江太湖水域唯苏州东山有产出，种养面积不到1000亩，产量每年在萎缩，而萧山则早已弃种。

由于多年未做有效的品种提纯复壮和品种保护，莼菜种性退化较严重，质量在下降。最主要的是，其采摘难题越发让人纠结，如不解决将面临绝迹危险。东山镇在苦寻良方。

原载2015年10月29日《城市商报》

"生态文明+"应植根任何发展思维

商报记者　阿生

从太湖到阳澄湖，再到长江之滨，虽然一路采访很是繁复辛苦，但看到在保护、拯救种群方面"天堂苏州"的越发自觉，看到一大批人士为此付出的种种努力而倍感欣慰，于是择取典型"爬梳"了这7篇报道。意在褒扬这种可贵的意识和行为，也呼吁更多部门和人士在这方面有所作为，以捍卫我们赖以生存的生态环境。

然而，欣慰之余不无忧思。记者往来驱车一千多公里，看到了城市化浪潮中自然生态空间的日趋逼仄,生物种群的退守再退守,以及种群产业坚守者的艰辛和无奈,也深切体会到了农副业作为弱质产业的不堪风雨。

来自《苏州市生物多样性普及手册》的数据:全市两栖爬行类的多样性指数日益下降,多种兽类绝迹,鱼类品种大减。上世纪90年代可监测到的太湖鱼类有107种,但近年能捕捞到的只有60种;洄游性鱼类,如松江鲈鱼、暗纹东方鲀、胭脂鱼等已绝迹多年……

生态!生态!物种、种群是生态环境的晴雨表,战略性的生态资源必须保护;城市化不是推土机,增长和保护之间必须找到最佳平衡点。庆幸苏州在行动:2010年,制定《关于建立生态补偿机制的意见(试行)》,水稻田、生态公益林、重要湿地、风景保护区等区域适用补偿范围;2011年,立法保护自然湿地,永久性水稻田等具有特殊保护价值的人工湿地也纳入保护范围;2013年,再次通过立法方式,划定"四个百万亩"生态红线且已全部落地上图。这"四个百万亩"是百万亩优质粮油、百万亩高效园艺、百万亩特种水产、百万亩生态林,其他任何开发建设不得触碰占用。对素有"江南鱼米之乡"美誉的苏州来说,这些不啻是一场场及时雨。我们期待更多的及时雨,让更多的"地球之肾""城市绿肺""天然氧吧""物种基因库"留下来。

2014年11月的一期《世界自然保护联盟濒危物种红色名录》指出,地球上超过三分之一的动植物物种处在受威胁之中,生物多样性遭到严重破坏。

诚然,一些原本我们再也熟悉不过的物种,正变得越来越陌生;一些原本蔚为大观的种群,在快速走向式微。它们很可能在不久的将来离我们而去,一旦消失就再也不会回来。

地球是个村,每一个人都是它的村民。一个种群在打喷嚏,是提醒我们村子的生态环境在变化;一帮种群在打喷嚏,则警示我们村子的生态环境在恶化。生态恶化,带给村民的必定是灾难和折磨,没有人可以逃脱,再多再高的GDP也无法挽救。那些惯于"头点一幢楼、手指一条路"的"拍脑袋"决策者们必须警醒,慎用手中的权力。

对于生态文明,中央一再发声。2013年12月举行的中央城镇化工作会议强调,城镇建设"要依托现有山水脉络等独特风光,让城市融入大自然,让居民望得见山、看得见水、记得住乡愁","要注意保留村庄原始风貌,慎砍树、不填湖、少拆房"。今年更是彰显铁腕保护生态的决心:1月,被称为"史上最严"的新环保法正式实施,加大对企业违法的处罚力度,也多了对行政监管部门的问责措施;5月,发布《关于加快推进生态文明建设的意见》;8月,施行《党政领导干部生态环境损害责任追究办法(试行)》;9月通过《生态文明体制改革总体方案》,提出"绿水青山就是金山银山",再次强调"树立尊重自然、顺应自然、保护自然的理念","树立山水林田湖是一个生命共同体的理念"。在参加十二届全国人大三次会议江西代表团审议时,习近平总书记特别提到生态保护:"像保护眼睛一样保护生态环境,像对待生命一样对待生态环境。"

言辞铿锵,措施严厉,无不警示:"生态文明+"必须植根于任何发展思维,必须前置于一切发展决策。

我国好多经济发达城市的原始生态系统已被破坏,尚存少量次生态系统,取而代之的是人工生态系统,人工生态系统成了其生态系统的主体。生态学家指出,要使这些城市的人工生态系统达到理想的自然化生态,是一个非常艰巨而漫长的过程。

纵然如此,我们依然期待。

原载2015年10月29日《城市商报》

附《拯救种群》系列报道见报文章目录
1.《鹿苑鸡:保种场业主"押回"儿子承己业》
2.《洞庭碧螺春:保"血统"打了两大阻击战》
3.《东山湖羊:看见了政府强力推动的手》
4.《阳澄湖蚬:绝处逢生全靠生态系统再造》
5.《相城尚园:繁花背后是个庞大种源库》
6.《太湖猪:一个偏远保种场的十年坚守》
7.《太湖莼菜:正苦苦求解一道"超级难题"》
8.《评论:"生态文明+"应植根任何发展思维》

记者手记

我是个自然生态爱好者。我十分信奉恩格斯的警语:"我们不要过分陶醉于我们人类对自然界的胜利。对于每一次这样的胜利,自然界都对我们进行报复。每一次胜利,起初确实取得了我们预期的结果,但是往后和再往后却发生完全不同的、出乎预料的影响,常常把最初的结果又消除了。"工业化、城镇化浪潮下,我越发关注自然生态的变化。而种群状况,是生态环境极其重要的晴雨表。

如何既发展好经济又保护好生态确实是个超级难题,尤其对经济巨轮高速航行的发达地区来说。在有关部门和有识之士推动下,苏州一批具有地方特色的种群,如太湖鹅、东山湖羊、昆山麻鸭、水八仙等,先后进入保护范畴并有实质性举措,有的已上升到"国保"高度。以"拯救种群"为主线,从太湖到阳澄湖,再到长江之滨,我来来回回驱车近千公里,辗转鸡场羊舍猪圈、茶林荷园湖畔,又采访诸多部门,终得最前沿资料而写成这组系列报道,既是对保护种群之举的热情褒扬,更是对生物多样性问题的深刻警示。

生态平衡是生物维持正常生长发育、生殖繁衍的根本条件,也是人类生存的基本条件。我们只有一个地球!

这篇文章,远远没完。

专家点评

党的十八大以来,中央以前所未有的力度抓生态文明建设,开展了一系列根本性、开创性、长远性的生态文明建设工作。习近平总书记2023年再一次视察江苏,新华社的一篇名为《跟着总书记感悟人文与经济共生共荣的发展之道》的"记者手记",专门总结了苏州的"人文经济学",认为传统与现代、历史与未来、文化与科技、人文与经济,本就可以共生共荣,而苏州,正是读懂人文经济学的绝佳样本。苏州是中国改革开放的前沿阵地,历来以锐意创新之姿阔步前行,但有心人会越来越发现其强劲的可持续发展之道,正是得自深厚的文化支撑。《城市商报》刊发于2015年的《拯救种群系列报道》,是一组记者人文经济视野下的苏州观察。在工业化、城镇化进程中,媒体人在关注经济发展命题的同时,也更为深切地思考着生态保护的时代课题。报道以苏州本土的特色种群保护作为切入点,尝试探求经济发展与生态保护的辩证法,体现了主流媒体作为现代社会治理多元主体的有机组成部分,正发挥着越来越重要的作用。正如"记者手记"中所说的:"这篇文章,远远没完。"

系列报道

第二十六届江苏新闻奖　第二十五届苏州新闻奖一等奖

喜迎二十大　奋进新征程
——苏报头条里的中国梦

主创人员　集体

开栏的话>>

中国梦，是中华民族的伟大复兴之梦，也是我们每个人心中的创新创业之梦、绿水青山之梦、安居畅行之梦……

党的十八大以来，苏州坚持以习近平新时代中国特色社会主义思想为指导，贯彻新发展理念，构建新发展格局，产业转型攀高逐新，生态环境持续改善，开放经济铸强聚优，在8657.32平方公里的土地上，奋力谱写"强富美高"新苏州现代化建设新篇章。

重读过去十年《苏州日报》的头条新闻，这非凡十年的日新月异"看得见摸得着"：5条地铁四通八达，还有4条正在建设，新的路线已在规划中；天更蓝水更清，长江的江豚回归了；乡村振兴打造新时代鱼米之乡"苏州样本"；作为全国首批"千兆城市"，数字技术已然深度改变生活与产业……

让我们重回苏报头条的新闻现场，重访过去十年重要新闻的亲历者，以"旧闻新读"这一视角，用全媒体的方式反映苏州十年变迁，展现奋进历程，喜迎二十大，共筑中国梦。

这十年，圆了我的地铁梦
——120枚纪念封与24个站名章的私人物语

苏报记者　徐蕴海

2012年4月29日《苏州日报》头版头条是《侬好，苏州地铁》，就在这前一天，苏州地铁1号线正式开通运营。

十年来，苏州地铁已经从1条线路变成9条线路。在运营5条线路，总里程约210公里，通车总里程居全国第13位，覆盖面积约336平方公里、人口约275.45万人。苏州正在加快推进6、7、8、S1号线及2、4、7号线延伸线的工程建设，并着手下一轮线网规划及建设规划研究工作。

旧闻今读纪念封上留下了24个站名章

78岁的陆维勇记得，2012年的4月28日，他忙了一整天。

苏州要开通轨道交通了，当时在全国地级市里还是第一个。为了纪念苏州轨道交通1号线全线通车，中国邮政集团公司特发行《苏州轨道交通》邮资信封1枚。邮资图案是专为苏州轨道交通开通申请的邮资图，特约著名邮票设计家王虎鸣担纲设计，邮资1.20元。

作为资深集邮爱好者，陆维勇有着双重兴奋："从《苏州日报》上看见1号线要开通的消息后，当天7点钟我就赶到现场了。"大清早，他带着小孙女先去邮局买了120枚《苏州轨道交通》纪念封，然后赶到1号线乐桥站1号出口西面的广场上参加开幕式，再乘车体验。

第一次乘坐轨道交通，爷孙俩觉得很新鲜，车上人不少，但不挤，车厢内干净整洁，座椅舒适，"原来从市中心到工业园区文化博览中心，公交车要转来转去开很久，1号线乐桥站上去，还没坐够就到了。"

在车站拍照留影后，陆维勇当天的另一个重要任务开始了。他沿着1号线往回乘，一路根据事先摸清的情况，找到1号线每个车站相对应的邮局，在《苏州轨道交通》纪念封上盖好纪念戳，再敲日戳投递寄出，24个车站，每站寄5枚纪念封。一直到傍晚5点多，他才回到家，"非常辛苦，也非常开心。"

盖完纪念戳和投递戳，已经很完整了，但陆维勇希望让这套纪念封更有意义一些，想要敲上1号线每个车站的站名章。站名章一般不对外，陆维勇通过苏州市老干部集邮协会开了介绍信才获得了允许。他足足花了两天时间，从木渎站开始，一站一站乘过去，找站长敲章，收获了全部24个车站的站名章。事后他专门制作了一框邮集：《我圆了苏州地铁梦——体验苏州轨道交通1号线》。

十年变迁 5 条线路四通八达 日常出行"地铁优先"

用陆维勇的话来说，苏州轨道交通是造福百姓的"幸福线"，正在改变大家的日常出行方式。

陆维勇家住姑苏区景德路附近，原先出门主要乘坐公交车。十年来，随着苏州轨道交通的发展，从1号线扩展到了2、3、4、5号线，从周末带小孙女出去玩到跟老伴两个人出门兜兜，5条线路四通八达，陆维勇和家人们日常出行已经习惯"地铁优先"，并颇有心得。1号线可以玩转园区，东方之门、文化博览中心想去就去；2号线通到火车站、高铁北站；3号线可到石湖一游；4号线到吴江同里转转，同里出的新邮品多，经常要去；坐上5号线，更可以把沿线的太湖、灵岩山、盘门、李公堤、阳澄湖等一个个旅游景区玩个遍……

围绕着"苏州地铁"主题，陆维勇的集邮活动也是风生水起。十年来，他在苏州市老干部集邮协会和邮友们的协助下，又陆续收集了地铁2号线、3号线、4号线和5号线各个车站的《苏州轨道交通》邮资实寄封，并编组了10多框邮集，记录了一个个有意义的历史时刻。

我的梦想 坐地铁去上海 各县级市全接轨

陆维勇的老伴是上海人，现在去上海都是乘高铁，他想着，等明年S1线开通了，就可以直接坐地铁到昆山、去上海。

不仅如此，陆维勇还希望苏州各县级市都能通上地铁，并且全部接轨。他说，自己比较喜欢去常熟玩，原来没有地铁时，从家里去常熟，路上要3个小时，有了地铁2号线后，可以到高铁北站去转乘公交车再到常熟，如果今后与常熟之间有地铁可以连接，就更方便了。

数读轨交十年

十年来，苏州已运营5条轨道交通线路，总里程约210公里，通车总里程居全国第13位，覆盖面积约336平方公里、人口约275.45万人；累计运送旅客超过22亿人次，日均客流达到120万人次。

1号线高峰最小行车间隔压缩至2分钟，2号线高峰最小行车间隔压缩至2分30秒；全天服务时长超过18小时，重大节假日实行24小时通宵运营。

如今，苏州轨道交通正在加快推进6、7、8、S1号线及2、4、7号线延伸线的工程建设，并着手下一轮线网规划及建设规划研究工作。

原载2022年9月30日《苏州日报》

水污染防治攻坚战带来绿岸碧水，5106名河（湖）长"最前哨"全覆盖

河长制改革，改出江南水乡幸福生活

苏报记者　张　帅

2018年9月14日，《苏州日报》的头版头条是《坚决打赢水污染防治攻坚战》。这一天，顾全担任吴江区震泽镇镇级河长已经1周年，他正带领全镇干部群众投入水污染防治攻坚战，"清水靓河"工程进入最关键的环节。

2017年以来，苏州以河（湖）长制改革全域推进河长领治，先后出台10多项规章制度和标准规范。如今，全市24643条河（湖）落实5106名河（湖）长，按照"认河、巡河、治河、护河"履职四部曲，累计巡河超80万人次，完成"一事一办"任务清单3.4万份，河长制从有名转向有实。

旧闻今读
快鸭港从黑臭河变成景观河

快鸭港位于吴江区震泽镇区，曾经沿河排污口多、违建驳岸多，彩钢板停车棚、厨房、养鸡养鸭棚等占用水面和道路，环境脏乱，是典型的黑臭河道。2017年2月，苏州市污防攻坚办对快鸭港黑臭问题进行曝光。

此时，顾全从吴江区环保局局长调任吴江区震泽镇镇长。"河流污染，问题在河里，根子在岸上，"顾全说，"我们对待身边的河道，要像对待家里的水龙头一样！"

2017年8月，顾全担任震泽镇镇级河长。当时，群众反映最强烈的是镇区快鸭港、姚家浜、石墩浜3条黑臭河道。他一拍胸脯："这3条河都是我的挂钩对象。我就不信，治不了它们！"

2017年9月16日，在震泽实验小学体育馆内，震泽镇干部直面群众、直面问题，召开黑臭河道治理情况汇报会。由此，震泽镇的"清水靓河"工程正式启动。顾全凭

借丰富的环保工作经验,提出"清水靓河"必须下大力气正本清源,哪怕遗留一根污水管在河道里,时不时地隐蔽排放污水,整个治理工程就会前功尽弃。

震泽镇把快鸭港、姚家浜、石墩浜3条河道的水全部抽干,让污水口"大白于天下"。为防止少数污水排放单位躲避风头、间歇排污,晾晒期长达1年之久,共计排查、封堵所有污水排口69个。

而顾全感受到最大的震动就是2018年9月13日苏州市委、市政府召开全市深化河(湖)长制改革暨高质量推进城乡生活污水治理推进会。会上,各县级市(区)向苏州市政府递交了推行河(湖)长制的目标责任状。大会还印发了《关于深化湖长制工作的实施方案》和《关于高质量推进城乡生活污水治理三年行动计划的实施意见》。

在全市深化河(湖)长制改革的大背景下,顾全带领镇干部擂响了战鼓,向黑臭河道发起了总攻,充分开展实地调研,多次召开群众大会、现场办公会。随着问题说得越多,解决问题的思路和办法也随之而来。

就这样,全镇实施沿河拆违、畅流活水、雨污分流、环境整治、绿化提升等24个动作。

用了两年多时间,震泽镇治好了快鸭港、姚家浜、石墩浜的水污染,曾经的一条条黑臭河道变成了碧波荡漾、绿树掩映、鱼儿畅游、花草芬芳的生态河、景观河。

2019年12月28日晚,400多名居民代表参加震泽镇党委、政府"靓河工程"汇报会,当顾全等人向大家一一报告情况时,现场响起阵阵掌声。

十年变迁
全市河湖实现河(湖)长全覆盖

徐银虎在震泽镇快鸭港边居住了数十年,对快鸭港由臭水河到景观河的变化有着切身感受。

从前,徐银虎每天都根据当天的风向来决定要不要开家里北边的窗户。因为快鸭港的刺鼻气味会随风刮进家里,难以散去。

"清水靓河"工程启动后,快鸭港经过一系列整治,水质有了明显提升。作为一名冬泳爱好者,徐银虎在河边散步的时候萌生了冬泳的想法。他将快鸭港的水送到专业检测部门检测,最终结果显示符合标准。

2020年底,他自发召集了30多名冬泳爱好者来到快鸭港冬泳,昔日的臭水沟摇身一变成为冬泳"胜地"。

如今，徐银虎还会主动召集冬泳爱好者来快鸭港冬泳。他们养成了自发监督水质的习惯，成为"民间河长"，经常还会拍照在朋友圈晒一下"江南水乡的幸福生活"。

河长制推出后，震泽镇45名干部认领了镇辖50多条河流。镇级河长顾全成为快鸭港、姚家浜、石墩浜等19条河的河长，认领数量最多。河长在巡河时，发现偷排污水等问题，立即打开手机，通过"河长联动管理平台"手机端口的"河长入口"，把现场照片推送到管理平台。

震泽治水是苏州全市河长制改革的一个生动缩影。苏州市河长办相关负责人介绍，全市河湖实现了河（湖）长全覆盖，各级河长按照"认河、巡河、治河、护河"履职，"民间河长""外籍河长"不断涌现，基层河（湖）长坚守河湖管理保护"最前哨"，乡村巡护河员、志愿者等治水队伍日益壮大，营造全社会关爱河湖、珍惜河湖、保护河湖的浓厚氛围。

我的梦想
"希望苏州不再需要河（湖）长！"

如今的震泽，河就是幸福生活的缩影。你可以在河边的百姓戏台唱戏，可以在快鸭港沿线锻炼，可以在古镇的河边喝茶。热心的"民间河长"，通过政府开发的河长联动平台的公众入口，积极上传河湖问题线索。

已是镇党委书记的顾全仍保持镇级河长随时巡河的习惯。上下班途中，他看到河面垃圾，立马停下脚步，打电话通知工作人员来清理。看到河水浅了，就探头闻一闻，判断河道的水质是否受影响。

顾全说："苏州是东方水城和江南水乡，水给我们带来美好！我希望有更多人参与护河治水，希望有一天，苏州不再需要河（湖）长。因为，我们人人都是最美河湖卫士！"

数读治水

苏州拥有"一江、百湖、万河"河网水系，全市按照"江湖共济、十河引排、百湖齐蓄、万河成网"总体布局，以"三横两纵"区域骨干水系和"一环三横四直"古城水系为基础构架，系统布局"通江达湖、河湖畅通"水系网络。

苏州获评中国水利"2017基层治水十大经验"，联合河长制作为"苏州经验"在全国得到复制推广，建成1060条生态美丽河湖。七浦塘获评全国十佳"最美家乡河"。

苏州丰富和完善河湖治理与保护各项工作，河长制工作连续4年获江苏省政府督查激励，大运河等5处获评"江苏最美水地标和水工程"，傀儡湖获评"江苏省生态河湖建设示范样板"。

原载2022年10月6日《苏州日报》

这十年，苏州社会保障体系建设进入快车道
城乡社保并轨，托起"稳稳的幸福"

苏报记者　林　琳　邵　群　大　秋

社会保障是保障和改善民生、维护社会公平、增进人民福祉的基本制度保障，党的十八大以来，作为全国首个"统筹城乡社会保障发展典型示范区"，苏州社会保障体系建设进入了快车道。2012年12月27日《苏州日报》头版头条《苏州城乡社保实现"三大并轨"》消息一出便引起了广泛关注，这意味着苏州覆盖全民、城乡一体的社会保障体系基本建成，"城乡社保三大并轨"的承诺变成现实。

城乡社保三大并轨，指的是苏州市城乡最低生活保障、苏州居民养老保险、居民医疗保险实施全面并轨，并轨后城镇、农村纳入保障对象将享受相同保障政策。其中，城乡低保在2011年7月率先实现并轨，家住吴中区东山镇莫厘村的腾东卫是低保并轨后的首批受益者之一。

旧闻今读
低保户的生活、医疗费用负担大大减轻

腾东卫与东山镇莫厘村许多村民一样，以打理果园、农田为生，农闲时，外出打零工增加收入。可是10多年前，不到40岁、正值壮年的他却被诊断出患有严重的风湿疾病，被认定为肢体残疾二级，虽不至于危及性命，但失去了劳动能力。彼时，家中儿子尚小，妻子刘利君在工厂里打零工，收入微薄。

"我这个病需要长期治疗，当时别说治疗了，我一倒下，家里都快揭不开锅了。"腾东卫说。村里得知了他的情况，经过调查核实，帮助他申请并纳入了低保。"不仅

可以领到低保金，医疗费用的负担也大大减轻了。"腾东卫说。刚纳入低保对象时，农村低保低于城镇低保标准，自己还曾心生羡慕，但没过多久，就盼来了城乡低保并轨。

2011年7月起，苏州市城乡最低生活保障标准由原来的450元/月、400元/月统一提高到500元/月，全市6.93万城镇、农村低保对象在并轨后享受到相同标准的最低生活保障待遇。

苏州下决心构筑完善的城乡社会保障体系，从2012年起，将农村养老保险和城镇居民养老补贴整合为统一的城乡居民社会养老保障制度，将不符合职工基本养老保险参保条件的本市户籍居民，全部纳入城乡统一的居民养老保险。与此同时，我市在推进社会医疗保障城乡统筹中，大胆创新，将进入乡镇、村各类企业务工并与之建立劳动关系的农村劳动力全部纳入了城镇职工医疗保险制度；农村自主创业、灵活就业的居民，也可参照城镇灵活就业人员自愿选择参加城镇职工医疗保险。

十年变迁
从"弱有所扶"到"弱有众扶"，儿子考上了大学

十年来，苏州健全分层分类的社会救助制度体系，率先在全省开展全口径低收入人口认定实践，低保对象、特困人员、低保边缘家庭、支出型困难家庭和其他困难家庭等五类群体，符合条件的可享受就业、教育、住房、医疗等10类专项救助待遇，努力实现由"弱有所扶"到"弱有众扶"。目前，全市认定的低收入人口共计1.98万户、3.64万人。建立与居民人均消费支出水平挂钩的低保标准动态调整机制，目前苏州城乡低保标准、特困人员基本生活标准分别达到1095元/月、1533元/月，十年来年均增幅9.21%。

在政策支持下，十年来，腾东卫的医疗支出和生活压力大大减轻，牢牢兜住了民生底线，防止因病致贫、因病返贫。

在当地政府的鼓励和引导下，刘利君接了丈夫的班，在承包的土地上，种植茶树以及枇杷、杨梅等果树，以增加收入供养孩子。"收成好的话，一年也能有上万元的收入。"刘利君说。由于家庭困难，村里人对他们家格外照顾，记得前几年的杨梅季，她采摘时不慎从树上摔下来造成骨折，在床上一躺就是两三个月，村民自发捐款，帮助她治疗，帮他们家渡过难关。

把困难群众冷暖时刻放在心上，逢年过节，村里会对困难群体进行走访慰问，送上慰问金和慰问品。2019年，腾东卫的儿子考上了大学，还获得了慈善助学金。

让夫妻二人最欣慰的是，儿子成绩优异，在校期间经常获得奖学金，并在2021年获得了国家励志奖学金。"今年儿子要本科毕业了，他希望继续读研深造，我们会支持他的。"腾东卫说。

我的梦想
社会保障体系不断完善，幸福指数不断提升

腾东卫说，这十年，依托着东山镇大力发展旅游业，村里很多人开办了农家乐，实现了致富增收。虽然他们家暂时还比较困难，但相信随着社会保障体系越来越完善，在全家人的努力下，日子会越过越好。"我现在最大的心愿是自己身体能好一些，儿子学成后找个好工作，减轻家里的负担。"他说，自己对未来充满憧憬。

苏州市一家企业的退休职工王老伯表示，希望养老金每年稳步调整提高，社会化管理服务越来越完善，幸福指数不断提升，以解除子女们的后顾之忧，让他们更好地投入工作，为社会多作贡献。

数读社会保障

十年来，全市受理申请并纳入救助保障对象7.42万人次，累计常态化发放生活救助资金33.3亿元；实施临时救助26.26万人次，支出临时救助经费2.27亿元。

至2021年底，全市企业职工基本养老保险缴费人数592万人，退休人数182万人，城乡居民基本养老保险参保人数4.2万人，领取待遇人数45万人；全市219万被征地农民被纳入各类养老保障体系，被征地农民社会保障覆盖率100%。城乡居民基础养老金水平逐年提高，从2012年的260元/月和130元/月，提高到2022年的635元/月，同时对65周岁以上高龄人员每月倾斜增发5元至30元。

2021年，苏州基本医疗保险覆盖率达到99%以上，参加基本医疗保险的在职职工630.89万人，参加基本医疗保险的退休人数175.56万人，参加居民医疗保险人数292.25万人。

原载2022年10月9日《苏州日报》

附《喜迎二十大　奋进新征程——苏报头条里的中国梦》系列报道见报文章目录

1.《这十年，圆了我的地铁梦》
2.《一位新型农民的"现代农耕梦"》

3.《海洋时代,太仓港"高速航行"》

4.《"双千兆"激活数字时代新动力》

5.《一江清水留住了"微笑天使"》

6.《住得安心,期待居家养老更贴心》

7.《河长制改革,改出江南水乡幸福生活》

8.《中环时代,"高快对接"联通大苏州》

9.《制度创新驱动产业聚变》

10.《城乡社保并轨,托起"稳稳的幸福"》

记者手记

2012年11月29日,习近平总书记首次阐述"中国梦"是中华民族伟大复兴的梦想。"中国梦"勾勒的美好愿景深入人心,如何以群众喜闻乐见的方式报道苏州非凡十年的成就与变化?

苏报团队创新性设计"旧闻今读"这一视角,精挑细选《苏州日报》十年来最具代表性的头条内容,落实新闻场景,锁定新闻主角,开展面广量大、深入基层的采访。该系列报道用举重若轻的创意、生动鲜活的故事,取得了事半功倍的传播效果。

昨天的新闻,今天的历史。该系列报道充分发扬了报纸今昔对照的先天优势,采用大事件小切口的视角,使该作品在重大主题报道中别具一格。苏报采编团队发扬"四力"精神,记者深入城市和农村、企业和社区、江河与港口,反复核实准确的事实,着力捕捉生动的细节,最终呈现出一篇篇引人入胜的报道、令人信服的苏州发展故事。

专家点评

观"旧"迎"新":苏报人的二十大"加分卷"

《苏州日报》推出的"苏报头条里的中国梦"融媒体行动,围绕"中国梦"这一核心主题,精心挑选了苏报十年来最具代表性的头条内容,刊出10个主题10篇见报文章,叙事内容场景化、叙事主体多元化、叙事策略细节化,生动鲜活地反映了苏州非凡十年的成就,充分展现主流媒体重大主题新闻报道的核心竞争力。

首先,精策划高站位,小切口大创意。"旧闻今读"的创意视角,在"喜迎二十大"这一重大主题的同类型报道中自成一格,亦可展现苏州这座城市"怀"而不"念"、观"故"纳"新"的精神底蕴。站位高,但切口小,采访广,主体繁多,深耕个人生活变化、城市发展与中国梦的深刻关联和时代价值。

其次,"旧闻"人物延伸新体验,"过时"故事勾连新发展。苏报通过媒介记忆还原城市蓬勃之路,善用宏大叙事的平民视角,重回头条的新闻现场,以"旧闻"人物为报道线索,以"过时"故事为再记录和再创作的底本,回望并重述十年间令人振奋的苏州故事,零散的新闻记忆片段整合为一场连续有规律的媒体展示,更使这一报道具有穿透力和生命力。

最后,有情有理有据,彰显党报大胆当。从报道选题敲定到内容人物聚焦,从采访记录到报道成文,体现了苏报采编团队的优良素质和过硬本领,每一处都饱含他们对这座城市的眷恋与自豪。附在每一篇文字报道最后的"数读",就像一道道历史的加法,清晰地记录苏州一路砥砺奋进的成绩。情感的高度融入和充分的数据说明,使得苏州十年非凡成就可见可闻可感,呈现的内容才会如此真切鲜活,传播效果才会广泛深刻。毫无疑问,这一系列报道业已成为勉励苏州人踔厉笃行,以苏州实践丰富中国故事的强大动力。

第十六届苏州新闻奖特别奖

"天堂"之美在于太湖美

总书记寄语苏州把生态文明建设作为率先标准,为太湖增添更多美丽色彩

我上一次到苏州,感受到太湖美,依然青春焕发。"天堂"之美在于太湖美,希望苏州为太湖增添更多美丽色彩

苏州"四个百万亩"工程提出要保护老百姓的庄稼地,水稻田就是湿地,种水稻本身也是一方美景

苏报北京专电(特派记者　顾志敏)昨天上午9点,人民大会堂西大厅里气氛热烈。中共中央总书记、中共中央军委主席习近平来到江苏代表团,与代表们一起审议政府工作报告,共商"美丽中国"发展大计。全国人大代表、省委常委、市委书记蒋宏坤发言后,习近平饶有兴致地回忆起去年7月苏州之行。"我上一次到苏州,感受到太湖美,依然青春焕发。"习近平说,"'天堂'之美在于太湖美,不是有一首歌就叫《太湖美》吗?确实生态很重要,希望苏州为太湖增添更多美丽色彩。"

昨天,蒋宏坤发言的题目是《携手共筑幸福美丽新家园》。短短14分钟的发言中,习近平先后5次插话,仔细询问了苏州的经济总量、城乡一体化、中小企业发展等方面的情况。

结合政府工作报告,说到苏州今后的重点工作打算时,蒋宏坤表示,按照党的十八大"五位一体"的战略布局,苏州将把生态文明建设放到更加突出的位置。他说,如果没有良好的生态宜居空间,苏州就不能被称为"人间天堂";如果没有"鱼米之乡",苏州就不能称其为"苏州"。为此,苏州将加大生态修复和环境再造工作力度,下决心把"四个百万亩"工程(优质水稻、特色水产、高效园艺、生态林地)以法律形式落实下来,为子孙后代留下发展空间,保护好"鱼米之乡"的美丽风貌。"同时,我们将完善和提升生态文明建设规划,争取用5—8年,使所有的湖泊水质都有根本改观。"

蒋宏坤的话音刚落,习近平插话说:"现在网民检验湖泊水质的标准,是市长敢不敢跳下去游泳。"风趣的话语引得代表们都笑了起来。随后,习近平与大家分享了去年到苏州出席第二届中非民间合作论坛的所见所闻,"多少年不来,苏州又有很大变化,对苏州又是印象一新。"

习近平对苏州的秀美记忆犹新,"江南是个好地方,自古就有'上有天堂,下有苏杭'之美誉。之所以称苏杭为'天堂',不仅因为那里经济繁荣、社会安定,'日出江花红胜火,春来江水绿如蓝,能不忆江南',江南美景美不胜收啊。""美丽中国"需要和谐共建。苏州的"四个百万亩"工程给总书记留下了深刻印象。在最后的发言中,习近平又一次"点评"起苏州:"苏州'四个百万亩'工程提出要保护老百姓的庄稼地,水稻田就是湿地,种水稻本身也是一方美景,《红楼梦》里大观园中也有稻香村嘛。"习近平鼓励说,和谐、全面是对科学发展内涵理解得更深刻地反映,希望苏州在率先、排头、先行的内涵中,把生态作为一个标准,为江苏乃至全国发展作出新贡献。

原载2013年3月9日《苏州日报》

第十六届苏州新闻奖一等奖

承接民生公共服务　评价民政事务成效
全国首家民办民政事务所诞生

本报讯（记者　陈竞之）日前，常熟市海虞香溢民政事务所法人代表朱雪珍与市镇两级民政部门签订合约，承办民生公共服务项目。落笔一刻，标志着全国首家民办民政事务所在常熟率先建立。这也见证着常熟市政府实践"小政府、大社会"理念，开始在民生领域向社会组织转移服务事项。

在香溢民政事务所，市民政局与朱雪珍签订了三份合约，包括委托承办公益慈善（助学）项目效能评估、创新社会组织品牌、引导本区域社会组织规范化建设，以及城乡一体化背景下农村养老服务体系建设探索。合约规定，项目完成后，民政局将向香溢民政事务所支付13000元。随后，海虞镇民政办也与朱雪珍签订合同，购买了包括政策宣传培训、民政对象入户调查、各类信息统计分析上报等相关民政事务。

近年来，民政工作内涵不断丰富，外延不断拓展，服务对象日趋多元化，工作要求越来越高。市民政局局长沈启平认为，政府部门要进一步提高服务效能，提升公信力，就必须将部分公共服务职能梯度转移给社会组织来承担。

首家民办民政事务所就此应运而生，它既非政府部门的下属单位，也非并列机构，而是利用非国有资产举办的、具有独立法人资格的公益类社会组织，承担着承接民生公共服务和客观评价民政事务社会成效的重任。

海虞香溢民政事务所目前有3名工作人员，办公面积108平方米。事务所所长朱雪珍表示，事务所将在扶弱济贫、助老解困、维护社会安定等方面，为群众提供便利、高效、优质的服务，主动作为，承担政府更多的民生服务项目，助力民政工作进一步制度化、标准化和精细化，提升民政工作的社会公信力。

创新，落脚点是为民众提供便利、高效、优质的服务，最终得益的是百姓。沈启平说，香溢民政事务所的名字正是取自"惠及乡里，芳香四溢"。在香溢民政事务所创办成熟后,民政部门将总结经验并在全市推广,让社会组织为社会发展发挥更多正能量。

原载2013年3月21日《常熟日报》

第十六届苏州新闻奖一等奖

"一滴水"让盲人重见光明
"千人计划"专家发明的眼底病注射药正式上市
为我国首个具全球知识产权单克隆抗体类药物

苏报讯（记者 施艳燕）一滴无色透明的"小水珠"，就能让眼底病致盲者重见光明。昨天，国家食品药品监督管理总局发布公告，批准由园区"千人计划"专家、信达生物制药（苏州）有限公司董事长俞德超发明的康柏西普眼用注射液用于治疗湿性年龄相关性黄斑变性，这标志着我国首个治疗老年黄斑变性等眼底病的高端生物药正式上市，据悉，该药也是我国首个具有全球知识产权的单克隆抗体类药物。

医学调查显示，老年黄斑变性、糖尿病视网膜病变等眼底病已成我国45岁以上成年人致盲的主要原因，目前我国老年黄斑变性、糖尿病视网膜病变患者多达上千万人，随着我国老龄化步伐的加快，该类疾病的发病人数将呈逐年上升趋势。

"以往该类疾病无药可治，只能依靠激光等治疗手段来控制病情。"俞德超介绍说，人的眼睛就像一台照相机，黄斑是照相机的底片，如果把黄斑看成是一堵墙，老年黄斑变性、糖尿病视网膜病变等眼底病就是垒墙的"砖"发生了松动和脱落，导致黄斑出血从而影响"底片"成像功能，当"墙"破败到一定程度，眼睛就会失明。传统治疗手段是通过激光灼烧出血点，从而达到止血、控制病情的目的，但这样的治疗方法不仅适应症小而且容易复发，效果很不理想。

"与传统治疗手段不同，康柏西普是通过由内而外的方法来达到标本兼治的效果。"俞德超介绍说，每支康柏西普眼用注射液为50微升，看起来就像一颗无色透明的小水珠，治疗过程很简单，有资质的医师将这颗小水珠注射进患眼玻璃体即可，在药物作用下，黄斑上破损的"砖"可自行修复，"砖"与"砖"之间重新恢复牢固严密的黏合，黄斑也因此恢复"底片"成像功能。临床研究表明，康柏西普安全性高、疗效显著，大多数眼底病致盲患者重见光明。

康柏西普是国家1类生物药，也是我国首个具有全球知识产权的单克隆抗体类药物。单克隆抗体类药物是代表全球制药最高水平的高端生物药，目前全球销售最好的药物中,前六位均为单克隆抗体类药物。单克隆抗体类药物有很高的技术要求和研发壁垒,目前,我国共有9个单克隆抗体类药物,除康柏西普外,其余均为仿制药。

据了解,俞德超是目前国内唯一发明并成功开发上市两个国家1类新药的科学家。此前,他发明的全球首个抗肿瘤病毒类药物"安柯瑞",已于2006年在美国上市。

原载2013年12月5日《苏州日报》

第十七届苏州新闻奖一等奖

19岁男孩无偿捐献眼角膜和遗体

其三口之家也是我市首个共同签署捐献器官志愿书的家庭

本报讯（记者 井维娥 见习记者 周洁雯）昨天，一场重病夺去了19岁男孩徐志刚的绚丽人生，但是，他以无偿捐献眼角膜和遗体的方式，延续着他的大爱与生命。

昨天中午12时，市一院神经外科重症监护室。徐志刚躺在病床上，嘴里插着气管插管，这是他昏迷的第44天。病床四周，家人泣不成声。

12时30分，徐志刚被宣告死亡。母亲秦裕芳深情地在儿子脸颊上一吻，久久不愿离开……

14时37分，苏州大学附属理想眼科医院的医生取出了徐志刚的两只眼角膜，之后，苏州医学院的医生将徐志刚的遗体带走。

1995年10月出生的徐志刚，是南丰镇永联村人，自小就受一种名叫松果体瘤的病痛折磨。父亲徐金华是江苏永钢集团的一名职工，而徐志刚是他的独生子，因为照顾生病的儿子，秦裕芳一直没有外出工作。

去年9月，徐志刚病情复发，今年4月14日被送至市一院，一直靠仪器维持生命。"儿子之前在看到捐献器官的有关报道时，曾提起过捐献器官的想法，"徐金华说，"我们一家于今年5月7日签订了捐献器官志愿书，希望儿子的眼角膜能用在所需要的人身上，让他继续看到这个精彩的世界。"

主治医师孙健说，徐志刚送到医院时神智已经昏迷，没有了自主呼吸。虽然进行了全力抢救，已无力回天。"原以为儿子会再次像6年前那样战胜病魔，可这次，虽然他依然很坚强，但还是没有挺过来……"徐金华说。

记者了解到，徐志刚的器官捐献志愿书是他父母代替他签署的。在得知儿子绝症无法再医治时，徐金华心如刀割。因为儿子曾和他提到有捐献器官的想法，徐金华和妻子及家人商量后，代替儿子在捐献志愿书上签了字。抚摸着儿子的遗像，徐金华双眼含泪,颤抖地说:"儿子,爸爸没有能力帮助你什么,唯一能做的就是完成你的心愿!"

从医13年的孙健说,这是他这么多年遇到的第一例无偿捐献出器官的。据他介绍,原本徐志刚除了捐献眼角膜和遗体外,还打算捐献肾脏和肝脏,"由于是晚期,加上慢性的消耗,治疗期间用药和放疗化疗的影响,肝脏肾脏经过苏州相关专家的评估,已经不适合捐赠。"

据了解,徐志刚是我市最年轻的眼角膜和遗体捐献者。同时,这个三口之家也是我市首个共同签署捐献器官志愿书的家庭。市红十字会秘书长张亚娟说,捐献遗体可以让生命得到另一种延续,但受传统观念影响,器官和遗体捐赠目前还不被大多数人接受,"徐志刚一家人很了不起,值得我们钦佩。"

原载2014年05月28日《张家港日报》

第十七届苏州新闻奖一等奖

首批中新跨境人民币贷款落地

7家中外资银行向园区11家企业发放跨境贷款，签约金额5.275亿元

苏报讯（记者　杨帆）昨天上午8时，中国人民银行的园区内企业跨境人民币贷款信息登记系统启动，标志着苏州工业园区跨境人民币创新业务试点实质性展开。8时02分，交通银行苏州分行与其新加坡分行联动发放的4700万元贷款到达园区市政公用发展集团有限公司账户。此外，工商银行苏州分行、农业银行苏州分行、中国银行苏州分行、汇丰银行苏州分行、渣打银行苏州分行、星展银行苏州分行也联合各自的新加坡分行加入首批登记和发放中新跨境人民币贷款的行列。来自人民银行苏州市中心支行的统计显示，当天共有7家银行向园区11家企业发放跨境贷款，签约金额5.275亿元，到账金额1.56亿元。

跨境人民币业务是人民币国际化过程中产生的新事物。2009年开始，该项业务试点逐步在相关区域开展。此次，苏州工业园区获批开展跨境人民币创新业务试点，内容包括新加坡银行机构对园区企业发放跨境人民币贷款、股权投资基金人民币对外投资、园区内企业到新加坡发行人民币债券、个人经常项下及对外直接投资项下跨境人民币业务4项。伴随着《苏州工业园区跨境人民币业务试点管理暂行办法实施细则》出台，不少银行紧锣密鼓推进跨境贷款的准备工作。

昨天是人行推出的园区内企业跨境人民币贷款信息登记系统正式启用的第一天，交行等银行"踩着点"完成了首批贷款的信息登记、业务审批、项目提款和资金入账的所有流程。其中，工行苏州分行与其新加坡分行内外联动，为泰诺风保泰（苏州）隔热材料有限公司发放1000万元跨境人民币贷款；农行苏州分行也联合其新加坡分行向苏州春兴精工股份有限公司发放跨境人民币贷款4900万元；中行苏州分行联合其新加坡分行向园区蓝天燃气热电有限公司发放的5000万元人民币贷款成功到账；汇丰银行苏州分行则协助金龙联合汽车工业（苏州）有限公司等两家企业从新加坡汇丰借入人民币贷款。"此次的创新试点让园区企业可以从境外借入人

民币资金,融资渠道进一步拓宽,不仅有利于苏州企业的发展和苏州工业园区的转型升级,也有助于促进人民币跨境流动,进一步推动人民币国际化进程。"农行苏州分行国际部副总经理石兰这样说。

此外,记者还在采访中了解到,6月18日,汇丰银行苏州分行已成功协助一位具有苏州工业园区户籍的本地个人客户将其经常项下人民币汇至香港第三方人民币账户,用于海外旅游消费,由此率先完成园区内个人跨境人民币结算。

2大亮点

园区试点昆山试点各有侧重

去年批复设立的"昆山试点",与园区的跨境人民币业务试点各有侧重,前者重点在台资企业集团内部试点人民币跨境双向借贷业务,后者尝试金融机构跨境贷款等。同时,园区的跨境人民币创新业务试点还涉及了区内企业到新加坡发行人民币债券等内容,企业融资渠道进一步拓展。此外,个人跨境人民币结算也更便利。

四类行业未被允许享受新政

此次试点中的跨境人民币贷款是指新加坡银行机构向符合条件的园区内企业或项目发放人民币贷款。相关细则要求,由人民银行和园区共同拟定并发布"年度苏州工业园区跨境人民币贷款负面行业清单",从事负面清单行业的企业将不能办理。

严重产能过剩行业、高耗能高污染行业、融资平台(不含退出类融资平台)、房地产行业(不含安居性住宅工程)四类行业,未被允许列入本次跨境人民币贷款试点范围。所有的跨境贷款不仅要实施区域余额管理,还被明确要求按照合同约定用途使用,确保用于实体经济发展。

原载2014年6月20日《苏州日报》

第十七届苏州新闻奖一等奖

邹命东用板车救了20多位工友

苏报讯（记者 张卉春）两眼通红、布满血丝，神情悲伤；虽疲惫不堪，却还在四处奔走……用小板车不顾安危从爆炸事故现场拉出20名受伤工友的"板车哥"邹命东又脚不停歇，自发帮助前来寻亲的老乡，在家属接待点和医院之间来回穿梭。

8月3日上午9时半许，记者在位于景王路的一家属接待点见到了邹命东。他正与几位前晚赶到昆山的老乡坐在一起，说到伤心处，这位年过四旬的汉子忍不住潸然泪下。

老家在河南南阳的邹命东告诉记者，有20多个同乡与自己同在事发厂——中荣金属制品有限公司上班，除了同车间的老乡工友外，平时与发生事故的汽车轮毂抛光车间的老乡接触并不多。事故发生后，他知道伤亡的人员中可能有自己的老乡，所以，就自发担当起"联络员"，希望能通过自己的绵薄之力帮助到前来寻亲的老乡。

登记信息、查找对照有关部门及时公布的伤亡名单，再指引老乡去医院做DNA检测……邹命东马不停蹄，配合接待点工作人员，带着一拨拨心情焦灼的老乡四处奔走。

"昨天回到家后，我躺在床上一直睡不着，凌晨两点接到电话，说有老乡要来接待点等消息，我立马就赶了过来，一直到现在。"邹命东说。

他还告诉记者，事故发生后，不少老乡的家属来不及第一时间赶到昆山，就辗转打他的手机，向他了解情况。他就会根据政府公布的信息，把情况耐心及时告诉他们，给他们安慰。

采访时，记者明显感觉到邹命东累得快要虚脱，但他坚持撑着。他说，虽然政府已经做好了接待安置工作，但老乡们大老远赶来，人生地不熟，自己有义务要帮助他们。截至目前，彻夜未眠的他已帮助近10个老乡找到亲人的下落。

采访结束后,在好心人的建议下,两天一夜没合眼、极度虚弱的邹命东才去附近医院打点滴。"挂好水后,我还要来,帮助更多的人尽快联络到亲人。"邹命东说。

原载2014年8月4日乐居昆山网

第十八届苏州新闻奖一等奖

苏州工业园区首创环保"居民自治"模式
558户居民管好15家工厂排放

本报讯（记者　张登峰）"这半年来，我们小区的空气质量有了明显改善，谢谢你们。"昨天下午，在苏州工业园区汀兰家园环境理事会的年终总结会上，罗冬梅代表558户居民向在座的企业代表深深鞠了一躬。由环保部门牵头、企业与居民自发组成的自治组织"汀兰家园环境理事会"，架起一座企业与居民沟通、监督的桥梁——记者获悉，这种环保"居民自治"模式，在江苏省尚属首创。

家住18幢的罗冬梅2012年入住汀兰家园后，附近工厂排放出的有异味气体让她无法忍受。然而，当罗冬梅和其他居民到附近几家工厂讨说法时，企业负责人拿出各种检测数据称"排放都达标"。

企业说没问题，居民却被气味熏得要搬家、要卖房。信息不对称，沟通不畅，问题交到园区环保局手中。

"气体是否达标？问题如何解决？用事实说话，大家一起来参与解决问题。"园区环保局出了一个"妙方"。于是，一个由园区环保局、东沙湖社工委、汀兰社区、居民代表及15家周边企业等多方组成的"汀兰家园环境理事会"自治组织于去年3月14日成立了。

理事会通过会议、QQ群、微信群等方式进行沟通，随时讨论自治过程中的问题、想法及思路；组织"企业开放日"，让居民走进工厂，了解企业生产工艺、废物处理及排放设施，打消部分居民的顾虑，并监督企业持续进行排放整改。

经理事会协调，小区附近企业普杰无纺布公司开始对废气排放设备进行改进。普杰负责人王先生介绍，为降低废气对居民的影响，他们苏州工厂的设备是全世界范围内首次改进，即使在美国也未作要求。目前，公司已投入400多万元改善废气排放设备。乐扣公司也对废气处理设备进行了改造。安特普公司增加了2套环保设备，还进一步改善了粉尘排放设备……"现在小区里基本闻不到异味了。"罗冬梅说。

"企业与居民坦诚交流,很多问题迎刃而解。"园区环保局韩新副局长说,该理事会对推进政府部门转变行政管理方式、有效带动全民参与基层事务管理起到了积极的探索及示范作用。

全程参与的南京大学环境学院高级环保咨询顾问杨惠然表示,这种环保"居民自治"模式在省内属于首创。环境理事会的自主管理与运行不仅能让企业环保技改更加透明化,也能让居民全程参与企业的环保技改。该模式是对政府行政管理权限下放、鼓励全民共同参与自治创新实践理念的最好诠释,也是未来社会管理创新的重要方向。目前,他们也在对这一创新机制进行研究和总结。

原载2015年1月9日《姑苏晚报》

第十八届苏州新闻奖一等奖

国家现代农业示范区建设水平监测评价
报告认为，太仓已进入基本实现农业现代化阶段

综合得分蝉联全国第一

本报讯（记者 李华）太仓现代农业发展继续领跑全国。农业部现代农业示范区建设工作领导小组办公室最近发布了《2014国家现代农业示范区建设水平监测评价报告》。该报告显示，太仓以85.4分的综合得分蝉联全国第一，进入基本实现农业现代化阶段。

监测评价显示，2013年，全国153个国家现代农业示范区（以下简称示范区）农业现代化水平稳步提升，领先地位进一步凸显。示范区继续保持较快的发展势头，153个示范区建设水平综合得分平均达到67.9分，已有江苏省太仓市等20个示范区综合得分达到75分以上，进入基本实现农业现代化阶段。其中，2012年、2013年，太仓市综合得分分别达83.8分、85.4分，连续两年位居全国第一。

近年来，我市紧紧围绕发展现代农业和强村富民两大目标任务，加大改革创新力度，不断激发农村发展活力。新型农业经营主体加快培育，现代农业发展迈上新台阶；农村经营体制机制有效创新，连续五年获得江苏省农业农村政策创新奖；农民收入连续多年保持两位数增长，城乡居民收入差距进一步缩小。2012年，太仓市整建制被农业部认定为国家现代农业示范区。

我市以加快推进国家现代农业示范区建设为统领，紧扣高效设施农业规模化、生态休闲农业集聚化、科技创新农业载体化发展定位，实施点、线、面结合，市、镇、村联动发展战略，坚持园区化、产业化、农场化推进现代农业建设，形成了以1个太仓市国家现代农业园区为引领，7个区镇现代农业园区为支撑，X个村级基地、合作社为辐射面的"1+7+X"现代农业园区网络，全市现代农业发展园区化建设、规模化生产、多元化投入、企业化经营的模式逐步显现。目前，全市规划在建各类园区15个，总规划面积20多万亩，基本建成面积16万亩。我市2014年水稻丰产方单产列江苏省第一，农业基础设施和装备水平稳步提升，地产农产品质量安全监管网络实

现全覆盖。农民年人均纯收入2.89万元。

原载2015年3月20日《太仓日报》

第十八届苏州新闻奖一等奖

老兵方阵第1车第1排第1座
苏州百岁老人成阅兵"明星"

本网讯（记者 熊曙光 通讯员 张慧军）今天（9月3日），在北京天安门胜利日大阅兵中，被安排在老兵方阵第1车、第1排、第1座的陈廷儒备受网友关注。名城苏州网记者获悉，这位102岁的老兵是苏州军分区第五干休所正师职离休干部陈廷儒。

在今天的电视直播中，央视把老兵方队的第一个人物特写镜头，给了陈廷儒6秒左右，引起了社会各界的极大关注。网络上关于他的文字、图片等有很多，不少网友称赞老人"帅""颜值高""有气质"，一时间老人成了"明星"。对此，陈老的亲属表示，陈老非常感谢大家以及家乡人民的关注，希望阅兵回来后，能回归平静的生活。

小学校长投笔从戎　毅然参加党的地下抗日武装

1914年1月，陈廷儒出生在涟水县一户贫苦农民家里，后来考入乡村师范学校，毕业分配到胡集小学任校长。兵荒马乱的年代，许多学生随家长逃难去，陈廷儒被免职。刚开始，陈廷儒也曾产生退到大后方谋生的念头。但内心强烈的不想当亡国奴的痛苦，最终打消了他的这一消极想法。"不抗日就没有好日子过，不抗日就得当亡国奴！"

陈廷儒很快成长为基干队长、中队长、总队七连连长。1942年，陈廷儒光荣地加入中国共产党。不久，他被任命为李集区区委书记兼区长，肩头的担子更重了。

1943年春天的某个早晨，陈廷儒因公事没在村里。日伪军200多人在叛徒的带路下，悄悄摸进村子里，很快把村子包围。一伙敌人直扑陈廷儒家中，野蛮地踹开院门，搜捕新四军干部。陈廷儒虽然侥幸逃过一劫，但伯父被敌人当场残忍杀害，有几名民兵被敌人掳走，不久后也被日军残暴杀害。

消息

1945年8月,日本宣布无条件投降,中国人民取得伟大的抗战胜利。

由于当时农村信息极度闭塞,等陈廷儒他们得到抗战胜利的消息,已经过去几天时间了。"大伙儿特别开心,虽然条件有限没有搞隆重的庆祝仪式,但想起一路走来,冒着枪林弹雨,牺牲无数先烈,最终还是取得了胜利,当然高兴!"提到当年获悉日本宣布无条件投降的情景时,陈老兴奋之情溢于言表。

跟随大军一路向南　事业爱情双丰收

据陈老回忆说,"抗战胜利前夕,常常看到头顶有美国盟军的飞机飞往日本方向去执行轰炸任务,我们知道,抗战的形势已经发生根本性的扭转,日伪军如同秋后蚂蚱,蹦跶不了几天了。"

抗战胜利后,陈廷儒所在部队被编入华东野战军苏北兵团,他先后任苏北兵团政治部秘书处秘书、第十兵团政治部秘书科科长,参加了解放战争之淮海战役、渡江战役、解放上海、解放福建、炮击金门等重大战斗。

新中国成立后,他先后在福州军区工作。1955年被中华人民共和国授予三级独立自由勋章、三级解放勋章,1988年被中华人民共和国中央军事委员会授予独立功勋荣誉章。工作期间,一名聪慧美丽的苏州姑娘、女干部程璧珍义无反顾地爱上了陈廷儒。他们恋爱、结婚、生子,相濡以沫,甜蜜恩爱60多年。

1981年,陈廷儒离休后与夫人一起回到"天堂"苏州休养。他们一个酷爱书法,一个喜爱画画,琴瑟和谐,夫唱妇随,安享晚年。他们生活简朴,热心公益事业,关心下一代成长,经常给青少年学生讲革命传统。

谈起长寿的秘诀,陈老和程阿姨颇有心得:"生活作息有规律、人际交往讲谦让、家庭生活重和谐、乐观心态常保持。"老人又说:"想起牺牲的战友和无数革命先烈,我们很知足。"

本来程璧珍打算陪伴陈廷儒一起赴京参加阅兵,由于身体不适,只得放弃陪同在家静养。在电视上看到精神矍铄的陈老时,全家人都非常激动。女儿说,早早就陪着母亲坐在电视前,等着父亲出现在电视机里。"当时我们也做了一些准备,把药就放在手边,以备不时之需。"直到现在,关于母亲程璧珍身体上出现的种种不适,陈老依旧不知道,子女和老伴程璧珍也不打算告诉他。

阅兵成明星　回家后希望回归平静生活

此次陪同陈廷儒去北京参加阅兵的是陈老英雄的女婿王三才。他介绍，此次陈老在北京享受到的是"国宝级"的待遇：每天有专门人员进行护理，血压一天要量五六次。一旦有细微变化，一个电话就会有五六位专家过来，进行联合会诊。北京军区还派来营养膳食专家，为抗战老兵研究和配备每日的饮食。"要求很多也很高，其中一条，就是要求肉里没骨头，鱼里没刺。"

作为最年长的参阅老兵，陈廷儒备受媒体、社会关注，在驻地，陈廷儒的"人气"也相当高，不时有人上来要求合影留念。王三才说，有一天，在驻地宾馆的电梯口，也是抗战老兵的老艺术家田华遇到陈廷儒，双方握手互相致敬后离开。当田华得知陈廷儒已经102岁，是老兵方队中最年长的抗战老兵，立马从电梯口折返回来，要求和陈老英雄一起合个影。

在此期间，还有很多中央级媒体联系陈廷儒，要求采访，都被王三才一一谢绝。"阅兵前，我们一定要保护好他。"

当然，有些见面是阻挡不了的，例如和老战友的会见。王三才告诉记者，到北京后，除了遇到了三位和他同属新四军三师的老战友，还遇到了一位上世纪五十年代和陈老同在福建军区政治部一起工作的老战友。"五十多年没见面了，没想到在这次阅兵上，两位老战友竟然又联系上了，要说的话自然很多，感慨万千……"

陈老说，感谢党和人民把我们这些老同志照顾得很好，国家第一次为纪念抗战胜利而阅兵，第一次组织抗战老兵参阅，而且还有国民党抗战老兵与我们一起参阅，意义非常重大。"光荣永远属于伟大的祖国和人民，希望年轻人铭记历史、珍爱和平，把国家建设得更加富强！"

原载2015年9月3日名城苏州网

第十八届苏州新闻奖一等奖

开放创新综合试验园区全国首试水
总体方案获国务院批复，争创推进创新驱动发展新模式的示范样本

以建设中国开发区升级版、世界一流高科技产业园和国际化开放合作示范区为发展目标

着力构筑开放合作示范平台、产业优化升级示范平台、国际化创新驱动示范平台、体制改革示范平台和城市综合治理示范平台

苏报讯（首席记者　钱怡）国务院日前印发《关于苏州工业园区开展开放创新综合试验总体方案的批复》（以下简称《批复》），同意在苏州工业园区开展开放创新综合试验，原则同意《苏州工业园区开展开放创新综合试验总体方案》（以下简称《方案》）。苏州工业园区成为全国首个开展开放创新综合试验区域，在改革试验、开放创新中又担重任，再探新路。

苏州工业园区是我国改革开放伟大实践的成功缩影，始终肩负着改革试验田和开放排头兵的重要职责。《批复》要求，苏州工业园区紧紧围绕加快实施创新驱动发展战略，主动对接自由贸易试验区并积极复制成功经验，探索建立开放型经济新体制，推动产业结构迈向中高端水平，提升在全球价值链中的地位，更好地培育参与国际经济技术合作与竞争新优势，加快建设开放引领、创新驱动、制度先进、经济繁荣、环境优美、人民幸福的国际先进现代化高科技产业新城区，成为构建开放型经济新体制的排头兵，为国家级经济技术开发区转型升级创新发展提供经验。

此次批复同意的《方案》明确，园区将以建设中国开发区升级版、世界一流高科技产业园和国际化开放合作示范区为发展目标，着力构筑开放合作示范平台、产业优化升级示范平台、国际化创新驱动示范平台、体制改革示范平台和城市综合治理示范平台五大平台，成为推进创新驱动发展新模式的示范样本。积极探索开放与创新融合、创新与产业融合、产业与城市融合的发展道路，更好地引领全国开发区转

型创新和优化发展；完善国际化开放型创新体系，探索外向型经济体制下实现创新驱动的有效路径，更好地引领苏南国家自主创新示范区建设；依托中新合作优势，拓展市际合作、省际合作、国际合作等多种方式，积极辐射推广园区经验，走互利共赢发展道路，更好地引领和践行国家重大发展战略。

开展开放创新综合试验，符合党的十八大提出的实施更加积极主动的开放战略要求，有利于打造开放合作新平台，形成国家"一带一路"倡议、"长江经济带"发展新的支点；有利于推动以加工贸易为主体的沿海开放型经济转型升级，推动国家开发区和开放型经济发达地区转型升级、创新发展；有利于构建国际化的开放型创新体系，打造苏南国家自主创新示范区的引领区；有利于落实依法治国战略，打造综合改革先行区。20多年来，苏州工业园区积极探索新型工业化、经济国际化、城市现代化互动并进发展之路，选择在苏州工业园区开展开放创新综合试验，基础较好、条件完备、机制成熟，更易于取得示范效果。

【相关链接】
省委、省政府进一步支持园区发挥改革试验田功能

近日，江苏省委、省政府出台了《关于支持苏州工业园区开展开放创新综合试验的若干意见》（以下简称《意见》），进一步支持苏州工业园区发挥改革试验田功能，探索建立开放型经济新体制，提升创新驱动发展能级，更好地参与国际经济技术合作与竞争，为沿海开放地区和开发区转型升级探路，在迈上新台阶、建设新江苏中走在最前列。

《意见》明确，支持园区提升开放合作水平，加快创新驱动发展，创新人才管理制度，创新区域管理体制机制，在法律法规范围内，授予园区省辖市社会事务行政管理权限，同时将部分省级经济管理权限下放或委托园区管委会依法实施，鼓励园区借鉴新加坡公共管理机构经验，深化机关、事业单位机制改革，探索授权管理模式，创新人员管理机制。

原载2015年10月14日《苏州日报》

消息

第十九届苏州新闻奖一等奖

我市家庭医生服务签出"第一单"

2246户大病困难群众将配"私人医生"

本报讯（记者 李燕）昨天下午3时许，保税区（金港镇）中南社区居民钱汉其仔细阅读了《张家港市大病困难群众家庭医生签约服务协议书》的内容后，落笔签下了名字。至此，我市大病困难群众家庭医生服务成功签出"第一单"，也标志着我市大病困难群众家庭医生签约服务正式启动，全年计划覆盖大病困难群众约2246户，本月底将完成所有的签约工作。

据介绍，大病困难群众家庭医生个性化家庭签约服务是市卫计委今年推出的12项惠民便民举措之一。服务对象为本市户籍、身患重大疾病且需要后续治疗和康复的困难群众，其中包括已纳入低保、低保边缘户的群众以及年个人自负医疗费用2万元以上且个人自付医疗费用超过上年度家庭收入的群众。内容包括签约一个家庭医生团队；提供一张健康服务卡，凭卡在指定医院免费享受1000元门诊医疗服务和优先预约就诊、检查、住院等便捷服务；开具一张个性化健康处方；教学一套家庭护理技能，为签约家庭成员提供基本生活、饮食和心理等技能培训。

钱汉其是大病困难群众家庭医生服务的第一个签约者，年仅55岁的他是家中的经济支柱，却被检查出患有肠癌，每月近千元的医疗费让这个原本就不富裕的家庭雪上加霜。"签约以后，不仅可以免费得到上门治疗、健康指导、专家会诊等服务，还可以享受到1000元的门诊医疗服务，报销比例也提高了不少。"钱汉其告诉记者，签约之后，不仅自己从中受益，他的家人也可以得到相应的医疗服务。"可以说是一人签约、全家受益。我初步算了一下，每年能省下万元以上费用。"钱汉其黝黑的脸上露出了满意的笑容。

家庭签约服务是我市深化基层医疗卫生改革、拓宽大病困难家庭救助渠道的创新之举。市卫计委副主任於海良表示，下一阶段，各区镇社区卫生服务中心、有关医院将高标准、严要求地完成各项任务目标，努力将此项实事工程做好、做细，让这些大病困难群众在家门口就享受到更加方便、专业、高效的综合健康服务。

原载2016年4月2日《张家港日报》

第十九届苏州新闻奖一等奖

苏州发出首张积分户籍准入卡

凭积分流动人口将享受户籍准入、子女入学等市民待遇
积分落户实施半年共有2413人可迁入苏州

苏报讯（记者 天笑）申请等待半年，来自连云港的桑丹终于在昨天上午拿到了编号为"000001"的苏州市流动人口积分入户准入卡。凭着累计的积分，桑丹一家也将享受到户籍准入、子女入学、子女参加苏州城乡居民医疗保险等相关市民待遇。桑丹拿到的是苏州全市首张积分户籍准入卡，这张卡的发出，也标志着苏州市流动人口积分管理工作迈出了重要一步。

12年前，桑丹来到苏州工业园区一家企业工作，不久后成家生子。眼看孩子已到入学年龄，看中苏州优质教育资源的桑丹一直有带着孩子落户的想法，但按照之前"购房须满75平方米才能入户"的条件，桑丹没能达标。"那时已经不抱太大希望。去年年底，苏州出台有关积分入户的新政策，这对我们一家三口来说真是个好消息，我们终于有机会在苏州稳定生活和工作了。"桑丹说。

随着苏州经济社会快速发展，大量流动人口来到苏州。根据统计，到2015年12月底，苏州全市流动人口实有登记数为698.1万人。如何让流动人口更稳定、更有序地融入苏州，让他们充分享受发展权益，一直是苏州市政府各部门努力的方向。

2015年12月15日，新的《苏州市流动人口积分管理办法》出台，规定从2016年1月15日起，在苏州市区范围内，参加社会保险、已办理居住证且连续合法居住一年以上（含一年）的流动人口，经本人申请可纳入苏州市流动人口积分管理。总积分由涵盖个人情况、诚信记录、实际贡献和职业技能4个方面的基础分、附加分和减扣分组成，积分累计排名靠前的申请人，可通过积分排名享受相应的户籍准入、子女入学、子女参加苏州城乡居民医疗保险等公共服务待遇。

记者在桑丹的积分表中看到，连续居住在苏州、缴纳8年社保和公积金，这些给桑丹的基础分增加了660分。另外，符合计划生育、积极参加无偿献血、参加"义警"团队、在全国业余羽毛球赛中获得名次等事项，也给桑丹增加了不少附加分。依靠

累计的积分,桑丹成功取得入户资格,她的丈夫和孩子也可以随迁落户苏州。

市流动人口积分管理办公室主任毛华介绍,今年上半年苏州市区共受理3700多份积分入户申请。5月31日,市积分办公布了上半年苏州市流动人口积分入户指标数、共950户;6月8日公布了准入名单,共有2413名流动人口可迁入苏州。目前,受积分管理加分项设置引导,流动人口主动办理居住证签注延期、主动缴纳社保的意识增强,献血及纳税人数也在持续攀升。

原载2016年7月2日《苏州日报》

第二十届苏州新闻奖一等奖

用遗体捐献回馈第二故乡
88岁日本老人心愿达成，为江苏首例外国人捐遗

　　苏报讯（驻吴江首席记者　黄亮）3月4日，在吴江盛泽居住十多年的日本老人北川光男去世，享年88岁。遵照老人遗愿，子女将他的遗体捐献给苏大医学部。昨天，吴江区红十字会在苏大医学部为北川光男举行遗体捐献仪式。据悉，这是江苏首例外国人遗体捐献。

　　出生于1929年的北川光男，从小喜欢刺绣，对中国文化情有独钟。尤其吴江，让他觉得很像家乡大阪。2003年，在友人介绍下，年逾七旬的北川光男和妻子北川十寸子来到盛泽，开办了一家特种刺绣技术服装公司，并把在日本的250多台进口机器一同搬了过来。一方面，夫妇俩想保住自己的特种刺绣技术；另一方面，他们也想借助盛泽纺织产业集群优势，续写事业的辉煌。

　　因为爱上了吴江，想回馈这座给了他们新家的城市，2009年北川夫妇做出了一个令人意外的决定：在异国捐献遗体。"我们的父母也曾把遗体捐献给了大阪的医学院，用于临床医学教研和科研。"谈起当初捐遗的决定，两位老人曾这样说，人过世后火化或埋在土里，没有什么意义。如果捐给医学院，还可以为医学科研事业作贡献。"这里的人对我们非常好，我们在这里安享晚年，已经把吴江当成第二故乡了。在这里捐献遗体，一方面想回馈吴江，另一方面也想为日中友好作点贡献。"北川夫妇说。

　　北川夫妇远在日本的子女，曾希望二老能在退休后回日本养老，好让子女有机会尽孝，毕竟父母在外让他们时常担心和牵挂。所以当北川夫妇提出跨国捐遗时，起初并没有得到子女的理解和支持。而原则上，遗体捐献没有家属签字是无法实现的。

　　但考虑再三后，北川夫妇还是决定坚持自己的想法。他们再一次尝试与远在日本的子女沟通，并向日本驻上海总领事馆发出申请。这一次，他们的子女没有反对

并最终签下了同意书。北川夫妇的女儿说,刚开始听到父母的这个决定,内心很复杂。不过,她很快就理解了老人的想法。而且,在日本学医的外孙也非常支持外公外婆的决定。2009年,北川夫妇完成了捐献遗体的登记手续。当拿到苏州红十字会颁发的遗体捐献证书时,北川十寸子说:"我俩的一个心愿终于实现了,心里松了一口气。"

吴江的遗体捐献工作始于2001年,现有遗体(器官、角膜)捐献志愿者366位。截至目前,已有25位志愿者实现遗体捐献,3位志愿者捐献器官,3位志愿者捐献角膜。其中,小弘宇是我省捐献角膜年龄最小的志愿者,北川光男是第一位外籍人士。

相关链接

遗体捐献

遗体捐献是指自然人生前自愿表示在死亡后,由其执行人将遗体全部或其部分(如可供移植的器官、角膜等)捐献给医学科学事业的行为;以及生前未表示捐献意愿的自然人死亡后,由其近亲属一致同意将其遗体全部或其部分捐献给医学科学事业的行为。

遗体捐献指定并委托的执行人,可以是捐献人的近亲属或者在工作上、生活上有密切关系的其他自然人,也可以是捐献人生前所在单位、居住地的居(村)民委员会、养老机构或者其他有关单位。捐献人捐献遗体的意愿、行为和遗体尊严应当受到社会尊重和法律保护。

吴江捐献的遗体接收单位为苏州大学医学部,区红十字会负责遗体捐献的日常工作(登记、协调、服务)。

(黄 亮)

原载2017年3月9日《苏州日报》

第二十届苏州新闻奖一等奖

东山4家茶企获森林认证
碧螺春有了走向国际市场的"绿色通行证"

本报讯（记者 朱雪芬）昨天，在吴中洞庭山碧螺春茶文化旅游节开幕式上，东山4家茶企获得森林认证的授牌，意味着碧螺春有了走向国际市场的"绿色通行证"，而洞庭山碧螺春茶也成为全国首批通过森林认证的茗茶品牌。

据介绍，森林认证作为一种市场机制，是通过对森林经营活动进行独立评估，将满足可持续经营原则的森林及林产品，进行认证后进入木材生产和林产品贸易中，以保证从森林经营到林产品贸易的所有环节符合环境保护和可持续发展的要求。目前，CFCC的认证范围包括森林经营、产销监管链、碳汇林、竹林、非木质林产品、森林生态系统服务功能和生产经营性珍贵稀有濒危特种等。

2016年，在中国森林认证管理委员会（CFCC）的支持下，以东山镇农林服务站为认证主体，联合苏州市东山御封茶厂、苏州市东山吴侬碧螺春茶叶专业合作社、苏州东山茶厂股份有限公司、苏州市东山东灵茶叶专业合作社4家单位，开展了非木质林产品联合认证。经过一年的论证程序，4家茶企共认证林地69公顷，认证碧螺春绿茶、红茶产量6吨。

东山镇副镇长杨忠星告诉记者，森林认证其实是针对碧螺春茶原产地的认证，而且精确到产区，比如苏州市东山吴侬碧螺春茶叶专业合作社，此次获得认证的是位于眠佛坞的一片产区，而获得该认证的产区需要符合相应的一系列规范，首先得具有规模，而且注重产区保护。杨忠星说，森林认证的标准十分严格，要求原产地有完善的溯源体系，产品达到"一品一码"，严格控制，认证标签的使用也有严格规范，只能用于认证的产品上，而且必须是贴上去，而不能采取印刷的方式，以防止标签被滥用，认证过程则由第三方监管。

记者获悉，中国森林认证（CFCC）是与国际森林认证体系认可计划（PEFC）

互认的认证体系,碧螺春茶获得该认证后,就等于获得了走向国际市场的"绿色通行证"。

原载2017年3月20日《姑苏晚报》

第二十届苏州新闻奖一等奖

在全省率先建设标准化稻麦重大病虫害监测预警信息园
物联网给稻麦"拍片问诊"

本报讯（记者 李华）3月29日下午，在东林合作农场一块试验田里，市农委植保站几名农技人员正忙着安装农作物病虫害监控设备。据悉，这是我市在全省率先建设的标准化稻麦重大病虫害监测预警信息园。

记者了解到，这套监测预警体系总投入80多万元，占地面积1300多平方米，由田间实时监测系统、虫情自动化监测系统、田间气候信息采集系统、病情实时监测系统、系统集成平台等5个部分组成。目前，主体设备已经完成安装，正抓紧相关智能监测设备的安装和调试，预计下月初即可启用。

病虫防控是保障粮食丰产丰收、确保粮食安全的重要举措。市农委植保站负责人告诉记者，以前，测报预警都是由人工完成，但由于越来越多的年轻人不愿意从事农业相关工作，测报预警技术人员逐步老龄化，病虫测报岗位缺员，病虫测报面临着"后继乏人"的局面。为此，近年来，我市逐步开始推进智慧植保工作。从去年起，市农委植保站在已有自动测报设备试验、示范的基础上，与省植保站合作，探索开展农作物病虫物联网监测预警体系建设，通过智能采集、无线传输、数据分析、决策生成等先进手段，提升农作物重大病虫害监测预警能力，推进病虫害测报工作信息化发展，降低测报工作强度。

"今后，我们将通过在园内安装一套远程视频系统，完成田间实时监测；安装大螟、二化螟及稻纵卷叶螟监控系统、虫情信息自动采集系统，实现虫情自动化监测；安装小麦赤霉病监控系统及孢子捕捉仪，实现病情实时监测。"该负责人说，这套检测预警体系主要通过性诱剂引诱并捕捉靶标害虫，并生成相关数据。目前，监测预警信息园安装了4套设备，可以同时诱捕4种靶标害虫。今后，他们可以登录农业部建设的"中国农作物有害生物监控信息系统"，根据监测数据，实时进行病虫害情况分析。

"这就像医院给病人拍片子,医生再根据片子诊断一样,今后,植保站可以根据监测预警体系得出的病虫害分析数据,及时发布农作物病虫防治信息,提醒农民提早做好防治准备。"市农委植保站负责人介绍,这个信息园能够有效覆盖5万~10万亩农田,全市近20万亩农田,只需建设2~3个信息园就够了。

接下来,市植保站还将与相关科研机构合作,集成开发农作物重大病虫害监测预警系统平台,使各数据端口有效对接、相互兼容,最终实现太仓的农作物病虫害监测数据自动接入全省农作物病虫害监测预警系统。

原载2017年3月31日《太仓日报》

消息

第二十一届苏州新闻奖一等奖

20亿元换天蓝水清
我市"贴钱"关停转型一纳税大户

本报讯（记者 高燕 张静芳）2月11日上午，记者在东沙化工区内看到，贝利（张家港）有限公司等5家企业的废弃设备已经全部被拆除。"下一步，我们将对尚未拆除的废弃设备进行严格监管，并在相应期限内完成拆除。"市东沙整治办工作人员陆军向记者介绍，东沙化工区整体关停后，后续工作在政府监管下正有序进行。

东沙化工区建于1993年，区内共有化工生产企业37家，占地近3000亩，共有职工近3000人。2016年，该区全年开票销售约28亿元，入库税收约2.5亿元，是当地的一纳税大户，而关停、搬迁企业得花费政府大笔开支，因此这项工程代价颇大。

只要与发展绿色经济背道而驰，就必须"动刀"，再难再痛也得进行到底。2017年1月，我市263办公室正式成立，而成立之初的第一件大事，就是东沙化工区的关停工作。市263办多次组织专项行动小组成员对该区进行暗访，曝光问题，及时上报，定时回访，督促整改。2017年3月，总额20亿元的专项融资贷款通过国开行等银行的审批，为东沙化工区实施整体转型提供了资金支持。先后出台的《2017年张家港市"263"专项行动督查工作方案》《张家港市"263"专项行动约谈暂行制度》等，为其提供了政策保障。2017年12月15日，东沙化工区全部关停，比原定计划提前了半个月。

东沙化工区的关停转型工作作为我市"263"专项行动中最为重要的工作之一，绝不是一关了之。市263办高度重视关停化工企业的后续处置，多次开展"回头看"工作。市263办公室工作二组组长马浩表示，由于关停时间紧迫，一些企业的库存还未销售出去，设备内存放的都是化学品，拆除过程中，如果没有对危废进行及时处理，极有可能造成环境污染。因此，市263办根据《苏州市化工企业安全关闭实施方案》要求，定期对关停企业开展专项检查，要求企业及时清空设备设施内剩余物料,确保设备设施防坍塌、防倾倒、防冻保温等措施的有效落实。

据了解,东沙化工区目前已经有8家企业完成转型。接下来,我市将充分利用资源和空间优势,加快东沙化工区转型发展,瞄准装备制造、海工装备、非化工新材料等新兴产业,积极开展对外招商,尽快产生经济效益。

原载2018年2月14日《张家港日报》

第二十一届苏州新闻奖一等奖

舆论监督联手检察监督　共同守护公共利益
地方主流媒体与检察机关相互借力，发起成立"公益守护联盟"系全国首创

　　苏报讯（苏报融媒记者　赵晨民　璩介力）昨天，苏州日报报业集团和姑苏区人民检察院发起成立的"公益守护联盟"正式揭牌。地方主流媒体与检察机关相互借力，发起成立"公益守护联盟"、共同维护公共利益，这在全国尚属首创。今后，双方将深度合作，通过信息共享，探索舆论监督与检察监督联手、共同服务地方高质量发展的新路径。

　　今年5月21日，《姑苏晚报》以"非机动车停车乱收费到底谁来管？"为题，报道了我市石路地区非机动车停车存在乱收费现象。根据记者调查，苏州市市容市政部门已于2016年对"城市道路临时占用"行政许可事项中非机动车临时占用城市道路不再进行审批，即不再向占用城市道路（人行道）的企业发放"苏州市区非机动车停车场准停证"，此前审批的相关证照最迟于2016年7月14日全部到期。这意味着自当年7月15日开始，市民在市区主干道两边的人行道上停放非机动车就停止收费了。

　　然而，近两年来，在市区人行道停放非机动车仍有被收费的现象。接到市民投诉后，《姑苏晚报》对此进行了深入报道，《苏州日报》紧接着刊发《三问糊里糊涂的非机动车停车收费》等评论。地方主流媒体连续"发声"，引起了社会各界的高度关注。姑苏区人民检察院迅速指派检察官介入调查。很快，姑苏区人民检察院向相关单位发出了检察建议，建议所涉单位彻查并整治这一乱象。最终，在多部门共同推动下，石路地区非机动车停放乱收费现象被终结。目前，姑苏区有关部门正着手研究相关长效管理机制。

　　舆论监督与检察监督联手，维护了社会公共利益，经过多次协商，苏州日报报业集团与姑苏区人民检察院达成共识，"公益守护联盟"应运而生。

　　检察机关作为公共利益的代表，在公益诉讼等方面积累了丰富的经验；地方主

流媒体肩负着舆论监督、反映社情民意等重要使命。苏州日报报业集团党委书记、社长张建雄表示："联盟的成立，让舆论监督与检察监督高效对接，有利于更好地维护公共利益。"市人大代表沈建东说："以联盟的形式让媒体与检察机关形成合力，可以进一步增强群众的获得感、幸福感和满意度。"

姑苏区人民检察院党组书记、检察长徐翔说："地方媒体与检察机关联手成立'公益守护联盟'，在全国尚属首创。今后联盟将重点在历史文化名城保护、未成年人保护、环境资源保护等领域发挥作用。"作为一个开放平台，"公益守护联盟"未来还将邀请更多负有公益保护职能的部门和单位加入，通过联盟的纽带作用，更广泛地形成保护公共利益的合力。

原载2018年8月29日《苏州日报》

报道回顾

《姑苏晚报》：

5月21日《非机动车停车乱收费到底谁来管？》

5月22日《石路多处仍有违规收费》

5月23日《观前地区非机动车停放均已免费》

5月26日《石路地区非机动车违规收费开始整治》

5月29日《石路商圈非机动车收费员终"下岗"》

《苏州日报》：

5月22日《三问糊里糊涂的非机动车停车收费》

5月30日《"一块钱"验出深埋的"监管内伤"》

第二十二届苏州新闻奖一等奖

科创板第一股花落苏州
华兴源创股票代码688001

苏报讯（苏报融媒记者　戴晓刚）科创板第一股花落苏州！6月19日零点，首批获准科创板IPO注册的苏州华兴源创科技股份有限公司，率先披露上市发行安排及初步询价公告，获得股票代码688001，申购代码787001，股票简称"华兴源创"。这意味着，苏企华兴源创正式成为科创板第一股。

华兴源创坐落于苏州工业园区，是国内领先的检测设备供应商，主要产品应用于国内外知名的平板或模组厂商以及消费电子终端品牌商。

3月27日，华兴源创科创板上市申请获得上交所受理，4月9日进入问询，6月11日成功过会，6月14日获得注册，到如今正式发布招股书，华兴源创所经历的时间仅为83天。

其实，华兴源创并不是首批过会的企业。此前安集微电子、天准科技、微芯生物率先通过了科创板上市委2019年第一次审议会议，3家企业于6月11日向证监会申请注册，但至今未通过。

来自华兴源创的保荐券商——华泰证券的投行人士表示，华兴源创能够实现后发先至，一方面是准备扎实，很早就把材料准备好了。在后续的问询中，回复也比较认真及时。另外，也与企业本身的科创属性高密切相关，而这是最重要的。

公告显示，华兴源创本次公开发行股份全部为新股，拟公开发行股票4010万股，占发行后公司总股本的10%，本次公开发行后公司总股本不超过40100万股。初步询价时间为2019年6月21日至6月24日（T-4至T-3日）的9：30至15：00。网上、网下申购配号日为6月27日，7月1日将公布中签结果。获配投资者将于7月1日缴款。

此前，上交所理事长黄红元在陆家嘴论坛上透露，预计将会在两个月以内看到首批科创板企业上市交易。随着华兴源创正式进入发行程序，科创板开市进入倒计时。

原载2019年6月20日《苏州日报》

第二十二届苏州新闻奖一等奖

国务院印发《关于6个新设自由贸易试验区总体方案的通知》

江苏自贸区苏州片区落户园区

苏报讯（苏报融媒记者 董捷）改革开放的探路"尖兵"苏州工业园区，将再次承担起新时期国家战略使命赋予的新任务。中国政府网昨天下午发文，国务院同意设立中国（江苏）自由贸易试验区，发布了《中国（江苏）自由贸易试验区总体方案》，标志着江苏自贸区建设启幕。据了解，江苏自贸区的实施范围为119.97平方公里，涵盖南京市、苏州市、连云港市三个片区。其中，苏州片区60.15平方公里面积超整个江苏自贸区总面积的一半。

江苏自贸区苏州片区位于苏州工业园区范围内（含苏州工业园综合保税区5.28平方公里），涵盖了高端制造与国际贸易区、独墅湖科教创新区、金鸡湖商务区、阳澄湖半岛旅游度假区等功能区的核心区域。未来，苏州片区将依托园区国家级开发区与自贸试验区叠加联动优势，突出中新合作、开放创新和产业转型三大特色，进一步开展制度创新。根据国务院发布的总体方案，江苏自贸区苏州片区功能定位为建设世界一流高科技产业园区，打造全方位开放高地、国际化创新高地、高端化产业高地、现代化治理高地。

设立江苏自贸区是党中央、国务院作出的重大决策，是新时代推进改革开放的战略举措，是新阶段我国自贸试验区制度创新模式在更大范围内复制和推广的重要部署。江苏自贸区苏州片区依托的苏州工业园区是我国改革开放初期中新两国合作的旗舰项目，始终肩负着改革"试验田"和开放"排头兵"的重要职责。25年来，苏州工业园区在聚集国内外要素资源，培育先进制造业产业集群，提升创新发展能力，建设国际化、便利化、法治化营商环境等方面取得明显成效，并在复制自贸试验区经验方面取得了丰硕的成果，实现国家级开发区综合考评三连冠。

江苏自贸区过半面积"花落"苏州工业园区，标志着苏州工业园区再次被赋予国家战略使命——开展自贸试验区制度创新，赢得新的发展"王牌"。据苏州工业园区相关负责人介绍,围绕"一区四高地"的功能定位,苏州自贸片区将在加快转变政府职能、深化投资领域改革、推动贸易转型升级、深化金融领域开放创新、推动创新驱动发展和积极服务国家战略六大任务框架下,着力在贸易便利化、产业创新发展、金融开放创新、跨境投资、知识产权保护、聚集国际化人才等方面开展具有特色化突破性制度创新,全力打造投资贸易自由便利、营商环境一流、创新生态优化、高端产业集聚、金融服务完善、监管高效便捷、辐射带动作用突出、发展特色鲜明的高标准、高质量自由贸易园区。

原载2019年8月27日《苏州日报》

第二十二届苏州新闻奖一等奖

"昆山模式"创新
"一带一路"人才培养

首位受资助埃塞青年赴上海大学研习

苏报讯（记者 李传玉）8月28日，来自埃塞俄比亚的青年戴维，正在上海大学熟悉全新的环境。从一名埃塞国家工业园区的管理人员，到成为上海大学商法专业研习生，戴维的人生轨迹在"一带一路"上发生了意想不到的改变。而这一切源于昆山对"一带一路"人才培养模式的创新探索。未来，昆山开发区还将每年选拔一位优秀埃塞青年进入上海大学学习。

"我来过中国6次，在埃塞和昆山，与中国园区管理人员一起工作了7年，非常喜欢中国文化。成为第一个受秉龙基金资助的埃塞青年，我非常珍惜这个机会，希望以后有更多的埃塞青年到中国学习。"戴维说。

8月26日，位于昆山开发区的江苏秉龙慈善基金会与上海大学教育基金会签订协议，全额资助埃塞国家工业园区优秀青年管理人员进入上海大学开展专业研习，学习时长三年，这也开启了秉龙基金会、上海大学、埃塞国家工业园发展公司和江苏昆山（埃塞）产业园培训中心四方合作培养"一带一路"高级人才的全新探索。在未来三年内，戴维将每年获得6万元的资助款。

从"请进来"传授开发经验，到"走出去"手把手指导实践，到如今帮助埃塞国家园区青年管理人员"留下来"进入中国高等学府深造，昆山正在形成"一带一路"人才培养的"昆山模式"。

2016年6月，江苏省发改委与埃塞政府签署合作备忘录，明确"昆山开发区等有经验有条件的开发园区对埃塞输出管理经验"。3年来，昆山成立埃塞园区管理人员培训专家组，先后三次为埃塞园区管理人员举办培训班，四次组织专家赴埃塞就地指导，累计实训136人次。现埃塞多个工业园区管理人员均由经过昆山培训的人员担任。戴维就是第二批来昆学习交流的埃塞学员班班长，是一名职业律师。同时，昆山宏鑫、中土集团和埃塞国家工业园发展公司合作，在埃塞德雷达瓦特殊经济区建设昆山（埃塞）产业园,并在今年7月2日设立首个境外专业培训中心,30名埃塞国家工业园管理人员成为首批学员。

"这一由基金、高校、埃塞和昆山四方联动的人才培养合作项目,将使中国开发经验更好地融入'一带一路',助推埃塞园区开发建设,也将帮助'走出去'的中资企业更好地掌握埃塞政策法规,了解非洲社会人文。"上海大学法学院副院长李凤章说。

原载2019年8月29日《昆山日报》

第二十二届苏州新闻奖一等奖

股份经济合作社"身份证"换来9.85亿元银团贷款
永联村首以"法人"身份签下全国"第一单"

本报讯（记者 余继峰）10月19日下午，在第十九届全国"村长"论坛——"产业振兴共同富裕的路径与方法"分论坛现场，中国银行张家港分行行长钱向军、中国建设银行张家港分行行长顾永明与南丰镇永联村党委书记吴惠芳共同签署"美丽乡村·振兴有我"——永联村银团贷款合作协议。该协议以永联村股份经济合作社为主体，由两家银行提供总金额9.85亿元贷款，贷款期限为10年。

据悉，这不仅是永联村股份经济合作社在领到"农村集体经济组织登记证"后，首次以"法人"身份获得银行贷款，更是我国金融行业给予农村经济合作社的首笔也是最高金额的项目贷款。

近年来，永联村股份经济合作社在发展村集体经济、维护农民经济权益、实现农民增收致富发挥了重要作用。但由于长期缺乏法人资格和市场主体地位，导致村经济合作社在土地征用、建设项目报批以及金融扶持、政府补贴等事务中受到限制，制约了村集体经济的发展。

作为全国人大代表，吴惠芳在2018年3月召开的全国两会上提交了《关于明确农村经济合作社法律主体地位的建议》。同年6月，农业农村部、中国人民银行、国家市场监督管理总局联合下发《关于开展农村集体经济组织登记赋码工作的通知》，明确由县级农业农村行政管理部门向本辖区农村集体经济组织发放登记证书，赋予统一社会信用代码。今年7月10日，永联村股份经济合作社拿到了苏州市首张"农村集体经济组织登记证"。此次永联村银团贷款项目的成功签约，正是永联村股份经济合作社领到"身份证"后迎来的首波红利。

"有了银行机构真金白银的支持，我们终于可以捋起袖子大干一场了。"吴惠芳说，作为社会主义新农村建设的样板和示范村，永联村提出"2022年率先实现农业、农村基本现代化"的目标，在美丽乡村建设、农业产业融合发展等方面还有大量的工作要做,急需金融支持。该项目的落地将为永联现代农业提升工程、居民住房安居工程、酒店群扩建改造工程等方面提供金融支持,为永联加快推进一、二、三产业融合发展,进一步做大做强集体经济提供有力支撑。

全国资深"三农"专家、江苏省人大常委会农业和农村委员会主任吴沛良认为:"这一项目的成功签约,是金融行业助推乡村振兴发展战略落到实处的具体体现,标志着股份经济合作社的法人地位得到了金融机构的认可,对全国66万个行政村有很强的示范意义。"

原载2019年10月21日《张家港日报》

第二十三届苏州新闻奖一等奖

两个月救治87人　经历两次急救

苏州新冠肺炎患者全部治愈出院

苏报讯（记者　李静）昨天，苏州3名新冠肺炎确诊患者出院回家，这意味着，经历两个月，我市87例新冠肺炎患者全部治愈出院。

根据苏州市卫生健康委疫情通报，1月10日，市五院收治一名有武汉旅行史的发热患者，1月22日国家卫生健康委确认该病例为江苏省首例新冠肺炎患者，1月24日该病例出院，为我市首个出院患者。2月18日起，我市每天新增病例持续为零，累计报告确诊病例87例，其中男性47例，女性40例。按年龄，0至18岁3例，19至35岁18例，36至55岁41例，56至80岁25例。

救治患者、控制传染源是阻止疾病流行的重要环节，苏州市委、市政府将其作为疫情防控的重中之重。为此，我市集中患者、集中专家、集中资源，进行全力救治：市五院新建100张床位专病病区，改造20张负压病床；设立市级专家组，每天对患者进行会诊；抽调骨干医护人员进驻市五院，组建2支后备医疗队；统筹调配呼吸机和ECMO（体外膜肺氧合）等，增置15辆负压转运车。如何实现精准治疗，是最关键一步。市五院副院长张建平介绍，在治疗过程中，医生对每一位患者的病情进行综合评估，制定个性化诊疗方案，大部分患者以抗病毒、对症治疗、心理干预治疗为主。对于病情较轻、年龄较小的患者，治疗未使用抗病毒、抗细菌一类的"猛药"，而是根据具体情况，采取个体化对症处理。治疗过程中，中医药发挥了重要作用，大多数患者服用中药汤剂，以健脾祛湿、解表宣肺，改善症状，缩短病程。

收治病情较重患者的重症医学科，还经历了两次危急时刻。1月24日，一名70岁重症患者发生呼吸困难，医护人员4个多小时守在病床前，调整药物、使用大型无创呼吸机，患者终于转危为安；元宵节当天，一名患新冠肺炎的孕妇出现险情，市重症医学、产科、新生儿科、感染科、呼吸科的30多名专家，来到医院会诊，并在负压手术室为其进行紧急剖宫产手术，生下健康宝宝。

两个月来,市五院医护人员日夜坚守、团结作战,与时间赛跑,与病魔决战。他们的努力付出,也得到了患者的认可和赞扬。"我要看看他们长啥样。"一名好婆刚出院,就拉着来送她出院的医生护士不肯放手。不少出院患者主动提出要捐献血浆,为病友加油助力的同时,也为能和医护人员在一起抗击病魔而感到自豪。

救治过程中,医院严格进行院内感染管理,实现医护人员零感染。市五院院长程军平介绍,医院将对病区进行彻底消杀,同时负压病房将做好应急准备,以防境外输入病例。

原载2020年3月11日《苏州日报》

第二十四届苏州新闻奖一等奖

为太湖岛屿立法

《苏州市太湖生态岛条例》提出将太湖生态岛建设成为低碳、美丽、富裕、文明、和谐的生态示范岛

苏报讯（记者 朱雪芬）为了太湖的保护与发展，苏州为生态岛立法。昨天下午，市十六届人大常委会第三十三次会议审议通过了《苏州市太湖生态岛条例》（以下简称《条例》），提出将太湖生态岛建设成为低碳、美丽、富裕、文明、和谐的生态示范岛。这是苏州首次以立法形式保护太湖岛屿的生态，在江苏省内也是首例，生态岛的"主体"是吴中区金庭镇西山岛。

西山岛是全国淡水湖泊中面积最大的岛，是太湖健康生态系统维护的关键节点和生态屏障，也是长三角核心区重要生态服务功能的支撑地。2019年年底，金庭镇被列入苏州生态涵养发展实验区。2020年年底，立足于沪苏同城化、长三角一体化发展的大格局大背景，苏州提出要理清思路，准确定位，打响"太湖生态岛"品牌。今年3月1日，江苏省"十四五"规划纲要正式对外公布，"支持苏州建设太湖生态岛"被纳入规划。太湖生态岛建设一次又一次迎来重大机遇。

围绕高标准建设太湖生态岛的需要，苏州坚持立法先行。该《条例》是市人大常委会2021年立法计划中的第一个正式制定项目，也是市人大常委会决定自主牵头起草的立法项目，通过"小切口""小快灵"立法，提高立法针对性、适用性、可操作性，在打造太湖生态保护示范样本中更好地发挥立法的规范、保障、引领作用。市人大常委会法制工作委员会主任陈巧生介绍，这部《条例》旨在通过地方立法进一步明确太湖生态岛的地位，总结固化实践经验，以法治方式推动乡村振兴和民生保障，促进太湖生态岛生态保护和绿色发展。

《条例》规定了适用范围为金庭镇区域范围内的西山岛等27个太湖岛屿和水域，同时规定了太湖生态岛坚持的原则，并提出将太湖生态岛建设成为低碳、美丽、富裕、文明、和谐的生态示范岛。

《条例》重点突出了太湖生态岛的资源保护、污染防治和生态修复，以及文化遗

产和村落的保护和利用。要求进行动态监测，掌握太湖生态岛内的自然资源、生态环境和水环境变化情况。同时，对非物质文化遗产进行保护和传承，并对古建筑管理保护责任人的权利责任让渡作了探索性规定。

陈巧生表示，党的十九大报告指出，建设生态文明是中华民族永续发展的千年大计。

习近平总书记反复强调"绿水青山就是金山银山""生态优先、绿色发展"，多次对长江保护和太湖保护作出重要指示。该《条例》的制定，将为苏州贯彻落实习近平生态文明思想，践行新发展理念，建设人与自然和谐共生的现代化提供法治保障。

原载2021年4月26日《苏州日报》

第二十四届苏州新闻奖一等奖

1000000户！昆山再创一项纪录
市场主体总量稳居全国县级市首位

苏报讯（记者 李艳 茅玉东 郭燕）"今天有幸拿到昆山市第100万张营业执照，特别激动，相信我们的机器人公司能在昆山得到更好发展。"3月9日上午，在市行政审批局市场准入窗口，斯坦德机器人（昆山）有限公司合伙人王茂林开心地从副市长李文手中接过营业执照。至此，昆山市场主体总量突破100万户大关，这也意味着昆山成为全国首个市场主体突破100万户的县级市，在百强县（市）中再创一项纪录。

3月5日，国务院总理李克强所作的《政府工作报告》中指出，"十四五"时期，要全面深化改革开放，持续增强发展动力和活力，构建高水平社会主义市场经济体制，激发各类市场主体活力。事实上，连续十余年蝉联中国百强县榜首的昆山为了稳占鳌头，在优化营商环境上一直不遗余力。

做好简政放权"减法"，2017年起，我市试行市场主体名称自主申报。2019年7月1日起，全力推动"证照分离"改革、外商投资企业设立商务备案与工商登记"一口办"、企业名称自主申报、全程电子化登记等改革措施全面落地，"企业开办"时限也从法定的20个工作日缩短到1个工作日内。去年以来，我市持续加大全程电子化登记推进力度，将原本在线下串联办理的注册登记、公章刻制、银行开户等企业开办环节集成到网上并联办理，实现企业开办全流程一网通、全链通、即时通，并通过"一窗通"平台，实现企业开办一窗对外、一次接件、一次送达服务。同时，还在政务服务大厅设置智能化自助登记终端，符合条件的创业者不用提交纸质材料，只需通过人脸识别等方式认证，即可自助审核、打印营业执照。

做好优化服务"加法"，我市还充分运用"互联网+政务"手段，深入推广并普及"平台集群注册一体化"模式，协力搭建好活等共享优选创客工商注册系统，破解个体户经营场所难题，实现申请人"一表智能填报，一键批量申报"，让共享经济和灵活用工深度健康融合。2020年,疫情之下,我市通过集群注册的个体工商户达到380879户,同比增长153.52%。

"市场主体发展数量是地区经济发展的晴雨表。昆山连续三年发布优化营商环境建设新政,推动营商环境整体水平系统性提升,让越来越多的创业者来昆山投资,为昆山高质量发展注入强劲动力。"市行政审批局市场主体准入审批科科长李键说。

原载2021年3月10《昆山日报》

第二十五届苏州新闻奖一等奖

全国首笔！数字人民币三农贷款落地苏州

苏报讯（记者 冯佳）昨天，江苏银行苏州分行以数字人民币为主要形式向苏州相城冯梦龙村农户范老伯发放"园梦宝"贷款110万元，解决了其农业生产销售关键时期的资金需求。记者了解到，这是由商业银行发放的全国首笔数字人民币三农贷款，实现了数字人民币在三农贷款领域的场景拓展，为乡村振兴战略注入了新的金融活水。

范老伯是冯梦龙村的一名果农，他与老伴承包了65亩土地种黄桃。"农资采购、人工工资、包装物料每天开支不少，眼看马上就要采摘收获，资金越来越吃紧。"范老伯说，"之前申请的贷款还没有下来，这次多亏了村书记和江苏银行的客户经理帮我申请'园梦宝'数字人民币贷款，短短两天时间，110万元贷款就办下来了，又快速又便捷！"贷款审批通过后，他马上支用了5万元数字人民币，支付了一笔化肥款项。

乡村振兴是一道时代命题，如何以金融力量推动数字乡村建设？据悉，"园梦宝"是一款由江苏银行专为苏州新型农业经营主体以及农户经营者量身定制的数字人民币三农产品，具备审批快速、材料简单、担保方式灵活等优势，额度最高可达200万元。贷款以数字人民币形式发放至农户电子钱包，也可以通过数币形式关联至农户的"卡式"硬钱包。

"积极推进数字人民币创新产品的研发与场景建设，打造创新领跑型、服务支持型数字金融领先银行，是江苏银行苏州分行与城市同频共振、同向发力的实际举措，更是在新形势下以金融创新满足三农、科创等市场主体融资需求的一大体现。"江苏银行苏州分行行长蒋学众表示，此次"园梦宝"的设立与推广，就是借助该行在普惠、三农金融领域传统优势，将数字人民币信贷服务向乡村层级下沉的成功实践。

原载2022年6月30日《苏州日报》

第二十五届苏州新闻奖一等奖

习主席点赞的动画片"苏州造"
《孔小西和哈基姆》再度火出圈 续集正在紧锣密鼓制作中

苏报讯(记者 王敏悦)"中沙合拍的首部电视动画《孔小西和哈基姆》广受小朋友喜爱,播撒中沙友好的种子。"昨天一早,苏州欧瑞动漫有限公司总裁钱锋从手机上看到国家主席习近平的这句话,激动之情溢于言表。

这句话,出自习主席在抵达沙特阿拉伯访问之际,于该国《利雅得报》发表的署名文章《传承千年友好,共创美好未来》。而《孔小西和哈基姆》是欧瑞动漫与沙特阿拉伯文化和新闻部携手合作的产物,讲述了中国交换生孔小西和孔小东,用中国烹饪与智慧帮助当地少年哈基姆走出餐厅经营危机、赢得美食大赛冠军的故事。2014年5月,双方在北京签约,商定由沙方负责项目投资、监制等,欧瑞动漫负责全流程创意和制作。此举开启了中沙在影视领域的首次合作。三年后,该片完成制作,在中国中央电视台与沙特阿拉伯国家电视台分别首播,成为沙特阿拉伯首部本土动画片,迄今为止已发行至中沙以外的20余个国家。

习主席的一句点赞,让这部动画片昨天再次火出圈,在优酷、腾讯等热门视频网站上的点击量猛增。"这部片子制作周期长达三年,单是剧本创作和美术设定就用了一年。"钱锋说。如何在动画中调和两国的文化及价值观差异,是工作中遇到的最大难题。2014年,他先后四次带队赴沙特阿拉伯,与沙方深度沟通,并实地采风,最终将主场景设定在利雅得的一处餐厅,以美食这个大众文化元素作为切入点展开故事,顺利解决了难题。

2017年该片首播后,在沙特阿拉伯迅速掀起"中国热"。钱锋告诉记者,当年11月,沙方与他们签订了《孔小西和哈基姆2》的合约,并将投资额在上一部的基础上增加50%。据了解,《孔小西和哈基姆2》将把故事场景设定在中国,讲述哈基姆到中国与孔小西开启"功夫之旅",目前已完成剧本创作与美术设定,计划于2024年与观众见面。

欧瑞动漫的产品"出海",是苏州文化产业"走出去"的缩影。截至2022年,苏州共有国家认定的动漫企业8家。近两年,这些企业纷纷"走出去"。比如,苏州红鲸影视文化传播有限公司为人气手游"英雄联盟"制作的CG动画《归途》引发国内外网友关注,苏州飞马良子影视有限公司创作的动画电影《老鹰抓小鸡》即将在海外上映。

"中国影视作品'出海',是增强文化自信自强的题中之义。如何用全世界人民都喜闻乐见的影视作品来进行国与国之间的交流和沟通,切实提高国际传播的效能、讲好中国故事,《孔小西和哈基姆》作出了有益尝试。"复旦大学教授、中国高校影视学会学术委员会副主任孟建说。

原载2022年12月9日《苏州日报》

消息

第二十五届苏州新闻奖一等奖

品牌资源变成"真金白银"
全省首笔"苏质贷"花落张家港

本报讯（融媒记者 李燕 曹益珠 陆健）昨天，苏州银行张家港支行以数字人民币的形式为江苏永钢集团发放3000万元融资授信，这标志着全省首笔"苏质贷"花落张家港。

据了解，"苏质贷"是由省市场监管局、省地方金融监管局联合推出的，为具有质量荣誉、质量标准、质量认证的企业提供融资授信的一种金融产品，通过精准发放信用贷款，支持企业加强品牌管理、创新研发、技术改造和转型升级，将反映企业质量水平的"无形资产"转化为企业获得授信的"真金白银"，最高授信可达3000万元。

"永钢集团是我市首家获得江苏省省长质量奖的企业，还获评'江苏精品''江苏质量信用AAA'等多项质量荣誉，曾参与多项国家、行业标准制定，处于行业领先地位，完全符合'苏质贷'的发放条件。"苏州银行张家港支行行长陶华告诉记者，"银行在得知企业融资需求后，迅速启动'一户一策'专业化授信服务，第一时间通过企业资信审核并签约发放。结合'苏质贷'授信条件和企业信用，我们此次给予最高的授信额度。"

"永钢是永卓控股的子公司，'苏质贷'的发放不仅让永钢获得了一笔发展资金，进一步增强了发展的信心和底气，也是对企业长期注重质量积累的一种肯定。"永卓控股有限公司副总裁钱毅群说。"苏质贷"的推出释放了政府层面高度重视质量工作的强烈信号，进一步拓宽了质量优势企业的融资渠道，也给企业一种信用支持，非常值得推广。

"'苏质贷'的推出，是完善企业质量管理体系、提升产品竞争力的一项创新举措，为提升企业质量竞争力提供有力支撑。"张家港市市场监督管理局党委书记、局长樊建兵表示。根据初步摸排，我市有近70家企业符合"苏质贷"授信条件，预计授信金额可达10亿元。"接下来,我们将更好地搭建银企对接桥梁,引流'金融活水'精准滴灌实体经济,帮助更多企业特别是中小微企业稳步'爬坡过坎'、实现健康发展。"

"加快建设制造强国、质量强国"是党的二十大报告擘画现代化产业体系建设的一项重点内容,也是张家港深入推进质量强市工作的根本遵循。近年来,我市持续推进质量强市建设,深入开展品牌攀峰工程,通过分类实施头部企业示范带动、中小企业卓越成长、小微企业认证提升"一企一策"培育,质量品牌效益日益凸显,成功培育江苏省省长质量奖2家、苏州市市长质量奖4家、"江苏精品"7个。

原载2022年11月10日《张家港日报》

第十六届苏州新闻奖一等奖

一年前他因为无力负担医药费悄悄离开了医院，一年后他凑足了费用将钱送回了医院，刘立洪——

"良心债，一定不能欠！"

记者　曹鹏飞

"这是一年前他看病欠医院的3万多元，这是我们全家人写的一封感谢信，谢谢你们！"2月27日下午，当家住我市浏家港的57岁的刘立洪及其侄女婿徐先生一起出现在市一院办公室时，他们的举动以及讲述让全场的医务人员吃惊，到底他们之间有着怎样的故事呢？

那一摔，将他送进了手术室

刘立洪是江苏盐城人，一直没有结婚，他在我市浏河以打零工维持生计。去年3月21日，刘立洪在浏河一家服装厂帮忙的时候，不慎从高约1米5的台子上摔了下来，而这一摔让刘立洪头部受到了重创，他被工友送到了浏河医院进行抢救。"摔倒以后他整个人神志不清，嘴巴紧闭不能说出一句话。"回忆起当时的情况，刘立洪的侄女婿徐先生记忆犹新。"后来我们一看情况比较紧急，就赶紧把他转到市一院进行抢救。"刘立洪被送到市一院后，医院马上对他进行了两次手术抢救，才把他从死神手里抢了过来，随后刘立洪被转往重症监护室进行观察治疗。

"他出事以后只能由家里面的亲戚来照料，本以为他病得不是太严重，没想到一下子住进了重症监护室，医院连着发了几次病危通知书。"作为刘立洪在太仓的亲人，徐先生和妻子不得不挑起了照顾刘立洪的重担。

那一跑，全家人走上筹钱路

一段时间之后，刘立洪的病情出现了明显好转，虽然行动仍旧不便，考虑到家庭经济实在困难，刘立洪的家人便将他从重症监护室移到了普通病房观察治疗。

"他住院后,家里亲戚先后凑了2万多元交到医院,但还是欠医院3万多元。"徐先生回忆说,当时在欠费的情况下医院出于救治病患的目的,仍然尽全力对刘立洪进行了治疗。"虽然医生护士对我们都很照顾,但我们还欠着医院钱呢,一天天拖下去我们心里也着急。"刘立洪病情基本稳定后,一天晚上趁医护人员不注意,刘立洪的家人将他连夜从医院接回了盐城老家。

"我们全家人心里都挺不是滋味的,毕竟医院给我们尽心尽力地治疗,我们一声不响就走了,这笔债到什么时候都不能忘。"刘立洪回到盐城老家后,亲戚都你一百、我一百地资助他们。"欠别人钱心里总归过不去,尤其是这样的良心债,我们就想着赶紧把钱攒够还给医院。"说起当时的想法,徐先生坚定地表示欠债还钱,天经地义。

这一还,诚信精神感动你我

今年春节前终于凑够了3万多元,"全家人的第一感觉就是终于可以把钱还给医院了,可以睡个踏实觉了。"徐先生介绍说家里人商量着干脆等过完春节去太仓把钱交给医院,同时也给刘立洪做一个复查,看看恢复情况如何,这样才出现了本文开头的一幕。

"这是你当时住院的病历本,是主治医生给你保管了起来。"当医院医务人员将刘立洪当时住院的病历本交到他手上时,刘立洪的家人连连致谢。经过这一场大病之后,刘立洪的右臂已经不能活动,也不能讲话,但是面对医护人员的关怀,他脸上使劲挤出了笑容以表达对医护人员的感谢。

"每年我们医院或多或少都会碰到病人欠费的情况,但是像刘立洪这样离开医院以后又主动回到医院补缴欠款的我还是头一次遇到。"市一院神经外科副主任、刘立洪的主治医生舒张表示,刘立洪及其家人的这种诚信精神让医护人员很感动,"救死扶伤是我们医务人员的天职,无论贫富,每一位病人能够康复是我们最乐意的事。"

原载2013年3月5日《太仓日报》

第十六届苏州新闻奖一等奖

爱心"的哥" 两毛钱的慈善

主创人员 张建岚 杨 隽

故事主角：吴江江舜汽车出租有限公司驾驶员简祖新
故事地点：吴江的大街小巷
故事时间：始于2012年5月9日

早晨7点出车，晚上6点收工。的哥简祖新一天10多个小时奔波在吴江的马路上。每晚回到家，他总要核对票根，算算当天跑了几趟生意，再从每单生意中抽取两毛钱"提成"，整月汇总后捐到吴江区红十字会，用于"爱心助学"项目。

山西送水工感动了我

简祖新："我记得很清楚，去年5月9日晚上，我看了央视的一个公益广告，讲的是山西有位送水工，他每送一桶水，就从挣来的辛苦钱里抽出两毛，捐给需要帮助的人。送水可比开出租车辛苦多了，人家都能做到，我也可以。"

2012年5月9日晚上，电视机屏幕前的简祖新，被节目里山西送水工的事迹震撼了。一股夹杂着辛酸的感动，让简祖新下定决心：从现在开始，他也要从每一笔生意中抽出两毛钱，捐给需要帮助的人。

第二天起，简祖新的出租车里多了一支笔和一本笔记本。

在笔记本封面上，简祖新工工整整地写下"始于2012年5月10日……"，并用透明胶带将笔记本加固。

每天晚上回到家，简祖新要做的第一件事，就是查对票根，在笔记本上记录日期，算算当天做了几趟生意，应该从中"提成"多少钱。

每个月的第一个工作日，简祖新将上个月的"提成"汇总，捐到吴江区红十字会。

10个月，1500元

简祖新："最多的一个月，捐了205元。最少的一个月，是160元。再有两个月，我就坚持满一年了。我大概算了算，虽说每笔生意拿出两毛钱不算多，但只要每天坚持，就能积少成多。一年下来捐2000元左右，能资助两名中学生了。"

简祖新当过兵，老家在河南固始。2007年，为了让妻小的生活有所改观，他来到吴江，成为一名出租车驾驶员。现在，简祖新一家人都在吴江生活，女儿7岁，在幼儿园读大班，妻子在酒店工作。

开出租车是份辛苦活，收入也不算高，再加上一家人的生活开销，若让简祖新一下子拿出2000块来捐助别人，还真有些压力。所以，简祖新选择了这种积少成多的捐助方式。

在简祖新的笔记本里，夹着吴江区红十字会开给他的10张票据。10个月来，简祖新已累计捐款1500元左右。看着笔记本上的"流水账"越记越厚，简祖新感觉心里充实，有一种成就感。

善举本在举手间

简祖新："有一回，一个小伙子拖着大包小包的行李，要去柳胥小街。车费是28块钱。小伙子面有难色，问我能不能便宜点。他一手拖着行李，一手从裤子口袋里摸钱，我突然发现他的一只手只有两根手指。小伙子说，他本来想当保安，但因为手天生有残疾，被拒绝了。只能先投奔在柳胥打工的妹妹，慢慢再找工作。看着他挺难的，我没要车费。"

的哥这份职业，让简祖新每天在吴江的大街小巷中奔波，每天要遇到很多乘客，难免会碰到需要帮助的人。大困难未必帮得上，力所能及的事，简祖新从不推托。小伙子的境况让简祖新心酸。他觉得知识最能改变一个人，也最能改观一个人的生活，这是简祖新选择"爱心助学"的原因。

在简祖新看来，捐款也好，帮助乘客也罢，都是乐于奉献并从中收获喜悦的一种方式。善举无大小，本就应在举手之间。简祖新的家人很理解他的想法，女儿更是以爸爸为骄傲。

愿小钱汇成大爱

简祖新："我一个人，一年只能捐2000，帮助2名学生。如果是10个人，就能捐2万，帮助20个学生。100个人就是20万，帮助200名学生。我想发动身边的人一起参与。"

简祖新被山西送水工感动了，他希望有更多人被善举所感动，并加入这个行列中来。也确实有人被他感动了：他的堂兄简祖青，也是江舜汽车出租有限公司的驾驶员。这名的哥也是热心人，见多了乘客们的生活冷暖，他打算和兄弟一样，准备一本笔记本，每天抽"提成"。

简祖新说，只要他做一天出租车驾驶员，就捐一天"提成"。虽然他的爱心是一本"流水账"，但只要一天天、一年年坚持下去，也能给很多人带去帮助。即使他不开出租车了，也会以别的方式，将他的爱心"流水账"一笔笔记录下去。

记者手记

世人常赞"侠之大者，为国为民"，多会关注做出大贡献的人。但在托起我泱泱中华"国之大者"的基石中，"为友为邻"的"侠之小者"同样不可或缺。凡人善举，萤火微光，正是那一个个"为友为邻"的普通人，用心中点点善念，燃一盏希望之灯，温暖守护着我们的日常。

"为友为邻"的简祖新，就像我们身边的很多人——踏实工作，勤勉生活，虽不宽裕，却不吝于伸出援助之手。善虽小却恒为之，正是这份微小却持久的善举，让你我透过简祖新朴实的话语，共情了一份奉献的喜悦，触摸到一颗善良的心。

原载2013年3月15日《吴江日报》

第十六届苏州新闻奖一等奖

社区引导+约法三章+相互体谅
"三步"走,跳美广场舞

主创人员　管玉婷

连日来,本报关注的东方新村广场舞扰民的矛盾,引起读者广泛关注。事实上,能够妥善解决这一矛盾的小区也并不在少数。社区有效引导,跳舞有章可循,再加上居民间互相体谅,广场舞可以跳得尽兴,又不扰民。

居民区外另觅良地

每天晚上,绣东新村居民黄莉都会来到位于同丰路的卫生局停车场,和30多名舞伴一起跳上2小时的广场舞。这样的生活已经持续了2年。黄莉说,以前在居住的小区、夹浦新村等小区内也跳过健身舞,但时常被喜欢安静的居民投诉。一次偶然的机会,黄莉发现离家不远处的卫生局停车场在晚间比较空旷,于是和舞伴们向该局申请,在晚间借用场地。"他们不仅为我们提供场地,还解决了照明问题。"对此,舞蹈队成员十分感激。

在居民区外寻觅到场地的广场舞队还有不少。"去年,街道在日间照料中心门口的空地上接上电源、安好灯,让附近居民来这里跳舞。"家住樾阁花园的陆燕说,从那以后,她和舞伴们便不在小区里"讨人嫌"了。蓬朗街道的不少广场舞队也从小区里走出来,在幼儿园、中学、菜场附近的空地上健身。

采访中记者发现,这些居民区外的跳舞场地,有些是舞者们自己发现、申请到的,有些则是街道、社区帮助协调、争取的。"我们也希望街道和社区帮舞蹈队找一块既开阔又不扰民的跳舞场地。"东方新村居民小叶说。

通讯

遵章跳舞有理有据

"活动时间不得超过晚上9点""学生中高考期间暂停活动或提早结束""配合市里场地运用"……在长江街道，每一支要登记注册的舞蹈队必须先"学习"一下"规章制度"。"这些制度都是我们内定的，尽管不用签下保证书，但若不遵守规定，我们会批评指正。"长江街道文体站站长吴健华说，街道共有24支舞蹈队，也曾出现过扰民纠纷，但自从订立制度后，大家都能自觉遵守，居民投诉大大减少了。

记者走访柏庐、蓬朗、城北等街道后发现，大家对广场舞队活动时间均作出了相应要求，而舞蹈队也能较好地配合。"如果有居民反映音乐扰民问题，小区保安会先作出解释。"蓬曦园保安周青说，他们会把噪声扰民的标准和街道、社区对舞蹈队的要求告诉居民，并保证在22：00后出面制止还在活动的舞蹈队。

"希望有关部门出台相关文件，对广场舞的音量、时间等涉及民生的方面作出具体要求。"城北街道濂园社区工作人员韩英表示，广场舞扰民问题较为普遍，如果能有相关法律、制度支持，调解工作将有理有据、更加顺利。

相互体谅跳美广场舞

"只要找到一个平衡点，健身和休息就不会矛盾。""谁家都会有老人、小孩，跳舞的人多为别人想想，矛盾也不会这么激烈。""只要在晚上9点前结束，大妈们跳舞还是可以被支持的。"自本报关注东方新村广场舞事件以来，不少市民、网友参与到讨论中来，大家出谋划策、各抒己见。而说得最多的，便是相互包容和谅解。

城北街道党工委副书记陆敏娟认为，跳广场舞者应想方设法降低音量，尽量不影响他人生活；受音乐声打扰的居民可本着理解的态度，如果正面沟通受阻，可以借助小区物业或者街道、社区予以调解；而相关职能部门，应该为噪声污染定标准，为广场舞定范围和时间，各方求同存异，寻求共同认可的平衡点。如此，才能让舞蹈音乐声成为城市中的悦耳之音，让广场舞不成为"扰民舞"。

原载2013年8月22日《昆山日报》

第十六届苏州新闻奖一等奖

509路公交车司机途中发病，车上有二十多名乘客
最后一刻，他力保一车乘客安全

本报记者　叶永春

昨天早晨，一辆509路公交车行驶到尹山大桥东堍时，47岁的驾驶员董洪年突然发病，同车的妻子发现后大声呼唤老董，可老董已说不出一句话。但他在自己生命的最后一刻，拼尽全身力气踩住刹车、拉好手刹，最后打开了车门，先让车上的乘客全都疏散到车外。事后，虽经医院全力抢救，老董的生命没能挽回，不过车上二十多名乘客中没有一人受伤。

生命的最后一刻，他先停车让乘客下车

昨天，老董的班是509路第5组，需要跑6.5圈。清晨，他骑车从郭巷住处赶到吴中汽车站停车场，先把509路空车开到官浦村，5点40分，他准时从官浦村发车，载客开往吴中汽车站南，全程近40分钟。到终点站后稍作休息，老董又于6点45分从吴中汽车站南发车回到官浦村，跑完当天的第一圈。

早晨7点40分，老董从官浦村发车开始跑第二圈，途中，他妻子杨女士上了车，打算乘坐这班车去体检。近8时许，车辆行驶到尹山大桥东堍，杨女士见车速变慢，就上前去看老董，发现他脸色很不好，急忙问哪里不舒服，但老董只是双眼盯着她，一句话也不说，身体紧跟着抽搐起来，口中吐出白沫，杨女士见了，一边喊老董快停车，一边叫人快打110。在妻子的叫喊声中，老董踩下了刹车，把车子停靠到路边后，拉上手刹，打开了车门。

120救护车赶到后，将老董接往医院，送达医院时老董已没有了呼吸和心跳，最终经医院近45分钟的全力抢救，没能挽回老董的生命。

车停得很稳，乘客下车才知司机发病

市民王先生是在"吴中出口加工区东"站上的车，上车后坐在车辆后排，途中昏昏沉沉打着瞌睡，突然车前有人在喊，他被惊醒过来，看到驾驶员旁边站着一名女子在大声说话，没等他明白过来出了什么事，车子开始放慢车速停了下来。"他把车停得很稳，后面很多乘客都不知道什么事，车门就打开了。"他说，乘客们下车后，在路面上执勤的几名交警赶过来，一起上车查看司机的情况，随后120救护车赶到，他才得知司机有生命危险。

"当时可能感觉不到，但后来想想那一时刻真的很危险。"王先生说，该处路段正在施工，路面上车辆很多也很拥挤，公交车上还坐着不少乘客，车子又行驶到了坡道上，若不是老董及时把车停好，后果不敢想象。

顶梁柱没了，公司成立善后小组

位于吴中汽车站停车场的驾驶员休息室内，老董自带的午饭原封不动存放在冰箱里，帮忙整理的同事打开看到，保温包内两个饭盒，有满满一盒米饭，另一个饭盒内是一个肉圆、干丝、豇豆和芹菜。同事说，老董老家在宝应，今年47岁，平时生活清苦，女儿刚刚参加完高考，老家还有一个70多岁的母亲要抚养，2007年老董开始开公交车，至今整整6年。

"早上过来上班时还有说有笑的，谁能想到这么突然。"提到老董，同事们感到很惋惜，在生命的最后一刻，他还能停好车子确保乘客安全下车，大家都很敬佩。见老董发病时驾驶的公交车回到站内，有好几名同事围上来，一名其他班线的同事得知老董离世的消息，眼眶瞬时红了起来。

苏州市吴中区公共汽车有限公司党总支书记黄建平介绍说，董洪年2007年10月到公司上班，平时话不多，不过工作勤恳，在驾驶与车辆保养上都能认真履行职责，是公司的骨干。得知董洪年突然发病去世后，公司已经成立善后处理小组，正妥善处理此事。对于公交车驾驶员的健康状况，黄建平称，509路公交车在公司各条班线中相对较轻松，能确保每个月有充足休息，此外45岁以上驾驶员每两年还接受一次体检。

原载2013年11月1日《姑苏晚报》

第十六届苏州新闻奖一等奖

达人俞喜鹤："我拿到世界纪录证书啦！"

本报记者 陈 红 浦 江

原本这只是一位普通的农村老汉，就因多年前与呼啦圈的偶然结缘，让他从最初的爱好者升级为呼啦圈达人。而今，他已登上了中央电视台《牛人来了》、《出彩中国人》，东方卫视《中国达人秀》，浙江卫视《中国梦想秀》等多个国内知名节目的舞台，向全国观众一展风姿。如今，心怀梦想、勇于挑战自我的他创下了3项世界纪录：16.5米，世界上转呼啦圈外周长最长的人；71.25公斤，世界上转呼啦圈重量最重的人；4.22米，世界上用脖子转呼啦圈内直径最长的人。

12月28日下午2时，锦丰镇合兴初中操场。瑟瑟寒风吹得人鼻尖红红的，可大伙儿欢呼的热情却丝毫未减。"一圈，两圈，三圈……老俞加油！老俞加油！"围成一圈的人群中，不时有人高喊并鼓起掌来。他们并不是在看一场普通的转呼啦圈表演，这是港城呼啦圈达人俞喜鹤3项扛旗世界纪录的认证现场。

重量达71.25公斤，由几十根钢丝捆扎做成的呼啦圈经过英国扛旗总部世界纪录现场认证师IgorBoiko的测量，静静地躺在地上，等待着主人将它转起。头戴鸭舌帽、身穿红色运动装的俞喜鹤经过10分钟的休息，上场了。此前，他已经完成了16.5米，世界上外周长最长呼啦圈的现场认证。只见他跳进圈中，双手抬起并握住呼啦圈抵在腰间，开始发力转圈。不出10秒，这个超出俞喜鹤自身体重5公斤、世界上重量最重的呼啦圈在俞喜鹤的腰间听话地转动了起来。"好！太棒了，老俞！"人群中发出了喝彩。"40圈！恭喜您，俞喜鹤先生，经过我们现场认证，您已经成为世界上转呼啦圈重量最重的人！"在IgorBoiko用英语宣布后，另一名现场认证师侯里群翻译道。随后，俞喜鹤又进行了用脖子转起世界上内直径最长呼啦圈的现场表演，历时57.9秒。

"我拿到世界纪录证书啦！"戴上3块金牌，高高举起手中的世界纪录证书……

那一刻，实现了心愿的俞喜鹤笑得特别灿烂。

"病秧子"结缘呼啦圈
吃了30年的止痛片停了

别看已经57岁的俞喜鹤身强力壮，走起路来脚下生风，比同龄人看上去起码年轻5岁，可就在没接触呼啦圈之前，他是一个常常腰酸背疼，依赖止痛片近30年的"病秧子"。

24岁时，俞喜鹤和老乡在兰州一起做木工。当年，他突发急性肾炎并转成尿毒症，全身浮肿得吓人，医院都下达了病危通知书。后来病情开始好转，出院后回到了家乡。但闯过了鬼门关的俞喜鹤却落下了腰酸背痛的后遗症，常年靠吃止痛药缓解疼痛。2002年，厄运再次来袭。一次修葺房顶时，俞喜鹤不小心从4米多高的房顶上摔了下来，头部缝了50针，肋骨断了4根，腰上的病痛更是雪上加霜，很长一段时间需要借助外力才能走路。2008年冬天，俞喜鹤在家中进行着简单的腰部运动，串门的两侄女在他家玩起了呼啦圈，顿时吸引了他的目光，"这不就是我平常扭腰的动作嘛！"半个月时间，俞喜鹤便能熟练地转动呼啦圈了。

玩了两个月，俞喜鹤惊奇地发现多年的腰疼竟然在好转，而塑料做成的呼啦圈对于他来说分量太轻了。俞喜鹤便让一起打工的工友们做了一个直径1米、重6.25公斤的钢丝呼啦圈。起初每次转起，俞喜鹤的腰总会被撞得满是淤青，家人们担心这会加重他的腰伤，纷纷劝阻。但固执的俞喜鹤没有放弃，咬牙坚持了下来，11公斤、29公斤、36公斤……重量加上去的同时，俞喜鹤的腰疼竟然奇迹般地缓解并消失了，"虽然转钢丝呼啦圈门都砸坏过，但我终于和吃了近30年的止痛片说拜拜了，这太值了！呼啦圈是我的'恩人'呢！"俞喜鹤幽默地说道。

痴老汉越练越上瘾
上电视秀技艺"火"了

俞喜鹤练呼啦圈上了瘾。他告诉记者，一般来说，呼啦圈重量超过体重的70%，将很难转起。2010年11月，已经能转起36公斤的他想将目标定为50公斤，这已经超过了他当时体重的70%。"啥也不想，就是坚定信心，多练，靠毅力。"才两个月，俞喜鹤便实现了这一目标。"说实话，自己也没想到能达到这个水平。也就是那时，觉得自己还有很大潜力，50公斤绝对不会是终点。"

2011年5月初,《中国达人秀》苏州站的比赛正开展得如火如荼,俞喜鹤觉得这是一个展示自我的好机会,他想通过这个节目,让全国的观众都知道,在张家港市锦丰镇有个"重量级"的呼啦圈达人。一路过关斩将,俞喜鹤从1000人的海选中拿到了决赛的门票。决赛当日,俞喜鹤赢得了"苏州达人秀十强"的称号。

参加了这次首秀后,俞喜鹤收到了多家省级电视媒体的邀请,比如东方卫视邀请他参加第2季《中国达人秀》,深圳卫视邀请他录制《网络春晚》,中央电视台1套大型励志真人秀节目《出彩中国人》、3套综艺节目《牛人来了》、4套养生节目《中华医药》等也向他抛来了橄榄枝。最令俞喜鹤印象深刻的还是去年10月份参加的浙江卫视的《中国梦想秀》节目。

那次上节目,俞喜鹤将3个钢丝呼啦圈带上了舞台。在主持人和现场观众的一片惊讶声中,俞喜鹤轻松地转起了69公斤重的呼啦圈,现场掌声雷鸣。"当时心情很激动,观众的热情让我感觉自己的努力得到了肯定。接着表演的直径5.25米的那个呼啦圈,又得到了观众的欢呼,那种成就感我一辈子都不会忘记!"最终,俞喜鹤以221票通过。"那天太激动了,等观众投完票,我才发现最重的那个还没有表演。若是在投票前表演完,票数肯定还要高!"俞喜鹤笑言。

参加完节目回到家乡的俞喜鹤俨然成了村里的"名人",大家都喜欢看这个呼啦圈达人表演绝技,并听他说上各个节目表演的故事。

变身教练掀潮流
带动村民大健身忙了

走进俞喜鹤位于锦丰镇合兴洪福村的农家小院,堂屋里最显眼的莫过于靠在墙上的那十几个尺寸不一、重量不一的呼啦圈了。"这些只是一小部分,都是每天早上用来锻炼身体的。那些直径超过3米的和分量重的,都寄放在附近朋友厂里呢!这些年大概做了有百把个呼啦圈了。"俞喜鹤告诉记者。

每天凌晨4时,俞喜鹤便起身早锻炼了。家里15个呼啦圈他按个都要练过去。然后,慢跑5公里至朋友的厂里,在空旷的场地上转起那些"大家伙"。2个小时的锻炼时间雷打不动。"转这些呼啦圈必须天天坚持,稍有松懈体力就会跟不上。"俞喜鹤对记者说道。

在他的影响下,俞喜鹤的家人以及大姐俞仙红、小叔叔俞少华等亲戚首先加入了转呼啦圈的健身队伍中。67岁的大姐每天要转3000个,坚持锻炼后原有的腰疼减轻了很多。而他们所用的呼啦圈都是俞喜鹤手工做的,用两根直径6毫米的钢丝穿入空心的塑料管中,再将接口处理平整。

因俞喜鹤性格开朗,又有独家本领,乡邻都乐意到他家串门。利用这个机会,俞喜鹤带动了一大片跟着他玩转呼啦圈,锻炼身体的村民。"跟着老俞转了1年多呼啦圈,我这身体明显好了很多!现在,越来越多的老百姓开始注重锻炼身体了,我们的健身队伍也越来越庞大。"村民黄建英欣喜地告诉记者。

"在冶金园(锦丰镇)领导的支持下,我已经拿到了3项扛旗世界纪录,扛旗和吉尼斯一样,也是一家来自英国伦敦,专门收录世界之最的世界纪录收录机构,对所出具的世界纪录证书承担法律责任。应该说,我的梦想已经实现了。今后我最想做的事情就是尽我所能,让更多的人动起来,感受到玩转呼啦圈的快乐!"俞喜鹤说。

原载2013年12月31日《张家港日报》

第十七届苏州新闻奖一等奖

肾病发病率越来越高近1000个病人等一个肾源

器官捐献：艰难的生命接力

本报记者　陆　珏

2011年的7月份，苏州市启动了人体器官捐献试点工作。如今恰满三年，这件连贯生死的事在我市进展得如何？目前苏州的医院唯一能开展的是肾脏移植，记者日前采访得知，苏州肾病发病率越来越高，肾源供需关系愈发不平衡。尽管捐献试点工作初见成效，移植中取用的"公益肾源"现已占到七成以上，但鉴于传统观念、法律机制等种种原因，目前仍面临极大的矛盾和障碍。就像这件事本身，先要给一家人带去绝望，再给另一家人带去希望——器官捐献跨出"零界"开始挪步，虽然缓慢，却也在向前走。

苏州年均做30例肾移植　"公益肾源"现已占到七成

据介绍，目前在人体器官移植手术中，以肾脏和肝脏的移植居多。而移植器官的来源，目前主要有两种：一是三代之内的近亲进行活体捐献，二是"已故志愿者"公益捐献。

苏大附一院泌尿外科主治医师胡林昆告诉记者，回顾这两三年来我市的肾移植手术情况，他眼看着"已故志愿者"这支没有血缘关系的公益力量异军突起，作用和意义越来越突出，尤其在对移植肾源结构的改变方面，已经初见成效。

"我们每年要做30例左右的肾移植手术。其中，肾源为公益捐献的，现在已经占到七成以上了。"随着2011年7月苏州市开始进行人体器官捐献试点工作，苏大附一院作为我市唯一承担器官（肾脏）移植的医院，当年底开展了第一例"已故志愿者捐献"途径的肾脏移植，实现捐献器官用于移植的"零的突破"，这在江苏乃至全国地级市中都走在前列。

2012年，此类公益捐献的肾移植手术，该院开展了26例，肾源分别来自苏州以及省内其他城市的13位"已故志愿者"。今年上半年刚过,公益捐献的肾移植也已达到了12例,在所有肾移植中占了多数。"多一种来源,就多一分希望。"胡林昆说,人体器官捐献试点工作的开展,为尿毒症及其他器官衰竭的患者和家属带来了新的期盼、新的生机。

肾衰者增多供体仍太少　等待肾源的人又翻倍了

尽管器官捐献打开了一扇门,但必须看到,器官移植的供需关系仍是严重不协调,甚至比例更悬殊。在我市一家医院的透析室里,记者见到了半躺着做血透的老王。"12年前我29岁,诊断出肾炎已到尿毒症期,就一直做血透等肾源。到今天我已从小王熬成了老王,还在等。"

据2012年数据,苏州肾源供应紧张,每300—500名肾衰患者在等一个肾。然而日前,苏大附一院的肾移植医生胡林昆告诉记者,过了两年,现在苏州等肾源的人更多了,大约是800—1000人等一个肾。

这一数字让人惊奇又疑惑,为何短短两年内,已然开辟了捐器官的渠道,等待肾源的人却翻了一倍?对此,胡林昆分析,首先原因就是,肾病发病率持续升高,使得"需求量"越来越大。

据了解,目前我市好几家医院的透析室床位都相当紧俏,从肾内科及泌尿外科临床现状来看,肾病发病率以每年10%的速度上升。同时随着透析技术的进步,透析病人的总体生存率也有一定提高,也累计入近年的肾源等待队伍中。

另一个重要原因则在于"供应量"增长过缓——无论哪种来源,器官供体一直都实在太少了。

记者从苏州市红十字会获悉,2011年试点启动至2014年上半年,我市已经实现移植的器官捐献数累计有16例,尚未实现、已经报名登记的器官捐献志愿者累计541名(这些已故或未故的志愿者中,基本都捐肾脏);而像近亲活体捐献及其他途径,就更少了。"这些供体数量加起来,和日益庞大的肾衰患者数相比,还是太悬殊,根本就满足不了。"胡林昆表示,器官移植要想更大规模地顺利开展,亟待肾源的补充,未来仍主要靠公益捐献。

已实现移植的16例捐献没有一例是生前就登记的

目前,苏州有超过500人办理了器官捐献登记手续。记者翻看登记表,发现其中大多数都是老年人。据了解，这几年来陆续有志愿者去世，但可惜的是，经判断他们的器官都无法用于移植。

"移植所需的器官，必须严格符合医学条件，无不良病史。老年人虽然奉献精神很强烈，但他们的器官组织不少已经老化，活力和功能都略差，无法满足客观的移植要求。"由此，市红十字会秘书长马红英也指出了目前存在的一组矛盾——在我市已经实现移植的16例器官捐献中，没有一例是生前就登记捐献的。"这16人均是中青年，也都是在死亡后，由近亲属一致同意后执行，捐出器官。"

比如我市最近实现的一例器官捐献。42岁的捐献者申长江生前是园区一名建材搬运工人，6月11日晚骑电动三轮摩托车回家，途中脑血管爆裂，脑部大面积淤血，经医院全力抢救和手术、长达8天昏迷后，于6月19日上午宣告不治。申长江身前并没报名登记器官捐献，也未曾反对过捐献，在妻子的决定、全家人的同意和协调员的帮助下，捐出了申长江的两个肾脏和一个肝脏。随后器官分别被移植到了两名尿毒症患者和一个肝病患者的体内，使3名患者生命得以延续。

像申长江一样，这16位"已故志愿者"的去世通常都比较突然，原因有脑部疾病所致，而更多的是意外遭遇车祸、工伤等。马红英介绍，他们离世时都处在青壮年时期，职业身份有驾驶员、外来务工人员、大学生等。对此，移植专家表示，从实际的移植需要来看，年轻有力的器官确实更佳。"对器官质量要求严苛，一些志愿者的爱心无法实现，但这是对受者健康的负责。"然而业内人士相信，随着器官移植工作的持续开展，登记捐献的爱心队伍日益庞大，年轻志愿者越来越多，那么这样的矛盾有望在日后逐渐得到缓和，更多人的助人心愿将得到满足和实现。

捐献背后少不了协调员 "有些残酷，得先予人绝望"

每一例器官捐献背后，都有至少一名协调员的身影。

器官捐献协调员，没有工资，须经专业考核持证上岗。据悉，目前苏州大市范围共有5名协调员，他们与二级以上医院的100多名信息员保持密切联系。当信息员在医院急诊、ICU、外科等发现有潜在捐献者时，就会及时告知协调员。一般当家属稍有捐献意向的情况下，协调员才会尝试介入。

"这事本身就比较特殊，甚至有些残酷。刚刚失去亲人，整个家庭还沉浸在悲伤、绝望中，这时候要和家属沟通捐献器官的事，确实很难开口，必须把握好分寸。"钱晓军是苏州市红十字会工作人员，也是一位资深的器官捐献协调员。除了24小时随叫随到、向家属普及器官捐献政策常识、指导手续办理、通知省级专家来评估等，钱晓军要做的还有好多好多。

19岁女孩魏楠楠的妈妈见到女儿的遗体后,几次哭晕过去,钱晓军一直陪在旁边,为她准备助眠的药物;从外地赶来的家属,钱晓军都会事无巨细地安排好他们的生活,联系殡仪馆开通绿色通道,还陪家属去买捐献者过世后要穿的衣服……

器官捐献是无偿的,没有经济补偿一说,但协调员发现捐献者家庭面临困难,可申请合理的人道救助。"我们遇到很多捐献者是涉及交通事故、意外伤害、民事责任赔偿的,所以还需要联系相关部门,帮助解决问题。"钱晓军说,有时遇到家属的决定因犹豫而反复更改,遇到多方关系无法达成统一,他们总要来来回回跑很多趟:"每次介入协调,平均都要花3—4天,久的要花一个星期。最后有的成功了,见证从绝望到希望,感到欣慰;有的还是没能成功,那也心怀理解,不沮丧。"

观念障目看不到器官重生 法律待完善,体系需被信任

"人们的传统观念是器官捐献工作遇到的最大阻力。"市红会秘书长马红英说,中国几千年来的传统伦理都崇尚身体完整、死后入土为安,这样"顽固"的观念,使得大家看不到器官可以在另一个人身上重生。

反倒是有这般经历的人,才切身明白器官捐献的意义。医生胡林昆说,他听到不少在透析的尿毒症患者以及家属,说想捐出自己的器官。"病人觉得,虽然自己没法捐肾脏,但肝脏器官、角膜组织都还是健康的,或许可以帮到其他人吧。"

记者了解到,目前相关法律规定,生前即便报名登记成了器官捐献的志愿者,在死亡后执行时,仍然需要所有近亲属的一致同意签字后才能实现捐献。由此可见,只要有一位近亲属反对,器官捐献就无法实现。钱晓军在协调工作中,也经常碰到这样的情况。"其他近亲属都同意了,因为爸爸一个人不同意,最后就没能捐成。"一位业内人士也对此表示,器官捐献到底是谁的权利,成年志愿捐献者能不能拥有完全的捐献权利,能否彻底遵从捐献者的心愿,这些问题还需进一步完善立法才可能解决。

另据了解,为缓解器官捐献和移植中存在的部分实际问题,近年来国家也做了不少尝试。比如,国家卫计委推出了完全以计算机管控的"中国器官分配与共享系统",按地理就近、病情需要、年龄优先等原则分配器官,以期促进供体的公平分配。国家现在还规定,捐献者家属以及已登记的志愿捐献者将获得优先移植权,以鼓励更多的人加入器官捐献志愿行列。

原载2014年7月21日《姑苏晚报》

第十七届苏州新闻奖一等奖

苏州"三花",渐行渐远的花香

商报记者　朱晓奕

白兰花、茉莉花、玳玳花,并称苏州"三花"。近年来,除了旅游景点,七八月的苏州街头已很少能闻见"三花"的香味,卖花阿婆的叫卖声,成了很多市民对老苏州夏日辰光的记忆。

"阿要买白兰花……"记忆里每到夏天,卖花阿姨阿婆们的叫卖声总会伴着茉莉花、白兰花的香味,萦绕在苏州大街小巷。白兰花、茉莉花、玳玳花,并称苏州"三花",盛产于虎丘、长青一带,每年5月~8月开花,玳玳花期最早,白兰、茉莉稍晚。三种花形态各异,香气不一,盛夏时节,苏州人最喜佩戴白兰,馥郁芬芳的花香能够将忙碌一天的汗味与暑气一并解去。近年来,除了旅游景点,七八月的苏州街头已很少能闻见"三花"的香味,卖花阿婆的叫卖声,成了很多市民对老苏州夏日辰光的记忆。

卖花大都集中在旅游景点
游客赏花品味苏州气息

"白兰花甜丝丝的,比香水好闻,看到就会买的。"老苏州王阿姨从卖花阿婆手里接过刚买的白兰花,挂在了胸口的扣子上。不光自己戴,王阿姨还给办公室的同事每人带了一档(一根铁丝串两朵)。王阿姨感叹:"要不是路过临顿路这里,如今想看到白兰花还真不容易。"

卖花给王阿姨的是家住富强社区的刘阿婆。刘阿婆今年68岁,每天早上6∶30坐公交车到苏州博物馆门口,一直卖白兰花、茉莉花到下午四五点。刘阿婆一般把茉莉花装在塑料的打包盒内,没有客人的时候就坐在阴凉处将它们串成手串。刘阿婆告诉记者,她一般一天能卖掉一整盒茉莉花,而白兰花基本上每天上午就能全部卖光。"很多都是住在附近的苏州阿姨过来买的。"刘阿婆说。

王阿姨走后，刘阿婆的摊头前很快又迎来了一批游客。"妈妈，我们家门口也有这个花。"来自深圳的女孩小玉看到了卖花的阿婆，便不肯离开。"茉莉花我们家也种的呢。""妈妈，为什么要把花串起来呢？""奶奶讲的是什么话，我怎么听不懂？"……8岁大的小玉，蹲在一旁看刘阿婆做生意，很是好奇。"茉莉花、白兰花我们深圳都有，但是我觉得苏州人的手特别巧，普通的花朵也能变出花样，这么一串，就很有一种江南的气息。"小玉的妈妈也坐在一边石阶上，饶有兴趣地看着刘阿婆串手串，用她的话说，虽然听不懂苏州话，但是看着阿婆卖花，就能感受到苏州人的生活与文化。

记者在平江路、东北街上看到很多年轻姑娘的胸口、手腕上都戴着白兰花和茉莉花，其中还有不少金发碧眼的外国美女，从她们跟前走过，阵阵清香迎面而过。"小时候就特别喜欢，今天来逛园林就买了，而且没想到还是那么便宜呀！""90后"的小徐高兴地伸出手，让记者也闻一闻茉莉花馥郁的芬芳。

白兰花树在苏州濒临绝迹
年轻人几乎不识玳玳花

1982年出版的《苏州风物志》曾写道："在夏秋季节，游罢归来，从山麓环山溪和山塘街一带走过，更可以闻到一股股馥郁的花香，望见一幢幢玻璃盖顶的花房，真是'入目皆花影，放眼尽芳菲'，游虎丘处处闻花香，这也是一种乐趣。"

"以前这里家家户户都种花，到了夏天花一波接一波地开，走在小道上处处都是花香。"白洋湾街道工作人员向记者介绍时，这样描述曾经的"三花"盛况。"但是，2004年后这样的景象就越来越少，尤其是近几年。"据介绍，2004年村民拆迁，住进了公寓楼，与过去前院后房相比，没有了种花树的空间，各家的花树卖的卖、荒的荒，已很难见到花树的踪影，花香也就随之消失。

去年才搬到富强新苑的齐阿婆，搬迁之前家中有480株茉莉花，现在都已经处理掉了。齐阿婆告诉记者，480株根本不算多，过去村里养花的人家几乎每家都有这么多，以养花为生的花农更是有几十个花厢房，每年都需要雇人才能把花树照顾周全。

"如果这里拆迁后老板不管了，苏州估计就没有本地白兰花了。"白洋湾新渔村"三花"基地的朱师傅惋惜地告诉记者，"现在苏州应该只有这里种白兰花的规模比较大了，有330棵左右。"朱师傅的话也得到了在苏州博物馆门口卖花的刘阿婆的证实，刘阿婆说："茉莉花是我自己种的，白兰花是从浙江老板那里拿的。"刘阿婆还告诉记者,附近一带卖的白兰花大都不是苏州本地的。

据介绍,每年霜降前,"三花"基地的师傅都要把花树移进暖房,次年清明再搬到户外,白兰花是三种花中进花房最早,出花房最晚的。"白兰花经不得冻,最娇贵。"曾经种花的齐阿婆也说,白兰花最难种,过去只有种植规模大的花农才会种,一般人家里只有茉莉花。

而同为"三花"之一的玳玳花,名气本就没有白兰花、茉莉花那么大。"三花"基地的朱师傅带记者来到摆放玳玳花的院子里,由于过了花期,玳玳花早已凋谢,结起了青色似橘子的果实,朱师傅说那叫"玳玳球"。同去的街道工作人员说,对于玳玳花一直都只是听说,而它的果实更是不太了解。记者也在街上随机采访了十多位路人,其中只有3位40多岁的苏州人能准确描述出玳玳花的样子,4名"90后"和"00后"甚至从没听说过玳玳花。

价格低、卖花累、可选职业多
卖花之路越走越窄

"白兰花一块钱一档(2朵),茉莉花三块钱一串,五块钱两串。"这是在东北街、平江路上卖花的基本价格。"一天下来赚50多块钱吧。"刘阿婆笑着告诉记者,"我是不用养家,这点钱就是留在自己身边用用。"而据卖了几十年花的陈阿婆回忆,十年前一档白兰花是5毛钱,也就是现在的一半。记者粗略算了一下,现在卖花每个月能有1500元左右收入,十年前若减去一半,则每月收入750元。参照苏州历年的最低工资标准,2004年,苏州最低工资每月620元,比当时卖花低了130元,而2014年苏州最低工资为每月1530元,比卖花收入要高出30元,且卖花收入是以一个月工作30天计算的。如此可见,靠卖花营生,毕竟辛苦,而且收入水平也越来越低。

同时,如今农民进城,职业的选择也比过去更加多样化。富强社区的吴阿婆今年84岁,20多岁就开始卖花的她告诉记者,当初在村里,女人除了种田、卖花,没有别的收入来源。吴阿婆一边指着远处穿着保安制服的男子,一边对记者说:"那个是我儿子,他们现在不需要种花卖花了。"

而谈起曾经卖花的日子,过去一起出去卖花的吴阿婆、陈阿婆、齐阿婆都不禁摇起了头。"那些都是苦日子啊!"齐阿婆今年70多岁,腿脚不是很利索,"以前卖花的时候一直坐在石阶上,受了寒气,现在大腿这里一直疼。"

今年91岁高龄的陈阿婆是当年村里去常州卖花的领头人。据她回忆,那时的花都是从别的村里拿的,早晨3点多就要去取花,拿了过后要搭4点多的火车去常州,要第二天上午才能回来，晚上在常州都是露天睡在商场门口或者地下室。"那个时候还要防着别人偷东西，卖花真的跟讨饭没什么两样。说出来都觉得'坍台'，现在的小孩儿谁还肯去做这样的生意。"

用途变少、拆迁、无人传承
种花的人越来越少

也许很多人不知道，苏州的白兰花、玳玳花、茉莉花等花又被统称为茶花，主要用作窨茶。早在明代，苏州就有以花窨茶的手工业作坊，到了近代，茶花又被用来提炼香精，尤其是白兰花，花和叶都可作为白兰香型的原料。除此之外，茶花还可入药，用途十分广泛。据过去种花的人说，以前种了花都是卖给留园边上的茶厂，现在茶厂不来收购了，香精厂也不再来，"三花"仅剩观赏价值。

记者电话咨询了留园茶厂，茶厂工作人员介绍，现在茶厂已经不做花茶了，"种花的村子都被拆了，没花了，就不好做了。"在采访中，记者注意到"拆迁"被很多人提及。由于拆迁，原本种花的村子都变成了小区，不可能再有足够的空间种花树。同时，拆迁开发还改变了村民原本的生活模式，朱师傅回忆："我们新渔村过去捕鱼、耕田、种花，现在不可能看到这样的情景。"

另外，朱师傅还告诉记者，种植"三花"需要一定技巧，浇水施肥都很有讲究，"今年肥料不够，白兰花开的就不如往年多，个头也不大。"一般花开三季，以第二季最多，每到花期，朱师傅和基地的其他几位师傅早晨4点多就要赶到院子采花，只有那个时候的花才最新鲜、最娇嫩，而且还要赶着时间将花卖给一早进城卖花的阿姨、阿婆。如果天气等条件都不错，每天能有十三、十四斤的产量，白兰花一斤大概200朵。当听到记者问是否还有年轻人会种花时，朱师傅无奈地摆了摆手，"也许过不了多久，这苏州'三花'的香味，就真的只留在记忆里了。"

原载2014年8月18日《城市商报》

第十七届苏州新闻奖一等奖

用生命诠释使命
——追记赴陕支医的苏大附二院医生史明

苏报记者 李 晓 张甜甜

昨天上午7点半,陕北已是接近零摄氏度的低温,陕西省榆林市靖边县人民医院门诊广场上,500多名医护人员和当地百姓为苏州好医生史明送行。医护人员穿着白大褂,噙着泪水,拉着写有"永远怀念你"的黑色横幅;史明治疗过的患者、患者家属一大早就赶来,送来花圈……

史明,38岁,苏州大学附属第二医院妇产科副主任医师。根据苏陕省际医院对口支援工作安排,去年苏大附二院和靖边县人民医院签约结对。作为队长,史明今年6月带领医疗队,离开温软水润的江南水乡,来到千里之外的黄土高坡,为革命老区百姓提供优质医疗服务。

11月9日上午8点多,史明突然倒在靖边县人民医院宿舍的卫生间内,再也没有醒来。因公殉职前,他留给队友的最后一句话是"我要去病房看一下病人"。

迎接一个个新生命的到来,是妇产科医生史明的日常工作;救死扶伤,化解危难,则是这位赴陕支医医疗队长的神圣使命。

史明,用奉献、担当,乃至生命,诠释了一个医生的使命!

遗言:"我要去病房看一下病人"

"到现在,我还是不敢相信,这么好的人,怎么说没就没了。"医疗队队员、苏大附二院口腔科副主任医师莫朝阳已经哭哑。在她断断续续的述说中,史明生命倒计时的最后两天逐渐复原。

11月8日上午,史明和当地医生一起为一名高危产妇进行剖宫产。手术顺利,不到1个小时就完成了,产妇生下了一对双胞胎。但是术后10分钟,产妇突然发生左心衰,史明立即投入大抢救,直到下午4点,产妇的病情才稳定。因为不放心,史明一直守在产妇身旁，直到傍晚6点多，经队友一再催促，才回宿舍吃晚饭。

"吃晚饭的时候，他心里还是放不下这个病人。"莫朝阳说，史明当时一遍遍跟他们讲述产妇病情，心率多少，血压怎么样，反复回想整个手术过程，还担心会不会因麻醉发生过敏性休克……后来，他说"感觉有点累，身体有点不舒服，可能是感冒了"，大家便各自回房间休息了。

11月9日是星期天，按规定，队员们可以休息一天。早上8点多，队员们都起床了，到公用卫生间洗漱。莫朝阳看到史明，便问他感冒好了没有，他说："有些头痛，估计真的是感冒了。"再问他早餐想吃点什么，史明答："喝点粥吧。"随后，他又嘀咕了一句："吃完早饭，我要去病房看一下病人。"说着就走进了卫生间。

仅仅两分钟后，另一名医疗队队员、苏大附二院耳鼻喉科主治医师卫红齐进卫生间时，发现史明已经倒在地上。大家立即对他进行人工呼吸、心肺复苏，叫来医院急诊科医生……但已回天无力。

奉献：一路小跑去救病人

"心痛！这样一位好医生，就这么突然走了，感觉像失去了自己的亲人。"靖边县人民医院院长陈庆忠心情沉重。他说，史明是个认真负责、爱岗敬业的好医生，他不仅带来了先进的医疗技术，还对病人满腔热忱、对技术精益求精、对工作认真负责，令人印象深刻。

史明到靖边县人民医院后，就在妇产科工作。"以前我们只会做传统开刀手术，微创手术设备买来了两年还是不会用，为此，医院和苏大附二院签约时，就特别提出要派一个妇产科医生。"靖边县人民医院妇产科副主任医师宋颖提起史明声音哽咽，泪珠止不住往下掉。

她说，史明不仅为他们演示腹腔镜手术，讲解手术器械，还手把手教他们手术方法，"史大夫对手术要求很高，自己手术也做得很漂亮，他告诉我们，手术来不得半点急躁，动作要尽可能轻柔一点，这样患者术后反应就能小一些、好得更快一点。"微创手术伤口小、恢复快、费用少，受到当地群众欢迎，逐渐成为该院妇产科的品牌项目。

靖边县人民医院妇产科分娩量大，一年约4000人次。由于当地百姓还没有意识到产检的重要性，产妇往往是肚子痛了才往医院赶，危重病人比例相当高。为应对紧急情况，医院专门为史明配备了手机，他只要听到手机铃响，不论是在和孩子视频聊天还是在半夜睡梦中，都立马从宿舍奔到病区，从不推托。医疗队的宿舍就在医院里，离病区很近，走过去也就两三分钟，但人们还是经常看到，史明一边小跑一边穿衣服。

"记得有一天中午，他回宿舍没几分钟，医院就来了一个重型胎盘早剥的急诊产妇，他饭都没来得及吃一口，立马回到病区。"宋颖回忆，当时产妇出血很多，生命危在旦夕，但经史明全力抢救，母子性命得以保全。下午3点多，完成手术后，史明才回宿舍吃饭。

产后大出血、羊水栓塞、弥漫性血管内凝血……面对一个个突然发生的产科急诊，史明一次次全身心投入，一次次化险为夷，而这些危机，即便是在苏州，也是要全院动员才能解决的急救大事。

在靖边的5个多月里，史明共开展了手术70多例，而他开展的手术都不是"普通"手术，或是带教医生的微创手术，或是复杂危急的产科手术。

史明对工作谨慎、细致、一丝不苟，对生活却是马马虎虎，从不计较。到了靖边，不少队员都出现水土不服情况，嘴角、眼角干裂，脸上也裂开了口子，而用当地的水洗澡，手上、脚上、身上都起了红疹子，奇痒难熬，但史明从没有抱怨过。

担当：主动要求多上手术

今年43岁、曾患侵蚀性葡萄胎的顾女士在苏州听到史明去世的噩耗，泪水立即模糊了双眼。顾女士说，她每次化疗，史医生总是耐心向她解释，出院前帮她列好注意事项，出院后还经常打电话随访，经过3年多的治疗，如今已经治愈。"住院时，我曾看到他凌晨3点多还在办公室里工作，而他第二天一早还要上门诊，我劝他注意休息，他却说要把当天的事情都做完。"顾女士说。为了方便病人咨询，史明还把自己的手机号留给病人，只要他不在手术台上，一定会接电话。

宋颖记得，曾有一名患子宫肌瘤的患者，怎么也不肯做手术。史明知道后，单独找患者和家属详谈，耐心解释微创手术的原理和方法，用诚恳赢得了患者的信任。成功手术后，患者很快就康复了。宋颖说，陕北老乡对史明特别敬重，为了表达感激之情，他们送来了红色的锦旗，抱来了自己种的小米、绿豆，自家做的粉丝……硬是放在史明办公室里。

因为史明敦实老成，办事认真果断，说话幽默风趣，同事们都亲切地叫他"史大叔"。而史明的诙谐，靖边的医生也深有体会，"他跟我们打成一片，还学了不少靖边当地话，说要回去讲给家里人听。"宋颖说。

在苏大附二院妇产科，"史大叔"就是值得信赖、合作愉快的"代名词"。他的经历也非同寻常：本科学的是儿科，干了三年后转到妇产科；2003年，他以专业第一名的成绩考取了苏州大学妇产科学硕士研究生；2006年以来，科室年终考核进行无记名投票，他年年拿优秀；他做事精细，帮正在读研究生的师弟师妹改论文，精细到标点符号……"从儿科转行到妇产科，史明只用了四年，看病、手术都很出色"，苏大附二院妇产科主任朱维培告诉记者，史明总是感觉自己入门晚，主动要求多上手术，"他想早点成为一个能独当一面的妇产科医生"。

率队抵达靖边后，6月13日史明就开展了一台大手术，他在微信朋友圈里发布："首战告捷！在非常简陋的条件下顺利完成镜下畸胎瘤的剥除！"在苏州的同事纷纷为他点赞。这几个月来，同事们都在微信上关注着他的"动态消息"，大家期盼着，等他回来了，听他好好讲一讲。

11月1日，史明在微信上感慨："鹅毛大雪！天气寒冷啊！"附带的照片上，雪花飞舞，停车场的车辆上落满白雪。这是史明发在微信朋友圈里的最后一条原创消息，按照计划，两个星期后他就能回到苏州，回到温暖的家里。

如今，一切戛然而止。

原载2014年11月12日《苏州日报》

第十七届苏州新闻奖一等奖

"双11"购物热潮已消退,但昆山以约1.07亿元的消费额名列全国县市级首位却值得反思——

网购"快感"背后藏"痛感"

本报记者 金 晶

"双11"的网购热潮已经渐渐消退,但昆山人民11月11日当天购买力名列全国县级市第一,却依然让人们津津乐道。截至下午4点,成交金额大约1.07亿元,这是一个惊人的数字!而去年一年,昆山更是以86.8亿元年支出额占据全国网络消费百强县(市)榜榜眼。在鼓掌看热闹叫好的同时,也需要我们反思:昆山百姓的网络消费力为什么强、昆山企业如何在电商经济大蛋糕中分一杯羹、"剁手族"如何转变为"持家族"?

到底有多少钱本该花在昆山?

要把购买力留在昆山,首先要大力发展传统商业。杨小勇认为,传统商业模式不会消失,只是在电商的冲击下市场份额在缩小。但与电商相比,传统商业模式有着不可替代的优势,它可以让消费者直接接触到商品,亲身体验商品是否合适自己、商品质量是否有保证,因而消费更安全,唯一的劣势就在价格和购物时间等交易成本上。昆山的传统商业必须苦练内功,提升产品竞争力,降低成本、让利于民,同时提供更全面、更优质的服务。只有这样,才能真正抵制住电商的竞争,将购买力尽可能留在昆山本土。

为什么昆山人民网络购买力那么强?上海同济大学经济学教授杨小勇认为有多种原因。一是昆山有大量的外来人口,以年轻人为主,年轻人接受新事物快,有着很强的网络购物消费偏好;二是电商产品较便宜,迎合了昆山大量外来务工人员的需要;三是昆山与互联网相关的电子信息产业比较发达,在这些产业领域的从业人员较多,他们对电商的认识水平比较领先,受他们的影响,昆山社会公众对网络购物的安全感和认可度整体较高,从而形成了较大的网络购物消费群体;四是苏浙沪是适宜电商营销产品的集散中心，且大量的电商产品直接产自苏浙沪，昆山地理位置优越，使昆山人能享受到网络购物的"包邮"等优惠；五是昆山多年来是全国百强县之首，人均收入水平高，由此决定消费水平较高。

但是，一定时期、同一个群体的消费水平是有限的，网络购物水平高，传统购物就会减少，而网络购物拉动的不是购物者所在地的经济，而是电商产品生产和营销所在地的经济。昆山网络购物水平高，表明昆山的购买力在外流，这对昆山本地经济的发展会产生不利影响。

"我已经好多年没有在昆山逛街了，近一点去上海，远一点去香港，一年逛个一两次，其他的都在网上解决。"顾丹华是一家大型企业的总经理助理，平时着装要求很高，既要追求品牌、也要注重款式。"昆山可以逛逛的地方主要就是昆山商厦、百盛、巴黎春天等地，选择余地不大，品牌和款式也比不上上海、香港，所以不是特别着急要用的东西，我都不在昆山买。"她告诉记者。

记者从市商务局了解到，今年1到9月，昆山的社会消费品零售总额是462.2亿元，与去年同期相比增长15.1%，增幅位列苏州县市区第一，总量第二。也就是说，今年1到9月，昆山的终端消费平均每天为1.7亿元。而"双11"昆山人民一天在淘宝上的消费额约有1.07亿元，这些钱只有极少部分花在了昆山，对昆山的消费拉动微乎其微。

因此，要想尽量将本土巨大
到底有多少钱昆山可以赚？

"可可牛仔街"是一个专门以牛仔服购销的电子商务平台，2013年10月份正式上线以来，已经集聚了10万多名用户和5000多家店铺；依托于实体专业市场的"建伟汽车商城"于2013年12月底正式上线；2013年7月，地处花桥的台湾商品交易中心借助昆山深化两岸产业合作试验区政策优势，与阿里巴巴、京东商城等电子商务企业合作，分别设立的"汇聚台湾"和"两岸商品大货仓"等专门销售台湾商品的电子商务平台正式上线；阳澄湖大闸蟹等本地特色商品通过"中国阳澄湖大闸蟹网"和"淘蟹网"等网络平台应用电子商务走向全国。

但是，这些平台的销售额目前还不尽如人意。"可可牛仔街"的创始人陈洪云坦言，一年多来，该平台的销售额只有几十万元。"主要是在昆山，电子商务还没有真正形成产业链，没有集聚，也吸引不了人才。"他告诉记者，怎么带来用户？怎么吸引订单？这是平台最需要解决的问题。但他认为，虽然起步晚，但昆山有良好的区位优势和产业优势,市委、市政府也在加大对该产业的培育和扶持,今后发展前景可观。"比如说建设电商产业园,服务本土企业,形成完善的电子商务产业链!"陈洪云说。

唯品会(昆山)电子商务有限公司今年"双11"共销售50万单左右,销售额超1亿元,是去年同期的3倍;好孩子(中国)商贸有限公司在天猫商城和京东商城开设的旗舰店加大推广力度,当天销售额突破1亿元,同比增长超过50%;京东商城在昆山的子公司——昆山京东尚易贸易有限公司今年首次参与"双11"活动,创出日销售额达6000万元左右的佳绩;亚马逊在昆山的分公司——北京世纪卓越信息技术有限公司昆山分公司"双11"当天完成销售额2000万元左右,同比增长11.11%。

这是我市各大电子商务企业在"双11"这场"网购盛宴"中取得的成绩单。"近年来,我市电子商务氛围越来越浓厚,不仅有唯品会、京东等龙头企业的带动,还有越来越多的本地知名企业开始涉足电子商务,实现实体经营和网上经营的有机融合。"市商务局有关部门负责人表示。据不完全统计,全市已有40多家企业正在逐步涉及电子商务。"好孩子"和"AB内衣"等我市知名品牌的网络销售渠道愈加成熟,2013年分别完成网络销售额3.92亿元、2600万元,分别同比增长237.93%、116.67%。

但是与全市在工商部门注册登记的10多万家企业的数字相比,涉及电子商务的数字显得微不足道。"昆山庞大的制造业基础,为电子商务的发展提供了肥沃的土壤。"杨小勇说,"昆山应大力发展属于自己的电子商务,以此为基础,一方面开辟适宜电商营销模式的新型产业,另一方面,为昆山已有传统制造业产品增开电商营销渠道。互联网经济的一个特点就是减少中间流通环节,减少交易成本。由制造业企业直接通过互联网销售也是实体经济的发展方向,能让传统企业多条腿走路。"

如今,提起互联网经济,大家想到的就是阿里巴巴和马云,因为他们掌握了平台。因此,传统企业拓展互联网销售渠道,这是抢占电子商务经济"蛋糕"的一种方式,建设电子商务服务平台更是有利的抓手。

到底有多少钱不该花?

"说句实话,在网上抢的货虽然大部分都还没到货,但看着订单上的东西,有的已经后悔了!"在某事业单位上班的钱玲玲告诉记者,"双11"当天,她一共在网上花了5863元,主要以衣服为主,光是打底衫就买了5件。"当时就觉得便宜,所有的颜色都拿了一件,但现在想想根本用不上。"

而与钱玲玲有相同感受的人还有不少,在外资企业工作的任芸甚至不好意思地告诉记者,去年"双11"买的东西有一小部分到现在还没有拆封。"比如说连裤袜,当时觉得自己总归会穿的,但实际上自己根本不喜欢穿裙子,整整一年都没拿出来过。单价虽然很小,但乱七八糟加起来也是一笔不小的支出。"任芸平均每月在网上的消费额为3000元左右,她自己算了笔账,至少有1000元是可买可不买的东西。

网络购物最大的优势就是价格便宜,"双11"的火爆也是建立在层出不穷的各种促销活动中,打折、送红包、满就减……为消费者营造了一个"买了就是赚了"的心态环境,再加上限时促销、限量促销,让消费者都有买晚了就涨价了,甚至买晚了就买不到的紧迫感,很容易造成冲动购物。记者随机询问了10个网络购物达人,其中有9个都认为自己多买了不少东西,认为至少有30%以上的钱都不该花。

"网络购物的心理状态其实与商场打折抢购的心理差不多。"国家二级心理咨询师张承表示,如果购物没有目的性,没有理清自己到底需要什么,而只是有着从众心理,别人买,自己也买,冲动性消费,最终可能就是买了很多不需要的东西,成为网络所称的"剁手族"。他建议昆山的消费者要明白,东西实惠并不代表是自己需要的,在遇到这样的网络购物节前要先理好清单,按照清单要求寻找商品,有的放矢,从"剁手族"转化为"持家族"。

原载2014年11月18日《昆山日报》

第十七届苏州新闻奖一等奖

"双元制"十年育三千蓝领
不少学员成为技术骨干，走上管理岗位

本报记者　戴周华

上月底，太仓中专双元制班学生刘永博、陆一凡出国学习。这两个人是太仓市德资企业专业工人培训中心的学员，作为培训中心的交换生此次赴德培训交流。自2004年第一批双元制班学员毕业，我市10年间培育出3000多名高水平技术工人，有效缓解了企业技能型工人紧缺的难题，许多毕业生已从操作工走上了管理者岗位。

企业乐意花钱培养学生

刘永博真切地感受到德国工人身上表现出来的严谨细致。就在刘永博赴德之前不久，舍弗勒培训中心的2014年毕业生韩继强也去了德国深造。作为一名刚刚入职的新员工，韩继强受到公司的重视，在德国接受了一个多月的培训，10月份开始负责舍弗勒南京公司一条新生产线的装配、调试等工作。

培训中心培养学员可谓不遗余力，德资企业专业工人培训中心主任陈坚毅介绍，他们用于培训的设备都是德国进口的先进机器，有德国专家坐镇指导，一名学生在培训中心3年，企业要承担的培养成本达7至8万元。

尽管代价不菲，但太仓的很多企业愿意与本地职业学校合作设立培训中心，德资企业专业工人培训中心就是由克恩-里伯斯和慕贝尔公司（此前为慧鱼公司）发起设立的。此外，我市还有舍弗勒培训中心、海瑞恩培训中心、健雄学院的中德培训中心等。

"德资企业具有知识密集型和技术密集型特点，德国人严谨认真，重视产品质量。"陈坚毅说，正是因为如此，德企往往通过大力度培训形成训练有素的专业技术工人队伍。

学徒如今成为技术骨干

王青是2004年第一批毕业的"双元制"班学员,如今他已是慕贝尔公司模具部生产经理。从一线员工走到公司中层,王青认为这得益于双元制教育。

"在培训中心时我打下了良好基础,无论是锉工、车工、铣工、钻工,都能做。"王青说,虽然后来的工作是设备装配,不是具体工件的生产,但有了机械加工基础,他在设备的维保上做得比别人好,工作效率也比较高。

王青的德国同事、慕贝尔太仓公司的技术专家赖大熊,对培训为何要从手工打磨开始作了具体解释,虽然这些工序早已被自动化的设备所取代,但就像驾驶一辆汽车,懂得汽车构成和原理的专业车手会驾驶得更好。

陈坚毅介绍,培训中心培养的学生技能比较高,大部分会留在相关的德企工作,除了王青外,还有一大批人已成为企业生产、技术、制造、质量等部门的经理或主管。

德国理念值得学习借鉴

尽管成功者的案例很多,陈坚毅还是觉得有很多人不太了解"双元制"。今年秋季,德资企业专业工人培训中心招生40人,但通过考核的只有33人。陈坚毅分析,在社会普遍瞄准高学历的心态下,不少中职生和双元制"擦肩而过",致使生源质量受到影响。

赖大熊说,在德国许多人乐意接受职业教育,他本人就是从学徒成长起来的,初中时就读了双元制学校,之后由一名操作工成长为班组长、生产线经理,直至部门经理。"在中国,人们对职业教育似乎存在偏见,认为一线工人地位很低,在德国则完全没有这样的观念。"赖大熊说,他儿子读的也是职业学校。

健雄学院中德培训中心副总经理刘红月认为,德国工业之所以强,与拥有大批技术蓝领是分不开的,我国在推进工业发展过程中,应该学习德国经验。

原载2014年12月23日《太仓日报》

第十七届苏州新闻奖一等奖

老张在芦墟做小生意，平常闲下来，除了写文章，就是做小凳子
"板凳爷爷"三年做千张板凳送人

主创人员　刘立平

在芦墟老街上，老影剧院的院子里，张龙田的儿子租了一块地方，开了一间卖衣服鞋帽的小店。张龙田和老伴就整天守着小店，做点小生意。

老张是苏北人，来苏南已经20多年了，一直做着服装生意。因为今年已经64岁，老张说，进货、补货、清点这样的累活都交给孩子了，老两口只负责卖卖东西，不累也不算太忙。但忙碌了一辈子的老张，却闲不下来，一有空他喜欢做两件事情：写点文章和制作小板凳。这两件事，占了老张的绝大部分空闲时间。

送出上千张小凳子

在老张的小店外面，放着几张已经做好的凳子。四四方方的厢式板凳，尺寸大小一模一样，约有25厘米高，30厘米长，20厘米宽。

"做成厢式的，主要是方便放东西。你看，把茶杯、报纸、眼镜放在凳子的'兜'里，怎么也不会弄丢的。"一边做着凳子，老张一边向记者解释，这些凳子非常适合老年人用。

做凳子的板材，都是老张从外面捡回来的。他常在老街四周逛，看见有房子在装修，或者在拆木板包装，他就把不用的木板边角料捡回来。这些废弃板材捡回来后，老张会仔细地处理，拔钉子、清洁、消毒，然后划线、锯成块。按照板凳需要的尺寸，把这些板材做成"标准件"，最后拼装。

"每块木板我都要消毒，这样做出来的板凳会干干净净，别人用起来也就放心了。"老张说，他以前没有接触过木工活，一开始做板凳时怎么也做不好，为此他就虚心求教，并翻书自学。为了把凳子做好，老张特意买了电锯、铁锤等工具。他还买了铁砂纸，专门打磨板凳的棱角，以免板凳在使用时划伤手指。

记者摸了一下,板凳面板的四边,确实蛮光滑的。

老张已经做了3年的小板凳,送出去的板凳有1000多张,只要别人来讨,他就会送。有时遇见一些年纪大的顾客,他还会主动送。前些日子,听说敬老院老人也需要板凳,老张打算做100张凳子送过去。最近,为了赶在元旦前完工,他整天忙的就是这件事。

借凳子传扬环保理念

记者发现,老张做好的凳子上,都贴着一张标签,上面写着"环境保护能源珍贵"等字样。

老张说,这些标签都是他自己掏钱印制的,贴在凳子上,是为了提醒大家别浪费,多做有益环保的事情。老张的意思,不是把板凳送出去就完事了,他还想借着小凳子,传扬一下环保的理念。

"以前生活艰苦,要啥没啥,现在日子好些了,也不能浪费啊!"老张说,做这些板凳的初衷,是因为捡了不少废弃板材回来,打算废物利用,想来想去,还是做成小板凳最实在。因为老张做的板凳很结实,而且漂亮、干净,所以大家都喜欢用。

除了做板凳,老张还做了不少废物利用的小玩意。在他的小店前面,种植了五六块"小菜地",绿油油的蔬菜在阳光下显得生机勃勃。老张说,这些菜都种在木箱上,箱子也是用废弃板材拼接起来的,再运来泥土,就是一只只木箱菜地了。

喜欢写文章唱地方戏

老张喜欢上写文章,是在他60岁之后的事情。他说,这是"闲出来的结果",60岁之前为事业打拼,60岁之后该回味一下自己的生活了。

每天早上4点,老张就会爬起来写文章。他是在手机上写的,写满一篇660个字,速度并不快。写好的文字,他通过微信传给打印室,然后存在对方的电脑里,等文章差不多成形了,再打印出来。

老张喜欢写诗和小说,已经完工的几个短篇,都是以亲历的事情为故事框架。小说的形式很像章回体,读起来蛮轻松的。"这些文字,可以直接拿来作为评弹、说书的脚本。"芦墟老年大学负责人张俊读后,这样评价。

老张还喜欢唱戏,在采访中,他现场清唱了一段淮剧和豫剧。听了老张唱的戏曲,张俊在一旁叫好,于是就想请老张去参加老年大学的聚会,给大家表演地方戏。

老张很认真地答应了。

出门20多年,老张对家乡还是十分怀念,这在他的文章中常能看到。老张也很喜欢现在居住的地方,"这里环境好,人也很好,我想在这里一直待下去"。

原载2014年12月29日《吴江日报》

第十八届苏州新闻奖一等奖

先进制造业立区：现实与远景

主创人员　沈振亚

【核心提示】

"中国制造2025""工业4.0"……一系列热词的流行，彰显的是中国经济在新常态下转型升级的渴求。

新世纪以来，吴江的支柱产业从丝绸纺织、电子信息和光缆电缆三大产业逐步扩容，装备制造业异军突起，形成了目前工业经济中的四大支柱产业。

吴江很早就提出了"先进制造业立区"的理念。在土地、资金等瓶颈制约不断加剧，环境负荷日益加重，人口红利逐渐消退，经济运行的复杂性和不确定因素显著增多，传统增长方式难以为继的情况下，这个理念尤其契合吴江发展的实际。

在这场势在必行的转型升级中，区委书记梁一波认为，"资源是有限的，但创新的空间是无限的"。要实现"先进制造业立区"，推动吴江工业经济在新常态下迈向中高端领域，最终还是要靠创新。

吕绍林没有想到，在他与几个小伙伴一起出来创业后的第15个年头，他有机会在吴江全面实施创新驱动战略推进工业经济转型升级大会上，对着台下众多政商精英侃侃而谈。

吕绍林是谁？

在他不拘一格的自我介绍中可以得知，他在深圳闯荡过，并在位于吴江经济技术开发区的中达电子待了一年。2001年，吕绍林与几个小伙伴一起创业，成立了苏州博众精工科技有限公司。

博众精工又是什么企业？

博众精工是一家集销售、研发、生产和服务于一体的系统集成商，从方案设计、精密加工、组装调试、现场实施及售后支持等方面为客户提供优质产品及全方位服务。

如果嫌这样笼统的介绍不过瘾，还可以看看博众精工的客户：微软、谷歌、联想、华为、格力、美的、公牛、富士康……

这一长串名字的背后，是博众精工在2014年逆势增长66.39%的骄人成绩，销售额达10亿元。2015年，博众精工的目标是争取实现年增长率超20%。

吕绍林被选中成为大会发言的第一个代表，正是吴江"先进制造业立区"定位在经济新常态下急需找寻的一个方向。

先进制造业对吴江为什么重要？

"吴江虽然是个区，但不同于苏州其他的区，工业是我们经济的最大支撑，也是投入研发的主要阵地和实施创新驱动战略的主要领域。"区委书记梁一波认为，随着经济发展进入新常态，实施创新驱动战略，已成为最重要、最紧迫的课题和发展的重要红利所在。

多年前，吴江区民营经济研究学会会长王剑云就多次撰文指出，为了不至于出现产业空心化的结果，吴江不能丢掉最优势的工业经济。

根据区经信委统计，2014年，吴江实现工业总产值3802亿元，其中规模以上工业产值3057.24亿元，这两项数据，同比分别有轻微下降。但新兴产业领先复苏，发展态势好于全局，规模以上新兴产业产值1561.48亿元，同比增长2%。在四大支柱产业中，装备制造业与光电缆业持续保持增长。

国际上，自2008年席卷全球的金融危机以来，高端制造业回流美国的趋势明显。美联储在3月18日结束的货币政策例会后发表的声明，调低了今年美国经济增长的预期，但依然有2.3%—2.7%的增幅。美国劳动力市场的持续改善，与制造业回流密不可分。

而在欧债危机中堪称"一枝独秀"的德国，更是如今举世滔滔"工业4.0"概念的提出者。在对德国"社会市场经济"模式的剖析中，"重视以制造业为基础的实体经济"被摆在了最重要的位置。目前，德国在制造业领域形成了以汽车、机械、化工和电气部门为代表的四大支柱产业。

在吴江各区镇，最早感受到高端装备制造业对未来发展重要性的是吴江经济技术开发区。金融危机后，吴江开发区以为IT企业代工起家的电子信息产业面临转型压力。电子信息在开发区经济体量中，一度占据高达90%的比重。目前，这个数据只有62%，并以每年5%的速度递减。

2009年9月15日，英格索兰（中国）工业设备制造有限公司在吴江开发区开业——这是一个标志性事件。此后，吴江开发区引进的欧美企业，大多聚集在高端装备制造业。目前，这个欧美企业群的总数已达90家，今年将超过100家。

受益的不仅是吴江开发区，还包括落户开发区的欧美企业。老牌重工企业卡特彼勒一直被视为美国经济甚至世界工业发展的"晴雨表"，是全球最大的工程机械、燃气发动机、矿山设备生产厂家之一，也是最大的柴油机厂家之一。其年度财报显示，2014年净利润为36.95亿美元，比2013财年下降了2%。

2011年7月，在吴江开发区成立的卡特彼勒（吴江）有限公司却在2014年收回了全部4800万美元的初期投资，并创下了全年销售超7亿元的历史最好成绩，市场排名由2013年的第11位攀升至第4位，最终客户销售量上升了20%。

卡特彼勒（吴江）有限公司总经理张玉岭还提醒说，这是在中国小挖市场销售量总体下降了14.5%的状况下取得的成绩。

研发投入偏少远未合理的工业结构

"一般来说，狭义的先进制造业是指装备制造业。当然，这个概念也一直在不断完善过程中。"区经信委办公室主任金忠英告诉记者，在目前吴江的工业经济结构中，先进制造业所占比重还不够大。

金忠英认为，在吴江四大支柱产业中，丝绸纺织以及电子信息产业，按照传统分类法，不属于先进制造业。而在准入门槛较高、技术含量较高的行业中，在吴江主要是两块：光缆电缆和电梯业。在2014年，这两个行业分别增长了8%和12%~15%，对吴江工业经济总量贡献明显。

"如果先进制造业在工业经济中的贡献率达到70%，那么就是德国、美国的水平，吴江的日子会很好过。"金忠英说，这肯定是吴江未来发展的方向。

那么，传统产业就没有未来了吗？答案是：传统产业依靠科技创新也能成为先进制造业。在2014年吴江纳税额排名前十位的企业中，主营业务为传统产业的企业占两家，分别为盛虹和恒力，位列第二和第三。这两家企业，也是目前吴江乃至全国纺织业的代表性企业，它们与亨通、康力一起，去年入选了"江苏省首批地标型企业"。

以恒力集团吴江部分为例，在2014年，其投入巨资研发的高品质高性能超细旦涤纶工业丝销售逆势增长20%，对恒力的贡献率达到54%。

"传统纺织业怎么转型升级？我们一直在引导，主要方向应该是开发功能性、差别化产品。"区中小企业局副局长朱新荣告诉记者。

"新产品不断注入科技含量、创新元素，能为公司赢得行业发展新优势。"恒力化纤副总经理刘千涵说,"主动把握新常态,提高产品附加值为核心是企业发展的必然路径。"

在去年的12月份,盛虹集团更是一举拿下了被称为纺织业界"诺贝尔奖"的"纺织之光"中国纺织工业联合会科学技术进步奖一等奖和二等奖两个奖项,获奖项目分别为"新型聚酯聚合及系列化复合功能纤维制备关键技术"和"高密化纤织物冷轧堆前处理关键技术及其产业化"。

"如果说以前是投资驱动,那么现在肯定是创新驱动。"朱新荣告诉记者,去年,吴江不少企业在技术创新上投入很大,全区新增省级技术中心12家、市级35家,创历年新高,三级技术中心总数达158家,居苏州大市第一位。此外,国家技术创新示范企业,苏州总共有3家,而这3家,全部都是吴江的民营企业:盛虹、亨通和通鼎。

然而,与此同时,2014年吴江全社会研发经费投入只占地区生产总值的2.3%,不及江苏2.5%的平均水平。这个数据差距,被区委副书记、区长沈国芳在主持吴江全面实施创新驱动战略推进工业经济转型升级大会时重点提及。给出的中期目标是到2020年时,吴江全社会研发经费投入占地区生产总值的比重达3%。

创新驱动能否赶上工业4.0这趟车?

有观点认为,改革开放以来,吴江借力乡镇企业异军突起、开放型经济蓬勃发展,先后实现"由农到工""由内到外"两次大的转型,当前正经历"由大到强"的第三次转型。

当举世滔滔热议工业4.0的时候,位于太湖新城菀坪社区的苏州信能精密机械有限公司总经理刘忠,早在2013年1月28日,就完成了对工业4.0的故乡德国巴登符腾堡传统机械制造企业德根(Degen)公司的股权收购。该项交易以苏州信能在德国的子公司信能国际来进行,总交易额近800万欧元,信能国际控股51%。

"信能的主要竞争对手是美国人。"对于国内业界已经做到第一的身份,刘忠并不特别在意。他告诉记者,2014年,苏州信能与德根公司销售都增长了30%以上。今年春节过后上班的第一天,苏州信能就迎来了一位阿联酋客商,订购了总价200万元的两台珩磨机及相关设备。

德根公司虽然属于一家小型企业,但在高速智能化珩磨机制造技术上处于世界领先地位。"所以我们的股权收购,主要目的和投资重点是在德国设立研发平台。"刘忠介绍,德根公司制造的高速智能化珩磨机,最高售价为1000万元人民币一台,"这是国内的企业没法比的"。

收购德根，也让苏州信能大大提高了国际知名度。在2014年9月汉诺威国际机床展上，精密机械馆中唯一来自中国的珩磨机，就是苏州信能生产的。刘忠透露，在适当的时候，苏州信能还将收购德国另一家精密制造企业。

"我们未来的方向，还是继续深耕精密制造领域，同时要向智能化方向发展。"刘忠说。

自2001年成立以来，苏州信能的发展以及面临的时代机遇，更像是吴江装备制造业现实状况的一个缩影。

沈国芳认为，吴江制造业"要实现从中低端向中高端发展，核心还是需要依靠创新，关键还是要以科技为手段，以'两化融合'为契机，大力推广、普及、发展智能工业，着力在智能设计、智能制造、智能装备（产品）、智能管理、企业资源计划管理、供应链管理、生产性企业电子商务等关键环节上加大投入力度"。

亨通集团董事局主席崔根良透露，亨通正在进行智能工厂三化建设（工厂智能化、管理信息化、生产精益化），"信息化、网络化是现代企业的中枢神经。"今年，亨通集团将投资5000万元，用德国SAP（德国软件公司、全球最大的企业管理和协同化商务解决方案供应商）信息化系统对现有信息平台等进行升级改造，建立覆盖业务全流程的信息管理平台。

此外，像通鼎光电的供应链管理、康力电梯的智能产品和装备、福华织造的企业资源计划管理等，也都是吴江企业适应新常态的尝试。

"创新的主体是企业。"朱新荣说，作为政府部门来说，还是要营造一个良好的投资生态环境，包括对企业的减负等，第二是鼓励企业以创新驱动发展，第三是促进两化深度融合。

原载2015年3月27日《吴江日报》

第十八届苏州新闻奖一等奖

一个模式改革激发"三农"新活力
——昆山锦溪创新农地流转经营的实践和观察

苏报驻昆山首席记者　朱新国　苏报通讯员　付　钦

这几天,在昆山锦溪镇长云村的麦田里,村党支部书记於家金忙得连口水都顾不上喝,早上6点多,他就带领大学生村官和村民来到地头,开始抢收小麦。今年收成不错。

在锦溪镇,过去没人种的田,现在老百姓抢着种;农忙时,村干部与农民一起在田头抢收农作物成为常态;过去的撂荒地,现在成了观光的景点……这些改变,和该镇从去年开始推广的"新型合作农场"这一土地流转"锦溪模式"密切相关。

这一"锦溪模式"改变了由大农户一方经营的方式,通过成立镇农地股份合作联社实行统一管理,村干部与入股农户多方共同参与,核定工时和产量,用"包工定产"来鼓励节本增效,带动了干部和农民的劳动积极性,更密切了干部和群众的关系。

2014年是"锦溪模式"全面铺开的第一年,锦溪村级总收入比2013年增长20.2%,全镇农地股份合作联社入股农民收入亩均增幅达12%以上。今年,进入锦溪镇农地股份合作联社流转土地面积达13200亩,比去年增加了5000余亩。"改革创新一种模式和机制,让农业增效、农民增收、农村繁荣,实现多方得益。"锦溪镇党委书记程文荣说。

一个新模式变一人得益为农民和集体增收共享
更遏制了田块质量下滑和非粮生产扩大等现象

2009年,昆山全市流转土地达20多万亩。通过流转,土地相对集中到近千名种粮大户手中。这些举措,当时很好地解决了土地抛荒等现象。但是,随着财政补贴不断加大,粮食收购价格逐年提升,集体收入和农民的土地流转金却增长乏力;同时,经济作物"蚕食"粮食生产，田容田貌经常受损，镇、村对农地管理失衡等新问题相继出现。

"百姓流转金收益不高，而大农户的收益却不断上涨，这引发了村民的不满。"於家金说，2009年，长云村组建了8个大农户，农民获得的流转金收益为每年700元/亩，并且收益相对固定。但是，不少大农户获得了土地经营权后，并没有去种植农作物，而是将农田转租出去，价格增加到了1200元/亩，从中直接赚取差价。"而且有些大农户不考虑田容田貌的影响，在田间搭蔬菜棚、果棚现象也比较常见。"於家金说。

2013年，长云村在新整治出来的600亩土地上，开始了一场全新的试验：变传统的大农户承包为镇农地股份合作联社经营，通过集体经营、包工定产等"合作农场"经营新模式，不仅新增了占补用地平衡指标，还使农民流转金收益稳步提升。据统计，长云村这600亩土地，仅当年水稻一季，就实现总收入69.89万元，减去种子、化肥、人工及农业机械折旧，净收入达29.43万元。如果大农户承包，按合同上交300元/亩，仅为10.02万元，相比之下，"合作农场"经营净收益增加了19.41万元。当年，锦溪参与新模式试验的除了长云村外，还有袁甸、孟子浜两个村，三个村先期流入镇合作联社的土地共计1194亩。

"'包工定产'农地经营模式由一方受益变为多方受益，大大激发了村干部、农民的劳动积极性，试点的三个村第一年就实现了农作物产量的增长、农民的增收。"锦溪镇党委委员、人武部部长胡志寰说。

2014年开始，"合作农场"这一新型集体化经营模式开始在全镇进行推广。

一个"包工定产"奖惩新机制撬动"资金池"
更调动了种田的积极性推进了农业现代化

记者在锦溪采访时发现，农民的话题大多和农田收入的增加有关。

"以前，有空的时候我还会想着到镇上做点零工，现在参与到'合作农场'中后，根本不会再有原来的想法。"长云村村民王昌观告诉记者，参与施肥、除草、收割等工作，都是按时收费，而且产量超过额定部分还有额外的奖励。王昌观算了这样一笔收入账：过去承包给大户，每亩可以获得700元流转金，实行"合作农场"模式后，流转金收益增加到了去年的每亩1000元。而且参与到农田管理，还额外获得了4.6万元的农田管理收入。"收入的增加，让我现在静下心来精心打理这2000多亩农田。"王昌观说。

过去没人种的田,现在老百姓抢着种,"包工定产"模式调动了农民的积极性。"包工定产"的概念是定收定资,定收就是农作物的产量要定额,不足要惩罚,超产则奖励。要控制成本支出,包括农药、化肥、人工等,超支从收益当中扣。这一奖一罚,不仅保证了农作物产量,还有效地控制了成本支出,村民和村集体都实现了增收。

去年,锦溪镇村级总收入8451万元,比2013年的7028万元增收20.2%,其中农地股份合作联社净增1160万元。合作社增收带来的是入股农民的增收,全镇入股农民平均每亩获819.78元,较上年每亩增了90多元。

此外,锦溪镇积极兑现承诺,对于超产的村庄给予相应的金额奖励。2014年稻麦两季种植,各村农地股份合作社均完成了包工定产任务。以长云村为例,超产奖励就有10多万元,干部和群众都有了积极性。

村级收入20%的增幅,让更多资金涌向了镇农地股份合作社,成为推进农业现代化的一个重要"资金池"。这个"资金池",不仅可以保证农民土地流转金和村集体在一定时间内的增幅,还可以持续推进土地整治,购买先进农机具,优化种子、肥料,保持土壤活力,加强农产品品牌推广,扩大知名度。

一个村干部下田劳动的新现象暖了百姓心
更让"利益相关方"变成干群关系密切的"发展共同体"

程文荣说:"农地流转的'锦溪模式',已成为村民与干部之间不断增强的感情纽带。"

去年底,锦溪镇召开基层座谈会,邀请老干部、村民代表对党委、政府工作提意见建议。现场不少村民说:"过去大农户经营,大部分收益被大农户拿走了,不公平,现在让绝大多数农民都享受到了'红利',我们支持。"

"老百姓少了怨气,干群间多了和气。"於家金说。

盛塘村相关负责人说:"转租赚取差价收益,改种经济作物破坏农田肥力、田容田貌,经营大户的一些行为引起了村民不满。"借鉴试点村长云村模式,盛塘村农田入股镇合作联社流转,去年农田流转金较上年增加70元/亩。

尝到了甜头,更多农民主动要求改变土地流转模式。今年是锦溪三联村进行农田集体经营的第一年,原来大农户经营的960亩农田全部回收,成立三个生产小组,吸收本村剩余劳动力,预计可带动农民增收60万元;对生态廊道建设剩余的500多亩土地进行复耕,确保今年复耕到位、种植质量到位、种植产量到位,预计可为村级集体经济增加100万元。

土地收成直接和村干部收入、村集体收入挂钩，村干部的积极性也被充分调动起来。

在长云村，於家金是2018亩农田的总负责人，村委会主任和村合作联社社长分别担任南片、北片农田组长。於家金说，农忙季节，长云村8名干部，除了留守人员，其余全在田间地头和村民一起劳动。

"村干部和我们一起种田，这种情况已经多年没见了。他们是真心带头干活，我们打心里佩服。"王昌观告诉记者，土地流转承包模式的转变，让"利益相关方"变成了"发展共同体"，大家是一个目标，关系自然就亲近了。

更值得关注的是，共同劳动中，很多村干部听到了他们平常听不到的声音。比如，有村民担心保留村房子改建不容易，有村民对鱼塘退田后附属设施补偿心中有"疙瘩"，有村民担心年轻村干部不懂农业等。"这些话题全变成了田间地头的家常话，他们怎么想的，我们要怎么做，聊起来心平气和。"於家金说，在劳作中和村民们结下了友谊，现在村民们有什么想法都乐意跟他说。

"把生态资源优势发挥出来，通过不断创新思路和工作方式，与周边形成错位发展，我们将不断创造转型升级创新发展的锦溪特色。"程文荣说。

原载2015年6月10日《苏州日报》

第十八届苏州新闻奖一等奖

刚清出的淤泥又被倒进阳澄湖

商报记者　管有明

商报读者来电反映：前些日子，我们所在的新泾村西湾河进行了疏浚清淤。这本来是一件大好事，但没有想到的是，施工队贪省力，竟然把挖起来的淤泥倒到了阳澄湖里。西湾河好多年没有清过了，清出来的淤泥黑黑的臭臭的，本来应该倒在该倒的地方。作为常年住在阳澄湖边的村民，眼看着最近几年阳澄湖变得越来越漂亮，心情也格外的好。河道清淤还在各村进行，如果每个施工队都这么做，阳澄湖怎么吃得消？

阳澄湖是苏州市第二大湖泊，也是重要的饮用水源地之一，可以说，阳澄湖的水环境牵动着无数人的心。商报读者反映的情况究竟是怎样的？记者昨天进行了调查。

淤泥偷倒阳澄湖令人气愤

昨天上午，在相城区阳澄湖度假区水利站工作人员的指点下，记者来到了商报读者反映的西湾河边。这是一条长约两公里的乡村小河，河岸两边都住有村民。从河的岸边看，确实是整治过了。

西湾河西端入阳澄湖处，就是商报读者反映的施工队偷倒清河淤泥的地方。此时，湖面已恢复了原先的清静。一位住在西湾河沿岸的女士告诉记者，自己嫁到这里已有20多年了，印象中河道从来没有专门清淤过。"以前，很多人都是随手往河里扔东西的，主要是没有保护水的意识。现在好多了，不要的东西基本上往垃圾箱里扔。前些日子，施工队来河里清淤，泥浆的臭味确实比较重。"她说自己没想到，施工队竟然往阳澄湖里偷倒挖起来的淤泥。

"真是太不应该了！"另一位也住在西湾河边的中年男子，说起施工队的这一行为也很是气愤。他告诉记者,他从小就在阳澄湖边长大,过日子靠的就是阳澄湖。这两年,政府不让他们这些村民在与西湾河相通的阳澄湖西湖里养大闸蟹了。他想想也对,毕竟环境重要,就把主要精力放在了"农家乐"上面。因为阳澄湖的环境好了,来游玩的人多了,他的小日子也过得有滋有味。他还说,阳澄湖是大家的,每一个人都要爱护它,决不能损害它。

证据面前施工队认账

"一开始,施工队老板并不认账。后来,在证据面前,他才不得不承认。"昨天,在阳澄湖新泾村村委会办公室,村主任陈根龙介绍了他们对此事的调查经过,并提供了由他们村发包的施工合同。

根据合同,承包方江苏新东方建设工程集团有限公司,对西湾、朱家舍等河道清淤,工程量约为15000立方米,淤泥运距1公里以内单价每立方米12元。陈根龙说,这两条河是相通的,所以放在一起发包。"新东方"是通过招投标的形式拿到工程的,后来他们又把工程转包给了一个小老板。村里指定了一个集中堆放泥浆的地方,大约在五公里远处。因为比合同中原先约定的运送距离远了不少,双方又商定:泥浆增加的运距,每公里每立方米加收2元。

陈根龙说,施工的时候,有监理人员,村干部也经常开着汽艇查看泥浆运送情况。在接到举报后,他非常震惊,马上找到了施工队老板。但是,对方开始并不认账。随后,村党总支书记王金龙和陈根龙等人相继走访西湾河沿岸村民,并通过工程监理人员调查泥浆船到达目的地的时间。最终,施工队老板才认账:确实是有5船泥浆倒入了阳澄湖里。

两条辩解都站不住脚

那么,这5船泥浆又是如何认定出来的呢?陈根龙说,施工队共有1条挖泥船、12条运泥船。这些运泥船中,有6条吨位稍大,每条约可装6吨泥浆;另外6条稍小,每条约可装3吨泥浆。正常情况下,一条船从西湾开到泥浆收集点,大约需要1个小时。监理人员根据泥浆收集地点的登记情况,查出运输船偷倒泥浆大约是在当天下午三点到五点这一时段,共有五条3吨级的运泥船没有把泥浆送到收集点。据此,认定这些船上的泥浆直接倒入了阳澄湖。这些运泥船都是脱底式的,只要打开舱底,泥浆就会直接沉入湖中,很方便。

确认情况后,陈根龙曾问过施工队老板:为什么要这么做?当时对方的解释是:有两个原因,一是船舶的螺旋桨被水下的地笼网缠住了,二是当时湖里的风很大,运泥船开起来有危险。不过,陈根龙对此并不认同。在他看来,西湾河里的确有地笼网,船舶的螺旋桨有可能被地笼网缠住。但是,不可能一下子有五条船发生这样的情况。而且,运输船都是脱底式的,即使不打开舱底排泥浆,船也不太可能出现危险。再说,如果风真的大了,运泥船完全可以停在湖口等候。把泥浆直接排入阳澄湖中,不管什么理由都说不过去,"我认为,他们就是有意这么做的!"

村党总支书记王金龙表示,施工队的这种情况,其实也给村里敲了一记警钟。接下来,他们在整治河道时,肯定会查得更严,力争把好事做得更好。

执法部门已介入查处

确认施工队存在往阳澄湖里偷倒泥浆的事实以后,新泾村村委会立即责令对方停工整改。次日,施工队又在村委会负责人及部分村民代表的监督下,将他们此前倒入湖口处的淤泥挖起,再用船运到指定地点。目前,西湾河的清淤工程已经结束。陈根龙告诉记者,他们还没有把工程款结算给施工队,还要等候水政执法部门的调查结果。

这明显是花了钱却办了坏事!相城区水利局水政大队大队长马小毛告诉记者,施工队的这种做法是不能被接受的。《中华人民共和国防洪法》第22条明确指出:禁止在河道、湖泊管理范围内建设妨碍行洪的建筑物、构筑物,倾倒垃圾、渣土,从事影响河势稳定、危害河岸堤防安全和其他妨碍河道行洪的活动。据此,他们已对这一明显有损阳澄湖水环境的行为立案调查。从初步调查的情况来看,施工队已涉嫌违反了相关法律条款。接下来,他们将按照相关程序,对施工队进行严厉处罚。对此,本报将跟踪报道。

记者手记
心情沉重的一次采访

苏州因水而名,也因水而美。苏州的水环境一直令人关注。

对于阳澄湖,多年来社会各界一直强烈呼吁加强生态保护。2013年2月,苏州市委、市政府出台了《阳澄湖生态优化行动计划》,从建设生态文明和"美丽苏州"的战略高度,一手抓控源截污,一手抓生态修复,全方位实施生态优化三年行动计划，并已取得初步成效。

　　为了提升阳澄湖水质，苏州市政府及昆山、太仓等地投入巨资，整治七浦塘、杨林塘等河道，把长江水引入阳澄湖及周边水域。而在前不久七浦塘、杨林塘分别开闸引水时，记者见证了这些重要的时刻。阳澄湖的未来将更加秀丽。

　　关于阳澄湖的采访，记者经历过多次。看着生态越来越优美的阳澄湖，每次采访带来的都是快乐。但是，这次采访却让记者的心情很是沉重。河道疏浚正在全市各地大面积展开，正如阳澄湖村民所说的，如果这些本来是为清洁河道而请来的施工队自己却在乱排偷倒，我们的努力就可能完全白费，最终的结果可能适得其反。

原载2015年6月12日《城市商报》

第十九届苏州新闻奖一等奖

独步江湖的创新"炼金术"
——从苏州"单打冠军"企业看供给侧结构性改革新成效

苏报首席记者　钱　怡

编者按

苏州拥有江苏省内最多的中小企业,其中不少是行业的"单打冠军"。这些企业通过自主创新、品牌塑造,集群发展,为苏州经济转型升级发展注入强劲动力。今年是推进供给侧结构性改革的攻坚之年,苏报即日起推出系列报道,通过这些"单打冠军"企业在"强创新""拓市场""促整合"方面的新作为,呈现苏州推进供给侧结构性改革、提高供给体系质量和效率的新图景。

"宽度一毫米,深度一公里"这是对"单打冠军"企业的形象比喻。他们也许规模不大,却主导细分行业的话语权,面对宏观经济下行压力,依然"逆势生长"。这些"冠军"之所以能技压群雄,关键在于,他们依靠产学研合作、技术专利攻关、行业标准制定,掌握了一套"独步江湖"的创新"炼金术"。

在产学研合作中"炼金":
加速创新供给
我市年内培育千家 "专精特新"中小企业

人才喜欢什么样的企业?仁者见仁,智者见智。可是,综合型大企业对人才的"虹吸效应",却是一个不争的事实。苏州天弘激光股份有限公司董事长金朝龙坦言,虽然"单打冠军"企业在行业内有名气,可是论综合实力,与大企业有差距。对于从事单一产品研发生产的企业,要创新,要引才,产学研合作是"加速器"。作为国内领先的激光设备集成技术提供商,天弘激光与清华大学等知名高校正开展激光器等方面的前沿性研究。"把高校智库资源引入企业,研究者有了产业化的基地,企业有了高端人才的牵引,创新就水到渠成了。"金朝龙说。

苏州世力源科技有限公司是苏州东菱振动试验仪器有限公司与西北工业大学力学环境试验技术研究中心合作组建的高新技术企业。谈起这桩合作,东菱科技战略中心副总监陈广飞说,当时为了让"躺在实验室内"的科研成果尽快产业化,东菱提出校方以一张"借条"入股,等项目盈利后再兑付资金,这既降低了高校科研团队的市场风险,又保护了他们的创新活力。西工大团队认可了东菱的合作理念和创新决心,双方一拍即合,快速推进项目"落地",短短两年时间就完成成果转化并实现盈利,研发的高加速度冲击台等产品达到世界先进水平。

苏州东菱公司董事长王孝忠说,企业能在行业内保持领先,与"借智"高校科研机构分不开,"要用大胸怀搭建大平台,促进大融合"。如今,苏州东菱已是国内振动试验仪器研发生产的"老大哥",23项技术打破国际封锁,17项技术国际领先,58项技术国内领先。王孝忠说,东菱"链接"了多所高校的院士、教授和科研机构的资深专家,与22位院士有合作关系,智库专家数量达2000名,带动大批科研团队围绕航空发动机测试等前沿技术进行探索。

市经信委中小微企业处有关负责人表示,苏州是中小微企业大市,不少企业"专精特新",是行业内的"单打冠军"。苏州加大扶持力度,引导企业积极引智,抓住产学研合作这把"金钥匙",加快人才集聚、加速科研成果转化。今年,我市还将建立"专精特新"中小企业库,并逐步推广分层管理,年内计划培育1000家"专精特新"中小企业入库,为"单打冠军"企业技术进步、创新发展提供更加精准的政策供给。

在知识产权中"炼金":
提质创新供给
"单打冠军"企业依靠专利获取垄断效益

细细翻看苏州这些"单打冠军"企业的发展史,不少是靠"代工"起步,最终却因"贴牌"而处处被动,甚至遭受巨大的冲击。因此,这些企业的当家人对"自主知识产权"有着别样的情结。

宝时得科技(中国)有限公司是一家研发生产电动工具的行业龙头企业。公司负责人高振东说,一度宝时得还做着靠代工崛起的美梦,可是1996年从欧洲突然传来一个消息:公司代工的一家德国品牌企业宣告破产倒闭。而这个品牌产品的产量占宝时得公司年产量的85%以上。"这时我们才惊醒,依靠别人的技术与品牌,永远只能跟在别人后面,无法抵御市场的震荡波动。就因为这件事,我们下决心坚定走自主知识产权的发展之路。"

如今，宝时得拥有300多名研发人员，其中30人专门从事知识产权工作。公司知识产权部经理许立举说，一个创新点子通常需要20到30个专利来保护，宝时得通过"基本专利+外围专利"的战略布局，让创新产品快速占领国际市场。"我们的知识产权战略从过去的被动应对，变为主动出击。去年，宝时得利用专利进行维权，成功击退了欧美产品的'入侵'，让一款吹吸机在国际市场站稳了脚跟。"许立举说，去年，宝时得在知识产权方面的投入达1000万元，占研发费用的10%。目前，公司已提交专利申请近4000件，实现了企业全员人均一件专利。

在苏州宇邦新型材料股份有限公司总经理肖锋看来，专利是技术的支撑，是行业创新发展的阶梯。宇邦是国内生产涂锡焊带的龙头企业，该产品是太阳能光伏组件实现导电的核心材料。宇邦手握该领域的6项发明专利，每年根据下游市场的变动，对产品进行更新迭代，快人一拍，在光伏行业最低落的时期，依然保持快速增长。"能在行业里走在前面，是因为我们的技术始终比别人领先一点点，就凭这一点点，我们就拉高了竞争的门槛。"肖锋说。

据了解，我市专利申请呈现"数量布局、质量取胜"的特点，2015年全市有效发明专利拥有量达29104件，企业发展有了知识产权"护航"，创新供给质量大幅提升。来自市经信委的调研数据显示，在申报2015年苏州"专精特新"示范企业中，近三分之一拥有10项以上发明专利，这成为"单打冠军"企业获得部分行业垄断效益的重要资源禀赋。

在标准制定中"炼金"：
引领创新供给
"单打冠军"企业是"游戏规则"主要制定者

"有了好的技术和专利，企业的创新脚步才能迈得开，而真正要'做在前、抢在先'，让别人'跟着你、追着你'，就要把主动权掌握在手里。"苏州电器科学研究院股份有限公司董事长胡德霖说。电器检测行业具有技术密集的典型特征，行业进入壁垒较高，无法紧跟电器制造业的发展、不具备核心竞争力的中小型检测机构将逐步退出市场，这些被淘汰的机构最大的问题就是在行业里没有话语权，"服膺"别人的"游戏规则"，被动发展。

作为我国唯一的可同时从事高低压电器检测业务的独立第三方检测机构，苏州电科院之所以能快速壮大，获得西门子、通用电气、施耐德等世界著名电器制造商的青睐，与其长久以来积极参与标准制定密不可分。光去年，苏州电科院就主持和参与17项国家和行业标准的制定和修订，获得全国低压电器标准化技术委员会等21个标委会委员资格，积极争夺行业话语权。

在苏州工业园区，集聚了很多纳米产业领域的"单打冠军"，有从事光学膜研发的苏大维格，研制净化设备的苏净集团，开发氮化镓半导体的纳维科技，这些企业通过设立标委会秘书处、参与国家标准制定等方式，筑高纳米产业发展平台，将园区打造成国家纳米技术产业化标准化示范区。即便是传统行业，同样需要标准引领。吴江震泽镇，在香料香精、蚕丝被、木地板等行业，就有10家企业是相关行业标准的第一起草单位，这些企业成为名副其实的"单打冠军"。最新统计数据显示，目前，苏州拥有国际、国家专业标准化工作组织61个，主导或参与1662项国际、国家、行业标准的制定和修订，其中国际标准41项。"单打冠军"企业无疑是行业"游戏规则"的主要制定者。

市经信委相关负责人表示，综观世界上的强势企业，都力求把行业标准纳入自我主导的规则中，去影响产业链的形成与发展，通过供给侧结构性改革，力争站在产业链的高端，以获取最大的经济利益。苏州的中小企业，特别是"单打冠军"企业在进行自主创新过程中，应掌握"应用为上、标准先行"的原则，努力参与标准的编制，积极取得行业话语权，这样才能使企业的研发周期缩短、开发风险降低，最终体现出技术标准的市场价值。

原载2016年4月28日《苏州日报》

第十九届苏州新闻奖一等奖

一个姓氏延续折射的敦良家风

本报记者　高小花

在不少家庭中，尤其是现在独生子女家庭中，孩子跟谁姓这一问题往往成为一根导火索，进而引发出一场不可收拾的"家庭风暴"，而在吴中区越溪街道莫舍社区的老郁家，有四个女儿，其中养女随父姓郁，所生的女儿也继续姓郁，女儿的儿子也姓"郁"，没有血缘关系的后代却延续着这一姓氏，温馨而和美，同时折射出一户普通人家敦良的家风。昨天，记者在采访中，感受着一个"姓"的背后那段感人至深的故事。

一句承诺折射的是诚信为本

几十年前，莫舍老郁家生了一个男孩，可怜没过几个月就夭折了。这时，隔壁村一户人家刚生下了一个女孩，老郁家就收养了这个女孩。随后几年，老郁家接连生下三个女孩。尽管自己已经有了三个亲生儿女，但是，对于这个当年领养的孩子，老郁夫妻依然视如己出，疼爱有加。到了女儿要出嫁的年龄了，老郁夫妻对养女说，你想嫁出去，我们肯定把你当亲生闺女嫁，如果你要留在家中招女婿，我们也更加欢喜。这个家庭是如此地温馨，所以，养女最终选择在家招女婿，希望能够在父母膝前尽孝。

陆泉虎是老郁家另一个隔壁村的，家中有姐妹五个，弟兄三个，陆泉虎是兄弟中的老大。1979年，陆泉虎当兵退伍回家。由于家境贫寒，一个弟弟刚刚订婚，一个弟弟还没有找到对象，考虑到家庭的困难，父母亲的压力，陆泉虎毅然决定去做上门女婿。在当时的农村，大儿子到人家去做上门女婿非常少见，陆泉虎的这个决定自然而然遭到父母和亲友的竭力反对。陆泉虎开导父母说，我孝顺，出去也会孝顺父母，如果不孝，即便在家也同样不孝，而他嫁出去的人家就是老郁家。

陆泉虎说，妻子和老丈人并没有血缘关系，我也只是个上门女婿。但是，老丈人对待妻子如亲生闺女，对待我如真儿子一般。结婚后不久，陆泉虎夫妻就有了一个女儿。"我在女儿跟谁姓这个问题上并没有过多地考虑，几乎毫不犹豫地让女儿跟着妻子，姓了老丈人的郁。"陆泉虎说："尽管我家的亲戚有着很多的想法，但是当初做上门女婿的时候，既然有了承诺，也就必须要有这个诚信。"

姓氏延续的背后是父慈子孝

"人这一辈子，钱财权势都是身外之物，身体健康、家庭和睦才是最重要的。"陆泉虎说，这么多年来，老丈人把他当做亲生儿子，自己也真心诚意地对待老人家，一家人和和美美地享受着生活的幸福。

多年以后，老陆的女儿也到了出嫁的年龄了。"我也就这一个宝贝女儿，也希望她能够在家招女婿。"老陆说，有很多人介绍了不少有权有势人家的孩子，但我都回绝了。他说，自己选择女婿的标准是，素质第一，身体第二，工作第三。后来，经人介绍，一个姓董的东北小伙子成为老陆的女婿。

在结婚之前，两家人家一起商量定孩子大婚日子的时候，就未来小夫妻有了孩子后，孩子跟谁姓的问题，两亲家进行了讨论。老陆说，在亲家母的强烈要求下，他先发表了意见。老陆说，自己就是一个模本，在二三十年前，自己的思想就开放了，所以他建议孩子依然姓郁。老陆说，亲家母也很是开明。对此，她建议孩子不要姓董，也不要姓郁，应该跟着老陆，姓"陆"。但是，亲家母的好意还是被老陆婉拒了。八九年前，小夫妻生下了一个男孩，孩子依然姓"郁"。

老丈人与老陆之间的"父慈子孝"也延续到了老陆和女婿之间。生活中，老陆就是一位慈父。老陆说，他每天都会打个电话给女婿，询问女婿是否要回家吃晚饭。如果女婿要回家吃饭，他就要准备点女婿喜欢吃的东北菜，如果女婿因为值班不回家吃饭，他们一家就凑合着解决晚饭问题。

实际上，老陆的女儿女婿都很是孝顺。几年前的一个春节，女婿在东北过年，给老丈人打了一个电话，想给东北的父母亲在县城上买一套房子。这通电话让老陆很是开心，为女婿有着这样一颗孝心而欣慰。2008年，小夫妻出钱为东北的老父母买了一套住宅，让老父母从农村搬到县城上居住。小董还有一个弟弟，这几年上学，也都是小董夫妻真情资助。老陆说，父慈子孝，一家才能幸福和美。

一纸家训再续"家和万事兴"

妻子与老郁家没有血缘关系，而选择了在家招女婿，女儿理所当然跟着妻子姓郁，女儿也选择在家招女婿，女儿的儿子也同样理所当然地姓了"郁"。陆泉虎说，一个姓背后，折射的是一种严格的家规，敦良的家风。

"家风好则族风好，民风好，国风好。"在莫舍社区，和老郁家一样，不少家庭都有着自己的家规家风。莫舍社区书记朱正超告诉记者，今年7月初，社区开展了一场"立家规、树家风、展家训"活动，140名党员人人都结合自家实际情况，立下了侧重点不同的家训，在居民中间引起一阵不小的反响。在莫舍社区的活动室内，记者看到，墙上挂满风格主题不同的家训，有的关于诚信、有的关于廉洁、有的关于家庭和谐。其中有："敦孝悌""亲仁善邻""孝思不匮""入孝出悌""常存仁孝心""克俭于家"等等。"每家每户其实都有自己的规矩，只是大多不成文，比如不能骗人、不能欺负小孩、不能好吃懒做等等。每个村、社区也都有村规民约。"

"姓，实际上只是一个符号，但是，在这个符号后面却能够折射很多的内容。我们家在孩子的姓上并没有纠缠过，也就谈不上由此产生家庭风暴了。这也说明我们一家三四代之间的和睦，只有家庭和睦，一家人才能享受幸福生活。"老陆说，事实上也正是如此，老丈人把我当真儿子，我也把老丈人视为亲爸爸。现在，我同样把女婿小董当真儿子，女婿也很是孝顺。昨天，陆泉虎又一次来到莫舍社区，看着墙上挂着的一幅幅"家风"，他说，参考了这些家规家风，自己也总结出老郁家的"家风"：家和万事兴！

原载2016年11月28日《姑苏晚报》

第十九届苏州新闻奖一等奖

一张"红色"存单背后的故事

主创人员　徐海军

9月28日,癌细胞已扩散至全身,依靠吗啡才能镇痛的周海林,召集子女交代了身后事。

次日,趁着自己意识还算清醒,周海林在女儿张慧珍的陪护下,来到中国邮政储蓄银行芦墟营业所,取出一个月的退休工资3721.4元,存入一张新开的存折。

"202171？老人家,这个密码你记得住吗？"看着眼前白发苍苍、病容满面的老人,银行工作人员善意地提醒。

"放心吧,小姑娘,这个密码我一辈子都不会忘记。"捏着存折的周海林笑着说,"2021年7月1日,这是中国共产党建党一百周年的日子,这笔钱是我建党一百周年的特殊党费,我怎么会忘记？"

12月16日,上午10点,阳光正好。

区委组织部工作人员前往黎里看望周海林,记者也随之赶到老人的女儿家。老人正坐在门口闭目养神,眉头不时皱起,长长的寿眉也随之微动。

"是因为疼吗？"看着老人皱起的眉头,记者问。

"应该是的,必须吃止痛药,一天两次,一次两片。"周海林的女儿张慧珍说。

听见有人说话,周海林睁开眼来,见确有人来访,老人缓缓站起身来,对大家说:"进屋坐,进屋坐。"

26岁递交入党申请
申请4次,48岁终遂心愿

今年84岁的周海林出生于唐小村(现已并入黎里镇川心港村),入党已有36年,而他以党员标准立身立行,已有近60个年头。

13岁时，周海林与镇上张姓人家的女儿结成娃娃亲，并在张姓人家做学徒。

"1956年实行公私合营政策，我们家商店的资产和从业人数都够标准，所以便公私合营了，后经组织安排，父亲去了当时的黎里供销社。"张慧珍说。父亲去了供销社后，工作非常积极，很快便被调到当时的金家坝供销社，并被提拔为负责竹材的部门经理。"父亲人很老实，也很随和，对谁都是客客气气的，无论是供销社内部工作，还是服务当地农户，父亲都干得有声有色，现在回到川心港村，一些老人提起父亲还赞不绝口。正因为如此，父亲在1958年时，被供销社评为'支农先进工作者'。"

听女儿讲起自己获得的第一个荣誉，周海林笑着说："我就是在那个时候，第一次向党组织递交了入党申请书。那时我26岁。"

因为家庭出身问题，周海林的入党申请未获批准。

"这是组织在考察我，说明我做得还不够好。"周海林说。从1958年到1980年，他先后递交过4次入党申请书，"前三次都未获批准，但我并不气馁，回到工作岗位上，该改正的改正，该提升的提升，所以，我48岁时终于像二哥一样，成了一名光荣的共产党员。"

周海林的二哥周世林1945年加入中国共产党，并参加革命工作，抗战胜利后转入党的地下工作。

"他是我学习的榜样，也是我前进的引路人。"说起自家兄弟，周海林骄傲地说："我们兄弟6人，有3个人是共产党员。"

退休不忘服务乡邻
老党员发挥余热暖人心

"1992年，老周从当时的金家坝供销社退休，回村里生活。"川心港村党总支书记顾建龙说，周海林退休刚回到村里，便给他留下了深刻的印象，"村里办活动，老周肯定参加，能帮的、能做的，老周总是主动承担；村里发展经济，老周也总是积极建言献策，贡献自己的智慧与力量。'家有一老，如有一宝'，老周这位老党员，就是我们川心港村的'一宝'，我们在他身上学到了很多经验，更明白了何为共产党员，怎么做一名合格的共产党员。"

在川心港村党总支，周海林是"一宝"，而在村民当中，提起周海林，不仅老人会竖起大拇指，就连村里的年轻人，也对周海林赞不绝口。

"老周这个人啊，就是爱管事，不过，大家都喜欢让他管事，并且还很服气。"村民顾大爷说起周海林时不禁连声赞叹，"为人和气，大家喜欢他；为人正气，大家佩服他。所以，不管哪家人家有矛盾了，只要海林去了，脸红的，气变顺了；委屈的，气也消了。"

"上次搞人口普查时，我父母和我住在镇上，周大爷来了几次都没碰着人，后来，周大爷还专门去镇上找到我，我都不好意思了。"村民小张笑着说。别看周海林平时和和气气的，做起事来，却是一板一眼，绝不含糊。

依靠吗啡镇痛时
老人还惦记着党的百岁生日

今年5月25日，周海林在体检时被查出右肺癌变。

"吴江、苏州，都去查了，因为癌细胞已经扩散，所以医生都不主张开刀，而是建议保守治疗。"张慧珍说。后来，癌细胞扩散到骨头上，父亲疼痛难忍，普通的止痛药已经不管用了，医生便给开了吗啡。

"其实不能用吗啡的。"周海林接过话说，"用了吗啡，难保不会伤及神经，我怕到最后意识都不清楚了。"

9月28日，周海林从苏州回到吴江，住到了黎里的女儿家中。

回吴江当天，周海林便召集子女，交代了身后事。次日，周海林让张慧珍陪着，来到中国邮政储蓄银行芦墟营业所，从自己仅有的1万余元存款中，取出3721.4元的一个月退休工资，存入一张新开的存折，以此作为自己献礼中国共产党建党一百周年的特殊党费。

"其实，父亲知道自己癌细胞扩散后，就有了这个想法。"张慧珍说。后来，医生给父亲开了吗啡，父亲这个想法就更强烈了，"他怕吗啡用多了会忘事，所以回吴江第二天便让我带他去缴了党费。输密码时，银行的小姑娘还提醒父亲，问他能不能记住'202171'这个密码，当时父亲虽然病痛，但却有些得意，他说'2021年7月1日，这是中国共产党建党一百周年的日子，这笔钱是我建党一百周年的特殊党费，我怎么会忘记？'"

张慧珍回忆，父亲说这句话时，她是想哭的，银行的小姑娘是沉默的，只有父亲是面带微笑的。

见女儿情绪有些低落，周海林接过话说："其实，当时我心里也不好受，2016年就快结束了，2021年7月1日也不是很遥远，我也想加把油，多撑几年，好在建党一百周年时为党庆生，可是，真的感觉时日无多啊。"

26岁第一次申请入党，48岁得偿所愿，大半辈子跟着党走的周海林，在离党百岁生日不足5年时,只能提前向党送上一份饱含遗憾的祝福。

"13岁去做学徒,父母就给了我一只藤条箱、一条被子,不是父母不想养活我们,生活逼的,没办法。现在日子好过了,小康、现代化,这得感谢党啊!"周海林指着床头的一床被子说,"那床被子就是父母当年给我的,我用了一辈子,因为我不能忘了父母的恩情;党带领我们过上好日子,我们也得记住,因为我们不能忘了党的恩情。"

原载2016年12月26日《吴江日报》

通讯

第十九届苏州新闻奖一等奖

岸电可以使靠泊船舶达到"零排放",因而被世界多国采用,也得到我市的高度重视,可谓叫好声不断。然而,从我市近一年来的推广情况看,并没有达到预期效果,甚至可以说是叫好不叫座——

港口岸电缘何出现"肠梗阻"?

本报记者　余继峰　钱海燕

张家港港是全国首个县域亿吨大港,年均进出港口的船舶超过20万艘次。船舶在停靠期间,基本利用燃油发电,这会带来高能耗、重污染等问题。去年,我市在各大码头推广使用岸电技术,助力港口节能减排。

现场:门庭冷落车马稀

昨天上午,记者来到江苏沙钢集团海力码头,这里也是苏州首个岸电试点。码头上,不时有船舶停靠装载、卸货,一个上午达到了40多艘,但是却未有一艘船舶选择停卜辅机去"光顾"岸电设备。

2015年5月份,沙钢集团投资53.5万元在海力1#码头安装了一套200kVA智能型双频可调压岸电电源装置,380V/50Hz、440V/60Hz两种电压和频率可以任意选择,为船舶靠泊期间提供不同的电源。虽然拿到了岸电减排装置这个"绿色港口"的金字招牌,但给码头带来的经济效益却不如计划中的那么乐观。

"这两套岸电装置建成后,仅有3艘船舶接用了岸电。"江苏沙钢集团海力物流公司总经理陆士东告诉记者,此后至今再未有其他船舶使用过。

无独有偶,张家港港务集团2015年投资650.9万元,建设了一套高压2MW变频岸电系统和一套低压300kW岸电系统,可同时满足两艘大轮同时配接岸电的需求,但是截至目前仅2艘船舶试用。

记者从市供电公司了解到,目前,我市已建有岸电装置87套,除少数化工码头尚不具备岸电推广应用条件外,其余沿江码头均已建岸电装置。然而,每个码头的岸电装置都处于无人问津的境况。

船方：硬件"不硬"难对接

使用岸电技术不仅可以实现港口绿色可持续发展，还可以降低港口、船舶的运营成本。在我市第一次用上岸电的香港籍"爱人号"散货轮机长Canas给记者算了一笔经济账，他说："现在我们每天用岸电需花费3000元，如果按平时使用柴油算，则需要4500元，这样一天就省出了1500元。"

船方是岸电设施的最大受益者，理应是"油改电"的最大拥护者。然而，记者在采访中也听到了不同的声音。"虽然靠港期间用岸电可以节省部分开支，但由于船靠港时间有限，从这方面来说，对我们降低船舶整体运营费用的作用同样有限。""船上有很多关键设备是不能断电的，万一岸电不稳定，会影响船上设备的可靠运行，甚至带来损失，那就得不偿失了。"……船商们道出了他们对使用岸电"望而却步"的主要原因。

据了解，在我市已建的87套岸电装置中，有高压装置1套，低压装置7套，其余79套均为普通的接电箱。从这些岸电装置的使用情况来看，不少岸电装置还存在装置容量偏小、装置的过负荷能力需要进一步提高等问题。

"目前，因为低压岸电系统接电和断电时间长，影响了靠港船舶有效使用岸电取代辅机发电的时间和减少污染物排放的效果；此外，国际航行船舶靠港通常应采用高压岸电系统。"市供电公司相关负责人解释道。

而不少实施岸电建设的企业则坦言，岸电电源装置的设备投资相对较高，而投资回报率却不明显，再加上设备改造难度大，投资金额较大，故而对升级设备的积极性打了"折扣"。

政府：政策引导要先行

据我市供电部门测算，如果进出港口船只都能使用岸电，船舶在我市停靠期间将年均减少排放二氧化碳25.6万吨、二氧化硫3450吨、氮化物5425吨。

为此，去年3月份，张家港市政府成立了岸电推广应用工作领导小组，各成员单位大力宣传岸电技术可行性、操作便捷性，岸电上船推广工作全面展开。

"政府为我们提供了部分补贴，电费收益也按利润分成，"江苏沙钢集团海力物流公司设备技术科科长龚水迁说，"只有船方真正将岸电利用起来了，我们才更有动力和信心完善或增设岸电装置。"

不少投资岸电装置的企业认为，岸电技术推广之所以"慢慢吞吞"，原因在于配套政策的力度不够。"环保部门可将船舶排放列入环保统计、检测项目,出台统一的强制性政策,才能有效推动船舶使用岸电装置。"龚水迁建议说。

市供电公司相关负责人同样表示,岸电推广的难点在于船舶是否具备岸电受电条件,若仅极少数船舶具备条件,将严重偏离预期效果,国家应该明确船舶的改造要求和期限,尽快具备受电条件;政府需要出台相应的船舶岸电投资和运行补贴政策,鼓励港口积极推广岸电,鼓励船舶使用岸电,确保岸电改造的投资收益。尽管目前岸电的使用效果不尽如人意,但相信随着一系列政策、法规的完善,岸电技术将成为推动绿色航运的"引擎"。

原载2016年12月26日《张家港日报》

第二十届苏州新闻奖一等奖

一只候鸟与张家港的三年"情缘"

本报记者　顾珊珊　陆　欢

近年来,张家港把"共抓大保护,不搞大开发"作为引领产业转型、沿江开发建设的根本遵循,每年投入10多亿元用于生态保护修复,并把常阴沙现代农业示范园区和双山岛旅游度假区确定为"不开发区",让长江水域成为生态高地,鸟类的"天堂"——

连续三年,在同一个时间段,在同一片长江滩涂,遇见同一只鸟。与候鸟中杓鹬的这段奇缘,让张家港观鸟者钱锋在心底美滋滋地一遍遍回味着。

今年8月27日,在常阴沙现代农业示范园区的沿江滩涂高潮栖息地,钱锋用单筒望远镜仔细扫描围垦区的中杓鹬群。一进入8月,他几乎每天都根据潮水在江边观测,用点数器统计中杓鹬的数量。特别是,他期望再遇见一只脚上戴着A0环志旗标的中杓鹬。

有小孩子在浅水区玩耍,一些中杓鹬站立了起来,就在这时,钱锋看到了它——"A0、A0!"他兴奋地喊着。

发现A0,是一种缘分

环志,是将野生鸟类捕捉后套上人工制作地标有唯一编码的脚环、颈环、翅环、翅旗等标志物,再放归野外,用以搜集研究鸟类的迁徙路线、繁殖、分类数据的研究方法。

你可能无法体会发现一只环志个体对于一位观鸟者的意义。

观鸟者往往站在离水鸟至少几十米远的地方,克服空气透明度、扰流等影响,在肉眼观感几乎是一群行走着的,数百个甚至上千个"褐色石块"里,看见一枚小小的旗标,你可以推算它的难度和概率。

自从进入公民科学的圈子,钱锋的成就感来源于一次次相当于偶然的"发现"。

但是，"时间稳定的观鸟记录对于动物保护和自然环境保护会提供有意义的参考。"钱锋说。

从2014年正式涉足鸟类观测，迄今为止，钱锋在张家港仅仅发现了2只环志的中杓鹬，其中一只就是A0。然而，2015年8月29日，2016年8月21日，2017年8月27日，A0中杓鹬和钱锋，相遇在了张家港的同一片滩涂。

钱锋喜欢引用《中国鸟类观察》关于"回归的承诺"的一段话，来解释自己难以名状的深刻体验——"同一只鸟，在不同年份的同一个地点被发现，并不鲜见，甚至常常是一些万余公里长距离迁徙的鸻鹬类水鸟。最难以置信的是，有的鸟甚至被发现站在去年同一个地点休息。这些鸟飞越太平洋历经半个地球找到去年的栖息地，就像我们结束一次旅行，走街串巷，推开自家门一样！"

飞越万里，A0抵达新加坡

2016年8月21日下午，钱锋在中杓鹬群里读出了旗标编码A0。那只被他牵挂了一年的中杓鹬，又回来了。2015年时，旗标在钱锋的单筒望远镜镜头里并不清晰，拍摄下的照片也是隐约可见，而这一次，钱锋看得更清楚了，旗标上绿下白，编码A0。

钱锋将观测数据上传，得到了来自新加坡鸻鹬研究博士李作为先生的回复。A0中杓鹬，是新加坡双溪布洛湿地保护区在2012年10月4日环志的，当时是1龄幼鸟。这是他们收到的第一笔中杓鹬海外目击记录，这让他们非常的高兴。

2016年9月3日，李作为通知钱锋，A0在保护区被目击到，顺利完成秋迁抵达越冬地！

2017年8月27日，钱锋第三次目击A0的消息传开后，观鸟界异常兴奋。在4000公里以外的新加坡双溪布洛湿地保护区，开展了关于谁将在2017年秋季第一个目击A0的比赛。

9月16日，钱锋得到消息，A0又一次顺利抵达了新加坡。

在中国，中杓鹬是一种旅鸟，在台湾和海南岛部分为冬候鸟。它被列入《世界自然保护联盟》（IUCN）2012年濒危物种红色名录ver3.1——无危（LC）。

大概春季4~5月，秋季8~9月，张家港市沿江滩涂，是它迁徙途中的短暂重要补给地，特别是秋季。钱锋猜测，秋季沿江出现的蟛蜞也许是中杓鹬喜爱的食物。每一季，它停留的时间仅仅在3~7天左右。

从张家港到新加坡双溪布洛湿地保护区，大约是4000公里。但中杓鹬的全部迁徙旅程，可能达到上万公里。这是一段极具挑战性的迁飞旅程。

这只A0也许就是飞越了上万公里,连续3年,每一年都短暂停留在张家港沿江滩涂。

对于钱锋而言,当懂得这些,在张家港遇见这群迁飞的鸟儿,也就有了更深层次的情感联系。

生态优先,港城成为候鸟"补给站"

张家港以东是长江,有着沿江和江心洲的滩涂。每年春秋,中杓鹬群稳定迁徙经过。

2015年,钱锋在张家港记录到了当季中杓鹬的最大数量——1000只。并且,2016年和2017年的最大数量也都超过了550只。550只这个是什么概念呢? 550只是中杓鹬东亚种群数量的1%标准,按照拉姆赛尔公约,张家港沿江滩涂可以入选国际重要湿地了。

尽管迁徙对鸟儿来说习以为常,然而每年上万公里的长距离迁飞对鸻鹬类而言还是非常具有挑战性的。比如,这只中杓鹬A0,它的繁殖地可能在俄罗斯堪察加地区,繁殖完后,南迁经过张家港沿江湿地时,会进行短暂补给。

长江下游有潮涨潮落。低潮期,它们就在江边和江心洲的滩涂觅食;高潮期,它们飞过江堤落在围垦区的内塘栖息。这时,观鸟者更容易观测它们。

目前,苏州地区观测记录到的鸟类340余种,而张家港观测到了260余种。其中,张家港观测到的鸻鹬已经47种,多次开创了苏州首次观测记录,并且基本囊括了苏州能看到的所有鸻鹬品种。其中就包括了很多国际上濒危和罕见的物种,比如剑鸻、小杓鹬、中杓鹬、东方鸻、流苏鹬等等。

2016年,科学家在几只全球极危的、总数只有几百只的勺嘴鹬身上,放置了超小卫星定位装置,根据公开的卫星图,令人兴奋的是,观鸟者发现这些珍稀的勺嘴鹬居然在秋天迁徙时,也经过了张家港沿江湿地,或许还落脚休息过。

得益于张家港近年来的生态文明建设和环境保护力度,沿江湿地对这些鸟类来说,是一片珍贵的短暂补给地。2016年7月,张家港市环保局、市农委委托专业生态环境咨询机构进行生态调查,出具了《张家港市生物多样性调查报告》,根据调查可以发现——沿江湿地是苏州比较重要的一块湿地,目前来说,这里应该是苏州湿地鸟类生物多样性最丰富的区域,是苏州其他地方无法比拟的。

原载2017年9月27日《张家港日报》

通讯

第二十届苏州新闻奖一等奖

为治儿子的病,58岁阿姨扮成猪八戒

逗乐背后藏着心酸故事

本报记者　叶永春

昨天是星期六,难得艳阳天,天平山下游人来来往往,好多是全家出动。去景区的路上,有个"猪八戒"在逗游人开心,合个影,"猪八戒"会试着讨一点"小费"。

这个"猪八戒",是位58岁的阿姨。她扮演"猪八戒"的背后,藏着一个心酸故事——活一天,为儿子挣一天医药费,直到哪天能治好他。

真相——猪八戒是位58岁阿姨

昨天下午,天平山景区外的草坪上、山石上、水池边,有的家长在给孩子拍照;有的在玩追踪游戏,一路跑一路笑;有的支了个帐篷,躺在里面看片、玩手游……

"快看快看,猪八戒猪八戒!""二师兄,大师兄哪里去了?""哈哈,这个好搞笑,可以和猪八戒合影吗?"景区外面的灵天路上,一座尚未使用的公交站台后面,有个人扮成了猪八戒,一手扛着钉耙,一手甩开宽大的袖子,弓着膝盖来回踱步,脚抬得有点高,看起来挺滑稽的。搞笑的样子,引得游客们哈哈笑。

看到"猪八戒",有个孩子有点害怕,又好奇,走到旁边不敢靠近。"猪八戒"半蹲下来,伸出钉耙给孩子摸摸。

有几名年轻游客觉得好玩,要和"猪八戒"合影。拍了两张照片,刚转身走几步,回头发现"猪八戒"跟在后面。"他是要钱吧,有没有零钱?给他吧。"给了"猪八戒"10元后,又拍了几张照片。

接下来的短短5分钟,又接连有4组人找"猪八戒"合影。"猪八戒"戴着头套,说话的声音很轻,有些走调,合影的人或许听清了,或许没听清,都没有多理会,就匆匆离开了。记者凑近了再听,听到她说"能不能给点钱,给多少都行!"

有两名女生模样的,笑着轮流和"猪八戒"合影,想要给点钱,可翻遍了包,也

189

没找到零钱。一名女生拿出手机要给"猪八戒"微信转账,但"猪八戒"摇摇头示意不会用,让女生走了。

山下的保洁员说,"猪八戒"其实是个阿姨,别看逗得大家笑,她心里苦着呢。"红枫节期间,经常看到她来。"保洁员说,这个"猪八戒"的胆子很小,看到管理人员,没等人家管呢,她就先逃得不见踪影了。"上午在水池这边出现了一下,后来管理员出来,她就跑了,再没过来。"

下午4点,夕阳西斜,大部分游客踏上归途,记者这才看到"猪八戒"又露脸。记者走到"猪八戒"旁边,说能不能聊聊。"猪八戒"同意了,但没说几句话,她就哭了,眼泪顺着头套流淌下来。没一会,红领巾就湿了。

"猪八戒"是位阿姨扮的。她说,她不识字,身份证也没带。"我叫吴庆娥,有人和我说是口天吴,国庆的庆,到底是不是我不知道,娥呢,嫦娥的娥吧。"吴庆娥说,她今年58岁,来自山东临沂,有两个儿子,大儿子37岁,小儿子32岁。她不知道小儿子现在在哪里,也没有联系,大儿子常年住在山东郯城县一家医院里,她出来扮猪八戒,就是为了治大儿子的病。

倾诉——向记者道出心酸往事

可能是心里憋得久了,也想找个人倾诉。吴庆娥把话题拉回到二十多年前,把她扮猪八戒的原因说给记者听。

她早年在山东临沂务农,那时候丈夫经常喝酒,喝了酒会打她,还骂大街,她的日子不好过。大儿子在这样的环境下长大,性格内向,小儿子连上完小学的钱都没有。大儿子念完初三后,急着要出去赚钱,想给家里盖房子,哪怕是两间平房也好。他匆匆跟着舅舅去了外地,后来不知怎么回事,他离开舅舅后到处转,去了上海、西藏、江苏等地,说要赚大钱。

大儿子在外地时,给家里写过一封信。信有三四页,很长很长,她看不懂,但觉得不对劲,认为大儿子不会写这么长的信,也不会总是抱怨家里穷。过了一阵子,具体过了多久,吴庆娥记不清了,只记得大儿子回来了,说好不容易存了一万多元,被人骗了。大儿子受了打击,从此精神不振,也不想着出去赚钱了。

吴庆娥发现,大儿子真的很不对劲,出门后会不记得回家的路,有时候还用头去撞墙。一年后,她带大儿子去看医生,去医院的路上,她大儿子突然回过身来,对她重重捶了一拳,打在她胸口。她本来心脏就不好,一口气闷了好久。最终,她大儿子被诊断为精神分裂症、抑郁症。为了给儿子看病,她向亲戚朋友借钱,一共借了多少钱,她现在还记得,是六万八千多,这么多年了,一分钱没能还上。

借了钱,她带大儿子跑了大大小小十多家医院,但都没看好。大约是十一年前,她带着大儿子来到苏州生活。她在高新区一处小区找了个保洁员的工作,住在楼梯间里,不用交租金,但儿子时不时就发病,打她,撞墙。惊动了好几次警察,每次住院都要花钱,她承担不起,就把儿子送到了山东临沂郯城县一所医院,起初住院费用对她来说很高,后来办了低保以及残疾证等等,医院有所减免,一个月需要1200元左右。

吴庆娥现在每个月的工资是1800元,除了支付儿子的医药费,自己每天要服用速效救心丸。再省吃俭用,也存不了钱。前几年身体好的时候,她一天打三份工,小区保洁、给人家做饭和打扫卫生,现在年龄大了,不敢太劳累,因为自己倒了,儿子就没指望了。

愿望——能治好儿子再苦也甘

吴庆娥扮猪八戒,是从两年前开始的。这身猪八戒的服装,是一名做广告生意的老乡送的,教她去路上找人拍照,可以多赚一点钱。在来天平山之前,她经常去石路一带转悠。

昨天,吴庆娥上午10点来到灵天路,中午吃了一个包子和一个饼,包子是一名同情她的阿姨昨天送给她的。到下午4点左右,游客都在离开了,她打算再等等,因为一天下来,她只赚了30元。

她说,前几天有人拍了她的视频发到网上后,有几个人专门来找她,有给20元的,也有给50元的,她记得给50元的没有要求拍照。那一天她赚得最多,有200元。

也有人知道她的苦处后,联系上她要给她介绍一份工作,同样是保洁员,工资比现在稍微多一点,包吃。她觉得,这样的待遇对她自己来说,是比现在要好,但她怕会影响"兼职"扮猪八戒,存的钱不如现在,就帮不了儿子了。

眼下只要周六、周日有时间,她就出来扮猪八戒,希望能多赚点钱给儿子治病。"要是能再多存一点,还能把债还掉一点。"吴庆娥说,只要她儿子能好起来,她就谢天谢地了。

临出门前,记者随身带了100元现金备用,把这钱塞到吴庆娥手上,她坚决不肯收。她说,找她拍照的愿意给,她才会收。记者离开时,她说她还要等到天黑……

原载2017年12月10日《姑苏晚报》

第二十一届苏州新闻奖一等奖

晚高峰时交通信号灯突发故障，三名外国留学生帮助指挥交通
"这是座友善的城市，我要入乡随俗"

本报记者　叶永春　邹　强

"交通信号灯坏了，一个外国友人在帮忙指挥交通，给个赞！"一句话配一张照片，这张微信朋友圈截图，经过两天的转发再转发，传到了高广的手机上。

高广，本名Adeogun Lanre，是出生于尼日利亚的美籍留学生。9月2日，苏州工业园区一处路口，由于交通信号灯突发故障，车辆顿时乱了起来。正好路过的高广，带上两名同样来自尼日利亚的学弟，一起指挥起了交通，直到交警赶到。高广说，他们这么做，"是入乡随俗，因为苏州是一座友善的城市"。

信号灯坏了
来了三名留学生

9月2日是部分学校的开学第一天，晚高峰期间车流如织。当天17时56分园区智能交通平台显示，现代大道玲珑街路口的信号灯突然"罢工"，四个方向都在"黄闪"。经初步检查，故障是施工造成线缆短路所引发的。

故障来得突然，已经行驶到路口的车辆有些措手不及，车头对车头挤在了一起。18时03分、18时04分、18时05分……不断有市民拨打110，由于是晚高峰，路面还出现了次生拥堵。园区交警湖西中队接到110指令后，立即呼叫附近的民警赶往现场。

这时，骑车回住处的高广路过该路口，看到信号灯坏了，立即停了下来。他把电动自行车停到路旁，背着背包站到马路中间。这位1.83米的大个子外国友人，很快引起了司机们的注意。"Stop！ Stop！ Let's move……（停！停！这边走……）"在高广的指挥下，原本停滞的车流开始松动，路口开始变得有序。没一会，两名同样来自尼日利亚的留学生路过此地，高广立即把两位学弟喊过来，帮助他一起指挥。

18时20分，民警到场，站到了路口中央，高广他们还是没走，继续在一旁辅助民警的工作。十几分钟后，增援警力到场，把高广他们替换下来。分别时，民警把自己的哨子送给了高广。

高广和他的两名学弟热心指挥交通的一幕，被众多路过的人用手机拍了下来，并发到了微博、微信朋友圈。昨天高广收到的截图只是其中一张。

美籍非洲人
偏偏喜欢中国文化

高广站在车流中指挥交通的照片，这两天还在不断被转发，获赞无数。有朋友对他说："你要红了。"

昨天，记者在苏州大学校园找到了高广，发现与他交流毫无压力，这倒不是记者的英语有多好，而是高广的汉语实在溜，儿化音用得也恰到好处，特别是在说"哥们儿"的时候。

高广1983年出生于非洲尼日利亚，后跟随家人加入了美国籍，但他身上却有着很浓的中国味。别人称赞他汉语好，他总回应"不好不好"。他笑称："要学中国人谦虚啊！"他说，回美国的家后找不到人说汉语，比原来退步很多了。

说起学汉语，高广说归功于他的母亲。他母亲在英国工作时，有不少中国朋友，常对他说中国人很好，应该学点汉语。于是，高广在尼日利亚拉各斯大学的化学专业毕业后，专门到当地的孔子学院学习汉语。他的第一位汉语老师是个中国人，他的中文名字就是那位中国老师给起的，"高"是希望他学到更高的本领，"广"是希望他掌握更广博的知识。

结束在孔子学院的学习，高广对中国文化更着迷了。2012年，他和三名尼日利亚的同学一起到福建师范大学继续学习汉语，后来回到美国。2017年，高广又来中国了，这次他选择的是苏州，在苏州大学海外教育学院进一步学习对外汉语，在即将开始的新学年，他将成为一名对外汉语专业的硕士研究生。

爱上苏州了
如有可能愿定居下来

目前，与高广一起在苏州大学学习的非洲留学生有40多人。今年世界杯足球赛期间，包括留学生在内的在苏外国人举办了一场"外国人世界杯"，高广作为非洲队的守门员参与了比赛,并帮助非洲队获得了冠军。

于富,是高广的"好哥们",也来自尼日利亚。高广来苏州,正是受到了他的影响。于富同样酷爱中国文化,在念对外汉语硕士研究生的同时,还对中医养生产生了浓厚的兴趣,并取得了中医养生理疗师证书。结束在苏州的学习,于富将回到尼日利亚成为一名老师,教那边的学生汉语。

在苏州的这一年,高广已完全融入了苏州人的生活。他会去菜场买菜,看阿姨们买什么,他也买什么,买了不会做,就去问,大家会很耐心地教他怎么切菜切肉、怎么起油锅、怎么炒。如今,高广在住处也能自己下厨了。

"很多人说'上有天堂,下有苏杭',苏州真的是一个非常友善的城市。"高广说自己也要入乡随俗。这次遇到路口信号灯故障,他认为是一种机缘,给了他一个为苏州做点什么的机会。

"很多人问我是哪里人,我就说我是苏州人。他们说你怎么这么黑,我说我是在苏州晒黑的。"这是一句玩笑话,不过高广是真喜欢上苏州了。他说,毕业后如果有机会,他愿意在苏州定居。如果回美国,他也会成为一名教师,教更多的人汉语。

原载2018年9月5日《姑苏晚报》

通讯

第二十一届苏州新闻奖一等奖

站在改革开放40周年新起点上,秦振华与他倡导实践的"张家港精神",再次被推到时代舞台中央。昨天,载誉归来的他心潮难平——

"总书记三次同我握手 是对张家港精神最大的肯定"

苏报首席记者 钱 怡

回眸改革开放40年,最具活力的,是人;庆祝改革开放40年,最应致敬的,也是人。83岁的张家港市委原书记秦振华依旧保持着在改革开放大潮中奋楫争先的活力和坚定执着的信念。他常说:"我这一生做了许多事,其目的也就四个字:发展、富民。"一句大白话道出了这位"改革先锋"最质朴最闪光的奋斗体悟,也代表着苏州无数改革者、奋斗者追求的最大满足。站在改革开放40周年新起点上,秦振华与他倡导实践的"张家港精神",再次被推到时代舞台中央。昨天,载誉归来的秦振华难抑心中的激情与兴奋,一下火车就接受了苏报记者的采访。

时隔4年再次领受最高表彰

昨天下午4时,一列"复兴号"列车稳稳地停靠在苏州北站。头戴窄檐帽、着一身便装的秦振华健步走出车厢,笑容满面,一种从内心生发出来的兴奋与自豪在他爽朗的笑声中展露无遗。他高兴地竖起三根手指说:"三次!总书记同我握了三次手!太激动了,这是至高无上的荣誉。"

在庆祝改革开放40周年大会上,秦振华被授予改革先锋称号,这是他第二次被邀请到北京人民大会堂接受表彰。秦振华说,第一次是2014年11月,他获"全国离退休干部先进个人"荣誉,在人民大会堂金色大厅,受到习近平总书记等党和国家领导人的亲切接见。没想到的是,时隔4年,他再次步入人民大会堂,并坐上了主席台,收获了一份沉甸甸的褒奖,这是我国第一次以改革开放为主题的国家级表彰。"刻骨铭心,终生难忘,奖章真美,荣誉真重,掌声真响!"秦振华激动地回忆起18日盛会的每一个珍贵瞬间,"我们是9点半左右,在工作人员的引导下登上主席台的。我转头看了一眼台下,已经全部坐满,全场无声,第一次感受到什么是震撼。"

昨天刚刚回苏的"老书记",从衬衣到开衫到外套,穿了五六件衣服,这不仅是因为北京天气冷,更是为了出席各种活动方便穿脱。秦振华说,大会期间活动十分丰富,从大会到座谈会到文艺晚会,他感受到了党中央、国务院无微不至的照顾和关爱。"总书记三次同我握手,自信、温暖、极具亲和力,传递着无限力量,这是对'张家港精神'最大的肯定,也是对苏州改革开放成就的肯定。"秦振华自豪地说。

6分钟发言稿凝结张家港奋斗史

18日下午,40名改革开放杰出贡献受表彰人员代表出席座谈会,秦振华作了题为《大时代造就了张家港精神》的发言。这篇6分钟的发言稿,秦振华逐字逐句修改了好几遍,每一个字的背后,都是一段奋斗史,更是信念与坚守。

秦振华说,在40年改革开放大潮中,他经历了两次机遇、两次拼搏:第一次是1978年,适逢党的十一届三中全会召开,他出任张家港杨舍镇党委书记,在14年中把一个落后的乡镇拼搏成了苏州市乡镇"八颗星"典型中的第一块牌子。第二次是1992年,邓小平同志发表南方谈话。他56岁担任张家港市委书记,一上任就喊出了"三超一争"、提出了"张家港精神""样样工作争第一"。抢到了全国第一个长江内河港口开发权,抢到了全国第一个内河港型国家级保税区,抢建了全国县级市第一条高等级公路——张杨公路,建成了全国第一个城市步行街,6年内创造了28个全国"第一",张家港从苏南的"边角料"一跃成为享誉全国的"明星城市"。秦振华感慨地说:"对党忠诚,心底无私天地宽。张家港的实践充分证明,改革开放的伟大成就,是坚决贯彻党的路线方针政策的结果,更是彰显中国特色社会主义道路自信的历史雄证。"

310多场报告宣传"张家港精神"

在聆听习近平总书记重要讲话时,秦振华不停地用笔圈出一句句直抵心灵、振聋发聩的时代强音。"总书记的一句话给我留下的印象太深了:40年来取得的成就不是天上掉下来的,更不是别人恩赐施舍的,而是全党全国各族人民用勤劳、智慧、勇气干出来的,"秦振华说,"我这一生做了许多事,其目的也就四个字:发展、富民。"

穷苦人家出身的秦振华对老百姓的酸甜冷暖有最真切的体会。上世纪90年代初期,他喊出了"集镇城市化,城市现代化,城乡一体化,港口国际化""要把农村变城市,农民变市民"。张家港在全国第一个实施了城乡社会保障统筹,建成了全国县级市第一家从长江深水处取水的65万吨自来水厂、498万千瓦发电能力的电厂等一系列重大民生工程,历史性地解决了张家港水患电荒问题。当时,秦振华就意识到生态环境的突出重要性,坚决表示"有污染的项目,就是出金子我也不要",以铁的手腕一下子关停了70多家污染企业,为保护长江母亲河作出了贡献。秦振华深切地感受到,改革开放的伟大成就,是人民群众集体智慧和集体创造的结果,"真正把老百姓的事情办好办实,把老百姓当亲人,事业就有了无穷无尽的力量源泉"。

正是凭着这股无穷的力量,秦振华在从领导岗位上退下来的21年时间里,把宣传"张家港精神"、推动区域经济协作作为自己的"新战场",到全国各地作了310多场报告,每次都分文不取。为了响应中央西部大开发的号召,他到中西部地区作报告70多次。在青海西宁,他不顾高海拔缺氧、头昏眼花,咬着牙坚持作报告。在贵州毕节地区和大方县连作两场报告后,他还为当地组织捐款50万元,办起了两所希望小学,专门到山区走访困难群众送上慰问金。他几十次到苏北各地调研,推动张家港骨干企业到苏北投资兴业,投资项目28个,总额70.67亿元。"人退志不退,位退心不退",秦振华正用满腔热血践行着"改革先锋"的使命担当。

原载2018年12月20日《苏州日报》

第二十二届苏州新闻奖一等奖

苏州人周彩根，我国国防某领域的奠基人、开拓者和领路人
如果他还活着，他的名字还将是个秘密

本报记者　吴　涛

近日，在天平山麓的江苏省木渎高级中学，师生们为一位校友举行了追思会。这位校友叫周彩根，是木渎中学1980届的毕业生。他是我国国防科技事业的优秀专业技术工作者。2018年10月20日，周彩根因病猝然离世，年仅55岁。

百度搜不出照片，但他却是我国国防某领域的奠基人、开拓者和领路人。

和绝大部分学者专家、院士科学家相比，周彩根的名字相当陌生，他在专业领域的事迹更是很少有人能说清楚。由于他所从事工作的特殊性质，一直以来他都是隐姓埋名、默默无闻。

通过百度搜索他的名字，能搜到的有一条是发表于2015年8月26日的寥寥几行字的新闻：中央军委主席习近平签署通令，给3个单位、28名个人记功，其中周彩根被记一等功。还有一篇是周彩根逝世后，《解放军报》在2018年11月30日刊登的怀念文章《周彩根的最后11天》，文中这样描述周彩根的杰出成就："他是我国航天某领域的奠基人、开拓者、领路人、首席科学家，为我军在这一领域从无到有、从弱到强的跨越式发展，做出了卓越贡献。他荣立过一等功一次、二等功两次。他曾经获得国家科技进步奖一等奖1项、二等奖1项；军队科技进步奖一等奖4项，二、三等奖7项。2018年，他获得军队杰出专业技术人才奖。"除此其他文章很少，甚至找不到他的一张照片。

农家少年贫困家境中刻苦学习，考取重点中学

周彩根出生在苏州吴县斜塘镇（现属苏州工业园区管辖）一个普通农民家庭，童年时家境十分困难。他的母亲邱水英告诉记者，那时，他们全家就靠她和丈夫种田糊口，到了晚上，周彩根的父亲还要下河捕鱼捉蟹，卖掉后补贴家用。邱水英说，

那个时候家里就两间茅草屋,除了两张藤椅就是一张需要靠垫砖头才能保持平衡的竹榻。因为家里的弟妹年幼,少年周彩根每天都得步行20分钟,穿过一座颤颤巍巍的老桥去邻村的外婆家借住。

从5岁起,作为家里长子的周彩根开始了边务农、边上学的生活。每天放学,他先回到自己家,除了照看弟妹,还要烧火做饭打猪草。吃过晚饭,再赶回外婆家,点上一盏油灯,开始看书做作业。这样的生活风雨无阻。

就是在这样的条件下,周彩根小学、初中期间成绩始终很优秀,1978年,15岁的他考上了当时的重点中学吴县木渎中学,成了那个年代村里少有的高中生。

高中同学对周彩根的一致印象:谦虚、低调、朴素、勤奋刻苦

在周彩根高中同学的眼里,他是一个不善言辞但是品学兼优、勤奋刻苦的好学生。

包建培是周彩根的同班同学。在他的印象里,中学时代的周彩根长得人高马大,一看就知道是农村来的孩子,他身体强壮,经常和同学一起参加体育活动。踢足球时,人称"铁后卫",后来同学们给他起了个外号叫"野牛"。周彩根是一个俭朴、吃苦耐劳的人。"在上学的时候,彩根读书就十分刻苦,经常忘记吃饭。"包建培觉得,就是这种吃苦耐劳的性格,才使得周彩根在他的工作中,几十年如一日地坚持下来。

包建培说:"上学的时候,他常穿一套有点破旧的解放军六五式军服。他总笑着说,他喜欢穿军装。其实我们晓得,他家很困难,没有多余的钱买新衣服。"学生生涯难免单调,周彩根的一些同学晚上常翻墙溜到木渎街上去看电影、吃夜宵。可每次同学喊他一起去,他总是拒绝,一个人拿着书本去上自习课。

周彩根的另一位高中同学王建中回忆起他说,周彩根为人谦虚、低调、朴素、勤奋。高中时代,他总是寝室里第一个起床背英语单词的人,教室后面摆了几本数理化难题集,周彩根在课余时间一直翻看,和几个同学探讨解题过程,晚上回寝室再讲解给其他几个理科不好的同学听,辅导他们功课。"每天晚上,周彩根是寝室里最后一个休息的人,他总是点一盏煤油灯温习到深夜。"

毕业以后,大家各奔东西,老同学们在一起的时间少了,"我们知道他担任了重要职务,从事科研工作,不方便联系。可他每次回苏州,都要和我们大伙聚一聚,还是和以前一样,一口乡音,没有架子,根本不像一位高级干部。"几位同学说。

未来的科技人才因贫寒险些与大学失之交臂

周彩根高中时代的英语老师翟慧告诉记者，就是这样一位后来在国防科研事业上作出卓越贡献的科技人才，当年高考险些与军校擦肩而过。

1980年，周彩根和同学们面临高考，弟妹已经长大，也要念书学习，为了减轻家中的负担，当时周彩根找到翟慧老师商量，想报考中专，这样可以早点参加工作，为家里赚钱。"我和丈夫都是彩根的任课老师，当时听了这话，我们都觉得像周彩根这样品学兼优的好学生不能就这么去读中专，这样对这个孩子非常残酷，也是对人才的浪费。"

于是，翟慧告诉周彩根，他的各科成绩都相当好，在班级里数一数二。如果就这样去读中专，不觉得可惜吗？"为了前途，你得去上大学！"周彩根默默地点了点头。在翟慧的指点下，周彩根最终在师范院校和军校之间选择了报考军校，这不仅是因为他本来就向往军旅生活，更是因为上军校既不用让家里为他花钱买衣服和学习用具，还能给家里补贴工分。

那年暑假过后，周彩根打起背包去学校报到，这一走，就是37年。等到翟慧再次见到周彩根，已经是2017年的木渎中学建校80周年校庆活动上了，那一次，周彩根紧紧拥抱了翟慧，感谢老师当年对他的教导和指点。

唯一"高光时刻"是被习主席记一等功

大学毕业以后，周彩根因为成绩优异，被分配到北京，从此就很少回苏州了。邱水英老人告诉记者，他们一家都不清楚周彩根毕业后在做什么，在相聚时，总想听听他讲述生活工作的情况，结果他只简单地回答说，他是搞"科技"的，随即转移了话题。以后家人也不再问了，因为军人必须严守机密。

周彩根的父亲周白男是一名河道保洁员，母亲邱水英是一名环卫工，两位老人一直工作到了70多岁。斜塘老宅动迁后，老夫妻分到了一套两室一厅45平方米的房子，弟弟、妹妹家里的条件也不是很好。周彩根一家三口每次从北京回家探亲，都和父母挤在这套房子里。邱水英说，大儿子自从到北京工作，每隔几年才回苏州一次，每次都是匆匆忙忙来，匆匆忙忙走。

周彩根父母家里的陈设很简单，还放着几张上世纪80年代留下的桌椅，只有一台平板彩电和电冰箱看上去比较新。邱水英说："还有一个席梦思床垫是他买给他爸爸睡的，除了这些，这个家里基本上没有他的痕迹。我和老伴还干得动，不想让他多操心我们的事。他是为国效命的科技专家,国比家大,我们不能拖他的后腿。"这些年,尽管生活艰辛,但老夫妻俩从没到社区讲过一句牢骚话,诉过一次苦。

2015年8月26日傍晚,邱水英接到了周彩根的电话,他兴奋地说:"晚上7点中央台的《新闻联播》里会有我的镜头,爸爸妈妈还有全家人一定记得看。"那一天,新闻里播出了中央军委主席习近平签署通令,给3个单位、28名个人记功的新闻,其中就有周彩根,他被记一等功。"儿子忙了这么多年是为国家作了贡献,他受到了习主席的嘉奖!那一刻,我们一家都感到无上光荣!"

新闻链接

干惊天动地事做隐姓埋名人
木渎中学种下一棵"彩根树"

去年10月20日,周彩根突然逝世,周白男和邱水英夫妻是被周彩根单位同事"骗"到北京去的。

"儿子到北京工作了30多年,我和老伴一共就去过几趟。可这一次突然喊我们去,我当时就有种不祥的感觉。"到了医院,看见儿子高大的身躯已经在白被单覆盖下,老夫妻俩犹如晴天霹雳,悲痛万分。邱水英说:"平时他总在电话里叮嘱我和他爸爸要注意身体,可是他却病倒了,走在我们的前面,白发人送黑发人,痛断肝肠啊!"周白男现在依旧沉浸在失去长子的痛苦之中,时常对着周彩根的遗像发呆。周彩根的弟弟周菊根当时因为车祸受伤,正在卧床休养,没能去北京参加告别仪式,去见哥哥的最后一面,周菊根为此抱憾终身。"以前他每次回来,我都会去车站机场接他,哥哥说,自家兄弟坐在一起,放心。今年清明节去给他扫墓时,我坐在他墓碑的旁边,让我想起了俄罗斯无名烈士墓铭刻的一段话:'你的名字没人知道,你的功绩永世留存',这不就是哥哥的一生吗!"

翟慧老师在微信朋友圈看到周彩根逝世的消息时,久久不敢相信昔日那个与她谈笑风生的好学生就这么走了。"干惊天动地事,做隐姓埋名人,这就是周彩根一生的写照,他就是这么一个为了国防科技贡献了一生的无名英雄!"

包建培说:"我们几个先是不敢相信,然后是一阵阵悲痛。他发的最后一条朋友圈依旧是转发有关我国国防科技的新闻。我们国家国防科技事业的日渐强大,凝结着像周彩根这样长久以来默默无闻的一代又一代科技工作者的智慧和汗水。我为有这样一位同学而骄傲,我和我的同学们会永远怀念他。"

如今,在木渎中学的教学楼旁,周彩根的家人和翟慧老师,还有他的同学以及木中师生共同种下了一棵榉树,起名"彩根树",用以纪念周彩根短暂而光辉的一生。家乡人民将永远不会忘记这位曾经作出卓越贡献的无名英雄!"我以后想起我的儿子,就会常来看看这棵树。希望它早点长大,成为一棵栋梁之材!"邱水英说。

原载2019年7月3日《姑苏晚报》

通讯

第二十二届苏州新闻奖一等奖

激活"新火花" 永做"守护侠"
——蓝绍敏李亚平参加首期民营企业家月度沙龙活动侧记

苏报记者 钱 怡 赵 焱

11月2日,在全市重点民营企业座谈会上,三个"大礼包"重磅推出。民营企业家们吃下一颗"定心丸"的同时,又多了一份新期待。

在民营企业家微信群联系制度、民营企业信息直报制度相继建立后,经过精心筹备,昨天,期待中的又一个"大礼包"浮出水面。首期民营企业家月度沙龙活动在苏州银行总行举行,省委常委、市委书记蓝绍敏,市委副书记、市长李亚平如约出席,"面对面"与29名民营企业家聊心声、话发展、谋对策。

"民营企业家是创造苏州改革开放发展奇迹的'功臣'""让优秀企业家创业有舞台、政治有荣誉、社会有地位"……简朴的布置,暖心、醒目的标语,让会场洋溢着轻松、热烈的气氛。在一阵热烈的掌声中,各位市领导、相关部门负责人与企业家们混合入座。主持人"请大家自由发言"的话音刚落,沙龙就迅速地进入了"白热化"。

"2007年,我一个人'拎包'来到苏州创业,就是被这里的营商环境所吸引。"苏州吉玛基因股份有限公司负责人张佩琢抢到了第一个发言机会。他说,快速发展的生物医药产业已成为苏州的产业名片,业界已有"生物医药要想创业成功、发展得好就要选苏州"的说法,眼下要让这一产业实现更大发展,迫切需要在保障土地供给、优化融资服务上出台更多针对性政策举措。

主营生物医疗诊断检验产品研发、生产业务的苏州首通科技发展有限公司负责人霍金水发言时动了感情。他说,公司曾有过被国外公司用技术"卡脖子"的切肤之痛,目前正在大力推动自主创新,希望市委、市政府在帮助企业解决创新过程中资金不足的问题上给予更大关注和支持。

话匣子打开了,沙龙的气氛越来越浓烈。结合企业自身情况,瞄准苏州产业政策的薄弱环节建言献策,成了一批创新型企业负责人的发言重点。蓝绍敏、李亚平边听边记，不时追问、解答。

当好"守护侠"是苏州涟漪信息科技有限公司的核心理念。该公司负责人刘杨认为，战略性新兴产业对苏州的发展非常重要，要在提供场景支持、推进成果落地上有更大的倾斜，帮助这类企业早日实现产品进入市场、加速发展壮大。

苏州新火花机床有限公司负责人高坚强建议，要更加注重高层次技术人才的引进，苏州可以探索承办世界技能大赛等赛事的部分赛项，吸引更多初创型企业落地。"你们提出的观点特别好，战略性新兴产业、先导产业的发展是我们非常关注的。"蓝绍敏当即表示，一定会把意见和建议带回去，认真研究实施，确保件件有回音。

沙龙中，活跃的气氛持续始终，29位民营企业家争相发言，话筒甚至成了"争抢"的对象。

"坐在书记、市长之间，我激动得好像只能听到自己的心跳。"苏州太湖雪丝绸股份有限公司董事长胡毓芳幽默风趣的开场白，让现场一片欢声笑语。她说，希望政府多引导，让金融业更加青睐传统企业，帮助本土品牌做大做强。

苏州东南铝板带有限公司总经理张烜建议，要加强对新企业、中小企业的政策指导，降低政策实施门槛。苏州希格玛科技有限公司董事长薛晨洋建议，政府应以更大力度推进产业整合，把产业链上、下游打通，积极建设智慧产业园。

"我要借这个宝贵机会向书记、市长'吐个槽'，希望苏州能更加重视知识产权的保护。"苏州云白环境股份有限公司董事长王泳呼吁，打造更加良好的法治化营商环境，提高苏州服务的美誉度。

"你放心，这个问题我们一定专题研究、拿出务实举措。"听完，蓝绍敏当即要求相关部门负责人与企业建立直接联系，及时听取呼声，提供有效指导和帮助。

本次民营企业家月度沙龙的举办，不仅掀起了讨论的热潮，更搭起了合作的桥梁。苏州市科迪环保石化股份有限公司董事长顾轶群透露，已经和参加沙龙的另一家企业——苏州冷杉精密仪器有限公司达成了合作意向。她希望，以后举办更多类似的优质活动，为民营企业提供实实在在的"红利"。

"这场活动有热度、有温度、有深度，让市委、市政府看到了民营企业家发展的信心和定力，感受到了家国情怀，找到了工作的着力点，我们一定会好好梳理意见建议、逐一研究回应。"李亚平用饱含激情的话语，勉励广大民营企业家继续扎根苏州、勇创大业。

"这次沙龙开出了平等、自由、宽松、民主的氛围。"在简短总结时，蓝绍敏对本次沙龙的举办给予充分肯定。他指出，苏州能取得今天的发展水平，广大民营企业功不可没。当前，"一带一路"、长江经济带、长三角一体化、自贸区等多个国家政策在苏州叠加实施,苏州民营企业发展面临着千载难逢的战略机遇。他希望大家增强发展信心,把大好时代、大好机遇、大好环境转化为实现高质量发展的强大动力,为苏州经济社会发展作出新的更大贡献。蓝绍敏巧妙借用与会企业新火花机床的"名号"和涟漪信息科技"守护侠"的品牌,铿锵有力地指出:"希望我们的民营企业要成为激活苏州高质量发展的'新火花',市委、市政府将永远做支持民营企业发展的'守护侠'!"话音未落,现场掌声雷动。

　　市领导王翔、俞杏楠、姚林荣、陆春云、王飚、李赞,市政府秘书长周伟,市有关部门负责人参加了沙龙活动。

原载2019年12月15日《苏州日报》

第二十三届苏州新闻奖一等奖

35岁民警倒在战"疫"岗位上
一路走好 位洪明

苏报融媒记者 天笑

疫情当前,警察不退!可说好的约定,你却"食言"了……

2月20日下午,太仓市公安局浏河派出所民警位洪明在跟进处理一起网络口罩诈骗案时,突发心源性心脏病晕倒在派出所,后经医院全力抢救无效,于当日17时30分不幸牺牲,年仅35岁。

时间定格在了收网抓捕的前一刻。而在此之前,为了能帮受害人尽快追回396000元的损失,位洪明已经熬了整整两个通宵。

走近位洪明的办公桌,编号"245629"的警服挂在空荡荡的座椅上,案头除了几摞案卷外,还摆着一罐婴儿奶粉。同事戴智涛说,因为一直忙着处理案件,位洪明没时间给"二宝"采购口粮,前天下午他从家中带了一罐帮位洪明应急,可位洪明忙着加班还没来得及带回家……

位洪明倒下了,但似乎又没有离开,在同事们的只言片语中,那个在办案现场和抗疫一线不知疲倦的"位哥",依然坚守在他最热爱的岗位。

法制"风控员"的"唠叨"专场停了

位洪明热爱自己的工作。2011年从中国人民公安大学诉讼法学刑事科学技术专业研究生毕业,他放弃了去江苏警官学院任教的工作机会,主动要求扎根基层所队,进入浏河派出所,一待就是9年。他曾说过,在基层更能实现自己的价值,自己所学在基层更能派上用场。

位洪明为人踏实好学、工作认真、执法严格,深受全所同事和辖区群众认可,曾参与侦破"3·4"特大跨省网络诈骗案等重大案件,连续三年荣获"优秀公务员",获评"个人嘉奖"3次,2019年被评为太仓市公安局"十佳爱岗敬业民警"。

"我是他的前任法制员,他专业过硬,做事踏实又细致,把这个位置交给他,我很放心。"副所长杨毅说,法制员就好比是派出所的"风控员",案件的法律审核、接处警和执法办案重要环节的督促纠正、疑难案件的研究和为民警执法提供指导咨询,每一项都要求细致严谨,容不得出半点差错。

2019年,浏河派出所破获刑事案件168起、行政案件300起、简易治安纠纷处理419起,全年入所人员数604人次,其中刑事打击犯罪嫌疑人163名,行政处罚285人。这些案件的每一本案卷都曾经过位洪明的手,每一起案件成功办理的背后,都离不开位洪明的全程把关。

位洪明还细心梳理办案流程,制作了浏河派出所案件办理流程提醒单、隐患排查清单等,规避执法风险、规范民警执法行为。自位洪明担任法制员以来,浏河派出所保持零行政复议、行政诉讼,执法工作一直在太仓市局名列前茅。

"2015年我从外地调过来,两地工作的方式、制度有些差异,就在我感到迷茫的时候,'位老大'主动过来帮我,手把手地指导我的工作。"戴智涛指着他办公桌边一排长长的书柜说,"这都是'位老大'的地盘,里面全是法律书籍和鉴定材料,每天他要花大量时间去研究法律条文和最新的政策变化。"

位洪明精通法律、精通办案程序,担心同事会因为疏忽把好事办成坏事,于是派出所"江尾海头办案队"工作群,几乎成了位洪明的"唠叨"专场,每天各种叮嘱、提醒,像不定时的闹钟,在每个办案民警手机中响个不停。

可这一切停在了2月20日,位洪明在群里发送了最后一条信息:"这几天大家值班的时候关注一下邮政的EMS快件,苏州中院寄过来的,看到的时候请第一时间给我说一下,是范某的行政诉讼材料。@戴智涛@金鑫@周文韬。"

消息发出12分钟后,位洪明倒在了自己的岗位上。

他想等疫情结束就回家抱抱女儿

"雷所你看,已经基本摸清情况,可以收网了……"位洪明倒下前一刻兴奋的笑容,在事发后的这段时间里,一直在副所长雷清源的脑海中回放。说起那个时刻时,他几次哽咽,"到现在我也没办法接受,不敢相信是真的。"

新冠肺炎疫情发生后,所里全警在岗,一刻都不敢放松。办理这起案件前,派出所接报的另外一起网络口罩诈骗案件刚刚告破,在位洪明和办案民警们的努力下,仅一周左右时间,受害人8万余元的损失全部追回。

当位洪明汇报手上这起案值更大的案件有了最新进展时,雷清源很是激动,"我正低着头看他在笔记本上画的网络口罩诈骗案件分析导图,突然听到'砰'的一声,小位倒在了我桌边的地上"。当时,位洪明紧握着拳头,脸色苍白,雷清源和杨毅一刻不停地给他做心肺复苏,并叫人拨打120。"我们都学过急救,我感觉能把他救回来!"雷清源说。

位洪明被送到了附近的医院,太仓市人民医院的专家也闻讯赶来。医护人员全力抢救,最终还是没能挽留住位洪明的生命。

翻开位洪明的工作笔记本,最新一页画着一张网络口罩诈骗案件分析导图,虽然分叉复杂,但指向明确。从受害人到嫌疑人,一共8层关系网络,一层一层密密麻麻,摸清楚的写得明明白白,还存有疑点的地方打着问号。

笔记本上的每一个分叉,都是位洪明无数次电话核实过的,每一处延伸,背后都是他忙碌查访的脚步。

在事发前不到一个月的时间里,太仓市的疫情防控工作日渐紧张。其间,浏河派出所接到了一份上海警方发来的协查通报:大年初一至初二,一个旅行团来太仓游玩。返沪后,一名团员被确诊为新冠肺炎患者。在太仓期间,这名患者密切接触人员近80人。一张长长的名单交到位洪明手中,他一刻也不敢耽误,带领同事,一处一处寻访,一个人一个人排查。也不知道跑了多少路,打了多少通电话,敲了多少次的门,一一核实名单上的每一个人,以最快的速度反馈给了上海警方。

疫情防控期间,位洪明还负责辖区200余家场所的排摸工作。只要手头有一点点时间,他就带着队伍,逐家摸排情况。碰到有居民聚集打牌,他耐心地给大家分析疫情形势,劝说不要再聚集,劝服场所经营者尽快停业。

每次回到所里,位洪明都要喝掉一大杯白开水,他开玩笑地说,嗓子要冒烟了。几天前,他闲聊时对杨毅说,总觉得胸口有点儿闷。杨毅让他赶紧停下来休息,他却笑着回应:"开玩笑的,肯定是戴口罩给闷的。"

从1月29日到2月20日,位洪明没有休息过一天,他总是说等疫情结束后再好好休息,"回去抱抱两个宝贝女儿"。可是,这成了一场他没有完成的战"疫"。

在位洪明的笔记本上,有他写下的一句话,也许能解释他的坚持,他写道:"守土有责、守土担责,我是党员、我先上!"

最简单的诺言再无法兑现

过年前,位洪明曾跟同事说,打算今年过年回趟山东老家,看看年迈的父亲和还在癌症康复期的母亲。可是当公安战线的抗疫集结号吹响,位洪明调转车头义无反顾地回到了派出所。"爸妈，等疫情一结束，我马上回来看你们！"然而，这句简单的承诺，他再也无法兑现了。

刘晓伟是位洪明的同事，他们同一天到浏河派出所工作，还是老乡，在各自结婚前住在同一间宿舍里。在他的印象中，位洪明从来不午休，中午吃完饭就喜欢在办公室待着，翻材料、看案卷。

20日中午，正在宿舍休息的刘晓伟突然看到位洪明走了进来。位洪明说，弄了两个通宵的案件，实在有点乏，可他睡了不足半小时，又起身去了办公室。下午，听到位洪明发生意外，刘晓伟飞奔上楼，"这一路我心里都想着，他估计是累了，想睡会儿。"

跟他俩同一时间进派出所工作的还有武玲玲，"那时候我们刚工作，工资都不高。他是研究生毕业，工资也就比我们多几十块钱，他还经常以这个做'借口'，带我们出去吃饭……"泣不成声的武玲玲说，"我们就是这样被'位老大'照顾着。"

"位老大""位哥"，在年轻民警的心中，这位大哥对大家很照顾，无论在工作上还是生活中。

"现在最遗憾的事情，就是师傅不能陪着师娘，带着两个宝宝，来参加我的婚礼了，再也不能了……"入所就开始跟着位洪明学习的朱竞翔说道。这个身形魁梧的男子汉哭得像个孩子，在他心目中，师傅在工作中简直是"无所不能"的，完美不仅仅在工作中，他还有一位善良贤惠的妻子和两个宝贝女儿，一直是自己的偶像。

位洪明和妻子陈姗姗给两个女儿起的小名叫"来来"和"往往"，寓意家里人丁兴旺，热热闹闹。

位洪明总说，家里有3个"丫头"，他这辈子都要好好照顾她们！陈姗姗说，丈夫的性格很阳光，从来不计较得失，也从来不喊累，回到家抱着女儿总是一副傻乐的样子。

在位洪明的办公桌上，还留着一张他随手写下的纸片，写着"丫头""PK""咱"等字眼，他兴许想表达：丫头，有了奶粉，怎么也得跟病毒PK一下吧！

在位洪明的笔记本里还夹着一张明信片，上面写着："您好！我十分感谢您资助我，让我拥有宽敞明亮的、充满温暖的教室，使我更积极主动地学习，让我对生活充满信心、期待！谢谢！连云港灌南县新安镇中心小学二（5）班鱼筱熙"。

问了周边的同事，没人知道这件事，也没人听位洪明说起过这个女孩。但是，这肯定是一个助学帮困的故事，就像位洪明的微信名"SUNNY"一样，他用最温暖的阳光，照耀着身旁的每一个人。

一路走好，位洪明！

原载2020年2月22日《苏州日报》

第二十三届苏州新闻奖一等奖

长江干流苏州段禁捕,渔民上岸开启新生活。虽然"活法"不同,但"想法"一致,只为更好地保护生态环境,造福子孙后代——

同饮一江水　反哺"母亲河"

苏报记者　顾志敏　商中尧　杨　溢　陈　洁

万里长江,滚滚东流,孕育出灿烂的中华文明,滋养出富饶的鱼米之乡。长江干流苏州段10年禁捕,既是贯彻"共抓大保护、不搞大开发"的切实之举,也是造福子孙后代的百年大计。

禁捕,对象是鱼,重点是人;管的是水上,关键在岸上。

苏州是长江流域较早实施自愿退捕的地方,在禁渔管理、渔民安置、渔业保护等方面进行了有益尝试。连日来,苏报记者沿着长江干流苏州段,探寻这些亲历者、见证者的"活法"和"想法",深刻感受到了他们对长江"母亲河"的眷恋之情、感恩之心。

从渔业队长到渔政船长　"船老大"的真情告白

方向盘,驾驶着渔政船全速前进。他们刚刚接到举报,有人在江心沙渔场非法捕捞。这个在长江里摸爬滚打了40多年的"船老大",现在开起渔政船来驾轻就熟。

从粗放捕捞到分时段禁捕,再到全面退捕,今年63岁的沈国华是长江保护的见证者。

沈国华17岁刚登上渔船时,长江渔业资源还非常丰富,张家港附近的渔场盛产长江刀鱼。在他的印象中,最辉煌的时候是在1987年,下网45分钟便捕到了290公斤刀鱼。那一年的"刀鱼季",总共捕到2000公斤左右刀鱼。

随着经济的发展、长江水质的变化,加上地爬网、深水涨网等新型渔具的出现,长江渔业资源快速衰退。"由于无序过度捕捞,我们附近渔场的鱼越来越少,甚至到了'两天打鱼三天晒网'的地步。"沈国华满脸遗憾地说。

为更好地保护长江渔业资源,2002年开始,农业部设立了长江禁渔期制度,每年3月1日至5月1日为长江张家港段的禁渔时段，其间除持有渔业捕捞专项许可证的船只可捕捞刀鱼，其余任何捕捞行为都属违法。沈国华成为首批拿到特许捕捞证的渔民，后来还当上了东沙渔业队队长。沈国华说，捕捞队规模最大的时候有17艘船、上百位渔民，随着刀鱼的价格节节攀高，他们的收入也水涨船高，每年的收入能有40万元—50万元。

再后来，东沙渔业队划归张家港市永联村管理，每年春季刀鱼开捕的时候，村里还会精心准备开捕仪式。岸上龙狮共舞，江上汽笛齐鸣……"就像是出征一样，别提多气派。"回忆起当时的情景，沈国华满脸骄傲。

沈国华坦言，近些年长江刀鱼数量直线下降，捕捞难度越来越大，甚至到了"一刀难求"的地步。加之国家推行自愿退捕政策，不少渔民选择主动上岸。沈国华虽然还在勉强坚持，但他心里明白，退捕是大势所趋。

2020年1月，江苏省长江干流全面禁渔。沈国华和渔业队其他成员主动上交了内陆渔业船舶证书，正式告别捕鱼生涯。

上岸后，渔业队队员变成了永联村村民，村里不但给他们安排住房，还主动帮他们安置就业。沈国华因为驾驶技术一流，被张家港市农业综合行政执法大队相中，成了一名渔政船长。"沈师傅水路熟、开船快，为我们打击长江非法捕捞帮了大忙。"张家港市农业综合行政执法大队副大队长钱平说，沈国华上任以来，今年上半年出航次数就超过了执法大队去年全年的出航次数，查处的非法捕捞立案数量更是去年的3倍。

"靠水吃水，以前是长江养活了我，现在是我回报长江、保护'母亲河'的时候了。"沈国华这位昔日渔业队长、如今的渔政船长，越干越有劲。

从捕鱼老手到种田新兵 "谢老板"的二次创业

再有不到一个月，鸡头米就要上市。7月16日下午，57岁的谢学平已经开始忙着准备了。"有了去年的经验，今年应该能多赚点。"他说。谢学平曾是一名捕鱼老手。2013年，包括他在内，太仓54户长江渔民全部被安置上岸。谢学平头脑灵活，人称"谢老板"。"上岸后，我开渔家饭店、跑到洪泽湖养大闸蟹、回浏河镇种鸡头米，7年时间里，谋生之道都离不开水。"谢学平笑着说。

"太仓的长江渔民上岸早。"太仓市渔政监督大队工作人员徐建飞介绍，2012年至2013年，太仓分两批将全部54户渔民安置上岸。根据第三方公司的评估，54户渔民除了拿到补偿款和安置房外，参照失地农民标准，超过退休年龄的按照城镇职工标准领取退休金；没有达到退休年龄的，政府帮他们一次性补交了15年的社保。

渔民大多文化水平低、劳动技能较差，上岸后一时难以找到合适的工作。

为此，太仓市渔政监督大队组织了就业培训。徐建飞介绍，针对渔民的特点，就业培训主要往船舶劳务等水上岗位倾斜。

经过就业培训指导，很多渔民找到了工作。出于对船的感情，扬子江船厂成了不少人的选择。"在厂里上班的，月收入在5000元左右。"谢学平说。从2019年起，谢学平带着同时上岸的妻弟，在浏河镇何桥村租了100亩地，种起了鸡头米。第一年吃了不少亏，好在最后小有收成，攒下近20万元。今年，有了经验的他，尝试鸡头米、小龙虾、水芹轮流种养，这样就可以把水田充分利用起来。

像谢学平这样，在渔船上生活了半辈子、上岸后仍旧"靠水吃饭"的渔民不在少数。陈素武也是其中之一。

2012年上岸时，陈素武才23岁，他和弟弟是太仓最年轻的两个渔民。进车间、给人送货，几年下来，陈素武尝试了不少工作，但总觉得缺了点什么。2016年，因为文化程度较高，徐建飞建议他备考内河船舶驾照，继续在船上谋生。

2017年，陈素武拿到驾照，在渔政监督大队的推荐下，进入太仓泽海船舶服务有限公司，负责维护进出太仓港的大船，引航通过长江太仓段的外籍船舶。每个月工作20天、休息10天，和他一起的还有三四个上岸的渔民。

重新掌起舵，陈素武找到了熟悉的节奏。上班时要24小时待命，虽然工作时间变长，但和打鱼相比"辛苦程度不到三分之一"。陈素武透露，自己年收入有七八万元，妻子一年有近4万元，"加起来比在渔船上赚得多，知足了"。

"渔民上岸后，我们通过回访发现，满意度总体较高。有住房、有社保、有工作，生活条件比在渔船上好很多。"徐建飞告诉记者，近几年，太仓渔民没有出现偷偷"返渔"的现象。

从鱼儿医院到科普课堂 "鱼爸爸"的爱心守护

7月15日下午，"安分"了不过半日的天又变了脸，一场大雨倾盆而下。江苏常熟中华鲟救护中心工作人员严御诚，冒雨在长江沿岸巡查，一圈下来已经浑身湿透，"长江水位节节攀升，我担心有冲到岸上搁浅的鱼"。

严御诚2016年从湖南农业大学水产专业毕业后，便来到江苏常熟中华鲟救护中心工作。他至今无法忘记4年前的那尾中华鲟。2016年9月，梅李赵市一个渔民急匆匆赶到救护中心报告称，有一尾中华鲟在长江搁浅了！严御诚冲到岸边时，发现那尾中华鲟体长约1.4米,鱼肚子已经上翻,情况十分危急。

把鱼运回中心救护池,严御诚立刻进行水体降温,增加水池溶氧度。为了让奄奄一息的中华鲟缓过气来,他将鱼体扶正,一边帮鱼按摩,一边活动鳃盖。"鱼体比较滑,而且它已经处于濒危状态,像喝醉了酒一样,扶正又倒下,反反复复,但我知道决不能放弃。"经过近两个小时的努力,这条中华鲟终于恢复自主呼吸,而严御诚的双手已泡得发白,手臂也难以抬起。

严御诚介绍说,救活的中华鲟一般会在救护中心养护3个月左右。从广阔的长江进入狭小的水池,鱼儿会不安地围着鱼池打转,甚至绝食。为了帮鱼儿们适应,严御诚精心改造净水池,避免频繁换水;为帮鱼儿增强食欲,每天一早赶到菜市场买活食,调配有特殊香味的饵料……功夫不负有心人,中华鲟慢慢恢复了活力。当严御诚靠近时,还会围拢上来,摇头摆尾,用嘴亲亲他的手,很是亲密。

如今,这位27岁的"鱼爸爸"已经救治过54尾野生中华鲟,它们有的是被冲到岸边搁浅,有的是被螺旋桨划出了深深的伤痕。来时命悬一线,回归长江时,条条活蹦乱跳。

江苏常熟中华鲟救护中心于2004年成立,是江苏唯一的中华鲟救护中心。中心发展至今,胭脂鱼、大鲵等国家保护鱼类都在这接受过救助,近3年累计救助各种鱼类超100尾。为提高业务水平,去年4月,严御诚和同事专门赶赴湖北荆州中华鲟保护基地学习,同时带回了7条人工繁殖中华鲟,严御诚说:"养着它们,可以让救助中心维持一个适合鱼儿生存的环境,时刻为长江渔业保护做好准备。"

如今,救护中心不仅是鱼儿们的医院,还成了科普课堂。严御诚说:"我们给孩子讲救护鱼儿的故事,引导他们近距离观察这些水中生灵,把守护野生动物、保护长江的精神传递下去。"

原载2020年7月24日《苏州日报》

第二十三届苏州新闻奖一等奖

他，给山货插上了翅膀
——记从常熟走出去的万山电商领头人陆晓文

文/融媒记者　陈竞之

"这五年，我们卖了10亿元山货，堆起来应该有那两座山那么大。"12月，常熟人陆晓文登上贵州卫视时，用手指了指他背后深邃的群山。

五年前，他第一次到万山，不过是一个游客；五年后，他带着乡亲闯出电商之路，实现了10个亿的"小目标"的故事，在当地几乎家喻户晓。

一碗白菜，将CEO留在大山

陆晓文出生于常熟，毕业后一直在长三角地区从事电商工作。2015年，陆晓文任浙江中凰集团电商生态城CEO，事业正处巅峰。恰逢那一年，贵州省铜仁市万山区向全国抛出"百万年薪"邀请，陆晓文收到了猎头公司发来的邀请函。

第一次去万山考察时，陆晓文更多是抱着旅游的心态，他万万没想到，一碗山里白菜改变了他的人生轨迹。

那是2015年夏天，陆晓文无意中走入铜仁一家无名小饭店，随便点了几个菜"填填肚子"。当清炒白菜上桌时，一种从未有过的味道让他吃惊不已。他特意把服务员叫来，一本正经地问，是不是厨师炒菜的时候把盐和糖放倒了？服务员一尝，笑着说，我们这里的白菜就是这个味道。

陆晓文依旧半信半疑。他又点了一份，这次，自己亲自下厨验证。他跑到后厨，把新鲜的白菜直接扔下锅翻炒，只放一点盐，出锅一尝，依旧是那味道，甜。

一碗原生态白菜，让陆晓文对万山的农产品有了不一样的印象，但当他得知这么好的蔬菜，却因为各种原因卖不出去，甚至烂在地里，农民辛辛苦苦劳作一年，却可能连口肉也吃不上的时候，他决定留下——留在这尚未开发的大山，武陵山脉深处的昔日"汞都"，一座亟待转型的资源枯竭型城市。"我要帮他们把菜卖出去。"陆晓文说。

从零起步，构建电商生态圈

起初，陆晓文几乎被万山的电商状况惊出了冷汗——2015年，整个万山区没有真正的电商企业，天猫店、京东店、苏宁店一个都没有，全区只有6个淘宝网店，多为僵尸店，真正在运营的只有1个，卖的是莆田鞋。那年万山的年度电子商务交易额不足100万元，而且大部分来自美团、赶集等外卖平台。

放眼四周，万山要啥没啥。农产品是山沟沟里土生土长的"三无"产品，拿不上台面，要上网销售，连个摄影师都难找，遑论美工、运营和客服……没产品、没项目、没人才，物流更是短板……电商，就像是大山里的一个梦，山长水远，虚无缥缈。

但陆晓文没有退却。经过再三思考，他最终决定将电商园区的名字更改为万山电商生态城——他决心就地重塑电商生态，把大山变成适合电商生长的沃土。电商生态城还在装修时，陆晓文就开始从外地将电子商务行业的配套服务企业请进来。与此同时，他创办万山区亿创电子商务经营管理有限责任公司，将培训部作为首个成立并重点打造的部门。培训部与贵州省、铜仁市各大高校深度合作，带动创业孵化平台，通过"项目+实战"模式培养电商创业者，从源头上解决了人才稀缺、项目稀缺的问题，也实现了优势资源实时共享、电商配套服务链抱团对外输出的良性环境，营造了良好的创业氛围。

网线+产线，给山货插上了翅膀

有了适合电商发展的土壤，项目就是能生根发芽的种子。

一碗白菜，让陆晓文知道，万山不仅有汞，这里的农产品也同样是个中翘楚。得天独厚的自然环境，使得产自贵州铜仁的农产品品质好、产量高。竹荪、小香柚、香菇……随便找一种都能达到绿色有机标准。然而长期以来，这些优质农产品走不出大山，只能在家门口、树下、马路边卖。

怎样让山货起飞？陆晓文带领团队一方面与销售企业对接，给农产品"拉上网线"，另一方面，引导园区企业和服务配套企业业务融合，通过统一包装、设计推广，形成助力农产品上行的产线。

2017年，龙门坳村准备将集体种植的400亩竹荪上网销售，可竹荪采摘后村民直接用蛇皮口袋封装，生产许可证等材料全都欠缺。"这样的产品拿到网上卖肯定是要被投诉的。"为了确保村民种植的竹荪在网上能够正规化经营且有销路,竹荪产品由电商生态城工作人员一条龙推出。经过精心打造,龙门坳的竹荪产品在网上商城供不应求,村民种起竹荪越来越起劲。

翁背村莲子、下溪乡高山葡萄、高楼坪"夜郎蜜枣"、敖寨乡花菇、黄道乡"万山香柚"、大坪乡川硐村蜂蜜……仅两年时间,万山区的电商"忽如一夜春风来,千树万树梨花开",102个农村电商站点遍布全区,村级电商服务网点和规模化农业产业基地遍地开花。

脱贫致富,万山笑看万家甜

"那个时候在家务农,收入不行,一年几千块,现在样样都比以前好。"

"我家做的是笋干,之前一年只赚两万块,现在有六七万,翻了番。"

"我是种柚子的,以前我们两三天吃不上一片肉,现在天天有肉吃。明年我想再多种点。"

说起这些年的变化,万山老百姓七嘴八舌乐开了花。五年来,万山电商团队直接创造就业岗位119个,脱贫1816户4865人,累计销售额突破10亿元——这数字的背后,获益最大的是老百姓。就业的、创业的都尝到了甜头,山里人有了更多奔头。

不到五年,万山区电商生态城早已变成了全省乃至全国闻名的电子商务产业园区。而今,万山电商的后劲让人赞叹不已:借助东西部扶贫协作产销对接"黔货进苏"的发展机遇,"梵净山珍·健康养生"品牌在苏州等东部市场越做越大,88个品种农特产品三年总销售额超过1亿元,直接带动2000多户贫困户增收,新增直供基地2400余亩。而万山电商销售数据又反过来推动指导着农业产业结构的优化调整,产业带动效应明显,各类种植、养殖基地一天天规范化、规模化。

万山,活了!

陆晓文,变了。

整整五个年头,每年回家时间加起来不到一周的他,从一个谈辣色变的小伙儿,变成了生啃辣椒面不改色的山里汉,人称"麻辣CEO"。

原载2020年12月24日《常熟日报》

通讯

第二十四届苏州新闻奖一等奖

跃上两万亿 苏州都挺好

苏报记者 张晓亮

2020年，极不平凡。苏州迎难而上，也交出了一份极不平凡的答卷。

面对国内外形势的深刻复杂变化和突发疫情造成的严重冲击，全市上下深入贯彻落实习近平总书记重要指示批示精神，统筹推进疫情防控和经济社会发展，勠力同心、砥砺前行，扎实做好"六稳"工作、全面落实"六保"任务，打造最优营商环境、展现最强比较优势，经济运行逐季攀升、逆势上扬，全年实现地区生产总值20170.5亿元，迈上历史性新台阶。

综合实力稳步提升
创新动能持续释放

2020年10月28日，中国（太仓）航空航天产业发展峰会暨"新产业新动能"太仓高新区重点项目集中签约活动举行。作为活动重头戏之一，太仓—德累斯顿航空新材料创新中心正式揭牌，通过搭建产学研平台，推进航空新材料及装备的技术进步和产业化。

与此同时，现场共有航空等10个方面100个产业项目和产业基金等签约落户太仓高新区，总投资300亿元。

大力培育发展航空产业，近年来，太仓紧抓长三角一体化发展战略机遇，依托西北工业大学在航空航天领域的技术、人才优势，依靠长期对德合作形成的精密制造产业基础，签约引进一批重大项目，加快构建航空产业发展创新生态。

太仓大力推进航空产业发展是苏州装备制造业攀高的一个生动注脚——

2020年，苏州装备制造业产值达10205亿元，占规上工业总产值的29.3%，产值总量和占比均创历史新高。这是"十三五"期间自电子信息产业后，我市规上工业又一个破万亿产业。

苏州工业"家底"越筑越牢，产业强劲支撑。2020年，苏州完成规模以上工业总产值3.48万亿元，稳居全国大中城市前三。

为高质量发展积蓄强大后劲，苏州去年完成固定资产投资5224.3亿元，增长6.6%。"两新"产业引领投资快速增长，新兴产业、高新技术产业投资额分别增长35%、38.8%。其中，生物技术和新医药、智能电网和物联网、节能环保产业投资增速分别高达46.0%、64.7%、42.1%。

消费是经济的重要压舱石。苏州推出"姑苏八点半""双12苏州购物节"等一系列促消费活动，实现社会消费品零售总额7702亿元，跃居全国大中城市第七位。

作为开放型经济大市，苏州去年进出口总额3223.5亿美元，总量居全国大中城市第四位；实际使用外资55.4亿美元，增长20%。

创新投入加大，创新活力迸发。2020年，全市科技进步贡献率66.5%，连续11年位居全省首位；全社会研发经费投入占地区生产总值的比重达3.7%，高新技术企业达到9772家。

质量效益稳步提升
经济结构持续优化

2020年4月，苏州召开生物医药发展大会，把生物医药确定为"一号产业"，响亮提出倾力打造世界级产业地标，到2030年力争集聚生物医药企业超一万家，产业规模突破一万亿元，支撑苏州未来10年、20年乃至更长时期的可持续发展。

经济结构不断优化，先进制造业加快培育壮大。最新数据显示，2020年，生物医药产业产值增长17.9%。与此同时，新一代信息技术、生物医药、纳米技术、人工智能四大先导产业产值达到8718亿元，增长11.5%。

苏州财政收入规模不断壮大、实现量质并举。2020年，苏州完成一般公共预算收入2303亿元，增长3.7%，首次跻身全国大中城市第四位。税比87.1%，税收收入突破2000亿元关口。

科创板被称为资本市场改革的"试验田"、创新企业发展的"晴雨表"。科创板鸣锣开市以来，"苏州军团"加速扩容。2020年6月2日，苏州和林微纳科技股份有限公司、苏州艾隆科技股份有限公司两家苏州企业申请科创板IPO同日获受理。位于苏州高新区的和林科技，是国内先进的精微电子零部件制造企业之一，积累了多项核心技术；艾隆科技坐落于苏州工业园区，专注医疗物资智能管理领域。科创板

"苏州故事"内涵不断丰富,到7月22日科创板一周年之际,在科创板上市的苏州企业合计总市值超过了1379亿元。

据统计,2020年,苏州A股上市公司累计达144家,保持全国大中城市第五位,科创板上市公司20家,数量仅次于北京、上海。

民生投入稳步提升
保障能力持续增强

1月20日,国家统计局苏州调查队公布了2020年苏州居民人均可支配收入情况,城镇居民人均可支配收入首次突破7万元。与此同时,苏州居民城乡收入比进一步缩小。

这是苏州民生福祉持续增进的最新印证。

发展为了人民、发展依靠人民、发展成果由人民共享。"十三五"期间,苏州民生事业投入不断加大,全市一般公共预算民生支出占比始终保持在75%以上,就业、教育、文化、医疗、养老等各项保障水平均在全省保持前列,努力让人民群众的获得感成色更足、幸福感更可持续、安全感更有保障。

以城市的名义向劳动者致敬,2020年10月27日,苏州隆重举行万名"最美劳动者"礼赞活动。

围绕建设劳动者就业创业首选城市,苏州在全市范围内开展了"最美劳动者"遴选工作。最终入选的万名"最美劳动者"涵盖经济、科技、文化、体育等各个领域,既有医生、教师等传统行业典型,又有外卖员、快递员、西点师、网络主播等新业态代表,一线职工占大多数。这是苏州历史上规模最大、涵盖范围最广的一次评选表彰活动,让劳动者成为城市最耀眼的星。在推进就业工作方面,苏州稳扎稳打,2020年新增就业20.08万人,城镇登记失业率1.77%。

一组组数据,展现着全市上下各领域奋斗者奋力推动经济稳健发展的矫健身影。站在新的历史交汇点,苏州将牢牢把握"争当表率、争做示范、走在前列"总要求,立足新发展阶段,贯彻新发展理念,构建新发展格局,以推动高质量发展为主题,坚定不移深化改革开放创新,确保"十四五"开好局、全面建设社会主义现代化起好步,以优异成绩庆祝中国共产党成立100周年。

原载2021年1月23日《苏州日报》

第二十四届苏州新闻奖一等奖

倡导不捕、不卖、不买、不食，营造全社会生态保护意识——
挥别"江鲜"，不留下一块招牌

本报记者 杨 溢

今年3月1日，我国第一部全流域专门法《长江保护法》正式施行，开创构建了长江流域生态保护和持续发展的法治框架，也为长江"十年禁渔"提供了法律依据。

临江而兴的张家港，坐拥苏州最长的长江主江岸线，约65公里。"禁渔令"下，水产市场现状如何？执法部门有什么举措？上岸渔民生活得怎么样？带着这些问题，记者在张家港进行了实地采访。

店主转卖海鲜
"江鲜"店招全部清除

张家港市第一集贸市场是该市重要的水产品集散市场之一。昨天，记者在该市场发现，整个水产区看不到带有"长江鱼鲜"的字样。

"以前这个季节，卖的是长江刀鱼，现在转卖海鲜了！"指着鱼缸内的龙虾、蟹等海产品，水产店主倪中华告诉记者。店铺的墙面上贴着一份承诺书。店主郑重承诺，该店不养殖、采购、烹制、销售野生动物和"长江鱼鲜"产品；不以"长江""野生"等菜单、店招字样或利用网络、微信公众号等平台作引人误解的虚假宣传，诱导消费。"这里家家户户都与市场监管部门签订了承诺书。"倪中华说，现在整个市场找不到长江水产品。

记者在水产区走访发现，大多数摊主对长江禁捕政策非常了解。他们表示，不卖"长江鱼鲜"，已经转卖龙虾、海鲜、河鲜等。

"涉及江鲜的店招必须全部清除。"张家港市市场监管局相关负责人介绍，为全面贯彻长江禁捕工作，该局启动了禁售长江非法捕捞渔获物专项行动，对农贸市场、生鲜超市开展全覆盖检查，并对农贸市场及周边、水产经营店的店招、店堂告示、广告等进行检查,对含有"江鲜""长江水产品""野生"等广告进行拆除或清除。

值得一提的是,永联村还停办了举办多年的"江鲜美食节",改为"乡村美食节"。永联美食街上经营多年的"江鲜大酒店",也在去年7月更名"品鲜大酒店"。"不做江鲜,我还能做别的。撤下江鲜,是为保护长江生态平衡贡献一份力量。"品鲜大酒店店长、张家港市非物质文化遗产——河豚烹饪技艺传承人陶卫军告诉记者,更换招牌的当天,酒店菜单同步上新,千岛湖鲢鱼、洪泽湖青虾、江滩鸡、江滩鸭、当地手工豆腐……"只要用心经营,我们同样能创造出特色。"陶卫军说,店里没了江鲜,但来"品鲜"的人更多了。

据介绍,去年以来,张家港市重点对锦丰、大新、乐余、南丰等沿江区镇的餐饮企业,采取集中行动,督促相关餐饮企业更换招牌、菜单、点菜栏上的不规范广告,倡导不捕、不卖、不买、不食长江流域非法捕捞渔获物,积极营造全社会生态保护意识。

联动执法
非法偷捕"露头就打"

一辆巡逻车、一台望远镜、两只探照灯、30多公里沿江岸线……每天中午、下午、晚间开展沿岸巡查,这是张家港市常阴沙"长江护卫队"的巡防场景。

这支由农业综合执法队员、派出所民警与社区网格员、志愿者、退捕渔民等社会力量组成的"护卫队"已成为当地推动落实"长江禁渔"的主力军。

去年6月30日傍晚,退捕渔民老张通知"长江护卫队",沿江发现有人正在下网捕捞江鱼。"长江护卫队"巡逻队员们快速赶到现场,发现江堤边上停靠了三辆外地牌照车,七八个人使用简易渔网正在捕捞。巡逻队员立即上前查看,原来是外地游客想吃江鲜。经过说服教育,这几名游客立即将捕捞的两条鱼放归江中。

随着社会力量的加入,市民生态保护意识不断加强。如今,张家港"长江护卫队"的工作重心已由前期的打击处罚转向打击与宣传教育并重。加大打击力度的同时,他们积极向群众宣传禁渔的重要意义和违法捕捞的严重危害。队员们通过形式多样的宣传,积极营造关注禁渔、理解禁渔、支持禁渔的良好氛围,吸引更多的社会力量共同参与,全力保护长江流域珍贵水产。

张家港市农业综合行政执法大队联合公安机关探索"渔警紧密联动、行刑高效衔接"的联合执法机制,资源共享、联合联动、通力配合,实现禁捕执法零距离、全时段、全覆盖。去年以来,该市联合执法行动共查处涉渔刑事案件18件、涉案人员34人。

张家港市还积极开展长江退捕工作"回头看"行动，建立健全退捕档案，做到"一船一户一档"；组织开展清江清滩行动和"三无船舶"专项整治行动，切实消除非法捕捞隐患；开展形式多样的普法宣传，积极营造全社会关注长江禁捕工作的良好社会氛围。目前，该市累计清理"三无船舶"836艘，开展清江清滩行动70余次，清理长江插网500余排，残余毛竹6.5万余根，地笼3260条，抛网135条；立案查处各类涉渔违法案件153件，移送司法案件41件，形成了打击长江非法捕捞行为的高压态势。

退捕上岸
捕鱼人反哺"母亲河"

"江边发现几条地笼、刺网，马上进行定位。"近日，渔政执法船"中国渔政32118"在双山岛周边水域巡查时，船长沈国华在江边水面上发现了几条用于非法捕捞的地笼、刺网，他立即通过船上的定位系统记录下精确位置，转交执法人员进行清理。

"沈师傅水路熟、开船快，对我们打击长江非法捕捞助力很大，查处的非法捕捞立案数量增长了3倍。"张家港市农业综合行政执法大队副大队长钱平说。

17岁就开始登船捕鱼的沈国华，曾是张家港东沙渔业队有名的"船老大"，最多的时候他的船队有17艘船、上百名渔民。禁捕前，每年的"刀鱼季"，他的收入能有四五十万。

沈国华坦言，近些年长江刀鱼数量直线下降，捕捞难度越来越大，甚至到了"一刀难求"的地步。加上国家推行自愿退捕政策，不少渔民选择主动上岸。2020年1月，江苏省长江干流全面禁渔。沈国华和渔业队其他成员主动上交了内陆渔业船舶证书，正式告别捕鱼生涯。上岸后，永联村不但给他们安排住房，还主动安置他们就业。沈国华因为驾驶技术一流，被张家港市农业综合行政执法大队相中，成了一名渔政船长。

"靠水吃水，以前是长江养活了我，现在是我回报长江、保护'母亲河'的时候了。"沈国华说。

"船老大"沈国华的"上岸转型"，是张家港渔民全面退捕上岸的缩影。去年底，该市25艘长江捕捞渔船全部退出并拆解报废，内陆渔业船舶证书全部收回注销，足额兑付渔民退捕补偿资金1394.54万元。

此外，张家港市高度重视渔民上岸后的生活保障问题，发放为期两年的过渡期临时生活补贴,将符合条件的退捕渔民按规定纳入相应的社会保险覆盖范围,并积极引导退捕渔民转产转业。通过免费提供技能培训、安排工作岗位等措施,解决退捕渔民再就业难的问题,推动长江禁渔工作的平稳过渡,切实维护社会稳定。

原载2021年3月19日《姑苏晚报》

第二十四届苏州新闻奖一等奖

别了，德企之乡的"招商红娘"
——怀念太仓荣誉市民克罗斯特

本报记者　戴周华　王　俊

他是太仓对德合作的参与者、见证者和推动者，也是央视"中国入世十年十人"的受访者；他是太仓对德合作的"招商红娘"，经他帮助和引进的德资企业有三四十家；他是太仓荣誉市民和苏州荣誉市民，被江苏省人民政府授予"江苏友谊奖"……退休之年的他，原本可在德国安享晚年，但他却选择了留在太仓，并为促进太仓的对德合作事业奉献到生命的最后时刻。

德国时间4月1日下午，一场简短的葬礼在德国凯泽斯劳滕市一个小镇举行。逝者曼弗雷德·汉斯·克罗斯特，是一位把远在万里之外的中国太仓，当成"第二故乡"的德国老人。

后半生"缘定"太仓

1995年，年过半百的克罗斯特受全球轴承巨头舍弗勒集团派遣，从秀丽的莱茵河畔来到壮美的长江之滨，负责开拓中国市场业务。得益于中国市场的蓬勃发展和政府的大力支持，舍弗勒太仓工厂的发展非常顺利。几年后，太仓工厂一跃成为舍弗勒集团在全球范围内最大的生产基地，同时也是江苏省屈指可数的大型德资企业之一。

2004年，年满65岁的克罗斯特光荣退休。当时，"不差钱"的他做了一个出人意料的决定：不回德国养老，不去世界各地旅行，而是留在太仓创业，成立了以自己名字命名的克罗斯特业务咨询（太仓）有限公司。

"我觉得退休只是人生的一个站点，尽管岁数大了，但人生的这辆车还要继续朝前开，不能来个急刹车。"克罗斯特曾在接受本报记者采访时，透露过自己一方面热爱工作，一方面喜爱太仓，决意退休后留在太仓创业的初衷。

新世纪之初，大批德企看好中国市场，想赴华投资，但他们对中国的情况普遍不太了解。作为一个已经在中国待了多年的"老太仓"，克罗斯特发挥余热，利用自己熟悉中国、熟知太仓的优势，"为想来中国和太仓投资创业的德企奉献一点儿力量"。

克罗斯特当时应该想不到，他的创业影响深远，太仓今日能有"德企之乡"的美誉，他厥功甚伟。

中德合作之路的"好红娘"

"海瑞恩落户太仓，克罗斯特先生发挥了关键性作用。"海瑞恩精密技术（太仓）有限公司总经理叶森告诉记者，当时，德国海瑞恩集团对投资长三角选址犹豫不决，高层有意向落户太仓周边其他城市。是克罗斯特的强烈建议，促成了海瑞恩和太仓的合作。

叶森介绍，克罗斯特向海瑞恩集团全面介绍了太仓，并从营商环境、产业配套等诸多方面进行综合比较，为海瑞恩决策提供了至关重要的信息。"现在再看，落户太仓是十分正确的选择，这些年来，公司实现了快速发展。"

海瑞恩来到太仓后，克罗斯特不仅为其早期筹建、运营提供了大量服务，还十分关心其长远发展，并积极出谋划策。2013年，在他的建议下，海瑞恩太仓公司与本地学校合作，启动了"双元制"职业教育项目，为自身培养了大批技术技能型人才。

同样，卓能电子（太仓）有限公司也是因克罗斯特的引荐而结缘太仓。卓能电子运营部总监钱昀是公司初创团队成员之一，他记得克罗斯特不仅推进卓能电子落户太仓，也持续关注卓能电子在太仓的发展。卓能电子刚到太仓时，落户于外贸创业园，使用的A28号厂房还是克罗斯特帮助选定的。"他了解了我们的产品和工艺后，选定这个适合的厂房，可以存贮相关工业用料，如果随便选择厂房的话，很可能由于空间布局的问题，给后期生产带来诸多麻烦和不便。"

据不完全统计，克罗斯特的咨询公司先后为上百家德国及欧洲企业提供过专业的咨询服务，至少助力太仓引进了三四十家德国企业。

架起对德合作双赢的桥梁

"克罗斯特先生是我个人的好朋友，是我们整个公司的朋友、同道及顾问，他的意见和建议，他的社会关系和经验，对我和公司在中国的发展有着重大影响和帮助。我将永远表示感谢。"现任法雷奥传动驱动系统亚洲区域运营总裁的Kristian

Ziegenbein,在克罗斯特退休前曾入职舍弗勒,和克罗斯特有过短暂的"同事关系"。正是这短暂的关系,成就了两人持续的友谊。

2009年,Kristian加入德国福缔汽车,筹建太仓公司(现为法雷奥公司)。"克罗斯特先生给了我们很大的支持,很多不是以咨询公司名义,而是因为对朋友的关心和帮忙。"

张艺林,舍弗勒大中华区首席执行官。他至今记得,2003年4月的一个下午,他与克罗斯特在舍弗勒太仓工厂第一次见面的场景。克罗斯特对中国的热情、无限的活力以及企业家精神,给他留下了深刻印象。

"克罗斯特先生是一位值得我们所有人尊敬的同事,是一位真正的'中国通',也是一位乐于帮助大家成长的长者。"张艺林说,"对许多在太德企工作的人而言,克罗斯特是一位仁慈的朋友和顾问,他总是在恰当的时机为企业提供帮助。"

洪亮是舍弗勒大中华区物流项目办公室高级经理。在她看来,克罗斯特十分平易近人,就像他的办公室大门永远敞开着一样。

"老爷爷对人很好,很和蔼。""老爷爷"是夏彩珊等克罗斯特业务咨询(太仓)有限公司员工对克罗斯特的称呼,后来成为很多与克罗斯特有过交集的年轻人对他的"昵称"。

Kristian Ziegenbein说,克罗斯特的人格魅力令人敬仰,他是经验丰富的企业家、乐于助人的好伙伴,也是推动中德交流合作实现双赢的桥梁。

生命最后时刻还在"牵线搭桥"

克罗斯特去世,我市致唁电,悼词中这样写道:"克罗斯特的离世,使得太仓失去了一位挚友,我们沉痛悼念并将永远纪念他。"

克罗斯特的确是太仓的挚友。他对太仓的感情,高新区管委会副主任郁颖珠深有体会。

克罗斯特在德国的家中,有一幅苏州江南水乡刺绣画。画挂在最外面一间房间门框的上方,一进屋子就能看见。这是2019年高新区赠与他的。当时,80岁高龄的克罗斯特已经不能长途自驾,他特地乘坐一个多小时的火车,参加在柏林举行的"太仓日"推介活动。

郁颖珠看到,克罗斯特拿到这幅刺绣画的时候,十分激动,老人的眼泪几乎夺眶而出。

主管招商工作的郁颖珠与克罗斯特打交道多年,对老人很推崇。"在太仓对德招商引资过程中,克罗斯特扮演了一个极为重要的角色。他本身是一名德国的企业家,熟知德国的文化,也很了解德企的需求;他又在中国待了很多年,对中国的发展、对太仓的营商环境等也是十分熟悉的。有的时候,我们对德招商工作会因为双方文化上的差异或者沟通上的不顺畅而面临阻碍,这时克罗斯特就发挥了桥梁、纽带作用。最重要的是,他真正把太仓当成了'第二故乡',为太仓招引德企倾注了一腔热血。"

就在去世之前,克罗斯特依旧忙碌在帮助德企与太仓牵线搭桥的路上。两个星期之前,克罗斯特传来消息,一家对接了两年之久的德企确定落户太仓。

如今,克罗斯特虽然永远地离开了,但他未竟的事业和衣钵,还有他的精神,将会留在太仓。

"我们将继承他的遗志,继续做太仓和德企的'红娘',推动更多德企在太仓落地生根。"克罗斯特业务咨询(太仓)有限公司的夏彩珊告诉记者。

原载2021年4月3日《太仓日报》

第二十五届苏州新闻奖一等奖

产业转型迈出"新步伐" 创新驱动构筑"新优势"
苏州，十年增加一万亿GDP

苏报记者 陆晓华

十年时光，一个个千亿、万亿台阶的跨越，于一个全国经济重镇而言，这是综合实力实现"新跨越"的十年，是产业转型迈出"新步伐"的十年，是发展方式得到"新提升"的十年，也是创新驱动构筑"新优势"的十年。

苏州地区生产总值总量于2020年突破2万亿元大关，2021年达2.27万亿元，与2012年的1.2万亿元相比，接近翻一番，增加了一万亿元；规上工业总产值从2013年开始至2020年，连续8年超过3万亿元，并在2021年达4.2万亿元，位居全国第二位；2012年以来苏州进出口规模总体保持在3000亿美元以上，2021年达到历史新高的3921亿美元，十年来始终位居全国第四位……

这些重要经济指标的突破和进位，标注出苏州经济高质量发展的新高度，是"强富美高"新苏州建设新成效的闪亮经济光环。

综合经济竞争力居全国第六

中国社会科学院财经战略研究院与中国社会科学出版社发布的《中国城市竞争力第19次报告》显示，2021年苏州综合经济竞争力居全国第六位。

排名的背后，是苏州坚定不移贯彻新发展理念，坚持在转型升级中调整存量、做优增量，坚持在创新驱动中提升质量和效益，坚持在改革开放中激发市场活力的不懈努力，经济发展动能加快积蓄和释放。苏州以0.09%的国土面积，创造了全国2%的GDP、2.1%的财政收入和6.5%的进出口总额，是全国经济大市、全省发展的"压舱石"。

十年来，苏州经济总量实现历史性突破。2021年苏州地区生产总值2.27万亿元，稳居全国第六位，是地级市首个晋级2万亿GDP的城市。苏州人均GDP在2012

年迈上10万元台阶,2021年达17.75万元。苏州市场主体不断发展壮大,2021年末市场主体达到274.1万户,比2012年增长3倍。恒力、盛虹、沙钢等3家企业,再次进入2022年世界500强名单,也是全省仅有的3家。2021年苏州市共有营业收入超百亿元工业企业(集团)46家,占全省26.7%,数量位居全省第一。

十年来,苏州产业结构不断调整优化。2016年第三产业比重超过第二产业,并首次突破50%。2021年三次产业结构调整为0.8:47.9:51.3,第三产业增加值占比比2012年提高8.6个百分点。在苏州,第二、第三产业双轮驱动模式初步形成,现代经济的结构性特征越来越明显。

规上工业总产值跃上4万亿元新台阶

今年8月18日,在苏州市光子产业创新集群发展大会上,苏州正式宣布将重仓光子产业,启动建设太湖光子中心,打造"东纳米、西光子"产业发展格局,目标直指中国光子产业新高地,加快建设世界一流光子产业创新集群。

产业是经济发展的核心和基础。伴随着经济总量的增长,苏州不断加快转变发展方式、优化产业结构,实现了由数量扩张向质量提升的转变,经济发展的全面性、协调性和可持续性增强,高质量发展持续迈进。

苏州工业结构向中高端迈进。坚守实体实业是苏州人骨子里的执着。这十年,苏州对制造业的重要性始终保持清醒认识,现已拥有工业企业超16万家、规上工业企业超1.2万家,涵盖35个工业大类、171个中类和505个小类。2021年实现规模以上工业总产值4.2万亿元,比2012年增长53.1%,年均增长4.8%。2021年全市新兴产业和高新技术产业产值占规模以上工业总产值比重分别达54.0%和52.5%,分别比2012年提高11个和11.2个百分点。

苏州正通过建设产业创新集群,把苏州产业的长板拉得更长、把规模做得更大、把竞争力提得更优、与本地经济结合得更紧,推动苏州制造业核心竞争力的再一次跃升。

苏州现代服务业活力不断增强。2020年服务业增加值首次突破万亿元大关,2021年服务业增加值达11656亿元,比2012年增长111.1%,年均增长8.7%。当前以生产性服务业为支撑、高端服务业为引领的现代服务业产业体系正逐渐形成。2021年生产性服务业增加值占服务业比重55%。

进出口总额达3921亿美元创新高

今年9月21日，苏州海关对外发布2022年前8月苏州市外贸进出口情况。1至8月，苏州市实现外贸进出口17396.1亿元，同比增长9.5%，其中出口10335.5亿元，增长12.3%，进口7060.6亿元，增长5.6%。

开放程度高、开放成效好一直是苏州的鲜明特征。进出口方面，2021年达到3921亿美元，比2012年增长28.3%，其中出口额达2303亿美元，比2012年增长31.8%；贸易结构不断优化，2021年苏州一般贸易出口占出口额比重达38.1%，比2012年提高12.8个百分点。对"一带一路"沿线国家和地区出口占出口额比重提升至24.1%。开放平台方面，十年间苏州新增4家国家级开发区，相城区获批建设中日地方发展合作示范区。

今年是江苏自贸区苏州片区成立三周年，一系列首创性强、精准度高、惠及面广、在全国有影响力的创新举措，为片区内驱动科技创新和产业聚变筑牢了坚实的制度保障。苏州片区累计已形成全国全省首创及领先的制度创新成果160余项，其中6项在全国复制推广，31项在全省示范借鉴，全市推广制度创新成果86项。三年来苏州自贸片区新设外资企业超700家，实际使用外资超37亿美元，备案境外投资机构393个，进出口总额近2300亿美元，其中高新技术产品占比超64%。

创新能力跃升至全国第五

去年，科技部授予苏州三块含金量很高的牌子，分别是新一代人工智能创新发展试验区、国家生物药技术创新中心、国家第三代半导体技术创新中心，苏州成为唯一拥有两个国家技术创新中心的地级市。

十年来，苏州深入实施创新驱动发展战略，制定落实支持科技创新的系列政策举措，不断完善科技创新体制机制，破解发展难题，为经济发展提供了源源不断的动力。

在苏州，创新引擎更强劲。2021年苏州科技进步贡献率67.5%，比2012年提高8.3个百分点，科技综合实力连续12年位居全省首位。全社会研发经费投入占地区生产总值的比重从2012年的2.5%提升至2021年的3.91%（预计）。科技部中国科技信息研究所发布的《国家创新型城市创新能力评价报告2021》中，苏州创新能力位列全国第五，是前五名中唯一的地级市。

在苏州，创新主体更壮大。苏州完善分层孵化体系，打造以科技型中小企业、民营科技企业为基础,高新技术企业、瞪羚企业为主体,独角兽企业、科技上市企业为标杆的创新型企业梯队。高新企业数由2012年的1864家增加到2021年的11165家,年均增长22%,高新技术企业数位居全国重点城市第五位。

在苏州,创新载体更丰富。苏州累计与200多所国内外高校院所建立稳定合作关系,建设产学研研发机构158家。2021年末苏州省级以上工程研究中心140家,省级以上企业技术中心919家,省级以上工程技术研究中心1193家。全市拥有省级重点实验室10家,省部共建国家重点实验室1家,省级学科重点实验室6家,市级新型研发机构78家。

在苏州,创新成果更丰硕。至2021年底,苏州有效发明专利拥有量8.6万件,比2012年增长7倍。万人发明专利拥有量66.9件,是2012年的7.3倍。至2021年底,我市入选国家级重大人才工程人才数达361人,其中,入选国家级重大人才工程创业类人才数连续9年位列全国第一,省"双创人才"累计入选1236人,连续15年位列全省第一。

原载2022年10月12日《苏州日报》

第二十五届苏州新闻奖一等奖

嘉昆太一体化发展　乘风破浪向未来

本报记者　王　俊

嘉定、昆山、太仓,地缘相邻、人缘相亲、业缘相融,天然有着"手牵手""心贴心",共抓长三角一体化发展机遇的雄厚基础和现实需要。

自2018年5月起,苏州市和嘉定区围绕"规划同圈、科创同圈、产业同圈、交通同圈、生态同圈、民生同圈",开始共建嘉昆太协同创新核心圈,力求将其打造为长三角更高质量一体化协同创新发展的示范区。

此后,嘉昆太协同创新核心圈先后被纳入《长江三角洲区域一体化发展规划纲要》和《虹桥国际开放枢纽建设总体方案》,上升为国家战略的重要一环。

5年来,嘉昆太以协同创新核心圈建设为抓手,助推三地在综合实力攀高、创新转型、公共服务品质提升、环境质量改善等方面均交出高分答卷。

规划同圈
推动蓝图互融

嘉昆太协同创新核心圈启动建设的当月,太仓提出打造娄江新城的设想。如今,俯瞰城东,一片葱茏中的娄江新城,正在拔节生长。

高水平规划引领高质量发展。娄江新城的大美画卷,是由新城"1+5+N"规划体系奠定底色的。太仓对娄江新城的定位,则是上海五大新城的"姐妹城"。其中,嘉定新城与娄江新城只有咫尺之遥。两座"未来之城"的姐妹之谊,注定发轫于蓝图设计。

没有规划,发展就会无序。嘉昆太协同创新核心圈共建后,首重统筹协调,努力从完善顶层设计的高度,推进三地在规划定位上实现互融互动。

嘉闵线北延伸至太仓段纳入《长江三角洲地区交通运输更高质量一体化发展规

划》；太仓10个项目列入《长三角一体化发展规划"十四五"实施方案》；《虹桥国际开放枢纽建设总体方案》11次提及太仓，涉及港口航运、轨道交通、航空产业等多项内容；太仓积极衔接对上对沪规划，将"深度融入长三角一体化"作为"十四五"规划核心战略……可以预见的是，嘉昆太规划协同水平必然会进一步提高，更好地引领协同创新核心圈各项工作。

科创同圈
激发动力活力

"去年'双创券'为我们的检测业务节省了8万元。"苏州佩琦材料科技有限公司有关负责人告诉记者。该公司是一家集原材料合成和终端应用于一体的创新型科技企业。

在长三角地区，"双创券"是一种颇受中小微企业及创业团队青睐的新事物。政府免费向它们发放"双创券"，专门用于购买科研机构创新服务。太仓是第一批响应"双创券"政策的联动地区。企业可使用"双创券"抵扣实际支付服务金额的25%，单年度最高可获10万元补助。

在嘉昆太协同创新核心圈建设过程中，三地着力推动"双创券"管理和运营服务体系的接轨，成功建立了"双创券"的通用通兑机制，为三地科技创新协同发展注入新活力。如佩琦材料科技这种公司，可以在太仓申领"双创券"并在嘉定使用。

嘉昆太协同创新核心圈带来的不仅仅是"双创券"。

三地参与共建了长三角汽车产业创新联盟。近几年，太仓集聚了大批汽车核心零部件企业，联盟的出现对太仓汽车零部件产业高质量发展起到了重要的促进作用。

另外，太仓和昆山每年都会积极参加由嘉定主办的长三角科技成果交易博览会。长三角科创资源通过会展的方式传导到太仓，以新兴产业交流和科技成果转化为特点，助推太仓成为创新要素的集散地、创新成果的转化地。

产业同圈
优势互补共进

嘉昆太科创产业园内，优质企业密布，许多是昆太合作项目、嘉太合作项目。亿迈齿轮、瑞铁机床等企业在原材料、成套设备及仓储物流等方面也与昆山、嘉定企业有着良好合作。

太仓与嘉定、昆山在经济上有着千丝万缕的联系,作为嘉昆太协同创新核心圈建设的重要成果,嘉昆太科创产业园可谓是三地经济合作的典型案例。

协同创新核心圈构建之初,三地便在签署的行动方案中明确,充分发挥市场在嘉昆太资源配置中的决定性作用,强化产业集群化、特色化、差异化发展,打造有分有合、错位发展、分工协作的区域产业发展格局。

比如,汽车产业是嘉定的支柱产业,当前嘉定加快打造世界级汽车产业中心,力争到2025年全产业链总产值超过1.2万亿元。同时,昆山、太仓是全国汽车零部件产业重要基地,与嘉定既有产业配套协作的良好基础,也具备错位发展的有利条件。

协同创新核心圈的打造,带来的积极影响是显而易见的,可以让三地进一步明确各自产业定位,有目的地开展招商引资和企业培育,既能促进企业集聚,形成特色鲜明的产业集群,更可防止产业发展非理性竞争。

此外,三地还在深化长三角"一网通办"、不断优化营商环境,打造"信用嘉昆太"品牌、实现"一地失信,三地受限",放大长三角产业升级股权投资基金作用等方面,取得了一批实打实的合作成果。

交通同圈
路网互联互通

日前,临近太仓昆山毗邻区域的正夫路建成。正夫路于2020年12月开建,正式投用后将打通204国道与太仓南站的连接线,进一步完善嘉昆太毗邻区域交通路网。

交通领域的互联互通,是加快打造嘉昆太协同创新核心圈的重要保障。

太仓与嘉定之间,目前共有葛隆、嘉太、陆渡、华亭和宣高5个地面道口。其中,嘉定城北路对接太仓岳鹿公路项目于2020年6月竣工投用,为嘉太两地居民往来新添一条便捷通道。随着沪苏通铁路开通运营,两地通勤效率进一步提高。

太仓与昆山之间,陆路方面,已有S48沪宜高速、339省道、昆太路、太蓬公路、周新路、双周公路6条主要对接道路。水路方面,太仓港与昆山综保区实行"昆太联动"进出口通关模式,极大地提高了昆山企业在太仓港走货的便利度。2021年,昆山企业在太仓港走货超过10万标箱。

协同创新核心圈针对交通同圈提出的目标包括,加快建设跨区域对接道路,提高公共交通一体化水平，完善跨区域基础设施建设布局等。下一步，随着嘉闵线北延伸至太仓段项目，昆太"一高三快"（太昆嘉高速公路，S339快速化、S256快速化、城蓬线快速化）高快速路网体系建设的有序推进，嘉昆太交通互联互通水平必会持续提升。

生态同圈
联防联控联治

头顶同一片蓝天，共饮同一江碧水。环境的"一荣俱荣，一损俱损"，决定了生态同圈是嘉昆太协同创新核心圈最亮眼的环节之一。

早在2018年，太仓便与嘉定、昆山签署了污染防治联防联控协议，明确把三地边界垂直距离500米范围作为"联防联治区"，通过建立联防联控的环境共治合作机制，突破行政区域局限，合力推进环境的共防、共治、共保。

2019年，三地签署了生态环境领域社会信用体系建设合作协议，实施统一的信用信息标准，推动生态环境领域一体化发展。

2021年，三地进行了大气污染联防联控签约，联手应对大气污染。针对大气环境质量和交界地区大气污染现状，三地多次开展联合监测和执法行动，实行定期会商制度，切实改善三地大气环境质量。

与此同时，三地不断健全跨界河道治理联动机制，共同开展河湖沿线工业污染治理、河湖清淤等；建立了固体废物非法转移联动执法查处及监管合作机制。三地还加快提升区域生态能级，形成了嘉北生态涵养区，昆山城隍潭生态园、振东郊野、天福湿地等生态公园，太仓新浏河风光带、独娄小海等重点生态功能片区。

民生同圈
共享美好生活

"我在娄东街道的一家食品厂上班，主要工作是去嘉定送货，路程不远，活儿挺轻松的，每月工资到手有5000多元。我已经50多岁了，公司就在家门口，我对现在的工作很满意。"大庆锦绣新城小区的杨师傅告诉记者。正常情况下，每个月他要去嘉定20趟以上。

疫情期间，太仓和嘉定建立了疫情防控互认机制。沪太通勤人员可凭电子通行证在沪太两地通行，较好地满足了两地企业员工跨省通勤需求。

杨师傅的经历可以折射出，嘉昆太协同创新核心圈建设给民生领域带来了积极变化。

协同创新核心圈构建之初提出，要强化民生领域互惠互助，突出协调合作。数年来，三地立足公共服务需求，聚焦职业教育、社会治理、卫生、文体、养老等，合力推动优质公共服务资源优势互补，实现民生互惠。

从"瑞金—嘉定紧密型医联体"签约成立，到瑞金医院太仓分院项目开工建设；从三地深化教育交流合作，到共建嘉昆太职业教育联盟、嘉昆太高技能人才培训基地联盟；从加强嘉昆太养老机构合作交流，到实现医保卡参保地、就医地"两地通用"，三地的民生福祉因民生同圈而增进良多。

兄弟同心，其利断金。2018年，嘉昆太地区生产总值总量为7525亿元。2021年，嘉昆太地区生产总值总量已突破9000亿元大关；三地高新技术企业数达5400多家，较2018年实现翻番。随着嘉昆太协同创新核心圈发展质效的不断攀升，三地定将在长三角一体化进程中，迸发出更加夺目的光彩。

原载2022年8月31日《太仓日报》

第十六届苏州新闻奖一等奖

第十万零一个"为什么"

主创人员　高家祥

价格的虚高,功能的错位,其实暴露的是当前我们少儿出版界过于急功近利、商业化太重的不良心态。

政府和社会也应该创造条件,多建一些公益性的少儿图书馆,通过这些平台,让《十万个为什么》这类经典的少儿读物,能够以更亲民的形象、更亲近的距离伴随一代代孩子成长。

新版《十万个为什么》近日在各地书店上架了,售价高达每套980元,让不少家长望而却步。

《十万个为什么》被视为国内"第一百科全书",深受几代人的喜爱。正因如此,我们对新版本的《十万个为什么》才更期待。可如今新版出来了,价格却比原来增加近10倍,不禁让人要问第十万零一个"为什么":新版《十万个为什么》为何这样贵?

高价上市的理由可能有很多,比如,新版本从筹备出版始,为了更加增强针对性,面向全国青少年征集"问号",力求全方位贴近孩子们的奇思妙想;该套图书的编纂可谓兴师动众,邀请近百位院士"写小文章"——每一分册的主编都是领域内最具权威的科学家,历时2年才完成。看似成本不菲,可拿这来作为高价的理由未必站得住脚。

我们都记得,50多年前,《十万个为什么》初版时,审稿人名单上是一连串闪光的名字:李四光、竺可桢、华罗庚、茅以升、钱崇澍、苏步青……这些上世纪60年代我国科学界最负盛名的大家,亲自为它撰稿审定。如果要核算成本,旧版的《十万个为什么》成本肯定更高。

还有人会说,新版《十万个为什么》全套书有很多册,每一本封面装帧设计时尚而考究，成本自然要上去。创新包装无可厚非，但任何包装都是一种形式，要为内容服务，尤其是科普型的青少年读物，更应该讲究一个实用和亲民。"高端大气上档次"，面子诚然好看，可这些书是干什么的？原来，在不少书商和买书人的眼里，这样的高价书是收藏品和礼物，而不是读物。拿着价格这么贵的书，究竟让孩子们读还是不读？

价格的虚高，功能的错位，其实暴露的是当前我们少儿出版界过于急功近利、商业化太重的不良心态。在这一心态的驱使下，不少少儿读物盲目"贵族化"的背后，还有一个更让人担心的忧患：只重包装，轻视内容。某些阅读价值不高的儿童读物泛滥书市，文字不足图片来凑、乱凑的儿童书籍更是遍地开花。有专家统计，有些儿童读物文字差错率竟高出有关规定的百倍以上，被网友讽为"问题奶"。这样的少儿读物不是在精神"养人"，而是害人。

书籍是供人阅读、学习的，是满足世人求知需要的载体和工具。作为启迪少儿智慧的百科图书，更应突出其公益性。少年儿童是我们的未来，给孩子提供既营养又普惠的精神食粮，要求我们在出版少儿读物时多一点敬畏和责任，少一些功利和短视。同时，政府和社会也应该创造条件，多建一些公益性的少儿图书馆，通过这些平台，让《十万个为什么》这类经典的少儿读物，能够以更亲民的形象、更亲近的距离伴随一代代孩子成长。凭借其"名著效应"和"好口碑"，让更多少年儿童走近书、爱上书。

原载2013年9月24日《苏州日报》

第十七届苏州新闻奖一等奖

警惕少年微博自杀背后的"他杀"

主创人员　杜鹏伟

近日,四川泸州少年曾某因感情问题微博直播自杀。个别网友在看到小曾发布了用于自杀用的炭火时,使用了极其嘲讽的语气转发:"老板,加20串肉筋,10串板筋,再烤两个大腰子!"而类似"忍不住哈哈哈"的围观嘲讽不绝于耳,甚至大骂"你必须死""到底死了没有""赶紧死"等等。而后晚上19时多,四川泸州警方发布微博,小曾自杀抢救无效死亡。

心理学一般将自杀分为主动型自杀和被动型自杀。后者是我们通常情况下说的自杀,是个体的烦恼、苦闷发展到极限,对生活和未来彻底失去信心,而采取唯一、最后的自我防御手段,企图实现心理的最终满足或解脱。心理学专家讲,一心求死的人,已经对这个世界无话可说。小曾"直播自杀",说明他仍有生的留恋,他想吸引别人关注,得到心理安慰和支持,潜意识中希望获救。实际上,发出直播自杀的消息就是在发出一种"求助信号"。

然而,这位"95后"少年遭来的却是一片冷嘲热讽。看热闹的不怕事大,围观者跟风呐喊,起哄的人在最后一刻成了"杀手"。他们起初只是以为少年在哗众取宠,看笑话般打趣调侃,变成了恶意的攻击。这种随意看似轻微,却是最致命的。因为消极负面的评论一定会使得"自杀状态"的人情绪崩溃,从而断绝了自杀者对生的最后留恋。

一位曾患抑郁症曾经差点自杀的人就坦言:人在要自杀的时候是非常矛盾的,一方面会认为自杀是解决痛苦的唯一途径,已经出现了认知、情感和行为上的功能失调和混乱;另一方面又意识到自杀的危机,具有无比强烈的求生本能,会通过种种方式将自己求救信息传递出去。微博就成为小曾传递这种求救信号的方式。正是网络上随意、任意、恶意的语言暴力,这种"外界刺激",使得少年"在认知、情感和行为上完全失控",自杀成了他逃避网络语言暴力,解除痛苦的"解脱"。

从社会学上来说，语言暴力属于符号暴力的一种，在网络语言暴力的背后，是社会个体及其所属的社会群体的力量体现。微博网友对待这一事件的语言暴力上，可以一窥社会深处的心灵痼疾。网络对于他们来说，那就是乌合之众的力量。一个个充满戾气的个体积聚起来，便是一股不容小觑的强大的力量，他们会让网络暴力的接收者不自觉地认可自身所处的弱势地位，并形成不良的心理压力，而这一些人也由此得到心理上的满足，寻求着戾气的宣泄点，也由此制造了网络上犹如软刀子般的语言暴力，直播自杀的"95后"小男孩又何尝不是网络暴力的受害者？这是一种不健康的充满暴力的畸形社会心态，少年的死正是这种互动的结局。每一个参与其中的人都必须反省，你是不是不知不觉地陷入了网络暴力的漩涡？

迪尔凯姆在《自杀论》中批判了以个体心理导致自杀的传统理论，展现了社会事实的因果关系是如何把"他杀"变"自杀"的，是众人杀了自杀者。人类学有个观点也值得借鉴，人们之所以成为他们的样子自是一种选择，这种选择的复杂性远不是你的随意可以评判的。所以不点赞嘲讽，默默走开却非常简单。沉默，就是一种爱。自律，就是一种善。

美国诗人狄金森有诗言："假如我能弥合一个破碎的心灵，我就没有虚度此生。"但愿又一起悲剧，能唤起现代人对生命的珍视，让无力者有力，让悲观者前行。

原载2014年12月7日《城市商报》

评论

第十八届苏州新闻奖一等奖

告别"农民工时代"

主创人员　秋　末

装修房子,阳台、路面高了一点点水流不出去,地板缝隙紧了一点点拱了起来,窗不该有缝从缝中进水了,门缝该宽一点未宽黄梅天关不上了,此类小毛小病几乎是家常便饭,装修成了"总有遗憾"的事业。吴瓜先生的《论"就差这么一点点"》下了一阵及时雨,给装修业把脉开了方子,呼吁对"就差这么一点点"要深究。

事实上,装修还不只是"就差这么一点点",问题还有一片片,我现在住的那个小区,一百多幢房子,家家都漏水,有大漏有小漏,无一幸免,既有设计问题,也有施工问题;还有挺吓人的,门上一块砖未粘牢掉下来把主人砸得头破血流的,心口儿不只是"比较烦",要喷血了。

要追究什么?得追究一下我们面临着的一个时代。

是的,装修"就差这么一点点",是个具体问题,里面有态度问题、技术问题、有规不循问题、监管放羊问题,细节可以决定成败,细节马虎不得,要认认真真逐个解决具体问题。我们是不是还应该从一点点到一片片,从细节到整体,从装修到社会,摸摸大象,找找根子,把牛鼻子抓出来,或许能举一反三,从根儿上更自觉地去解决问题。"就差这么一点点"不只一点点本身,一点点体现了代表了一个时代,这个时代叫"农民工时代"。装修问题是个时代问题。

难道不是吗?装修是农民工的天下,不是百分之百,也是百分之九七、百分之九八,绝不会少于百分之九十,你自己家里装修的,再到工地上去看看,可以作证,不管是天南来的还是海北来的,他们都姓农,都叫农民工,以前我们叫农民兄弟,是农民工包揽了装修市场,还可以叫垄断了这个市场。农民工时代还不只是体现在装修上,建筑是大半个农民工时代,食品生产、加工也是,许多制造业,尤其是中低挡加工业,也都是农民工时代或半个农民工时代的天下。

农民工时代是城市化的产物,是城市化不可或缺的,一定会发生的,是大时代前进的衍生物，是一种过渡阶段，是时代的进步。农民工，既是农民又是工人，从外到内，从手到脑，从工作到生活习惯，正在从农民变为市民，蜕变为有知识有技术有时代观念的新一代人，他们中有许多人已成为民营企业的中坚，像浙江造汽车的李书福、张家港炼特种钢的沈文荣，成了时代骄子，他们还是"双创"的一支生力军，推动着"双创"的轮子，这是中国乃至全世界都未有过的改造人、改造农民的伟大壮举。农民工进入城市，建设、发展了城市，每一幢高楼、每一条道路，都浇进了农民工的汗水，一把泥刀新造了中国千万个城市。"中国制造"一半是农民工制造。

可是，一夜之间，农民成不了合格的工人，成不了类似高素质的德国技工，也不可能一下子脱胎换骨成为事事处处讲规矩、守规则的现代公民；相反，还会把农村、农民世代遗留下来的不合时宜、不合时代要求的旧习惯、老观念，落后于时代的老东西带进城，带进工作之中，还会顽强地表现出来。装修中的"就差这么一点点"典型的确切地表现了农民工时代的状况，一方面，大大进步了，从不知装修为何物，成了装修技工，会看图纸会设计；一方面，离高标准、高质量、严要求还有距离，还差这么一点点，有些还差多点点，进了门未满师。一个通病，要求不高不严，大而化之，马马虎虎，一粗二疏。农民工、农民工时代的通病。

这个时代通病，不难从"三农"中找到根子。我种过田，切身体会，传统农业是个粗疏农业，从选种、到播种、施肥、管理、收割，都谈不上精确，许多地方是春播秋收，几无管理，现在科学种田，播种、施肥还是凭感觉凭经验，江南精耕细作，还不是今天科学意义上的精细。"三农"在前进，粗疏农业还占统治地位。天长日久，潜移默化，大而化之的脾性当然溶入了农民的血液，也自然而然进城门，进装修，进建筑，进装配……为什么装修行业问题多更突出，粗疏更普遍，与农民工占多数、农民工自己管理自己、领导人也是农民工密切相关。为什么不少有钱人欢喜买外国货，中国货质量不及外国货，一个原因，中国货不少是农民工制造。

我们面临的时代已是精确、精准时代，导弹是精确打击，制造是精细制造，现代农业也是精细农业，施肥根据土壤成分精准配比，连扶贫也要精准扶贫，扶贫到户到人到业到具体收入，粗疏要加快退出历史舞台，要加快缩短农民工时代。有呼声不用"农民工"这个称谓，这容易办到，不用而已，要让农民三年五载成为合格的高素质的工人，这要全社会包括农民工自身付出艰巨努力。要响亮地提出："改造农民工！"改掉旧习惯，创造新习惯，创造新一代人。

可以预言，高质量的"中国制造"必然在农民工时代消失之后。

为农民工时代曾经的彪炳而鼓掌，为农民工时代的加快消失而欢呼。

原载2015年12月6日苏州新闻网

第十八届苏州新闻奖一等奖

尊重市民知情权　赢得媒体公信力

主创人员　许　贞

今年11月，《常熟日报》记者接到小女孩高龚怡因白血病复发，急需捐助的信息，采写《11岁女孩期待捐款》稿件于11日刊发。社会反响强烈，各界纷纷对患病女孩伸出援手。但随着消息在微信朋友圈等新媒体渠道的扩散，却引来了一些不和谐的声音，其中"高家家境富裕，并非寒门；高家利用善款购买高档小车，装修房屋……"等舆论甚嚣尘上。针对社会各界的广泛关注与质疑声，《常熟日报》又及时刊发《24小时筹到6万元善款女孩父亲致谢并承诺"绝不挪用"》《社会各界为小龚怡接力捐款可找本报或大义民政办》《各界持续关注白血病女孩至13日共筹善款约25万元》等报道，公开透明地介绍了善款筹集情况和使用方案。舆论对《常熟日报》及时、公正、透明的新闻报道与人文关怀表示认可，对善款最终的归属也再无异议。

在掌握着社会话语权的各路媒体争相夺人眼球的今天，肩负着正确引导舆论方向任务的主流媒体，尽管在报道重大事件上拥有无可动摇的权威性，但在民生问题上却面临着"微博""微信公众号"等自媒体的"情怀挑战"，往往因为时效性与亲和力不够而将长期积累来的群众基础拱手让于"后起之秀"们。而与此同时，在2015年，以"犬口救娃"帖子骗得捐款超过80万元，利用天津滨海新区爆炸事故发布假微博获得赏金10万元……中国媒体圈上演的慈善"反转剧"炙烤的不仅仅是民众的心，更是媒体的公信力。

但纵观《常熟日报》的这组事件跟踪报道，很好地平衡了要真相还是要关注度的两难选择，没有因为追求真相耽误孩子的治疗，同时始终站在市民视角和社会利益一边思考问题，尊重市民的知情权、参与权、表达权、监督权，主动地诉求民意，以及时、详实、连续的大篇幅报道还原真相，传递爱心，散播正能量。既守住了权威的话语权，又赢得了市民肯定。

随着互联网触角的不断延伸，信息传播渠道也越来越多，这给某些一心只想博眼球甚至怀有恶意的自媒体提供了发挥空间，助长了流言甚至是谣言的滋生。新华社原总编辑南振中在《把密切联系群众作为改进新闻报道的着力点》一文中指出，现实生活中存在着两个并不完全重叠的舆论场：一个是主流媒体着力营造的媒体"舆论场"，另一个是人民群众议论纷纷的"社会口头舆论场"。从某种意义上来说，这也是对"求真相"和"博眼球"的另一种描述。新闻实践证明，这两个舆论场重叠的部分越大，即"真相"和"眼球"趋于同向的时候，媒体的受欢迎程度就越高，媒体的社会公信力也就越强。

因此，尊重市民知情权，及时了解群众的关注热点，迅速作出反应，满足群众知情欲，以确凿的真相让猜疑、流言、谣言不再有市场，这既是主流媒体应当肩负的责任，也是提升媒体公信力的关键。

原载2015年12月14日《常熟日报》

第十九届苏州新闻奖一等奖

"创新四问" 1+4 社论、系列评论员文章

主创人员　陈震欧　刘晓平　王伟民　马玉林

奋力交出"创新四问"的满意答卷

刚刚闭幕的中国共产党江苏省第十三次代表大会,吹响了"聚力创新、聚焦富民,高水平全面建成小康社会"的冲锋号,擘画了江苏未来五年发展的蓝图和路径。

作为全省发展的排头兵,苏州当前和今后一个时期的首要任务,就是要坚决贯彻、全面落实省党代会工作部署,把会议精神转化为苏州高水平全面建成小康社会的具体行动。尤其重要的是,要深刻领会和回答好省委书记李强在苏州代表团讨论时,就如何推进创新发展提出的四个需要苏州深入思考的问题,即"创新四问",为全省打赢"两聚一高"的主攻仗扛起责任,当好先行军和排头兵。

——在全省创新格局中,苏州怎样发挥引领性作用?

——在推进自主创新中,苏州怎么追求原创性成果?

——在全面提升创新水平的基础上,苏州怎样打造标志性平台?

——在创新生态系统的打造上,苏州怎样体现开放性和包容性?

省委书记李强的"创新四问",直击苏州发展的要害关键,掷地有声,发人深思,既有着眼苏州未来发展的前瞻性思路,也有指导苏州具体实践的可行性路径,为苏州创新发展指明了目标和方向,点明了工作重点和抓手,对苏州发展具有十分重要的意义。创新是历史进步的动力、时代发展的关键。习近平总书记在视察江苏时强调,"要以只争朝夕的紧迫感,切实把创新抓出成效。要舍得下本钱,宁可在其他方面紧一紧,也要拿出钱来搞创新"。创新发展排在五大新发展理念之首,创新决胜未来,国家如此,城市也如此。

当前，全球新一轮产业和科技革命风起云涌，依靠创新占领发展制高点，已是全球共识。同时，我国经济发展进入新常态，创新驱动转型发展进入关键期，国内一些先进城市，互联网等新业态强势崛起，一批高新技术企业已经抢占世界市场。

置身全球和国内这股强劲的创新潮流，如果苏州满足于现状，津津乐道于传统优势，懈怠创新，耽误创新，就会陷入时代发展的被动和尴尬。

"创新四问"，是省委寄予苏州的一份沉甸甸的期望，期待苏州为全省的"转型出关"破题开路，引领示范；"创新四问"，同时承载着省委对苏州的信任和信心，是对苏州创新潜力和创新能力的信任。回答好"创新四问"，不仅是苏州完成好全省发展战略的历史使命，也是苏州自身实现转型升级的现实需求。

应该清醒地看到，当下创新发展之于苏州，比以往任何时候都更加紧迫，城市的经济结构、未来目标，都在催促我们，一定要尽快解决影响创新的问题，提振创新发展的信心，走出创新发展的坚实步伐。

当前，我们要通过深入开展"创新四问"活动，集全市之力问出创新的好思路、问出创新的好举措、问出创新的好成效，在全市上下形成创新奋进的浓厚氛围，切实把创新抓出成效。

针对"创新四问"的总要求和重点抓手，各地各部门要切实增强责任感和使命感，进一步明确目标定位、实现路径，积极探索发挥在全省创新格局中的引领性作用；要狠抓要素集聚，大力推动原始性科技创新；要做强做大龙头企业，打造苏州标志性品牌平台；要突出开放包容，营造优异创新创业生态系统。

蓝图已经绘就，使命牢记心头。让我们紧密团结在以习近平同志为核心的党中央周围，全面贯彻落实党的十八届六中全会和省党代会精神，团结拼搏、开拓创新，奋力书写好"创新四问"的满意答卷，为高水平全面建成小康社会、争当建设"强富美高"新江苏先行军排头兵而努力奋斗！

原载2016年11月29日《苏州日报》

学习贯彻落实省党代会精神系列评论
牢记使命 积极引领全省创新格局
——一论答好"创新四问"

苏报评论员

当下的苏州,正涌动着创新的澎湃热流。

省委书记李强在参加省党代会苏州代表团审议时,专门就创新向苏州提出了四个方面的问题。这些天,"创新四问"在苏州干部群众中引起了极大的反响,全市上下正在形成热议创新、奋力创新的浓厚氛围。

答好"创新四问",事关江苏发展全局,影响苏州未来前途。而答好这四道"必答题",首先得清醒审题,领会题意。

"创新四问"中,既有着眼苏州未来发展的前瞻性思路,也有指导苏州具体实践的可行性路径。其中,第一问"在全省创新格局中,苏州怎样发挥引领性作用"是总要求,也是苏州创新发展必须牢牢锁定的目标和方向。

"江苏创新要在全国领先,苏州首先要冲在全国第一线。""苏州的创新不是一般意义的创新,而应该是引领性的。不仅是全省的创新高地,应该成为全国的创新高地。"这是省委对苏州创新提出的明确要求,也是我们需要为之奋斗的目标。

扛起这份责任和使命,苏州有底气有信心。近年来,苏州始终坚持实施创新驱动发展战略,科技综合实力连续7年位居全省第一,全市科技进步贡献率达到62%,发明专利申请量和授权量均位居全国城市第四……

不过,面对肩头的担子,我们更应清醒地看到,同深圳、上海、杭州等先进城市相比,苏州在科技创新方面还存在着不小的差距。譬如,研发投入特别是企业的研发投入相对不足,资本市场还不够活跃,尤其是苏州的高新技术企业数量不多、规模不大。

譬如,苏州高新技术企业数量仅为深圳的一半还不到,高新技术产业产值深圳超过我市3000多亿元,这些都需要我们在下一步工作中,花更多的气力去攻坚克难。

因此,当前对于苏州来说,如何才能更有力地扛起省委赋予的使命担当,更好地引领全省创新格局? 这是一个需要我们深思和突破的大课题。

首先,要打开视野,跳出江苏看苏州。他山之石,可以攻玉。尤其深圳、上海张江、北京中关村、杭州滨江等地，都是我们学习的榜样。我们要紧盯这些同类标杆城市和区域的发展动向，多学多问，对标找差，学习精进。

其次，要明确路径，突出产业创新。目前，苏州在纳米技术、生物医药、高端装备制造、机器人等领域发展势头比较好，但叫得响的企业还不多，特别是缺乏具有国际影响力的大企业、大品牌。下一步，我们要在培育壮大企业规模，扩大品牌知名度、影响力上下更大功夫。各地要坚持有所为、有所不为，聚焦最有条件、最具优势的领域实现产业创新的集中突破。

再次，要真抓实干，重在贯彻落实。创新只争朝夕，成效关键在落实。围绕新技术新产业新业态新模式，突出问题导向和需求导向，深入开展"创新四问"活动，广泛组织领导干部、科技人员、企业家、专家学者等，对标找差、建言献策，集全市之力问出创新的好思路、好举措、好成效。各地各部门要从产业发展、科技创新、人才引进培养等方面做好创新的顶层设计，迅速制定方案，分解细化任务，并加快推进苏州已推出的创新驱动发展"3+1"政策文件等。

责任出智慧，出勇气，出力量。牢记责任，瞄准方向，实干担当，苏州定能不负重托，不辱使命，以科技创新的过硬成果积极引领全省创新格局，交上一份满意的答卷。

原载2016年11月30日《苏州日报》

学习贯彻落实省党代会精神系列评论
发力原创，闯出自己的新路来
——二论答好"创新四问"

苏报评论员

"苏州在推进自主创新中，怎么追求原创性的成果？"

在"创新四问"的第二问中，省委书记李强特别强调"追求原创性的成果"，这是抓好创新的关键，也是苏州需要直面的难点。

原创性成果，来自原始创新，是由前所未有的重大科学发现、技术发明、原理性主导技术等创新活动带来的成果。而这原始创新，恰恰是最根本、最核心的创新，也是一个民族对人类文明进步作出贡献的重要体现。

经过改革开放30多年的飞速发展和积累，苏州乃至江苏的经济发展，已经从"数量追赶"转入"质量追赶"的新阶段。这个阶段，经济发展要上新台阶，自主创新是唯一的路径，而体现自主创新水平的关键，就看原创性成果。谁的原创性成果多，谁就掌握了发展的主动权与竞争的核心力，就不会在关键时刻和关键领域受制于人。

回望苏州的发展轨迹，我们从开放型经济的繁荣中收获了发展的速度与数量，但光靠来料加工、贴牌生产的简单"跟随"和"模仿"，很难构筑起属于自己更为核心的技术和研发优势，反而品尝到转型的现实"阵痛"；与此同时，放眼先进城市的标杆，当深圳的华为、中兴等企业开始向苹果等世界创新巨头收取专利费时，城市和企业，都在上演着技术竞争的逆袭，收获着原始创新的红利。

因此，眼下的苏州，继续原来的老路，只会越走越窄，仍然依赖要素驱动和投资规模驱动的发展旧模式，终将难以为继。

唯有鼓起勇气，发力自主创新、原始创新，闯出一条依靠创新驱动、体现苏州特点的发展新路来。

闯出苏州自己的新路，首先要抓住人才。人才是创新的第一资源。要进一步优化完善各项人才扶持政策，加大高端型和领军型人才的引进力度，以人才高地支撑苏州创新高地。

闯出苏州自己的新路，其次要加大创新投入。对比先进城市，我们在创新投入上还存在很大的差距，特别是企业对创新投入不足。对此，各地各部门要加强调查研究，优化政策设计，改进服务模式，千方百计地提高企业投资研发的积极性，鼓励企业布局前沿技术、攻克技术瓶颈，努力实现关键技术重大突破，集中力量抢占科技制高点。

闯出苏州自己的新路，还要拓展载体。要围绕新兴产业发展趋势，进一步强化与国内外知名高校科研院所的战略合作，吸引国内外知名大学、科研机构来苏落户，尤其是要大手笔地吸引原创性成果在苏州落地，在苏州转化，并形成过硬的产业成果和市场竞争力，进而在更高起点上推进苏州的自主创新。

有人曾将专注原始创新的发展方式比喻为"爬北坡"，因为比较艰险，需要勇气，但路途最近，经久积累起的是城市发展的核心竞争力。在这条推进自主创新的道路上，苏州从来不缺攀登的勇气和智慧，定能闯出一条有着自己特色的创新之路来！

原载2016年12月1日《苏州日报》

学习贯彻落实省党代会精神系列评论
做强龙头　崛起苏州创新的"高峰"
——三论答好"创新四问"

苏报评论员

一提起苏州园林，大家立刻能想到虎丘、拙政园、狮子林等响当当的名字。但谈起苏州创新，外界可能未必很快就能报出哪个响亮的企业或产品的名称。

"有高原没有高峰，缺乏具有全国乃至世界级影响力的创新型企业。"对于苏州抓创新，省委书记李强一针见血地指出了这一突出问题，并且提出了"在全面提升创新水平的基础上，苏州怎样打造标志性平台与品牌"的深刻命题。而这标志性平台与品牌，指的正是标志性的大企业，这是苏州抓好创新的重要支撑。

客观地说，苏州并非没有大企业，像沙钢、盛虹等民企500强，也都是各自行业领域的标杆，以他们为代表的传统产业，支撑着苏州经济的发展与繁荣。但从创新发展的角度衡量，我们还需要更多创新能量的引领，诞生更多的地标性大企业。就像提起深圳，自然会想到那里的华为、腾讯、中兴、大疆等一大批领军全球的科创巨头；谈及杭州，就不得不说到他们的阿里巴巴。

如何崛起苏州创新的"高峰"，破解创新发展的"痛点"？这是下一步需要我们深入思考的大问题。

第一，要强化企业在创新中的主体地位，这是根本前提。对标国内外知名的创新城市，创新成果主要发生在企业，创新资源主要积聚在企业，企业才是创新的主体力量和决定力量。硅谷的高科技产业、好莱坞的影视产业，其背后正是一批企业在主导创新体系。同样，我们也要推动规模以上企业瞄准国家工程技术中心、重点实验室等高水平研发机构，加大研发投入，形成国家级、省级、市级研发机构发展梯队，壮大创新的主体力量。

第二，要突出对优秀企业家的培养，这是关键环节。创新，是企业家的灵魂，也是企业家精神的核心。在过往的发展历程中，苏州涌现了沈文荣、钱月宝、崔根良等一批杰出的企业家，他们身上固有的那股执着创新、精业乐业、拼搏进取的企业家精神，在当下苏州新一轮的创新发展中，更加需要得到发扬光大，升级升华。创新的号角，转型的压力，都在促使我们要进一步加强对优秀企业家的重点培育和支持，鼓励引导广大企业家发扬企业家精神，抢抓供给侧结构性改革的大好机遇，坚定信心、乘势而上、加快发展。

第三，要提升政府服务企业的本领，这是重要保障。苏州历来有"亲商""富商""安商"的好传统，特别是在当前企业发展困难的情况下，这个传统更是不能丢。只要真正做到"亲""清"两字，就要理直气壮地支持企业发展，甘当服务企业的"店小二"，多为企业雪中送炭，加油鼓劲，千方百计调动和增强企业和企业家的创新积极性。

曾经，我们一手铸造了"苏州园林"的金字招牌；如今，我们更加需要打造"苏州创新"的标志性平台与品牌。只要怀抱着这份品牌意识和创新锐志，持续发力、爬坡过坎，苏州的创新发展在"高原"上崛起"高峰"，一定大有可为，大有作为。

原载2016年12月2日《苏州日报》

学习贯彻落实省党代会精神系列评论

开放包容　打造"苏式"创新生态系统
——四论答好"创新四问"

苏报评论员

从硅谷到深圳，从上海张江到杭州滨江，剖析当今世界那些创新成果倍出的城市和地区，打造一个活跃的创新生态，是其内在的奥秘。

同样，省委书记李强对苏州提出的"创新四问"，其中最后一问，恰恰也正着眼于此："在创新生态系统的打造上，苏州怎样体现开放性和包容性？"还特别强调，"只有创新生态系统建好了，才能够吸引人才，建设人才队伍。"

打造一个有活力的创新生态系统，是抓好创新的重要保障。每个区域，都有自身独特的创新生态，而对于苏州来说，"开放性"和"包容性"，无疑是我们在创新生态系统打造中，必须牢牢抓住的最重要特征。

什么是"开放性"？就是要引得进来，走得出去。要有海纳百川的胸怀，敞开大门，汇聚全省、全国乃至全球的创新资源，做到择天下英才而用之。这方面，苏州有很好的优势和条件，要抓住建设苏南国家自主创新示范区的机遇，特别是要依托我们众多的高新区、开发区等创新主阵地，更好地"引进来"和"走出去"，推动信息、技术、知识、人才跨区域、跨国界的合作交流,以开放带创新,以创新促发展。

什么是"包容性"?就是要融合好,留得住。这方面,苏州的历史文化、自然环境、服务配套、创新平台等都是吸引创新资源集聚的重要优势。同时,还要有包容创新的文化氛围,能够鼓励创新,宽容失败,使创新成为全社会共同的价值追求。

当前,面对创新发展的时代命题,应对日益激烈的区域竞争,苏州要以更加开放包容的新姿态、新举措,全方位出击,加快打造一个更具特色、更富竞争力的创新生态系统,厚植苏州的创新发展优势。

首先,要完善体制机制。没有好的机制,投的钱再多,吸引的人才再多,也难以出好的创新成果。要加快科技体制改革步伐,围绕产业链部署创新链,围绕创新链完善资金链,强化科技同经济对接、创新成果同产业对接、创新项目同现实生产力对接。尤其,要用好金融这一创新的"催化剂",深化科技投融资体制创新,建立覆盖全市的科技金融风险补偿资金池,大力发展种子基金、天使基金等,加快创业企业上市步伐,形成有利于创新成果生成并产业化的新机制。

其次,要优化法治环境。创新经济的发展,离不开法治的保障。要进一步加强知识产权运用和保护,健全知识产权侵权查处快速反应机制和多元化知识产权纠纷解决机制,构建公平竞争、规范有序的市场环境,为创新保驾护航。

再次,要提升服务能力。要用好苏州自主创新广场建设、国家技术转移苏南中心、新兴产业标准化协作平台等公共服务平台,以企业创新需求为导向,培育壮大技术转移、创业孵化、检验检测、科技咨询、知识产权、人才评价等领域的市场主体,打通科技成果转移转化渠道,形成完善的科技创新服务体系。

此外,要深植创新文化。创新文化孕育创新事业,创新事业激励创新文化。要发扬光大"张家港精神""昆山之路""园区经验",特别是传承好其中蕴含的敢为人先、勇于创新的精神特质。大力发展创客文化,打响金鸡湖创业长廊、狮子山创客峰会等创业服务品牌,助推大众创业、万众创新,在全城营造勇于创新和宽容失败的氛围,形成人人参与创新、人人支持创新、人人推动创新的大好局面。

正如一个健康的自然生态离不开阳光、土壤、水分、空气之间的良性循环一样,一个有活力的创新生态系统,同样需要各大要素板块之间相互协同与支撑,做好协调和统筹的大文章,才能让创新的源泉充分涌流,创新的活力尽情释放。

"抓创新就是抓发展,谋创新就是谋未来。""创新四问",正是省委着眼于全省发展大局和苏州发展未来,在新时期作出的重要部署。牢记使命,实干担当。当前,我们要深入开展好"创新四问"活动,汇全城之智,聚全市之力,全面回答好"创新四问",全力践行好创新发展,为贯彻落实省党代会精神、打赢"两聚一高"主攻仗贡献出新的苏州力量!

原载2016年12月3日《苏州日报》

附《"创新四问"1+4社论、系列评论员文章》见报文章目录
1.《奋力交出"创新四问"的满意答卷》
2.《牢记使命　积极引领全省创新格局——一论答好"创新四问"》
3.《发力原创,闯出自己的新路来——二论答好"创新四问"》
4.《做强龙头　崛起苏州创新的"高峰"——三论答好"创新四问"》
5.《开放包容　打造"苏式"创新生态系统——四论答好"创新四问"》

第二十届苏州新闻奖一等奖

贯彻落实省委常委会
专题研究苏州市工作会议精神系列评论

主创人员　陈震欧　王伟民　张　帅　马玉林

提标奋进　勇立潮头

苏州再次站上了提升发展的全新起点，苏州人干事创业的精气神再次强劲提振。

就在全省上下深入学习贯彻习近平总书记系列重要讲话特别是"7·26"重要讲话精神、凝心聚力推进"两聚一高"新实践、以优异成绩迎接党的十九大召开之际，前天省委常委会召开会议，专题研究苏州市工作，充分体现了省委、省政府对苏州发展的高度重视，具有重大的现实意义和深远的历史意义。

百舸争流，奋楫者先。省委要求苏州在更高的坐标系中提升发展标杆，始终保持敢为人先、奋发进取的干事创业精神状态，继续当好全省改革开放、创新发展的探索者。这是在苏州转型升级的关键时期，为我市在新起点上推进改革发展确立了新坐标，指明了新方向。全市上下必须深刻领会精神实质，准确把握内涵要求，迅速制定工作方案，确保省委决策部署特别是省委书记李强最新要求在苏州得到具体、全面、创造性的贯彻落实。

咬定目标不放松，我们始终砥砺奋进，开拓前行，发展迈上一个又一个台阶；改革创新不停步，我们坚持锐意改革，不断探索，将创新提升到城市前途命运的高度。

回望过去，苏州取得的发展成果有目共睹；面向未来，苏州面临的机遇挑战前所未有。进入新阶段、面对新形势，我们更要打开视野，对照硅谷、上海、深圳、杭州等国内外先进地区和先进城市的高标杆，在对标一流中看清差距，保持清醒，奋发进取。

奋发进取的苏州，要树立高标杆。苏州不仅要成为高水平全面建成小康社会的标杆，而且要成为探索具有时代特征、江苏特点的中国特色社会主义现代化道路的标杆,用苏州的率先探索来引领江苏的现代化建设实践。我们要牢固树立"标杆意识"、深刻理解"标杆内涵"、全面把握"标杆要求",自觉在全国全省发展大格局中找准更高的"坐标系",全力提升发展标杆。

奋发进取的苏州,要勇当探索者。我们要继续当好全省改革开放、创新发展的探索者,突出创新驱动,加快构建具有国际竞争力的现代产业体系;突出改革开放,铸就创新发展新动能;突出城乡建设,打造人间新天堂;突出文化传承,提升可持续发展能力。

奋发进取的苏州,要提振精气神。我们要始终保持负重奋进、敢为人先的干事创业精神状态,真正做到敢想不畏难、敢闯不退缩、敢干不懈怠,真正领风气之先。强化"四个意识",旗帜鲜明讲政治,把好方向,抓好班子,带好队伍,为各项事业发展提供坚强政治保障。

奋发进取的苏州,正当建设新苏州。我们要深刻认识到"两个一百年"奋斗目标中苏州承担的重要使命、肩负的重大责任,全力以赴把苏州建设成为具有国际竞争力的现代产业名城,开放包容的创新创业名城,富裕文明的美丽宜居名城,古今辉映的历史文化名城。

任务艰巨,使命重大。我们唯有常怀忧患,牢记使命,扛起担当,提振精神再出发,以过硬的作风、创新的思路、务实的举措,贯彻落实好省委常委会议精神,坚定不移探索改革发展新路径,为推进"两聚一高"新实践、建设"强富美高"新江苏作出新的更大贡献,以优异的成绩迎接党的十九大胜利召开!

原载2017年9月20日《苏州日报》

勇当"两个标杆" 建设"四个名城"

每一次历史性的跨越,都离不开伟大目标的引领。当下的苏州,再次站到了一个历史性跨越的新起点上。

"苏州不仅要成为高水平全面建成小康社会的标杆,而且要成为探索具有时代特征、江苏特点的中国特色社会主义现代化道路的标杆。"日前召开的省委常委会会议,专题研究苏州市工作,省委书记李强明确要求苏州在更高的坐标系中勇当"两个标杆"。这是省委贯彻落实习近平总书记"7·26"重要讲话精神、全面把握党中央治国理政新理念新思想新战略，站在建设"强富美高"新江苏、推进"两聚一高"新实践的大局高度，对苏州工作提出的全新要求。

当前，全市上下正迅速贯彻落实省委的决策部署，统一思想，提振精气神，齐心协力，积极行动起来，投身到勇当"两个标杆"、建设"四个名城"的工作中，奋力将苏州建成具有国际竞争力的现代产业名城、开放包容的创新创业名城、富裕文明的美丽宜居名城、古今辉映的历史文化名城。

勇当"两个标杆"，承载着省委对苏州的厚望与鞭策。

"两个标杆"，契合国家"两个一百年"的奋斗目标，是省委对苏州发展的充分肯定，也是对城市创新潜力和改革探索能力的充分信任。同时，更是一种巨大的鞭策，激励着苏州广大干部群众以强烈的使命感和责任感，继续担当起全省改革开放、创新发展的探路者，用苏州的率先探索引领江苏的现代化建设实践，不负省委重托，不负人民群众的期盼。

勇当"两个标杆"，更是苏州自身发展的迫切愿望。

一方面，在历史的纵坐标里回望苏州，我们充满信心。姑苏大地这块发展热土，在历史的进程中，历来发挥着标杆的引领和带头作用。苏州自古有着"苏湖熟、天下足""上有天堂，下有苏杭"的美誉。改革开放以来，苏州抢抓机遇，通过乡镇企业崛起、开发区建设推进，先后实现了"农转工""内转外"的重大跨越。新时期，在发展创新型经济的征途上，苏州同样正加快推进创新驱动，转型升级，大力推进"苏南国家自主创新示范区"、苏州工业园区开放创新综合试验等各项改革探索，抓得比较早、也比较主动，为实现城市新一轮跨越发展奠定了基础，厚积了能量。

另一方面，在现实的横坐标里审视苏州，我们更加清醒。尤其置身全球新技术革命背景下大变革大变局的时代，面对城市竞争群雄并起、你追我赶的新格局，我们更要找准自身的目标和定位。要清醒地看到，对照硅谷、上海、深圳、杭州等国内外先进地区和先进城市的高标杆，我们在创新浓度、市场活力、"独角兽"企业培育、互联网经济发展、百姓富裕程度和社会治理等方面还存在不小的差距。我们唯有以更加宽阔的视野、更加务实的作风、更加扎实的举措，增强标杆意识，把握标杆内涵，拿出标杆作为，才能确保苏州行稳致远，长盛不衰。

目标引领，重在实践。勇当"两个标杆"，对于当前的苏州来说，最重要的就是对照省委书记李强的具体要求，突出创新驱动，加快构建具有国际竞争力的现代产业体系；突出改革开放，铸就创新发展新动能；突出城乡建设，打造人间新天堂；突出文化传承，提升可持续发展能力。我们要以此为主攻方向，凝心聚力，全力以赴建设"四个名城"。这是苏州主动融入国家长三角区域发展战略的积极举措，与苏州

"十三五"规划的发展目标高度统一,是在集聚了全市广大干部群众实践智慧基础上的一次再出发。

我们要把苏州建成具有国际竞争力的现代产业名城。这迫切需要我们通过科技创新、实施"中国制造2025"战略,加快建设具有国际竞争力的先进制造业基地、具有全球影响力的产业科技创新高地,形成以先进制造业和现代服务业为主干,创新能力强、发展模式新、产业集群优、品牌影响大的现代产业体系。

我们要把苏州建成开放包容的创新创业名城。这迫切需要我们更加主动地融入国家全方位对外开放总布局,积极投身"一带一路"建设,充分发挥中新合作、海峡两岸合作、中德合作等众多开放平台优势,强化人才、金融等要素支撑,全面提升各个领域的开放水平,大幅度提高苏州的国际知名度、美誉度和影响力,实现由开放大市向开放强市转变。

我们要把苏州建成富裕文明的美丽宜居名城。这迫切需要我们打好聚焦富民主攻仗,坚持把人民群众获得感强不强、满意度高不高作为评价"富民"的标准,不断满足人民群众对过上美好生活的更高期待和追求。同时汇聚力量不断提升社会文明程度,持续加强平安和法治建设,努力健全公平公正的市场机制,全面提高市民文明素质,形成一流的政务环境、生态环境、营商环境、法治环境,使苏州成为令人向往的宜居宜业首选之地。

我们要把苏州建成古今辉映的历史文化名城。这迫切需要我们做好古城保护的"五篇文章",让古城、古镇、古村落保护水平走在全国前列,让苏州园林的"金字招牌"更加闪亮,让苏州丝绸、苏州刺绣等"经典产业"焕发生机,让非物质文化遗产的"拿手绝活"更加抢眼,全方位铺展开一幅现代的"姑苏繁华图"。

今日的苏州,静水无声,而深流中正激荡着喷薄欲出的爆发力,新一轮跨越发展的强大势能已经形成。尤其历经一年来答好"创新四问"的磨砺,全市上下人心思进,精神振奋,干事创业的心气和心劲、信念和信心,奔涌而出。我们只有始终保持这一负重奋进、敢为人先的干事创业精神状态,才能做到敢想不畏难、敢闯不退缩、敢干不懈怠,真正领风气之先,才能全身心地投入勇当"两个标杆"、建设"四个名城"的历史进程中,才能把苏州建成一个经得起实践检验、能够对历史负责、足以让人民满意的新苏州!

原载2017年9月25日《苏州日报》

向创新要竞争力　打造现代产业名城
——贯彻落实省委常委会专题研究苏州市工作会议精神系列评论①

苏报评论员

勇当"两个标杆",建设"四个名城"。这是一座城市的新梦想,也是一个历史的新起点。朝着梦想指引的方向,这一次,苏州抖擞精神再出发。

当前,全市上下正迅速投入贯彻落实省委常委会专题研究苏州市工作会议精神的工作中来。目标已经明确,接下来的关键,就是要找准主攻方向,抓牢重点任务,奋力把苏州建成具有国际竞争力的现代产业名城、开放包容的创新创业名城、富裕文明的美丽宜居名城、古今辉映的历史文化名城,以实际行动不辱使命,敢为人先。

建设"四个名城",首当其冲的目标是锁定"具有国际竞争力的现代产业名城"。这是处在转型关键期的苏州,实现爬坡过坎的必然选择,也是关键一招。如何能在新一轮发展中把握主动、抢占高地?正如省委书记李强指出的,唯一的路径就是"创新","苏州要突出创新驱动,加快构建具有国际竞争力的现代产业体系"。

作为全国第二大工业城市,苏州的产业发展长期走在全省乃至全国前列。但不可否认,置身全球新技术革命背景下的大变革大变局时代,尤其对标深圳、杭州等创新发展的标杆城市,我们要清醒地认识到自身的产业结构调整还不够快,在创新浓度、创新能级和产业层次等方面还存在不小的差距。而这些"痛点",恰恰也正是苏州创新的发力点,以及未来经济的增长点,催促我们亟须提标奋进,进一步增强创新优势。

建设具有国际竞争力的现代产业名城,必须深入实施创新驱动战略。创新是时代的脉搏,创新驱动是发展的潮流。

为加快推进创新驱动战略,苏州推出了一揽子创新"政策包"——《关于进一步推进人才优先发展的若干措施》《关于打造先进制造业基地的若干措施》《关于打造产业科技创新高地的若干措施》和《苏州市贯彻国家创新驱动发展战略纲要实施方案》等等。下一步还必须紧紧扭住关键环节持续发力,在集聚高端科技人才、建设科技创新载体、促进科技金融结合等方面狠下功夫,厚植创新土壤,培育创新生态,进一步激发创新驱动的澎湃动力。

建设具有国际竞争力的现代产业名城,必须加快推进产业结构调整。苏州在形成产业引领优势上做文章,特别是要发展壮大战略性新兴产业,培育更多的新业态、新模式、新经济。尤其在产业项目选择和发展过程中，不仅要看项目的体量和规模，更要看产业的成长性和爆发力，看在新一轮发展科技产业变革中的作为。要通过加快建设具有国际竞争力的先进制造业基地和具有全球影响力的产业科技创新高地，形成创新能力强、发展模式新、产业集群优、品牌影响大、具有国际竞争力的现代产业体系。

建设具有国际竞争力的现代产业名城，还必须拿出更多创新的新招硬招。始于去年底的那场"创新四问"全市大讨论，让苏州问清了家底，问明了方向，问出了共识，更推动了凝心聚力的创新实践。新形势下，我们还要拿出更多扎实的举措，全力加快推进以科技创新为核心的全面创新，培育壮大生物医药、纳米技术应用、人工智能和集成电路等战略性新兴产业，提档升级传统优势产业，提升城市的创新能级和产业层次，加快实现新旧动能转换。

抓创新就是抓发展，谋创新就是谋未来。只要在创新上下功夫，在转型上多用力，真抓实干，攻坚克难，苏州定能在转型升级的关键期大有作为，开辟一个创新发展的新天地，续写下现代"姑苏繁华图"的新篇章。

原载2017年9月27日《苏州日报》

用开放聚合资源　建设创新创业名城
—— 贯彻落实省委常委会专题研究苏州市工作会议精神系列评论②

苏报评论员

开放包容，方可海纳百川。

回望苏州改革开放以来的发展轨迹，这座城市的每一次突破，都离不开关键一招——开放。苏州的开放发展历来走在全国前列，这里拥有14个国家级开发区，是全国开放载体最为密集、功能最全、发展水平最高的地区之一；自贸试验区的51项改革措施，已经在我市复制推广；苏州工业园区开放创新综合试验、昆山深化两岸产业合作试验区也在全国先行先试，加快探索；全市外贸进出口总值连续多年保持在3000亿美元以上，位居全国第四、全省第一……毫无疑问，开放包容是苏州的城市特质，也是苏州的一张靓丽名片。当前，经济全球化潮流不可阻挡，置身这股汹涌的大潮，我们既要积极参与，也要冷静思考，苏州如何顺应大势，在更高的平台推进创新发展、开放发展。正如省委书记李强指出的，苏州要"更加突出改革开放，铸就创新发展新动能"，对照这一要求，我们唯有在更加开放包容的环境中实现创新与转型，把苏州建成一个"开放包容的创新创业名城"。

建设开放包容的创新创业名城，最核心的是要集聚整合全球创新资源要素。苏州要想在创新发展上实现新的突破，必须提高配置全球创新资源要素的能力。要有海纳百川的胸怀，敞开大门，充分发挥中新合作、海峡两岸合作、中德合作等众多开放平台优势，汇聚全球的创新资源，做到择天下英才而用之。尤其要探索出更具关键性、标志性的改革举措和开放招数，吸引更多国际高端人才前来苏州既创业又生活。此外，还要抢抓机遇，加快节奏，拿出绝招，在核心技术、关键设备、高端人才方面率先实现突破。不仅"引进来"，还要"走出去"，不仅有家门口的GDP，还要有全世界的GNP，真正实现苏州经济与世界经济的新融合，参与到国际主流经济的大体系、大循环中。

建设开放包容的创新创业名城，最关键的还是要进一步深化改革开放。当前，苏州正在全面深化"放管服"改革，要让"不见面审批（服务）"再提速，让80%政务服务事项在线申办目标早日实现，加快构建国际化、法治化、便利化营商环境。同时，苏州还要发挥好承担50多项国家和省赋予的改革试点任务的功能和作用，如跨境人民币创新业务试点、常熟科技创新体制综合改革试点等重点工作，要尽快形成一批可复制、可推广的做法和经验，以点带面，迅速推广，落地见效。接下来，在国家全面深化改革和加快构建开放型经济新体制的大格局下，苏州理应更加敢想敢闯，勇于探索，大力推进先行先试改革试点、巩固扩大开放型经济优势。要更加主动融入国家全方位对外开放总布局，积极投身"一带一路"建设，全面提升各个领域的开放水平，以开放包容的姿态，不断提高苏州的国际知名度、美誉度和影响力，实现由开放大市向开放强市转变。

建设开放包容的创新创业名城，没有现成的经验和路径，因此特别需要苏州继续拿出敢为人先的精神状态，充分发挥开放包容的城市禀赋，因势而谋、应势而动、顺势而为，以开放包容带动创新创业，为城市的转型升级、持续发展注入新动能，开创新局面，为全省乃至全国的改革开放、创新发展探索新路径，迈向新境界。

原载2017年9月28日《苏州日报》

附《贯彻落实省委常委会专题研究苏州市工作会议精神系列评论》见报文章目录

1.《提标奋进　勇立潮头》
2.《勇当"两个标杆"　建设"四个名城"》
3.《敢想敢闯敢干　勇领风气之先》
4.《向创新要竞争力　打造现代产业名城》
5.《用开放聚合资源　建设创新创业名城》
6.《让富裕与文明同行　筑就美丽宜居名城》
7.《激活城市特质　建好历史文化名城》

第二十一届苏州新闻奖一等奖

改革开放40年，民企理应乐观前行

主创人员　沈振亚

在改革开放40周年之际，为宣传民营经济发展巨大成就，展示民营企业家中国特色社会主义事业建设者风采，10月24日，全国工商联在北京举行新闻发布会，发布"改革开放40年百名杰出民营企业家名单"。

年广久、柳传志、马云、马化腾等改革开放的弄潮儿上榜，吴江的优秀民营企业家、亨通集团董事局主席崔根良也在列。这不仅是崔根良个人的光荣，也是吴江广大民营企业家的荣誉。

截至2018年9月底，吴江民营企业总数达64060家，注册资本总额3407.54亿元；个体工商户总数为94390户，注册资本总额80.94亿元。作为江苏民营经济"领头羊"，今年吴江有5家企业上榜"中国民企500强"，显示出了吴江民企强大的实力和后劲。

改革开放40年来，伴随着吴江经济社会的发展，民营企业从无到有、从小到大、从弱到强，民企发展的每一个脚步，都印证了时代的变迁，也推动着时代的发展。在吴江，民营经济既有高原，也发展出了像恒力、盛虹、亨通、通鼎、永鼎这样的高峰，民企在吴江经济社会发展中具有举足轻重的作用。

一段时间以来，舆论场中有一种所谓的"民企退场论"，这种言论在移动互联时代又被无限放大，引发了一些民营企业家的忧虑。事实上，不管是在理论或者实践上，"民企退场论"都是站不住脚的。

习近平总书记在前不久给民营企业家的回信中指出，"支持民营企业发展，是党中央的一贯方针，这一点丝毫不会动摇"。十九大报告更是提出要"激发和保护企业家精神，鼓励更多社会主体投身创新创业"。非公有制经济作为社会主义市场经济重要组成部分的地位没有变。

在实践中，民营企业"在稳定增长、促进创新、增加就业、改善民生等方面发挥了重要作用,成为推动经济社会发展的重要力量。民营经济的历史贡献不可磨灭,民营经济的地位作用毋庸置疑,任何否定、弱化民营经济的言论和做法都是错误的"。

改革开放40周年之际,中央统战部、全国工商联决定推荐宣传改革开放40年百名杰出民营企业家,这是对民营企业和企业家社会地位的高度肯定。吴江面广量大的民企和企业家,理应把握大势,坚定信心,更加乐观地前行,为积累社会财富、创造就业岗位、促进经济社会发展、增强综合国力再作贡献。

原载2018年10月25日《吴江日报》

第二十二届苏州新闻奖一等奖

思想再解放　开放再出发　目标再攀高
再创一个激情燃烧干事创业的火红年代

主创人员　苏鲍平

（一）

时维九月，序属金秋。风吹稻浪涌，又到丰收时。

丰收，是耕耘的礼赞，是成长的礼赞，是对拓荒者、播种者、耕作者的礼赞。

在丰收的喜悦中，我们即将迎来新中国成立70周年。70年，苏州大地革故鼎新、踔厉奋发，龙腾虎跃、气象万千。70年，尤其是改革开放以来，苏州冲破古城襁褓、城河束缚，迈过"运河时代""太湖时代"，全面融入"一带一路"、长江经济带、长三角一体化发展的"大江大海"时代。物换星移，初心未改，苏州抓住三大历史机遇实现三大转变，紧扣"强富美高"，勇当"两个标杆"，书写了一个个发展的奇迹，实现了一次次惊人的跨越。

中世纪伟大旅行家马可·波罗在享誉世界的旅行札记中，盛赞苏州"漂亮得惊人"。透过8个世纪的历史花窗，我们再看苏州，是另一种"惊人"：以占全国0.09%的土地面积和0.77%的人口，创造了全国2.1%的地区生产总值，实现了全国7.7%的外贸进出口值，引育了国家级重大人才引进工程14%的创业类人才。苏州下辖4个县级市均位居百强县前十名，是全国当之无愧的发展"优等生"。

透过高速镜头的极致呈现，我们看到的苏州，是另一份"漂亮"：一分钟，苏州人民创造工业产值620多万元，实现外贸进出口440多万元，创造制造业新兴产业产值320多万元，生产智能手机85台，科技企业研发投入8万元；一分钟，28万元财政资金投向公共服务，6.66平方米新绿扮靓城市，66位市民走进影院观赏大片，17名游客迈进拙政园感受江南雅韵。

数字是客观的。多一些历史眼光的人会发现，这一串串数字的背后，是一座水乡小城走向开放大市的铿锵步伐，是3万多亿元产业体量的制造业重镇迈向新一轮高质量发展的坚定抉择。

幸福是主观的。多一些现实观照的人会感到，这一个个镜头的前面，是一方温山软水滋养出的宜居天堂，是古韵今风的历史文化名城开启探索中国特色社会主义现代化道路的崭新航程。

（二）

我们站在新征程的起锚地回望，总能看到，历史常常以惊心动魄留下深刻印记，也常常以峰回路转写下绚丽篇章。

回顾改革开放以来的苏州实践，敢为人先敢拼闯的惊心动魄，逆天改命勇争先的峰回路转，已经成为苏州人改革精神的最鲜明注脚。

"别人没干过的事情，先干起来"，因陋就简办乡镇企业，终于花开满园；大胆推动中新合作，一炮打响。"别人先做的事情，学得更快、干得更好"，自费创办开发区，不占政策之先，却引领改革风气之先。"看上去不具备条件的事，善于创造条件干"，28天时间完成4.1平方公里围网，办成全国首家内河港型保税区……苏州大地诞生了以"团结拼搏、负重奋进、自加压力、敢于争先"为核心的"张家港精神"，以"敢想、敢当、敢为""不等、不靠、不要""唯实、扬长、奋斗"为标志的"昆山之路"，以"借鉴、创新、圆融、共赢"为特点的"园区经验"，涌现出了一批又一批"敢为天下先""样样争第一"的风云人物和先锋模范。

"张家港精神""昆山之路""园区经验"相互激荡，成为苏州砥砺奋进的"三大法宝"，成为苏州最可宝贵的精神财富，成为苏州改革开放伟大实践中孕育、塑造的时代精神，激励着一代代干部群众敢闯敢干，共同书写了"小康试验田"的时代传奇。

1993年12月，《人民日报》曾以"一下跃起六只虎"，惊奇于苏州"一池春水"的大激荡；2018年10月，《人民日报》又以"敢为人先敢拼闯"，惊喜于苏州"一往无前"的精气神。

穿过时间的长廊，精神的回响总是最持久最能抵达人心。

9月20日，苏州市行政中心六号楼会场内，掌声雷动，张家港市原市委书记、"张家港精神"开拓者秦振华走上讲台，为苏州各级领导干部"授课"。快干、拼抢，第一、唯一……83岁的老书记讲到兴奋处，目光如炬、握拳如锤，激情燃烧的岁月，负重奋进的历程，引起巨大共鸣。这是奋斗的共鸣、志气的共鸣，更是精神的共鸣、时代的共鸣。

（三）

有人说，苏州物阜民丰，本可以安稳如山；苏州产业发达，本可以静待花开。可是，顾炎武"天下兴亡，匹夫有责"的思想深深镌刻在苏州人的骨子里，"安不忘危、盛必虑衰"，苏州人始终有一种闲不下、慢不得、忍不过的性格，始终有一种"一根丝线劈出16份"、要做就要做到最好的志气。

神居胸臆，而志气统其关键。这份志气，来自强烈的忧患意识和清醒理性。

理性的苏州，已早早看到身处改革攻坚关键期、增长速度换挡期、结构调整阵痛期，传统发展模式的红利逐渐消退，新产业新业态增长动能尚未充沛；制造业"偏重""偏低"，向"微笑曲线"两端攀升尚需奋力；外贸依存度依然较高，经贸摩擦影响尚待化解。

清醒的苏州，已敏锐感到世界经济深度调整、新技术革命方兴未艾、国际产能合作加快推进，"百年未有之大变局"带来的新机遇，稍纵即逝，不容迟疑。

面对爬坡过坎的关键期，苏州能不能继续当好全省改革开放、创新发展的探索者，能不能推动"低转高""量转质""大转强"，实现发展动能"高位切换"？面对经济下行压力增大、中美经贸摩擦等风险挑战，苏州能不能时时保持加压奋进的"精气神"，处处体现争先率先的"加速度"，在国家"两个一百年"奋斗目标中作出苏州贡献？

大机遇、大变革，千载难逢；大跨越、大挑战，不进则退。今天再晚也是早，明天再早也是晚。

前进的道路虽然漫长，但是紧要处往往只有几步。快快赶上"窗口期"，紧紧攥住"机遇期"，容不得我们有半点骄傲自满、故步自封，绝不能有丝毫犹豫不决、徘徊彷徨，需要我们发扬斗争精神，增强标杆意识，把握标杆内涵，拿出标杆作为，体现标杆担当。

面对"一带一路"、长江经济带发展、长三角一体化、自贸区建设等国家战略叠加实施的重大历史机遇，需要我们加速融入，增创优势；强化有效投资、产业招商等动能培育，催化纳米技术、生物医药等新兴产业，构筑大院大所、研发机构等高端平台，整合全球人才、前沿科技等创新要素，需要我们久久为功、厚积薄发。

走过千山万水，仍需跋山涉水。新时代的长征路，苏州而今迈步从头越。

（四）

从头越，信念如山，信心如磐。

"我们要永远保持清醒头脑,继续发扬筚路蓝缕、以启山林那么一种精神,敢于战胜前进道路上的一切困难和挑战。"在发展的关键时刻,体悟习近平总书记的这段话,更能体味到:成就一项事业,精神的力量往往具有决定性意义。

苏州肩负勇当"两个标杆"的责任与使命,如何找准发展"短板",如何突破瓶颈制约,如何找到赋能方向,如何回应好"创新四问"、回答好"全面小康之后的路怎么走"重大命题,开启基本实现现代化建设新征程,唯有发扬自加压力、负重奋进的精神,让那些干劲足、办法多、担当强的干部走到台前来,让各个板块你追我赶、群雄奋起,再创一个激情燃烧、干事创业的火红年代。

再创一个激情燃烧、干事创业的火红年代,就是要站在新起点上,再一次高高擎起"三大法宝"的"精神火炬",向新的高峰进发。

再创一个激情燃烧、干事创业的火红年代,就是要站在新起点上,不断赋予"三大法宝"新时代新内涵,以勇闯"无人区"的姿态,向新的领域开拓。

再创一个激情燃烧、干事创业的火红年代,就是要站在新起点上,重新标定"三大法宝"的精神坐标,以勇当热血尖兵的斗志,向新的目标攀登。

"三大法宝"的新内涵新坐标,依然需要我们在发展实践中凝练、在创新开拓中萃取、在苦干实干中锻造,需要为闯关者助力、促创新者奋进、助实干者前行,真正让想干事的人有机会、肯干事的人有舞台、能干事的人受尊敬、干成事的人受重用。

(五)

再创一个激情燃烧、干事创业的火红年代,就是要从思想深处摆脱模式情结、路径依赖,把头脑中那些不合时宜的思想观念清除掉,用创新的思路、改革的办法推动高质量发展,来一次思想再解放。

思想再解放,要瞄准苏州经济发展中大而不强、多而不优、新而不特,破解创新步伐还不够快的问题,打造核心引擎。

思想再解放,要瞄准现有的改革试点呈现局部性、区域性、分散性的特点,破解试点示范层次和水平亟待提升的问题,激发改革动能。

思想再解放,要瞄准城市整体竞争力和辐射带动能力不够高,城市能级不够强,破解城乡格局尚需优化的问题,开拓发展空间。

思想再解放,要瞄准基础教育、医疗卫生、养老服务等公共服务供给相对不足,破解民生建设不够精准的问题,增进百姓福祉。

思想再解放,要瞄准环境治理能力建设滞后和污染防治攻坚任务,破解生态环保存在欠账的问题，构筑绿色家园。

思想再解放，要瞄准干部思想僵化、能力退化、进取弱化、担当钝化，破解少数基层畏难倦怠的问题，推动实干担当。

（六）

再创一个激情燃烧、干事创业的火红年代，就是要对标国际最高标准、最高水平，持续优化开放布局、拓展开放空间、丰富开放内涵、提升开放能级，来一次开放再出发。

开放再出发，要抢抓先行先试新机遇，以自贸区建设为"第一抓手"，在制度创新、产业创新、自主创新、综合改革方面发挥试验示范作用，全力打造统领全局、带动力强、具有突破性的先行先试重大平台。

开放再出发，要构建全面开放新格局，主动服务、积极融入长江经济带建设、长三角区域一体化发展等国家战略和"一带一路"倡议，开拓对外开放新空间，丰富区域合作新内涵，扩大开放经济新领域。

开放再出发，要集聚全球创新资源，始终把创新作为引领发展的第一动力，以全球视野谋划创新，以战略眼光布局未来，积极推动开放与创新融合，着力增强创新资源配置能力与优势产业技术实力。

开放再出发，要打造开放包容新家园，参照国际投资贸易规则，努力营造稳定公平透明可预期、与国际接轨、国内领先的营商环境。一视同仁优待内外资企业，完善创新服务有效供给，构建亲清新型政商关系，擦亮苏州亲商、安商、富商的"金字招牌"。

（七）

再创一个激情燃烧、干事创业的火红年代，是肩负习近平总书记"勾画现代化目标"嘱托和中央、省委殷切期盼，勇当高水平全面建成小康社会的标杆，探索具有时代特征、江苏特点的中国特色社会主义现代化道路的标杆，升腾起的澎湃激情。

再创一个激情燃烧、干事创业的火红年代，是不忘初心、牢记使命，自加压力、迎难而上，主动把自己放在更高的"坐标系"，同更强的对手去比拼、去较量的豪情壮志。

再创一个激情燃烧、干事创业的火红年代，是站在"两个一百年"和中国梦的历史维度审视苏州的地位、责任和使命,将伟大目标在苏州大地凝聚起更高奋斗共识、化为更强行动力量的铮铮号角。

大鹏之动,非一羽之轻;骐骥之速,非一足之力。

再创一个激情燃烧、干事创业的火红年代,需要广大干部群众万众一心,攻坚克难,开拓进取,以"斗罢艰险又出发"的斗争精神,以"狭路相逢勇者胜"的昂扬姿态,勇当新时代高质量发展和现代化试点走在前列的热血尖兵,推动思想再解放,开放再出发,目标再攀高,以实干新业绩答好时代之卷、人民之问,奋力谱写苏州改革开放和现代化建设新篇章,为全国全省发展大局作出新的更大贡献,为实现中华民族伟大复兴的中国梦不懈奋斗!

原载2019年9月27日《苏州日报》

第二十三届苏州新闻奖一等奖

同舟共济汇大爱　众志成城战疫情

主创人员　苏鲍平

（一）

信念铸就坚韧，真情书写大爱。

2020年的新春，我们的心为疫情而牵动，我们的泪为"逆行者"而洒落。我们收束起节日的欢庆，只为决胜疫情那一刻的释放；我们汇聚起爱的暖流，只为健康安全的你露出微笑。

这是一场没有硝烟的特殊战役，新型冠状病毒感染的肺炎疫情防控正进入攻坚阶段；这是一次突如其来的非常应对，苏州这座1550万服务人口的城市必须众志成城。

全市10万多医护工作者日夜奋战在第一线，"召之来战，战之能胜"，全力构筑"生命防线"。数十万一线执勤人员站立在寒风中，检查车辆60多万辆次、体温检测160多万人次，联防联控布下"天罗地网"。全市56万多名共产党员、4万多个基层党组织冲在最前线，让党旗飘扬在群众最需要的地方。

这是一场阻击战、攻坚战、持久战，我们用"苏州温度"传递力量、用"苏州速度"驱散疫霾、用"苏州力度"攻克难关。"我们一定能！我们一定行！我们一定赢！"市民通过网络表达着同舟共济、众志成城抗击疫情的强大信心。

（二）

形势紧迫，号令如山。以习近平同志为核心的党中央高度重视，习近平总书记亲自指挥、亲自部署，并作出重要指示："把人民群众生命安全和身体健康放在第一位""把疫情防控工作作为当前最重要的工作来抓""全面落实联防联控措施，构筑群防群治的严密防线""坚定信心、同舟共济、科学防治、精准施策",为我们打赢这场疫情防控阻击战指明了正确方向、增强了必胜信念。

疫情严峻,果决行动。省委、省政府第一时间研判部署疫情防控,启动突发公共卫生事件一级响应,要求各地各部门以强烈的大局意识,切实做到情况明、反应快、措施实、力度大,把中央要求落到实处。

立即响应,快速布控。市委、市政府从增强"四个意识"、坚定"四个自信"、做到"两个维护"的高度,以对人民群众高度负责的态度,迅速成立应对疫情工作领导小组和工作专班。省委常委、市委书记蓝绍敏,市委副书记、市长李亚平身先士卒,在坐镇指挥的同时,以"四不两直"形式直插社区、乡村、交通卡口检查指导防控工作。各级党政领导深入防控疫情一线,及时掌握疫情,及时指导行动。各地各部门早动员、早部署、早调度、早落实,以最坚决的态度、最迅速的行动、最有力的措施,全方位落实"一级响应",以最大努力争取最好结果,筑起防控疫情的"钢铁防线"。

(三)

疫情防控千钧一发,必须争分夺秒。

苏州牢牢把握"多措并举、多管齐下、严防死守、坚决防止疫情蔓延扩散"工作主线,坚持早发现、早报告、早隔离、早治疗,坚决阻断传播途径。

——突出早发现、早报告。社区、村将排查登记通知张贴到所有楼幢、单元宣传栏,发动社区居民和志愿者了解涉及疫区的流动人员,及时向社区报告。强化疫情监测报告,全面落实发热病人登记报告制度、发热门诊就诊信息和新型冠状病毒感染肺炎病例"日报告、零报告"制度,对经过确认的疑似病例和确诊病例第一时间网络直报。

——突出早隔离、早治疗。一旦发现疫情立即采取坚决果断措施隔离和控制传染源,规范病例和密切接触者管理,通过78家发热门诊加强预检分诊,通过10个集中医学观察点强化隔离观察。确定2家定点收治医院,2家备选收治医院,组建临床和公共卫生两个防治工作专家组,加强疑似病例诊断、患者救治,疫情防控有条不紊。

疫情防控千方百计,必须万无一失。

——联防联控。能不开的公共场所一律关闭,存在交叉感染风险的公众聚集性活动一律取消,对外地入苏特别是来自重点疫区的车辆人员一律查检,启动7×24小时网上巡查封堵疫情谣言,关停线下培训机构,临时封闭管理全市养老服务机构,全市12家图书馆、11家公共文化场所、39家备案博物馆全部关闭,"烧头香""迎财神"等民俗宗教活动全部取消,公共体育场馆暂停开放。

——群防群治。动员一切社会力量参与疫情防控,镇、街道以及居委会、村委会组织工作人员、辖区民警、志愿者等主动上门逐户排摸处置。各行政、企事业单位建立联防联控、群防群控等防控机制。向社会连续发布四期疫情防控通告,及时回应群众关切,果断决策在全国首个宣布延期复工复业、开学,为全民共战疫情,维护社会大局稳定奠定良好基础。

(四)

每一场特殊战斗,都需要勇敢的战士。每一次生死搏斗,都离不开最美"逆行者"。

最美"逆行者",他们在跟生命赛跑。

1月26日深夜,市卫健委接令连夜征集医护人员驰援湖北抗疫。消息传出,各医疗机构医护人员纷纷报名请战。次日凌晨2时,苏州首批支援湖北医疗队共48名医护人员集结完毕,有人推迟了婚期,有人暂时瞒着家人。

"我愿意加入这场战役,时刻待命,听从组织安排!""现在向医务部正式提出,请按需调配。""医院就是战场,作为战士,我们不冲上去谁上去?""召必战,战必胜"……在各个医院科室的微信群中,大家相互鼓励、争相报名,每一条信息都涌动着无穷的力量和坚定的信念:只要还有一名患者没有脱离危险,就不能离开前线。在抗击疫情的战斗中,苏州广大医护人员挺身而出,肩负使命。

最美"逆行者",他们在跟时间赛跑。

产线工人全力赶制。昆山洁宏无纺布制品有限公司无菌车间内,百名工人加紧赶制,暂停4年的口罩生产重新启动。苏州锦新纳米科技有限公司提前开工,抢制2400箱消毒液瓶、洗手液瓶,以最快速度发往武汉。江苏盛纺纳米材料科技股份有限公司大年初三通电生产,每天产出无纺布36吨,可保障10万套防护服、50万只口罩用料。

科技人员加速攻关。苏州瑞博生物利用小核酸干扰技术,加快推出高特异性抑制药物;金唯智快速合成并交付病毒关键基因,解密致病机制;宇之波生物已设计合成疫苗抗原和抗体,海苗生物专门检测人传人疫情的超敏检测试剂盒成功下线……科技工作者以最好的技术、尽最大的努力,打造对抗病毒的最强武器。

（五）

你的力，我的力，汇聚成千钧之力。

疫情当前，携手并肩，共克时艰。1月26日晚，殷弘集成房屋（苏州）有限公司供应武汉雷神山医院的首批30套箱房启程。1月27日，欧普照明的专业照明设备送达雷神山医院。1月28日，苏州迅镭激光科技有限公司捐出当前最急需的10吨消毒液原液、6万只医用口罩等。同一天，天吉生物制药有限公司向武汉八家医疗救治定点医院捐赠免疫调节剂数万支。1月29日，太仓博纳环境设备有限公司支援武汉雷神山医院的12套空气净化机组和44套灭菌箱如期交付。关山隔不断，爱心度如飞。恒力集团、信达生物、康宁杰瑞、金螳螂、叠纸网络、大禹网络等一大批企业纷纷捐款捐物全力支援武汉。

"求购超声波电焊机""缺大量打包纸箱"……这几天，苏州建立的民营企业家微信群从凌晨活跃到午夜，企业家们有啥需求，群里一呼，立即相互应援，通过上下游生产协作，推动医疗及防护用品生产加快上量。苏州市奥健医卫用品有限公司发出"急需缝纫工和缝纫机"，姑苏区平江路商会多家特色服装定制企业积极响应，提供设备和人员支援。市工商联国外协调5万件防护服，被企业家们秒购认捐。

你的心，我的心，凝聚成万众一心。

疫情当前，爱心汇流，集腋成裘。苏州工业园区爱心人士汤崇雁依靠一部手机，筹措61万只口罩驰援武汉，却没有留一只给自己。昆山人杨银剑、邱祥兵辗转4个国家，飞行数万公里，为苏州医院"淘"回25000只医用口罩。姑苏区91岁老党员解辰萱捐出自己和老伴省吃俭用积攒下的1万元，没有一点迟疑。大爱善举感召着越来越多的爱心人士纷纷伸出温暖的双手。截至1月31日，全市红十字会系统累计接收捐款1891.91万元，接收捐物价值累计259.74万元；全市慈善总会系统累计募集款物3391.49万元。

（六）

急难险重，最能考验一座城市的管理智慧；坚壁防控，最能砥砺人民群众的精神品质。这场战"疫"如何"过关"，是考量城市治理体系和治理能力现代化的重要维度。

战时状态，保供稳价呵护民心。苏州启动应急价格监测日报告制度，加大蔬菜等民生商品调运力度，千方百计增加市场供应量，严格落实物价上涨补贴联动机制。通过定点限价投放、电商平台定量供应等方式满足市民口罩需求。苏州市民最大的"菜篮子"南环桥批发市场,蔬菜等副食品日均上市总量近万吨,按时、足量、保质投放市场。

特殊时期,政策明晰安定人心。延迟复工怎么支付工资,减少出行如何办理社保,隔离治疗是否视同正常劳动,延期开学怎样不落学业……苏州通过及时高效准确的回应,推动各项工作有条不紊、井然有序。疫情没有打乱城市的运行节奏!

非常时刻,互助互爱协力同心。为保障老人有菜吃,小区门卫变身"买菜大叔";为检查防控,社区干部成了居家留观居民的"贴心保姆";为做好公共设施消毒,80多岁老大爷成了防疫志愿者;为阻断疫情传播,网格员成了社区里的"流动喇叭"。这些暖镜头,展现着苏城百姓在疫情面前的群智群力。市民自觉减少出门,自觉推迟婚宴、自觉接受测温、自觉报告去向……每一个普通人都在用最朴素的行动,诠释着公民的主体意识和责任担当。

敏感节点,隔断病毒隔不断爱。全市志愿服务总时长3.7万小时,心理健康与危机干预热线24小时陪护,给予一线医护人员、隔离患者、普通市民纾解宽慰。为在苏旅游的武汉市民安排住宿,留观期间提供一日三餐,送上家的温暖。"后悔这次出门旅游,庆幸来了苏州""除了武汉,最爱苏州""真是天使在人间,苏州有大爱""苏州人民,是我见过最有素质、最善良、最有爱的人",肺腑之言道尽真情感怀,苏州的城市之光正破除他们心中病毒的阴霾。

(七)

战斗还将持续,考验还在后头。

在防控的紧要关头,每个社会成员都是抗击疫情链条上的一环,个人的命运同城市、国家、民族的命运紧紧联系在一起。这个时候,保持平常心态、坦然从容生活是履行责任;坚守岗位、敬业尽职是履行责任,暂时休养、配合防治也是履行责任;捧出爱心、慷慨援手是履行责任,洁身自好、保重自我也是履行责任。

面对即将来临的复工返岗大潮,苏州这座制造业大市,更需要每一家企业履行责任,全面落实企业复工"一企一策",对有来自疫情高发地区的员工要做到第一时间信息反馈,对尚未返苏的来自疫情高发地区的员工,尽最大限度做好延期返苏引导工作,全力确保复工对疫情防控不造成冲击。

行百里者半九十。现在还远没有到松口气、歇一歇的时候,全市上下必须坚决克服侥幸心理、麻痹思想,动员一切力量,尽锐出战、战则必胜,迎难而上、越是艰险越向前。各级党组织要切实发挥党建引领,把区域治理、部门治理、行业治理、基层治理、单位治理有机结合起来,紧紧依靠人民群众,构筑起防控疫情的钢铁长城。

历史总是在经历了一次又一次困难中曲折发展的,人类总是在破解了一个又一个难题中昂首前行的。我们不惊慌、不悲观,我们不畏惧、不退缩,因为二月的阳光已洒在垄间,春天的新绿就在眼前,抗击疫情决定性胜利必将到来。

原载2020年2月3日《苏州日报》

第二十四届苏州新闻奖一等奖

跳出地级市思维就是跳出"舒适圈"

苏报评论员　周奉超

思想解放的程度有多深，化解危机的动力就有多强，改革发展的潜力就有多大。跳出地级市思维，说到底就是跳出"舒适圈"，无论是城市规模还是城市形态，苏州都应该以现代化国际大都市的定位来谋划。

近日，在对下一阶段改革发展工作进行谋划时，苏州再次强调"跳出地级市思维"的概念——不满足于做"地级市第一"，不能遇到瓶颈制约就说苏州"没这个权限"或"没那个要求"，苏州必须破除"思维围墙"。

苏州城市能级的提升，首先应当是思维跃"级"，是苏州的又一次登高望远，既深刻理解自身发展在全省全国大局中的责任，又切实扛起"争当表率、争做示范、走在前列"的担当。在改革发展任务异常艰巨且日益紧迫的条件下，苏州必须摆脱路径依赖并克服思维惯性，要敢于"没有先例亦能突破、最终成事"。

没有先例亦能成事，苏州向来不乏实例。曾经的苏南边角料张家港，就硬生生在荒滩上建起了国内首个内河型保税区；昆山人自筹资金办开发区，也是"中国第一"；金鸡湖边烂泥草塘里崛起的苏州工业园区，更拿下了国家级经开区"五连冠"。不等、不靠、不要，敢想、敢为、敢当。如今，苏州大声喊出"跳出地级市思维"，与这种"苏州精神"一脉相承。以思想破冰带动体制机制创新，向上主动争取向下靠前谋划，继续破局开路——跳出地级市的苏州思维，落点于斯、功力在此。

首先，跳出地级市思维强调"大格局""大视野"，就是要从更高更广的战略层面，直面改革发展的"痛点"，有效破解制约高质量发展的根本性、深层次问题。苏州的发展受到城市能级的限制是一个客观事实，但改革开放的实践从来都是突破能级创造奇迹的。苏州"跳出地级市思维"，关键是要跳出固有的层级圈看清自己，更清晰地把握发展的主要问题，更精准地拿出应对思路。

作为全国工业制造业大市，苏州规上工业产值逾3万亿元。以怎样的增量来带动、改造并优化工业存量,是改革发展进入"深水区"的苏州面临的一大挑战。今年年初,苏州召开数字化发展大会,发力智能化改造和数字化转型,力争通过一系列数字化试点,实现数字核心产业增加值4年翻一番。依靠数字化提升城市创新力和竞争力,苏州破圈的这个"点",抓得实在也值得期待。

其次,跳出地级市思维更加突出"专注度",通过更高效地抓"难题"破"难点",在重点领域和关键环节取得突破。"地级市思维"本质上是一种惯性意识,时间久了就像是思想上砌了一堵墙,碰上难题遇到难事,便拿"地级市"挡着,原本可以跳一跳、争一争、拼一拼的活儿,就有了缓一缓、搁一搁、停一停的托词。因此,跳出地级市思维,重在增强解决问题的专注力,在遇到发展瓶颈时能更洒脱一点、再"执拗"一些。

当下,苏州的发展正在经历一个爬坡过坎期:生物医药产业如何形成板块合力?制造业智能化改造如何做到"以强带弱、模式共享"?"沪苏同城化"如何不断巩固苏州的最强比较优势?这些点,联结着苏州未来发展的神经元,也将构筑起若干以后的苏州模样。建立并培育更专业的角度和解题思路,既是发展的需要,也将激活更多的发展需求。

再次,跳出地级市思维还主张"协调力",通过创造性、引领性改革疏通"堵点",提升改革综合效能。政策有没有办法再突破,服务有没有空间再优化,归根到底在于有多大的胆识和决心。以疫情应对为例,从发布延迟开学通告、启用精准二维码防控,到复工规程、苏"惠"十条,再到春节就地过年、稳岗补贴,试问有哪一个节点、哪一步应对、哪一环部署,苏州把自己局限在了"地级市"?跳出地级市思维,就是苏州骨子里的日常。面向发展,无论是"苏州制造"迭代转型,江南文化品牌塑造三年行动计划,还是太湖生态岛建设,都离不开改革的系统集成和一体谋划。跳出圈圈、跳出局部利益得失,也是调准站位、调适状态,从而把握更大的机遇推进发展。

苏州的发展没有局外人。思想解放的程度有多深,化解危机的动力就有多强,改革发展的潜力就有多大。跳出地级市思维,说到底就是跳出"舒适圈",无论是城市规模还是城市形态,苏州都应该以现代化国际大都市的定位来谋划,在不断融入长三角更高质量一体化进程中,系统提升城市发展能级。

原载2021年3月2日《苏州日报》

第二十五届苏州新闻奖一等奖

听！这走向春天的声音

主创人员　苏鲍平

（一）

听！春天来了，这忙碌而坚实的脚步，是城市中的人们从战斗中胜利归来，从静默中昂扬出发。

诗人说"春天的诗已被春天写满"，而我们的春之诗篇，必定是不一样的韵律和章节。

这是铿锵的韵律，是向疫逆行的挺立，是不畏艰险的奔袭。二十多个日夜，数万医务工作者战在疫线，争分夺秒全力构筑"生命屏障"；数万一线执勤人员伫立风中，联防联控遏制病毒扩散外溢；数十万共产党员和志愿者冲锋在前，千方百计保障群众生活无虞。每个人出列了，这座城就坚固了。

这是和谐的韵律，是患难与共的守望，是心手相牵的默契，是安之若素的静定。每一位不幸感染的患者，每时每刻都获得呵护和关爱，驱散惊惧恐慌；每一位身处隔离的人员，无时无刻不感受温暖和力量，赶走担忧惆怅；每一位寒风等候的市民，时时刻刻都懂得体谅和感恩，并肩同心同行。每个人守好了，这座城就守住了。

这是奋进的韵律，是没有停摆的车流、没有停产的车床。精准防控下的城市治理，高效敏捷；有序防疫下的经济运行，平稳顺畅；惠企政策下的市场活力，持续迸发。城市的每根毛细血管里涌动着抵御疫情的最强"抗体"。每个细胞活跃了，这座城就处处生机盎然。

这是扣人心弦的章节。收治首例患者到首批4人治愈转入康复医院，11天；启动区域核酸检测到宣布无突发情况不再开展大规模检测，11天；重点涉疫企业管控到有序复工复产，12天；涉疫小区封控管理到陆续解封，14天；发热门诊检出阳性到全市无新增确诊病例，16天；全域转为低风险地区，行程码摘"星"，24天……苏州这座千万级人口城市的治理能力和科学应对经受住了考验。

这是荡气回肠的章节。全市3.4万多个党组织和60万名党员顽强拼搏、医务工作者白衣执甲、社区工作者夤夜鏖战、志愿者无私奉献、广大市民精诚团结，共同绘就了众志成城的"战疫图"。从急令催征到山河肃静，从各方驰援到同向同行，从料峭春寒到惠风和畅，每个画面，每个瞬间，镌刻着对决疫魔的风雨无阻，烙印着和衷共济的感人肺腑。

我们用无畏信念为这个春天开篇，我们用大爱无声给这个春天写下注解！

（二）

不平凡的收获，往往有一个不寻常的开局。

2月13日晚，疫情突发，4人核酸检测复核阳性且多点散发，苏州立即投入应急状态。人民至上、生命至上，这场抗疫大考必须竭尽全力，高分交卷。

形势紧迫，责任如山。北京冬奥会正在举行、全国两会召开在即，习近平总书记对疫情防控工作的重要指示批示牢记心间。省委、省政府高度重视，省委书记吴政隆，省委副书记、省长许昆林亲临苏州抗疫一线检查指导，要求把困难估计得更加充分，把形势考虑得更加严峻，把工作安排得更加周密，采取更加坚决果断措施，迅速打赢苏州疫情防控战。声声叮咛、浓浓关爱，极大增强了全市人民打好疫情防控阻击战的信心决心。

疫情严峻，行动果决。省委、省政府第一时间派出工作组，调度全省资源支援我市。省委常委、常务副省长费高云，副省长陈星莺驻地指导，省政府副秘书长王思源、省卫健委主任谭颖带领省工作组和专家组就加强流调分析、隔离管控、核酸检测、信息共享、封控管理、生活保障开展精准指导。

即时响应、急速布控。市委、市政府第一时间启动疫情处置应急指挥机制，省委常委、市委书记曹路宝任总指挥，市委副书记、代市长吴庆文任副总指挥，高位调度全面统筹，点调分析科学研判，"四不两直"督查实情。13个工作小组、4个工作专班闻令集结，集中办公，迅速组织力量开展流调溯源，划定管控区域范围，对涉疫人员和场所实施分级分类管控，统筹做好人员核酸筛查及健康管理、重点场所终末消毒等工作。各地各部门快动员、强调度、抓落实，以最坚决的态度、最迅速的行动、最有力的措施，全方位启动"应急响应"，以最大努力降低疫情影响，快速筑起防控疫情的"钢铁防线"。

（三）

疫情防控急如星火，必须分秒必争。

苏州心怀"国之大者"，抓牢"头等大事"，把握"外防输入、内防反弹"总策略、"动态清零"总方针，坚持"人物环境"同防工作主线，做到封得严、管得牢、稳得住，确保最短时间遏制疫情蔓延。

——一个"快"字，迅速有力切断社会传播链条。快响应，指挥部连夜召开全市疫情防控会议，果断决策，向社会及时发布通告，取消各类公众聚集性活动，全市中小学校、幼儿园暂缓开学；快流调，第一时间排查密接、次密接人员，应调尽调；快检测，分批开展区域核酸检测筛查，应检尽检，累计开展核酸检测超过5590万人次；快隔离，确保短时内将密接、次密接集中隔离，全市启用非入境人员隔离点270多个。

——一个"严"字，分级分类强化重点区域管控。从严科学划定封控、管控范围，累计公布中风险地区56个，划定封控区78个、管控区70个、防范区4个。严格"一点三区"管理，健全隔离点"一人一档"。严格落实"四早"要求，发挥发热门诊和药店等"哨点"作用，设立黄码人员核酸采样点、黄码定点医院。关闭40个交通通道，设置65个交通防控查验点；暂停客运线、暂闭客运站，全力以赴防止疫情外溢。

疫情防控千头万绪，必须万无一失。

——一个"实"字，保障生产生活。加强省市专家联合会诊，组织643名医务工作者建立6支医疗救治队，针对患者病情，特别是老年人、儿童和有基础性疾病患者，制定个性化治疗方案。切实解决群众诉求，畅通"12345"便民热线等渠道，针对反映较多的"黄码转绿码"、核酸检测系统卡顿等问题，第一时间予以解决。"苏周到"App上线核酸采样记录查询、"家人圈"代查和多语言查询等功能，实现大市范围采样凭证互认，为特殊关爱人群、港澳台同胞、外籍人士提供便利。

——一个"细"字，协力群防群控。市级机关3000多名党员组建志愿者服务队深入战疫一线，800多名党员干部下沉500多个社区，挺身抗疫前沿。在57个管控小区组建"行动支部"，区内党员踊跃投身防疫、发光发热。16万名志愿者开展志愿服务30万人次。向社会发布通告51条，召开11场新闻发布会和2场新闻通气会，及时回应社会关切。

（四）

每一场战斗，都需要勇敢的战士。每一次搏斗，都离不开无畏的逆行。

"爱你孤身走暗巷,爱你不跪的模样。"一曲《孤勇者》是"姑"勇者的热血写照。

"我申请加入这场战疫,时刻待命,服从安排!""现在正式提出,请按需调配。""抗疫就是战场,医护就是战士,我们不冲上去谁上去?""召必战,战必胜。"……微信群中,大家相互鼓励、争相报名,每一条信息都涌动着磅礴的力量和坚定的信念:只要这场战疫没有最终胜利,绝不轻言收兵;只要还有一名患者没有康复出院,就不能离开前线。在与病毒的较量中,广大医护人员挺身而出,肩负使命,是夜空中最亮的星辰。最紧急关头,省内兄弟城市6550余名医护人员雪夜驰援,不分昼夜、连续奋战,用最美逆行诠释了血浓于水的袍泽之情。

"我是党员我先上""疫情不退我不退""我们要用一点点微光汇聚星火"……党员团员、社区工作者和爱心市民化身"白墩墩",筑起温暖的红色防线:那是管控小区里的"行动支部",哪里最紧急哪里就有党旗红;那是封控区中的"00"后点位长,稚嫩脸庞和沉稳肩膀"混搭"出最强担当;那是宠物们的临时"奶爸",给离开主人的"毛孩子们"满满的爱;那是小区保安变身的"背菜大叔",风雨无阻为数十家居民准时送菜递粮;那是黄码孕妈们最信赖的"天使",科学指南给宝妈服下"定心丸";那是心理热线中传来的温柔解答,给隔离人员最及时的纾解宽慰。阵地就在脚下,岗位就是战场,核酸快检仪、纳米暖腹带、语音呼梯盒、巡街无人机,广大科技工作者成为"隐形战士",拿出了抗疫绝技。

"山河无恙,烟火寻常,可是你如愿的眺望。"一首《如愿》是"疫"中人的心灵映照。

做一个"乖墩墩",自觉减少出门,自觉配合管理,自觉报告动向……疫情中的苏州市民以绝对的信赖、高度的自觉、文明的素养,开启"托管"模式,积极乐观面对。网友将之概括得生动美好:学生云课不断档,名优教师轮流上;老人云购"买汏烧",网上淘淘学技巧;邻里云聚真热闹,厨艺比拼水平高;义务云诊都叫好,小毛小病一招消。"姑苏城外寒山寺,夜半钟声做核酸"主流媒体的创意海报,更是让市民诗兴大发,一场云上的"诗词大会"冲淡了疫情的紧张焦虑,做核酸也做出了属于江南文化的"诗和远方"。坚壁防控,最能砥砺人民群众的精神品质。每一位可贵可爱的"疫"中人,都在用最朴素的行动、最默契的表达,诠释着公民的主体意识和责任担当。

(五)

急难险重,方能考验城市治理的智慧和温情。

紧急状态,保供稳价呵护民心。建立生活必需品供应情况日报告制度,及时发布市场每日供应和储备情况、价格变动情况,粮油菜肉蛋奶量足价稳,线上平台企业积极发挥无接触配送优势,市民各类个性化的订单都能满足。疫情没有扰乱百姓的生活。

特殊时期,政策明晰安定人心。隔离职工的工资报酬权益如何保障,居家观察期间的工作时间怎么计算,慢性病患者取药量是否可以放宽,驾驶证到期是否可以延期更换……苏州及时公布政策,公开回应疑问,靠前服务保障,推动各项工作有条不紊、井然有序。疫情没有打乱城市的运行。

非常时刻,加速复产协力同心。对接沪浙打通省际物流通道,保障产业链供应链安全稳定;全面开展环境消杀,确保商超企业复工复产;激活线上招聘,促进外来务工人员稳岗就业;推出金融优惠服务,帮助中小微企业渡过难关。出台46条政策举措力撑市场主体,给企业送政策、送服务、送保障,倾心倾力解难纾困。疫情没有阻挡发展的步伐。

历经淬炼,方能彰显城市发展的韧性和后劲。

今年1至2月,全市规上工业产值预计增长8%;全市完成一般公共预算收入534.6亿元,增长7%,总量和增量位居全省第一;2月末,全市企业用工备案人数为536.4万人,同比增加20.9万人。人社部门重点监测企业开工率为100%,返岗率为98%,生产依旧保持高位运行。全市外贸外资平稳发展,1月以来全市新设外资项目和新增注册外资,分别增长11.7%和26%,百强外贸企业订单拿得稳稳当当。高效防控下的苏州,没有按下"暂停键"。

战疫已经胜利,发展时不我待。作为2万亿元经济体量的制造业大市,苏州的基础条件好、经济韧性强、发展潜力足、营商环境优,稳中有进、稳中向好的发展态势没有丝毫改变,这些都构成了我们全力以"复"的坚强信念。起步加速中的苏州,已经揿下"快进键"。

一起经历了战疫的艰苦卓绝,共同投身过抗疫精神激荡的时空交叠,我们兵不卸甲、马不解鞍,以一场场再征战再攻坚,把全省"压舱石"的重任扛稳在肩。慎终如始抓好疫情防控,苏州正迅速把发展的速度拉起来、把失去的时间补回来,努力为全省、全国发展大局作出更大贡献。

莫道春光难揽取,浮云过后艳阳天。如约绽放的千树繁花,与姑苏大地上的春耕号子、机器轰鸣一道,展现着向未来的无限希望。勇士们、战士们,让我们弹一首疫去春来的快意,尝一口久经酝酿的喜悦,整装齐发,阔步走向明媚的春天。

原载2022年3月9日《苏州日报》

第十六届苏州新闻奖一等奖

"新南环"长成回望录

主创人员　张　波　刘晓平　顾志敏

编者按

　　翘首以盼三年之后,"新南环"拔地而起,圆了市委、市政府给予"老南环"的一个承诺,圆了曾在危旧房里度日如年的4700多户居民的住房改善梦,也成就了苏州城市现代化进程中城市改造与民生改善双赢的新路子。回望这三年的"新南环"长成之路,艰辛与期盼交织而现、一路同行。梦圆的背后,有哪些令人难忘的事,"新南环"给苏州的旧城改造带来了哪些有益启示?本报今起推出《"新南环"长成回望录》系列报道,为读者寻找答案。

"都市里的村庄"蝶变记
——"新南环"长成回望录①

苏报记者　张　波　刘晓平　顾志敏

　　雨一直在下。撑着一把新伞,走进南环新村,76岁的居民华志毅兴奋得有些恍惚。

　　在这片熟悉的家园里,118幢旧楼早已不见踪影,取而代之的是21幢气派的新高楼。宽敞的小区道路,林立的沿街商铺,便捷的医疗、教育等设施,新建商品房小区里该有的这里基本上都有了。"变化,真是天翻地覆。"华志毅说。

　　这样的"天翻地覆",得益于南环新村危旧房解危改造工程。短短三年,南环新村,这个苏州城区建造年代最早、墙板房占比最高的老新村之一,从"都市里的村庄"蝶变为一个全新的现代化社区，成为苏州城市现代化建设的最新注解。

蝶变已然发生，而对于华志毅们来说，幸福生活才刚刚开始。

沧桑"老南环"

6月27日，南环新村危旧房解危改造工程交验房进入第二天。两天来，已有近1900户居民领到了新房钥匙。小区里，忙着去看新房的居民喜气洋洋。

上世纪80年代，这一幕也曾出现在南环新村。

那个时候，苏州城还被称为"小苏州"，狭小的古城区内容纳不下快速增长的人口，一批批新建公房在城郊诞生。南环新村就是其中之一。

尽管是在郊外，但能从矮小的平房里搬进楼房，那份光鲜、舒适是令人艳羡的：烧菜做饭用上了煤气，打开水龙头就哗哗流出自来水，还有独立的卫生间，上厕所、洗澡也不用下楼。

住进新公房，往往还意味着荣誉。

78岁的姚小慧和79岁的老伴吾德康是南环新村第一批入住居民。提及当年，姚小慧在老伴面前仍面露一丝得意。

姚小慧："那时候，住房靠单位分配。我家的房子是因为我工作出色，单位分给我的。住进新公房，感觉就是过上了现代化生活，工友羡慕，家人开心，我们也有了一个属于自己的独立空间，生儿育女，安安稳稳过日子。"

日子一晃，30年过去了

当年的新房已是满目疮痍。家住顶楼，因为墙体开裂，坐在房子里，晴天晒太阳、雨天躲风雨早已不是什么稀奇事。最让人揪心的是摇摇欲坠的阳台。为防止坍塌，老伴想尽了办法用绳索绑缚，但姚小慧一颗心仍吊在嗓子眼，生怕有什么闪失。

这样的困窘并不是个例。由于当年建造标准低，老南环的118幢房屋主要为六层墙板结构，设计寿命30年，到2010年，大部分已到年限，很多住宅楼不同程度出现地基下沉、房屋倾斜、墙体开裂、阳台脱落等险情。诸如治安状况不佳、环境卫生差、违章搭建层出不穷等城区老新村的通病，在这里也开始"流行"。

吾德康："这些年，我们的苦真不是一句两句能说清的。南环和我们一样'老'了，有钱的人陆续搬出去了，留下的，都是一些老年人、残疾人和低收入家庭。自己没能力改变，只能修修补补凑合着过。"

小区内一天天破旧不堪，小区外却是另一番天地。

当年的城郊早已变身为南苏州城的新窗口，现代化建筑不断崛起。在这座飞速进步的城市里，南环新村似乎成了被时间遗忘的角落，这里因此被人戏称为"都市里的村庄"。

没有先例可循的改造

6月26日，南环新村危旧房解危改造工程"交钥匙"仪式现场，从省委常委、市委书记蒋宏坤手里接过钥匙模型的那一刻，72岁的杨仁英喜极而泣。

幸福来得既快，又无比真切。

这些年来，随着城区老新村改造、背街小巷整治、零星居民楼综合整治等实事工程的推进，南环新村周边不时有墙板房居民楼改造的消息传来，这让杨仁英和乡邻们伸长脖子，盼了又盼。

南环新村危旧房解危改造工程指挥部总指挥徐文祥："南环新村的问题早就引起了市、区两级关注。2008年，吴门桥街道组织拆除墙板房垃圾通道，2009年沧浪区又实施'阳台解危'工程，但面对大面积的险情，小修小补是杯水车薪。研究表明，南环新村的墙板房整体情况比类似新村更弱化，以往用于老新村改造的技术手段根本不适用。"

南环新村的"新生"，期待着新的契机。

在几轮大规模的老新村改造、背街小巷整治工程完成后，"老南环"问题终于迎来了破题时刻。一户户上门调查、一次次研究论证后，2010年5月，市委、市政府决策：南环新村必须通过就地重建改造，以求彻底解决危房隐患。

5月25日下午，蒋宏坤率市领导来到小区召开现场会。小区居民闻讯涌来，拍着巴掌，夹道欢迎。听到居民大声喊出的盼望改造的心声，蒋宏坤等大声回应："来开现场会，就是要加快落实解危改造工程，让居民早日过上安心的日子！"那一天，小区里掌声、笑声和感谢声此起彼伏，像过节一样欢乐。

杨仁英："这么多年，好多次都听说我们小区要改造了，但回回都落了空。现在一下子成真了，都不敢相信。那一晚，家里的电话成了热线，亲戚朋友打来祝贺的，我打出去报喜的，一家人高兴得一个晚上没合眼。"

就地重建、居民回迁，没有先例可循。要用三年时间"彻底解危、适度改善"，完成南环新村危旧房解危改造工程任务，需要智慧，更需要市、区有关部门的协力合作。

这个苏州城区最大的危旧房成片解危改造工程，涉及国土、规划、建设、电力、消防、人防等二十多个部门几十个审批环节。从土地到施工许可，各项前期手续一路绿灯、急事急办。

针对南环新村的实际情况，一套为"老南环"量身定制的安置补偿政策出炉：住宅房安置"面积不少、房间不少"、"住宅房按建筑面积1∶1.25比例实行回迁安置"等，让"老南环"喜上眉梢。

打造全市标志性民心工程，工程所在的原沧浪区"举全区之力"，精心组织实施工程，平江、沧浪、金阊三城区合并成姑苏区后，这个好传统被姑苏区各有关部门、街道继承延续……

在一个个接力中，"以人为本"的理念得以彰显，"南环效率"由此叫响。

"新南环"初长成

终于盼来了回家的日子。6月26日，去看新房，82岁的胡寿金和老伴满面春风。

一路上，幢幢楼群挺拔洋气，条条道路草木迎人。回头看看颜色鲜亮的小学、幼儿园，再瞧瞧现代时尚的社区卫生服务中心、农贸市场，和路过的乡邻不时评点着新居，胡寿金频频竖起大拇指。

原来的南环新村老房子由不同单位建造，户型层次错落。现在针对居民的需求，工程指挥部设计了从50平方米到108平方米不等的8种面积的9种套型，供居民选择。

老胡的新房76平方米，在15幢902室。乘电梯很快到了门口，一层四户人家，老胡的家在中间，钥匙拿在手，兴奋得有点手抖，幸而有工作人员帮忙。门打开了，正对着门，就看到朝南敞亮的客厅，两个人对视着再次笑了。

从9楼向外看，楼群周边，冰花格装饰的商铺一间间排开；整个小区与周边的都市氛围浑然一体。小区的景致粉紫翠绿，新住宅楼"黑、白、灰"的苏式色彩扑入眼帘，瞧上去是那么舒服。

和老伴一起看新房，姚小慧的笑声就没断过。

三年前，离家过渡的那一刻，收拾行李，哪怕是一根针、一团线，都蕴涵了几十年来编织起一个家庭千丝万缕的情感，她件件都不舍得丢下，往行李包里塞了又塞，出门前，还一步三回头。毕竟离开生活了30年的老房子，在外过渡有着诸多不方便，又不知三年过后是不是归期，她的心里有不安，也有迷茫。而现在踏进房子的那一刻，拍拍雪白的墙壁，坐到飘窗上朝外看看，结实、敞亮的新房让她以前的担心荡然无存。

姚小慧："现在，看看每个房间都很敞亮，三年在外再辛苦都值了。要说后悔，就是搬家的时候不舍得丢掉的东西太多。现在要搬回来，可得想想哪些旧家什要扔掉了，总不能带着'垃圾'进新家吧。"

新有新的精彩，旧有旧的韵味。

南环新村小区中心广场北侧，一座占地约300平方米的展示馆雏形初露。再过几个月，这里将被一张张记录新、老南环面貌的照片、一把把新家园交付时的钥匙模型装点一新……一件伴随着"老南环"蝶变的展品，是南环人难忘的记忆，更是他们开启新生活的见证。

原载2013年6月28日《苏州日报》

一个"改"字的样本密码
——"新南环"长成回望录②

苏报记者　张　波　刘晓平　顾志敏

南环新村危旧房解危改造工程交验房临近尾声，工程指挥部工作人员潘桔萍的气还没喘匀，又投入了商业配套项目的招商准备工作。

改造后的"新南环"，商业配套占地面积达14万平方米。工程指挥部挂在墙上的蓝图里，镶嵌楼群间的小街坊、小区外的商住楼被标出鲜艳的紫红色，这里将集聚社区商业的活跃人气、财气，实现"新南环"便利生活与繁华城市的无缝对接，彰显危旧房改造样本之魅。

危旧房改造，一个"改"字，诸多"写法"。在南环新村，面对"就地重建、居民回迁"的崭新课题，如何找到最佳"写法"的密码，让城市改造与民生改善双赢？为交上一份合格答卷，在过去的三年里，包括潘桔萍在内的数千名工程建设者，不知熬过了多少个难眠之夜。

N个难题和一个改造"新模式"

6月29日，南环新村，交验房现场，工程指挥部副总指挥颜维强依旧脚步匆匆，只是黑黝黝的脸上多了几分喜色。颜维强是三年前工程启动时拿着一纸任命上任的。此前，他任沧浪新城管委会副主任，有着丰富的城市开发建设经验。但一进指挥部，颜维强就觉得这活很不好干。

颜维强："按照'彻底解危、适度改善'的改造目标，要拆掉118幢住宅和非住宅房屋，给4778户回迁居民建好新楼，需要资金20多个亿。当时市、区财政只能拿出1.5亿，这怎么干？'群众基本满意，资金基本平衡'的改造原则怎么落实？！"

钱，还不是唯一的难题。

南环新村危旧房解危改造，不同于老新村改造，又不同于一般的拆迁，城区首次尝试。居民安置补偿，如何既不违背国家和省、市既有政策，又不让居民合法利益受损？

新房子怎么建也大有"文章"。如果只考虑全部回迁安置需求，建"姐妹楼""握手楼"最便当。可是，苏南地区潮湿多雨，如此一来，每幢楼房很难都有充足的日照保证；要满足日照等条件，楼间距就要扩大，但楼房一"拔稀"，居民全部回迁的任务又如何完成？

还有，南环新村里老年人、残疾人和低收入家庭多，如何让他们安全顺利地过渡？清官难断家务事，面对可能出现的因拆房而产生的家庭纠纷又该怎么办？

一道道难题，如一个个问号，"问"得颜维强和同事们头皮发麻。

工程指挥部一组组工作人员挨家挨户上门"摸底"，问需于民；发改委、住建、规划、财政、国土等部门一次次联席磋商。难题一个个被破解，"南环模式"框架愈发清晰。

创新开发模式：政府整体划拨土地，原沧浪区成立国资危旧房解危改造有限公司，通过项目运作，用土地出让金和运作盈利反哺工程建设，实现资金大体平衡；政策惠民利民：精确测算拆还比，确保"住宅按原房屋合法建筑面积1∶1.25比例实行回迁安置"，确保"居民住户套内面积不减少、使用面积不减小"；"量身定制"套型：精心设计8种面积的9种房屋套型，房间采光、通风等细节标准远超一般动迁房、定销房。

……

一个个问号被拉直，改造工程一步步前行。

姑苏区委副书记、区长翟晓声："南环新村危旧房解危改造，无前例可循，实施起来难题很多。正是在一次次破解难题的过程中，我们探索出了一条危旧房改造的新路。从这个意义上说，我们要感谢这些难题。"

民生工程的"第一指向"

沧浪新城运河景观带。每隔不久，刘季军就来这里转转，看看三年前从家门口移栽来的含笑和蜡梅。

50岁的刘季军在南环新村住了30年,这两株含笑和蜡梅也伴着他长了30年。三年前,老房子要拆时,不舍得"老朋友",刘季军提出了要和它们一起过渡、一起回迁的请求。

请求很快被批准。工程指挥部答复:工程范围内的苗木将全部移至沧浪新城运河景观带。三年后,视苗木生长情况,尽可能让它们也回新家。刘季军:"'老南环'对这里的一草一木都有感情,特别是要离开的时候。没想到,我随口一说,指挥部就认可了,而且把小区的苗木都考虑进去了,蛮感动。"

一桩小事,折射出的是民生工程把百姓需求视为"第一指向"的理念。

南环新村危旧房解危改造,百姓欢迎,因为他们三年后能原地回迁。然而,工程的实施并不会因此而变得简单。

安置政策早已家喻户晓,但触及补偿费用,政策能不能"一碗水端平"成了议论焦点。

改造就要拆房,这么多居民去哪儿找合适的过渡房;人搬走了,是不是就像断了线的风筝,没人管了?

兼顾多方利益诉求,阳光操作和温情关怀同步,最大限度便民安民,成为贯穿工程全过程的一根主线。

安置政策一把尺子"量"到底。实施意见、补偿办法、规划方案全公开,邀请居民参与监督;在评估、协议签订环节,指挥部还专门设计了安置补偿计算软件,输入基本数据就可以直接输出每户的安置补偿费用清单。

残疾居民没有残疾证,没法享受安置优惠政策,工作组联系有关部门上门鉴定,办妥证件;居民集中搬迁找房难,社区组织正规房产中介现场服务;特殊困难群体过渡难,指挥部请来市级机关出面协调,落实房源。

暂离旧家园,邻里情更深。为方便老乡邻联系,工程指挥部印制了5000本通讯录,居民的原居住地、联系方式、现过渡居住地等信息一条不少。逢年过节,"老南环"就会接到指挥部、社区居委会的电话,邀请他们回家看看……

杨春林:"我是一名残疾人。这次搬迁过渡,我遇到了一个又一个好人。搬家,有工作人员帮忙;老母亲去医院,也有人护送;女儿大学毕业没工作,只要有招聘会,社区就会打来电话。这样的服务,让我感受到了民生工程的温暖。"金杯、银杯,不如口碑。

要告别南环了,34岁的项目经理朱歆文一步三回头,眼神里满是眷恋。南环新村危旧房解危改造工程建设了三年,朱歆文在这里守了三年。离开时,他感觉自己又多了一笔厚厚的职业积淀。积淀，来自改造工程孜孜以求的质量安全。工程全面建设一铺开，"质量安全就是生命线"这句话在南环有了新的标尺：工程招标、施工、验收、审计等重点环节都必须过廉政建设考核关；严格执行有关法律法规，"绝不为了工期而赶工、绝不为了工期而节省工程养护时间、绝不为了工期而减少质检次数"等规定，则让朱歆文和同事们由衷赞成。三年来，工程建设每个关键节点，工程指挥部都会请来专家"坐堂"验收。来自住建部、省住建厅、市住建局的专家也"不请自到"，严格把关。

朱歆文："我从事建筑工作已经13年，也算见过大场面的。但一个工地上会来这么多批次的检查组，还是第一次遇到。我们每个人心里都感到沉甸甸的压力。压力背后，是做好这个标志性民生工程的如山责任。"墙体开裂、房屋渗水，曾经是"老南环"难忘的痛。不能让居民住新房"遭旧罪"，一道道环节精雕细琢：钢筋保护层厚度难免有误差，添设的一道支撑架确保误差达到最小；防止墙面出现空鼓裂缝，粉刷时实行分层分段流水施工；避免外墙渗水，混凝土和砖墙交接处，光防水涂料就涂了两层。质量安全，金杯银杯不如口碑。

有两个故事在工地上传为佳话：2011年8月，全国开展建设工程质量安全执法检查，住建部专家来到苏州抽检。在南环新村，一个个科目顺利过关，到检验混凝土强度时，专家拿起一把榔头现场砸墙辨究竟。结果，又是"完全合格"。2012年6月，省住建厅专家来巡查保障性住宅质量安全。详细核对工程材料后，专家随机叫来工地上一名监理，记下他的生日。这让苏州的随行人员摸不着头脑。到工程指挥部，专家拿出台账核对，众人才恍然大悟：这一比对，监理方是否有人"滥竽充数"就清清楚楚。

这三年里，69岁的顾荣福两换过渡房，第二次换在了"新南环"家门口。守在这里，一天跑三趟，老顾当起了不进工地门的"监督员"。顾荣福："在南环新村一住就是30年，老房子毛病一天天多起来，我都被折腾怕了。看着每车水泥进工地都要检验，看着新房子一天天长高，心里那叫一个踏实。"

原载2013年7月1日《苏州日报》

系列报道

1000多个日夜写奉献
——"新南环"长成回望录③

苏报记者　张　波　刘晓平　顾志敏

烈日当头。南环新村绿化项目施工现场，40岁的沈翔忙着指挥工人们平整地块，脸上全是灰。

三年来，每天和工人们一起泡在工地上，这位姑苏区住房建设和市容市政局的下派干部早已告别了"白面书生"的形象。南环新村危旧房解危改造，工程规模创苏州城区之最。庞大工程的精彩"剧集"里，舍小家顾大家的"老南环"，埋头苦干加巧干的建设者，勇于学习、肯钻研的机关干部，都是"主角"。在过去的1000多个日日夜夜，他们用不同的方式，书写着"奉献"两个大字，由此汇聚起的强大精神合力，托举着"新南环"不断拔节。

"舍小家顾大家"的苦与甘

刷门禁卡，乘电梯上楼，经过几天的"培训"，87岁的金长熊已掌握了回家的"窍门"。走进新居，每个房间都很亮堂，之前的忐忑一下子释怀了。

忐忑，藏在心底已经三年。

三年前，南环新村危旧房解危改造的好消息传来，大多数"老南环"喜悦满溢，但同时，旧家难舍、发愁搬迁等情愫也悄悄涌上一些居民的心头。远离乡邻、"寄人篱下"的过渡生活会怎么样，三年后的新家能否令人满意，这样的疑虑也如影随形。

南环第三社区党委书记张骏敏："一些'老南环'盼改造，又舍不得离家。这样的复杂、矛盾心理，也是人之常情。南环新村老年人多、困难家庭多，搬迁是一难，在外过渡又是一难。这些'难'，我们也看在眼里，急在心里。'娘家人'及时出手相帮。前期入户宣传，一遍遍讲透政策、答疑解惑；搬家，从前期整理、打包裹，到叫车、装车，工程指挥部、社区工作人员既当小辈，又当搬运工；签约交房，看出居民的不舍，就陪着居民打开家中的每扇门，多看上一眼老屋。"

真情暖语解心结。越来越多居民加入"舍小家，顾大家"的队伍中。

2010年10月26日，改造工程安置补偿协议签约启动，短短两天半时间里，3622户家庭签约，占总居民户数的76.16%；奖励期内，4604户居民腾房，腾房率

97.03%……一个个搬迁新纪录背后,是"老南环"们默默的支持。

在家千般好,出门一日难。

在外过渡,总有不便。进门,住的是租来的房子,再怎么收拾,也难掩匆匆过客的意味;推开门,都是陌生面孔,想找人拉家常也不好意思开口;有事出门,路怎么走省力、坐哪路公交车最便当,也要留心起来。

还有因生活变故带来的麻烦。

65岁的肖慧洁搬到曹家巷后,心脏病发作,医生建议住院治疗,想到家中瘫痪在床的老伴,她只能苦笑着摇头。每天早晨4点不到,她就起床,将老伴安顿好交给子女,然后再赶到医院挂水,回了家,接着照顾老伴。

一人有难,众人帮。指挥部工作人员没忘记她,平日嘘寒问暖,及时上门相帮;曹家巷所在的中街路社区工作人员也记住了她,日常家务搭把手,让她安心过渡、安然融入。新乡邻间,一个微笑、一声问候,也传递着守望相助的朴素温情。

肖慧洁:"在一个地方住久了,换个地方总会不习惯。有困难,这么多热心人来帮忙,我心里暖暖的,也乐观了许多。而且,如果不是政府为民办实事,我这辈子可能住不上新房。想到这些,我就有了克服困难的勇气。"

南环式"白加黑、五加二"

6月26日,"新南环"交房,25岁的刘光伟从连云港赣榆老家给公司打来电话,问需不需要赶回来帮忙。

刘光伟是苏州第一建筑集团公司的工程师,几天前被领导"勒令"回家探亲。作为改造工程的建筑中标单位,该公司数百名精兵强将在此"安营扎寨"了近三年。刘光伟吃、住在工地,连父亲生病都没有离开过。

确实很忙。刘光伟他们每天早晨6点开工,直到晚上10点才结束,就是要确保不拖延工期。遇到大型机械要保养维修,只能再加班加点。

在拼搏的,不只是他们。

南环新村西边隔道墙有幢3层小楼,工程指挥部就设在这里。附近细心的居民会发现,三年来,这楼里从未在晚上10点前熄过灯。

工程指挥部工程科长缪自强:"这是市区的标志性民生工程,这么多居民在外过渡,等着回迁,工期决不能拖延。如果拖一天,安置补偿财务成本就要增加40万,也就是两辆帕萨特开进河里了。算算这笔账,我们心里都像压着一块'大石头'。"

这块"大石头"让每个人神经绷紧,也激发了每个人的能量。

工地上有不少年轻人，干起活来，精神头一个赛一个的足。返聘回来的老同志也毫不逊色，拆迁有难题找韦培良、财务审批请韩泉明把关，办前期手续有沈东生……老少协力，拧成一股绳。

苦干实干，还要巧干。这是南环式"白加黑、五加二"的涵义。

时间紧、任务重，工期安排更要科学：工程建设中，木工、钢筋工、瓦工和架子工等任务不同，进度分工明确。在南环，这个惯例被打破——分幢分层流水施工，同一时间让更多的施工人员进场，在确保质量的前提下，尽可能节省时间。

质量管理与建设进度同步：施工进度到哪一层，质量检查必须跟到哪一层，发现问题，天大的理由也不行，必须立即整改。

每天一早，28岁的钟雄伟就会准时出现在工地。他所在的项目管理小组共10人，负责两幢楼的质量检查，每天要从一楼开始，逐层走个遍。

钟雄伟："工地上几乎天天见到领导来检查，回来看工程进度的'老南环'的身影从未间断过。我们心里都有数，如果做不好，就对不起南环老百姓。"

这个"数"已化作了每个人的自觉行动。"老南环"选房前一天，原先的户型图稍有变动，抽不开身的缪自强将比对工作交给了同事。深夜到家，刚刚睡着，又突然惊醒：户型图万一有错，可怎么办？！缪自强一夜无眠，天刚刚亮就冲到指挥部，再三比对，确认无误，才放了心。

改造工程成了"大学堂"

6月30日，送走他负责的最后一户验房居民，姑苏区财政局干部沈斌的任务基本完成。

三年前改造工程启动之际，原沧浪区280余名区机关干部被抽调下派到工程指挥部，组成26个工作小组，负责居民拆迁安置、选回迁房、交验新居等各节点的服务工作。39岁的沈斌就在其中。

沈斌："刚接到调派通知的时候，有些茫然。跟以前的工作相比，这是两条没有交集的平行线，怎么开展工作，我能行吗？愁也没用。军令如山，再大的困难，也只能咬牙往前冲。"

沈斌的担心绝非个案。在这批机关干部中，大多数人没有过做群众工作的经验，而抽调他们来的目的之一也是锻炼队伍。怎么办？工程指挥部的培训课、老同志的言传身教，让大家有了底气。带着一颗真诚为民的心，学会听民意察民情，学习破解难题的方法，机关干部们在改造工程这个"大学堂"中当起了"小学生"。

南环新村危旧房解危改造，是城区首次尝试的"新模式"，居民安置补偿政策也与以往不同。要让居民理解、信服，吃透政策、精熟流程必不可少，"沈斌们"加班加点先"充电"。

为消除居民对测绘面积的疑虑，民政干部巫杏春自学房屋面积计算方法，很快成了行家里手。

南环新村里有一些聋哑居民，为了便于和他们沟通交流，安置15组的组员们集体学起了手语。

安置补偿协议签订前，各安置组至少进行了1000次练习，目的是保证当天签约进度不低于每小时500户。

……

进家入户做群众工作，关键看能不能进得了门、说得上话。

推开每家门，每家都有不同的故事。怀疑政策是否公平，找不到过渡房，甚至夫妻离婚、兄弟不睦、赡养老人等种种矛盾都会成为搬迁难的理由。35岁的计生干部葛勤刚开始走访居民时没少遇尴尬：跟着指挥部分派的"老师"一同走访，吃了"闭门羹"束手无策；敲开居民家门，遇到问题，她也连话都插不上。

葛勤："我是部队医院转业干部，来南环之前，没想到做群众工作这么难。好在有老师，看得多了，我也摸出点门道，从居民的表情和话语中，就能判断从哪方面切入话题比较有效。改造工程基本完工，我也要回原单位了。回头看看，这段经历是一笔财富，我将受益终生。"

原载2013年7月2日《苏州日报》

第十六届苏州新闻奖特别奖

一核四城　大城时代的苏州视野系列报道

主创人员　沈　玲　胡其生　王政宇　王东来　林　琳
　　　　　黄翊华　王　骏　余　涛　杨　敏　张　鹏

编者提示

　　2012年10月,苏州市平江、金阊、沧浪三区合并成立姑苏区,所辖吴江市撤市设区归入中心城区。这一行政区划的重大调整,对苏州市提升中心城市首位度,推进现代城市化进程,全面实施"一核四城"重大战略构想具有决定性的意义。姑苏区的成立与吴江撤市设区至今即将迎来一周年。城市商报以《一核四城　大城时代的苏州视野》为总标题,精心策划了一组系列报道,全面介绍"一核四城"的总体谋划与目前的进展情况。

　　公元前514年,奉吴王阖闾命,吴国大夫伍子胥相天法地,在江南鱼米之乡框定了一片风水宝地。就此,一道护城河圈出的14.2平方公里土地,便成为历尽风霜至今不曾挪移的苏州古城。

　　2500多年历史文化的丰厚积淀,正是这座名城的根基所在。

　　改革开放以来,伴随着经济社会持续快速发展,顺势推进的城市化进程让苏州不断突破延续千年的樊篱,迈进了大城时代。

　　及至2012年,经国务院批复同意,原沧浪区、平江区、金阊区合并设立姑苏区,原吴江市撤市设区,苏州中心城区面积增至4467.3平方公里,拥有市辖总面积的半数以上土地,建设发展有了更大的施展空间。

　　大城时代,不能延续"小苏州"的心胸格局;大城时代,需要更远大更开阔的时代视野。

　　于是,"一核四城"便成为苏州中心城区空间发展的全新战略定位。

　　2011年召开的苏州市第十一次党代会首次明确了这一着眼长远的宏大构想。省委常委、市委书记蒋宏坤指出:在未来五年,苏州要抢抓长三角建设世界级城市群的历史机遇,在做优做靓苏州古城的同时,加快提升东部综合商务城、西部生态科技城建设水平,重点推进南部太湖新城和北部高铁新城建设,全面提高中心城市首位度。

"一核四城"的新定位,锁定的绝不是眼前的一城一地,扣住的是中国方兴未艾的新型城市化时代潮流,瞄准的是长三角建设世界级城市群的历史机遇,借力打力,顺势而为。

"一核四城"的新定位,着眼的绝不是简单的区域扩张,契合的是城市未来科学发展、内涵式可持续发展的要求,谋划的是环境和谐、民生优化的长远,为正在进行中的经济转型开辟着更为广阔的舞台,心怀宏大,志存高远。

"一核四城"的新定位,推动的绝不是"摊大饼"式的资源堆砌,依托的是苏州经济社会发展对城市格局能级提升强烈的内在需求,强调的是对不同区位自有优势的极致发挥和错位发展,分工明确,特色鲜明。

"一核四城"的新定位,展开的绝不是不同区域间的各自为战,寻求的是古城保护、复兴的有机统一、彰显的是古城历史文化积淀与周边发展空间优势的相互支撑,整体协调,优势互补……

大城时代,苏州面临的是新机遇,也是新挑战。

目前,"一核四城"的构想正在各组团扎实推进。连日采访,商报专题报道组为不断细化的蓝图和逐步体现的成效倍受鼓舞。

策划　沈玲　阿生

姑苏区　保护复兴打造苏州发展"核动力"

系列报道　一核四城　大城时代的苏州视野1

商报记者　王东来

一棵繁茂的大树,必有深远的根系。延续2500多年的优秀文化传统和丰厚历史积淀,无疑是一座历史文化名城的核心价值所在。

时至今日,我们依然将古城视作是整个苏州未来发展的核,不只是因为它控扼中央的地理位置,更在于这里更多地保留着河街相邻独特的双棋盘城市格局,在于这里遗存的丰富而璀璨的历史文物,在于由此滋养的江南水乡温润细腻的民俗民风、从容不迫的生活态度、精致优雅的文化艺术……

所有的这些构成正是苏州不可或缺的个性特征和得天独厚的文化软实力。姑苏区委书记瞿晓声说，离开了这些，苏州便没有了根、没有了源。我们这一代人的使命，便是全力保护好古城，保护好我们的传统优势，并在新形势下用足用好它，使之为整个苏州未来的发展提供源源不断的"核动力"。

平江路早就不是一条路了
一个修旧如旧的样板

穿过繁华喧嚣的观前商业街，向东，不远处便是平江路了。小桥流水、枕河人家、黛瓦粉墙、弦索叮咚，踏上这条临河小街石板路，刹那间仿佛跨过了一个时代。

大约十年前，平江路的修复保护启动，划定的范围还只是一条街、一条河。很快，人们就发现这一整体性保护的功效。有客远来，苏州人必然会骄傲地推荐，去平江路走走看看吧。因为，只有在这里，才能深切地体会到老苏州的味道。

何不将修复保护的范围向周边拓展一下呢？狮林寺巷、传芳巷、东花桥巷、曹胡徐巷、大新桥巷、卫道观前、中张家巷、大儒巷、肖家巷、钮家巷、悬桥巷等等，平江路周边，还有那么多特色鲜明的小巷，小巷里还藏着那么多很有些年头的名人宅第。于是，平江路由一条路拓展为一个历史文化街区。到现在它已经成为国家旅游局认定的4A级景区，框定的范围已达116公顷，大约相当于3个周庄古镇。外来的客人走进去，一不小心，就可能看花了眼，穿迷了路。不过，迷了路也没关系，礼耕堂里品一壶茶、全晋会馆里听一段曲、粗菜馆里点几样地道的苏州菜，只管随心所欲散漫地逛去，眼前处处是景。

大儒巷的丁宅，是我市首批试点保护修缮的老宅子之一。多年风雨，这座始建于清代的百年老宅不得已易地重建。修旧如旧，尽最大可能原汁原味地复原，是这一工程的最高原则。修复的效果到底如何？也许丁宅的原主人最有发言权。今年四月，移居海外多年的丁氏兄弟一踏进这座房子，顿时激动万分。"这个荷花池、天井、这样的旧石板、雕花大梁……和我在母亲珍藏的照片中看到的一模一样！"老人的话，对负责移建的施工人员是最好的褒奖。他们告诉记者，动手移建前，他们对原有残存木石老构件的测绘摸排编号，就用了整整3个月的时间。

平江路已经不是一条街了，就这样一个宅院一个宅院、一条街巷一条街巷的保护修复，它已然拓展成一个街区，用个旧气点的名字，叫作一个坊。据介绍，仅仅一个平江路历史文化街区，每年接待的游客就有200多万人。古城文化的魅力可见一斑。

平江路不是一条街，还可以看做是苏州古城保护的一个样板。现在，正在进行中的保护修复工程还有桃花坞、天赐庄、西中市等等街区。与平江路齐名的山塘街，也在将它的保护修复逐步向西、向虎丘山麓延伸。

为你介绍一条游线
古城保护下出一盘大棋

一年前，苏州老城区三个区合并成立姑苏区。苏州古城就此归入统一的行政区管辖。与此同时挂牌的，还有苏州国家历史文化名城保护区。

苏州入选首批国家级历史文化名城，还是1982年的事，同时入选的还有全国其他23个城市。此次，设立国家历史文化名城保护区，苏州却是唯一的一个。这彰显的是苏州的历史文化价值，也表达了苏州人保护这些优秀历史文化遗存强烈的使命意识。他们明白，保护好古城是一个根本前提。在此基础上，才谈得上利用与发展，才谈得上辐射全市，形成推动全市发展的"核动力"。

好吧，为你介绍一条游线。还是从我们熟悉的平江路出发，先领略一下这里临河小街特有的江南民居风貌和市井生活；沿平江路向北，衔接的便是以拙政园等列入世界遗产名录的苏州古典园林群，与之相邻的苏州博物馆也是领略苏州悠久历史文化的必到之处；再向西，穿过北寺塔，便是正在整治保护的桃花坞历史文化片区，这里不仅有明代苏州风流才子唐伯虎无数故事发人追思遐想，更是木刻年画、漆刻、檀香扇等苏州传统工艺的聚集地；向南稍拐，转入西中市，浓郁的民国建筑风貌带你进入的是另一个时代。穿阊门出城，便是"最是红尘中一二等富贵风流之地"——如今的石路商圈，便是同样依河而筑斗角飞檐的七里山塘；顺着山塘迎接你的便是到苏州你不得不去的虎丘了。

目前，姑苏区正在推进城市旅游融合发展示范区建设。第一步，便是将平江路历史文化街区与拙政园等古典名园串了起来。接下来要做的，便是对旅游资源的保护加以整体的规划利用，加以统筹的优化。

古城保护，改革开放以来，力度一直在不断加大。然而，古城区的三区分治，客观上给保护的整体推进带来种种障碍。苏州市规划局总规划师相秉军说，"原先历史文化名城保护范围内分为三个区，资金、人才等资源分散，利用效率也有待提高。"平龙根，一位全程参与山塘历史文化街区保护性修复的老同志，他把七里山塘比作一条龙。"山塘街、山塘河是龙身，阊门是龙头，虎丘塔是龙尾。可龙头与龙身、龙尾原先属于不同的行政区，统筹规划难免受到制约。"姑苏区的成立，特别是苏州国家历史文化名城保护区的设立,为下出一盘苏州古城保护的大棋辟出了全新空间。

行政区划调整刚一完成,苏州市便紧锣密鼓地展开了新一轮历史文化名城保护规划的编制,从古城历史格局、传统风貌再到优秀传统文化,一一提出详尽的保护原则与保护方案,创新性地提出了分层次、分年代、分系列构建历史文化保护体系的理念。中国历史文化名城保护专家委员会委员阮仪三说,苏州是全国首个也是唯一将古城整体纳入保护区进行规划保护的城市。这将对以往规划中因行政分割而出现的矛盾进行全面调整完善。

今年8月,这一新规划已经市人大常委会审议通过。

扔掉马桶小巷居民的民生诉求
"活的古城"才是魅力所在

2500多年,苏州古城不曾挪移过位置;2500多年,苏州市民都在这里安居乐业、休养生息,不少清末民初遗留至今的旧院老屋仍是许多老百姓的家。世界上,许多古城的遗址已然成为单纯的旅游观光地。因而,在许多专家眼中,"活的古城"才是苏州古城的价值所在、魅力所在。只有这样,才能让苏州城特有的民俗民风、市井文化和闲适悠闲的"慢生活"节奏不致断了根基。

保护,不是要将苏州古城变成徒有其表的盆景、标本。外人眼中,这种似乎能将历史定格的场景无疑是诗意的生活;而被间离于现代生活之外的不适,只有住在内里的人们才能真正体会。市规划局局长凌鸣说:"我们要保护古城,但也要让古城内的老百姓过上现代化的生活。"处理好两者的关系,努力提高历史文化名城的宜居性,仍然是各级政府部门必须面对的课题。只有让老屋接轨现代文明生活,活着的古城才能存续得更为久远。

三年时间,让苏州老城区的百姓彻底扔掉缠绕他们多少代人的马桶,用上清洁明亮的卫生间。三年前,苏州市委、市政府发出"改厕"决战令。此话一出,许多人还是将信将疑。太难了啊!据当时的平江、金阊、沧浪三区统计,还有21013户城区居民仍在使用着马桶,而这2万多户散落在狭窄的背街小巷。负责原金阊区改厕设计的工程师狄明杰深有体会。她拿出一本本厚厚的设计图纸:"一家家情况都不同,几乎要为每一家设计一个方案,比造幢新房子要费劲多了。"今年年底,三年改厕即将收官。效果如何,百姓们自会得出自己的结论。

水城苏州,水被视作这座城市的魂。可说不清从什么时候开始的,也许是上世纪的七八十年代吧,苏州人不太热衷于向外人显摆水巷的古朴清幽了。因为,那浊黑甚至凝重得有点流不动的河水实在是大煞风景。通常的结果是客人扫兴、主人汗颜；与河道毗邻而居的人们偏又逃不开去，向河的那排窗户早就成了摆设，尤其是夏季，更是不敢打开寻求一点风凉，扑面而来的恶臭比暑热更让人难耐。于是，苏州建城史上最大规模的一次河道清淤于2012年全面摆开战场。当年年底，随着施工人员拆除了平门河内最后一道拦水坝，这一几乎涉及城区所有河道的清淤工程如期完成，清出多年积存的148万方淤泥以及4500多吨形形色色的垃圾。

今年，后续的自流活水工程紧接着拉开序幕。由国内一流团队提供技术支持，工程很快产生了效果。9月29日，随着工程关键项目娄门堰、阊门堰的启用，苏州城区纵横交错的河道里水流了起来。每天，这些河道里的水就能更新一遍。源有活水，苏州的河水清有日。

随着文化、教育、绿化、卫生、养老等一系列社会化服务体系的提升优化，未来苏州古城活力无限。

特色鲜明优势互补的四大产业园
寻求最适合自己的"可持续"

近日，姑苏区委书记翟晓声用了半个多月时间，一个街道一个街道深入调研，寻求最适合姑苏区，最适合各个街道各自特点的转型升级可持续发展道路。

翟晓声认为，无论是城市建设、环境优化、服务民生，还是提高中心城市首位度，都离不开经济的发展、产业的支撑。而选择什么产业方向，规划多远的发展目标，却是一个艰难的课题。市委、市政府已经明确了姑苏区未来发展的总体方向，而具体实施，需要我们做深入的研究、慎重的决定。

翟晓声表示，分析姑苏区现在的经济结构，50%以上来自于房地产。而整个姑苏区现存的可利用土地十分有限，而房地产开发不可能带来未来持续稳定的税源，一味依托土地财政显然难以为继。面对土地资源极其有限的现状，更有必要珍惜手中的家底，着眼未来，用足用好。近日，本市某高校正与位于沧浪新城的一个楼盘洽谈，希望购入其中一栋楼宇，引入国际多家时尚创意企业，作为他们的一个孵化器、创业园。这一构想之所以成立，恰恰与沧浪新城所处的东接工业园区独墅湖高教区、西邻苏州国际教育园这样的地理位置有关。利用相对丰富的科教资源，使之成为一个现代科技教育产业园，便是姑苏区对沧浪新城未来定位的全新考虑。

由此延伸，姑苏区已然初步形成对姑苏区各个组团转型升级功能定位的整体谋划。翟晓声为我们介绍了正在勾勒中的四个产业园发展蓝图。

除了以沧浪新城为基础的现代科技教育产业园外，苏州古城将统筹好保护与利用、发展的关系，完善名城保护机制，最大限度利用这里丰厚的旅游资源、商贸资源与文化底蕴，形成文、创、商、旅融合发展的文创商旅融合产业园。"观前、石路、南门三大商圈是古城商贸的优势所在，未来需要强化各自的特色，一句话一切都要围绕着做足旅游的大文章来展开。"

平江新城，姑苏区政府的所在地，苏州市行政服务中心等多个政府服务窗口正在陆续迁入。特有的交通优势与公共服务资源，将为这里打造现代商务商贸产业园提供最好的基础条件。

金阊新城，依托这里的货运便利，发展现代物流得天独厚。一个传化物流，已经显示出很好的发展前景。同时，一个占地1700亩的软件园也积极筹划中。这里，将被打造成一个现代物流和软件产业园。

翟晓声透露，四个产业园的构想刚一传出，不少企业纷纷表示浓厚兴趣，其中不乏许多国内外业界的龙头企业。他强调，产业强、城市强，政府富民惠民的能力就强。姑苏区将着力加强政府在各组团在错位发展、特色发展方面的引导作用；在保护好古城的同时，增强全区的综合实力和可持续发展能力。

原载2013年10月21日《城市商报》

苏州工业园区　综合商务城打造转型升级新引擎
系列报道　一核四城　大城时代的苏州视野2

商报记者　王东来　林　琳

2012年10月，经国务院批复同意，原沧浪区、平江区、金阊区合并设立姑苏区，原吴江市撤市设区，苏州中心城区面积增至4467.3平方公里，拥有市辖总面积的半数以上土地，苏州进入大城时代。

大城时代，不能延续"小苏州"的心胸格局；大城时代，需要更远大更开阔的时代视野。

于是，"一核四城"便成为苏州中心城区空间发展的全新战略定位。

2011年召开的苏州市第十一次党代会首次明确了这一着眼长远的宏大构想。

省委常委、市委书记蒋宏坤指出：在未来五年，苏州要抢抓长三角建设世界级城市群的历史机遇，在做优做靓苏州古城的同时，加快提升东部综合商务城、西部生态科技城建设水平，重点推进南部太湖新城和北部高铁新城建设，全面提高中心城市首位度。

大城时代，苏州面临的是新机遇，也是新挑战。

目前，"一核四城"的构想正在各组团扎实推进。连日采访，商报专题报道组为不断细化的蓝图和逐步体现的成效倍受鼓舞。

策划　沈玲　阿生

苏州轨道交通1号线横贯东西。搭乘轨交，由古城到它东面的苏州工业园区，由于是地下的穿行，"省略"了沿途的渐变，很让人有一种穿越的感觉：进站前，满目皆是粉墙黛瓦民族风；出站后，开阔的视野、宽敞的街道、林立的高楼……现代都市的高端大气给人以强烈的视觉冲击。有人将此形象地比喻成一幅现代与传统交互的精美双面绣。

按照"一核四城"总体构想，苏州将以工业园区的产业、人才、服务优势为依托，使之成为一个综合性的现代化商务城。目前，园区已经成为全国唯一的国家商务旅游示范区，位于其核心位置的金鸡湖景区也是全国唯一以商务旅游为特质的5A级景区。园区负责人说，园区创立近20年，如何继续保持强劲的发展势头？综合商务城的建设，将是下一步转型升级的新引擎。这一目标的确定，基于对国内外经济发展的潮流深入分析，基于对苏州中心城区各组团功能定位的综合考量，更是充分发挥园区近20年改革开放形成的优势的主动选择。"服务业倍增""金融业翻番""金鸡湖双百人才""文化繁荣"等行动计划，无不围绕这一目标。

金鸡湖让你看的不只是景致
商务旅游一个全新的领域

毕竟是江南水乡锦绣之地，这么一个现代化都市中央居然留有这么块开阔的水面。沿着滨湖步道一路徜徉，满目的开阔、扑面的清新，而远方则是一栋栋拔地而起的楼宇勾勒出的优美天际线。仅一个金鸡湖已经拥有7.2平方公里水面，如果再加上与之紧密相连的独墅湖，面积更是达到18.7平方公里，大小超过了三个杭州西湖。大自然的这一馈赠，不仅使之成为这片现代化城区生态环境得天独厚的调节区，也让这里自然而然地成为众望所归的旅游目的地。

就围着金鸡湖转一转吧。聊天,月光码头的咖啡馆也许是个不错的选择;用餐,伸向湖中的李公堤有的是餐馆让你品尝传统苏帮菜的精致与鲜美;有兴致,搭艘游艇逛一逛湖,逛一逛湖中的玲珑岛和桃花岛,不乘船总觉得好像没到过江南;再有兴致还可以登上摩天轮,120米的高度,助你登高望远。入夜,且别急着入睡,水面倒映下的音乐喷泉宛若仙境,有着鸟巢般外形的苏州文化艺术中心可能还有一场顶级艺术家担纲的钢琴音乐会等着你……

此时,也许你累了倦了。别担心住宿问题,就在园区,仅四星级以上宾馆就有20多家。其中,洲际酒店、中茵皇冠等高端宾馆就临湖而建,隔着窗户你还可以再望一眼金鸡湖璀璨的夜景。

2012年,园区被列为全国唯一的国家商务旅游示范区,金鸡湖景区同时成为全国唯一以商务旅游为特质的5A级景区。苏州是一个传统的旅游城市,可商务旅游还是一个比较陌生的概念。园区人说:金鸡湖让你看的不只是景致。他们更希望借助旅游业的优势,将这里搭建成国际国内高端商务交流的平台。这里会吸引更多的会议、会展、商务洽谈,汇聚起更多的信息流、人才流、资金流……

以综合商务城建设为抓手,为园区的未来发展增添新的引擎。园区正在为此夯实一个一个支撑点。

金鸡湖畔宛如苏州"华尔街"
CBD综合商务城的核心所在

站在苏州大道西向东遥望,最抢眼的建筑便是气势恢宏的东方之门,其300米的身高,相当于法国凯旋门的6倍,被誉为"世界第一门"。与之相邻,比它更高体量更大的苏州中心也已奠基建设,即将拔地而起。而它们所在的环金鸡湖区域约6.8平方公里范围便是苏州市域综合商务城(CBD)。这,将作为苏州"东部综合商务城"建设的核心所在,也是园区重点发展金融、总部、商贸旅游、专业服务等现代服务业,进一步转型升级的重要功能区。

报表在不断地更新。截至2013年7月底,已有503家金融机构入驻苏州工业园区。在今年的前7个月里,新引进的就有41家。在这503家金融机构里,外资金融机构就有26家,银行分行级别以上的有36家。这些金融机构绝大多数都驻扎在环金鸡湖的园区中央商贸区(CBD)内。

有人说,这么多金融机构乐意选择园区安家,得益于它多年来大力度的对外开放与产业的壮大。园区人知道,毗邻内地最大的金融中心——上海,园区金融服务业要壮大,实施他们在"十二五"规划中提出的金融倍增计划,需要付出成倍的努力。

尽管在工业园区从9平方公里启动区规划之初,就已为商业等服务业配套预留了空间,但草创初期的园区还不是人们安居的最佳选择。出门看到更多的是厂房,买个柴米油盐都得到很远的地方。渐渐地,园区建起了若干个邻里中心,首先解决了居民们的日常生活需求;渐渐地,园区有了欧尚、沃尔玛等大卖场,有了天虹百货、印象城、久光百货、圆融时代广场等大型商业综合体。园区人买东西不再往外跑,反倒是南来北往的血拼客更乐意到园区领略一番时尚。园区CBD的逐渐成形,正吸引着更多知名商贸品牌机构向这里聚集。

回想近20年的变化,恍如隔世。目前,园区已建成各类商业设施总建筑面积近400万平方米,在建商业建筑面积超150万平方米。去年,园区实现社会消费品零售总额242亿元,同比增长17%。

苏州文化艺术中心已然成为苏州市民品赏优秀文化作品的第一选择。这里不仅有全市首家IMAX-3D电影院,也有全市声光效果最好的舞台。2007年,当外形酷似"鸟巢"的苏州文化艺术中心出现在金鸡湖畔的时候,多少还显得有点孤单,而如今,金鸡湖畔已经成为精彩纷呈的文化娱乐集聚区。

去年5月18日到6月17日期间,首届苏州金鸡湖双年展吸引了无数的眼球,这场涵盖了雕塑、绘画、影像、视觉设计、工艺美术等不同艺术领域和门类的盛宴,向世界诠释了传承与创新、前沿与国际、多元与包容的内涵。环湖走去,苏州画院美术馆、巴塞当代美术馆,到"月光八号"画廊、金鸡湖美术馆、中国基金博物馆、姚建萍刺绣艺术馆等,营造出浓郁的艺术氛围。园区党工委委员、管委会副主任夏芳表示,城市的魅力在于"硬件"也在"软件",即城市的软实力,一个城市的魅力和吸引力归根结底在于城市的特有文化和内在特征,即体现在城市的人文精神、文化产业和市民心态上。

企业围墙内的悄然变化
从"制造"向"创造"迈进

大约十多年前,记者就写过一篇有关苏州工业园区建设发展情况的长篇报道,起笔便带着读者边走边看,一路数着沿路新建的厂房以及厂房上一个个鼎鼎大名的企业标牌。之后,苏州工业园区一路高歌猛进,成为中国发展最快、竞争力最强的开发区之一。迅速形成的集成电路、光电、精密机械、生物制药等高新技术产业集群,在信息技术与集成电路等领域的强大生产能力让"苏州制造"名闻海内外。如今仅聚集于此的世界五百强企业就有88家,由它们投资的项目达到148个。这是所有人都能看得见的成就。

然而,一个看不见的变化则在同样的厂区内悄悄发生着。那便是企业总部与研发机构的进入。

永远不满足于眼前的辉煌,常怀忧患意识,将眼光超前地瞄向未来,是苏州工业园区始终保持旺盛发展势头的最根本原因。他们明白,仅靠土地、劳动力价格优势吸引国际制造业产能梯级转移并不是长久之计。早在2001年,园区发展战略第一次大调整的时候,他们就提出了产业升级、科技跨越、服务业倍增三大计划。肇始于2007年的世界金融危机更让他们增强了这种转型的紧迫感。在他们的积极推动下,三星、飞利浦、超威、中科纳米等一系列国际国内知名公司都在园区建立自己的研发中心。"苏州制造"正悄然向"苏州创造"迈进。

2009年9月,起步于北京中关村的麦迪斯顿,一家以临床信息系统、数字化手术室和数字化病区为核心业务的科技创新企业,将其研发中心和销售中心移师苏州工业园区。今年9月9日,他们又在园区开工建设建筑面积达3.8万平方米的总部大楼。而他们之所以在土地资源十分紧缺的园区还能成功拍得土地,得益于园区2011年启动的"扎根计划",这个计划留出了近千亩土地专为预上市或规模化发展科技型企业提供发展壮大的空间。

目前,以综合商务城为主要载体,园区已聚集了包括保利协鑫、金螳螂、欧莱雅、周大福、强生财务共享中心、礼安医药、金红叶集团、金腾国际等集团公司和职能型管理总部企业67家。他们的目标是到2015年力争入驻国内外知名总部机构120家以上。

企业总部与研发机构进入,让园区从主要为企业的产品、配件的聚焦地逐渐成为业界的信息源、技术源,产生着更多的商务交往需求;而园区商务平台的不断完善,又吸引更多企业总部、研发中心的进入。两者互为支撑、相得益彰。

一粒"米"和一片"云"
瞄准明天的产业提升

走进苏州国际博览中心的办公楼层,很醒目的是墙上高悬的年度会展安排表。10年前,这一苏州最大的会展场馆启用之初,核心展会无疑是eMEX苏州电子信息博览会。而如今,一年一度的电博会盛况依旧,而在这张表上,中国国际纳米技术产业发展论坛暨纳米技术成果展、中国(苏州)国际生物科技展、苏州国际数控机床及金属加工展以及以一系列汇聚国际国内医疗医药业界高精尖成果的展会，为这里增添了一系列新的亮点。

会展业本身是现代商务不可或缺的交互平台，而内容的变化印证的是苏州以及苏州工业园区产业提升的步伐。就像电博会的举行是以园区强劲的IT制造业为主要支撑的。这些新增添的展会同样基于园区的产业提升，以及围绕这些高新科技产业正在逐步形成的产业链。

归结苏州工业园区追逐国际高新科技前沿的努力，有人以一粒"米"、一片"云"来形容。

一粒"米"，便是园区方兴未艾的纳米产业以及今年年初启用的世界最大的纳米技术应用产业综合社区——苏州纳米城。目前，这座"纳米的城邦"已有大德纳米、中芬纳米创新中心等18个国内外项目入驻。专业的研发平台和配套服务以及优势企业和研发机构集群的"滚雪球"效应，正对更多的相关企业形成越来越大的吸引力。其实，园区对纳米产业的关注早已开始，至今已集聚纳米技术相关企业200多家，就业人数超过7000人，去年总产值达90多亿元，企业家数、就业人数及产业产值平均年增长率超过50%，其中产值超亿元的企业达到10家，已吸引社会资本超40亿元。园区已成为国内纳米技术应用产业集聚度最高的区域。

苏州纳米科技发展有限公司总经理张希军介绍说，环视全球，苏州纳米城并没有同等类型和规模的成功先例可以借鉴，而正是这种产业前瞻性和业态创新性，预示着无限的发展空间。

一片"云"，便是园区去年底刚刚启动的"云彩计划"。这一计划，瞄准被视为第三次信息浪潮的"云计算"。目前，他们已经建起苏州国科数据中心和江苏风云科技两大云服务平台，为国内和本地知名互联网公司提供云计算基础平台服务。其中国科数据是亚洲第一个按国际最高等级Tier Ⅳ标准设计建造、华东地区规模最大的第三方数据中心。风云科技控股风云网络、软件评测和风云培训等多家子公司，致力于云服务平台的研发和运营服务，开展SaaS应用孵化以及软件评测、软件人才培训、动漫游戏等服务。2006年，就是风云网络与微软合作搭建了国内首个云应用孵化器，为园区企业提供专业的PaaS平台服务。风云网络也是国内最早采用云服务模式提供在线软件服务电子商务平台的专业公司之一。

云平台打造，吸引了众多云计算企业在园区汇集。目前园区已经形成了IT、云计算、移动互联网、物联网多个产业集群。截至目前，园区已集聚云计算相关企业300多家，2012年云计算相关产值近100亿元。

强大的产业优势无疑是园区综合商务城建设的核心支撑。而新兴高新产业优势的培育和产业链的逐步形成,更是为它创设了更为远大的前景。

原载2013年10月22日《城市商报》

高铁新城 一座非常新城与典型江南共生

系列报道 一核四城 大城时代的苏州视野5

商报记者 沈 玲 阿 生 林 琳

2012年10月,经国务院批复同意,原沧浪区、平江区、金阊区合并设立姑苏区,原吴江市撤市设区,苏州中心城区面积增至4467.3平方公里,拥有市辖总面积的半数以上土地,苏州进入大城时代。

大城时代,不能延续"小苏州"的心胸格局;大城时代,需要更远大更开阔的时代视野。

于是,"一核四城"便成为苏州中心城区空间发展的全新战略定位。

2011年召开的苏州市第十一次党代会首次明确了这一着眼长远的宏大构想。省委常委、市委书记蒋宏坤指出:在未来五年,苏州要抢抓长三角建设世界级城市群的历史机遇,在做优做靓苏州古城的同时,加快提升东部综合商务城、西部生态科技城建设水平,重点推进南部太湖新城和北部高铁新城建设,全面提高中心城市首位度。

大城时代,苏州面临的是新机遇,也是新挑战。

目前,"一核四城"的构想正在各组团扎实推进。连日采访,商报专题报道组为不断细化的蓝图和逐步体现的成效备受鼓舞。

策划 沈玲 阿生

相城,这片水网繁密地区的居民,怎么也不会想到,就在自己的家门口,就有一股股都市风扑面而来。正欣享着沪宁高速、苏嘉杭高速、227省道、苏虞张快速路、312国道等交通便捷的他们,又怎会料到一个京沪高铁站头会突现在眼前,让他们出脚就能"远走高飞",四通八达。而当轨道交通2号线行将驶来,一座高铁新城的蓝图业已绘就且轮廓越发清晰之时,他们意识到自己就要置身一座无与伦比的现代城池,并在此安居乐业,顿感恍若隔世。

苏州高铁新城,在2012年与苏相合作区同时启动,让已积十年城建之功的相城区,更是安上了后发崛起、双轮驱动的新引擎。"它不仅将引领相城区经济的转型升级,还将引领这个区城市布局、城市功能、城市环境的最大程度优化。"相城区委书记曹后灵这样强调这座城市的作用。

苏州新门户、城市新家园、产业新高地——苏州高铁新城承载着太多使命。新城长高长大、合作区开发区长高长大的同时,会不会憋屈了当地的生态,憋屈境内那么多的江河湖泊,憋屈那儿一处处独具风韵的乡村美景?曾经为《阳澄诗咏》一书作跋的时候,作为一方父母官的曹后灵这样写道,"读(关于阳澄湖的)诗,不只是一种享受,还应该有一份沉甸甸的责任"。自小喝阳澄湖水长大的他,深知这一池碧水对于相城及其子民的重要。

一条高铁催生一座活力之城

相城建区十年,变化最大的当然是蠡口家具城以南一带的中心城区,以北胡巷村等这片区域还是悄无声息。2011年6月,京沪高铁苏州北站的投运,打破了这里的寂寞,自此每天人来人往。

东到聚金路,西至元和塘,南到太阳路,北至渭泾塘——苏州高铁新城画好宏图,并于去年1月成立管委会,这座融合速度、激情与活力的新城顿时备受世人关注。它规划面积28.9平方公里,相当于两个苏州古城区面积,启动区有4.7平方公里,东至聚金路,西至相城大道,南至北河泾,北部在澄阳路东面以高铁主线的南控制线为界,澄阳路西面以西公田路为界。

因为高铁的到来,因为高铁新城的崛起,因为"高速、高效、高质"的现代综合交通新格局的形成,这片土地正变得越来越摩登。

一年成势,三年成形,八年成城。一年多来,高铁新城初见雏形:启动区内公交换乘站、长途汽车站、南广场、社会车辆停车场、广场配套等综合交通配套工程以及河道、绿化等环境建设已完成;圆融大厦、文旅万和广场、港口发展大厦、清华紫光大厦等一天天地长高长大,23幢身高均将超过100米的楼宇明年封顶。

8年以后,这里将集聚高铁带来的人流、车流、物流以及人才、信息资源,真正成为一座集聚现代服务业充满经济活力的城市。

不远处的漕湖之畔,与之形成"互动"的47.8平方公里的苏相合作区也已扬帆起航,累计已引进世界500强企业楼氏电子等内外资工业项目27个。

创意产业总部经济渐成气候

高铁新城的魅力正在展现,新兴产业、创意产业、总部经济正在这里及其周边安营扎寨,而这正是高铁新城建设所要的效应。

"清华紫光"去年把数码销售总部搬到了苏州高铁新城规划圈里的阳澄湖文化创意产业园。虽然公司只租用了1000平方米的存量厂房,今年的税收预计可超5000万元。它在高铁新城兴建的清华紫光大厦投入使用后,前景更加广阔。

作为国家新闻出版总署批准的江苏国家数字出版基地,高铁新城内的阳澄湖数字文化创意产业园于2011年8月8日运营,重点发展游戏、电子图书、互动教育三大板块,以及电子商务、应用软件服务的产业延伸板块。高铁新城对它的带动显而易见,文创园已吸引77家相关企业入驻,包括盛大游戏、凤凰传媒数字产业等业界龙头企业总部。短短两年多,这个文创园已经一跃成为全国数字出版产业的一匹黑马,今年目标冲刺年销售100亿元。

相城城区的成型以及高铁新城的崛起,让另一个创意产业——婚庆文化产业也在这方土地升温。位于齐门北大街西、喜庆路北的苏州(中国)婚纱城已初具规模,成为市民采购婚庆百货、选择婚纱摄影的目的地。

位于高铁新城北部、苏相合作区东侧的渭塘镇,以淡水珍珠名扬四方。这个镇也在"同城效应"中优化经济结构,提升城镇业态,进而加速"产城融合"。在此规划面积2800亩的中国汽车零部件(苏州)产业基地,3到5年内将形成百亿级产业集群,成为国内最大的汽车零部件产业航母。

在高铁新城和苏相合作区"双轮驱动"下,相城区将打造开发区先进制造业产业基地、黄埭生物科技产业基地、渭塘汽车零部件产业基地、阳澄湖新材料产业基地、太平高科技精密制造产业基地等五大新型工业基地,以及中心城区城市现代服务业基地、高铁新城区域性商务总部基地、阳澄湖数字文化产业基地、度假区生态休闲旅游基地、望亭国际物流园物流基地等五大现代服务业基地,重点打造新材料、高端装备制造、智能电网和物联网、生物医药、新型平板显示等五大新兴产业。

这方热土催生一群"钟摆族"

傍晚5点半出阳澄湖数字文化创意产业园,到高铁苏州北站搭上5点41分的列车,6点半已在上海莘庄家里吃上热腾腾的晚饭……从去年下半年开始,跟随米粒影业迁址阳澄湖文创园,制片人汪毅俊就成了住在上海、上班在相城的"钟摆族"。

因为京沪高铁通到单位附近,汪毅俊心甘情愿在两座城市间奔波。从单位到上海家中,买票、坐高铁、换乘地铁,整个过程1小时内搞定。他说,以前他在上海浦东工作,从家到单位光是路上倒腾公交、地铁就得花上1小时40分钟,现在他乐于接受这样的"钟摆"生活。

到北京5个小时,到南京1小时,到上海20多分钟,越来越多的外地白领搬到相城来居住,成为住在相城、上班在沪宁的"钟摆族"。

高铁新城建设所衍生的效应,让人们的眼球在不断刷新。

最近,因为工作关系,秦先生常往老家跑,从相城中心区到太平,开车走227省道只要10分钟。太平金澄路、聚金路周边,林立着一幢幢商铺写字楼;兴太路上,邻里中心吃喝玩乐一站搞定……昔日偏僻的"湘沺太"之一的太平,已然今非昔比,他一下子动了搬回老家住的念头。

相城的楼市销售也在节节攀升。作为高铁新城板块第一个上市销售的房地产项目,鑫苑新城9月上旬开盘以来,单月销量高达322套,其成交面积在全区占比达30%。

"儿子快毕业了,前阵子帮他去了一趟相城看房子,想不到那里建设得这么好。"市民吴阿姨感叹道。她说,以前一直觉得相城区不方便,现在完全不是那么回事。沿东环路向北,下高架就到相城中心区,路非常好,"我比较过了,相城的楼盘性价比高,而且升值潜力大。等2号线一通,这块地方更加闹猛。"高铁苏州北站附近楼盘的售楼人员告诉记者,他们这里的购房者40%是上海人,都是看中了此处便捷的交通网络。

历史文化与城市建设交相辉映

2001年2月28日,相城区成立时,不少人曾为这片纯"农"字的土地能否快速融入现代都市捏一把汗。弹指一挥,一个崭新的城区跃入人们视野。

这阵子秋高气爽,人民路北延段,活力岛"塔影桥"下凹造型摆拍婚纱照的新人成堆,与塔影桥、小洋楼、水景构成一道靓丽风景。香港恒基、广州合景、福建融侨等开发商在此精心打造的高层商务楼宇、城市综合体竖起了相城新的商住地标。

相城的乡镇也越来越有都市范。黄埭春申湖边别墅林立,渭塘商业街越夜越精彩,望亭国际物流园车来车往……

"高铁新城的建设并不是孤立的,一方面它要发挥带动效应,另一方面全区的建设要和它无缝对接。"相城区委书记曹后灵说。若干年后可以说相城就是高铁新城,高铁新城也就是相城。他强调,与高铁新城建设平行,相城的城市功能、商业配套要完善并提高品位,区内轨交2号线沿线重要节点要赶快植入城市综合体,这样可大大增强城市气息。记者了解到,作为该区重要主干道的相城大道,正在改造美化;途经高铁新城的227省道,也在完善沿途景观;规模华东第一的蠡口家具城,也将提升经营档次。

过去由于农业比重明显,相城的文化底蕴似乎一直得不到张扬。"历史与文化应该也成为相城的一大亮点。"曹后灵特别看重这两者在城市建设中的地位。两座姐妹窑遗址上,正规划建设御窑金砖博物馆,从一个侧面展示相城厚重的历史文化;活力岛和元和塘区域,将打造成为"苏州小外滩",依托苏州(中国)婚纱城推动婚庆文化旅游产业发展;沿太阳路打造苏州地区高端汽车城,集聚现代汽车文化……他还经常邀请文化界建筑界名士,为相城增添城市魅力出点子提意见,很多创意策划正在论证中。

生态家园与非常新城和谐共生

在一方水网稠密、生态丰腴之地,既要开展城建,又要保护生态,相城如何求得平衡? 这个区给出的答案是八个字: 典型江南,非常新城。

阳澄湖,相城的母亲湖。清晨,朝霞映在湖面上,水色蒙蒙,迷雾缭绕;傍晚,夕阳渐渐隐没在水天相接的远方,芦塘边柳荫下渔舟唱晚。春回大地,湖畔遍地菜花黄;夏日炎炎,一池碧莲最消夏;西风乍起,菊黄蟹肥……

典型的江南风韵绝不会在相城消失。

油泾"美人腿"和莲花岛,太平葫芦岛,黄埭新巷村,望亭"太湖稻城"等等,正最大限度地原汁原味地保留乡村风情:粉墙黛瓦,炊烟袅袅,屋前院后果蔬青翠,河江湖池碧波荡漾;热情的阿婆召唤着城里客人,"掐一把回转去炒炒,味道鲜得来!"

今年2月底,我市启动阳澄湖生态优化行动。相城人像守护自己的生身父母般,保护着脚下这方水土。三年内,相城要打造阳澄湖"环湖绿廊",做优做美沿湖风景。

呼应全市"四个百万亩"工程,相城区落实总面积22万亩,其中优质水稻3万亩,特色水产8.3万亩,高效园艺2.7万亩,生态林地8万亩。

规划高起点、建设高品位、管理高标准的高铁新城,无疑也是一座生态新城。未来这里将呈现滨水城市综合景观,高铁沿线有公园、生态水系景观,河道沟通漕湖、盛泽湖、阳澄湖、虎丘湿地等水系。与相城既有的花卉植物园、荷塘月色湿地公园、盛泽湖月季园一道,新城会勾勒一幅美妙的生态画卷。

原载2013年10月25日《城市商报》

附《一核四城 大城时代的苏州视野》系列报道见报文章目录

1.《姑苏区 保护复兴打造苏州发展"核动力"》
2.《苏州工业园区 综合商务城打造转型升级新引擎》
3.《高新区 生态科技给力和谐发展》
4.《太湖新城 梦想在太湖新城放飞》
5.《高铁新城 一座非常新城与典型江南共生》

第十六届苏州新闻奖一等奖

"米爸爸的苹果"金秋义购爱满苏城

主创人员　蒋心怡　戈　亮　璩介力

米龙飞,苏州没有忘记你!
本网记者今天启程飞往陕西陪米家父母过中秋
这个中秋,苏州儿女陪米龙飞父母过节

苏州新闻网记者　苏　旺

7月3日晚10时30分,觅渡桥边,为救一名落水女子,陕西洛川小伙米龙飞英勇跳河,不幸溺亡,年仅19岁。2个月过去了,苏州没有忘记你,你是苏州的儿子,我们都是你的兄弟姐妹。今年中秋,年轻的英雄不能陪在爸爸妈妈身边了,不过本网记者戈亮和蒋心怡将代表苏州儿女去到洛川,陪米爸爸米妈妈过中秋。

7月,洛川小伙米龙飞的英勇事迹传遍了苏州的大街小巷,一时间,全城哀悼。苏州市民自发为米龙飞举行悼念仪式,爱心企业家承诺将认购米家以后的全部苹果,苏州市政府追授米龙飞同志为"苏州市见义勇为先进个人",并向米龙飞家属颁发了抚恤金,苏州市文明办给米龙飞家属颁发了"江苏好人米龙飞美德流芳"牌匾……

两个多月过去了,米爸爸、米妈妈一定会不习惯吧!没有你的日子里,他们心里一定空空的。他们忙起农活还那么干劲十足吗?亲戚朋友不经意说到你时,他们会不会总是欲言又止……

米龙飞,苏州没有忘记你。在中秋月圆之际,苏州新闻网的记者戈亮和蒋心怡将去到洛川——你的家乡,受苏州市委、市政府的委托,带去苏州的问候和祝福。但愿我们的到来能给他们一些安慰。就当我们是老米家的半个儿子,半个女儿吧!这个中秋,苏州的儿女要陪米家一起过!我们想陪爸妈一起聊聊天说说话,陪他们一起吃顿饭,这一定是顿其乐融融的团圆饭。

对了,你家的苹果快成熟了吧,我们想要把你们家种的优质苹果引进到苏州来,苏州好心人一定都喜欢吃!我们还给它取了个名字,就叫"米爸爸的苹果"。以后每年中秋,你的故事将随着米爸爸的苹果一起温暖苏城。苏州不会忘记你们!

"这个中秋,苏州儿女陪米龙飞父母过节"中秋回访之行即将开启,让我们一起期待。这是一次纪实之行,一次感恩之旅,一次双城爱心的接力和延续。我们将传递苏州的深情厚谊,让米家得安慰,让关切米家的苏州市民,放心!

原载2013年苏州新闻网

苏州儿女陪你们过中秋

苏州新闻网记者　戈　亮　蒋心怡

"爸、妈,祝你们中秋节快乐!我们一起拍个全家福吧!"9月19日,阴天,陕西省延安市洛川县槐柏镇桃坡村米龙飞家,我们与米龙飞的爸爸妈妈一起拍了一张合影。我们此行飞越千里,趁着中秋之际,来到米爸爸米妈妈身边,只为送上苏州人民的问候和祝福,感谢和关怀。儿子不在身边的第一个中秋,让两位老人过得"团圆"。

早上8点,我们从西安市出发,几经辗转,终于在下午2点多抵达洛川县槐柏镇桃坡村。刚进村,就看到米爸爸站在路口张望。米爸爸是个淳朴的农村人,见我们来,没有一句客套话,就紧紧地握着我们的手,眼泪就下来了。进到屋里,米妈妈坐在炕上。因为类风湿关节炎,米妈妈行动不便,见我们来,一边说谢谢,一边流泪。

"龙飞是个好孩子,谢谢你们培养了这么优秀的儿子,我们苏州人民都不会忘记他!"我们向米爸爸米妈妈送上了从苏州带来的月饼、麻饼、粽子糖,还送上了江苏省美德基金会(苏州分会)的慰问金。

"谢谢你们,谢谢苏州!苏州人民太好了!我们感谢你们!"米妈妈拉着蒋心怡的手,不住地哽咽。米妈妈告诉我们,因为儿子不在了,两个女儿也都嫁人不在身边,家里就老两口,这个中秋本来不准备过了。"太打扰苏州了。你们帮我们这么多,我们还没去看你们,你们中秋还能想着我们。"

"尝月饼吧!过节,说点高兴的!"在邻居们的提议下,我们将月饼分好。浓浓相思和两地情谊化在月饼甜甜的馅里,每一口都分外香浓。"尝尝苏州特色的'月饼'。"我们将带去的苏州麻饼分给大家,米爸爸、米妈妈嚼着,说:"没吃过,香!""说不定里面的枣泥还是这边的枣子做的!"大家说笑着,一时间,屋子里欢声不断,念子之痛的压抑纾解开来。

"去看看苹果吧!"米爸爸带着我们来到果园。一个个苹果已经快成熟了,压得枝头往下弯。米爸爸一共种了9亩地的苹果,他指着一个淡黄色的苹果告诉我们,这是红富士,等拆了袋子,晒十来天,就变红了。过了国庆就能上市。"我们的苹果都不打农药,摘下来就可以直接吃,可香呢!"我们摘下一个,学着米爸爸的样子在裤子上来回蹭,然后就直接啃起来。果然清香脆甜!"米爸爸,你们家一共多少苹果,我们苏州都要了!"我们一边啃苹果一边说,"这么好吃的苹果,运到苏州绝对人人爱吃!""大概有6万个,之前套袋子的时候都是我自己套的,一共套了6万个袋子。"米爸爸憨厚地笑起来。

虽然只待了短短2个小时,但我们与米爸爸米妈妈已经亲如一家。离别的时候,米爸爸又一路相送,待我们坐进车里,还过来和我们握手。"米爸爸、米妈妈,你们保重身体。再次祝你们中秋节快乐,苏州儿女会想念你们的!"

原载2013年苏州新闻网

不挂你的遗像,因为太想你

本报记者　戈　亮　蒋心怡

阴风呼啸,夹着噼里啪啦的雨点,吹进大巴,惊醒了睡意蒙眬的我们。一抬眼,车已到了洛川境内。这里就是米龙飞的家乡。

中秋当天,车上的乘客几乎人手一盒月饼,面相温和,不时看下大巴前面的电子钟,归心似箭。不知为何,我们却有一种"近乡情更怯"的感觉,虽然,它不是我们的家乡。

一座座黄土高坡近在眼前,大片裸露的褐土衬托得树苗稀疏,枝叶枯败。柳条不修边幅地吹来荡去,让我想到7月初来见儿子最后一面的米世录(米龙飞的父亲),悲怆苍凉得顾不上整理凌乱的头发。

这一条沟通西安和洛川的高速公路,曾是米龙飞求学的必经之路,以后,不会再有他的踪迹;而米世录,得到噩耗和手捧儿子的骨灰盒从这条路上来回的时候,又是怎样的肝肠寸断!

将近4个小时的车程之后,踩着坑坑洼洼的土路,我们来到米家——洛川县槐柏镇桃坡村。米世录没什么变化,还是那么瘦瘦小小,佝着背低着头踉跄着走出来。不忍看见他一脸无措,于是我们迎上去挥了挥手,大声叫"米叔叔好!"

看到有熟人,他笑了,眼角的皱纹比7月又多了不少。他还是那么不修边幅,蓝布衣上灰迹斑驳,反倒让我们体谅他的憨厚与勤劳。老米不多说什么,只是慈祥地微笑着,"请进请进"地把我们迎进去。

脑海中预演的一幕还是发生了。掀开门帘,砖窑炕上,米龙飞的母亲低头一个劲地啜泣,手里攥着一块已经湿透的,有些发黑的毛巾。由于长年患类风湿性关节炎的原因,米妈妈的下肢肌肉已经萎缩,挪挪身子都要人帮助,更别说下地了。分月饼时,由于五指蜷曲不能张开,只能两手托着,咬一口,就放下了。

简单安慰过后,我们尽量分散老夫妻的注意力。我们给米妈妈送上苏州爱心企业家带给她的蚂蚁粉,老中医的方子;我们给他们尝尝苏州特色的麻饼,逗他们说,说不定里面的枣还是陕西的;我们说今天来见识下世界有名的洛川苹果,米爸爸的苹果苏州要了……只是不能提到"团圆"和关于米龙飞的事情,不然,米妈妈又会啜泣不语。

犹豫着,我们还是请米世录带我们看了米龙飞生前住的房间。现在屋子里空空的,除了一张床和两个叠放在一起的矮柜,没有其他家具,墙壁上也干干净净。米世录说,孩子曾在墙上用玫瑰花贴了一个爱心,当时还有女朋友。出事之后,因为种种原因,女孩没有来看过他们。这份寄托不在,花也就没了意义。米世录把它们扯了下来。

至于这间房里的其他东西,比如米龙飞曾经用的电脑,喜欢看的小说,崇拜的偶像海报,米世录说,都跟孩子埋在一块了。孩子的坟就在家后头,米世录每个月都会去看上几次,想他的时候也会独自悄悄地在儿子的房间里哭一会。

和一般亲人离世的家庭不同,米家并没有悬挂儿子的遗像。小心询问时,米世录带我们去了另外一个房间,炕底下被褥中取出了米龙飞的相片,一张斜刘海,意气风发的样子;一张西装革履,颇有艺术家的范。他颇具模仿欲的表情里,看得出他对外部世界的向往,他的躁动,和他的不成熟。

米世录说,他根本不敢把相片放厅堂里,他妈妈受不了,他,也受不了。当初接到电话时那一句短短的"龙飞没了"太残忍,追问"怎么没了"时结果好像已不重要,他就脑子空白一片地站在那,心里拔凉拔凉的……

离开前,我们随米世录去了趟果园。他说,以前为供孩子上学,60000个苹果袋子都是自己一个人套的,舍不得雇人,苦点,但觉得踏实、开心。现在不需要这么拼命了,反而心里没着没落的。

现在的他每天还是6点到果园,从苹果树上一个个摘下套子,看着八九亩套着袋子红一片黄一片的苹果树,米世录常常回想起儿子农忙时候帮他干活的情景。实在想得不行,就到后头的黄土坟上去站一会,理理草拍拍土说:"娃,爹想你,托个梦给俺吧……"

原载2013年苏州新闻网

附《"米爸爸的苹果"金秋义购爱满苏城》系列报道目录

1.《米龙飞,苏州没有忘记你!》
2.《苏州儿女陪你们过中秋》
3.《不挂你的遗像,因为太想你》
4.《米爸爸的苹果爱心预购开启》
5.《"米爸爸的苹果"认购踊跃》
6.《米爸爸的苹果2000箱3天订购一空》
7.《"米爸爸的苹果"明天到苏》
8.《"米爸爸的苹果"爱心义购功德圆满 "来年,我们还盼着"》

第十七届苏州新闻奖一等奖

寻访"最美家庭"

主创人员　集体创作

美丽园里甜蜜户
——记梅李镇珍北村殷健家庭

文/本报记者　陈竞之

在梅李镇美丽园小区,殷健一家过得有滋有味,惹人艳羡。而人们并不知道,殷健早年也经历了坎坷,但他和家人始终不懈努力,用岁月将生活越酿越甘。

殷健是梅李镇珍北村人,六岁时父亲就不幸去世,母亲含辛茹苦把他抚养成人。他从小就立下誓言,长大后一定要好好报答母亲。1980年7月,他正准备参加高考,以他当时的成绩,考取一所不错的大学不成问题。可就在这个当口,母亲却积劳成疾,患上脊椎炎,瘫痪了。

殷健毅然决然放弃了高考!从此,他付出了26年的心血和汗水。母亲第一次住院,臀部出现了一个碗口大的褥疮,骨头清晰可见。医生对殷健说:"孩子,看看这个褥疮的程度,你母亲最多只有一年的时间了。"殷健不信。回家后,他四处打听偏方,一日三次为母亲涂擦。一年后,母亲的褥疮竟然愈合了。

失去了深造的机会,殷健高中毕业只能回到村里,进了村电管站当电工。他还是勤勤恳恳,一边工作一边照顾母亲。上世纪90年代初,村里电工要到镇里统一上班。"为了照顾母亲,他把铁饭碗辞了,自己去贩鱼虾,还做过裁缝。"妻子陶彩芬告诉记者,当年,她被殷健的孝心感动,决心嫁给他,帮他一把。

在陶彩芬的记忆里,殷健种葡萄之初,是对全家人的考验。两人东借西凑5万多元,15亩土地、3000多株葡萄,背负起全家人的希望。从此,殷健起早贪黑在田头劳作，陶彩芬在家不分昼夜摇横机，她赚的一点加工费，不单要负担一家的开销，还要换农药和化肥。再忙、再累，每天殷健还是会为母亲擦身搽药，陶彩芬也会给婆婆送上可口的三餐。

功夫不负有心人。2000年夏天，殷健种植的15亩无公害葡萄喜获丰收，不单偿还了所有债务，而且引来很多追随者。各地的葡萄种植户也纷纷前去讨教管理方法，切磋种植技术，他总是挤出时间，不计报酬、不计得失上门指导。而他一回到家，第一件事情总是跑到母亲床前，摸摸床上有没有湿，听几句母亲的唠叨。碰到阴湿天尿布被头没有办法晒干，他就生个煤炉或冲个"汤婆子"，为母亲烘干衣被。

令儿子殷晓磊最为感动的是，奶奶病了26年，父亲就孝顺了26年。"爸事业刚起步，他一边在地里干活，一边还要照顾奶奶，每天晚上回到家，再累再辛苦也坚持给奶奶换药，直到奶奶去世。"

2003年，殷健把葡萄种植面积扩展到80亩，成立了有限公司，注册了"吉健"商标，走上规模化、品牌化经营发展之路。2004年，他牵头成立了常熟市吉健葡萄合作社。这些年来，他喜获家庭事业双丰收，不单事业风生水起，而且家庭越来越美满——妻子一如既往温柔贤惠，儿子大学毕业在村里工作，儿媳精干、孝顺，孙子活泼可爱，今年已经3岁。

成为这个幸福家庭的一员，儿媳徐晓觉得非常幸运，"公公婆婆像对待女儿一样对我"。说到懂事的儿子、儿媳，陶彩芬也由衷地喜欢，"他们不管到哪去，都记得给我们带好吃的，逢年过节过生日，总给我们准备礼物"。让殷健最开心的是，儿子主动向他学习葡萄种植技术，想让他早点退休享清福。

"我永远忘不了爸爸照顾奶奶的那些画面。以后我也会像他孝敬奶奶一样，孝顺父母。当他们老了走不动的时候，我也会那样照顾他们。而且我也会把孝爱传承下去，这样教育我的孩子。"殷晓磊说。

正是在孝爱的浇灌下，美丽园里的这家大院绿草茵茵、鲜花绽放，一年四季生机勃发。

原载2014年8月5日《常熟日报》

用爱撑起幸福的家
——记古里镇吴庄村王玉萍家庭

文/本报记者　张绿漪

她是来自安徽的一个普通女子，没有轰轰烈烈的事迹，却以滴水长流的善良与爱心，二十年如一日照顾患病的丈夫、公婆，用乐观和坚韧支撑起濒临破碎的家庭。

她叫王玉萍，是吴庄村人人皆知的"好媳妇"。在她的努力下，这个满是"伤员"的家没有垮掉，一家人日子虽苦，却经营出了别样的幸福。

王玉萍刚读完初中就来到常熟兴隆当经编机挡车工，后经人介绍认识了淼泉湖泾村的李保青。李保青从小患有血友病，走路不方便，但王玉萍被李保青的真诚和善良打动，她做通父母的思想工作，于1995年与李保青结成夫妻。

谁知幸福转瞬即逝。婚后，李保青病情不断加重，2002年已经不能行走，整天行动全要依靠残疾轮椅车，非但工作干不了，连生活起居也成了问题。王玉萍一边外出打工赚钱，千方百计为丈夫治病，一边包揽了全部家务，无微不至地照顾全家。当李保青因为胃出血多次入院治疗，病危通知书一次次发到王玉萍手上时，她把眼泪往肚子里咽，坚强地为丈夫直接输血，寸步不离陪伴左右。

"有时候心里真的蛮苦的，后来想想这是自己身上的责任呀，再苦再难也要坚持下去，做人要有良心、有责任。"王玉萍坦言，自己也曾有苦恼，但成了家，肩上就有了分量，有了责任，她选择坚守。作为家里的顶梁柱，在艰苦的生活面前，王玉萍没有退缩，相反更加乐观。她在外努力工作，在家勤劳持家，一家老小的日常生活她都打理得妥妥帖帖。

对王玉萍的付出，丈夫李保青无限感激。"家里出了很多事情，前些年我三次胃出血，危险得不得了，她一个人承受了精神上和经济上的双重压力。总之我亏欠她很多很多，只希望我们现在一家人身体好一点。"正是因为王玉萍，李保青重拾生活的勇气和信心，坚强快乐地面对每一天。

让王玉萍和家人感到欣慰的是，儿子身体健康，也很优秀，这增添了一家人对生活的信心。"儿子是我现在最大的希望。最苦的时候是我儿子四五岁时，老公生病，还有公婆要照顾。但苦点也不要紧，儿子大了生活总归会好点。"王玉萍说。

2004年到2005年，李家厄运连连，先是公公中风，继而婆婆患股骨坏死症，此后两位老人都只能拄着拐杖走路。村里很多人都为李家的遭遇叹息，为王玉萍的处境惋惜。她能撑起李家一片天吗？面对重重困难，坚强的王玉萍咬紧牙、挺起胸，毅然挑起了支撑家庭的重担。所有的这一切，左邻右舍都看在眼里、敬在心中。"她对家人的照顾是无微不至的，医院里都是她忙前忙后，这么多年过来真的不容易，换成别人早就走了。"对王玉萍的坚守和付出，邻居李惠芬发自内心地赞叹。

在王玉萍的教育下，儿子李超今年报名参军并顺利入伍，这对全家人来说无疑是个好消息，也让辛苦了这么多年的王玉萍看到了新的希望。"希望部队生活能磨炼儿子的意志，使他更加坚强，在以后的人生道路上即使遇到再大的困难也能坦然应对。"王玉萍对儿子提出了期盼。

李超也说，从小他就非常崇拜军人，有着一颗保家卫国的心。到部队后，他会严格遵守部队纪律，坚决服从领导安排，在训练中严格要求自己，不怕吃苦，不畏艰险，不断提高自身素质，争取早日成才报效社会、回报家庭。

二十年来的一路相伴、一路温馨，好媳妇王玉萍的全心付出让婆婆张月咲感慨万千。"媳妇的好说也说不完，她心善，我们什么都不能做，她还这样关心照顾我们，村里人都羡慕我讨到这么好的媳妇。"面对记者，不善言辞的老人说出了多年深藏在内心的话。

原载2014年9月16日《常熟日报》

梦想与幸福齐飞
——记虞山镇勤丰村汤卫锋家庭

文/见习记者　葛　洁

12月6日，一个普通的周六下午，记者走进勤丰小区，远远就看见汤卫锋一家三口正在打羽毛球。女儿和爸爸"对战"，妈妈徐红萍在一旁加油助威，小女孩的笑容格外灿烂。这场景，幸福温馨，其乐融融。

汤卫锋与徐红萍都在市广电总台电视中心工作，徐红萍是社教部《常熟田》节目编导、主持人，活跃在台前；汤卫锋是技术部副主任、工程师，倾力于幕后。他俩组合在一起，从采访、主持到拍摄、制作，可以贯穿一档电视节目生产的全过程，曾被笑称"家庭电视台"。电视行业工作节奏快、强度大，加班更是常事，共同的事业让两人更理解对方的辛苦。家务事两人互相体谅分担，相处非常默契。汤卫锋喜欢钻研技术，而这常常耗费很多时间和精力，有时一头扎进去会忘记时间，忽略家人。妻子虽然偶尔也会抱怨，但大多是理解和支持的。尽管两人的专业不同，但有不理解不明白的事情，聊一聊、讲一讲，从不同角度互相参考提醒，想法更加明确。两人相约一起努力，提高知识水平和工作能力。"我们希望进取和学习伴随我们一生，让生活更有乐趣，更富有挑战性。"徐红萍说。

　　由于技术过硬，同事们送汤卫锋"汤博士"这样一个雅号，而他也总是热心帮助，把别人拜托的事当作自己的事来做。比如谁的电脑有问题拿来请他修，拆开之后，里面积了很多灰尘，他要先吸尘，用刷子扫，弄干净了再查问题。问题解决了，再看看电脑里有没有其他问题一并解决，连无关的程序都一起给清理。徐红萍有时候笑他弄得太仔细，可汤卫锋觉得一次解决不好，以后还是会出问题。对他的乐于助人，妻子自然十分支持，"其实帮人就是帮自己，大家互帮互助，生活才开心顺利"。

　　说起女儿，汤卫锋夫妇觉得很骄傲。女儿乖巧可爱，成绩也不错，业余学习古琴已达到六级，油画还入选国际民间奖项的评选。两人唯一觉得愧疚的，就是平时工作忙，对女儿的陪伴太少，特别是汤卫锋，女儿刚出生的那几年恰逢台里搞重大技术项目开发和改造，总是早出晚归，一个月和女儿照面的机会屈指可数。现在，夫妻俩的工作都逐步稳定，汤卫锋一有时间就带着女儿上图书馆，陪她打羽毛球，还教女儿玩魔方，培养她的思维能力。夫妻俩认为，家长是孩子最好的老师，父母首先需要做好表率，才能言传身教。女儿上幼儿园时，学校需要家长和孩子共同完成一个成长手册的封面。当晚，徐红萍和女儿找照片、写文字，汤卫锋负责找底板，进行整体设计，一个封面忙活了好几小时，最终成品的效果非常棒，女儿在学校受到了老师的表扬，开心之余也很受鼓舞。徐红萍说："孩子一定能感受到我们不敷衍、努力付出的做事态度。"

　　结婚十几年来，汤卫锋和徐红萍在工作上互帮互助、各自精彩，生活中相互关心、幸福甜蜜。在他们心中，老人健康、孩子开心地成长、一家人相亲相爱、夫妻之间互相理解和支持，就是完美幸福的生活。

原载2014年12月10日《常熟日报》

第十七届苏州新闻奖一等奖

"高原的格桑花——情洒苏州林周二十年"系列报道

主创人员　沈　玲　林　琳等

编者按

　　对口支援西藏工作20周年电视电话会议昨日在北京人民大会堂召开。会议强调，坚持"依法治藏、长期建藏、争取人心、夯实基础"的重要原则，大力实施经济援藏、教育援藏、就业援藏、科技援藏、干部人才援藏，推进西藏跨越式发展和长治久安。

　　从1995年起至今，苏州对口援藏整整20年，截至2013年底，累计为拉萨林周引进援藏资金3.8亿元。7批近40名援藏干部带去了苏州的理念、充裕的资金、先进的技术、优秀的人才，大力实施援藏项目，极大改善了林周县基础设施条件，改善了农牧民生活，实现了林周经济社会跨越式发展，为林周6万人民带去了幸福美好。巍巍恰拉山，格桑花盛开。

　　近日，商报记者在林周、苏州两地深入采访。从今天起，本报推出《"高原的格桑花——情洒苏州林周二十年"系列报道》。

格桑梅朵在阳光最饱满的季节绽放

商报记者　沈　玲

　　第三次进藏，我是为了寻找那美丽的格桑梅朵去的。在藏语中，"格桑"是幸福的意思，"梅朵"是花的意思。"格桑梅朵"，是生长在高原上一种杆细瓣小的普通花朵，它喜爱高原的阳光，也耐得住雪域的风寒。在藏族同胞的眼里和心里，援藏干部就像那格桑花一样，在阳光和风雨的时节绽放美丽的笑脸，传递幸福和希望。7月底8月初，在距离拉萨65公里的林周,在青藏高原阳光最热烈的季节里,我见到了被藏族同胞亲切地视为格桑花的来自苏州的援藏干部,听到了一个个流淌在藏族同胞心里的感人故事。

遇见林周——我在寻找格桑花

从拉萨到林周,一个半小时的车程,路虽平坦,但弯道很多,中间还要翻过海拔4700米的纳金山口,一路前行,到达距离拉萨65公里的甘丹曲果镇,这便是林周县驻地。这是我第一次遇见林周。8年前,坐着青藏列车到拉萨,曾想去林周看看,寻找草原上怒放的格桑花。但当时的援藏干部说县里的条件艰苦,路也不好走,等以后建设好了再去吧。

林周是西藏有名的贫困县,县域经济落后,土地贫瘠。这次见到林周,改变了我心里的印象。眼前的林周经过多年的发展,特别是通过一批批苏州干部的无私援建,一个崭新的县城已具雏形。车子行驶在县城,只见道路宽敞,路边林木葱郁,店牌林立,一个个熟悉的路名飘入眼帘,"这是苏州路""那是太湖路","是林周县城的主干道,林周县城就是以苏州路和太湖路为框架,渐渐发展起来的";"这是林周县人民医院新建的门诊大楼,添了许多先进的医疗设备";"这是林周的苏州小学,校园环境优美";"这是林周颐养院,70位老人在那里颐养天年,不久要搬迁到县敬老院。原颐养院将给紧挨着的林周中心幼儿园扩大一倍多面积";"这是苏州新村,林周第一个房地产";"这是全区县级一流的公安信息大楼"……车上,苏州第七批援藏干部、林周县委常务副书记王益冰给我们一一作着介绍。车行林周县城,感觉自己置身于高原上的"苏州"。

而在县城外地势平坦开阔的澎波河流域,7、8月时节,正是青稞遍野,小麦飘香,高原油菜花盛开。在林周广袤的农牧区,通过苏州历任援藏干部的努力,资金项目援藏力度的逐年加大,昔日贫穷落后的林周县成了西藏自治区主要粮食生产县、西藏自治区科技示范县和西藏县级农区畜牧业综合养殖示范基地。一个个援藏项目,犹如美丽的格桑花一样在雪域高原朵朵绽放,热振牦牛基地、澎波半细毛羊改良繁殖基地、人工种草基地、优质青稞基地、蔬菜苗木花卉基地、农副产品深加工基地等六大农牧业基地纷纷建立。

雪域真情——提到援藏干部,米玛哽咽了

米玛,林周县唐古乡桑旦林寺寺管会主任。1993年,米玛从学校毕业后在强嘎

乡小学任教，之后到乡镇、县政府工作，现在又从副县长岗位升任桑旦林寺寺管会主任。20年间，她接触了一批批的援藏干部，和他们工作在一起。唐古乡是林周县最北部的一个乡，翻越横亘在林周中部海拔4845米高的恰拉山，地势变高。再越过一座座荒凉的大山，经过近4小时的颠簸，便到了唐古乡。境内有热振寺和桑旦林寺两座历史悠久的寺庙。林周寺庙众多，县里有38座寺庙。为了维稳，其9乡1镇45个行政村成立了45个驻村工作队。而大一点的寺庙成立寺管会。寺管会主任就是县处级干部。对于今天能当上寺管会主任，米玛说，心里充满了感动和感激，感动的是一批批援藏干部在条件简陋的环境下克服高原缺氧为改变林周作出的无私奉献，感激的是自己的成长离不开援藏干部的关心和关爱。

米玛说，从范建坤书记（苏州市首批援藏干部，援藏任林周县委副书记、副县长），到今天第七批王益冰书记（援藏担任林周县委常务副书记），每一批干部有每一批的艰难。今天的林周在城乡面貌、民生改善、经济发展等方面位居拉萨七县一区前列，离不开援藏干部们的全身心投入。上世纪90年代，从拉萨到林周只有土路，路况非常差，从县城到乡镇的路更是颠簸不堪。第一、二批的援藏干部住的都是铁皮房，就是那种墙是土坯，屋顶是铁皮，一下雨"咚咚咚"直响的简易房。她接触最多的是第四、第五、第六批苏州干部，他们中很多人都有严重的高原反应。生活条件的艰苦还不是主要的，关键是苏州干部从江南发达地区来遇到了两大困难，一是语言沟通的障碍，一到乡镇，不少藏族干部不懂汉语，给交流带来困难；二是林周落后，各方面基础差，南部的农业和北部的牧业生产都很原始，人口90%以上都是藏族，观念落后。苏州援藏干部带来了先进的发展理念，并结合林周县情，探索出了一条苏州林周发展之路。第四批孙悦良书记首先想到了如何提高干部职工的积极性，他提出了"干部工作重心下移"，让工作条件相对好些的南部干部和条件艰苦的北部干部相互交流，县政府机关和乡镇基层工作人员相互交流，给干部工作机制注入了活水。

米玛说，一批批援藏干部回去了，我们还是惦念着他们。去年，县党政代表团一行在县委书记赵涛带领下去苏州参观考察，在吴江见到了孙书记，看到他现在身体状况大不如以前，不少人当场就落泪了。记得他当年身体可好了，为了调研林周到拉萨的直线距离18公里的隧道工程，他克服严重的高原反应，从林周的觉布沟一直徒步翻越最顶端海拔5000米的山岭，"连滚带爬"走了8个多小时的山路，在傍晚时分到达拉萨城关区的夺底沟，下山时人整个瘫软了。这座山，我们当地人也很少爬。我想，书记身体出了问题，一定和那次爬山，还与三年的艰苦援藏工作有关联。待隧道工程正式启动时，真的希望他能再来看看。

边交林乡——卓玛家的蔬菜大棚

边交林乡当杰村,位于澎波河汇入拉萨河的冲积扇上,除传统的农牧业外,这里已建成了现代化的农业示范园区。走入林周县边交林乡的示范园区时,记者看到了这样的景象:道路两边一个个用援藏资金建设的高大的拱形温室大棚整齐地铺开,大棚里种着各种绿色有机的新鲜蔬菜瓜果。

我们跟随林周县人大常委会副主任、边交林乡党委书记张学奎走进温室大棚,一股湿热的空气扑面而来。20多岁的藏族姑娘卓玛正在自家大棚里为西葫芦忙碌着。张学奎告诉我们,卓玛是当杰村的村民,自村里建起温室大棚后,一开始在这里打小工,边干边跟着技术人员学习技术,现在她承包了两个大棚,当起了小老板,一年净收入有2万多元。蔬菜大棚为当地村民提供了就业机会。园区建立的初衷就是要带动当地老百姓转变种植结构,为他们提供就业增加收入。项目前期,我们从山东引进了一批农业技术生产企业,先让村民跟着他们干,待学成后,我们再以最低的价格把大棚承包给当地村民。现在全村有近10户人家种起了大棚,园区为他们提供统一布局、统一育苗、统一指导、统一施肥、统一收购等服务。张学奎说,现在拉萨40%的蔬菜都产自园区。五彩椒、茄子、人参果、西红柿等都可以种植,还有那边大棚里的火龙果,已经开枝了。这些蔬菜瓜果不洒农药,施的全部是有机肥料,而且空气和土壤还经过了等离子臭氧机的杀菌,是绝对的绿色食品。

据张学奎介绍,目前,园区一期规划总面积1000亩,已建成高效日光温室300栋,今年再建300栋。园区二期规划面积1000亩将继续延伸,计划3至5年内将园区总体规模扩大到3000亩。经过一批批援藏干部积极引进项目资金,以及理念引导,如今边交林乡的农业园区发展模式已经蕴含了苏州现代农业的发展理念。

北部旁多——崛起"西藏三峡"

越野车向北行驶,翻越横亘在林周中部海拔4845米高的恰拉山,地势变高,我们来到了林周北部海拔约4200米的旁多水利枢纽工程工地。多吉副县长说,这里是"三河一流"即热振藏布河、达龙河、乌鲁龙河和拉萨河流域汇合之处。2009年7月15日,旁多水利枢纽工程在这里开工。这是西藏自治区"十一五"重点水利建设项目,是西藏迄今为止规模最大,也是投资最多的水利枢纽工程。旁多水库水域面积39平方公里,总库容为12.3亿立方米,电站装机容量16万千瓦,年平均发电量5.99亿千瓦时,设计灌溉面积65.28万亩,总投资达45多亿元。该工程的建设,对于改善下游农业灌溉条件,缓解藏中电网供需矛盾,保障流域防洪、供水和生态安全,促进当地经济社会发展具有十分重要的作用。工程计划于2015年竣工,目前建设进入高峰期,计划于今年10月完成首台机组运行发电。

今年58岁的多吉副县长提到援藏干部就心里激动,他说之所以今天能干上水利工作,和一批批援藏干部有着分不开的情缘。1972年,当地要在春堆乡与强嘎乡交界处修建一个水库,当时小学都没上过的多吉跟着北京来的吴工程师吃住在工地学会了测量,这一跟就是10年。在吴工的帮助下,他自学了汉语,后来又到四川绵阳水电学校学习了三年水利。多吉说,这几年,为了修建旁多水利枢纽工程,苏州第五、六批和现在的第七批援藏干部多次克服强烈的高原反应翻越恰拉山实地勘察,了解水库建设情况、搬迁农牧民生产生活情况。特别是第六批援藏干部在钱文辉书记的带领下做好了搬迁移民的各项服务工作。在充分尊重搬迁群众意愿的基础上,采取了异地农业安置、半农半牧安置、敬老院安置、商业安置、投亲靠友安置等方式,赢得了当地移民搬迁群众的信任和拥护。2011年8月25日,近400户移民搬迁安置顺利完成,成为迄今为止西藏自治区建设工程中规模最大、人数最多的一次搬迁安置。

援藏干部陈习庆副县长说,高峡平湖,千秋丰碑。旁多水利枢纽工程不仅具有发电、灌溉、防洪的功能,建成后,还将起到保护生态、促进当地旅游的作用。林周县域拥有耕地18万亩,旁多水利灌溉工程将新润泽10万亩良田。而且项目建成投入使用后,这里将是碧波万顷,蓝天白云倒映其中。目前,我们正在做旅游的基础设施、规划等。念青唐古拉山的雪水在此汇聚,赋予了它生命的灵气;绵延的雪山、茫茫的草原和恬适的村庄交相辉映。旁多水库建成后呈现给世人的是一种"伟力新圣湖、雪域现江南"的新景。

原载2014年8月26日《城市商报》

三年又三年,他把深爱献给了拉萨

商报记者 沈 玲 林 琳

即便是那里的平川,在这里也要高高仰望。在拉萨市西郊堆龙德庆县境内,一片曾经贫瘠的高原滩涂地上正在创造经济奇迹,一个生态良好、富有特色、独具西藏民族区域竞争力的经济区正在崛起。2001年9月,国务院批准西藏拉萨经济技术开发区为全国第47家国家级开发区。这是西藏唯一的国家级开发区,规划总用地5.46平方公里。来自苏州高新区的第七批援藏干部华建男副主任说,苏州市从2007年6月起派出援藏干部来到拉萨经开区工作,负责招商引资。他的前任是来自苏州工业园区的黄文军。在连续六年时间里,黄文军克服高原干燥缺氧、远离家庭和亲情变故等许多在内地难以想象的个人和家庭的各种艰难困苦,为推动拉萨经开区的发展奉献了人生最宝贵的时光。

遥远的雪域西藏,五年的等待
黄文军换来援藏成行

黄文军,现任苏州工业园区经贸发展局调研员。连续第5、6批援藏干部,援藏任拉萨经开区管委会副主任。日前,当我们在园区经发局见到他时,他正在忙碌着。和他一聊起西藏,他马上问,"你去过西藏吗?""如果去,青稞啤酒一定得尝尝,藏毯、氆氇、矿石、玉制品都值得一带。"眼前,使劲吆喝西藏旅游纪念品的黄文军便是给我们的第一印象。从2007年7月到2013年7月,他赴拉萨担任拉萨经开区管委会副主任。6年间,黄文军奔波于拉萨经济技术开发区和苏州之间,不仅牵线搭桥,为当地引入工业项目,而且向当地输入了苏州工业园区先进的招商服务、管理理念,带去持久发展动力。

遥远的雪域西藏,一直是黄文军心中的神往,不仅是那里纯净的蓝天白云高山草原,更是因为他内心深处有着一种去那里有所作为的冲动。时间往前推,推到2002年。商务部提出苏州工业园区、昆山经济开发区等七个开发区组团对口支援拉萨经济技术开发区经济发展,七家开发区与拉萨经济技术开发区联合成立中开藏域开发有限公司。由各个开发区轮流选派干部赴藏担任该公司的总经理。那一年,37周岁的黄文军,抱着对西藏这片神秘圣土的无限向往和憧憬,报了名,却遗憾落选。

但从那以后,援藏,就在黄文军心里埋下了种子,一天天地发芽。每次,听到援藏的朋友提及,西藏如一块璞玉,有得天独厚的先天资源,却缺乏工业项目,缺乏招商引资的能手,黄文军就心里痒痒。2007年,他的梦想终于开出花朵。4月,窗外春光明媚,在园区一站式服务大厅忙碌的黄文军,接到了园区管委会组织人事局的一个电话:"组织上准备安排你作为第五批江苏援藏干部的一员,入藏工作3年,听听你的意见。请尽快回话。"说实话,这个电话来得突然,却让黄文军喜出望外,似乎冥冥中自有安排,千里之外的青藏高原,他心驰神往的地方,突然间与他变得如此之近。那年他已经42周岁，在援藏干部中绝对算得上是"高龄"了。不过，就在搁下电话的一刹那，他的心里就有了答案——去。2007年7月1日，黄文军与苏州另外6名援藏干部一起来到拉萨。他终于可以站在世界屋脊上触及那唯有西藏才有的蓝天白云。

一个顶着国字号头衔的开发区仅有3家企业
残酷现实摆在眼前

拉萨经济技术开发区是西藏地区唯一的国家经济技术开发区，位于拉萨市西郊堆龙德庆县境内。2007年7月3日，黄文军正式接任拉萨经济技术开发区管委会副主任一职，分管经发局和工商局。一到那里，身体不适、生活上的困难，都被忽略不计了。丢下行李，黄文军直奔资料室，贪婪地捧回一大堆有关西藏的书籍，以及拉萨经济技术开发区情况的资料。从语言到历史、宗教，甚至地质地貌，认认真真地当了回学生。每晚丢掉饭碗，他就在开发区逛，跑遍了所有角落。他得尽快地进入角色。

很快，兴奋过后，他发现残酷的现实摆在眼前。"虽说拉萨经开区顶着国字号头衔，但当时就是一个大工地。"回想初到开发区的画面，黄文军历历在目。牛粪堆、土坯房随处可见，主干道两旁仍有零星农舍，这边在拆迁，那边在修路。最令他吃惊的是，这个5.46平方公里的经济技术开发区内，落户企业仅有3家，其中仅有1家企业正常运作，另外两家仍在造厂房。黄文军说，"有一次，一名招商人员跟我汇报工作，但他连基本的客商几点抵达，下榻什么旅馆，需要参观哪些地方，这些基本的信息，一问三不知。"

眼前这一切，让有着丰富招商和行政审批经验的黄文军，感到了肩膀上的分量。接连开了3个月夜车，黄文军迅速摸清了拉萨经济技术开发区存在的几点不足。比如，没有一个明确产业发展思路，没有一支能招商引资的高效队伍，没有吸引企业入驻的基本载体，没有一系列规章制度，缺少一整套经济发展和企业服务的具体措施。

苏州拼命三郎一到高原像上了发条
园区经验在拉萨扎根

黄文军1997年到园区工作，在苏州积累了一定的招商经验。但拉萨，对他绝对是个陌生的地方。纵观拉萨，藏医、藏药、旅游业、矿产资源，还有超长时间的日照，都是得天独厚的优势。这让黄文军心中有了谱。很快，黄文军为开发区量身定制了

"五大计划",即农畜牧产品深加工,藏医藏药,光电新能源,民族传统工艺产品深加工,高技术产业。产业有了方向,2008年开始,招商项目陆续有了眉目。苏州工业园区的亲商服务,享誉国内外,从最初工业起步,到如今现代服务业,先进制造业,纳米、云计算、生物医药等新兴产业生机勃勃,亲商服务的理念,一路随行。黄文军也将园区经验带到了千里之外的青藏高原。

机场接送、陪同考察参观、具体政策商务洽谈,黄文军手把手带着当地工作人员。三天之内跑三个城市,家常便饭。常常是半夜抵达,白天洽谈,晚饭后又连夜赶往下一个城市。

黄文军像上了发条一样,根本停不下来。2009年,黄文军看中了西藏曲水县的一家生产消毒纸巾的企业。"那种湿巾纸,从藏草药中萃取有效成分,从而起到杀菌消毒的作用。"黄文军认为这家企业大有可为,便向企业抛出橄榄枝。不过起初,该企业负责人坚决地摇了摇头。黄文军不以为然,前前后后10多次登门拜访。也许是被他的真诚所打动。一年后2010年的春天,这家企业签约落户拉萨经济技术开发区,买下了25亩土地,造起厂房。

西藏那曲地区比如县的牧民,长年生活在没有电的世界。2008年5月,黄文军牵线,为当地争取到一个扶贫项目——分布式光电能源系统,以解决农牧区分散居住牧民的用电问题。他带着援建方南京中电电器工作人员,赶往那曲比如县实地考察。那曲的海拔足有4000多米,比拉萨高出一截。一心牵挂着牧民的黄文军半夜赶路,白天干活,干完活,又马不停蹄地往回赶,第二天黄文军回到拉萨的宿舍已是凌晨两点。隔天醒来,黄文军患上了重感冒。但他依旧硬撑着去单位上班,办公室里的人瞧他嘴唇发紫、脸发白,坚持把他送往拉萨人民医院,一经检查,黄文军被诊断为肺水肿,需要立即住院治疗。这位苏州拼命三郎,究竟有多拼命,一桩桩一件件说不完。一次,跟腱断裂在苏州手术后,为了不影响开发区的工作,他还没完全恢复即赶回拉萨上班了,后来即使发生了两次创口感染,还都坚持在援藏工作一线。

很快,第一个标准厂房拔地而起,光电新能源、青稞啤酒、青稞米加工、虫草制作、娃哈哈等企业落地生根。藏毯、氆氇(相当于围裙)、哈达等手工纪念品,开出了前店后坊。2010年,黄文军向苏州工业园区管委会还争取了一笔105万元培训资金,组织拉萨市20多名干部到新加坡进行招商、城市规划等方面的系统集训。此外,他还向苏州市发改委争取资金,帮助拉萨经济技术开发区管委会完善了办公条件,做到电脑、电话每人一台。

大家小家，孰轻孰重，他心里有数
3年又3年破天荒留任

2007年7月3日就职，2013年7月23日离任，黄文军在拉萨呆了6年，比其他援藏干部多了3年，这也是江苏省援藏干部中，史无前例的。时间拉回到2009年底，这时距黄文军3年的任期期满，还有半年多时间。一天，拉萨经济技术开发区管委会主任黄宇天找黄文军谈心，一脸郑重地问他能不能不走，继续留下来跟他们一起搞建设。这次突如其来的聊天，完全出乎黄文军的意料。随后，他转念一想，手头工作刚有起色，娃哈哈、拉萨啤酒等项目都在洽谈中，这时"撤退"，自己倒也放心不下。但再待三年，自己45岁，身体扛得住吗？家里人还会理解吗？此时，"留下"的声音，在他心中，越来越响亮。2010年，趁着回苏过春节的机会，他鼓起勇气，跟家里人坦陈了继续援藏的想法。此时，62岁的岳父身体每况愈下，72岁的老父亲硅肺的老毛病反反复复。正念高三的孩子很快要进入高考的关键时期。他想，这些都可以克服。但当年3月，岳父和父亲，几乎同时病情加重，住进了张家港中医院。4月3日，黄文军的岳父离开人世。

短短逗留了10多天，黄文军又回到了拉萨，开始他又一个三年的援藏任务。跑企业、找项目，黄文军又开始了新的忙碌。2010年9月初，黄文军出差到成都和苏州，洽谈两个重要项目。9月5日晚，他挤出时间，到医院看了一眼父亲。谁知这一眼，竟是最后一眼。9月6日早晨，黄文军离开苏州前往南京洽谈项目合作，完事后，在禄口机场候机，准备前往厦门参加非常重要的夏洽会。突然，电话铃声响起：父亲不行了。而黄文军终究没能见到父亲最后一面。"我曾答应过父亲，援藏就去三年，不过我食言了。"说起病故的父亲，黄文军几度哽咽。

2013年7月23日，黄文军离开拉萨时，拉萨经济技术开发区的企业已从2007年的3家上升至1000多家。小餐馆、宾馆、办公楼、商品房、银行、商店等配套设施鳞次栉比，开发区渐渐有了现代城市气息。在他援藏期间，娃哈哈饮料、拉萨啤酒、天知药业、珂尔信息、青海油田LNG项目、远丰包装、藏药厂、卫星导航、梅邦虫草市场项目等相继竣工投产。他还撰写了《拉萨开发区利用政策优势，打造中国"离岸"金融中心》的论文，为开发区发展明晰了方向。现在的拉萨经济技术开发区更是处处生机勃勃。截至2014年6月底，开发区注册企业1600余家，注册资金340多亿元。

原载2014年8月29日《城市商报》

理想的翅膀飞越雪山和平川

商报记者 沈 玲 黄贤君

自1995年实施对口援藏工作以来，苏州市在林周县教育领域资金投入、项目实施、师资培训方面给予了大力支持。林周苏州小学、春堆乡昆山希望小学、唐古乡吴江市青联希望小学、卡孜乡张家港市骏马希望小学、林周县太仓希望小学等等，遍布林周的20所学校都有援藏资金倾注其间。苏州市在加大对林周学校基础设施投入建设的同时，还实施了共享优质教育资源，不断加大人才和智力支持，提升教育"软实力"的举措。林周教育正在逐渐缩小与苏州教育的距离。

每一个孩子都有梦想，每一个孩子都需要关爱。自1995年实施对口援藏工作以来，苏州市在林周县教育领域资金投入、项目实施、师资培训方面给予了大力支持，彻底改变了林周教育落后的面貌，推进了林周县教育的飞速发展。在林周，随处可见苏州的印迹。林周苏州小学、春堆乡昆山希望小学、唐古乡吴江市青联希望小学、卡孜乡张家港市骏马希望小学、林周县太仓希望小学等等，遍布林周的20所学校都有援藏资金倾注其间。苏州市在加大对林周学校基础设施投入建设的同时，还实施了共享优质教育资源，不断加大人才和智力支持，提升教育"软实力"的举措。林周教育正在逐渐缩小与苏州教育的距离。

830万元改扩建校园
扎顿校长的江夏乡中心小学

江热夏乡紧临林周县城，交通便利，环境幽雅，美丽的藏乡充满了浓郁的民俗风情。8月1日，当我们驱车前往江夏乡中心小学，路经一大片快丰收的青稞田野时，正赶上村里人在热闹地举行"望果节"。青稞酒、酥油茶弥漫在田野上，村民们穿上节日的盛装，跳起欢快的民族舞蹈，唱起悠远的牧歌，预祝丰收。孩子们兴奋地在人群中穿梭，欢度着他们最后几天的暑假。在路的尽头，就是江夏乡中心小学。皮肤黝黑、个子高大的扎顿校长在校门口等候我们。他说，8月10日就要迎来新学期了，这里的暑期只有一个月左右，因为冬天冷，所以寒假要长。他领着我们进校园，眼前一片宽阔平坦的绿茵场让我们眼前一亮。校长说，这里曾是养鸭场，以前教室只有简陋的三排。2013年,苏州援藏资金投入830万元,对江夏乡中心小学进行改扩建,彻底改变了学校的面貌。现在江夏乡中心小学是全县规划最漂亮、设施最完备、各功能室齐全、各类生活设施最完善的乡级中心小学。390名学生基本都是周边村里农牧民的孩子,全部住宿,食宿费和学费全免。今年38岁的扎顿校长1996年从陕西临潼西藏班毕业后,考上了河北师范大学附属民族学校,1999年开始从教。2001年他又考入了南京晓庄师范,脱产学习两年。他对教育倾注了感情,学校的每一个功能教室如美术室、计算机室,他都精心布置。扎顿校长说,学生美术作品在拉萨市比赛中还荣获了大奖。今年学校还建成了图书室。他领着我们参观了面积68平方米、藏书近5000册的图书室,告诉我们"平均每个学生拥有12本图书",并用藏文教我们说"读书破万卷,下笔如有神"。

自1995年实施对口援藏工作以来,苏州市在资金投入、项目实施、人员培训方面对林周县教育给予了大力支持,推进了林周县的教育发展。遍布林周的20所学校都有援藏资金项目支持。在林周,随处可见苏州的印迹。林周苏州小学、春堆乡昆山希望小学、唐古乡吴江市青联希望小学、卡孜乡张家港市骏马希望小学、林周县太仓希望小学等等,都是一个个苏州援建项目。学校建设成为了援藏工作的重中之重。位于澎波河南岸的苏州小学总占地面积65914平方米,是一所基础设施完善、环境优美的学校。苏州小学米玛潘多校长说,林周县苏州小学由共青团苏州市委援建,于1998年6月底竣工使用。1999年9月同原县完小合并,更名苏州小学。经过一批批苏州援藏干部的努力,先后投入资金近千万元实施了危房改造、学校建设、改扩建工程。这不仅改善了学校办学条件,激发了农牧民家长送适龄儿童入学的积极性,提高了入学率,而且教育质量也得到迅速提升,各类测评位居拉萨市各县区前列。近六年苏州小学有228名学生以优异成绩考取了内地西藏班。

西藏距离苏州有多远?
从4120公里到零距离

苏州距离西藏有多远?——4120公里,这是地理概念的答案。

西藏距离苏州有多远?——零,这是苏州西藏班学生的答案。

对于这个回答,旦增感触颇深。2009年4月,江苏省教育厅与西藏自治区林周县签订协议,为林周县培养一批优秀旅游管理人才。培训时间为一年。一年中,西藏学生的学习和生活费用全部由援藏资金承担,而一年后,将确保这批学生全部拿到中专文凭。当年10月,常熟中专开出了西藏班,旦增就是第一届学生。"苏州,那是我的家。"尽管说这句话的时候,他已经回到西藏生活了多年,但是一回忆起在苏州的学习生活,还是能滔滔不绝说个不停。仿佛,他从未离开过一样。

"记得旦增刚从西藏来的时候,一点汉语都不会说。和他一样,所有的学生无论在知识还是技术上,完全没有基础。"金红是学校酒店管理系主任,也是首届西藏班班主任。她笑着告诉我们,一开始,老师和学生之间只能通过图像来交流。学校为此专门为西藏班的学生制定了专业人才培养方案。首先要攻克的,就是语言。上课时,总能见到老师不断地和学生讨论着,从最开始一个字一个字地教发音,到后来不需要翻译老师就能很好地交流。一年后,所有学生都通过语言关。

当然,学习语言并不是开办西藏班的最终目的,最为重要的是传授给他们更多的技能。在苏州学习的一年,除了文化课程,学校特别为西藏班的学生安排了专业技术课程,包括饭店工作英语、菜点酒水知识、礼貌礼节等等。"我本是山沟沟里的孩子,来苏州之前从来没有出过西藏,一年的学习使我的人生变得广阔而精彩。"如今,旦增自己在贡嘎县建立了一个茶园,专门接待来自内地的游客。而每每遇到了苏州人,总会忍不住讲起在苏学习时的那段经历。藏族姑娘次仁珠嘎也是首届西藏班学生,她说:"青藏铁路通车后,到西藏的中外游客越来越多,西藏的旅游人才很缺,家乡需要我们。"

江苏省常熟中等专业学校的西藏班,到今年已经有五届了。吴中中等专业学校也开设了西藏班。西藏学生来到江南水乡,因为长期高原缺氧,不少孩子晕氧了。珞巴族姑娘桑杰拉姆刚从西藏墨脱县来到苏州西藏班读书时,因晕氧反应一度成为小病号。在学校老师的悉心照顾下,孩子们不但顺利度过了适应期和语言关,学习也都有了明显进步。

科技教育改写历史
拉萨市三中来了苏州机器人

西藏的科技教育是什么时候兴起的?原拉萨市第三高级中学的信息处主任贾崇亮说,给他留下深刻印象的,就是苏州机器人进藏,这是一个巨大的转折点。2007年的时候,全国中小学机器人科技活动风靡全国,而西藏自治区却是唯一没有印上机器人"足迹"的地方。2007年8月,5台机器人进入拉萨市第三高级中学,西藏地区中小学没有电脑机器人科技活动的历史被改写。

改写这段历史的人,就是来自苏州市第三高级中学的学生和老师们。徐逞是那次随队进藏的科技老师,采访他时,他在办公桌前一边翻看着老照片,一边告诉我们:"几年前的事情,不少都忘记了,但课堂上,西藏孩子们一下子被机器人吸引住的眼神,永远都忘不了。"他回忆说,那是到西藏后的第二天,苏州三中为拉萨三中高二年级的学生上了一节机器人展示课,因为教学楼在4楼,再加上西藏的高海拔,老师们不得不一边戴着氧气罩,一边上课。当看着无人控制的"感光行走奇迹人"跟随设定的黑色轨道优雅地漫步时,以前从没亲眼见过电脑机器人的西藏孩子们一下子惊呆了,眼神里流露出的是无尽的好奇与渴望。

一节机器人展示课很快就结束了,但苏州三中与拉萨三中两所学校的牵手只是一个开始。回到苏州以后,徐遑和他的科技教学团队建立了一个QQ群,通过网上交流,持续地指导拉萨三中开展机器人活动。"作为科技特色学校,我们后来还发明了自己的机器人校本教材,所有的电子版都会通过QQ上传给他们,实现资源共享和同步。"令人欣喜的是,在2008年全国机器人赛上,徐遑碰到了来自西藏的朋友,带队的就是贾崇亮。贾老师激动地说:"三中给我们带来的,不仅仅是5套机器人装备,更让在高原生活的老师和孩子们开阔了眼界,拉近了与科技的距离。"全国机器人赛上,拉萨三中的出现,填补了全国机器人科技活动最后一个空白点。

苏州名师赴藏送培训
西藏民俗走进苏州课堂

苏州市在加大对学校基础设施投入建设的同时,还实施了共享优质教育资源,不断加大人才和智力支持,提升教育"软实力"的举措。在援藏干部的牵线搭桥下,苏州小学先后有60余名教师前往苏州、常熟、张家港等地参加培训。在林周县与苏州市积极沟通协调下,2013年又组织林周县10名学科带头人赴苏州挂职培训,促进双方教师广泛开展交流合作,深入研究课堂教学的规律、方法和手段,体验学校管理的模式和办学内涵,从而提高林周教师的教学及教研水平。

2008年7月,苏州16名最优秀的小学教师从苏州启程,奔赴西藏。经短暂休整后,他们在拉萨师范高等专科学校,用一周的时间对当地500名小学骨干教师展开教育理念和课程培训。这次进藏送培训是省教育厅按教育部部署组织的。江苏承担的是西藏小学和初中1200名骨干教师和100名校长的培训任务,其中500名小学教师的培训任务落在苏州市。为此,市教育局专门组织了进藏调研队,了解当地的教材、学科教学和科研情况,然后在全市范围内挑选最优秀的小学教师,经过两轮筛选,最后在语文、数学、英语、科学4门学科各圈定4名教师,组成了16人队伍。这16名教师中,6人是特级教师,7人是名教师和大市学科带头人。每位教师都是能讲会写,丰富的教学实践与深厚的理论功底并举。市教育局相关负责人说:"这支队伍可称专家级,代表了苏州小学教育的水平。"

2013年6月14日,来自林周县小学的藏族教师次旦央卓为苏州市平直实小的学生们上了一堂精彩的"西藏民俗风情"展示课,将西藏的风土人情介绍给苏州的学生们。此次来苏州培训的10位林周老师都是第一次离开家乡,他们对"苏州教育之行"有很多感受。林周县苏州小学的袁红说:"有幸来到苏州参加学习,收获很多,我们听了很多的讲座,也跟着老师上了很多课,平直实小还专门派了两位老师指导我们做教学课件。"旁多乡中心小学的次仁顿珠说:"在苏州上课的内容和技巧都可以带到我自己的教学过程中,这里的课堂主要是以学生主动学习为主,把课堂交给学生,而老师重在引导。"

今年9月2日,林周县又有10名中小学学科带头人将在苏州接受一个月的教育培训。

相关链接

对口援助教育项目

1998年
由苏州市援资120万元新建了林周县完小(后更名为苏州小学)。
1999年
1.由苏州市捐赠了"普六"基金20万元。
2.由常熟市金融系统、昆山市金融系统及吴江市青田制衣有限责任公司捐款46.25万元,修建了3所希望小学。
3.为"普六"捐款捐衣捐图书,共募捐到校服2万多套,图书3万多册,资金5万多元。
2001年
1.由苏州援资100万元新建了县中学阶梯教室。
2.吴江道勃尔体育用品公司捐助一批体育器材,折价1万元。
2002年
1.林周中学学生公寓项目,总投资950万元,其中援藏资金100万元。
2.太仓市希望小学,由太仓市计委援资15万元。
2003年
1.由苏州张家港市骏马集团援资20万元兴办了卡孜乡张家港市骏马希望小学。

2.太仓市计划和发展委员会向林周县太仓希望小学捐赠3万元。

2004年

1.设立林周县吴江市人民教育基金10万元（每年注入资金，至2011年林周县累计发放吴江人民教育基金45万元）。

2.苏州市信成会计事务所法人代表陆利康发动全所员工，首期捐资10000元，资助甘曲镇贫困女大学生次仁卓嘎及弟弟、妹妹上大学，每年资助，直至大学毕业。

2005年

1.吴江市青联援资35万元、援藏资金7万元建立了唐古乡吴江市青联希望小学。

2.江苏援藏干部捐款为希望小学购买教学设备。

3.江苏省外经贸投资14万元援建边交林乡中心小学教学楼。

4.吴江市党政代表团向"林周县吴江人民教育基金"捐赠15万元援助资金。

5.昆山市捐资60万元新建林周县春堆乡昆山希望小学。

2006年

1.苏州小学综合楼208万元。

2.苏州援助120万元建设完成了占地面积4000平方米，建筑面积700平方米的林周县中心幼儿园。

2007年

1.朗当教学点60万元。

2.列麦教学点20万元。

3.苏州小学运动场30万元。

4.吴江人民教育基金3万元。

2008年

1.苏州援助苏州小学大门31.6万元。

2.苏州援助教师节奖金3万元。

3.苏州援助卡孜乡中心小学30万元。

2009年

1.苏州援助教师节奖金5万元。

2.常熟援助联合办学培训25名职业中专班学生所需学杂费、住宿费、伙食费、教材费、校服费、路费等总计26.15万元。

2013年

1.苏州投入830万元，对江夏乡中心小学进行改扩建。

2.安排林周县中小学10名学科带头人在苏州进行为期一个月的培训。

2014年

吴江人民教育基金更名为吴江人民奖学金,注入资金60万元。

原载2014年8月31日《城市商报》

附《"高原的格桑花——情洒苏州林周二十年"系列报道》见报文章目录

1.《格桑梅朵在阳光最饱满的季节绽放》

2.《生命的线条与雪域高原交接》

3.《澎波水长流传着苏州的故事》

4.《三年又三年,他把深爱献给了拉萨》

5.《苏州的"门巴雅古"——雪域高原的生命守护神》

6.《理想的翅膀飞越雪山和平川》

7.《修一条隧道直通拉萨》

第十七届苏州新闻奖一等奖

关注苏州创新驱动新优势系列报道

主创人员　钱　怡　陆晓华

编者按

新形势,新常态,新一轮科技革命孕育兴起。实施创新驱动发展战略,推动以科技创新为核心的全面创新,是大趋势,时不我待。在苏州,改革开放,科学发展,凭借创新的勇气和智慧,站在了更高起点上。面对新变化,新常态,必然需要通过持续创新集聚新优势、新动力。本报今起推出"关注苏州创新驱动新优势"系列报道,关注苏州在实施创新驱动发展战略中的基础和优势,存在的不足和问题,以及发展的方向和对策,扬长避短,创新突破,以新的发展优势把握新一轮竞争主动权。

新兴产业集群引领"创富"
——关注苏州创新驱动新优势系列报道(一)

苏报记者　钱　怡

经济增速逐步放缓,要素结构急剧变化,传统优势渐渐削弱,在产业转型升级的"关键时刻",苏州将企业创新、产业提档作为抢抓未来发展制高点的战略选择。从异军突起的创新企业"先锋",到群雄并起的新兴产业"集团军",苏州企业创新"主地位"不断巩固,新兴产业引领工业经济经历着一场前所未有的变革。如何增强企业创新驱动力,扩大新兴产业后发崛起新优势,苏州面临新课题。

企业创新发展,"主地位"提升跨越能级

有人这样形容新产业、新技术带来的高价值、高增长,"新兴产业跨一步,传统产业要跑一圈"。但谁来跨出第一步?企业和政府如何在转型中提高默契度?

在苏州,一片2英寸的氮化镓衬底晶片能制作出5000个蓝光激光器,每个激光器售价超过100美元;一根20厘米的金属丝线,可以修复心脏二尖瓣关闭不全,替代开胸手术,4根一组售价1500美元;一颗无色透明的小水珠,能让眼底病致盲者重见光明,作为单克隆抗体药物,"一滴水"售价6800元人民币……这些发生在新兴产业界的"创富"案例,彰显了企业创新的主体地位。

市科技局统计数据显示,目前,我市拥有国家创新型领军企业5家,占全省16.1%;市级创新先锋企业133家、高新技术企业2678家,占全省31%;省级民营科技企业8553家,占全省10.6%;2014年,中国民营500强中苏州有20家入围,占全省20.8%。

"创新型企业对新技术、新产业的敏感度强,因此在新兴产业领域,企业创新要素的集聚度也相对较高,"市经信委有关人士表示,"新兴产业最大的特点就是创新驱动性强,产业关联性强,全要素整合能力强。"统计部门对苏州近10年来经济增长主动力的一项研究显示:资本投入对经济发展贡献率从最高的70%以上跌至现在的不足30%,而全要素生产的贡献率从20%左右跃升至50%以上,劳动力贡献率从5%左右上升至20%以上,经济对科学技术等全要素条件的敏感度快速提高,对中高端人才的需求日益迫切,而资本投入效率却逐步减弱,创新驱动逐步替代资本驱动,经济发展模式正因新技术、新产业而悄然改变。

苏州统计年鉴的数据显示,我市地区生产总值增速从2007年的16%降至2009年的12%,2013年为9.8%。苏州快速应对,顺势而为。

2008年,苏州首次提出"新兴产业发展提升计划";2010年,苏州又将"新兴产业倍增发展计划"提上日程;"十二五"规划则将战略性新兴产业"升格"为苏州转型升级的"第一方略",并确立了八大产业方向:新能源、新材料、生物技术和新医药、智能电网和物联网、节能环保、新型平板显示、高端装备制造、软件和集成电路。

产业版图重构,集成经济发展新增长极

"模式之变"带来的直观感受,是从过去看规模、看速度,到现在看内涵、看质量,这是一种全新的考验。

吴江在全省率先将税务、国土、质监、环保等部门"孤立"数据整合为一套评价系统，将辖区内13000多家企业全部纳入其中，企业的亩均效益、每亩能耗一目了然，产业发展质态更加清晰，产业转型方向更加明确，"高分"的新兴产业、高新技术产业脱颖而出成为区域产业规划布局的宠儿。这也倒逼着吴江的纺织、通信等传统优势行业加快引育新技术、对接新产业，装备制造、新材料等新兴产业加速集聚。

如今，苏州的"产业版图"已经出现了"经纬线"的重构。

新兴产业"多点发力"，尤其在纳米、光伏、云计算、氮化镓、机器人、生物医药、医疗器械等前沿技术领域，培育了一批拥有核心技术和自主知识产权的科技型企业。目前，苏州的光伏产业在电池片、组件、控制系统等方面形成齐全的产业链；纳米产业成为全球八大区域创新中心之一；医疗器械产业在植入治疗、影像诊断、医学信息等高端领域达到世界先进水平；生物医药产业在小核酸药物、纳米生物医药、抗体诊断等领域跻身国际前沿。今年前三季度，我市制造业新兴产业实现产值10767亿元，增长7.1%，占规模以上工业产值的比重达47.4%，新兴产业对工业利税增长的贡献度超过70%。

同时，统计分析显示，苏州新兴产业在区域功能、类别的布局上也相应出现了变化。

今年1至4月，苏州工业园区、高新区和太仓的生物技术和新医药产业集群，产值规模占全市59.8%；常熟、张家港和太仓的新能源产业集群，产值规模占全市60%；苏州工业园区、吴江和昆山的智能电网和物联网产业集群，产值规模占全市65.6%；新型平板显示产业在昆山、高新区和苏州工业园区的产值规模占比达81.2%；以昆山软件园、苏州工业园区科技园和高新区科技园为载体的软件产业产值占比竟高达九成以上。

新兴产业集群的扩张，也大大加速了全社会创新资源的快速融通。"苏州纳米城"作为全球最大的纳米技术产业社区，将纳米领域的重大研发机构、国际组织、纳米技术平台和成长型规模型企业汇聚成一个全新的"产业生态圈"，并带动高等院校、科研机构、风险投资、金融机构、中介服务等创新要素形成聚合效应，推动纳米产业年均30%的快速增长。

著名的增长极理论认为，创新企业聚集发展而形成的生产、贸易、金融、科技、人才、信息等要素高度融合，将成为区域经济发展的增长极。在苏州，一个由新兴产业集群所构筑的经济"新版图"浮出水面，新兴产业集群正成为"后危机"时代拉动经济稳定发展的增长极。

集聚新优势，警惕新一轮同质化低端化"陷阱"

创新企业集聚，新兴产业崛起，如何增强创新发展"驱动力"、扩大"新优势"？如何在拓展"辐射面"中避免同质化、低端化等"陷阱"？这一个个新课题，任重道远。

统计数据分析显示，苏州10个市（区）中，有9个区域的新材料和高端装备制造在建项目数均超过50%；有8个地区新材料产值占新兴产业的比重列前三位，有7个地区的高端装备制造产值占新兴产业的比重列前两位。创新发展中的同质化现象，令人关注。

去年，苏州高新技术产业产值中，79%由外资企业实现；同时，全市1.32万亿元高新技术产业产值中，58%是以加工制造为主的电子计算机及办公设备制造、电子及通信设备制造。高新技术产业层次的低端化现状，不容忽视。

市经信委有关人士表示，苏州应针对新兴产业重点领域，结合各地产业条件，进一步完善区域产业布局，走协同发展之路。新兴产业发展既要求规模，更要求质量，苏州的企业应向德企学习，走"专精特新"发展之路。

苏大维格光电科技股份有限公司董事长陈林森表示，面广量大的中小企业是新兴产业发展的中坚力量，但中小企业发展未能引起足够重视，政策、资金、技术支持应该更多倾斜。同时，加快破除政策性障碍、推动高校、科研院所资源和人才等要素的自由流动对推动新兴产业高端发展具有重要作用。

市科技局相关负责人认为，一些新兴产业领域的企业选择生产领域的低端环节，依靠具有比较优势的生产要素条件进行简单的扩大再生产，不愿意冒险进行科技成果的研发及转化。而研发和销售是产业链的高端，具有高附加值，能产生综合效益。新兴产业企业要以科技研发为本，提高产品技术含量，掌握市场话语权。要以优势产品为主导，整合产业资源，将技术优势转化为产业优势和规模化集群效应，放大新兴产业的综合效益。

原载2014年11月14日《苏州日报》

系列报道

让成果转化"两张皮"更和谐
—— 关注苏州创新驱动新优势系列报道(二)

苏报记者 陆晓华

关于创新驱动和产业企业的融合,有专家说过这样的一句话:"科研院所要往下沉一步,产业企业要努力向上走一步。"

在苏州,这组数据值得自豪:有59家省级院士工作站、33家市级院士工作站,在研项目近百项,有博士后工作站点277个,居全国同类城市之首。在苏州,这组数据让人警醒:2013年,苏州专利申请量和授权量分别达14.1万件和8.2万件,均居全国第一。然而,代表核心技术的发明专利授权量占全部授权量的比例仅为5.38%,PCT国际专利申请量为446件。同期,上海的发明专利授权量占比为21.9%,PCT国际专利申请量是苏州的两倍;深圳发明专利授权量占比为22.08%,PCT国际专利申请量为10049件,居全国之首。科技是生产力,早就成为大家的共识。但,科技成果哪里来?如何转化和产业化?怎样解决科技成果和企业"两张皮"的难题?这些都直接影响着科技创新和驱动发展,影响着企业和产业的核心竞争力,更影响着一个城市的创新能级。

加速成果转化,呼唤更多科技"红娘"

干将东路相门桥堍,苏州自主创新广场,一个综合性的创新资源配置中心正加速运转。

广场建有成果转化、科技金融、公共研发、科技咨询、知识产权、姑苏人才等线上线下服务平台,提供科技创新全链条、全过程服务。去年6月投运以来,已受理国家、省、市各类科技项目近万项,服务科技人才3000多人次,科技企业8000多家,科技成果转化项目200多项。

自主创新广场,是我市重点打造的科技创新重大载体。目前,苏州拥有国家高新技术企业2600多家,省级民营科技企业4000多家,科技型中小企业近2万家。为推进科技创新,我市建起了一大批科技创新载体和服务平台,已与170多家高校科研院所联合建立了1200多个产学研联合体,实施产学研项目8400余项。以中科院纳米所、医工所为代表,我市与国内知名高校、科研院所共建研究院80个。

这些创新载体和服务平台，如同一个个科技"红娘"，为科技人员、科研成果与企业、产业之间"牵线搭桥"。

"不容忽视的是，苏州创新资源短缺，先天不足。"市科技局相关负责人说。我市高校院所较缺乏，仅有4家本科类高校，对科技创新的知识溢出和辐射带动作用不强。虽然近年来引进了中科院纳米所等重大载体，但对科技创新的支撑作用还未充分发挥。同时，部分建起来的科技创新平台和载体甚至没有实质性运转，有的博士后工作站建站好几年，至今没有引进一名博士后，还有的省创新实践基地也未实际运行。

与此相对应的是，企业的创新需求日益旺盛，随之而来的关键技术难题也日益增多。自身研发能力不足，创新资源有限，让企业寻找到匹配的项目和技术如大海捞针。而一项科研技术成果从实验室走进市场，也是"关卡重重"。企业需求与科研成果存在"两张皮"现象。

"企业要在转型升级中寻求出路，离不开有竞争力的产品，而成果转化平台就是推动科技成果转化为企业产品，使企业真正成为创新主体，也为科研院所畅通了转化渠道。"市科技局科技成果与技术市场处处长朱廉诚说。

释放创新活力，让技术转移"跑步前进"实施创新驱动战略，要推动更多科技成果实现转化，不断释放创新活力，在和企业、产业的融合过程中，形成一个个创新驱动"策源地"。

在苏州，众多的企业院士工作站、博士后工作站、共建研究院以及各类产学研合作载体，推动着创新实践，也有效化解了企业需求和科研成果转化中存在的"两张皮"现象。

走进苏州东菱振动试验仪器有限公司，浓厚的创新氛围令人印象深刻，"江苏省力学环境试验工程技术研究中心学术委员会""江苏省博士后创新实践基地""江苏省企业研究生工作站""东菱院士顾问团"等科研和创新实践阵地，引进和吸纳了数十名院士和"千人计划"专家，结合项目的需求进行矩阵式资源对接，逐步建成集技术研发、种子培养、项目孵化、成果转化于一体的产业基地。东菱有各类试验设备100多款，产品和服务覆盖48个国家和地区，截至目前，共提交专利申请近200项，其中发明专利60余项，已授权专利130余项，其中发明专利30余项。正是持续的技术创新，为企业提供了强有力的核心竞争力。

但是，不容忽视的是，从总体来看，我市核心技术还不足，技术交易、技术转移还不够活跃。虽然苏州专利申请量和授权量大，但发明专利少。技术交易活跃程度是科技成果转移转化的直接体现，去年，我市技术交易额58亿元，占全省的十分之一,列全省第二。但与上海620亿元、深圳176亿元的规模相比,存在数量级差距。受制于技术转移规模偏小,我市企业技术需求得不到满足,再加上自身研发能力弱,企业用于技术引进与技术开发的投入也偏低。苏州大中型工业企业研发经费投入强度仅为0.98%,上海规上工业企业为1.1%,深圳企业更是高达2.39%。

市科技局科技成果与技术市场处副处长李莉说,加快技术转移,让技术交易加速"跑"起来,需要打"组合拳"。科研成果的落地,要有孵化器、服务平台和交易中介等;企业创新需求的满足,除了提供匹配的科学技术外,也要切实解决初创期的融资瓶颈,提供科技金融服务。

有专家认为,美国的硅谷,正是由于众多推广转化中介机构的存在,才成为大量公司创新创业的集聚地,从而推动美国科技创新和产业化。

在苏州,一些推动技术交易的措施已传递出令人欣喜的趋向。如我市从去年开始培育技术经纪人队伍,至目前已有1000名,去年仅有两三单交易,今年以来已完成30单。据悉,我市将力争用3年时间,使全市技术交易额超过100亿元。

改革体制机制,让创新要素流动更"自由"

研究与试验发展(R&D)经费占GDP比重,是衡量一个地区创新能力的核心指标。市科技局提供的数据显示,去年我市R&D经费占GDP比重为2.6%,落后于上海(3.4%)、北京(6.16%),也落后于省内的无锡(2.7%)、南京(2.95%),表明我市科技投入效率还不高,政府资金对企业投资、对社会资本的带动作用仍有待提高。

同时,一个现象也值得注意,包括科技经费在内的创新资源分散在多个部门,科技管理职能也存在一定的重复和叠加,在省管县财政体制下,市级经费无法下达到县,科技资源配置的上下联动性不够。

"从某种意义上讲,最迫切的不是增大科技投入,而是要加快科技体制改革步伐。"在2013—2014中国经济年会上,一位与会专家如是说。

在苏州,一系列扶持科技创新的政策出台,进一步调动了企业对接成果转化的热情。据朱廉诚介绍,我市先后出台了《苏州市科技成果转化专项资金管理使用细则》《苏州市技术经纪人管理办法》《苏州市技术经纪人奖励实施细则》。对成功承接科技成果转移转让的企业,按其技术合同交易额的5%给予补助,每一年度补助最高30万元;在苏成功实现转化重大科技成果的企业,按新增投入的25%给予补贴;技术经纪人挖掘有效企业技术需求的,奖励200元/条;技术经纪人促成成果转移转化项目的,按技术合同交易额的1.5%给予奖励,单个项目奖励最高10万元。

"对于申报科技成果转化补贴的企业,我们不设门槛,实施普惠制。"朱廉诚说。目的就是激发企业活力,支持企业敢于创新、勇于转化。目前,苏州正在研究制定《苏州市促进技术转移条例》,营造与国际接轨的法治环境,吸引更多海外科研成果落户苏州。实施创新驱动,就是要进一步破除制约创新的体制机制瓶颈,让创新要素流动更"自由",释放出更强大的能量。

原载2014年11月17日《苏州日报》

抢占"塔尖"人才新高地
——关注苏州创新驱动新优势系列报道(三)

苏报记者　陆晓华

创新驱动发展,企业是主体,核心是科技,关键靠人才。

在苏州,经济社会的快速发展,吸引了人才的集聚。目前,苏州人才总量近200万人。高层次人才有13.37万人,引进留学回国人员累计超过1.5万人。有157位高层次人才入选国家"千人计划",累计有501人入选省"高层次创新创业人才引进计划",各项人才和团队工程完成指标均居省内首位。值得关注的是苏州的人才结构,特别是高层次人才构成中,创业类人才居多,创新类人才比例偏低。在已立项资助的544个姑苏创新创业领军人才(团队)中,仅22个是创新类。

创新人才培养的竞争,看似没有硝烟,没有边界,也没有裁判,但是竞争的结果却影响着一座城市的前途和发展。

苏州要在新一轮竞争中抢占先机,要以更开放的人才政策、更具国际竞争力的人才制度优势、更有利于人才创新创业的环境,集聚创新人才,并释放出提升城市能级的创新驱动活力。

总体呈现量质齐升,苏州人才高地雏形初现

张家港市国泰华荣化工新材料有限公司,在电解液行业中产销量全国第一、全球前三。甘朝伦是该企业的一名博士后工作人员,通过对电解液中的新型溶剂、锂盐、添加剂的筛选优化，解决了磷酸亚铁锂动力电池的低温放电、低温循环、高温搁置寿命、高温储存等问题，申请了3项发明专利，获省部级科技进步三等奖2次。产品获得国内多家知名动力电池企业认可，为国泰华荣行业地位的稳固和提升提供了有力支持。

甘朝伦是我市人才引进的一个个案。多年来，苏州在实施人才优先发展战略中，形成了"姑苏领军人才——紧缺人才——高技能人才"等人才层级，同时，通过"海鸥计划"、国际精英创业周、"赢在苏州"等引智方式，人才总量和高层次人才数量连续多年保持较高增长，总体呈现出"量质齐升"态势，人才高地已初现雏形。

以姑苏领军人才为例，2007年，苏州启动"姑苏创新创业领军人才计划"，每年择优资助一批符合苏州产业发展需要，带项目、带技术、带资金的科技领军人才来苏创新创业，六年多来，市、县两级累计引进资助2100多名高层次人才在苏创业，吸引了3200多个创新团队落户苏州，资助经费达35.7亿元。据不完全统计，目前在苏州创新创业的"千人计划"专家总数达300余人。

人才的集聚，推动了企业、产业的发展，更为经济持续健康发展注入强大动力。在苏州，通过引进大量创业人才，带动形成了小核酸、新型感知器件、纳米技术、融合通信、新型平板显示、新型医疗器械等6个省级产业技术创新联盟，推动了新兴产业的加速发展。

今年上半年，604家市级以上科技型人才创业企业累计实现销售收入70.1亿元，同比增长21%。

如苏州生物纳米园，围绕纳米技术、新药研发、医疗器械及诊断技术、研发服务外包四大产业，集聚了370家科技创业企业，到去年底，累计21个项目获国家新药创制重大专项立项，17个研发新药进入临床试验，培育出博瑞等一批年销售额过亿的自主创新企业。

市科技局相关负责人表示，从总体看，苏州的人才状况与经济社会发展现状相吻合，人才对经济社会发展的贡献率约43%。合理的人才结构应该是金字塔型，塔基、塔身是强大的创业、创新人才群，塔尖是顶尖的创新人才。"下一步，就是要把基石部分做得更大、更厚实，塔尖部分要培育出一流的创新人才。"

看到结构性差距，加速集聚创新人才

对于创新驱动与人才的关系，有这样的观点：在生产力发展的诸多要素中，劳动力是第一要素；在创新驱动的诸多要素中，人才特别是创新人才是核心要素。

在苏州,人才高地已初现雏形,但与北京、上海、深圳等城市相比,仍有差距,其中之一,就是创新类人才占比偏低。两组数据值得关注,一是在新近公布的2014年省"双创计划"引才名单中,苏州有98人入选,其中,企业创新创业类共78人(创业类达57人,创新类为21人);二是我市157位入选国家"千人计划"的高层次人才中,创业类95人,创新类28人。

市科技局科技人才处相关负责人表示,企业是创新的主体,也是人才引进的主体,苏州的民企大多脱胎于乡镇企业或农民创业,而深圳等地民企大多为科技人才创业创办,相比之下,苏州民企在创新意识、人才观念、发展理念等方面存在"先天不足",企业引才的主体地位尚不强。大部分企业从事的行业、产业以传统为主,对新产品、新技术等研究还不够,对人才特别是创新人才引进的投入产出比认知还不够。

同时,从城市能级角度看,苏州的政策、资源等对人才的吸引力也还不够,人才创业首选度还不高。从姑苏领军人才立项的500多个创业人才(团队)的创业经历看,约70%有在其他地方的创业经历(其中,27%来自上海,20%来自北京,6%来自广东)。主要原因是,苏州的创新创业综合环境与北上广深相比有差距。

正是看到了这种差距,近年来苏州加大了创新人才引进力度。而这也是我市加快转型升级、实施创新驱动的迫切需求。

在2013年省"双创计划"人才名单中,苏州新增的创新人才为13人,占全省比例6%,居第十位,今年创新人才达到21人,跃居全省第一。同时,在拟立项的新一批62个姑苏领军人才中,创新类有11人,与去年同期相比又有增加。

培育创新"策源地",需要营造更有吸引力的环境

人才的竞争,关键是创新创业环境的竞争。

陈伟博士是我国光纤行业的领军人才,今年4月,他从武汉烽火锐光科技有限公司总经理的位置上,"跳槽"到江苏亨通光纤科技有限公司,担任总工程师。在亨通光纤的支持下,成立"低损耗单模光纤关键技术与产业化"项目组,解决了低损耗光纤的7大光纤技术,还建起了高速拉丝生产线6塔12条、筛选复绕生产线12条等,预计项目可实现年产值1.5亿,年销售额1.19亿元,同时为亨通光纤培养了一支人才梯队,形成创新人才的核心竞争力。

选择来苏创新创业,陈伟说了三点理由:有不错的薪酬待遇;自己的专业研究方向在亨通能得到更好实现;解决了家属的后顾之忧。

陈伟的理由很直白,也很现实,引进创新人才,形成创新"策源地",需要营造更有利于人才创新创业的环境。

对企业来说,要舍得投入,为人才提供更大的发展平台。百万年薪,有可能带来亿元效益,风险当然有,但与机遇并存。著名经济学家约瑟夫·熊彼特认为,企业家是创新、生产要素重新组合以及经济发展的主要组织者与推动者。

对政府来说,要更好鼓励和引导企业引才,并打造适合企业、产业、人才发展的综合环境。苏州的产业链配套较齐全,公共技术服务平台较完备,政府办事效率较高,创投较为活跃,这是很多创新创业人才看重的优势。

在苏州,不少像亨通光电这样的企业,正是通过创新人才的引进,实现了转型升级快速发展。

张家港的飞翔化工有限公司,创新人才的引进已经形成"接力棒",2006年,引进美国普林斯顿大学有机化学博士李季,出任飞翔CEO,创建了翰普高分子材料公司,使飞翔的主营产品拓展到高性能尼龙等高科技材料领域,并启动了电子化学品、多功能新材料等建设,促成飞翔与美国宝洁和强生、英国联合利华的高端合作。2013年,飞翔又引进有10多年高分子材料领域研发管理经验,在陶氏化学等知名公司从事研发的美国籍专家吴之中,创办苏州之诺新材料科技有限公司,专注于轻量化连接的结构胶合材料研发及应用。今年,飞翔又引进了一名创新人才。

培育创新"策源地",增强创新驱动,苏州要抢占新的高地。苏州在行动,苏州在加速。

原载2014年11月21日《苏州日报》

第十八届苏州新闻奖一等奖

"昆山经济新业态调查"系列报道

主创人员　集体

编者按

　　市委、市政府提出转型升级创新发展六年行动计划,全力推动"昆山之路"从头越。那么,昆山经济呈现哪些新业态?本报今推出昆山经济新业态调查,旨在从"从互联网到'互联网+'""从IT到DT""从昆山制造到工业4.0"三个方面呈现新业态的风貌,为转型升级、创新发展提供更多思考。

　　这是一个万物互联的时代。

　　台湾宝成在昆山设立电商总部,"+"上了鞋子、服装等运动产品,以及线下门店资源,实现"老树开花";好孩子"触网"5年来,不仅"+"上了母婴产品的销售,还将把公司的管理、研发等"+"上去。还有,江南易购"+"上了卖水果,91职程网"+"上了找工作,门对门物流"+"上了百度外卖等。

　　从"互联网"到"互联网+",一个"+"号打开了无限的想象空间。

从互联网到"互联网+"
——昆山经济新业态调查之一

主创人员　杨报平　李传玉　张　田

"互联网+"≠互联网传播

　　一夜之间,人人都在使用的互联网似乎变得不可捉摸。"过去开发一个网站、建一个博客,主要是借助互联网载体,形成一个及时性的信息发布渠道,它的功能在于传播。"昆山麦克斯泰科技有限公司销售总监黄建说,"'互联网+'则是在运用互联网技术的基础上,赋予互动与分享功能,其内涵远远不限于互联网传播。缺少'互动与分享'的互联网,难以发挥其作用。"

捷安特作为一家自行车生产企业,很早就拥有了自己的官网,但不是用于卖产品。去年,捷安特顺应电商发展趋势,在天猫等平台开设了线上旗舰店,一下子打开了更大的销售空间。"旗舰店在扩大销售的同时,也给企业形象、产品品质带来了增量的、精准的传播,而且与消费者的距离拉得更近,能更多更真地听到消费者的声音。"捷安特电商负责人郑雨霖说。

好孩子集团在5年前就"触网"销售母婴产品,线上业绩从2010年的1000万元,增至去年的8亿元,显然充分享受了"互联网+"的盛宴。不过,好孩子并没有停止创新的步伐,今年又启动去中心化的管理模式改革,把每一位员工推向互联网环境,就连上下班打卡都将在手机上实现。

昆山宝成旗下的电商总部创立一年,就为公司增加1.5亿元的销售额,但这只是其转型的第一步。"我们追求的转型升级在于以O2O的模式,整合线下6000多家门店,以提升整体服务和管理的能力与水平。"宝胜国际(控股)有限公司电商发展事业部副总经理邢科春说。

"互联网+">电子商务

去年昆山市限额以上批发和零售业法人企业通过互联网实现的商品零售额累计88.24亿元,比上年增长208.9%,占比达20.4%。一组数据展示,"互联网+"带给企业的影响。

但是,"互联网+"的内涵远远大于电子商务。业内人士认为,一方面体现在互联网企业、政府和企业网站等主动去"+"上更优质的服务、更丰富的信息等,突出互动性;另一方面体现在传统的企业、产品和模式等主动去"+"上互联网技术、互联网思维。互联互通才更有生命力。

门对门公司原是一家服务于远程购物平台的物流企业,依托物流基础和微信技术转型之后,打造了"门对门果园",短短两个月实现日订单超100笔,此外还与百度合作开发了"百度外卖",业务覆盖到苏州大市范围,日订单突破4000笔。"这两个产品做的就是粉丝经济,任何人都可以在'门对门果园'开店,不需要存货,什么季节卖什么水果、什么水果好卖,我们一站式搞定。"门对门公司法务总监柴正普说。

门对门用互联网"+"水果以提升企业效益，还是属于电子商务范围，更符合人们对"互联网+"的习惯性理解。但是"互联网+"的内涵则远大于电子商务。

"手机轻松一点，5分钟内即可完成跨国合同签署；发张贺卡也能附上个性化电子印章和拍照签名……"由留美博士许兆然创立的百润百成集团，近期对外发布三款电子签章新产品。由互联网"+"上了印章，就像当年电话取代电报、电子邮件取代信件一样，正在改变传统印章的使用习惯，为百润百成带来巨大的生产效益。

昆山麦克斯泰科技有限公司主要从事互联网资讯检测预警，已成功开发三代"讯库"产品。黄建说，他们的平台类似于用互联网"+"上了政府服务，可以智能化地抓取新闻网站、论坛、博客、微博上的数据，实现文本抽取、语义分析等功能，为政府提供资讯、检测、预警等服务的决策依据。

"'互联网+'代表着一种新的经济形态，同时还应该成为一种新型服务、新的管理模式。"市经信委科技质量科科长徐昆贤介绍，AB集团"触网"后，对原来的实体店销售网络一定程度形成冲击，所以"互联网+"不是简单地在网上销售产品，"+"什么？怎么"+"？值得企业进一步探索。

"互联网+"打开想象空间

"互联网+"的春风，让很多老企业开出新花，也让很多新企业发出新芽，营造了"插柳成荫"的转型成效。

但是，从互联网到"互联网+"却非一帆风顺。"从概念、思维落实到发展实体，还需为'互联网+'再加上良好的市场环境，以及科技、金融、人才的支撑，和不断优化的服务，才能推动转型升级向更高的质量效益迈进。"昆山开发区招商服务中心副主任张海秉认为，昆山多年的发展打造了良好的产业基础，工业互联网是两化融合进程必然要走的路径，可以借力推进产业链的整合，以及管理上的变革和市场开拓；服务业应当在完善自身优势的同时，进一步延伸服务平台，与其他产业形成互通互联；现代农业的转型升级自然少不了嫁接"互联网+"，扩大优质产品销售，引进先进管理和技术。

创投界人士认为，"互联网+"冉冉升起，可以看作一个政府提出的课题，围绕这个课题将会有社会各界大量的专业人士投身这个领域，通过不断的研究、分析及实践，所得结果能够更快地应用到社会各领域，实现全产业的升级与转型。

昆山留创园去年积极推进科技与金融的整合，采用"联保联贷、互帮互助"方式，为园内中小科技企业打造"资金池"，同时，还推进"采购、销售、服务"本地化，帮助24家企业与全市58家企业建立供应关系，完成合同金额近8000万元。这些创新恰恰正是互联网思维的应用。

"互联网+"的课题还应向百姓生活领域延伸。"企业主动运用'互联网+'谋求转型升级渐渐深入人心,实际上'+'号背后的更大空间是民生服务。"91职程网负责人陈洪云告诉记者,他创办这个求职平台,就是把劳务服务搬上了移动互联网。陈洪云的观点在昆山市第一人民医院的服务转型中得到印证。市一院门诊部主任沈林玲告诉记者,现在通过网络可以预约挂号、查询费用等,51%的专家预约号来自网络,今年该院还将打造更具智能化的"微医疗"服务平台,患者只要在手机上就能完成预约挂号、查询医疗费和诊查报告等,同时还能及时了解到义诊、医药等方面的信息和政策。这在昆山公交服务上也已经得到运用,等车的乘客通过手机可查询公交班车的实时运行站点和时间。

原载2015年4月14日《昆山日报》

从IT时代走向DT时代
——昆山经济新业态调查之二

主创人员　杨报平　茅玉东　陈　述

现在,我们每个人的钱包里可能都会有一张信用卡,就是这张小小的卡片,让我们的生活在现代社会中充满了精彩和阳光。

这张卡片囊括了我们从职业、收入到年龄、住址、联系方式等私人信息,它还能不断地"记住"我们的消费习惯、消费能力、消费偏好等重要数据。通过这样的"能力",它可以使发卡行和商家把这些客户的消费数据进行细分,为客户提供差异化服务,进行精准营销。而赋予信用卡这个"能力"的就是"数据技术"。

马云在第五届阿里巴巴技术论坛上提出,我们现在正从IT(Information Technology信息科技)时代走向DT(Data Technology数据科技)时代。

昆山作为IT产业的重镇,从IT时代走向DT时代,会走出一条怎样的坦途大道?

IT企业的"成长烦恼"

今天,互联网以及与互联网相关的一切技术和软硬件设备,都成了IT时代的象征符号。以IT技术为基础的互联网经济更是把触角深入到了日常生活的每个角落。

目前，昆山的IT信息产业已经进入了上游核心零部件快速发展阶段，呈现出了产业基础发展雄厚、龙头项目保持领先、产业结构日趋完善、产业集聚效应明显、科技创新步伐加快的"昆山特点"。

但随着时间的推移，在这个以"技术"唱主角的时代里，昆山的IT产业在转型中却频频遭遇"成长的烦恼"：来自质量技术监督部门最近的一份《昆山市电子产业发展研究报告》指出，就目前来看，虽然昆山电子产业发展异常迅速，产业基础越做越大，但总体科技含量不高，发展速度放缓，产品质量还存在许多问题和薄弱环节，与经济发达国家相比仍有较大差距。

昆山市电子信息服务和集成电路行业协会负责人也表达了这样的关切："当前，昆山众多信息技术企业以中小企业占比较大，单一客户依存度高，融资渠道面窄，再面对经济形势下滑，社会资源不济，不少企业经不起风浪的洗礼。"

DT科技的"星星之火"

如何破解昆山IT企业的"成长烦恼"？在刚闭幕不久的大数据产业推介会上，马云对"DT时代"的企业做出了这样的预测："企业不能很好地把互联网技术与传统行业融合，将不会活得太好。而不把互联网技术与传统行业融合，则不会活得太久。"马云还认为，面对这个时代，企业家们要考虑的是什么样的技术、人才和产品是这个时代需要的。

市经信委主任陶林生表示："未来信息产业的转型升级，要'提质增效'，让'两化'深度融合，要把大数据和互联网技术运用到现代化的生产中去。"

企业把数据科技与传统行业融合是新业态发展的大势所趋，也是互联网经济"梅开二度"的最好时机。当前，我市信息技术发展势头迅猛，产业规模庞大，产业门类齐全，这为迎接数据科技的到来提供了优厚的基础条件。

数据科技让我们的生活井然有序而又便捷快速，也让昆山的一些企业和单位在这场技术升级的浪潮中不断地"吮指回味"。

找一家好餐厅吃饭，往往会遇到这样的情形，一边饿着肚子一边还要排着长长的队伍，既浪费时间，又吃得不顺心。昆山研华科技为此研发出了一套就餐叫号系统。顾客点击取号器取号，然后用手机扫描二维码，不用在现场等，就能随时通过云端服务器查看排队情况。

在医疗领域，昆山第一人民医院通过建立"病人360视图"数据医务技术，为病人建立了从出生到死亡的全生命过程的医疗档案。医疗数据中心负责人陈龙告诉记者："'病人360视图'的主要功能是把病人历次看病的病情、用药情况、检查项目以及医生的诊断建议完全显示在当前就医的医生电子病例上，让医生更加准确地对病人病史进行了解。"

此外，花桥的"智慧家园"更形象、生动地塑造了未来"数据时代"的雏形。花桥利用自己的数据库规划建设了一体化综合平台，该平台包括规划管理信息系统、园林绿化信息管理系统、房产信息管理系统等八大应用系统。它所建立的建筑信息模型，可以全面采集楼宇运营安全、室内空气指数、能耗管理等信息，对区域内企业、人口、房产信息、楼宇经济进行数据管理分析。居民们想要知道区内某个小区的房屋信息、质量安全等内容，登录网络平台便能找到答案。

"数据科技"的应用证明，"传统产业与互联网融合已势不可挡，只有转变思维才能突破IT产业的瓶颈。"昆山市电子信息服务和集成电路行业协会负责人表示。

"数据科技"加速企业奔跑

昆山正在实施的转型升级创新发展六年计划，要求企业通过技术改造、重组嫁接等途径由中低端向中高端迈进，由生产型制造向服务型智造转变，以收到"老树开花"的成效，这为数据科技的发展指明了方向。

IBM在今年3月发布了全新大数据白皮书《分析：速度的优势》，对大数据在中国及全球企业的应用现状进行调研时也认为：绝大多数企业在一年内实现了大数据的投资回报；企业越来越多地将注意力集中于利用大数据应对运营挑战；通过将数据分析能力集成到业务流程中实现企业转型。

位于花桥国际商务城的江苏远洋数据股份有限公司就是这样一个成功整合数据技术的践行者。最近，他们将推出一种新的便民商业模式"物管宝"。小区居民可以通过这个窗口缴纳物业、水电煤气、车辆保险、财产保险等一系列服务费用。在享受优惠打折服务的同时，还能根据你的缴费记录积攒你的"诚信积分"，在你资金紧张时获得低息或免息扶持。

这一新颖的电子商业模式，是远洋和上海民生银行联袂打造的。远洋通过这一模式，为上海民生银行推送了更多的居民经济数据，民生银行可以根据这一数据梳理居民的消费潜力和消费行为，制定相关的金融政策，使二者经营互惠黏性更强。远洋数据常务副总经理周俊杰认为，数据时代的"信息服务将越来越受到重视，它将成为当今世界信息产业中发展最快，技术最活跃，增值效益最大的一个产业"。

我们每天通过电话、微博、微信、QQ等各种方式的交流，无时无刻不在增加社会总体数据量。这些网络数据经历了从记录、分析到应用的衍变过程，推动互联网自身开展产业化升级。当这股"升级变革"浪潮席卷所有传统产业时，也许我们就进入了一个新的时代。

而昆山，作为IT产业的重镇，有理由再次站上一个时代潮流的前台。

原载2015年4月15日《昆山日报》

"昆山制造"迈向"工业4.0"
——昆山经济新业态调查之三

主创人员　杨报平　张　欢　付　钦

4月10日，在昆山沪光电器有限公司的原材料导线仓库内，一车车的导线材料源源不断运往各个生产机台。然而，在偌大的仓库内，却只有一位程序操作员，负责输送导线材料的"工人"由一辆辆自动牵引车代替。"'机器换人'是未来制造业发展的必然趋势，利用机器人和传感器等智能装备，可提高劳动精度和效率，也为企业解决了最头疼的用工问题。"沪光董事长成三荣说，未来他们将继续投入一批智能装备，预计工厂三年后实现"无人化"生产。

作为闻名遐迩的制造业基地，昆山制造业产业门类齐全，生产组织能力毋庸置疑。当前，以智能工厂、3D打印、互联网、大数据等为主要特征的工业4.0时代迎面走来，这座城市已经敏锐地意识到，面对人工成本上升、原材料价格波动、信息技术对产业影响不断深入，传统"制造"必将被"智造"所取代。昆山传统制造业期待着一场华丽转型，渴望在扑面而来的工业4.0中抢得先发优势。

走出"低端"，转型需要突破口

什么是工业4.0？德国汉堡大学教授、昆山瑞泰智能科技有限公司董事长张建伟表示，工业4.0是把工业互联网、人人之间的互联网、云计算、3D打印技术、机器人融合在一起，整合和优化产品的生产流程，将制造业向智能化转型，让整个生产过程更加自动、自主，更环保。"工业4.0描绘的未来工业，将为昆山制造业的发展带来无限的想象空间。"张建伟说。

昆山经历了"农转工""内转外"的两次大转型,创造了"昆山制造",制造业始终在我市经济中占据着主导地位。但是,我市制造业以劳动密集型、加工组装类为主,大多数处于产业结构链条中的中低端环节。去年全市实现工业总产值8708亿元,规模以上工业总产值8020亿元,但在国内外经济下行压力的影响下,这两个数据均出现了负增长。市统计局2014年四季度的工业企业景气度调查显示,45.5%的调查企业认为生产经营中存在用工成本不断上升的问题,33.1%的调查企业认为生产经营中存在招工难问题,尤其是年头年尾,企业一线技术工人和专业技术人员存在较大缺口。

传统企业最大的危机,不再是当下的利润多寡,而是能否走出"低端"清晰把握未来。"制造业是昆山的发展之基,是实体经济的主体,也是当前互联网+的经济实体,转型升级从头越,创新发展再出发,都离不开制造业。随着内外部环境的变化,工业经济增长率下降的趋势已经呈现。突破口在哪里?工业4.0理念的提出为昆山制造业转型找到了方向。"市经信委相关负责人说,去年以来,工业4.0概念席卷全球,其中提到的通过智能化设备代替人工,以此来提升生产效率、提高产品质量,正是昆山制造业转型所需要的。

虚实结合,"制造"走向"智造"

目前,我市工业化已步入中后期发展阶段,面对技术革新、降低成本,改善劳动环境的要求,越来越多的企业在转型升级中开始通过虚实结合的模式将机器人、3D打印、互联网等自动化、智能化工具融入传统产业。顺应工业4.0的时代风向,制造业生产格局正在渐渐发生变化。

工业4.0的浪潮中,昆山高新区前瞻性地将新兴的智能装备产业列为今后发展的重点。在昆山高新区机器人产业园内,目前已经集聚了华恒、柯昆、徕斯、高晟等多家国内外机器人领域的企业,他们生产的工业机器人在昆山制造业企业中已得到广泛应用。去年年底,高新区牵手美国历史最悠久的私募股权投资公司——华平投资集团,启动了华平(昆山)自动化装备制造产业园——工业4.0示范基地项目。在昆山开发区,以三一重机、纬创为代表,采用机器人或自动化设备的企业已多达数百家。

当"机器换人"在制造业企业中掀起转型浪潮的同时,3D打印技术也不断颠覆着传统的"作坊裁缝"概念,通过高级定制模式,解决了个性化与工业化的矛盾与瓶颈。江苏永年激光成形技术有限公司利用3D金属打印平台,可将金属粉末直接融化、烧结、烧覆，做出用于高端装备制造领域的精细复杂金属零件。大数据也正成为企业信息化应用的热点。好孩子集团以先进的作业成本法理念，制订了以车间作业计划批次进行进料、人工消耗归集和统计、车间制造费用分摊计算的批成本核算解决方案，这种数据化运用使配件库存降至3%。

在一个个鲜活的事例中我们看到，无论是企业主动而为还是转型所逼，都不能否认工业4.0智能化的理念正在改变着企业的认知和生产行为，有助于提升昆山制造业的发展水平。昆山IT、机械加工企业众多，处于高竞争领域，工业4.0的"机器换人"理念可破解其人力、成本方面的困局。同时，对于以制造业起家的昆山经济，工业4.0中热门的3D打印技术、互联网技术等为未来企业技术创新、产业深度融合、提升产品竞争力、实现提升经济的质量和效益，开辟了一条路径。

迎接工业4.0，昆山抢先布局

愿景照进现实，工业4.0的道路美好却又漫长。当前，我市的制造业企业大部分还没有实现自动化和数字化，尚处在工业2.0阶段，从"制造"迈向"智造"的道路并不平坦。

去年，市经信委深入全市100多家制造业企业进行调研，调研企业中虽有一半以上准备着手"机器换人"项目，将其应用于生产线、包装、运输等环节，但对如何具体施行依然需要摸索实践。同样还有不少中小企业对于投入一台价值不菲的机器人设备，还存在疑虑。"工业机器人好处不少，但一次性投入也不小，而中小企业大多订单还不稳定，很难下定决心投入。"昆山嘉荣科技有限公司总经理李国防说。

诚然，在实施智能化转型的过程中，一方面企业需要资金支持才能实现智能设备的研发和引进，另一方面企业也需要大量的技术人才去实现智能化的操作，这些都是企业从"制造"向"智造"转型中必须直面的问题。

今年3月，昆山市"转型升级创新发展六年行动计划"出台，为广大制造业企业带来了利好消息。转型升级创新发展六年行动计划提出，要以工业4.0和"中国制造2025"为导向，推动企业广泛开展以智能制造为主导的新一轮技术改造，特别是大力实施"机器换人"，促进"机器换人工""自动换机械""成套换单台""智能换数字"，建设全国领先的工业机器人智能装备应用示范城市。在这一过程中，我市将出台相应的扶持政策、设置扶持资金帮助企业加快转型。

"我们计划采用金融租赁的模式，为那些有需求的中小企业提供帮助。"市经信委相关负责人说。今年，我市还将继续推进工业化与信息化融合的步伐，从政策引导、资金扶持、技术引进等方面入手,支持昆山重点打造工业控制、嵌入式系统、工业软件、应用电子等领域的创新优势,支持企业加快研发设计数字化、生产过程自动化、产品装备智能化、经营服务电商化。

工业4.0正不断改变着制造业的思维,未来我们期望着能在"智能"工厂,以"智能"生产方式,制造"智能"产品,同时,借助互联网,实现企业内外部的设计、研发、管理等的协同,实现商业模式的颠覆和重构。

昆山制造业,在新一轮智能化转型中期待着与工业4.0实现一场美丽邂逅。

原载2015年4月16日《昆山日报》

第十八届苏州新闻奖一等奖

聚焦创新第一线

主创人员　集　体

开栏的话

创新潮起,万物生长,百舸争流,奋楫者先。

新形势,新常态,新一轮科技革命正孕育兴起。实施创新驱动战略、建设苏南国家自主创新示范区,是挑战,更是良机。

在当前经济新常态下,如何深入实施创新驱动发展战略,努力实现提质增效,各级各类高新区尤其肩负着重大使命。

在苏州的经济版图上,各级各类高新区一路成长,分外抢眼。它们不仅成为各板块经济发展的增长极,更担当着各地创新驱动的先行者。高新区创新发展的表现,不仅影响着区域经济发展的总量,更标注着产业转型升级的高度。

新使命联结着新任务,新任务蕴含着新机遇。尤其在对接国家"一带一路"倡议的过程中,在建设苏南国家自主创新示范区的实践里,苏州的各高新区更是大有可为。

从今天起,本报推出"聚焦创新第一线"专栏,走进创新第一线的各级各类高新区,感受那一片片创新热土的新温度,感知那一家家高新企业自主创新的新脉动,感悟那一个个创新创业者的新思考,共同探讨在国家创新的版图里,如何下好苏州创新的"先手棋"。

昨天，苏企研制出的全球首台高清广角便携式眼病筛查仪拿到了相关册证和生产许可证。这台筛查仪重量不到普通台式机十分之一，诊断效率提高20倍以上——

一台"傻瓜机"专查小儿眼病

苏报讯（首席记者　钱怡）"新生儿的听力问题发病率约千分之三，而眼睛问题的发病率却达百分之二左右，目前只对新生儿听力进行普筛，而视力普筛还没有一个国家实施，究其原因就是缺乏一套便携式的眼科高清成像系统。"昨天，威盛纳斯（苏州）医疗器械有限公司执行副总裁吴昉告诉记者，他们企业研制的全球首台高清广角便携式眼病筛查仪拿到了国家医疗器械注册证和生产许可证，这意味着，这款填补新生儿视力快速普筛设备市场空白的产品将实现量产，有望惠及广大新生婴儿。

在威盛纳斯公司的会议室，吴昉把一只银色手提箱放在桌子上，快速打开箱盖，一款可高清拍摄眼底疾病的"神秘武器"亮相：一块可折叠触摸屏、一把无线手持式镜头、一块超薄操作键盘。"仪器的正式名称叫做便携式眼科广域成像系统（Pano·Cam LT），如果把普通台式机比作单反相机，我们的产品就是傻瓜相机"，吴昉介绍，这台仪器可实时采集眼底和眼前段的动态和静态图像，能够检查到视网膜周边部病变，弥补了普通台式眼底照相机需要病人端坐，配合注视才能进行照相的不足。"普通台式机重200千克，不便携带，无法用于普查，而我们产品的重量只有15千克，医生可以带着它到偏远的地方进行筛查。"

这款便携式眼病筛查仪自带电池，充满后可连续工作三四个小时，帮助医护人员高效快速检查。"绝大多数情况下，产科不会配备眼科医生给婴儿做检查，而我们的设备就解决了眼科医生和新生儿不在一起的问题，把拍片和读片分开，通过蓝光高清无线传输，让医生坐在办公室就能快速读片，"吴昉说，"目前，眼科医生检查一个孩子平均花5至10分钟，我国新生儿一年出生1600万，目前全国的眼科医生规模远远无法满足普筛需求。我们的产品可以让经过培训的护士操作拍片，医生只负责读片，效率提高20倍以上，一张片子数十秒就能完成审读，给出结论。"

吴昉在触摸屏上点开一张眼球图片，进行高清放大。他介绍，通过界面选项可进行色彩调节以帮助医生屏蔽某种干扰色，提高诊断效率。"以前的台式机是针对白色人种的浅色眼底开发的，而这台仪器通过革新照明和图像处理技术，使深色眼底的小孩眼睛照片效果几乎跟浅色眼底小孩一样，突破了深色眼睛成像模糊的技术瓶颈，有利于我国新生儿视力普筛。"

创新者说
8年收获103张医疗器械注册证
建设新载体承接高端医疗器械项目

庞俊勇（苏州生物纳米园总裁）

目前，我国医疗器械产业整体发展势头迅猛，但大型高端医疗设备主要依赖进口，国产医疗器械在产业全生态链上长期面对各种差别待遇和窘境。不过，在近两年医疗器械政策密集"推进期"，国产医疗器械正迎头赶上，属于国产医疗器械的春天也正加速到来。威盛纳斯研制的便携式眼科广域成像系统，就是高端医疗器械国产化的典型。在这家企业身上，我们感到，唯有创新才能永葆发展活力。

苏州生物纳米园2007年6月开园至今，已完成约86.8万平方米的载体开发建设任务。目前，生物纳米园集聚了400余家以药物研发、医疗器械、生物技术等为主的创新型企业，8000余名专业人才在此就业，其中医疗器械产业企业90余家，医疗器械产业集群已初具规模。

苏州生物纳米园在医疗器械领域，不仅拥有一批技术成熟、可快速实现销售的医疗器械生产企业，在高技术含量、高产品附加值的三类植入器械领域，也已引进并培育了一批自主创新的高科技公司。同时，在大型医疗设备、生物高值耗材领域也聚集了一批高成长性、具有市场竞争力的创新型公司，并且这些公司之间的合作愈发紧密。截至目前，园内已有23家企业获103张医疗器械产品注册证，29家企业获得生产许可证。

今年上半年，位于桑田岛的苏州生物产业园一期将开园，总占地面积20.5公顷，首期土地面积6万平方米，建筑面积12万平方米；二期规划建筑面积10万平方米，计划年底开工建设；三期占地6.6公顷，计划2016年底启动。这里将承接高端医疗器械及新药制剂的产业化项目，这将为医疗器械企业提供充足的发展空间，同时通过打造完整的产业链、搭建创新多样化服务平台，引育高层次人才，助力苏州医疗器械产业高速发展。

区域创新点读
苏州工业园区：瞄准三大新兴产业再发力

从威盛纳斯的创新研发，到生物纳米园区的创新集群，苏州工业园区产业转型、创新发展步伐不断加速。以高端医疗器械为特色的生物医药产业及云计算、纳米技术应用,已成为苏州工业园区着力打造的三大战略性新兴产业,以年均30%左右的高增长,成为区域创新发力的"火车头"。

苏州工业园区,作为中新两国目前规模最大的政府间合作项目,历经20年成长壮大,在产业发展、科技进步、金融管理、人才培育、体制创新等领域创造了诸多全国"唯一"和全国"第一",连续多年名列"中国城市最具竞争力开发区"排序榜首,综合发展指数位居中国国家级经济技术开发区第二名,人才总量居全国开发区首位。

面对新一轮创新发展,苏州工业园区瞄准三大战略性新兴产业重点领域,继续加大政策、资源等倾斜力度,鼓励中小型企业创新发展,鼓励科研院所、归国留学人员创新创业,加快科技成果转化应用,主攻最具发展条件和比较优势的创新领域,主攻最具爆发力和成长性的核心产品群,主攻最具产业带动力和国际竞争力的龙头型、旗舰型项目,加快将战略性新兴产业培育成为区域主导产业,加快构筑以科技创新为引领、以高端制造为基础、以服务经济为主体、以优秀人才为支撑的现代产业体系。力争用5年时间建成苏南国家自主创新示范区的引领区、中国开发区的"升级版"。

原载2015年5月16日《苏州日报》

"无线线束测试仪"实现质量控制智能化,最多同时测试256个线束点,测试参数同步上传,网络点点就能知道导线质量

一台轿车全部线束　两三下就检测完成

苏报讯(记者　周建越)每台汽车中都隐藏着很多节点,节点之间通过线束串联,线束是否导通等,决定着汽车能否正常运转。"过去,每一根线束都需单一测试,手工记录,若将测好与没测的混了,也很难发觉。我们研发的'无线线束测试仪'不仅能很多根线束一起测,而且测试参数同步上传至后台,实现质量控制智能化",近日,苏州路之遥科技股份有限公司技术中心研发所所长吴金炳向记者讲起这项新发明时很是自豪。

走进线束生产车间,无线线束测试仪就置放在生产线上方,只见工人们将线束接头插入测试模板,无线线束测试仪就会显示具体点位和线路连接状况,并语音通

报"检测通过"。"我们已申报了20多项专利。"吴金炳说。无线线束测试仪能同时测试256个线束点,这相当于一台轿车中所有线束点的三分之一左右或相当于一台柜机空调(室内机和室外机)中的所有线束点,而一般线束测试仪最多只能同时测64个线束点。同时,该测试仪能将一件电器的传感器、加热器、电容、发光二极管、连接线等电子部件进行一次性测试,生产完了,测试也完成了。

无线线束测试仪是路之遥公司结合自身生产实际进行科技创新,并填补了行业空白。吴金炳说,随着现代线束复杂程度越来越高,像航空航天用线束等,已很难靠单人生产作业了,而现有市场的线束测试仪,都还停留在单机操作上。无线线束测试仪能与每台仪器交互,管理人员通过网络就可实时查看每个产品的检测时间与品质数据,实现生产报表的网络自动更新及生产品质的随时追溯。"可让生产与测试同步,这将大大提升现代化生产水平。"

更厉害的是,传统线束测试需要把第一组线束做"母版",需要工程师按设计图纸用其他的仪器仪表人工一点点的核对。使用无线线束测试仪时,设计图纸直接生成测试文件,无须其他仪器仪表,只要普通操作工,就能检验"母版"的准确性。

公司高层介绍,路之遥的无线线束测试仪功能和性能都全线超越国外知名品牌产品,定价却比国外同类产品要低30%以上。目前,主要是在公司内部测试,等技术完全成熟后将推向市场。

据了解,路之遥是专业研发、生产、销售各类微电脑控制器、精密连接器、特种电线电缆等产品的高新技术企业,近三年来公司已获得自主知识产权198项,其中授权专利181项、计算机软件著作权17项;获得江苏省高新技术产品19项,软件产品10项;转化了32个具有国内领先水平、有核心竞争力的产品。三年来公司专利申请量每年都以50%以上的幅度增长。

创新者说
"三大体系"撑起企业"创新链"
蒋建清(苏州高新区科技局局长)

企业是微观经济细胞,既是市场主体,也是技术创新主体。苏州高新区的科技创新,始终以促进企业提升自主创新能力为目标,围绕企业创新需求"全链条",致力于构建360度全方位创新服务生态圈,重点打造三大支撑体系。

第一,我们大力建立创新投入支撑体系。制定了包括产业培育、人才引进、平台建设、产学研合作、知识产权、科技服务等在内20多项促进科技创新的扶持政策,每年财政科技投入占财政支出的比例保持在10%以上。出台了《科技系统助推企业自主创新服务行动方案》，建立起科技企业创新辅导长效机制。目前，已累计有2746个科技项目获得立项，为企业争取各级各类资金超过19亿元。通过政府财政资金的引导和放大，吸引各类社会资金达到100亿元以上，累计为中小企业落实银行授信500亿元。

第二，我们全方位培育企业研发能力支撑体系。目前，全区已拥有市级以上各类研发机构700多家，大中型企业研发机构建有率超过95%；全区万人有效发明专利拥有量达到35.58件。先后建立和引进了国家专利审查江苏中心、中科院苏州医工所、浙江大学苏州工研院、中国传媒大学苏州研究院等70多家科研院所和研发机构，成立了中国Power技术产业生态联盟、江苏省医疗器械产业技术创新联盟、苏州能源电力产业技术创新联盟等一批产业技术创新联盟，通过定期举办科技行、专场对接等活动，每年有超过200项的产学研合作项目在校企、院企中诞生，2014年技术合同交易额近7亿元。

第三，我们多层次运用科技金融支撑体系。全区建立了覆盖天使投资、VC投资、PE投资、产业投资、并购投资等企业成长不同阶段的投资体系，区内注册登记的创业投资企业近100家，资本规模达到140亿元。发行了总额度为1.8亿元的全国首支冠名"科技型"中小企业集合票据。对区内重点产业科技型中小企业在市级风险补偿基本标准基础上给予10%—20%的补贴上浮。累计有113家次企业享受区科技保险政策补贴，可转移的风险金额累计近780亿元。建立了以苏州高新科技金融广场为依托、以全国中小企业股份转让系统在国内的首家授权委托服务机构——"太湖金谷"为引领、以规划建设中的"金融谷"为纵深的区域性科技金融集聚区建设板块。

区域创新点读
苏州高新区：从"2+3"到"5+2"紧扣产业转型

创新，是苏南国家自主创新示范区建设的核心。多年来，苏州高新区紧扣产业发展规律，探索出了一条从工业经济、产业园区向知识经济及自主创新跨越发展的独特路径。

2009年，苏州高新区出台政策打造"2+3"产业体系，提出确定电子信息、装备制造等两个主导产业调整振兴和新能源、医疗器械、软件和服务外包等三个新兴产业提升发展，在支撑和带动区域经济创新发展方面起到了极大作用。随后，面对日益激烈的国际竞争，苏州高新区又及时提出了做大做强新一代信息技术、轨道交通、新能源、医疗器械、地理信息等五大优先发展产业，提升发展电子信息、装备制造等两大产业的"5+2"产业发展计划。2014年，苏州高新区战略性新兴产业实现产值达到1425.9亿元，占规模以上工业总产值比重达到54.8%。

截至目前，苏州高新区已成为全国科技创新服务体系建设试点单位，江苏省首批、苏州首个"苗圃—孵化器—加速器"科技创业孵化链条试点单位，全国首批科技服务业区域试点。全区国家级科技企业孵化器和省级科技企业加速器数量分别达到5家和2家，均位列苏州市第一；全社会研发投入占GDP的比重超过3.4%，连续七年位列全市第一。

原载2015年5月18日《苏州日报》

大功率贴片式陶瓷基板比名片稍大，密布了300个米粒大小的独立电路单元；每平方毫米承载的半导体功率是行业最高水平的2.5倍；要用300公斤拉力才能将金属电路与陶瓷片分开，比国际一流水平高50%

"大力士"也拉不开金属与陶瓷的"亲吻"

苏报讯（驻吴江首席记者　黄亮）金属电路与陶瓷片，两种原本互不吸引的物质，在特殊工艺与配方的"催化"下，变得"亲密无间"，连"大力士"也难以拉开。昨天，苏州晶品新材料股份有限公司研发的大功率贴片式陶瓷基板面世。这种基板每平方毫米承载的半导体功率达5瓦，是行业最高水平的2.5倍；金属与陶瓷的"亲密度"达每平方厘米30兆帕，也就是说，要用300公斤拉力才能将它们分开，比国际一流水平高50%。

在晶品新材展厅，记者看到，这种长120毫米、宽60毫米的白色陶瓷片，上面密布了300个米粒大小的独立电路单元。受"场地"限制，为确保每个电路单元互不干扰，电路的精度小于0.02毫米，是头发丝的四分之一，但每平方毫米基板最高承载的功率却达5瓦。经过切割后，独立的电路单元接上光源，再经封装等，就成为LED灯。

"这'方寸之地'里有多项世界顶尖技术。其中，金属电路与陶瓷片在高达150摄氏度的工作温度下保持紧密结合是首要解决的问题。"该公司董事长高鞠博士说，陶瓷有非常好的化学稳定性，单一金属很难附着。两者要实现合二为一，必须从金属的成分上寻找突破口。即通过在金属里添加微量元素成为合金,提高表面活性;运用纳米技术,缩小金属颗粒尺寸,增加与陶瓷的接触面积;最后,在特殊的物理和化学手段帮助下,将两者紧密结合。而这股结合力,相当于每平方厘米承受近300个大气压或在3000米深海底受到的压力。

同时,通过优化陶瓷成分配方和制作工艺,进一步提高在大功率运行状态下的陶瓷散热能力。"传统电路板为PCB材质,但导热性和化学稳定性差,不适用大功率原件。我们研发的陶瓷板,散热能力是PCB板的20—50倍。其中最特殊的一款,散热能力达金属铝的二分之一。"高鞠说。用高导热陶瓷制成的长宽各60毫米的LED芯片集成模块,最大输入功率达500瓦,能发出6万流明(光通量单位)的光,相当于60个100瓦白炽灯的亮度,可替代1200瓦的金属卤素灯。去年国庆期间,天安门城楼亮化工程用的特制大功率LED,就出自他们之手。

作为国家高新技术企业,晶品新材已拥有陶瓷基板金属化、功能陶瓷、多层结构基板等多项国际领先的核心技术,先后获得50多项中国专利授权和7项美国发明专利。目前,该公司正全力扩大LED产业的应用领域,并加速进军新能源汽车产业。今年预计实现销售收入近4000万元,同比增长400%。

创新者说
完善区域创新链条

沈健民(汾湖高新区经发局局长)

科技创新是复杂的系统工程,涉及政府、企业、科研机构、社会公众等多个主体,包括人才、资金、知识产权、制度建设、创新氛围等多个要素和资源。

让创意的点子变成创新的产品,让创新的产品变成创新型企业。汾湖要依托自身优势,与其他区域错位创新,通过提供未来发展愿景、人文关怀等个性化服务,吸引人才、留住人才,降低创业成本,让创客的创业理想尽快成为现实。

首先,我们通过建立良好政企沟通机制,不断强化科技服务,进一步增强企业核心竞争力。目前,汾湖高新区各类企业拥有市级以上研发机构150多家,其中国家级企业技术中心1家,国家工程技术研究中心1家。拥有高新技术企业53家,培育、引进国家"千人计划"7名,省"双创人才计划"5名,引进享受国务院政府特殊津贴人才19名,万人发明专利拥有量达22.46件。全区企业先后与北京大学、清华大学等院校、研究院所签订产业关键技术攻关、新产品开发、建设研发中心等合作协议60余项。

其次,我们秉承合作共赢、市场化运营理念,推进科技创新载体建设。如江苏省电梯质检中心、国家"电梯型式试验中心"落户汾湖，全面构建了面向全国的电梯技术公共服务平台。

再就是，我们整合汾湖现有创业苗圃、科技创业园和科技企业加速器等资源，以加快培育建设汾湖众创空间为抓手，营造充满活力的创新创业生态系统。力争通过3年努力，形成一个集线上线下孵化、投融资、培训于一体，提供信息化服务，创业活动与实践，项目路演与发布的综合性孵化平台，把汾湖打造成一个线上线下全过程孵化的众创空间，形成从创业苗圃到孵化器、加速器、高新技术产业园的完整创新创业产业链。通过创新体系建设，未来要形成从大、中、小企业到大众创客的创新全覆盖。

区域创新点读
汾湖高新区："四轮驱动+新三板"提升产业竞争力

多年来，汾湖高新区坚持做强主导产业、做精新兴产业、做优现代服务业、做活传统产业"四轮驱动"，并以优质科技型企业抢抓"新三板"为抓手，助推产业转型发展，赋予"高新区"更丰富的内涵。

目前，汾湖的电梯装备、新型食品等主导产业已占工业经济的半壁江山，接下来，汾湖将进一步突出主导产业向规模化、资本化方向转变，努力打造具有全球影响力的电梯产业基地和全国食品特色产业基地。

新兴产业要继续向科技化、集约化转变，创一批高新技术企业，推进一批科技企业加速孵化，培育一批科技企业小巨人，力争新能源、新材料、新医药三个新兴产业规模早日达到百亿能级。

现代服务业要全力向总部和品牌化转变，大力发展股权基金、融资租赁项目，积极打造楼宇经济、税源经济，进一步加快中心城区现代服务业集聚；纺织、钢构等传统产业要加快腾笼换凤，淘汰一批落后产能，提高单位土地的整体利用率和产出率。

近两年，汾湖高新区鼓励并推动优质科技型企业进军"新三板"，不仅规范了企业经营，提升了企业自主创新力和产业竞争实力，也给行业参与者带来倒逼效应，激发市场活力。目前，汾湖登陆"新三板"企业已达8家，不仅构建了有特色的"汾湖板块"，还推动了汾湖区域经济优质高效、跨越式发展，加快冲刺国家级高新区步伐。

原载2015年5月25日《苏州日报》

附《聚焦创新第一线》系列报道见报文章目录

1.《一台"傻瓜机"专查小儿眼病》

2.《一台轿车全部线束　两三下就检测完成》

3.《像造化肥一样生产小核酸药》

4.《"大力士"也拉不开金属与陶瓷的"亲吻"》

第十八届苏州新闻奖一等奖

抗战记忆

主创人员　集体

新四军老兵讲述过去的故事
13位英烈血洒沙家浜

文/本报记者　冯碧珩

在即将迎来抗日战争胜利70周年之际，本报收到了一封特殊的信件。这是一位现居上海的新四军老兵杨朝老先生所写，在信中他讲述了当年发生在沙家浜地区的一场悲壮的战斗。随后记者采访了这位老战士，详细了解故事的始末。

杨朝在1940年从上海赴无锡参加了新四军"江抗"三支队二连（皖南事变后改编为新四军54团6连）。1941年，杨朝所在的连队到常熟参加对侵犯我根据地的"忠义救国军"的"八字桥"战斗（在东唐市至横泾之间），此后就在这一带活动。那一年从7月1日起日寇在苏常太地区进行"清乡"，对此，连队分组活动。

7月下旬的一天夜里，杨朝所在连队的一个小组在政治指导员林家春率领下，到达沈浜（沿湖村）宿营。与此同时，由副政指颜求真率领的另一个小组也到达了这里，只是两组人分别驻扎在村子的东西两头互不知道。没想到这次行动被特务告密。拂晓时分日军用大量兵力分多路包围沈浜。两个小组的13位同志奋起抵抗，奈何兵力悬殊，而且副排长诸友文所持的轻机枪中途故障卡壳，政指林家春在冲出村庄一座小桥时见已被重重包围，在抵抗后举枪自戕，全体壮烈牺牲。

"当天我们队远远听到了枪声，第二天赶过去才知道发生的一切。战斗结束后村中老乡将烈士遗体埋在林边一座大坟中。"杨朝一直难以忘记这些战死的英烈，1990年他又一次寻访找到了当时发生战斗的地方，找到了一些了解情况的百姓，更详细地询问了当时的战斗,"很多人还记得当时的情况,当时除了13位队员,还有一位地方工作者也在队伍里,因为穿着是老百姓的便衣,所以当时被当地百姓藏了起来,躲过一劫。13位烈士牺牲后,日军还用刺刀戳他们的尸体。"杨朝说。13位烈士的遗骸已经在新中国成立后由政府移葬于烈士陵园。在前往烈士陵园缅怀战友时,杨朝发现因为年代久远,陵园方不知道这些烈士的原单位更不知他们英名,他希望能使13位烈士的英名为常熟人民所知道并载入史册,列在烈士陵园的烈士英名录上,"他们都成了无名烈士,我觉得很是遗憾。"不仅如此,通过与本报的联系,他也希望能有更多人了解这些英雄的事迹,"我已年过九旬,来日不多,希望这些战友的事迹能被报道而不至湮没无闻。"为了能确切寻找到事发地点,杨朝老人还详细描述了沈浜(沿湖村)的位置,就是东唐市西面儒家浜往西原有个太阳庙向北走即到。

在了解情况后,记者与沙家浜新四军研究分会取得了联系,分会秘书长徐耀良听说这件事后很是激动。他告诉记者,杨朝老先生所说之事应该是确有其事,曾经在老同志的回忆录里看到过对于那场战斗的叙述,可惜都没有相关姓名等详细信息流传下来,这次的来信也许可以帮助他们补全那段历史,"那是日本侵略者进行清乡初期,当时大部队已经转移,还有一些小组在我们这里分散活动,由于刚开始对日军清乡估计不足,大部分同志都牺牲了,而且很多人名字都不可考,这次得到的资料很珍贵,可以作为档案保存。"至于杨朝老人描述的地点,徐耀良表示讲得非常准确,当地人一下子就能知道位于何处,当时该地区属于横泾,后归属唐市,当地以前有一座太阴庙,杨朝老人说太阳庙估计是记忆或者读音造成的谬误。随后徐耀良立即将相关内容转给了沙家浜革命历史纪念馆,以便于进一步就此挖掘,寻找更多关于烈士的相关信息,有机会的话可能还会去走访杨朝老先生,通过交流更好地补完资料。

原载2015年7月7日《常熟日报》

新"江抗"的火种在这里点燃
——记抗战遗址唐市东土地堂

文/本报记者 周未

在沙家浜镇唐市华阳村,有一座古朴的建筑,那就是当年的东土地堂。1939年,新"江抗"的一些核心人物在这里召开了一次重要会议,决定成立新"江抗"部队。之后,这里成为新"江抗"和沙家浜人民共同抗击日伪军的一个重要活动地点。

7月28日,记者来到东土地堂。斑驳的墙面、深色的木门和已看不清字迹的门楼,让这处抗日遗址更多地烙上了历史的印记。大门左侧的"常熟市文物保护单位——江抗东路活动旧址"字样以及一段文字记录,却清晰地昭示着这处老屋在抗战期间的重要地位以及它背后的动人故事。

市新四军历史研究会沙家浜分会秘书长徐耀良告诉记者,1939年10月,叶飞领导的新四军东进部队全部西移,只留下36名伤病员。这些伤病员有些已经恢复了健康,他们派人向新四军军部打了一份申请,要求东进部队回过来。东进部队研究以后,要求利用现有伤病员中的骨干重新成立一支部队,坚持原地斗争,并指派原"民抗"负责人杨浩庐回来传达军部精神。于是,他们就在东土地堂开了一个新"江抗"的筹备会,当时参加会议的有张英、夏光、杨浩庐、李建模、任天石、薛惠民、蔡悲鸿7人。

东土地堂本名为东林庵,是个面积不大的尼姑庵。新四军为什么选择在这里开会呢?原来,东土地堂在尤泾河的东岸,也就是金庄浜的北岸,这里水陆两通、四通八达,北面、东面、西面都有路,一旦遇到紧急情况,与会者马上可以分散。就是在这个会议上,7人商议决定了成立新"江抗"的相关事宜。当年11月6日,江南抗日义勇军东路司令部(新"江抗")正式成立,夏光任司令员。值得一提的是,新"江抗"成立的第二天,就在横泾北桥附近打了一次伏击战,把从常熟城出来下乡抢粮的一艘日军汽艇打得晕头转向,抛下几具尸体后,狼狈逃回城里。当时枪一打响,附近的老百姓都出来给新四军送干粮、送茶水,准备抢救伤员。"新'江抗'打响的第一枪,给了沦陷区人民巨大的鼓舞,也激发了群众抗日的热情,许多青年纷纷加入新'江抗',部队在战斗中得到成长。"市新四军历史研究会沙家浜分会会员沈盈庭告诉记者,当时沙家浜附近村民只要一听说是新"江抗"队伍来了,就会热情地腾出屋来让他们住。他们把新"江抗"战士当亲戚对待,有的送来糕点、粽子和茶水,有的送来青菜、萝卜和猪肉,有个叫炳福师的村民还特意在河西街上招收了几个徒弟,专门为江抗部队制造军服,妇女们也为子弟兵缝补衣服,赶制军鞋。到了部队开展行动的时候,周边群众更是站岗放哨,积极配合。而战士们也一有空闲就帮乡亲们提水、打扫、做农活,体现了浓浓的军民鱼水情。

徐耀良说,新"江抗"曾经三次伏击日军汽艇,日军气急败坏组织了力量准备到东土地堂附近扫荡,当时夏光领了一些新"江抗"成员,与日本兵打游击。日本兵在这里扫荡三天,一无所获。据抗战老同志回忆,新四军驻扎在一个地方,每个晚上要转移两三次,让日本兵找不到摸不透,在处于有利条件时主动出击,每次都让日本兵损失惨重。

原载2015年8月5日《常熟日报》

芦荡走出的英雄部队
——"沙家浜连"纪事

文/本报记者 陈竞之

铭刻在常熟人集体记忆里的,有一段红色经典,名字叫做"沙家浜"。这段红色往事起源于芦苇荡里的36名伤病员,后来,这支队伍不断壮大,南征北战,战果累累。它有一个响亮的名字,叫做"沙家浜连"。

青青芦荡深藏抗日火种

1939年5月,叶飞同志率领新四军第六团向沪宁线东路地区进发,在武进戴溪桥与当地抗日武装"江南抗日义勇军"会合。为避免与国民党军队发生摩擦,六团沿用"江抗"名义继续东进,抵达阳澄湖地区,与"常熟人民抗日自卫队"会师,先后进行了血战黄土塘、夜袭浒墅关、火烧虹桥日寇飞机场战斗,声威大振,直逼上海,初步打开了东路地区抗日新局面。这时,国民党的"忠义救国军"大举进攻"江抗"。9月,"江抗"奉命西撤,在阳澄湖畔留下了36名伤病员。

在日军疯狂"扫荡"的严峻形势下,阳澄湖人民克服重重困难,把伤病员当成自己的亲人,与敌人进行了艰苦卓绝的斗争。在当地人民群众的掩护和照顾下,36名伤病员很快恢复了健康,并与当地人民结下了唇齿相依的鱼水深情。

在党组织的领导下,以36名伤病员为骨干,"江南抗日义勇军东路司令部(新'江抗')"于1939年11月6日在常熟唐市成立。随后,他们开展机动灵活的游击战,首战梅李、恶战阳沟楼、血战张家浜、火烧桐岐庙、大闹伪军头目包汉生寿辰、围剿胡肇汉等数十次战斗,打得日、伪军胆战心惊。阳澄湖畔36名伤病员的红色经典故事闻名海内外,"沙家浜连"由此得名。

后来，这支队伍逐渐发展成一支3600人的抗日武装力量，1949年1月被编为第三野战军第9兵团20军59师175团。

抗洪大堤竖起一面大旗

1998年8月，长江、松花江、嫩江爆发百年不遇的特大洪水，长江中下游数千万人民的生命财产受到严重威胁。子弟兵们再一次用血肉之躯铸成钢铁长城，保护人民不受肆虐的洪水侵害。这时，荆江大堤上一面飘扬的旗帜出现在中央电视台《新闻联播》中，那是"沙家浜连"！

8月1日深夜，"沙家浜连"在部队编程内奉命紧急奔赴湖北石首参加抗洪抢险，接到命令仅半小时就登车出发。10多个小时的行军途中，官兵未吃一口饭，未喝一口水。到达武汉后，大家不顾疲劳，火速赶往石首调关矶，加入抗洪抢险的斗争。

排长周敏恰好结婚，深夜刚刚送走闹洞房的亲友，就告别新娘赶往营地；连长邢卫民孩子不幸夭折，妻子泪痕犹在，他忍痛把妻子一个人留在营房，带领连队踏上抗洪的征程；战士朱忠华患鼻咽癌，刚动完手术正在家中休息，从电视上看到战友们赶赴湖北抗洪的消息后，他再也坐不住了，在父亲的陪同下一路寻访部队到石首市，加入抗洪的行列。

在抗洪抢险的一个多月里，官兵们置生死于度外，排除了险情，保住了大堤。朱镕基总理在调关矶视察时，看到巍然子堤阻挡着波涛翻涌的江水，称赞道："这才叫严防死守。"他看望"沙家浜连"时，赞扬"沙家浜连"具有"特别能战斗，特别能吃苦，对老百姓特别有感情"的战斗精神。

悠悠岁月谱写荣誉之歌

四川"5·12"特大地震发生后，"沙家浜连"的官兵又出动了。火车上，每名同志都写了"抗震救灾决心书"，给自己立下了"生命不息，战斗不止"的口号。虽然大家都知道可能一去不回，却没有一个人退缩。

就这样，"沙家浜连"于5月15日早晨进驻重灾区彭州市白鹿镇，又一次舍生忘死地奋战在了救灾第一线。在上千次余震中，战士的手被砸伤了，脚被钉子扎出了血，但没有一个人叫苦叫累，没有一个人在危难面前退缩。那些天里，全连投入兵力56人，救治群众130多人，挖掘遇难者遗体15具，转移安置群众1700多人，转移贵重物品价值160多万元，拆除危房1200多间，平整居民居住场地约5万平方米，装卸活动板材78卡车，搭设简易房720多间，搭设帐篷1500多顶……

就是这样一支队伍，在长期的革命和建设实践中，为祖国的解放和建设事业立下了不朽功勋，并逐步形成了"一心向党、英勇顽强、百折不挠、热爱人民"的传统精神。"沙家浜连"先后四次被授予荣誉称号，荣立集体一等功1次、二等功2次、三等功6次。1998年，"沙家浜连"被中央军委授予"抗洪抢险英雄连"荣誉称号，被国家防总、人事部、解放军总政治部授予"全国抗洪先进集体"称号；2003年被军区授予"基层建设模范连"荣誉称号；2004年被解放军总政治部表彰为"全军先进基层党组织"和"学雷锋先进集体"，被共青团中央授予"全国五四红旗团支部标兵"，被军区表彰为"学习成才先进单位"。2008年6月，"沙家浜连"又被中央组织部授予"抗震救灾先进基层党组织"荣誉称号。1996以来，"沙家浜连"连续19年被20集团军评为"全面建设标兵连"。

原载2015年9月3日《常熟日报》

第十九届苏州新闻奖一等奖

走进产业园　触摸巨人梦

主创人员　沈　玲　沈红娣　张登峰　邱悦兰　高　戬

编者按

　　作为贯彻落实省党代会精神的重要举措之一，当前我市正在深入开展"创新四问"活动。围绕发挥引领性、原创性、标志性，以及开放性包容性，研究探讨苏州在新的发展起点上聚力创新引领发展转型升级、建设"一基地、一高地"、增创苏州新一轮发展优势。本报今起推出"走进产业园　触摸巨人梦"系列报道，通过走访我市各大产业园，聚焦生物医药、电子信息、高端制造、新材料、互联网、云计算等产业，了解探讨产业的目标定位、发展现状、生存瓶颈，以及未来梦想的实现路径等，以此营造舆论氛围，推进苏州以科技创新为核心的全面创新。

请关注来自中国的力量
信达生物：做中国生物医药产业的"华为"

本报记者　沈　玲　沈红娣　张登峰

　　从帕罗奥图、硅谷腹地，到金鸡湖畔、苏州工业园区……俞德超，这位信达生物的领航人，始终怀揣着"始于信、达于行"的信条，在苏州这块创业的热土上实践着他的创新梦。"创新"这两个字早已深深融入他的思想和行动里。在他的引领下，一家在苏州成立仅仅五年的药企，凭借自主创新产品赢得国际投资机构一掷千金，并获得美国制药巨头合作资金33亿美元，创造了多个"中国第一"。然而在进军世界高峰的征途上，他们的"巨人梦"还有多远？带着"创新四问"的话题，记者走进信达生物，对话企业领航人——

在世界生物医药领域,信达生物制药(苏州)有限公司创始人俞德超无疑是一位业界"大亨"。

2006年,他发明生物新药"安柯瑞",开人类用病毒治疗肿瘤之先河。

2013年,他研制出能让眼底病致盲者重见光明的"康柏西普",填补了国内空白。2015年,他领导的信达生物公司自主研发的6种抗肿瘤新药,受到世界医药"巨头"美国礼来公司青睐,对方花33亿美元巨资购买了信达生物的海外生产和销售市场,实现了中国生物药在国外销售零突破。

目前,俞德超科研团队的创新能力和创新成果,已经引起业界高度关注。而俞德超的目标也非常明确:开发出中国老百姓用得起的高质量生物药;做中国生物医药领域的"华为"。2016年,他创立的信达生物公司凭借自主创新产品赢得国际投资机构"一掷千金",创造了中国制药界融资额的历史,形成利用全球资金支持创新的新格局。

闭幕不久的省第十三次党代会,吹响了"聚力创新、聚焦富民、高水平全面建成小康社会"的冲锋号。而聚焦信达生物的创新定位、创新举措以及实现路径,或许可以为苏州"创新四问"的转型出关破题开路。

一份成绩单:弹眼落睛
原创药卖出33亿美元"国际价"

苏州工业园区纳米产业园内高手云集。一度震撼了世界医药界的信达生物便是其中一家。2013年,俞德超发明和领导开发的"康柏西普"一上市,立即震撼世界医药界。"康柏西普"是用于治疗湿性年龄相关的黄斑变性抗体的新药。此前,同类药品一直由美国垄断。最关键的是,"康柏西普"是第一个由中国企业牵头,中国专家主导开发并获得成功的眼科创新生物药,并成为中国第一个拥有完全自主知识产权的生物制品国际通用名,填补了中国空白。"康柏西普"上市后,优势也逐步显现:目前,康柏西普在国内市场占有率达52%,直接导致中国进口的国外同类药品迫于市场因素而主动降价。其竞争力可想而知。在第11届美国新生血管年会上,"康柏西普"获得在场300位全球顶尖眼底病专家的一致认可。大会主席Philp Rosenfeld评价说:"这是一个重要的时刻,请关注来自中国的力量。康柏西普是第一个在美国之外研发出的高端生物药。"

接受记者采访时,俞德超刚刚从北京返回,马不停蹄地部署完手上的工作,思维敏捷而清晰的俞德超快速地交给记者一份"成绩单":目前,信达生物已经建立起一条包括12个新药品种的产品链，覆盖肿瘤、眼底病、自身免疫疾病、心血管病等四大疾病领域。其中2个品种入选国家"重大新药创制"专项，5个品种进入临床研究，3个品种处于临床III期。信达的原创成果得到了国际市场的认可。2015年，信达两次与美国礼来制药集团达成产品开发战略合作协议，信达将4种创新产品的海外市场转让给美国礼来开发，获得首付及里程碑款33亿美元。这是中国生物药产业发展中的一个重大里程碑事件，创造了多个"中国第一"：第一个中国企业将创新生物药的国际市场授权给世界500强制药集团，这也是迄今为止中国生物医药领域金额最大的国际合作，第一次让我们中国发明的原创药卖出了国际价；这个合作的成功表明信达的创新水平和创新成果得到了国际认可。同时，这还是第一个中国企业与全球500强企业达成的在高端生物药从研发、注册、生产到销售的全面合作，表明信达生物公司现有的研发技术、质量标准以及创新能力达到了国际先进水平，产品面向了国际化市场。

一个实践路径：源头创新
要拿"中国第一"需有后发制人优势

"中国生物医药产业落后的主要原因是没有自主创新，产品质量达不到国际标准。"快人快语的俞德超毫不避讳地说，信达生物最初的起点和定位就非常高，他们要在中国生物医药领域起到引领作用，要加强原创性生物药的研发。立足于自主创新，信达生物注重科研投入，花大价钱引进了一批具有国际一流水平的科研人才，集中力量研发创新高端生物新药。因此，信达生物原始创新质量就上去了。目前，信达生物与美国礼来的合作就极具标志性。

要回答创新四问中的"原创性成果"与"引领性作用"，就需要解答"怎么做到中国第一"的实践路径。无疑，信达生物给出了一份答卷。"跟老外合作，他们不看你的身份，他们只看你的东西好不好。好的东西，他们会主动找上门来。"俞德超说，美国礼来是一家拥有140年历史的世界领先制药公司，在信达生物与美国礼来的合作中，美国礼来要对信达生物的研发能力和产业化基地生产线进行现场审计，并进行"尽职调查"。当时，美国礼来派出157人的检查组，三次进驻信达生物公司检查，以防止研发的原创性和合规性问题。最终，信达生物顺利通过礼来公司"每个角落、翻箱倒柜"的检查。当美国礼来拿着信达自主创新成果回到礼来公司，跟美国最好的药进行样品对比时，发现信达生物研制的新药，超过美国药效的100倍，这才确定投资与信达合作。

对于源头创新的重要性,俞德超介绍,随着新药研发初见成效,信达生物也越来越获得国内外投资机构的关注和认可。2015年1月,信达成功完成了1.15亿美元的C轮融资。此次融资由联想君联资本、新加坡淡马锡等新投资人和美国富达、礼来亚洲基金、通和资本等原有投资人共同出资完成。对于获得投资机构青睐的原因,君联资本执行董事蔡大庆曾表示,决定投资前,他们对信达的新药品种、开发能力、产品质量和生产厂房进行了全面调查。调查结果显示,信达拥有高水平的研发团队,核心团队成员曾在安进、基因泰克、施贵宝、默克、雅培和罗氏等国际顶级药企工作多年,拥有丰富的高端生物药开发经验,有市场前景良好的产品链,符合国际标准的生产厂房。

他们认为,信达生物在抗体药物领域的发展潜力非常大。2016年11月,信达生物又成功完成了D轮2.6亿美元的融资。此次投资方由国务院直属的国投创新投资管理有限公司管理的先进制造产业投资基金领投。新晋投资人还包括国寿大健康基金、理成资产、中国平安、泰康保险集团。这不但是中国历史上制药行业最大的一笔融资,在全球范围内也是2016年度的第二大融资案。俞德超说,频频获得国际投资机构"一掷千金"的背后,是信达生物强劲的自主创新能力,也是"后发制人"的关键所在。

一道思考题:再攀世界高峰
企业需要一个可以创新的土壤和环境

一个名不见经传的苏州生物药企,经过短短五年发展,创造了多个"中国第一",达到了国内企业十几年甚至几十年才能达到的高度。这样的生物药企目前在中国为数并不多。"我最初选择让信达生物落户苏州,看重的不仅是苏州这座古城的魅力,还有苏州的创业环境好、人才多。"俞德超说。创新驱动发展,最关键的是人才驱动。目前,信达引进了一大批国际化的人才,现有团队成员近400人,其中10%是海归,4位是国家"千人计划"专家,本科以上学历占95%,其中博士37位,硕士187位。俞德超坦言,为吸引海外归国人才,他们采用的是美国薪金制,也就是公司除了给员工发工资外,还要给予大量研发和管理人员一定的股份。另外,公司核心人才工资比他们在美国时高出不少。降低生活成本,形成"人才洼地",使人才流得进来、留得住是苏州降低创新成本亟待解决的问题。近年来,随着房价的提升,生活成本增长,苏州吸引创新人才落户的优势逐渐消失,这给企业发展带来了严峻挑战。

降低研发成本,提升创新速度,这是降低企业创新成本迫切需要解决的又一问题。"企业创新成本如果高于美国等地的成本,就会失去自身的竞争力。"俞德超说。创新药研发不仅是高投入、高风险，其周期也很长。企业只有通过药品销售获得合理回报，才有持续创新动力和能力。由于生物制药研发所需的部分基础材料在国内还不具备生产能力，所以中国生物制药企业必须从国外进口培养基、试剂、细胞等材料和重要设备，做同样的研发项目，加上税费后，中国药企的研发直接成本比美国高出23%—25%。更为昂贵的是时间成本，由于种种审批程序的制约，在美国只需数天就能完成的设备材料送达周期在国内却要用上几个月，大大拉低了企业研发效率。能否在公平竞争前提下，政府采购时，优先选择培育一批拥有创新能力及自主品牌的"种苗"型企业，帮助企业度过初创期的生存危机？俞德超举例说明，目前，我国创新药想要推广应用，必须先进入医保目录，并通过招投标和保险分担，否则进入销售市场就会障碍重重。统计显示，我国每年上市的创新药中，绝大部分销售业绩很差，每年销售额达到1亿元的少之又少，企业很难获利，在很大程度上导致创新乏力、仿制盛行。俞德超建议，对于能够上市的新药，是否可以优先纳入企业所在地的医保，并逐步向全省或全国推广。

俞德超表示，对于像信达生物这样的中国企业想要做到"中国第一"或"世界第一"，除了企业的内在驱动外，政府既要为创新扫除障碍、降低门槛，提升服务效率；同时，又要充分尊重经济规律，不参与、不干预，尽量让税于企业，把企业交给市场去发企业交给市场去发育发展，让企业真正去发挥市场的主导作用。

对话精彩摘要

"开发出中国老百姓用得起的高质量生物药""做中国最好的生物药制药公司"。2011年，源于这样一个信念，信达诞生了。五年来，这个信念已经随着信达的发展和成长变得愈加坚定且清晰。这个信念，吸引了国内外知名的风投机构；吸引了来自五湖四海的高层次人才，组建了一支达到国际先进水平的人才团队；这个信念，更是得到了各级政府的认同和支持。向着梦想前进的路上，荆棘密布，坎坷难行。信达人用自己的坚韧、勇敢和坚持，克服了重重困难，稳步走来，一点点缩短着与理想的距离。始于信、达于行。

回首来时路，欢笑伴着汗水，成功伴着艰辛。在未来的路上，信达将继续努力，脚踏实地地朝着目标迈进。愿越来越多志同道合的伙伴与信达同行，共同开创中国生物医药行业的新纪元。

原载2016年12月13日《姑苏晚报》

用世界第一的创新技术赢得国际尊严

纳微科技：原始创新 变革中国产业格局

本报记者 沈 玲 沈红娣 张登峰

"以前我们是用金子向外国人换'沙子'。现在我们通过技术创新，使我们的'沙子'也能换取外国人的金子"，苏州纳微科技有限公司董事长江必旺说，我们用耐心"去做一件赢得世界尊重的事，也希望越来越多的人愿意走高端创新创业的道路。"

"做原始创新的技术和产品，要做就要做到国际竞争对手想做而做不出来的技术和产品，才能让国际竞争对手尊重和心服口服。"苏州纳微科技有限公司创始人、董事长江必旺如是说。

"纳米"是一个长度单位，即十亿分之一米。纳微的技术精髓，在于精准控制材料的大小、结构和均匀性，使材料具有特殊的性能，符合应用的要求。

回国十年，江必旺和他领导的团队所研发出来的纳微米球，被广泛应用于液晶显示、生物制药、医疗诊断、食品安全检测、标准计量等现代工业和生活的方方面面，并打破国际极少数公司的垄断，创造了多个世界第一。江必旺也被业界称为"国字号"纳米微球之父。

当众多企业都以短期利益为重，追求"短平快"项目时，纳微人反其道而行之，对技术和项目进行原创性开发，执着地在技术创新领域钻研。董事长江必旺说："要让更多的中国人知道，走高端创新的道路，用耐心去做一件赢得世界尊重的事，这条创新创业之路同样也能走得通。"他和他的团队秉承"以创新、赢尊重、得未来"这一理念，拒绝"短平快"的赚钱路径，坚持原创和产业化之路。他要让世界改变对中国的看法，中国人也有独一无二的创新技术和能力！

叹
打破国际垄断！中国千亿产业不再受制于人

"10年的创新创业很艰苦，但我们的付出也有了丰厚回报：我们拥有全球首个单分散硅胶色谱填料微球的规模化制备技术；建成世界唯一年产20吨单分散硅胶色谱填料生产线；是世界上提供最多品种规格的单分散聚合物色谱填料，无论是粒径、孔径、材质组成的选择范围都是世界之最；国内首个出口大规模高性能色谱填料到欧美制药公司……"

江必旺个头不高，衣着朴素。单从外貌上看很难将他与一名国际顶尖科研技术的科学家挂钩。但他的举手投足间，却透露着无比的自信。

成功解决了色谱填料微球规模化生产这一世界难题，纳微科技成为全球独家可规模化生产单分散高纯硅胶的公司。中国科学院院士张玉奎在参加项目投产仪式时曾如此评价："苏州纳微批量生产的产品对中国色谱产业作出了很大贡献，意义重大。尤其在中国色谱填料大量进口的情况下，苏州纳微扭转了这一格局。"

纳微科技生产的色谱填料到底是什么？举个例子，药物的纯度和杂质的含量，是影响药物疗效和安全性的最重要因素。药物的杂质越少，它的副作用越小，药效也越好。但很长一段时期，用于药物纯化技术的关键材料都被国外的大公司垄断。而纳微科技生产的世界第三代硅胶色谱填料打破了这个局面，使国内制药企业能够摆脱国外"卡脖子材料"的掣肘，降低了制造成本，提高了药品的纯度。

除了用于药物分离纯化的色谱填料，纳微科技生产的光电微球材料也是"卡脖子"产品之一。之前，这些微球产品一直由日本两家公司垄断。而且每千克价格高达十多万元。经过多年攻坚，纳微科技成为目前除日本之外第一家能生产间隔物微球的公司。而且纳微科技的制备技术超越日本，还将日本公司6个月的生产周期缩短为6天，极大地降低了生产成本，为国内上千亿产业的液晶面板制造业排除了受制于人的潜在风险。

问
原始创新能助企业走多远？
纳米微球之父：做让国际竞争对手尊重的中国企业

在回答"创新四问"的问题时，江必旺说："有原创的高端产品，才会有标志性，也才能引领。"江必旺追求极致，坚持占领技术的最顶端，掌握世界上没有的技术，目的就是让世界的对手们能心服口服。

江必旺2004年首次从美国回国探亲时，发现之前的10年间中国变化很大。但让他不无忧虑的是中国的劳动力虽然释放出来了，但真正核心和有竞争力的东西还是少有人做；大量出口的"中国制造"产品还是价廉质低，欧美日等发达国家对中国"偏见"日深，觉得中国人没有创新能力。江必旺农村老家的一位亲戚，因为患有糖尿病，需要长期注射胰岛素，但昂贵的药费让贫寒的家庭无力承受。"我国胰岛素市场中95%的份额被国外企业占领,而且国产胰岛素由于分离纯化技术不足,导致产品质量和生产成本处于劣势。"

2006年,坚定决心要扭转这个局面的江必旺辞掉美国的稳定工作,带着妻子和孩子回到中国。2007年10月,他创立的苏州纳微科技有限公司落户苏州工业园区生物纳米园。他带领团队不断开发出高质量的纳米微球材料,凭借持续不断地跨领域创新,不仅填补了国内多项技术和产品空白,甚至做到了多个"世界第一"。

"以前我们是用金子向外国人换'沙子'。现在我们通过技术创新,使我们的'沙子'也能换取外国人的金子。"江必旺说。因为色谱填料是各种胰岛素、抗生素、天然药物和合成药物分离纯化的关键材料,也是药物色谱分析检测技术的"心脏"。但这些关键材料长期依赖进口。纳微科技历经多年研发攻关,不仅填补了国内高性能球形硅胶色谱填料的空白,突破了规模化制备世界性难题;而且,纳微科技能根据客户所需尺寸,定制其所需的填料,一次成形,不需要筛选。这项技术让国外的竞争对手望尘莫及。

纳微科技取得的一系列成果,赢得了国外制药公司的客户,同时也获得国际竞争对手的尊重,而且他们的高端色谱填料一上市,就被竞争对手认可和采购,更有众多包括日本在内的竞争对手索购专利技术。江必旺说,由于纳微技术和产品的出现,迫使曾经垄断生物分离纯化的国际公司改善了对中国企业的服务态度,产品价格由以往每年要增加10%以上变成每年价格在下降趋势。

"如果没有原创,你赚再多的钱,外国人还是看不起你。"很多次,江必旺带队去参加各类国际展览,当有欧美专家在展位上了解到纳微科技的技术和产品,纷纷询问他们"是不是来自日本"。因为在他们眼中,这么尖端的技术不可能出自中国。但江必旺却非常自豪地告知对方"我们来自中国"。

思
抵挡住各种诱惑　创新企业需要什么样的生态系统?

然而在国内做高科技创新产品研发的难度是他最初回国时没有想到的。江必旺举例说,在中国要做原创技术产业化非常困难,长期以来,国内产业配套比较适合生产中低端产品,而缺乏高端、高附加值的相应配套产品,相比美国,如果你的核心技术突破了,相应配套的东西在美国都是现成的。这也是为什么纳微花了2年时间就解决了单分散硅胶色谱填料实验室的制备技术问题,却整整花了8年时间才把这项实验室技术产业化。这也是中国创新生态环境的"短腿"。另外,在创业过程中,整个社会大环境偏浮躁,迫于生活压力包括股东、员工在内的很多人,都希望尽快赚钱、迅速致富,于是往往采用最便捷的"拿来主义"。刚开始,很多投资人都劝江必旺放弃高端技术的研发,去开发可以快速满足中国市场需求的中低端产品,但他坚决拒绝。

谈到苏州的创新生态环境,江必旺对苏州心怀感恩。在国外生活了多年,他称自己只擅长做技术,对国内其他方面都不熟悉,但园区的亲商服务非常到位,很多事情都提前帮企业想到,并帮助解决,企业只要集中精力做好科研和生产。令江必旺感受深刻的是,他们申请国家重大科研项目时,不懂操作流程。园区企业服务中心的工作人员认真帮他们培训并提前帮助修改申请书,协助企业解决了很多问题。

另外,纳微科技在园区做纳米材料占尽"天时、地利、人和"优势。企业刚成立时,没有大型的科研检测设备,园区中科院纳米所的检测设备敞开为企业服务,解决了他们创业初期的尴尬。在纳米材料研发和生产销售阶段,纳米材料的上游和下游企业在园区都能找到:生物医药、液晶显示、食品检测、医疗器械等企业,相互之间都可以成为客户,形成了一个良性循环。这不仅加快了企业的创新速度,也降低了企业科研、生产和销售成本。

与此同时,江必旺也不无担心地表示,社会大环境的浮躁也给企业带来了一些不稳定因素,即便企业老板"沉得下心"来,但员工们却不见得等得起。而生活成本不断攀升等因素最终导致人才的流失。江必旺表示,目前,苏州的创新创业环境也受到一些不利因素的挑战,对高新技术企业而言,创新创业的难处除了产业配套问题外,国内的税收结构不合理,诸如对高科技企业缺少针对性的政策等,难免会影响企业对高新技术基础研究的投入,从而降低了企业的竞争力。

新闻链接

江必旺博士

苏州纳微科技有限公司创始人、董事长;国家"千人计划"特聘专家;北京大学化学系学士,美国纽约州立大学宾汉顿分校博士,加州大学伯克利分校博士后;曾任美国罗门哈斯公司资深科学家;回国后创建了北京大学深圳研究生院纳微米材料研究中心并任该中心主任;2007年,创建苏州纳微科技有限公司。先后获江苏省创业创新人才、姑苏领军人才、苏州工业园区领军人才;荣获中国侨界创新贡献奖、江苏省"五一劳动奖章"、苏州市科技进步奖、苏州市十佳魅力科技人物等。申请国内外发明专利42项,发表SCI文章30篇。他的团队研究的多项纳米微球技术和产品属于国际首创。

对话精彩摘要：

纳微科技奉行"以创新，赢尊重，得未来"这一理念，并将原创高端产品做到世界第一，是缘于对中国下游企业的一份责任感。

苏州的创业环境非常不错，开放程度高，包容性大，但还是需要大家沉下心来做事情。因为重大核心技术的创新非常不容易，它需要我们摒弃那种急功近利的思想，静下心来，保持热情，长期积累，不懈坚持，并跨领域创新，去做真正有核心竞争力的产品，这样才能让外国竞争对手心服口服。而纳微，就是这么一步步走过来的。

技术创新会带动社会的进步。我是希望中国有越来越多的创新创业人才愿意沉下心来做原创技术，在每个细分领域都可以做出世界顶级的技术和产品，那中国成为世界强国也就不远。我们的财富不是用牺牲环境和牺牲劳动力的代价来换取，而是用我们更好的创新技术来打败竞争对手，去赢得市场，这样我们不仅会赢得财富而且会赢得世界的尊重。

原载2016年12月20日《姑苏晚报》

产品进入国际主流机器人厂商供应链
绿的谐波：要做就做行业的NO.1

本报记者　沈　玲　沈红娣　邱悦兰

"引领企业变革，也是在向自己挑战，过程很艰难，但千万不能被短期得失所束缚，只有坚守住信念，才能带来真正改变。"

为打破日本在机器人核心零部件谐波减速器上的垄断地位，左昱昱花费近十年的时间攻克谐波传动技术瓶颈，短短四年时间，其产品迅速占领国内外市场，成了国内该行业的龙头企业，产品销量在全球排第二，企业也成了《机器人用谐波齿轮减速器》国家标准主要起草方。"我预测未来五到十年，工业机器人时代将真正来临，在这个市场中占有一席之地是我的人生目标。"苏州绿的谐波传动科技有限公司创始人左昱昱如是说。

左昱昱对机械制造有着浓厚的兴趣，攻读南大物理系、在家乡木渎创立恒加金属制品有限公司、攻克精密谐波减速器技术、转型升级为绿的谐波传动科技有限公司、打造机器人产业集团……左昱昱带领着企业不断转型升级，逐步打破了国外企业在精密减速机上的垄断地位，朝着行业全球第一的目标前进着。

"引领企业变革，也是在向自己挑战，过程很艰难，但千万不能被短期得失所束缚，只有坚守住信念，才能带来真正改变。"左昱昱默默地用十年时间投入到技术的创新研发中，在他看来，创新不仅要经得起一次又一次的试错，还要激发公司的活力，不断地去尝试新东西。

面对苏州"创新四问"的课题，在左昱昱看来，城市"硬环境"与"软环境"的同步发展是企业从"高原"向"高峰"爬坡过程的基础保障。他说："'硬环境'即一个城市的基础设施环境，苏州可以说走在了全国前列；'软环境'包括创新氛围、人才引进机制等，它的提升能让一个城市越发地有活力，营造出良好的创新氛围。"

打破行业国际垄断　夺回定价话语权
他们为国家起草行业标准

1999年，左昱昱创立恒加金属制品有限公司，企业平稳地发展着。时间来到2003年，这一年他想走出去看看，第一站选择前往机械技术发达的日本，这一次经历也给他的企业带来了全新的转型。

他发现了当时机器人行业成本高昂的秘密。原来，在机器人制造中，减速机是最重要的基础部件，每个关节都要运用到不同的减速机产品，作为一种相对精密的机械，减速机产品的研发对企业的要求非常高，前期的高成本投入让不少企业望而却步，所以全球减速机产品的市场份额几乎被日本的一家企业所垄断。

左昱昱说："垄断带来的后果就是价格他们说了算，但减速机成本占机器人制造成本30%以上，这就导致当时制造机器人的成本非常高，一台机器人价格高达一百多万，不少人觉得研发机器人回报率太低了，不愿意投入更多的人力物力财力。"但在他看来，未来一定是机器人的时代，不仅在工业上，在生活中，机器人也将发挥更大的作用。物理学专业出身的他一回国就全身心地投入到了机器人谐波减速器研发中，但从研发到真正地将产品推向市场，他花费了近十年的时间。

"成本投入太大了，每年超过一千万研发成本的投入让企业也背负着很大的压力,但我不服气,决心要挑战一下,心里一直给自己打气,一定要打破日本在这一行业的垄断地位。"左昱昱告诉记者,为了制造出真正属于自己的产品,刻上"中国创造",他完全跳出传统设计理论,运用不同的计算方法进行数学建模,在不断地试错中,将3D仿真引入谐波齿形设计。有了理论基础还不够,

2005年,他开始改良减速机材料、工艺技术等。

六年的不懈努力迎来了回报,2009年企业终于制造出了第一台谐波减速器的原型机,2010年制造出了满足工业机器人使用标准的精密谐波减速器,2011年承担了《机器人用谐波齿轮减速器》国家标准的编制任务,也在这一年,绿的谐波传动科技有限公司创立,将谐波齿轮减速器作为公司的主打产品,2012年公司尝试将绿的谐波减速器推向市场。

令他欣慰的是,产品一经推出就得到了市场的认可,第一年就实现了3000台的产销量,其产品在3家国外主流机器人制造商的检测中完成了2万小时精度寿命测试,在精度、寿命、稳定性、噪声等方面,均达到或超越了国外公司的同类产品水平。

"目前我们产品在国内市场上已占据了半壁江山,在国际市场上,也成功改变了客户对中国产品的偏见,并成功将产品打入国际主流机器人厂商供应链,未来我们的目标是在国际市场上'站稳脚跟'。"左昱昱自豪地说。目前,绿的谐波在谐波传动领域已拥有40多项国家专利;是《机器人用谐波齿轮减速器》《小模数精密齿轮传动装置试验方法》国家标准的主要编制起草方。公司也是江苏省认定的高新技术企业、科技型中小企业、苏州市企业技术中心,精密谐波减速器获得江苏省2014年中小企业"专精特新"产品,获得2014年度高工机器人零部件类金球奖。

不断试错、选对人、激发活力
绿的谐波转型升级路上的必备要素

"创新转型升级的道路上不能害怕出错,我们产品的研发就是在不断地试错中达成的。"在左昱昱看来,公司要想存活下去,首要的是有核心的产品技术,所以企业在一开始转型进入精密谐波减速器领域时,就建立了自己的研发中心,专注于提升产品的技术含量,他说:"我们的产品不走抄袭之路,完全自主开发,一开始在数学模型建立上走了很多弯路,但就是在一个个错误中寻找不同的计算方法,最终找到正确的方向,拥有了公司的核心技术。"

作为创新发展道路上的引领者,左昱昱认为不能固守既得利益,要全身心地致力于推动变革。他不仅把握整个公司的发展方向,也站在一线研发的位置上,为企

业研发团队起好带头作用。在他看来,未来5到10年,企业机器人的时代将真正来临,为成为该行业的引领者,他动作迅速地与顶尖高校研发力量合作,在推进产品生产的同时,致力于研发下一代新产品。他说:"要做就做行业的NO.1,所以核心技术研发是公司目前最重要的目标,目前公司有多个研发团队。"

有了研发中心,还必须选对人,即将高端人才引进来,他说:"除了通过好的待遇引进人才,企业要想让人才留下,还必须让他们认同你的价值观,创新转型道路上有很多不确定的风险因素,如果他们对企业没有认同感,那很难保证团队的稳定性。"

"当然光有团队还不行,创新转型必须激发团队的活力,让他们自发地去尝试新东西。"在与左昱昱交谈中,记者时刻感受到他的活力。原来,他从小就有着不一样的工业情怀,一直保有研究新东西的兴趣,在专业的钻研上不断地下功夫,时刻走在行业的前沿。所以在创建研发团队后,他通过授权、激励等机制带动团队成员的研发兴趣,激发他们的活力。"现在的年轻人成长环境和我们不同,在机械研发上可能没有我们这代人兴致高,但只要给予他们自主性,创造好整体的创新氛围,培养好就能带动整个公司的活力——活力可是发展中企业必备的。"

为企业创新升级保驾护航
城市硬环境、软环境需同步发展

作为土生土长的苏州木渎人,左昱昱创业之初就将根扎在了家乡,在他看来,苏州有着很好的企业发展环境。他谈道:"改革开放一开始,苏州经济就依靠乡镇企业迅速发展,很多企业在全国都有知名度,所以整体环境是不错的。"在他看来,苏州具备企业发展的"硬环境",特别是基础设施建设完善,在全国名列前茅。

他也感受到了当地政府对企业发展的大力支持。企业所在的木渎金桥工业园更是为企业开通人才绿色通道,在政策扶持等方面为企业的创新解决了后顾之忧。

记者了解到,为推动当地企业更好发展,木渎明年还将启动人才公寓计划,为企业项目的核心技术人员提供优惠政策,相应的落户机制也会更加完善。同时政府回购了2000亩土地,将打造木渎智慧工业园区,与上海金桥产业园区合作,为企业的创新发展构建平台。

但相比深圳、杭州等城市,左昱昱觉得苏州要想再创"新高峰",在软环境建设上还需要投入更大的精力,即社会创新环境的构建,包括人才引进机制、自由竞争市场环境等。他向记者谈起了去深圳考察的切身感受,他笑着说:"走在深圳的大街上,感觉每个人的脚下都装着弹簧,人有活力;同时市场也有活力,企业的优胜劣汰一定要交给市场的自由竞争,政府不能过度干预,有了自由竞争的环境,才能激发企业的创新能力。"

对话精彩摘要

要做就做行业的引领者,在市场竞争中占据主导地位。

引领企业变革,也是在向自己挑战,过程很艰难,但千万不能被短期得失所束缚,只有坚守住信念,才能带来真正改变。

除了通过好的待遇来引进人才,企业要想让人才留下,还必须让他们认同你的价值观,创新转型道路上有很多不确定的风险因素,如果他们对企业没有认同感,那很难保证团队的稳定性。

企业短期目标是进军国际市场并站稳脚跟;中期目标是研发出下一代机器人核心谐波减速器,让机器人做机器人零件;长期目标是让企业一直存活下去,做成一家"百年老厂"。

提升苏州的软环境,营造社会创新氛围,将高端人才聚集到这里来,成为一个有活力的城市。

左昱昱简介

1992年毕业于南京大学物理系和信息管理系,双学士学位。

1999年创立恒加金属制品有限公司,至今担任董事长;2007年创立恒加新精密机械科技有限公司,至今担任董事长;2011年创立绿的谐波传动科技有限公司,担任董事长。

从2003年起从事谐波啮合齿形与机械传动装置的研发和产业化工作。在担任绿的谐波传动科技有限公司董事长期间,作为项目负责人和主要成员参与国家、部和省市级科研、技改项目十余项。已申请发明专利14项,获得授权1项,申请实用新型专利19项,获得授权16项。参与了起草《机器人用谐波齿轮减速器》国家标准工作。

2014年承担了吴中区经信局机器人精密谐波减速器智能车间的技术改造项目,并且成果通过验收。2014年度获江苏省工业和信息产业转型升级专项引导资金。2015年初承担了国家项目——引进先进设备提高高精密谐波减速器产品质量和产能的技术改造项目,通过专家组最终评审获得了第一名,资金支持1261万元。

2015年承担了江苏省科技成果转化项目,并且已经立项,资金支持大概在1000万元左右。

原载2016年12月31日《姑苏晚报》

附《走进产业园 触摸巨人梦》系列报道见报文章目录

1.《请关注来自中国的力量 信达生物:做中国生物医药产业的"华为"》

2.《用世界第一的创新技术赢得国际尊严 纳微科技:原始创新 变革中国产业格局》

3.《产品服务全球4000万家庭,发布全球首款管家机器人 科沃斯机器人:打造新时代中国智造创新品牌》

4.《研发中国人自己的自动化设备 "不服气"的山里娃构筑"富强梦"》

5.《产品进入国际主流机器人厂商供应链 绿的谐波:要做就做行业的NO.1》

第十九届苏州新闻奖一等奖

"创新四问找差距　对标先进促发展"系列报道

主创人员　苏报全媒体集体创作

赴北京、上海、杭州和深圳实地采访
创新四问找差距　对标先进促发展
苏报启动全媒体新闻行动

　　在江苏省第十三次党代会上,省委书记李强参加苏州代表团审议时提出,在全省创新格局中,苏州怎样发挥引领性作用？苏州在推进自主创新当中,怎么追求原创性的成果？在全面提升创新水平的基础上,苏州怎么样打造标志性的品牌？在创新生态系统的打造上,怎么样体现苏州的开放性和包容性？并明确提出,苏州要对标北京、上海、杭州和深圳,主动向先进城市学习,扬长避短找准定位。

　　近日,苏州市委发出通知,要求紧紧围绕"创新四问",深入开展研讨、主动对标找差距,集全市之力问出创新的好思路、问出创新的好举措、问出创新的好氛围、问出创新的好成效。为此,苏州日报特派4个采访组分赴北京、上海、杭州和深圳进行实地采访,今起推出"创新四问找差距　对标先进促发展"系列报道,以供借鉴学习。

从1980年代的电子一条街,到2009年的国家级自主创新示范区,再到今天政策辐射覆盖北京所有区县,中关村打造越来越完善的创新创业生态系统——

中关村:引领中国创新30年

苏州日报采访组·北京报道

12月的北京,冬意十足。但在中关村国家自主创新示范区,苏州日报采访组却始终感受到创新创业的火热激情。

这份火热,是车库咖啡馆里一杯热咖啡背后创意和资本的约会——走在中关村创业大街,与你擦肩而过的那个人也许就是创新创业的明日之星。

这份火热,是智造大街一幢由旧宾馆改造的创业楼里,一群IT理工男和理工女聚集在手写的公司招牌下的埋头创新——他们看似不起眼,却在人工智能领域引领中国无人驾驶多功能电动汽车技术的研发。

这份火热,是一项项引风气之先的科技体制改革举措——让人才、技术、资本更加无缝对接,最大程度解放科技资源,不断激发创新活力,集聚创新浓度。

这就是中关村,30年来始终引领中国风气之先的创新创业标杆;这就是中关村,无数梦想,从这里起飞。

"政策红利"释放创新创业活力

走在中关村核心区,随处可见创新创业相关的要素和机构——中关村创业大街、中关村智造大街、互联网金融大厦、全国双创示范基地、中关村国家自主创新示范区核心区企业服务中心……

所有这些,汇聚给来访者一个强烈的信号:中国最牛的创新创业地到了。

中关村科技园区管理委员会宣传处副处长董长青告诉记者,从上世纪80年代的电子一条街,到90年代的一区五园,到2009年正式成为国家级自主创新示范区,再到今天的一区多园,中关村示范区的政策辐射范围已延伸到北京所有区县,并初步形成了由行业领军企业、高校院所、高端人才、天使投资和创业金融、创新型孵化器及创客组织、创业文化六大核心要素以及市场、法治、政策环境有机组成的中关村创新创业生态系统。

中关村常被外界比作"中国硅谷",但常常有人会问:"为什么在美国硅谷没有一个管委会,政府似乎也没有做规划,却产生了高科技产业的集聚?""中关村鼓励创新,管委会是什么角色?"

中关村人给出了这样的答案:中关村管委会是北京市政府的派出机构,没有行政审批权,也没有执法权,只是创新创业的服务者——政府发挥引领作用,给出支撑,弥补市场机制不足,让市场资源有的放矢。

于是,在中关村这片中国创新的改革试验场,举全北京之力,举全国之力,一系列政策探索,不断地为创新创业"松绑"。

面对高校院所资源高度富集、科学技术却被束之高阁难以转变为生产力的桎梏,在国家有关部委和北京市的支持推动下,针对事业单位科技成果处置权、收益权、股权激励等症结,中关村推行了一系列先行先试的改革。"京校十条"让高校可自主对科技成果转化进行审批,鼓励高校科技人员和在校学生实施科技成果转化,所获收益中不少于70%的比例可用于奖励。

为吸引海外高层次人才,国家部委在中关村实行了重大项目布局、境外股权和返程投资、结汇、科技经费使用、股权激励等13项特殊政策,释放人才创新创业活力,解放和发展科技生产力。

中关村管委会率先开展创业投资试点,设立全国首只政府创业投资引导基金,筛选优秀的创业投资机构以参股设立创投基金的方式进行合作。目前,中关村创业投资引导基金达到40多只,规模超过210亿元,撬动社会资金18倍。

中关村创新打造科技金融一条龙服务体系解决企业资金瓶颈。北京银行针对中关村多家孵化器内创业者发出的小额贷款信用卡,是全国首张"创业卡",它让为创业者团队日常开支提供灵活保障的小额贷款成为现实。中关村企业信用促进会鼓励银行、担保公司等金融机构使用中小企业信用报告,一张由征信服务机构开具的报告,成为中关村科技企业的"通行证"。

驭势科技(北京)有限公司今年2月才正式成立。这家初创企业瞄准的却是当今人工智能的前沿领域——无人驾驶多功能电动汽车,公司联合创始人、首席产品官周鑫告诉记者,在中关村创业,他们享受到的是无微不至的服务,资本投资、金融服务之外,连公司注册这些小事,都有绿色通道帮助解决,"让我们这些学理工的更加专注研发"。

"创新浓度"不断提升创新效率

2013年7月,3个人,3台笔记本,升哲科技有限公司(SENSORO)成立于微软创投北京加速器。如今,这家瞄准物联网"风口"的小型科技企业呈现爆发式增长，人员接近100人，公司营收跳级式增长，2014年营收不到6万元，2015年暴增至997万元，今年预计营收3000万—4000万元，2017年有机会破亿元。

这只是中关村创新效率的一个缩影。在中关村采访，记者听说了两个有趣的现象：一是联想从创立到实现100亿元的销售收入用了20年，百度用了不到12年，小米才用了不到3年。二是中关村产生第一个100家上市公司用了20年，第二个100家用了不到4年。

创新效率来自创新"浓度"，创新"浓度"推动了创新效率。

有一个故事在中关村被传为美谈。2014年5月的一天，小米董事长雷军给中关村管委会的负责同志发来一条短信："刚刚路过中关村的一家咖啡馆，很想进去喝杯咖啡。5年前，就是在这家咖啡馆，我们谈起要创办一家公司，成就了今天的小米。感慨这个伟大的时代，感叹中关村这片神奇的土壤。"

"时代+土壤"，揭示了中关村的核心优势——把握改革发展大势，营造独具特色的创新创业生态系统。这"土壤"里有中关村地区无与伦比的科教资源，40多所高校和200多个科研机构；有中关村2万多家高新技术企业，微软、英特尔、IBM等大型跨国企业在此设立研发中心，中关村很多新创办企业都是规模以上企业的高管、骨干离职创业，多重裂变，形成了中关村创业系的百舸争流；有全国80%的天使投资人活跃在中关村，沪深主板、中小板、创业板、新三板、新四板等多层次资本市场为不同阶段企业提供服务；有各类双创服务平台200多家，创业大街入驻创业服务机构40多家，日均孵化4.9家企业，每家平均融资500万元；有把创新创业作为生活方式的创业文化，很多二十来岁的在校创业者、毕业创业者选择在中关村创业，天使投资人和创业投资机构在创业大街上挨门挨户搜索有没有好的项目可以投资。

升哲科技副总裁陈逸非说，从升哲的短短发展历程就能充分感受到中关村良好的创新创业环境。"我们团队80%由工程师组成，核心工程师分别来自Facebook、中国航天研究院、网易核心架构组、微软工程院、清华大学、香港理工大学等，同时政府对物联网发展大力支持，开放资源，让团队去做应用，助力企业起步。"

中关村科技园区管委会主任郭洪这样解读中关村持续创新、领跑全国的关键密钥：中关村创业生态有一个很重要的功能，就是自我进化功能。如某公司在中关村设立顶级研发中心，这个中心的人才流失率为10%，对这个公司来说感到忧虑，但对于中关村的创新创业来说并不算坏事，因为很多流出来的人才成了中关村的创业者。中关村的生态系统，是以创业为核心的，可以不断有"种子"，不断生根发芽，这也是中关村持续创新的关键所在。

"中关村升级版"始终在升级

"创新创业中关村"是中关村管委会推出的微信公众号,这里有中关村创新创业最新动态的推送,成为读懂中关村发展的一个"窗口"。

数据显示,今年1至10月,中关村总体收入平稳增长,规模以上企业实现总收入32463.1亿元,同比增长14.4%,增速高于2015年同期4.1个百分点;技术收入保持较快增长,中关村实现技术收入4596.7亿元,同比增长19.4%,对总收入贡献率为18.2%;大型企业支撑带动作用持续增强,中关村大型企业收入22648.3亿元,同比增长14.7%,占示范区总收入比重为69.8%,对示范区收入增长贡献率达71.0%,贡献率较上个月提高1个百分点,其中三聚环保等42家大型企业收入实现翻番增长,带动收入增速2.7个百分点。

同时,中关村创业服务体系愈趋完善,资本供给能力不断增强。今年,中关村还推出了全国首款"零保费"融资担保产品"创易宝",切实解决科技型中小微企业融资难、融资贵问题。日前,全国投贷联动项目首笔成功落地中关村,标志着试点银行将以"投贷联动、股债结合"的创新综合金融服务支持中关村科创企业快速发展,解决企业融资难问题。为降低企业退出成本和效率,企业简易注销登记试点近日在中关村正式启动,减少创新创业后顾之忧,进一步促进创新创业生态系统良性发展。

一组组数据和一项项新举措背后,是中关村在引领创新道路上的不懈追求和努力。面向未来,中关村提出:要加快打造"中关村升级版",进一步激活创新资源要素,加快全国科创中心建设,为建设世界科技强国提供战略支撑。董长青介绍,中关村着重在四个方面狠下功夫:推动制度创新升级,系统评估"1+6""新四条"等先行先试政策,推动协同创新、推动技术与资本结合、激发科技人员积极性,以敢为人先的精神出台新一批创新政策,形成可复制、可推广的经验;推动"双创"升级,支持互联网和大数据推动各行业转型升级,支持前沿技术研发、商业模式创新和科技金融创新;推动中关村科学城建设升级,优化空间布局,聚焦发展人工智能、颠覆性新材料、生物技术、量子计算与量子通信、物联网、虚拟现实等前沿产业;推动京津冀协同创新,争取国家大数据综合试验区落地,构建跨京津冀科技创新园区链。

在中关村采访,记者一个强烈感觉是,中关村创新引领不断演绎新的故事,"中关村升级版"始终在升级。

12月16日,中关村标准化协会成立,首批中关村标准发布,涵盖新能源技术、智能交通、智能制造、医疗健康、新一代信息技术等核心领域的7项中关村标准。截至2016年11月,中关村已发布的国际标准达到229项。中关村标准化协会是由36

家中关村重点产业联盟、企业和科研院所共同发起，旨在将"中关村标准"打造成为全球标准品牌。

央媒在解读中关村时曾提出这样的问题："中关村是北京的中关村，还是中国的中关村？它对全国各地创新来说有什么意义？"

中关村"掌门人"郭洪的回答是，中关村不仅是北京的，更是全国的。中关村企业技术合同有80%转移到京外，中关村领军企业在京外设立了近万家分支机构，中关村也与全国60多个地区建立了战略合作关系。

每到春天，中关村翠湖湿地都会吸引不少大雁、黑天鹅、白鹭等珍稀鸟类前来栖息，因为这里有符合它们的生态。同样，中关村也是立足自主创新、怀揣创业梦想的人的"栖息地"。

苏报锐评

引领创新，中关村教给我们什么？

作为第一个国家自主创新示范区，中关村在全国科技创新中心建设中，始终肩负着国家战略使命，也持续发挥着示范引领功能。

引领创新，中关村的动力和能量，何以持续30多年而依然澎湃？

这首先和中关村自身建设不断"升级"的紧迫感密不可分。

创新无止境，永远在路上；引领创新，更得自加压力，奋勇争先，一刻不能松劲。从上世纪80年代的电子一条街，到90年代的一区五园，到2009年正式成为国家级自主创新示范区，再到今天的一区多园，政策辐射范围延伸到北京所有区县，中关村这块"试验田"，如同不断迭代的互联网一样，始终踩着时代的节拍，冲在创新变革的最前沿，一刻不停地打造着自己的"升级版"。

引领创新，还在于充分利用好了"试验田"的政策红利。"京校十条""首只政府创业投资引导基金""全国首张创业卡"……中关村的这些政策破冰，打通了创新的"瓶颈"，为创新创业者松绑助力。

在这方面，尽管与中关村先天的创新资源禀赋不能相提并论，但苏州作为"苏南国家自主创新示范区"的核心区，同样可以因地制宜、充分开掘政策空间，通过制度的创新突破，建设好这块创新"试验田"，为全省的"转型出关"破题开路，引领示范。

引领创新，还在于开放的胸怀。当初面对跨国集团的研发总部"进村"，很多人还担心"狼来了"，而后来中关村用事实证明，这样的创新人才集聚，可以让更多的企业共享到人才资源，提升的是整个区域的创新浓度和效率。

"苏州的创新不是一般意义的创新,而应该是引领性的。不仅是全省的创新高地,应该成为全国的创新高地。"

对照"创新四问"的要求,对标中关村的实践探索,苏州未来的创新发展,更加需要强化责任感、使命感和忧患意识,深入梳理战略目标,瞄准全国全球的创新先进城市,在深化全面创新改革、前瞻布局新兴产业、争取前沿创新成果等方面,设定工作目标,加快苏州创新的"升级版",奋力在全省的创新格局中,更好地发挥引领性作用。

原载2016年苏州新闻网

上海张江高科技园区,一家专注小微企业的民营孵化器,在承担公益职能的同时,靠着持股孵化、创业教练等原创"点金术",助力创业者把梦想照进现实——

莘泽创投:超九成"苗苗"孵化成才

苏州日报采访组·上海报道

一家在中国"硅谷"孵化成才的企业,插上创新的翅膀,飞越太平洋,扎进美国硅谷,今年10月,又在美国好莱坞设立了新的分公司。上演这出逆袭"好戏"的原创主角,是上海安琪艾可网络科技有限公司,一家创立不到六年的儿童教育机构。

孵化出"安琪艾可"的上海莘泽创业投资管理股份有限公司位于中国"硅谷"张江高科技园区,是一家专注小微企业的民营孵化器,其在承担公益职能的同时,靠着持股孵化、创业教练、精准服务等原创"点金术",助力一个又一个创业者把梦想照进现实。"根据统计,整个市场上孵化出的企业,只有三分之一存活下来。而曾经在我们这里入孵的企业,至今存活的超过90%。"莘泽创投董事长曲奕说。

创业导师升级成创业教练——
只有高度市场化,孵化服务才能精准化

从2010年创立孵化器至今,有一高一低两个"硬数据"让曲奕倍感欣慰:一"高"是指成功率,入孵企业存活率是市场平均水平的三倍;一"低"是指失败率,累计投资了30多家企业,没有一起失败案例。

取得如此骄人的成绩，莘泽创投有何秘诀？该公司总经理邓伟笑着说："也许因为我们是一家'另类'的孵化器。"这个"另类"的标签，除了民营企业身份外，还体现在两个"化"上：一是去地产化，二是高度市场化。

在邓伟看来，依托产业地产的孵化器，必然以商业利益为导向，这就偏离了孵化器的价值所在。"我们没有买1寸土地，也没有建1平方米房产，孵化空间都是租来的，"他说，"我们以客户需求为导向，追求的是孵化服务的精细化、专业化。"

"孵化器和创业者之间信息越对称，孵化服务越精准。"邓伟说。高度市场化是解决信息不对称的妙招。莘泽创投的一个典型"市场化"做法，就是始终坚持服务收费机制。邓伟说，创业的大多是穷人，他们对服务有更高的要求，"都说穷人的钱难赚，要想得到认可，市场逼迫着我们必须真正挖掘客户的需求，提供高性价比的服务，帮助客户创造更多价值。"

无论是服务手段还是服务内容，莘泽创投都是精益求精。其中，把创业导师制度升级成创业教练制度，就是它的"原创大招"。邓伟说，创业导师制度存在三个瑕疵：一是小微企业涉及的领域非常细小，有时导师的专业程度不够；二是导师的时间不能保证；三是缺乏动力机制，导师的积极性不够。

而作为创业导师的"升级版"，创业教练具有"从业经验+创业投资"双重特征。邓伟说："创业教练本身是专家，同时获得过商业上的成功，能帮助企业少犯错误，让他们更容易成功。"

"智本合伙人"共享成长红利——
持股投资激发内在动力，放大孵化原创效应

谁曾想到已经在美国市场"攻城拔寨"的安琪艾可，在孵化初期连房租都要莘泽创投来垫付。如今，安琪艾可的品牌估值超过了1亿美元，出于对企业"钱景"的看好，莘泽创投准备长期持股。

安琪艾可是莘泽创投长线投资的"金种子"，而另外一家企业则是莘泽创投短期获利的"金疙瘩"。在这家企业孵化期，莘泽创投出资100多万元成为股东。仅仅用了三年，该企业"长大"搬离，莘泽创投适时退出，拿回1260万元的真金白银。此外，莘泽创投通过有偿服务，还获取了50多万元的收益。

通过持股孵化，莘泽创投帮助创业公司的同时，也成就了自己。"双方的关系从'面对面'上升到了'手牵手''肩并肩'，真正实现了目标一致。"邓伟说，对孵化器来说，这不仅激发出做好服务的内生动力，更放大了投资效应。

据介绍，莘泽创投成立六年来，累计投资了30多家企业，目前仍持有上海舞象网络科技有限公司、上海图漾信息科技有限公司等29家企业的股份。与此同时，莘泽创投"圈粉"了10多家著名风投公司，帮助入孵企业融资总额约10亿元。邓伟说，孵化器和创业公司要成为"智本合伙人"，双方以实打实的商业利益为纽带，彼此捆绑在一起，共享成长红利。

要育出"壮苗"，首先要选出"好苗"。莘泽创投"选苗"的判断标准主要有两个，即团队和项目。"对于小微企业来讲，PE注重的财务导向意义不是很大，专利指标也不是关注焦点。"邓伟说，他们更看重团队成员的背景、经历，以及项目的成熟度、未来空间等。

"好苗"长得壮，还要靠"沃土"来滋养。莘泽创投创新整合的"园区+服务+创投"商业模式，形成了孵化器健康成长的内在机制。邓伟说，没有创投，缺乏服务的商业动力；没有服务，容易产生信息不对称，创投风险巨大；没有园区，很难对接到客户，造成服务成本高企。"三者有机结合，活力十足。"

回归孵化器的价值所在——
培育有梯度的创新，维持健康的产业链

一个癌症肿瘤样本，经过二代测序技术"解码"，就能找到癌细胞"杀手"背后的"主谋"，即基因异常信息，进而实施"靶向"精准诊疗。今年4月，上海至本生物科技有限公司在莘泽创投"呱呱落地"，当即引起众多风投关注。9月，该公司宣布，天使轮获1000万美元融资。

"我们可以检测与癌症治疗密切相关的基因异常信息，为每位患者提供个性化的医疗咨询服务。"上海至本生物科技有限公司创始人、CEO王凯说，目前检测产品线设计有溯、源、至、本四大系列，全面覆盖肿瘤个体化用药咨询和动态监测等。王凯有10多年在国外学习、工作的经历，王凯说，目前上海至本涉及的领域不仅填补了国内空白，还和美国相关行业处于同步发展状态，每周和美国有关公司至少有一次视频会议进行沟通。王凯说，目前公司数据分析产品、咨询服务主要在北京、上海和东北等地，但整个市场"窗口期"的打开估计还要3至4年的时间。

这家以"光速度"成长的原创性公司，再次印证了邓伟的判断："苗圃+孵化+加速"的孵化链条进一步走向实质融合，对孵化服务的要求越来越高。"现在三者加速融合，苗圃、孵化企业也可能出现'独角兽'，需要涵盖选苗、育苗、投资的全流程服务。"他说。

邓伟认为，孵化器是促进社会创新生态的重要路径，培育有梯度的创新，维持健康的产业链，这才是孵化器的价值所在。必须进一步打破苗圃、孵化与加速企业认定标准的"死板"，"它们之间相互转化非常迅速，新经济也很难用传统的产值、年限和租赁物业面积的大小来简单划分三类企业。"邓伟说。

着眼于全流程服务的布局，目前莘泽创投已牵头成立3支基金，分别是总规模1亿元的移动互联网基金，总规模2亿元的"互联网+"基金，总规模5亿元的生物医药基金。莘泽创投直投的金额在100万元左右，通过基金投资的金额在300万元左右，近期投的几家则分别在1000万元左右，"100万左右的投资，创新风险最大，一旦成功回报也最大。1000万元左右的投资，大多是成熟项目的跟投，风险较小。"邓伟说，这主要是考虑结构平衡，保证基金的投资收益。

发展档案

上海张江：万余企业创智中国"硅谷"

上海莘泽创业投资管理股份有限公司是中国第一家新三板挂牌的孵化器运营公司，同时也是国家级科技企业孵化器、国家中小企业公共服务示范平台、国家小型微型企业创业示范基地。

莘泽创投所在地——上海张江高科技园区，始建于1992年，是国家级的重点高新技术开发区。1999年上海市委、市政府提出"聚焦张江"战略以来，张江高科技园区进入了快速发展阶段。目前，园区地域面积约79.9平方公里，形成了自贸试验区、张江国家自主创新示范区和全面创新改革试验区"三区联动"的改革发展新局面。

这个被誉为中国"硅谷""药谷"的园区注册企业1万余家，初步形成了以信息技术、生物医药、文化创意、低碳环保等为重点的主导产业，第三产业占三分之二以上。现有国家、市、区级研发机构403家，上海光源中心、上海超算中心、中国商飞研究院、药谷公共服务平台等一批重大科研平台，以及上海科技大学、中科院高等研究院、中医药大学、复旦张江校区等近20家高校和科研院所，为园区企业发展提供研究成果、技术支撑和人才输送。

目前，该园区从业人员近35万人，其中大专以上学历程度达56%，拥有博士5500余人，硕士近4万人，国家"千人计划"人才96人，上海市"千人计划"人才92人，上海市领军人才15人，留学归国人员和外籍人员约7600人。园区涌现出武平、常兆华、于刚、陈天桥等一批自主创新领军人物。

苏报锐评

用好"孵化器"这个创新"神器"

上海张江高科技园,在上海建设具有全球影响力的科技创新中心中扮演着重要角色,其在高新技术领域积极培育孵化产业的思路和做法,为苏州的创新发展也提供了重要经验。

张江,是国内最早开始建立创业孵化器的区域之一。通过政府引导,其创业孵化器不断创新发展方式,孵化体系正从量变开始质变,孵化器也已从"器"和"孵"的阶段,开始全面进入"化"的阶段,一大批高新技术创新成果令人瞩目。

这其中,张江高新技术创业服务中心的功能设计和职能发挥功不可没,特别值得关注。中心聚焦"建设创新创业集聚区、打造创新创业国际孵化体系、优化软硬件服务平台、加强政策扶持"四个方面持续推进,为园区高新企业创新发展培育了沃土。像通过持股孵化的"莘泽创投"就提供了很好的样本。

张江高科技园的实践表明,为企业服务的孵化器,通过为新创办的科技型中小企业提供物理空间、基础设施支持,开展创业辅导、技术转移、人才引进、金融投资、市场开拓、国际合作等一系列服务,能够降低创业成本,提高创业成功率,助推科技创新。

对照上海的经验,苏州有必要进一步实施更加科学高效的孵化器发展计划,以此作为实施创新驱动发展战略的重要抓手,特别要采取更加有力措施,推动科技企业孵化器加快发展。下一步,更要围绕新型产业培育和创新体系的需要,调动多方力量参与孵化器建设,充分发挥政府引导、市场主导、企业主体、社会参与的作用,形成多元化发展格局。通过更高效地用好"孵化器"这个创新"神器",为苏州的科技创新注入更强大的动力。

原载2016年苏州新闻网

"创新",已成为这座城市的代名词。2015年,深圳PCT(专利合作条约)国际专利申请量占全国申请量半壁江山,华为、光启、中兴等一大批创新明星交相辉映——

深圳:"创新之城"密钥何在?

苏州日报采访组·深圳报道

12月14日下午,苏报采访组刚抵达深圳,就赶上了一场令人瞩目的土地拍卖。

这场土拍特别之处在于,在国内首次创新性地采用"双限双竞"规则,不仅限销售房价、限成交地价,而且当有多个竞买者的报价触及成交地价"天花板"时,转而让他们竞人才住房面积,谁愿意拿出更多的面积建人才住房,谁就中标。最终成交的两个地块,通过"双竞"硬生生增加了3.54万平方米的人才住房。

不少深圳人还记得,就在今年上半年,一则"夫妻卖掉深圳小两居回武汉买一套房"的新闻在社交媒体刷屏。去年以来,深圳房价一路蹿升,领涨全国,"挤出效应"逐渐显现,一些人为此而忍痛离开。

创新驱动的背后是人才驱动。这样的离开戳中了"创新之城"的痛点。深圳"十三五"将"建30万套人才住房,或租或卖,优供人才。所卖房价为每平方米万元左右的成本价,以解决高房价难留人的突出矛盾,土拍'双限双竞'就是具体举措之一。"深圳市委组织部相关负责人告诉苏报采访组,去年以来,深圳市委明确要求,要坚持问题导向、需求导向,全面清理和打破妨碍人才流动的制度障碍,不断创新和完善人才政策,形成符合人才成长和发展规律、具有深圳特色的良好制度环境,大力提升深圳的人才吸引力。

深圳市委主要负责同志在公开场合多次表示:"深圳现在最最关键是把人聚来用好。政府应该创造一个非常好的环境,把人才问题解决好了,深圳不仅是现在走在前面,而是永远走在前面,我们要让各类人才能在这创造新的奇迹。"

孔雀计划+海外引才 不断创新完善人才政策

你是否想过,有一天,手机可以藏身笔杆中、嵌入衣服内,或是缠在手腕上。电脑、电视也会变得轻薄柔软,可随身携带,甚至像画卷一样"贴"在墙上。

随着"柔宇科技"研发的柔性显示屏技术的运用,这些想象将变成现实。"柔宇科技"创始人兼CEO刘自鸿,从清华大学到斯坦福大学,主修电子工程,博士毕业后在美国知名世界500强公司就职。

2012年,刘自鸿在美国和深圳同步创立"柔宇科技",两年后研发出全球最轻薄、厚度仅0.01毫米，可直接用于智能手机领域的彩色AMOLED柔性显示器，刷新了显示领域的世界纪录。迄今为止，"柔宇科技"申请和授权发明专利超过500件，成为深圳高科技的一张名片。

深圳与刘自鸿的结缘，海外引才网络、"孔雀计划"功不可没。"2011年开始，深圳市委、市政府作出了实施'孔雀计划'引进海外高层次人才团队的重大决策部署。'孔雀计划'团队为深圳的创新创业带来一股清风，他们除了将先进的技术引入深圳，还勇于开拓新领域，进一步夯实了深圳新兴产业的基础，完善了深圳的产业链和创新创业生态链，搅热了深圳的创业投资。"深圳市人力资源和社会保障局副调研员吴卫华说。

"为网罗海外人才，近年来，深圳通过人才交流大会、海外创新大赛等形式，在海内外广布引才网络。在美国、日本、比利时、澳大利亚等国家，我们还设立了专门联络处，聘请专人开展人才政策宣传、沟通联络工作，每年定期带海外人才到深圳考察。"吴卫华告诉苏报采访组，"孔雀计划"对引入的海外高层次人才和团队给予创业启动、项目研发、政策配套、成果转化等方面支持，实现人才资源配置和产业转型升级的高端化。

刘自鸿便是循着这张引才网络来到深圳，并成功入选"孔雀计划"。刘自鸿说："'柔宇科技'最大的资产是人，是团队。从创业时的3个人到现在超过500人的国际化团队，成员来自10个国家和地区，这跟深圳的大力引才分不开。"

柔宇团队的扩张，一定程度上正是深圳集聚人才的缩影。截至今年10月，深圳累计引进"孔雀团队"和广东省创新科研团队95个。近年来，深圳引进的海外高层次人才数量也在逐年增加，仅今年1至8月，深圳新认定"孔雀计划"人才就达388人，"孔雀人才"数量累计达到1752名。这些高层次人才的研究领域涵盖生物、互联网等深圳重点发展的战略性新兴产业和未来产业。

优化创新生态+集聚创新主体　　竭力提高创新成功率

广栽梧桐，迎来"孔雀"翔集。"孔雀"的栖息、发展、高飞，需要资金、配套、产业链等全方位支撑，考验着深圳的整条创新链。

"奥比中光"就是从这样的创新链中成长起来的。2013年，公司创始人黄源浩来到深圳创业，此前他已完成了加拿大瑞尔森博士后研究、美国麻省理工学院SMART中心博士后研究，在全球7个国际领先研究机构留学并开展研究工作，一直专注于3D光学测量领域。

然而，履历再耀眼，创业之初的黄源浩依旧面临着绝大部分创业者共同的困难——缺办公场所、缺钱、缺人。深圳留学人员创业园里的"格子间"帮了大忙,这里以极低的价格出租,专门服务留学归国的创业人员。"奥比中光"就从这仅能容纳不到10人的"格子间"里起步,在2014年"孔雀团队"评比中荣获第一名。

"所谓3D传感器,其实就是人工智能设备的'眼睛'。我们的3D传感器误差为毫米级,是国内唯一已经开始同类设备量产的高新技术企业。今年是销售元年,全球范围客户已超过500家,和惠普、博世、奥的斯等10家世界500强企业达成合作,销售过亿元。""奥比中光"财务总监陈彬告诉苏报采访组。

如今的"奥比中光",正谋划着为下一步扩张寻找更大的空间。而在深圳,还有数以百万计的创业者正探索复制这样的成功之路。"深圳湾创业广场"便是他们最大的集聚区。

"深圳湾创业广场"位于我国创业创新资源最为密集的深圳科技园南区,被腾讯全球总部、百度国际总部、A8音乐大厦、三诺大厦、阿里全球总部所环绕,是一个400米长、有着18栋甲级写字楼的创业街区。"它的使命是打造中国首席的创业创新生态,孕育引领全球创新思潮的未来企业。"深圳市资产规模最大的国有企业深圳市投资控股有限公司(深投控)相关负责人孙延东告诉苏报采访组,"深圳湾"集聚了所有与创业创新有关的主体——创业者、企业家、投资人和创业服务机构,成为集专业孵化、创业投融资、种子交易市场三大核心功能的全球知名"Inno Park"(创新园)。

"深圳湾创业广场某种程度上是升级版的大型孵化器,"上海交通大学安泰经济与管理学院教授陈宪认为,"创新生态系统的集成、再造与优化,对于提高创新的成功率极其重要。"

陈彬对此深为认同——缺钱,这里有活跃的资本,截至今年11月,"奥比中光"已完成C轮融资,估值30亿元人民币;缺生产能力,这里有完善的上下游产业链,即使是三五台的样机,也有厂商能快速生产;缺人才,这里有集聚的人才圈,企业所需的大部分高级技术人员、高级管理人员都能通过猎头公司、核心人脉圈流动……

移民文化+深圳观念 为创新提供更多可能

"你是怎么走上创新创业之路的?"

"身边的人都在琢磨这事,自然而然就蹚进来了。"

在深圳采访的三天里,面对苏报采访组的提问,无论是资本大鳄,还是草根创业者,几乎所有受访者都这样回答。

钱海网络技术有限公司CEO刘超峰的经历颇具典型性。"钱海"2014年5月在深圳前海注册,成立一年完成A轮融资,估值超过2亿元。如今"钱海"已是国内最大的跨境支付产品和服务平台,每月覆盖全球5亿美元交易。

刘超峰说:"成立'钱海'是一次'被动创业'。"2013年,刘超峰的高中同学兼好友杨新芳带着一份跨境支付的创业计划找到他。刘超峰认为这个项目非常好,只是自己多年从事运营商营销行业,对跨境电商一窍不通。"当时我并没有一起干的想法。"不过,在杨新芳的不断劝说下,刘超峰还是"下了海",促成了"钱海"的"出海之路"。

无论主动还是被动,创新创业已成为生活在这座城市里人们共同的气质。2010年8月,深圳经济特区建立30周年之际,深圳举办了最有影响力十大观念评选活动,引起广泛关注。"深圳观念"中"敢为天下先""改革创新是深圳的根,深圳的魂""鼓励创新,宽容失败"都直接与创新相关,创新已成这座城市的精神内核,成为这座城市最鲜明的精神标识。

"深圳观念"生动道出了深圳因移民而起、因人才而兴、因创业而盛的发展路径。36年前,深圳建市之初,全市只有2名技术人员,一个是拖拉机维修员,一个是兽医;今天,这里已是中国最"拥挤"的城市,不足2000平方公里的土地上聚集了约2000万人口,有商事主体214.1万户,全国千人拥有商事主体最多。知识产权指标方面,2015年深圳国内专利申请总量破10万件,同比增长28.24%;国内专利授权72120件,同比增长34.33%,其中发明专利授权16957件,同比增长40.84%;PCT国际专利申请达13308件(通过PCT提交国际专利申请是企业进行海外专利布局的重要途径),同比增长14.34%,占全国申请量半壁江山。

曾供职于深圳市委研究室的一位专家评价说,深圳的移民文化为城市创新注入不绝动力。深圳本地原住民不到30万,95%以上是移民。"闯深圳"就意味着"告别传统",丢掉原有的文化习惯。这种特质使深圳形成了"敢于冒险、崇尚创新、追求成功、宽容失败"为内核的创新文化和氛围。移民文化还有一个特征,就是能够容纳不同的文化和个性。这种多元化文化使移民既能保持各自的个性又相互包容、相互借鉴,形成了深圳文化开放和兼容的特性,为创新提供了更多可能。

苏报锐评
创新重在生态,找准自己的发力点

深圳是全国的创新高地。特别是在科技创新领域,深圳的竞争力更为明显。《福布斯》杂志连续三年将深圳评为中国内地最具创新的城市。科研机构和高等院校与苏州同样较少的深圳,申请科研专利却能达到全国第一。对标深圳的创新,苏州该怎么学、学些什么?

现代社会创新的主体是企业,企业竞争力就是创新型城市的核心竞争力。与苏州相比,深圳最大的特点恰恰就体现在企业上。仅华为一家企业的创新投入、研发成果,就可以"碾压"苏州大批企业。再从大面上来看,企业创新、二次创业更是让深圳的广大企业尝到了转型升级的甜头,在"速度深圳"模式之后,又闯出了"效益深圳"的新路。这实际上就是一种经济增长方式的转变,提升经济内生力,由"外源"主导向"内源"转型。通过创新,促进企业转型升级、提质增效。因此,激发广大企业特别是企业家的创新热情,应当成为苏州的重头戏。

国以才立,业以才兴。人才是创新的"第一资源",创新驱动实质上是人才驱动,尤其是创新人才的推动。各类人才的创新智慧和活力能否得以充分释放,在很大程度上取决于企业家的远见卓识和管理才能。经济学中有一个二八定律,说的是20%的人才决定了企业的兴亡。因此,世界许多高科技企业的管理者都善于使用比自己更出色的人才。深圳的海外引才网络、本土人才蓄水池、孔雀计划,为深圳招揽大量人才。人才与资金、资源、产业链的全方位的配套,成就了深圳的创新链。在此方面,苏州理当急起直追。

创新充满不确定性,我们今天使用的最好的技术和新产品,二三十年前,没有人预见到。创新型城市应当形成允许"试错"的环境、宽容失败。统观深圳,良好的创新生态,应当是最大的亮点。深圳的城市基因中就有这样的胸襟。从创新的特质来看,政府不仅不能替代企业家和资本家,而且还要从"管家"变成"店小二",甘当创新的助手。这应当成为苏州政府转变职能的努力方向。

原载2016年苏州新闻网

附《"创新四问找差距 对标先进促发展"系列报道》作品目录

1.《中关村:引领中国创新30年》

2.《莘泽创投:超九成"苗苗"孵化成长》

3.《滨江:世界名企的"高产田"》

4.《深圳:"创新之城"密钥何在?》

系列报道

第二十届苏州新闻奖一等奖

好人"泉城",我们在找你

主创人员　王芬兰　周倜

从苏州发出的一笔5000元的捐赠善款,没有留下联系方式,也没有留下名字。山东省德州市慈善总会和受赠人发来"寻人启事",希望通过媒体找到这位好心人——

"泉城","单裤哥"家属在找您

苏报记者　王芬兰　周倜

最近,一位化名为"泉城"的爱心人士,向离世快一年的山东德州公益人士"单裤哥"常春利的家属捐赠了5000元。记录显示,这笔通过银行转账捐出的善款,是今年3月24日16时16分从工商银行苏州澄湖西路网点汇出的。捐款人没有留下通讯地址和联系方式,只在汇款人姓名一栏里写下了"泉城"两字。

为了完成捐款手续、同时表达感谢,山东省德州市慈善总会和常春利的家属希望通过当地媒体和《苏州日报》找到这位好心人"泉城"。通过本报记者的多方寻访,昨天,寻找好心人"泉城"有了最新进展。

德州慈善总会收到5000元捐款
"单裤哥"家属取钱必须找到捐款者

据山东省有关媒体的报道,山东德州人常春利是当地有名的公益人士,从事公益事业17年。为了专心做公益,而立之年的常春利毅然辞去高薪工作。在17年的时间里,他义务为养老院的老人们服务,定期去福利院陪孩子们,每年夏天义务教孩子们学游泳,常年义务维修小区的公共设施……无论春夏秋冬,他只穿一件单裤或者半袖T恤，因此，他被当地人亲切地称为"单褂哥"。

2016年2月19日，常春利在参加公益活动时突发脑出血昏迷。常春利常年从事公益事业，没有固定收入，妻子是下岗职工，也没有固定收入，家里还要供孩子上大学。高昂的治疗费用让这个本就不宽裕的家庭陷入困境。尽管德州社会各界纷纷向他们伸出援手，但遗憾的是，在公益路上坚守了17年的"单褂哥"常春利还是于去年5月10日去世，享年49岁。家属按其遗愿，捐赠了他的肝脏等脏器。

今年3月24日，德州市慈善总会收到一笔捐款，指明是捐给"单褂哥"常春利家属的。记录显示，这笔5000元的善款，是从苏州汇出的。捐款人没有留下通讯地址和联系方式，只在捐款人姓名一栏里写下"泉城"两字。3月28日，当地媒体《齐鲁晚报》刊发报道《捐款者"泉城"，你在哪里？》。常春利妻子接受采访时表示，在丈夫去世快一年后，没想到还有人关心他们一家，她想找到"泉城"，当面表示感谢。

德州市慈善总会也想找到这位好心人"泉城"，一方面，想要给他颁发证书，表彰这种善举，同时邀请他监督善款的使用情况；另一方面，根据当地相关规定，受助者常春利家属想要领取这笔善款，需要捐款者办理签署捐赠协议等手续。如果德州市慈善总会的工作人员无法与"泉城"取得联系，就意味着常春利家属无法领取这5000元。

"泉城"是一位中年男士
请知情人向党报热线提供线索

据齐鲁晚报记者王志强介绍，他们通过调查发现，在德州市慈善总会收到5000元善款的同一天，同样化名为"泉城"的好心人还通过潍坊市红十字会向当地弱势群体捐赠了8000元。两笔善款的捐赠人都是"泉城"，都是从工商银行苏州澄湖西路网点汇出的，时间都是3月24日16时16分。

昨天，本报记者根据已有线索，前往工商银行澄湖西路网点，请银行工作人员帮忙寻找"泉城"。根据具体的汇款时间，银行工作人员调取了3月24日当天下午的监控视频。视频显示，当天过了16时，前来银行网点办理业务的人并不多。从监控视频中可以看到，3月24日16时15分左右，有两位中年男女走进了银行网点大厅，从外貌看，两人的年龄在40岁到50岁之间。中等个子的男士走到柜台前办理业务，男士身材微胖，短发。

从时间和银行单据上，工作人员可以确定，这位男士正是向德州市慈善总会汇出善款的"泉城"。当时，银行工作人员要求他留下联系方式，但是男士拒绝了，只在汇款人姓名一栏里写下了"泉城"两字。据介绍，大多数银行在柜台办理小额即低于1万元现金汇款时，无需实名。通过监控视频，可以模糊地听到"泉城"与银行工作人员的对话，"泉城"有吴中区、相城区一带的口音。

银行工作人员又调取了银行门口的监控视频，视频显示，两人是开车前往银行网点的，但是，由于停车位置比较远，无法看清车子。

综合各种线索，"泉城"应是苏州人，男士，中等身材、体形微胖。3月24日下午，通过工商银行苏州澄湖西路网点汇款，向山东德州"单褂哥"常春利家属捐赠了5000元。本报希望，知情人能向党报热线65226172、13862100010提供更多线索，以便找到这位好心人。

原载2017年4月7日《苏州日报》

分别向山东德州"单褂哥"常春利家属以及潍坊市弱势群体捐款的好心人"泉城"有下落了——

好人"泉城"是一个经常匿名行善的团队

苏报讯（记者　王芬兰　周偲）昨天，寻找匿名爱心人士的报道《"泉城"，"单褂哥"家属在找您》在本报刊发后，引起了众多读者的关注。经过本报记者在苏州、德州、潍坊等地的多渠道采访了解，好心人"泉城"终于有了下落："泉城"不是一个人，而是一个经常匿名捐款的公益团队。其中一位陈先生目前工作、生活在苏州。

昨天，本报记者联系到陈先生时，他正在医院。他告诉记者，当天他向公司请了一天假，因为有一位长辈要做手术，他在医院全程陪同。陈先生承认，德州市慈善总会收到的5000元是他捐的。他知道"单褂哥"常春利做公益17年，家里条件不太好，去年5月去世了，所以，向常春利的家属捐款，希望帮他们缓解一下生活压力。

陈先生说，他参与了一个公益团队，团队成员都是退伍军人，来自全国不同的地方，他们一直以自发形式奉献爱心。这个公益团队是十多年前成立的。陈先生是"新苏州人"，2013年左右加入这个团队，目前团队有三四个人。整个团队非常低调，爱心捐赠的行为都以化名进行。

陈先生说，化名"泉城"的捐款行为是他们做的，他们也曾经化名"姑苏"进行捐款。他说，这些捐款数量都不算大，"还有更大的，特别大的都有"。不少在兰州、德州的匿名捐款,就是这个团队做的。当被问起他们这个团队默默献爱心的初衷时,陈先生表示不便透露更多。听说"单褂哥"妻子想要当面表示感谢,他表示,是否露面要征求团队成员的意见。但为帮助受助对象提取爱心款项,他们可以继续提供必要的帮助。他说:"可以从其他地方发函过去(到德州市慈善总会),从苏州也可以。"

陈先生还表示,他们这个团队习惯了低调做事,不希望自己做慈善公益的事被宣扬。他还透露,化名"泉城",是因为他们有时候会用捐助对象的居住地来取名。因为"单褂哥"在山东,所以化名"泉城"。

"泉城"是谁?

不是一个人,而是一个经常匿名捐款的公益团队,其中一位陈先生目前在苏州生活工作。

"泉城"是一个怎样的团队?

成员都是退伍军人。

来自全国不同地方。

成立已十多年。

一直匿名献爱心,用捐助对象的居住地取化名,曾用过"泉城""姑苏""风筝"等化名。

这个团队在全国各地播下爱心的种子

山东济南、德州、潍坊:"泉城"向公益人士"单褂哥"家属捐赠5000元,向潍坊弱势群体捐赠8000元,在济南曾帮助"泉城"捐款的刘女士回忆,"泉城"是退伍军人、中等身材微胖、来自苏州。

甘肃兰州:一名退伍军人化名"姑苏",为贫困环卫家庭捐助了救助金。

云南昭通:个子不高、身材稍胖的"风筝"叔叔给小杨家捐助1000元。小杨后来将爱心传递下去,化名"小风筝"为贫困儿童捐款。

江苏南京:"风筝"曾派人向蒲公英残疾人互助社捐款5万元,此后,有人称受"风筝"所托再次捐款5万元。

安徽六安："风筝"向金寨县红十字会捐款5000元，用于帮助当地孤残儿童。

网友纷纷为"泉城"点赞。

姑苏区阊胥路网友："为善人点赞！"

苏州市网友：大爱无疆，爱，是社会文明"正能量。"

姑苏区新庄西路网友："好人一生平安。"

苏州市网友："凡人善举，大爱无疆。说得太好了。"

火星网友："大爱苏州人。"

原载2017年4月8日《苏州日报》

新闻链接

本报记者多路寻访，银行、警方工作人员帮助，潍坊当地媒体提供线索——

寻找"泉城"一波三折

苏报记者　佘　慧

昨天，本报记者多路寻访，齐心协力寻找"泉城"的下落。"泉城"的善行感动了不计其数的苏州人，银行、警方等部门工作人员也深受感动，在记者寻找"泉城"过程中，他们提供了很多帮助。

昨天上午，为找到关于"泉城"的更多细节，本报一路记者再次联系了工商银行吴中区支行及澄湖西路网点，在采访工作人员和调取视频后，获悉"泉城"于3月24日16时16分在向山东省德州市慈善总会和山东省潍坊市红十字会，分别汇完5000元和8000元善款后，走出银行网点坐上了一辆黑色轿车离开。

得知这一重要线索后，另一路记者立即分别联系了吴中区长桥派出所和吴中交警大队，寻求警方帮助。然而，由于这一银行网点实际位于澄湖西路往北一点的新蠡路上，新蠡路沿线没有监控摄像，警方在调取、查看了大量周边路面的监控后，也无法确定"泉城"所坐的黑色轿车究竟是哪一辆。同时，警方通过查询系统，也确认苏州市并没有叫作"泉城"的市民，说明"泉城"果真只是一个化名。

至此，寻找"泉城"似乎已经没有突破口。

昨天中午，"不死心"的记者又赶到工商银行吴中区支行，想再次通过视频仔细看看"泉城"汇款时的具体情况，不漏掉一丝可能的线索。视频显示，3月24日15时55分，一位中等个子、身材微胖、短发的男士和另一名女士一起走进澄湖西路网点大厅。女士先去一旁的ATM机取钱，男士则直奔柜台填写汇款单。轮到他办理业务时，他将汇款单递给柜台工作人员，同行女士将刚取出来的一沓钱递了过去，等他们办完汇款手续，走出网点大厅是当天16时19分。很快，他们坐上停在路边的一辆黑色轿车沿新蠡路向北驶去。不过，由于视频监控距离较远，根本看不清汽车牌号。

至此，所有线索似乎都中断了。

然而，就在本报几路记者对找到"泉城"不抱希望时，山东媒体记者提供了一个最新获得的线索：潍坊市红十字会曾接到过"泉城"的电话，并记录下了他的手机号码。真是踏破铁鞋无觅处，得来全不费工夫。

记者很快打通了这个电话号码，接电话的一位先生否认自己是"泉城"，但表示自己的手机前阶段曾被朋友借用过，向山东打过电话，这个朋友可能就是"泉城"。

曾报道"风筝"事迹的潍坊晚报记者刘晓梅认为，向潍坊市多次捐款的"风筝"与这次引起山东及苏州媒体关注的"泉城"有关。因为2015年1月报道贫困苗族女孩"小风筝"捐款1000元后，过了没多长时间，"风筝"亲自到潍坊市红十字会捐款，当时他还带着另一个化名为"泉城"的中年男士，而"泉城"当时捐了1000元。此后，"泉城"也与潍坊市红十字会联系过，并留下了手机号码。这个号码就是记者从潍坊市红十字会得到的号码，通过这个号码，记者找到了曾经把手机借给"泉城"打电话的先生，并最终找到了以"泉城"名义捐款的陈先生。

原载2017年4月8日《苏州日报》

附《好人"泉城"，我们在找你》系列报道见报文章目录

1.《"泉城"，"单褂哥"家属在找您》

2.《凡人善举　大爱无言》

3.《寻找"泉城"一波三折》

4.《好人"泉城"是一个经常匿名行善的团队》

5.《"泉城""姑苏""风筝"原是同一个公益团队》

第二十届苏州新闻奖一等奖

跨越太平洋的情缘

主创人员　名城苏州网

美国教师苏州捐献器官感动全城　系江苏首例外籍捐献

记者　何寅平

今天下午4点01分,在苏州大学附属第一医院,41岁的美国教师埃默里·斯科特(Amery Scott)离开了人世。但他的生命以一种特殊的方式留在了这片他深爱的土地上。他捐献出的一个肾脏和一对眼角膜,将挽救一名中国人的生命,并让多位中国眼疾患者恢复光明。斯科特也成为了江苏省首位捐献器官的外籍人士。

国庆假期　美国教师突发脑卒中

下午2点,当记者赶到苏州大学附属第一医院重症监护室时,斯科特的家人正在和医生以及红十字会工作人员进行最后沟通。谈及自己的长子,斯科特母亲声泪俱下。她说,捐献是孩子自己的意愿,她也非常乐意这么做。

今年41岁的斯科特来自美国,一年多前,酷爱中国文化的他来到了苏州常熟,在当地一家英语培训机构担任外语老师。今年10月1号晚上8点多,他突然发现自己的半边身子无法动弹,被同事送到了当地医院抢救,被判定为脑卒中。由于病情危重,第二天,斯科特被转到了苏州大学附属第一医院。与此同时,同事们与其母亲取得了联系。昨天,斯科特的家人从美国赶到苏州。不幸的是,也是在当天,经过多位专家一致判定,斯科特被确诊为脑死亡。

美国母亲赶赴苏州　主动提出捐献请求

"他母亲赶到医院后,我们介绍了病情。接下来她说有一个请求,她主动提出要捐献儿子的器官,毫不犹豫,真的非常感动!"苏州大学附属第一医院重症监护室副主任郭强说,斯科特母亲告诉他,斯科特在美国考取驾照的时候曾登记过捐献器官的意愿。大致内容是一旦发生意外,在条件允许的情况下将捐出自己的器官。

在斯科特驾照上,记者看到了一个爱心标志,写着:"DONOR"。郭强告诉记者,这个标识意味着这位驾驶员已登记捐献器官意愿。原本昨天斯科特的家人就决定进行器官获取手术,但由于是外籍人士,相应程序会多一些,手术最终定在了今天下午。

亲朋好友送上"语音道别"　一位中国患者将重获新生

下午3时许,家人和斯科特进行了最后道别。斯科特家人用手机,在他耳边播放了之前录制的亲朋好友送给斯科特的最后一段话。随后,斯科特在家人、医护人员及红十字会协调员的护送陪同下,进入手术室。大家面向斯科特鞠躬道别。苏州大学附属第一医院专家们开始了器官获取手术。下午4点01分,斯科特停止了呼吸。他的一个肾脏今天将被移植给中国一名肾病患者,一对眼角膜将给多位中国眼疾患者带来光明。

他备受学生爱戴　发病当天送上国庆祝福

今天下午,斯科特的同事纷纷从常熟赶来见他最后一面。斯科特同事张女士告诉记者,斯科特是一个非常有亲和力的人,很受学生喜欢,"每次下课,总会有学生去他办公室找他聊天。"

邹女士和斯科特共事了一年多时间,在她印象中,斯科特是一个非常友好有爱心的人。"他对待学生尽心尽力,经常会自己掏腰包去超市买一些小玩具,作为上课时候给孩子的礼物。平时生活中他也会找学生聊天给他们鼓励。"邹女士说,斯科特还是一个中国迷,非常喜欢中国文化,"前段时间他还迷上了中国的麻将,让我们教他打,平时一有空就会拉上我们一起玩。"

在斯科特的朋友圈,记者看到,10月1日发病当天,他手持中国国旗还发了一张自拍照。附文:"My greatest hope today is that the country I come from and the country that is my current home together continue to grow in peace and prosperity.

Happy National Day！"大意是："我今天最大的愿望，是我来自的国家和我目前所在的国家继续和平与繁荣地发展。国庆节快乐！"

原载2017年10月11日名城苏州网

美国教师斯科特的"中国式"生活

记者　何寅平

昨天名城苏州网报道了在苏州常熟工作的41岁美国教师埃默里·斯科特（Amery Scott），捐献一个肾脏和一对眼角膜，救助中国人的感人事迹。稿件刊发后，斯科特的善举感动了苏州市民。今天，记者专程前往常熟，还原这位美国教师在中国留下的爱心印迹。

为体验中国文化　他来到了苏州

下午在常熟市区一家外语培训机构，负责人邹女士望着窗外秋雨笼罩的虞山，双眼湿润了。国庆节前的周末，斯科特还在虞山脚下那块他最喜欢的大草坪上散步，如今却已阴阳两隔。办公桌上，斯科特的备课本、笔筒等摆放得整整齐齐。"今天会把这些都收起来，否则我和同事看见了都免不了会留下泪来。"邹女士说，和斯科特共事不过1年多，但他早已融入了大家的生活。

去年9月，斯科特以优异的成绩被这家英语培训机构的总部录取，在确定培训点时，他却放弃了去北上广的机会。"他说，大城市太过嘈杂，不能感受到真正的中国生活，所以他选择了这里。"邹女士说，事后才知道，来中国之前，斯科特就迷上了中国文化，为此还买了一本中英文对照字典，每天坚持学习。"到我们这边以后，那本字典几乎不离身，一有空他就会拿着让我们教他中文。"工作之余，斯科特最喜欢去对面的虞山脚下散步，以及游览附近的兴福寺。"他说那里古色古香，还有很多碑文。"邹女士说，今年10月1日发病当天，斯科特在工作群里转发了一条有关国庆节的微信："他说自己终于知道怎么庆祝国庆节了，他很开心，觉得这就是他想要的中国式生活。"

为此，当天在朋友圈，斯科特还发布了一张手持中国国旗的自拍照。附文："My greatest hope today is that the country I come from and the country that is my current home together continue to grow in peace and prosperity. Happy National Day！"大意是："我今天最大的愿望，是我的祖国和我现在身处的国家，继续和平与繁荣地发展。国庆节快乐！"

学生提前半小时赶来　只为和他聊天

今天在整理斯科特的办公桌时，邹女士找到了一个白色帆布袋，打开是一包卡通贴纸，其中一张贴纸上全是"好"字。邹女士告诉记者，这些都是斯科特自掏腰包，专门给孩子们准备的。"他觉得每个孩子都很优秀。学生回答一个问题，他就会给一个小礼物作为鼓励，孩子们都非常喜欢他。"邹女士说，平时为了活跃课堂气氛，斯科特还会买来各种道具，把自己打扮成超级英雄的样子，和孩子互动。在孩子们眼中，他更像是一个朋友。

邹女士告诉记者，培训班里曾有一位名叫"Eva"的小女孩，只要斯科特上课，她都会提前半小时到，然后拉着他聊天。"两个人会边说边比划，其实有时候他并不清楚孩子在说什么，但还是会耐心倾听，孩子和他没有距离。"

"Are you ok？"是他的口头禅

除了成为孩子们的朋友，在同事们心中，斯科特是一个充满爱心的"话痨"。他最常挂在嘴边的是那句"Are you ok？"

"平时只要你脸色不好看，或是闷闷不乐，他就会主动来询问关心你，然后滔滔不绝和你聊天，逗你开心。"邹女士向记者展示了斯科特的朋友圈，里面有很多可爱、搞怪的自拍照。"无论在工作还是生活上，斯科特总是给人乐观、温暖的感觉。"邹女士清楚地记得，一次一位同事结婚，斯科特不仅入乡随俗随了份子钱，还在婚礼当天，精心准备了一份惊喜——现场给新人唱了一首拿手的英文歌，"他唱了一首'over the rainbow'，很好听，把新郎新娘感动坏了。"

遭遇不幸　同事提着行李箱去看望

也正是因为如此的贴心温暖，相处不过一年多，斯科特和同事就结下了深厚的友谊。

今年10月1日晚,斯科特突发脑卒中,被送入重症监护室。尽管当时还是休假期间,同事们得知消息后,纷纷自发赶到了医院。"我从未体验到同事们是如此团结,他住院后很多人都放弃了休假,跑到苏州去看他。有的同事下了飞机,直接拎着行李箱跑到了ICU门口。"邹女士说,斯科特住院那段时间,每天都至少有5、6位同事守候在病房门口,就等着探视时间一到,去看望他。与此同时,得知斯科特病危的消息后,很多家长和学生也纷纷通过邹女士,向他表达了祝愿,希望他早日康复。

邹女士说,他们正在筹划,近期会举行一个活动来悼念斯科特,"到时候肯定会有很多人来,大家都舍不得他。"

超人是他偶像　他要保护大家

在斯科特的办公桌上,记者看到了一个精致的超人摆件,以及好几张美国超级英雄的漫画卡片。"这些都是他从美国带来的,他非常喜欢超级英雄的漫画。"斯科特曾告诉邹女士,这些"英雄"中他最喜欢超人。他最大的梦想,就是成为一个超级英雄。

"他跟我说过,虽然自己一个人在中国,但同事就是他的亲人,学生就是他的孩子。他把同事、孩子们看做了他要保护的对象。"邹女士说。今天,斯科特的同事在朋友圈写下了这样一段文字:"大脑中浮现一个画面,有一次a教室(斯科特所在教室),一个小女孩脚上小拇指指甲破了,哭的很伤心。a先生把她抱在怀里,心疼极了。一边安慰着,一边亲了两下额头。我看见了,也看不见了,走好……"

原载于2017年10月12日名城苏州网

美国教师斯科特遗体火化　接受肾移植患者情况稳定

记者　何寅平

连日来,名城苏州网持续关注了在苏州常熟工作的41岁美国教师斯科特,捐献一个肾脏和一对眼角膜救助中国人的感人事迹。今天上午,斯科特的遗体在苏州市殡仪馆火化。记者从医院获悉,接受肾脏移植的中国患者目前情况稳定。

今天一早,斯科特的家人就来到了苏州市殡仪馆,准备好了相关材料。在完成手续后,殡仪馆工作人员带领斯科特家人前往选取骨灰盒。斯科特母亲最后挑选了一款名为"鹤鹿同春"的香樟木盒子。她说,盒子外观看上去很简洁,相信儿子一定会喜欢。斯科特平时不管是穿衣打扮还是其他,都喜欢简单不喜欢繁琐。

10点30分,斯科特家人进入告别厅。看着儿子的遗体,斯科特母亲泣不成声。家人拍摄了斯科特的最后影像,随后遗体进入火化室。在休息间,斯科特母亲告诉记者,过两天她将启程回国,把儿子骨灰带回美国。之后她将和全家商量,如何给斯科特举行悼念仪式和葬礼。

今年10月1日晚,在常熟一家培训机构担任外教的斯科特突发脑卒中入院,后被诊断为脑死亡。斯科特家人随后赶到苏州,遵循其生前愿望,捐出了一个肾脏和一对眼角膜。斯科特是江苏省首位捐献器官的外籍人士。

记者今天从进行移植手术的苏州大学附属第一医院获悉,斯科特的一个肾脏目前已顺利植入了一名中国肾病患者体内。该患者是一名中年男子,患有尿毒症。目前患者小便量已有了改善。今天上午,医院对患者进行了B超检查,目前情况很稳定。

原载于2017年10月13日名城苏州网

第二十届苏州新闻奖一等奖

昆山试验区获批五周年系列报道

主创人员　杨报平　宋桂昌　史　赛　李传玉　张　欢　金燕博

迈进新时代，昆山试验区再当"先行军"
——昆山试验区设立五周年系列报道之一

主创人员　杨报平　李传玉

编者按

　　昆山试验区2013年2月获批以来，已走过近5个年头。即日起，本报推出昆山试验区发展系列报道和评论，旨在总结经验，进一步打响昆山试验区品牌。迈入新时代，昆山试验区将以党的十九大精神为指引，继续探索两岸经济文化交流合作新路径、新模式、新方法，为全面深化两岸产业合作作出新的更大的贡献。

　　近5年前，"共同开创两岸产业融合发展新局面"的一枚棋子在昆山落下：2013年2月3日，国务院正式批复同意设立昆山深化两岸产业合作试验区，这只是一个开始。

　　今天，昆山试验区呈现出一派欣欣向荣的景象：金融创新由点向面延伸，从试水"双向借款""跨境贷"，到加紧设立两岸产业合作基金；两岸产业合作重大项目一个接一个，富士康加码、友达量产、神达设立总部；两岸民间交往持续深化，从举办论坛到灯会再到台湾青年昆山行，双向交流如火如荼。

　　11月9日至10日，履新不久的江苏省委书记娄勤俭专程来到位于昆山试验区内的大陆第一家台资银行彰化银行昆山分行和研华科技调研，对台企依托昆山试验区取得的新发展给予肯定，并寄语广大台商："抓住时代性改革变化带来的机遇，加快推进产业转型升级。"

　　10月31日至11月1日，省委副书记、省长吴政隆在苏州调研时也专程赴位于昆山试验区内的友达光电调研，寄语企业要践行新发展理念，坚持优化存量与培育增量并举，推动产业迈向全球价值链中高端。

迈进新时代，昆山试验区继续当好推动两岸产业融合发展的"先行军"，以豪迈的气魄、稳健的步伐在梦想中超越！

不忘初心
开创两岸融合发展新局面

"共同开创两岸产业融合发展新局面"，这是国务院批复文件国函[2013]21号文件的最后一句话，更是国批昆山试验区的初心和使命！

不忘初心、牢记使命。昆山试验区为"共同开创两岸产业融合发展新局面"，逢山开路，遇河搭桥。在这个征程中，每年召开的部省际联席会议及时为昆山试验区发展指明方向、化解难题、给予支持。

2013年9月16日，在国家发改委牵头下，建立由22个部委和江苏省参与的昆山试验区部省际联席会议制度，并于当年11月召开第一次会议，提出8个方面意见。昆山试验区开创了当年获得国批、当年建立部省际联席会议制度、当年召开第一次会议的先河。联席会议成员单位及相关部委负责人先后多次来昆山实地调研，给予面对面的指导和帮助。

为推动部省际联席会议精神在昆山试验区落地、结出硕果，苏州市委常委、昆山市委书记姚林荣多次叮嘱有关方面负责人："部省际联席会议制度是我市最大的改革平台，昆山试验区要用好部省际联席会议机制，不断提高政策服务的精准度，做到企业需求快速知道、政府服务快速提供，使昆山试验区成为广大台商成就事业梦想的沃土、享受愉悦生活的乐园、心灵归宿栖息的港湾。"

近5年来，每次部省际联席会议都解决了昆山试验区发展亟须破解的改革瓶颈。每次部省际联席会议后，昆山试验区的发展都迈上一个新台阶，升到一个新高度。昆山市委副书记、市长杜小刚无论是会见台商还是赴台经贸交流，都会大力推介昆山试验区，他常说："昆山虽无'自贸区'之名，但却有'自贸区'的创新制度。昆山试验区依托部省际联席会议，加速集聚了两岸产业、金融、人才，成为台资企业'立足长三角、布局大陆'的重要平台和示范基地。"

近5年来，四次部省际联席会议共明确了70多条支持事项，大部分在昆山试验区得到了较好落实，为台资企业转型升级创新发展创造了良好的营商环境；近5年来，昆台产业逐步走向深度融合，两岸重大项目合作取得突破性进展，形成了新一轮台商投资热潮,昆山试验区新增台资项目597个,总投资58.6亿美元,注册资本30亿美元;近5年来,昆山试验区开展了一系列具有原创性、开拓性的试点试验,为两岸产业深度合作提供了"样本";近5年来,昆山试验区秉持"两岸一家亲"理念,使两岸交流合作领域从以产业为主逐步向金融、教育、文化、体育、卫生等领域全方位拓展,促进两岸同胞心灵契合。

一组组数据表明,昆山试验区基本实现了国务院在批复中赋予的三大目标任务:"在产业集聚发展、创新平台建设、合作水平提升等方面实现新突破""在商品交易、现代物流、文化创意、科技服务等方面形成新亮点""在中小企业融资服务、科技金融体系建设、两岸货币结算等方面构建新机制",为两岸产业融合发展开辟一个崭新的局面。

敢为人先
试验田里"种"出新样本

昆山试验区设立的初衷就是为两岸产业融合发展闯出一条新路,提供可以借鉴的现实样本。回望近5年的艰辛路,昆山试验区基本实现了这个初衷。

昆山试验区深度诠释了"平台"概念,践行了"平台"理念。"昆山试验区既是有形的,下辖昆山开发区、昆山高新区、花桥经济开发区、昆山旅游度假区;又是无形的,搭建了一个政策创新、机制体制创新的大平台,推动整个昆山两岸产业深度融合向纵深发展。"昆山试验区推进办负责人介绍。

海协会会长陈德铭曾多次来昆山试验区调研,对昆山试验区为两岸产业合作搭建了一个可复制、可借鉴的大平台的做法给予充分肯定。国家发改委、海关总署等国家部委也对昆山试验区发展给予精心指导和大力支持。

近5年来,昆山试验区还催生了一个个新名词,从陌生到耳熟能详,如"跨境人民币双向借款""跨境贷""两岸合资全牌照证券公司""跨境电商""一般纳税人资格试点""两岸青创园"等。这些新名词的背后隐含着每一次探索、创新、突破。

台湾冠军建材集团旗下企业信益陶瓷是跨境人民币双向借款业务的受益者之一。去年6月,该公司通过在工行昆山分行开立的跨境人民币借款账户,从台湾集团公司借入3000万元,到账仅用4天时间,为流动资金使用、短期业务扩展带来很大帮助。"跨境贷"实施后,定颖电子向台湾玉山银行借款600万元,创下江苏省第一笔"跨境贷"业务后,带动中小台企纷纷用上这把打开"融资难"的新钥匙。彰化银行进驻昆山前8年仅仅是个办事处,几乎没有开展业务,昆山试验区成立后,各类业务量猛增。

推进贸易便利化,贯穿试验区改革探索始终。2016年11月1日,昆山综保区企业增值税一般纳税人资格试点率先落地,首家试点企业扬皓光电总经理王锦坤兴奋地说:"多年的内销梦终于实现了。"试点一年成就斐然,有效解决了长期困扰保税区内企业产品内销障碍、增值税无法抵扣、区外企业委内加工等问题,为促进企业内外贸一体化发展探索出可供复制推广的经验,并且大大提振企业投资昆山的热情和信心。纬创、世硕两家企业大幅增资扩产,正是得益于这一创新试点的政策效应。在吸引品牌商参与试点方面取得重大突破。戴尔电脑已在综保区设立戴尔贸易(昆山)有限公司并开展相关业务,星巴克咖啡烘焙和研磨项目也将于2018年底前投产,后续也将设立相应的贸易公司开展内贸业务。同时,惠普、苹果等国际品牌企业正在进一步洽谈相关业务。

近5年的精心耕耘,昆山试验区已成为一个平台、一种话语、一个窗口,更是一个样本!

探索不止
新时代下闯出一条"新"路

迈进新时代,作为对台经贸合作的重要载体和前沿阵地,昆山试验区势必率先遇到发展的瓶颈、改革的坚冰、融合的新题。

面对全球产业格局的新变化,昆台产业对接如何进一步向更高层次、更宽领域持续推进?面对供给侧改革的大背景,综保区增值税一般纳税人资格试点等贸易便利化举措如何进一步完善?面对全球金融大变局,昆山试验区如何进一步为两岸金融创新注入新血液?面对两岸恢复民间交往30年开创的新局面,如何在更宽领域进一步创新两岸交流的内容和形式?

面对亟待破解的难题,党的十九大报告为我们指明了方向。

党的十九大报告强调,秉持"两岸一家亲"理念,提出"尊重台湾现有的社会制度和台湾同胞生活方式,愿意率先同台湾同胞分享大陆发展的机遇","逐步为台湾同胞在大陆学习、创业、就业、生活提供与大陆同胞同等的待遇"。"这充分体现了两岸同胞爱、手足情,反映了为台湾同胞谋福祉、办实事的真心实意。当可激发两岸同胞深化交流的热忱,增强心灵契合、共创未来的信心。"清华大学台湾研究院常务副院长殷存毅说。在党的十九大精神指引下,昆山试验区建设以及在这个平台上进一步探索改革路径、促进创新发展、深化两岸融合有了更加明确的方向。

昆山试验区部省际联席会议第五次会议即将召开，昆山经过深入周密的调研和论证，围绕两岸产业合作、金融改革创新、完善综保区企业增值税一般纳税人资格试点政策、台湾同胞实习就业创业等四个方面提出了一批协商解决的事项，将有力促进两岸金融创新合作走向纵深，助力台资企业开拓大陆内销市场，便利台湾同胞在大陆工作求学生活，让两岸民众尤其是台湾同胞从交流中更有"获得感"。

积跬步以至千里，汇小流以成江海。迈入新时代，昆山试验区凭借厚积薄发的优势，改革探索一小步一小步的前行，必将汇成两岸产业融合的一大步跨越，创造出新业绩！

原载2017年12月6日《昆山日报》

台企转型，昆山风景正好
—— 昆山试验区获批五周年系列报道之二

主创人员　杨报平　史　赛

即将年满5岁，"家有小女初长成"。近5年的砥砺奋进，春华秋实，昆山试验区铺展出一幅台企转型升级创新发展的生动画卷。

蓦然回首，台企依然走在昆山发展最前沿。转型发展，昆山风景正好！

"智变"应万变
台企转向"智慧生长"

研华科技（中国）有限公司的智能工厂，机器高速运转时几乎看不到工人，所有产品工艺参数都预先设置在生产线的"大脑"内。在这里，难觅传统制造，取而代之的是协同研发、物联网等新形态。

研华科技的智慧生长，始于昆山试验区。企业不仅利用"台资企业集团内部人民币跨境双向借款业务"政策从台湾母公司借来了钱，还利用"加大有关专项资金对昆山试验区内企业扶持力度"政策，获得省级科技成果转化资金，抢先步入创新发展快车道。

研华科技只是昆山试验区众多台企以"智变"应万变，从传统增长方式转向"智慧生长"的一个典型。

在友达光电生产车间，只见灵活的六轴机器手臂精准地"抱起"厚度不到1毫米的玻璃基板，轻放在气浮式的传送带上，整个过程无需人工操作。这座高度智能化的现代工厂，彻底颠覆了人们固有概念中"工厂"的定义。目前，总投资120亿元的友达光电第6代低温多晶硅面板生产线已全面达产。以"智变"应万变，台企步步争先，在全球产业链分工竞争中持续领先。

11月9日，昆山之奇美材料科技有限公司开业暨全球首条2500毫米超宽幅高速偏光片生产线开工建设，标志着昆山之奇美在偏光片领域致力于创造产量第一、良品率第一、技术水准第一"三个全球第一"。

善弈者谋其势。借助昆山试验区这个大平台，富士康、纬创、仁宝等众多知名台资企业纷纷加快"机器换人"步伐，插上"智慧之翅"，踏上创新动车，智能制造蔚然成风。全市机器人及智能装备企业总数335家，今年1至10月，实现主营业务销售收入305亿元，同比增长24.9%。

"扎根"促转型
台资经济"量质齐飞"

昆山统一企业食品有限公司是一家老牌台资企业，由台湾统一集团于1993年在昆投资设立。为了更好进军内需市场，统一商贸（昆山）有限公司应运而生，成为统一企业在江浙一带的销售总部。分离与新生，为企业未来的发展积蓄了更多动力。

解开思想扣子，迈开发展步子。依托昆山试验区融资的便利、利率的降低、人才的集聚、加工贸易内销便利化等创新政策，一批"资深"制造业企业开始自发转型，研发中心、采购中心、销售中心、物流业务等在制造业中逐步分离，"分离培育"的转型模式在昆山试验区内不断催生一批批企业"老树开花"。

总部经济，被喻为一个地方或一个企业转型升级取得重大突破的标志。"不增加用地，却实现增资扩产。"位于陆家镇的江苏荣成环保科技股份有限公司在荣成集团总部谋划下，完成股改，并投资4000万美元在昆山设立投资性总部——昆山荣中投资有限公司，这就意味着，昆山荣成在没有增加任何用地的前提下，成功转型为集团中国区总部。

在试验区政策的支持下，老树开新花还在继续发酵，"加码昆山"在台企中已形成了一种悄然行动：3月1日，神达投资昆山总部大楼开工建设，标志着落户昆山17

年之久的神达集团决心扎根昆山；5月31日，欣兴电子决定在昆设立总部，宏致电子决定投资设立研发中心；12月4日，捷安特（全球）集团决定在昆山开发区再投1.57亿美元建设捷安特（江苏）有限公司，这是捷安特在昆山开发区投资设立的第5个工厂，也是捷安特在大陆地区投资规模最大的工厂。

截至目前，台企在昆山设立功能性投资机构、采购中心、销售中心、区域总部超过50家。台湾名列前100强的制造企业有70家在昆山投资。

向"上游"攀升
产业迈向"多元复合"

作为投资的风向标，郭台铭在祖国大陆的投资动向一直让台商密切关注。去年底，郭台铭在深圳作出了"富士康在长三角转型从昆山开始"的战略决策。

这一信号在台商中间迅速传播，也激起阵阵涟漪。6月23日，深耕昆山24年的富士康与昆山市政府签署全面深化战略合作协议，一揽子项目计划总投资达250亿元。

不在低端抢饭吃，要在高端有作为。今年3月3日，总投资1.35亿美元的世硕电子二期项目启动建设，建成后将新增年产智能手机1000万台，新增产值超200亿元；5月31日，纬创集团新项目投资合作协议签署，增资5亿美元，用于升级昆山企业群在新视听和智能移动终端等高端电子资讯产品方面的研发和制造能力，智能手机生产线增至35条，年产能力达5000万台，今后三年每年新增产值超300亿元。

位于陆家镇的正新橡胶（中国）有限公司，一幢六层楼的建筑拔地而起，这是正新橡胶公司研发中心二期项目所在地，与公司原来的研发中心一期大楼呼应，成为正新橡胶占领行业核心技术的"高地"。"研发中心二期，侧重轮胎产业基础研究，包括新材料开发等，与研发中心一期产品研发等相结合，在公司内部形成一条完整的高科技产品研发链条，为企业发展提供强大的智力支撑。"近日，正新橡胶事务本部协理曾耀德一边带着记者参观，一边介绍。据了解，该研发中心二期总投资5亿元，总建筑面积1.6万平方米，建成后将引进世界一流的研发设备，实现智能开发及提供产品个性化、定制化、智能化方案，打造世界最先进、中国最专业的轮胎室内研发中心。

扎根昆山，永续发展。富士康、纬创、神达、正新橡胶这些具有"标本"意义的龙头企业，产生了极强的示范和带动效应，凸显了昆山台企夯实制造业根基、谋求转型升级的积极作为。在昆山试验区，涵盖新一代电子信息、高端装备制造、现代服务业等的"多元复合体"正在形成。

转型如中流击水,唯创新者进。在昆山国际电商产业园,点上一杯咖啡,谈项目、讲创意、聊人生,或许就成为你事业的新起点。这里是仁宝电脑公司旧址,现在从办公、仓储、展示到培训、策划、摄影的"全产业链"服务一应俱全。

"转型升级、创新发展是革新提升的自我涅槃。"台湾工商协进会理事长林伯丰表示,推动两岸产业转型需要从产业、企业两个层面发力,在不同领域合作打造品牌,合作建构产业链、供应链,在技术培育、金融支持、政策扶持上下更大功夫,这将有利于两岸经济和产业互补互利。

产业门类更多,投资区域更广,越来越多的台企投身其中。在这片试验田中,培植出良种,也培植出方案,在这张白纸上面,画出最新最美的图景,也画出更新更美的梦想。

原载2017年12月7日《昆山日报》

贸易更"易",垒起开放新高地
——昆山试验区获批五周年系列报道之三

主创人员　杨报平　李传玉

如何让贸易更容易、更便利?昆山试验区探索出了新方法:全力推进海关特殊监管区域企业增值税一般纳税人资格试点。经过一年的试点,昆山试验区取得累累硕果:有力促进内外贸易一体化发展,让特殊监管区域内企业有更多选择;有效承接上海自贸区"溢出效应",营造开放发展新局面;拓展"全球维修"业务,积极创建国家级出口光电信息产品质量安全示范区;打造跨境贸易小镇,推进"通关一体化"。

一般纳税人资格试点结硕果
内外贸易加速融合

当时针指向2017年11月1日零点,昆山综保区增值税一般纳税人资格试点刚好一周年。昆山海关副关长王红生捧出实施一周年最新数据：截至10月30日，区内12家企业开展试点，非保税货物出入区累计货值84亿元，保税货物进出口累计货值26亿美元，试点企业增值税开票金额12.4亿元，缴纳增值税2.1亿元。

"昆山是这项试点的首创者，工作开展得最早，准备工作做得最充分，落实改革举措最具优势，试点成效最为突出。"11月2日，率全国十多家媒体来昆山采访一般纳税人资格试点实施一周年的南京海关有关负责人介绍。

这项试点能在昆山保税区率先启动，得益于2015年12月29日召开的昆山试验区第三次部省际联席会议。

此次会议将一般纳税人资格试点的设计思路写入会议纪要。为落实会议纪要精神，昆山主动对接，配合国家相关部委做了大量方案论证及完善工作，促进改革"顶层设计"扎根基层。2016年10月14日，国家税务总局、财政部、海关总署联合发布《关于开展赋予海关特殊监管区域企业增值税一般纳税人资格试点的公告》，决定率先在昆山综保区等7个综合保税区开展赋予企业增值税一般纳税人资格试点。

"试点一年来，海关特殊监管区域政策和功能得到完善，促进了昆山外贸持续回稳向好。"王红生介绍，试点改革首次从法理上解决了综保区内企业的境内市场经济主体身份争议，打通了关税、国内增值税的税收管理链条，拓展、完善、优化了综保区功能和政策，助推综保区从重点促进加工贸易发展向有利于进出口分销、转口贸易、国际采购配送等全方位贸易发展。今年以来，昆山外贸月均增幅持续保持两位数，大批企业抓住试点机遇，释放内销潜力。

"试点还大大提振企业投资昆山的热情，增强了扎根发展的信心。"昆山综保区管理局局长张晓冬说，不仅试点企业纷纷主动提升产能，引进设备，扩展内销，还有纬创、世硕等尚未参加试点的龙头企业也相继增资扩产。

践行"通关一体化"
营商环境更加优越

今年7月，海关"通关一体化"改革在全国范围内实施。在昆山，这一改革从通关更加便捷、高效开始。

昆山综保区5号门，始终是一派繁忙景象，出入区的集装箱车辆走"非保税货物通道"，只要在卡口刷二维码就能快速放行。"缘于这样的创新，每票货物为企业节省6个小时的通关时间。"区内企业昆山麦格纳汽车系统有限公司总监刘吉飞说。

开辟一条通道容易，但背后打通试点落地的各个环节却并非易事。为做到科学监管、完善监管功能,从国家三部委批复同意在综保区开展赋予企业增值税一般纳税人资格试点起,昆山海关便将试点工作与开创贸易便利化新格局融合推进,全力推动通关一体化、加贸一体化、关检合作"三个一"等重点改革,通关无纸化率和税单无纸化率均保持在97%以上。同时,关检合作"三个一"货物平均通关时间缩短一半;加贸一体化后,企业每份资料减少申报成本约200元。昆山检验检疫局为简化流程,主动对接全国检验检疫审单放行改革,通过实施风险管理、信用管理、合格评定,全面降低货物现场查验和实验室检测抽批比例,80%的入境货物审单合格后直通放行;通过限定流程时长、强化监督通报,出入境货物通关放行时长压缩了50%以上。

通关便捷、高效,带来了新的业务增长。"保税维修"便是其中之一。近年来,昆山依托试验区平台在全国率先实现保税维修业务规范化通关,目前8家企业开展维修业务,形成了"全球维修"初步形态,使得昆山成为苹果手机全球维修中心之一,业务进出区货值超过20亿美元。

口岸功能的不断完善,还促进"跨境电商"有了新突破。昆山海峡两岸电子商务经济合作实验区获批,累计引进电子商务企业90多家,并且建成了"国内唯一、苏州首家"跨境电子商务综合服务平台,实现日处理业务量30万单。花桥"保税仓库"转型,成功打造跨境贸易小镇,吸引汇银乐虎、敦煌网、燕文物流、社区集等10家企业签约入驻。

"沿沪对台"优势互融
开放格局更加宽广

11月16日,台湾富邦金控集团董事长蔡明兴来昆就深化昆台合作商讨时说:"昆山既是台资集聚高地,又具备上海自贸区的腹地功能,希望借助昆山试验区平台,推动两岸金融、产业合作取得新突破。"

近年来,昆山不断释放"沿沪对台"两大优势,用足用好试验区平台,形成了更加宽广的开放发展新格局。

得益于这样的开放新格局,截至目前,昆山试验区累计有4800多家涉及高端制造、科技创新、现代服务等领域的台企集聚,吸引着全世界的目光。

同时,昆山叠加"不是上海,就在上海"的"同城效应"。富邦金控既在上海布局银行业务,更积极在昆山布局证券业务,与昆山的先期合作成果"富邦华一银行昆山支行"也已顺利开业。产业新龙头世硕电子,成功复制上海昌硕科技在生产制程、人员管理、干部培养、品牌合作等多方面的发展经验，使得一期能在短短几个月内快速投产。目前，世硕二期已经量产，同时三期在建，四期在规划。还有欣兴电子、戴妃巧克力等一批早年进驻上海的项目，如今纷纷向昆山转移，并升级打造企业总部或高端税源型项目。

充分发挥"沿沪对台"优势，还使得更多改革创新举措在昆山试验区得以成功复制推广，惠及越来越多包括台企在内的昆山企业。综保区企业增值税一般纳税人资格试点，涵盖并升级了上海自贸区"分类监管"功能，为综保区内台企打开了利用国际国内两种资源、两个市场的新通道。成功复制"批次进出、集中申报"、集中汇总纳税制度等自贸区海关监管创新举措20项，完善了昆山海关口岸功能。试点开展信用放行、验证放行、边检边放等便捷措施，为出入境货物提供24小时不间断服务，进一步擦亮了"昆山服务"金字招牌。

原载2017年12月8日《昆山日报》

第二十一届苏州新闻奖一等奖

融入上海·向长三角更高质量一体化发展出发

主创人员　周　斌　戴周华　李孝忠

编者按

　　当前,新时代的长三角一体化进入更高质量发展阶段,上海是长三角建设世界级城市群的龙头城市、核心城市,拥有领先的发展理念、面向全球的平台窗口、极为丰富的资源要素。融入上海是我市经济社会发展的一项重要战略。近年来,在市委、市政府的领导和部署下,由市发改委牵头,相关部门、区镇积极开展对沪交流合作,对沪合作取得明显成效。今起本报推出"融入上海·向长三角更高质量一体化发展出发"系列报道,关注太仓新时代融入的机遇,探讨深入对接措施,为太仓抢抓机遇、争先率先融入上海营造良好氛围。

融合发展按下"快进键"
—— 融入上海·向长三角更高质量一体化发展出发系列报道之一

本报记者　周　斌　戴周华　李孝忠

　　今年以来,长三角一体化按下"快进键"。6月1日,2018年度长三角地区主要领导座谈会在上海举行,以"聚焦高质量,聚力一体化"为主题,对长三角更高质量一体化发展进行再谋划、再深化。

　　长三角区域融合发展进程加速,这为上海近邻太仓带来历史机遇。前期,我市已启动长三角一体化背景下太仓融入上海课题研究并形成阶段性成果,嘉昆太协同创新核心圈战略合作框架协议已经签订,我市与上海方面交流日益频繁密切,融合发展之风越吹越劲。

转型发展，离不开上海的溢出和带动

太仓与上海，一衣带水、地缘相接、人缘相亲，对于太仓人来说，上海和太仓没有太大区别。而回顾太仓的发展历程，改革开放以来，从乡镇企业崛起、引进外资，到港口发展、德企聚集等，每一步发展、每一次转型，也都离不开上海的溢出、辐射和带动。

产业合作是对沪合作的重头戏，从中可以看出沪太两地互动融合的密切程度。上海一直以来是我市重要的内资项目来源地，尤其是近年来，来自上海项目的数量和投资金额越来越大。今年一季度，全市引进上海项目84个，新增项目投资总额37.31亿元，新增注册资金15.35亿元，占引进内资的比重为19.92%，同比增长30.08%。

上海项目来到太仓后，很多表现出迅速发展态势，如保捷锻压、格桑制药设备、奕瑞影像等，在行业里占有一席之地，有效推动了我市经济持续发展。

创新是第一动力。曾经的"星期天工程师"给中小乡镇企业、民营企业救了急。如今产学研合作持续加码，科创机构、技术人才项目落户落地，"上海智慧"正越来越多地为我所用。

如今，上海正加快建设国际经济、金融、贸易、航运、科技创新中心和卓越的全球城市，太仓分享"大蛋糕"又迎来新的机遇。

战略升级，更新理念与思路

谋定而动。对沪合作，我市早有谋划。

早在2003年，我市就提出"接轨上海"的发展战略。历经"十一五""十二五"两个五年，对沪合作取得了显著成绩。2016年起，市委、市政府决策部署"融入上海"发展战略，并成立由市长任组长的推进融入上海工作领导小组，与上海进行多层次、宽领域、全方位的深入对接。

战略升级，引发各界关注，大家普遍认为，接轨是浅层次的合作，而融入则是深度互动，把"接轨"升级为"融入"，见证了两地交通日益便利、同城一体化加快的进程。也正是由此，我市开始更多从"同城"角度，谋求两地在产业错位发展、资源互补，社会发展各领域相亲相近、互相照应。

理念更新，带来面貌变新。太仓"十三五"规划邀请上海专家参与制定，推动合作从带有较强的随机性走向更具针对性；交通对接加速，"海陆空"全方面连通网越织越密；社会共治中，环境保护等一些领域逐渐形成长效联合机制；民生融合也有目共睹，尤其是上海九院与我市建立医联体，开启了上海优质医疗教育资源本地共享的新实践。

"一体化"风劲，"窗口期"就在眼前

长三角一体化发展不断推进，太仓是参与者，也是受益者。当前，一体化发展进入全面深化的关键阶段。

"以往，上海周边城市跟随上海发展，是上海的'小拖车'，如今，上海和周边城市是立体化、网络化的存在。上海要建设全球卓越城市，需要周边城市的合作与参与。"国家发改委城市和小城镇改革发展中心研究员冯奎上月在我市建设临沪产业高地课题发布会上如是说。

如今，在长三角一体化进程加快、上海疏解非核心功能的大背景下，一些"单相思"的承接，会成为"两厢情愿"的共赢。

今年1月，在苏州举行的长三角主要领导座谈会提出，要"以创新、优化、协同为路径，以更加有效的区域协调发展新机制为保障，加快构建现代化经济体系，在长三角地区率先构建我国区域协同创新共同体"。嘉昆太协同创新核心圈正是这一理念的具体体现。

在越吹越劲的长三角一体化"东风"下，环沪城市对接上海动作不断，纷纷在不同领域携手大上海，积极承接上海的产业、资本、人才等资源溢出效应。融入上海，太仓等不起，也慢不得。

原载2018年6月6日《太仓日报》

优势叠加，迸发融合发展新动能
——融入上海·向长三角更高质量一体化发展出发系列报道之三

本报记者　周　斌　李孝忠　戴周华

得天时、地利、人和者，得天下。

长三角一体化发展上升为国家战略，"嘉昆太"协同创新核心圈横空出世，沪

宁城市廊道与太仓对接写进《上海嘉定2035总规》，沪通铁路全线进入建设新阶段……太仓的发展，从没有像今天这般优势独具，动能充足。

脉络相通，立体交通迸发融合活力

6月7日，沪通铁路太仓段开始铺轨作业，标志着沪通铁路全线进入新阶段。一方面是沪通铁路一期线下工程全部完工，桥面附属施工已经启动，太仓南站配套基础设施工程已开工建设；另一方面是让江阴、张家港、常熟、太仓等沿线城市居民心心念念的苏南沿江铁路，最近也有了时间表，省委、省政府明确苏南沿江铁路将于9月28日前开工。这将推进太仓进入高铁时代，等沪通铁路通车后，从太仓站到上海虹桥站，只需18分钟。

在长三角都市圈中，太仓是距离上海最近的沿江临沪城市，是长三角连接世界的纽带，是上海辐射苏南的最佳节点。"我们必须发挥交通的服务和先导作用，着力为'融入上海'提供交通保障。"市交运局有关负责人表示，融入上海的立体式交通体系正在全力构建。

在沿江高速、204国道、华浏线、飞沪路等干线道路同上海对接的基础上，我市先后实施G346国道路面改善、S604岳鹿公路接嘉定城北路段等接沪交通重点工程。开通沪太快线、沪浏快线、大学科技园至上海虹桥共3条公交快线，启用上海（虹桥/浦东）国际机场太仓航站楼，开通璜泾至嘉定西站、美兰湖站快线班车及浏河车站直达美兰湖站的城际公交快线。

作为上海国际航运中心重要组成部分，太仓港与上海港的合作不断深化，开辟集装箱航线195条，其中长江（内河）航线81条。复制推广上海自贸区经验，太仓港综合保税区建设不断加快，保税业务单月票数突破1万票。

肌理相融，叠加优势孕育更大作为

作为中国最大的焊接与切割设备研发和制造基地之一，上海沪工焊接集团股份有限公司看好太仓，投资32亿元到高新区建设沪工机器人智能装备产业基地项目。该项目负责人表示，他们将建设20万平方米生产车间及研发用房，设立决策中心、研发中心、销售中心、结算中心和检测中心。这一项目计划年产数字化电焊机30万台，先进激光切割机1000台，机器人柔性生产线150条，达产后第三年产值可达22亿元。

沪工机器人智能装备产业基地项目是沪太产业肌理相融的一个镜头。放大临沪优势，我市设立融入上海办公室，出台优惠政策，定期去上海召开招商投资说明会，引进了一批沪上项目，有力推进了"两地两城"高质量建设。在以"融入上海、合作共赢"为主题的2017太仓（上海）招商投资说明会上，28个沪上项目签约落户太仓，投资总额约200亿元。

当前，上海正在加快建设"五大中心"，推进上海自贸区建设，打造具有全球影响力的科技创新中心。与此同时，太仓正致力于加快推进"融入上海"战略，进一步深化对沪合作，实现与上海多层次、宽领域、全方位、深融合的高质量对接，上海已成为太仓内资引进的最重要来源地，每年引进沪上新增注册资本都在百亿元以上。

"作为临沪地区，太仓与上海已经呈现出融合发展态势，上海的'五大中心建设'为太仓深化对沪合作提供了诸多机遇，特别是在上海建设具有全球影响力的科技创新中心方面，太仓与上海在产业配套协作方面拥有很大潜力。"上海市政府发展研究中心综合处处长周效门教授指出，在众多接轨上海、融入上海的城市中，太仓的优势独具，完全有理由在长三角一体化发展进程中抢得先机，赢得更大作为。

沪太相亲　全力奏响"同城效应"曲

地理相近，人缘相亲，文化相融，经济相通。优势的叠加，让沪太融合越来越紧密，越来越深入。

6月9日是我国的"文化和自然遗产日"。其间，太仓江南丝竹馆的悠扬丝竹声与上海的丝竹声相互应和，恰似"邻里丝竹相闻"。

同奏丝竹是沪太文旅相融的一个缩影。近几年来，太仓建立博物馆、大剧院、江南丝竹馆等设施，实施现代农业园、郑和公园等旅游项目，举办江海河三鲜美食节、"创意太仓·活力家园"等活动，集聚上海文化企业、文化名人来太仓发展，吸引上海游客来太仓旅游，有效推进了沪太两地的文旅产业发展。

通过推动全域旅游模式发展，提升城市整体形象，太仓旅游从"假日休闲式"向"深度体验式"迈进，太仓将打造成为融入上海的生态休闲区，融入长三角都市圈的休闲度假旅游目的地。

当前，太仓正牢牢把握对沪发展机遇，深入落实融入上海发展战略。无论是长三角一体化发展战略的加快推进，还是嘉昆太协同创新核心圈格局的形成，一系列重大机遇带来的叠加优势，都为太仓持续放大与上海的"同城效应"，全力推动交通、科技、产业、资源、民生事业等全面发展积蓄了强大动能，也必将谱写出太仓高质量发展的新篇章。

原载2018年6月12日《太仓日报》

在机遇与挑战中精准发力
——融入上海·向长三角更高质量一体化发展出发系列报道之四

本报记者　周　斌　李孝忠　戴周华

上海是国际化大都市，是长三角更高质量一体化发展的"火车头"。在嘉兴、南通等周边地区竞相发力接轨上海的背景下，太仓如何应对挑战？

深度融入上海，太仓抢抓机遇，智慧作为，向着"1115"产业发展目标奋进。这就是高端装备制造1000亿元，新材料1000亿元，物贸经济+总部经济1000亿元，生物医药500亿元，努力为"现代田园城、幸福金太仓"奠定坚实基础。

彰显特色，破解"虹吸效应"命题

因为不能把多种设备集成到一起，有的制造厂家把工业机器人买回家当成"门卫"，把激光工作站买回家当成"摆设"。针对这一现象，同高先进制造科技（太仓）有限公司开发出了国内领先的基于大功率激光加工的混合工艺复杂制造系统仿真技术，让机器人、激光工作站产生"1+1＞2"的效应。

而同高科技是太仓与上海同济大学合作的结晶，是太仓破解上海"虹吸效应"命题的一次成功实践。

上海作为国际化大都市，谋求的国际经济、国际金融、国际航运、国际贸易、国际科技创新五大中心发展目标，对人才、资本等具有"虹吸"效应。面对这一命题，我市打出特色牌，主动融入上海"五大中心"建设，积极吸纳上海的项目、资金、技术、信息外溢，加强本地企业与上海企业的配套合作，力推太仓成为跨国公司、央企和著名民营企业发展的重要选择地。

精准定位，特色方能精准发力。我市高端装备制造产业着力发展通用和专用装备、新能源及新能源汽车装备、精密机械等高端装备大类，重点培育高精密数控机床、海洋工程装备、新能源装备、智能装备、高端汽车零部件、轨道交通装备等产业链。今年1至4月,我市高端装备制造产业实现产值246.74亿元,同比增长11.1%。

差异竞争,争做上海"第一车间"

珀金埃尔默结缘太仓,源于新波生物。其太仓公司的前身,是苏州新波生物技术有限公司,而苏州新波生物是上海新波生物技术有限公司全资控股公司,也是中国最大的发光类体外诊断试剂生产企业。

珀金埃尔默太仓公司是我市争做上海"第一车间"、生物医药产业融入上海的一个缩影。

"长三角更高质量一体化发展,我们应当主动策应上海城市定位和发展需求。"市发改委有关负责人介绍,在嘉兴、南通等周边地区竞相接轨上海的背景下,我市坚持系统化思维,实施差异化竞争,重点推进高端装备制造、新材料、生物医药和物贸经济、总部经济等新兴产业融入上海。

生物医药产业,重点开展医药研发试验、诊断试剂、医疗器械、酶制剂、药品生产、创新药物等的研发制造。基于这一定位,有关部门经常到上海"走亲戚"选项目引人才,争做上海"第一车间",打造生物医药产业集聚区。今年1至4月,我市生物医药产业实现产值33.28亿元,同比增长16.2%。

做强港口,融入上海航运中心

靠泊上港正和码头的"太仓快航",每周21班、每8小时一班,"定点、定时、定线、定航次、定泊位",这为腹地货主提供了更省、更快、更安全、更环保的"陆改水"物流服务,每年为货主企业节约物流成本超亿元。

近几年来,太仓港与上海港的合作不断深化,复制推广上海航运发展综合试验区和中国(上海)自由贸易试验区经验佳作频频。上海自贸区的一位负责人认为,太仓拔得了对接上海自贸区的头筹,率先取得了突破性进展。当全国各地前往探讨如何对接上海自贸区时,这位负责人则介绍他们到太仓港参观考察。

融入上海国际航运中心,太仓港快速成长,集装箱吞吐量居全球港口第35位,基本建成近洋直达集散中心、远洋中转基地、内贸转运枢纽。如此庞大的物流规模为构建临江现代物贸基地提供了重要支撑。

作为太仓港直接经济腹地,港区加快建设港口航运物流运营中心、知名品牌物贸结算中心、大宗商品现货交易中心、楼宇经济创新创业中心,勇当临江现代物贸基地的主力军。今年1至4月,江海联运、似鸟、斯凯奇等服务业项目完成投资23.72亿元,同比增长68.5%;物贸企业实现主营业务收入118亿元,同比增长41%。

原载2018年6月14日《太仓日报》

第二十一届苏州新闻奖一等奖

姑苏时光

主创人员　韩光浩　丁　云　陈佳慧　杨江波　陶　瑾　于　祥

姑苏时光

记者　陈佳慧

引子：

姑苏时光

姑苏时光，听名字，就能想象出一条小巷临着一条小河，
河沿种着柳树、桃花、合欢、梅花，
每走两步，就有石头小桥随时出现，
巷子的另一边，是安静到让时间停止的园林、书轩、居民区，
演绎生活的另一种节奏。
苏式生活就是悠然，细致，讲究。
无论富贵、寻常，各有各的心气儿，不看低，不高攀，
尽己所能地过好自己的日子，有滋有味，有声有色，有皮有相。
在姑苏，我们逛菜场，享受物产，讲吴语，吃头汤面，听昆曲评弹，喝茶，赏园林，
卷入人流中，观本地的人色、物色、精神气儿。
姑苏好时光，不紧不慢不张扬，幸福，却总是悠长。

特别策划
016　此生恋姑苏
020　姑苏之美
024　姑苏穿越时光轴
030　栖居的诗意
034　创意的灵感
038　人文姑苏的悦学乐趣
044　食养的活力
046　行走的时尚

开篇：

此生恋姑苏

记者　陈佳慧

从古到今，姑苏城的生活和文化总是富足得让这里人的每个毛孔都透着精致风雅。水巷石桥、枕河人家、塔影钟声、深井落花，软糯的吴音、咿呀的曲调、风雅的名士，闭上眼睛想起江南，坐着古城姑苏这条船就能回家。而回了这里，或许就不想走了。

一座古城的万千风情

不知道怎么形容这座城市，也不知道怎么形容这座城市里的生活。并非不好，而是它有太多面的好。

姑苏很风流，"当日地陷东南，这东南有个姑苏城，城中阊门，最是红尘中一二等富贵风流之地"。《红楼梦》的开头就提到了苏州。乾隆年间苏州有十万户居民。阊门的山塘街，显现在徐扬《盛世滋生图》的绘笔下，"居货山积，行云流水，列肆招牌，灿若云锦"，一片繁华市井。出阊门北行，"七里山塘"加之相接的上下塘街，足有十里之长。大概就是《红楼梦》里所写的阊门外"十里街"的范本。明清时期，苏州是经济、文化发达的城市，人称"吴阊至枫桥，列市二十里"。东南的财政赋税，姑苏最重；东南的水利，姑苏最为重要；东南的文人名士，姑苏最为显著。山海所产的各种珍奇特产，外国所流通的货币，来自四面八方，千万里的商人，车马集聚。康熙帝为了解地方情况，曾六次巡游江南，乾隆也六下江南，"天堂"之称由此而起，代表着姑苏特有的人文荟萃，物产丰饶，风物佳丽。

姑苏的生活面又太惬意悠然。苏州人爱怀旧，喜欢闲暇时在小街小巷散散步，回味小桥流水人家独特的文化意蕴，沉浸在琵琶叮咚昆腔委婉的风雅中。姑苏的街巷里，总有各式各样的叫卖声和屋后河浜里咿呀吱嘎的船橹声。水边小巷里长大的姑苏人，心灵被琵琶弦子的吴侬小调洗礼过；被张家阿婆李家姆妈的温情呵护过，被生煎汤包鲜肉馄饨的葱香熏陶过。放下忙碌繁琐，离开车水马龙的大马路，去山塘街、十全街、平江路、大儒巷……穿行在石板、青砖铺成的街巷，走走看看，同时脚步怎么也快不起来。

而姑苏又有它的时尚面。今天的苏州已不能只以一句"小桥流水人家"来形容出样貌。老街、古镇、小巷、园林、马路、商圈、剧院、湖岸、住宅、地铁、昆曲、评弹、嘻哈、爵士……一千个人心中，有一千个苏州。古人在小桥流水边行走，在木质茶楼里调侃，在亭台楼阁里听曲。今人在小巷间穿梭，在银杏树下徜徉，也在书店里驻足，在酒吧里微醺。

名人大师的姑苏恋曲

"君到姑苏见，人家尽枕河。古宫闲地少，水港小桥多。夜市卖菱藕，春船载绮罗。遥知未眠月，乡思在渔歌。"——《送人游吴》杜荀鹤。

姑苏城是苏州人的，也是文人墨客笔下的。多少来过姑苏的人，都不能轻易忘记这座城市的温润，仿佛那是一种致命的吸引力。你留下了，你臣服于它，你慢慢变成一个精致的苏州人。

1944年，陆文夫穿着长衫，乘着一艘木船进入了苏州的山塘河。她的姨妈就住在山塘河边，在姨妈家稍坐片刻后，他便沿着山塘河向虎丘走去。这一路下来，塔影、波光、石桥、古庙、河房……留住了这个从泰兴乡下来的孩子。他在苏州迷了路，着了迷。这个原先来自异乡的客人，在以后的岁月里，用一支笔为我们留下了许多苏州珍惜往事，把姑苏描述到了骨子里。

他在《梦中的天地》里写："我也曾到过许多地方，可是梦中的天地却往往是苏州的小巷。我在这些小巷中走过千百遍，度过了漫长的时光；青春似乎是从这些小巷中流走的，它在脑子里冲刷出一条深深的沟，留下了极其难忘的印象。"

这是一种诗意,这种诗意从姑苏生活的每一个角落、每一个细节处渗透开来。或许读书人更能发现一件事——姑苏人过日子,过得极具匠心。这种"匠心"不是一种标榜自我、炒作自我的价值,而是一种对生活态度最纯真的回归,西方哲人说:"人,应该诗意地栖居在大地上。"姑苏的"匠心",应当是对诗意生活的自觉归省。

"这里的流水太清,这里的桃花太艳,这里的弹唱有点撩人。这里的小食太甜,这里的女人太俏,这里的茶馆太多,这里的书肆太密……"每个人心里都有一个姑苏,而这就是文化学者余秋雨心中的"白发"古城。"当我们进入姑苏,它已经不只是一个单纯的地理名词,更是一个指向灵魂的文化符号。"

余秋雨说:"苏州是我常去之地。海内美景多的是,唯苏州,能给我一种真正的休憩。柔婉的言语,姣好的面容,精雅的园林,幽深的街道,处处给人以感官上的宁静和慰藉。现实生活常常搅得人心志烦乱,那么,苏州无数的古迹会让你熨帖着历史走一定情怀。有古迹必有题咏,大多是古代文人超迈的感叹,读一读,那种鸟瞰历史的达观又能把你心头的皱褶慰抚得平平展展。看得多了,也便知道,这些文人大多也是到这里休憩来的。他们不想在这儿创建伟业,但在事成事败之后,却愿意到这里来走走。苏州,是中国文化宁谧的后院。"

来姑苏,既要品味当代的繁华,也要寻找它旧时的模样,寻找心中的白墙黛瓦,枕水人家,寻找安养生命的一方诗意花园。

贴近灵魂的全城表白

"不到园林,怎知春色如许",在最近的2018年姑苏好白相活动闭幕式上,由姑苏区、保护区古城保护委员会主办,苏州日报报业集团现代苏州杂志社承办,苏南万科协办的"恋上姑苏的一百个理由——我为姑苏生活代言"活动在山塘真趣园收官。

在这短短一个多月的时间里,该活动共征集到312位参与者,活动页面的浏览量近200万人次,点赞人次超过150万,经过百万"古城生活爱好者"和市民的热情点赞,50位"姑苏生活代言人"脱颖而出。这些"姑苏生活者"活化了姑苏的"颜值",为城市代言,为时代注脚,为姑苏品质生活点赞。

在姑苏,人人都想表白这座城市。千百年来,这方水土磨出来的城市创意十足,声色俱全。创意让苏州字正腔圆,风雅潇洒,鲜鲜活活。如今的姑苏,除了古典情结,还有青春记事。姑苏鼎盛着旧时,也繁华着当代。我为姑苏生活代言活动中,我们收集到了无数条喜爱姑苏的理由,而每一条,都是贴近生活,最走心的表白。

姑苏的"表白者"惹人爱,在本次代言人中年龄最大的81岁,最小的5岁,其中以35岁至55岁年龄段的参赛者居多，甚至不分国界。姑苏知名文化人谢友苏、曹仁容、江野、汪鸣峰、老凡，国家、省、市三级劳模陈屏华、陆玉萍、屈桂明，非物质文化传承人吴建华、沈德龙、冯英、谢惠强、盛春、施冬妹、姚琴华、史志晔、周春毅等倾情参与为姑苏代言。对艺术家而言，他们的灵魂就与所在的城市连接着，他们也能更加透彻地感受这座城市的底蕴与变化。市民们也不吝惜于对这座城市的赞美，小朋友们也热心加入表白苏州的行列中，活动得到了许多外国友人的参与和支持，这也正是姑苏拥有开放度的最好证明。旅居北京的日籍设计师青山周平、苏州交响乐团竖琴首席Jessica Fotinos等都将发自内心的姑苏之爱流露于指尖。

这座古城里，有无数爱它的人，每个人都有爱它的原因。或许，表白姑苏，别说一百个，一百万个理由都不够。而这就是我们与这座古城的关系，姑苏为我们所爱，我们也被姑苏滋养。

原载2018年7月5日《现代苏州》

中篇：

栖居的诗意

记者　丁　云

一夜细雨纷飞，水珠沿着屋顶的青瓦，点点滴滴汇入半截青竹做成的屋檐，"咚"的一声，在檐下的水缸里惊起一层涟漪。要不在拙政园听雨轩、远香堂，要不在艺圃喝茶观浴鸥池里的雨，园子虽大小不一，却各有千秋。

相隔不远，七里山塘尽显姑苏人家的娴雅生活。街上的会馆、牌坊、义庄、名人宅第等得慢慢品。从阊门走到虎丘大约要花一个钟头。如今人们早晨六七点钟从山塘"后街"热闹的集市就开始了一天的诗意生活。

城里各有千秋的园子

苏州园林，追根溯源要从春秋讲起，晋唐时大发展，吴越两宋出现繁荣，明清时代达到鼎盛。

吴王开始建苑囿别馆，可以让自己行猎游息。寿梦、阖闾、夫差都建了自己时代的代表作。梧桐园是苏州最早以植物命名的园苑，此时创建园林已经注意花木搭配。汉时朱买臣将前妻置于太守舍园中，这是衙署置园。三国吴中私家园囿渐多，还在园中放养了动物。到晋室南迁，江南庄园遍布四处，苏州顾、陆、朱、张四姓的庄园里都牛羊成群，而后山水园又兴起。六朝时，寺观大兴宝塔佛阁，园亭多庄严静穆、不事雕饰，自然山水园艺术已然高超，出现叠石。唐代，太湖石被运送至京城洛阳。富人种花凿池，俨然已开设了如今的富有设计特色的"民宿""精品酒店"。五代至北宋，广陵王钱元璙父子守卫苏州30余年，就喜欢建设林囿。北宋章岵在桃花坞的别墅有700多亩，这个与后来的唐寅有点关系了。朱勔的园子有18个鱼池。

注意，这时文人的园子日渐崛起。苏舜钦沧浪亭、朱长文乐圃都是最著名的文人园。前者，是苏州现存最古老的园林。范仲淹不修私园而创建了府学。朱勔父子原以擅长造园囿治叠石闻名，子孙后多居于虎丘一带，靠种花垒石为生，这就是专业工匠。元代，在宋人基础上建造了狮子林、绿水园等。

明代中叶至清代中期，苏州是"半城园亭"。旧志记载，原吴县、长洲、元和境内先后累计有300余处。当时私家园林关起门来都是自家天地，实际可能还不止。

清初，明末的文人幽居于园囿之中，而官绅们也文绉绉地大治园宅，小型庭院遍布姑苏城内外。太平军与清军交火，园亭虽然毁失殆尽，但战后再建，是另一番天地了。李鸿章和淮军将领创建了安徽会馆，重修惠荫园。张之万、盛康、李鸿裔、顾文彬、吴云、任道镕等人还懂金石书画，园墅与义庄、祠堂相合，掀起又一次造园高潮。

以拙政园、留园、网师园、环秀山庄，沧浪亭、狮子林、艺圃、耦园、退思园为代表，以及大量小而独具特色美的小型私家园林仍旧是流淌在这座城市里最美妙的诗意，它们背后所代表的悠久的社会、艺术、科学、技术价值，及中国人的哲学思想，让人追寻起来欲罢不能。了解了这些，再去小桥流水地去闲逛赏园，感觉自是不同。

至明清，私家园林杏雨纷纷般出现，昆曲也随之盛行江南，笛声与曲声通过水面、粉墙、假山、树丛传来，更觉婉转、清晰、百折千回地绵延着，高亢处声随云霄，低回处散人涟漪，行云流水，仙子凌波，陶醉得使人进入难言的妙境。曲境更与园林互相依存。

三十六鸳鸯馆与十八曼陀罗花馆兼顾宴会与顾曲，相当周到。初春，十八曼陀罗花馆看宝珠山茶花，夏日，三十六鸳鸯馆看鸳鸯浴荷藻间，相当于南北各置一厅。湖水对面，在"留听阁"听那笛声伴着曲声穿林渡水而来。如陈从周先生说，文学艺术的意境与园林一致，不同形式的表现。中国过去的园林，与当时人们的生活感情分不开，昆曲充实了园林的内容组成，形美之外，还有声美，载歌载舞，在整个情趣上必须是一致。

过去士大夫造园必须先造花厅，花厅又以临水为多，或再添水阁。花厅、水阁都是兼作顾曲之所，除拙政园三十六鸳鸯馆，还有怡园藕香榭，网师园濯缨水阁等，水殿风来，余音绕梁，隔院笙歌，侧耳倾听，此情此景，令人向往。虽在溽暑，人们于绿云摇曳的荷花厅前，来一曲清歌，真有人间天上。

市井枝繁叶茂的街巷

从山塘河的桥上两边望，是苏州最标志性的脸面：两边错综的临水老房，几溜悬挂的红灯笼，水粼粼的河面上驾着几顶石桥，桥下散落着两三只手摇木船。

提起山塘街，就有想要麻溜地去赶庙会的感觉。轧闹猛是到这条街区主要干的事儿，自唐代以来，这里就是最繁华的商业街，所以老苏州们讲，再商业也不过分。听着老会馆、古戏台里传来的琴乐声，看着两边高高飘起的酒旗、灯笼招牌和大批游客，就莫名地提气。逛山塘时，最好把自己想象成一个特有钱的爷，放入当年"居货山积，行云流水，列肆招牌，灿若云锦"的繁华盛景中，这样再去参观那栋苏州最古老的老房子，看清朝地方商人们商谈要事的会馆就已经够有意境的了。

而800多年的网师园，是十全街区的明珠。名人故居与历史印迹隐约在街区间，你若有心，必定找得到；你若无意，它们也踪影全无。

时间与自然是最为神奇的建筑师，当年簇新的粉墙黛瓦，在岁月的精心打磨与修饰下，收敛起刺眼，将这条最先改造的街区打造得内容层次极为丰富，外贸精品女装、工艺品、酒吧、美食咖啡店、碟片店穿插林立。

南林、南园等几家苏州资格最老的涉外园林酒店优雅地伫立其中，凭着姚冶诚、蒋纬国、林彪、陈云等酒店曾经的VIP，足以让它们保有那一点点傲慢。

老外爱古典，但也离不了商业，这条街是他们的必游；本地人独爱这条街区最最经典的景观：本来刚够两部公交车双向通行的机动车道，春夏的季节里，被两边肆意生长的大树挤得几乎只够一部公交车通行。虽然有点小麻烦，但当两边的大树自然合拢，像筛子一样过滤烈日，留下窗花剪影般的斑驳阳光时，一切都那么美好。

而平江路就比较复杂了：天微亮时平静，典型的江南水巷人家；日上三竿后喧闹，有腔有调的文青小资聚集地；主巷中游人如织，陶醉在河岸两边中西合璧的欢娱气氛中游逛；支巷里路人往来，只见住家买菜烧饭打麻将听评弹过生活。

平江路当红。但更推荐街区里那些八爪鱼般纵横的支巷，可以隐约瞧见过去苏州人的生活状态。采访柯继承时，就问过他，过去苏州人的生活状态现在哪个地方更贴近些？老先生提了个平江路历史街区东部。街坊水道，夹杂着大户人家，特富的有如耦园，也一起过得安逸和谐。

逛过园林，听过评弹，走过街巷，闻过奇人异事，但那些都是苏州人的"罩衫"。想再深入点儿，还得看"里子"，去菜市看苏州人鸡毛蒜皮、吃喝拉撒。

有意思的是，横街在莫邪路的入口处，过去常有老外举着相机，三三两两结伴在入口张望，眼神充满了期待，渴望而却步。可不是，菜市最三教九流、包罗万象，可要闯荡异国他乡的菜市，惊险刺激，确实要点勇气。

水漉漉的菜市里边，是苏州人的餐桌，能进到嘴里的，这里都有，还价格公道。街边好些店铺仍旧开在那些年代久远的老房子里。清晨，让开人群，跨过店前列摊的菜筐，坐到后面店堂里的长木条板凳上，阳光穿过葑门塘的河面，照进经久被炉灶熏得黑黑的后厨，大炉灶上升起缕缕白烟，早上的那碗头汤面就要出锅了。

所谓诗意的栖居，大概也就是安安稳稳、坦坦荡荡、按部就班地生活了。

原载2018年7月5日《现代苏州》

尾篇：

人文姑苏的悦学乐趣

记者 陶瑾

曾经在想，自己何曾有幸，生活在万人所向往的苏州。无法言说的软糯，浸润了苏州的灵秀和才气，培养了苏州的淡泊和从容。苏州是江南一隅，是中国人理想生活的具体，是一切美梦和诗意的汇集，承载着千百年来的人文魅力。

如果说苏州是一本书，那么她的确有些章节，让人钻了进去不想出来。可以说古城历史上的人文话题、文化人物真是不胜枚举，在其中，城市人文精神吸引或改变着人们的生活方式。

他们，塑造了姑苏城的气质

苏州，自古就是人文荟萃之地。古往今来，文化名人辈出。

提起唐寅，在苏州几乎妇孺皆知。唐寅是苏州人最喜欢的文人，究其原因可能是老百姓觉得唐寅更贴近他们的生活，因此对他钟爱有加。当然，苏州人对白居易、苏东坡、况钟、汤斌等人也是极为敬仰的，但是苏州人更喜欢唐寅，民间流传着很多关于唐寅的故事。苏州评弹《唐伯虎点秋香》在民间流传甚广，老百姓对于那个情愿卖身为奴与秋香终成眷属的唐伯虎倒是颇有好感。然而，这位明代著名书画家虽然风流，这段故事却是艺人们为了吸引听众硬加给他的。

唐寅不但是著名画家、文学家，明清以来人们都把他的字画视为珍宝。其实，唐寅还是一位苏州著名的藏书家，在学圃堂内，隋唐墨迹、宋元珍籍、本朝名著，数不胜数；佛家经藏、道家典籍、儒家经典，不胜枚举。唐寅早年住在阊门皋桥，其好友文徵明前去探望，对其藏书惊叹不已。唐寅的藏书特别注重版本质量，以宋元版本为佳。唐寅校读古书也颇有心得，不光朱笔圈点，每阅毕一卷，总以数语综括全卷，再题小诗，直抒胸臆。

《浮生六记》是清朝乾隆年间苏州人沈复（字三白）所写的自传体散文，记录过往生活的点滴趣味及漫游经历，因其以真言述真情，不刻意造作，深为后世文人所推崇，流传至今。沈复，出生于姑苏城南沧浪亭畔士族文人之家。他与妻子芸娘感情甚好。夫妻二人虽然清贫度日，食清粥小菜，却可你耕我织，举案齐眉。生活的乐趣，绝非物欲的满足，而是文化创造和精神享受。《浮生六记》里，他们没有园林，只是放一个碗来养莲花，如何把莲养好？沈复说要在隔年把莲子两头削尖，放在鸡蛋中封起来，然后给母鸡去孵，孵到其他小鸡出壳时才把莲子取出，放一种中药叫天门冬，然后放燕窝的泥搅拌在一起，晒以朝阳，饮以甘露，这样隔年的碗莲才能养好。的确，只要有情怀，日子照样可以过得如此浪漫。

值得一提的是，今年姑苏区倾力打造园林版昆曲《浮生六记》，这是国内首个浸入式戏曲表演。该剧在沧浪亭内"复刻"了一个属于沈复芸娘的世界。观众一改传统剧场式、厅堂式的观看方式，可随着演员的表演参与到演出场景之中，在园林中走走停停，沉浸其中，一边聆听昆曲的唯美曲调，一边领略园林的诗意之美。

还有一对夫妇的生活亦是配合得相当默契。苏州有条小巷叫马医科，它里面的故事相当多，老房子也有好几处。比如绣园。绣园是苏州刺绣皇后沈寿的故居。沈寿是苏州人，1874年出生在阊门的一个刺绣名家，19岁嫁进浙江的书香门第，丈夫擅长书画，夫妻二人，画绣相辅。后来，他们到马医科寻到这处园子，就买了下来，取名绣园，创办了"福寿夫妇刺绣公司"，还开了"同立"刺绣学校，在这里培养了不少刺绣能手。

同为手艺坚守一生的还有江澄波老先生。他从16岁开始和他的爷爷、爸爸一起搞古书，搞了七十几年，他说要做到生命的最后一天。江老的文学山房旧书店已有百年历史，依旧传承着从前的风骨。江老还是古籍鉴赏、修复专家，书界的"活字典"，得遇江老，文化之幸，苏州之宝。

若说"苏州之宝"，不禁还让人想到了江南最后一个名士顾笃璜老先生。顾笃璜，过云楼顾文彬后代，早年求学于上海美专，常年从事昆剧学术理论研究。他是当代昆曲研究大家，也是优兰昆曲社的艺术顾问，领衔昆曲传习所，传承老戏，教抚新人，几十年来痴守昆曲，一心只想把昆曲原汁原味地传承下去。

文化印记二三事

八百年前的《平江图》告诉所有第一次来苏州的游客，这座城市是有历史的。这块承载了历史的石刻被流传了下来，说明苏州人是多么爱惜自己的传统。黑色的碑石还原了当时真实的城市面貌，街坊、桥梁、道路、古迹，这些古老的元素至今仍在苏州城的地图上真实存在着。

从皋桥往西走不过百步，有一座民国时期建造的水泥桥，叫做庙桥。"庙桥"的"庙"指的是泰伯庙。泰伯庙始建于东汉，由当时的吴郡太守奉朝廷之命而建。泰伯本是一个籍贯属于黄土高坡的人，其真正的名字已经失传。在苏州人心里，泰伯是吴地人的一个文化符号。泰伯庙，是苏州的文脉之根。正如庙门口那副对联所言：让三固是周天下，第一初开吴世家。

百花洲公园内有一座牌坊，上联：为政由贵合乎民意，下联：居官当思尽其正直，横批：民不能忘。这座牌坊纪念的是汤斌。汤斌因"久待讲筵，老诚端谨"为康熙皇帝赏识，被钦点为江南巡抚。汤斌为政爱民、清廉。后来苏州百姓为纪念他，在府学之西建祠堂，胥门之外接官厅建了"民不能忘"牌坊。

而说起接官厅，这是古代为迎送朝廷官员而设。南来北往的官员乘船经盘门水关入城，泊岸后，或步行或坐轿，经来远桥到达接官厅。作为迎送朝廷官员的第一水埠，《姑苏繁华图》中的接官厅，沿线驿馆连绵、一派生机。

被时间亲吻过的古城墙

古城墙，乃吴地一宝。这本厚重的"线装书"陪伴姑苏城走过2500多年的风风雨雨，书中文化需要慢慢去体悟。

漫漫历史长河，古城墙多次毁坏，多次修建，饱经沧桑。有人说，苏州城门有多老,姑苏历史就有多久。以前,多少外出远游的人从水陆码头登岸,看到城门的时候,便有了到家的感觉。城门进出之间,一个个背影在城墙下的苍茫暮色中,变得越发朦胧。

苏州自古是繁华富庶之地,说到底是离不开一座城门,便是娄门。公元前514年,伍子胥建阖闾大城,开八门,东北边的门名为䴢门,到汉代王莽改称娄门。那时的娄门,三重陆门,三重水门,这里外六重门可谓真正的固若金汤了。现在翻开娄门老照片,偶尔还能看到大鸭出没,据说当日陆稿荐等熟食店必用娄门鸭做酱鸭,不然老苏州可不买账哦。

有一座城门,撑起了古城苏州的历史封面。因其结构之精巧,造型之优美,有着"北看长城之雄,南看盘门之秀"之誉。现存盘门是元代重建,清初修建门楼,题以"龙蟠水陆"。这里同其他城门一样,是出入苏城的要道。如今已经600多岁高龄的盘门,自成一个景区。有着小桥流水、粉墙黛瓦,又不失春秋大气,巍然雄峙。瑞光塔、盘门水陆城门、吴门桥作为盘门三景,最负盛名。

还有古胥门城墙,城门虽窄小,现存长度约65米,不过仍能看出从前作为护城墙抵御敌军的样貌,修缮后的城墙基本保持原貌,广场上增设了绿化设施。提到古胥门,我们不由想到古胥门元宵灯会,至今连续举办了十六届。今年的元宵灯会以青少年体验姑苏元宵民俗,传承优秀传统文化为主线。大家从万年桥出发,依次走过吉庆桥、清波桥,体验传统民俗"走三桥"。

……

今天,古城墙依旧亘古不变地屹立在姑苏大地上,唤起我们对历史的重温和思考。与此同时,当代人赋予了它新的生机与活力,这份文化遗产的价值有待进一步发掘。

古井"身世"知多少

炎炎夏日,不由让人惦念起从前井水边的日子来。新中国成立前,苏州大约有民用井两万多口,其中大多是古井,时间跨度从宋代到近代,以清末民初的居多。这一口口日渐消失的老井,千百年来,悄然倒映出的是一脉姑苏情怀。

每一口老井,都有一段历史和故事,它是古城的眼睛。位于盘门三景四瑞堂西北的唐井,1984年盘门地区改造时发掘,井口距地表50厘米,井壁为砖砌。发掘时,离井八米处还发现唐罐一件,内装满300余枚开元通宝。经考证,确认此井挖凿时间可追溯到唐朝,是当年普济院僧众的生活水源,这是目前古城保存完好,开凿年代最早的古井。

新中国成立前,苏州腊梅里一带是私人小作坊制作黄豆芽的集中地,抗日战争爆发时,陈水生等人逃难到腊梅里,因做黄豆芽需要大量的清水,于是他借了"10担米"的钱,耗时两个月凿成此井。1954年公私合营后,陈水生的儿子陈海明家的小作坊被推倒,他就将作坊里的这口井当做公井给附近的居民使用。20世纪70年代,东大街路边有一口古井即将填埋,上面有一个清代青石井栏圈拆了下来,陈水生和腊梅里的乡邻将那个井栏圈抬了回来安在那口公井上,以防止居民不慎掉进井里。此井井圈呈八角形,井绳勒痕较深,外刻笔力浑厚的楷书铭文"义泉"二字。

家住东美巷的沈金娣16岁时搬到这里,出嫁后住的房子也在这条巷子。算下来,她在东美巷住了将近60年。1936年,苏州电气厂在东美巷、大石头巷交界口建造了一口四眼公井,可供多位居民使用,即使同一个井眼也可供多人一起放吊桶。井下是一个硕大的水池,四周铺设水泥,底部有一铁管,泉水从中涌出,井圈周围搭建一个高高的水泥平台。公井原为四眼公井,其中一眼井口设置铁栏杆,可供工人进入井中进行清淤。后为防止发生危险,封了一眼,现在成为三眼井。由于水质好、水量大,至今附近居民仍在使用。

位于范庄前14号门前的八角古井,历史不详,但从井圈的绳痕可推测已至少两百年。古井在2005年被列入苏州"古城十大名井"之一。

仓街69号有一口福寿泉,因其吉祥的井名,号称"苏州第一名泉"。东面井壁上刻有"福寿泉"及"民国二十三年孟秋","朱鼎彝置"。朱鼎彝家住卫道观前东巷口,在上海经营长泰丰钱庄,1934年是其母亲七十大寿,特出资开凿此井,为母亲增福积德。

还有许多关于古井的"山海经",就不一一叙述了。

人文与艺术在博物馆相逢

夜游网师园,一曲《牡丹亭》咿呀婉转;行走平江路,各种小馆放着昆曲余音绕梁。但你若想好好了解这个兼具艺术和生活特质的"百戏之祖",还是要来到昆曲博物馆。

中国昆曲博物馆有苏州地区最精美的古戏台,还有镇馆之宝"堂名灯担"。"堂名"是一种坐唱演出形式,旧时苏州大户人家若有婚庆做寿等喜事,便请堂名班子到家中唱堂会,班主便将堂名唱台拆卸后用箱子挑到主人家,再将它安装在主人的客厅里,因此称为"堂名担"。

之前，昆博举办过"曲终人不散——九如巷张氏昆曲传奇"特展。张家姐妹捐赠的多件藏品在此亮相：张充和用一手漂亮的小楷抄写的昆曲脚本以及收藏的点翠头面；张元和旧藏的戏服、戏靴；张允和写给16位"传"字辈昆曲艺人的信件；她们的演出剧照、张元和与顾传玠的结婚照等等，这些都成为昆博最有故事的收藏。

张氏耕读传家，昆曲正是伴随这个家族一脉传承的挚友。人生如戏，她们曾是场上天生俊生，教化受益，粉墨咏唱；戏如人生，百年后旷世清音，曲终人不散，余音绕梁……那些曼妙音容穿越时空，在昆曲博物馆的古戏台上再现出最美的模样。

贝聿铭总将苏州视作故乡，苏州也是贝氏家族的根基所在。他85岁开始决定做苏州博物馆，并将它亲昵地称之为"我的小女儿"。在一生完成的这么多项目中，苏博包含了贝聿铭更多的情感。他把对故乡、对自身的中国血统，对中国文化、对几何形体的热爱，都融合在了这栋建筑里。贝聿铭曾说，苏州博物馆是他的一部"自传"。

他很在乎为苏州古城留下一个好的文化建筑，同时也很在乎建筑建完之后的生命延续。如今的苏州博物馆里总是游人如织，既是来看展品，又是来逛园林。或者说，博物馆建筑本身就是其中最大的展品。

优秀的作品不在于当下，而在未来，即便几十年之后，我们再回头欣赏贝聿铭的建筑，不但不觉得它陈旧过时，反而还具有一种时代的个性和风范。

接着前往苏州玉雕艺术馆，在光与影、明与暗的交织中，古雅的韵味已经不言而喻。只见玉雕艺人手中正拿着一块雕琢了一半的玉器反复摩挲、思考、设计、修改。他说："做玉是件辛苦的事，在玉雕行业，要想有出头之日，必须持之以恒地坚持，要有匠人精神，要有一辈子只做这一件事的恒心。"手艺人身上无不蕴含着文人风骨和儒雅之气，隐于庭院，闭门即是深山。在这样的环境中去体悟，去修行，去创作，雕刻出来的美玉也多了与众不同的气韵。

后记：苏州是一个值得深读的城市，只有真正生活在这里，才能了解她的精神、文化和气质，才能获得悦学的乐趣，进而衍生出一系列文化与创意的因子。

原载2018年7月5日《现代苏州》

第二十一届苏州新闻奖一等奖

百岁荣光　盛世开甲
回顾科学之路　探寻巨匠精神

主创人员　吴江日报

开栏语：

100年，是一段中华民族从贫弱走向富强的历程，也是一位盛泽老人不平凡人生的真实写照，他就是"两弹一星功勋奖章"、国家最高科学技术奖和"八一勋章"获得者程开甲。在过往的岁月里，程老无私奉献、艰苦奋斗、严谨治学、积极向上，为新中国国防科技事业作出重要贡献，成了共和国的骄傲，尤其让盛泽骄傲。今年8月3日，程老将迎来自己的百岁寿诞。本报推出此栏目，回顾程老传奇一生，发掘程老与家乡盛泽的深厚情缘。祝愿程老生日快乐，身体健康，松鹤长春。

盛泽人　程开甲

本报记者　杨　浪　沈佳丽　见习记者　鲍宇清

7月13日，北京，高温40℃！

这是一个普通的小区，除了门卫戒备之严外，与北京其他的老小区无甚区别。

"约好见面的时间是下午3点钟，为了让整个见面过程更加顺利，我们上午就去熟悉环境，下午提前了20分钟在门口等待。"

随范建龙一起去看望程开甲老人的同行者沈莹宝告诉记者，程开甲住的地方是当地极为普通的小区，几棵大树枝叶繁茂，看得出来已经有了些年数。高温使得空气变得格外闷热，偶尔的一阵风打在树叶上沙沙作响，宁静而祥和。

1

走进程开甲的家,你无论如何也不会把这里的主人,与现代物理学大师玻恩的弟子、海森堡的论战对手和中国"两弹一星"元勋、"国家最高科技奖"获得者、"八一勋章"获得者联系起来。这里陈设简单、质朴得令人难以置信。

有意思的是,程老家里有一块茶几大小的黑板,他喜欢在上面演算大课题。程老办公室里也放着一块黑板,后来搬了家,还专门在新居留一面墙装黑板,灵感迸发时,演算公式、分析方案,他都爱在黑板上写写画画。

而7月13日当天,这块黑板上却有着他亲手画的一张示意图,这张示意图就是他小时候在家乡盛泽的家。

程老说,今天家乡人要来!

程开甲生于1918年8月3日,是土生土长的吴江盛泽人。

在观音弄小学(盛泽实验小学的前身)读书期间,他便是学校出了名的调皮鬼,整天把书包扔在桥洞里到处玩。由于成绩差,小学二年级时连留两级。

时任观音弄小学校长的简晓峰发现这孩子虽然皮,但脑子聪明,好好培养可能成才。在简校长的精心调教下,程开甲的潜能逐渐被激发,成绩迅速上升,尤其是数学,没有难题能难倒他。

半年后,简校长做出了一个大胆的决定,让程开甲直接跳过四年级升入五年级。小学毕业时,程开甲的成绩已跻身全年级第一名。

100年的光与阴。

程老一件灰黑色的T恤,一条浅灰色的绸裤,一双圆口的布鞋。虽然一对寿眉和满头银发如染浓霜,然而脸色红润光洁,眼光炯炯有神,身板挺得笔直。看到家乡的朋友到来,程老热情地打着招呼、握手。

2

客厅不大,一排硕大的书橱几乎占据了左边的整块墙面,里面整整齐齐地摆放着各类中外文书籍。

最显眼的是两幅照片,一幅是程开甲亲自参与指挥的我国第一颗原子弹爆炸成功时腾飞的蘑菇状烟云,还有一幅是第一颗氢弹爆炸成功时天空中出现的如太阳似的火球。

"世界上有一种安全最可靠,那就是让敌人知难而退。"核武器——大国地位的标志,国防实力的象征。

"核弹试验赖程君,电子层中做乾坤。"这是中国核试验基地首任司令员张蕴钰将军赠给程开甲的诗句。这样的褒奖当之无愧!

作为中国核武器事业的开拓者和核试验科学技术体系创建者之一,程开甲参与主持决策了包括我国第一颗原子弹、氢弹、"两弹"结合以及地面、首次空投、首次地下平洞、首次竖井试验等30多次核试验。作为"两弹元勋",近半个世纪以来,他对核武器内爆机理进行了深入研究与计算,为核武器爆炸威力与弹体结构设计提供了重要依据;他开创了中国系统核爆炸及其效应理论,为核武器战场应用奠定了基础。

程开甲对工作有着一种科学的拼搏的作风。如果说每次核试验有120%的把握,那他只肯说把握只有80%,这种科学的态度一直保持到现在。在程开甲眼中,"我国核试验,是有名的、无名的英雄们,在弯弯曲曲的道路上一步一个脚印完成的"。

1999年,程开甲被中共中央、国务院、中央军委授予"两弹一星"功勋奖章。对于这项崇高的荣誉,程开甲有着自己的诠释:"我觉得成就更大的是回国之后取得的成就,在国外的成就再大,你也是外国人,是为外国服务。讲讲做我国核武器试验的体会,就是人生的价值在于贡献。为人民贡献,为国家奉献。"

3

客厅,有书橱,书橱前有一架棕黑色的竖式钢琴。

琴上摆放着两张照片,一张是习总书记为程开甲颁发"国家最高科技奖"证书,另一张是中共中央政治局常委刘云山来家中看望程开甲。

程开甲接受过6年具有"中西合璧"特色的基础教育和创新思维训练;以优异成绩考取过浙江大学物理系的"公费生",接受诸多大师严格的科学精神的训练;获得英国文化委员会奖学金。从秀州中学、浙江大学到爱丁堡大学,程开甲在开明开放的教育环境中,在名师名校的教育熏陶下,夯实了他日后成为科学大家的深厚底蕴。

"在我百岁的人生里,走过了70多年的科研创新路。我体会到,只有创新才能获得真正的成功,只有创新的实践才能培养出真正有用的人才,才能实现梦想。过去是、现在是,永远都是不破的真理。"有人曾问过程开甲,中国核试验事业发展的经验是什么,他的回答是:创新。

一叶知秋,见微知著。

20世纪70年代,程开甲在大西北搞试验。一个宁静的夜晚,他突然发现天际中出现一个明亮的光点,随即整个天空都被照亮。他由此推断:这可能是邻国在搞新武器试验。他当时就预言:自卫星上天后,太空就成了人类竞争的一个新空间。未来,空天武器将可能成为又一个竞争热点。而今40多年过去,事实证明了他当年的科学预见。

"我们以开拓创新的精神,要求科研人员和参试人员不要只做锦上添花的事,要提高科研水平去攻关,最后圆满完成核试验任务。"程开甲说。

4

时代楷模光耀强军征程,至高荣誉彰显卓越功勋。

7月28日,中央军委颁授"八一勋章"和授予荣誉称号仪式在北京隆重举行。中共中央总书记、国家主席、中央军委主席习近平向"八一勋章"获得者颁授勋章和证书,向获得荣誉称号的单位颁授奖旗。

程开甲受勋!

新设立的"八一勋章",是由中央军委决定、中央军委主席签发证书并颁授的军队最高荣誉。"八一勋章""共和国勋章""七一勋章""友谊勋章"位于党和国家功勋荣誉表彰制度体系的最高层级。在中国人民解放军建军90周年之际,中央军委首次颁授"八一勋章",充分体现了对英模典型的崇高敬意和高度褒奖,必将极大提振军心士气、激发昂扬斗志,激励全军汇聚起为实现中国梦强军梦而奉献的强大正能量。

程开甲是忠诚奉献、科技报国的"两弹一星"元勋。

"现在,我可以自豪地说,我一生遵循热爱国家热爱科学的信条,为了国家的强大不断创新,不断拼搏,用自己的科学知识报效国家。"

这是程开甲为口述传记书籍自序写的一句话。如果有人问程老被授予"八一勋章"的感想,或许他也会这样回答。

5

少小离家。至今,程开甲依旧是一口盛泽普通话。

范建龙一行与程老的交流是在家乡话中进行的。范建龙向程开甲介绍了盛泽的现状以及即将开学的盛泽程开甲小学的建设情况,并送去了家乡的特产——丝绸制品和描述家乡的书籍。

"哦,目澜洲,我去过的……哦,这是我家的邻居。"当看到目澜洲的百年紫藤和老宅时,程开甲用盛泽话回忆着家乡的点滴,这些始终没有离开过他的心中。"程老讲的普通话盛泽口音特别重,这让我们倍感亲切。"沈莹宝说。

看到家乡人带来的盛泽镇的视频短片中一些熟悉的场景和即将建成的程开甲小学,他十分开心,还能马上回忆起自己在家乡的点滴。家乡人带去一些反映吴江历史人文和当代发展的书籍,程老都饶有兴致地翻看着。

程开甲的女儿程漱玉介绍,父亲始终牵挂着家乡的旧事。这就有了文章一开头黑板上画着示意图,图上画着盛泽银行街、毛家弄以及程开甲老屋方位的场景,所谓故土难舍。

6

多年来,盛泽人民为程开甲获得的成就而自豪,而程开甲也始终关注着家乡的发展。

1989年,程开甲为即将出版的《盛泽镇志》题词:盛泽人光荣,历经艰苦,创立家业,四化建设,努力不懈。后来又为母校盛泽实验小学(原观音弄小学)题词:树志、尚德、勤学、守纪。

1999年,程开甲等五位吴江籍中科院院士受聘为吴江首批经济顾问;2002年程开甲院士回乡考察,2003年又向母校赠送了《"两弹一星"功勋科学家——程开甲》一书,以表达他对家乡学子的无限关爱。

2004年,86岁高龄的程开甲回到儿时就读的盛泽实验小学,为母校题词;2006年2月17日,盛泽实验小学(舜湖学校)举行新校落成暨程开甲塑像揭幕仪式,程开甲出席庆典并为塑像揭幕。

"我在母校度过了愉快的岁月,今天学校有了大发展,建成如此规模的舜湖学校,令我赞叹不已,祝愿它成为培养人才的摇篮。"

程开甲是盛泽人为之骄傲的科学家,为了让更多的盛泽青少年植入科技的基因、传承"开甲精神",盛泽兴建了一所以程开甲名字命名的小学。学校将于今年9月正式投入使用。听到这个消息,程开甲很欣慰,他说有机会一定去走走看看。

程开甲为人低调,淡泊明志,但他十分关注青少年的科学教育,他曾撰文表示,"创新是科学的生命之源",他还曾在2007年回家乡时寄语青少年"从小爱科学、努力打基础,长大成栋梁",鼓励他们"用自己的科学知识报效国家"。

相见时难别亦难。

依依惜别在门口,程老女儿程漱玉说要赠送一本书给家乡——《创新·拼搏·奉献——程开甲口述自传》。

声音不大，程老却听得分明，他从里屋喊了出来——"多送几本！"

原载2017年8月18日《吴江日报》

"死亡之海"集结八方翘楚 "无名英雄"铸就大国重器
罗布泊绽放的蘑菇云

本报记者 俞瑞凌 陈 军

从1939年到1960年，美苏英法先后投入核试验并成功研制原子弹。特别在二战之后，核力量成为一种国际地位的象征，是科学技术和军事力量的象征。对于中国来说，面对当时的国际环境，想要赢得和平，需要强大的国防作为后盾。研制原子弹，引起了中国政治家和科学家们的共鸣。

但研制原子弹，谈何容易。美国在一份情报中写道："中国没有足够数量合格的原子能科学家支持一个意义重大的原子能计划，不具备独自开发核武器的能力。"苏联即使在与中国的蜜月期，对于原子弹的核心信息依旧守口如瓶，单方面撕毁协定后，苏联专家撤走时有人扬言："就是给你们一颗原子弹，你们也弄不响。"

中国原子弹的研制，由周恩来总理主抓，张爱萍上将担任试验总指挥。张爱萍将中国原子物理学泰斗钱三强请到国防科委大楼。听取了钱三强对于核试验的意见后，张爱萍请钱三强推荐一个人，"要能挂得帅印的"。

钱三强说："程开甲。"

隐姓埋名肩负"秘密使命"
一碗感人的红烧肉

原子弹研制的组织领导工作，由二机部九所负责，程开甲到研究所时，李觉所长还在"招兵买马"，程开甲与朱光亚、郭永怀同为技术副所长，朱光亚是技术总负责人。程开甲最初的任务是分管材料状态方程的理论研究和爆轰物理研究。

1960年1月，二机部在"科研工作计划纲要"中明确提出："我们的事业完全建立在自己的科学研究基础上，自己研究，自己试验，自己设计，自己制造，自己装备"，"从无到有，从小到大，从低级到高级"。

研制原子弹是"秘密使命"，在此期间不能参加学术会议、不能发表论文、不能随便与人交往，不能与外界保持联系，甚至要到艰苦的地方去。军令如山，赴汤蹈火，程开甲在所不辞。

当时，研究人员求解高温高压下的材料状态方程时遇到了困难。国内没有实验条件获得铀235、钚239的状态方程，而国外视此为绝密。程开甲认真听取状态方程小组的汇报，想起自己在南京大学时研究过托马斯·费米理论，为了让大家掌握理论及相关的修正，程开甲给他们系统讲课，又追加了固体物理方面的内容。经过半年艰苦努力，程开甲带队首次采用合理的TFD模型计算出原子弹爆炸时的冲击聚焦条件，为原子弹的总体力学设计提供了依据。

1960年10月，张爱萍来研究所视察，听完汇报后，他提出去爆轰试验场考察。一路上，程开甲向他汇报爆轰物理试验场的情况，并向他提出需要性能更好的设备，他当即表态答应。

1961年下半年，原子弹的理论设计、结构设计、工艺设计都陆续展开，原子弹爆炸的一些关键技术也初步搞清，到了程开甲参加的关键的最后一次化爆试验，炸药的冲击聚焦最终得到引爆原子弹的条件，原子弹研制的最后重要一关终于突破了。

当时正值三年困难时期，程开甲他们不得不经常在夜里点着油灯、忍着饥饿工作。科学家的表现，让周恩来总理深受感动，和聂荣臻元帅商量后，分别以个人名义给有关省区市、军区打电话，向科学家募捐。各方在自身非常困难的情况下，紧急调拨一批粮食和生活用品。科学家们领到食物时，有人当场就流泪了。

1962年春节前，周恩来在人民大会堂设宴招待科技人员。桌上有一大碗红烧肉让程开甲印象深刻，终生难忘。"那段日子里，毛主席和周总理为了与全国人民一起共渡难关，也都节衣缩食，不再吃肉了，那一碗红烧肉，珍贵无比。"程开甲说，当时陈毅元帅对他们说："我这个外交部长，现在腰杆还不太硬，你们把导弹、原子弹搞出来了，我的腰杆子就硬了！"

筹建核试验技术研究所
拿起筷子做算术

进了二机部，程开甲自然也有了军人身份。在山河破碎的年代没能戎马杀敌，但能在新中国成立后，披上军装，为了国家的和平，筑起科技国防之盾。对军人程开甲来说，亦是一种荣耀。

1962年，我国第一颗原子弹研制的关键理论研究和制造技术已取得突破性进展，李觉、朱光亚等人提出建议，钱三强同意，组织专门的试验研究队伍，由程开甲代表九所开展工作。程开甲清楚自己的优势是在理论研究方面，但组织上决定要他去搞原子弹爆炸试验，他坚决服从，转入全新的研究领域。

随后，二机部正式向中共中央写报告，提出争取在1964年，最迟在1965年上半年爆炸我国第一颗原子弹，实际上是给中央立下了军令状。这个"两年规划"得到毛主席批准："很好，照办。要大力协同做好这件工作。"

开辟新战场，组建新队伍，程开甲为了国家需要，转入核试验技术，进入被称为"死亡之海"的新疆罗布泊。

根据核试验研究的需要，经过论证，程开甲很快创建了核试验技术研究所，搞出了研究所的学科专业需求和组织结构的基本框架。研究所下设5个研究室，分别为冲击波研究室、光测量研究室、核测量研究室、自动控制与电子学研究室、理论计算研究室等。程开甲负责全面技术工作。

为解决协作中遇到的难题，所里还举办各种专业课题会议，各生产厂家、研究单位课题组的同志也常到西直门的研究所来。程开甲几乎每天都接待协作单位，解决他们提出的各种各样的技术问题。

那段时间，程开甲没日没夜地思考和计算，有一次，排队买饭，他把一张饭票给打饭的师傅，说："我给你这个数据，你验算一下。"弄得师傅莫名其妙。排在后面的邓稼先拍着程开甲的肩膀："程教授，这儿是饭堂。"程开甲这才反应过来，过了一会，邓稼先看到他往嘴里扒了两口饭，就把筷子倒过来，蘸着菜汤，在桌上写了个公式。

经过大家辛勤努力，刻苦研究，在核爆炸"零时"到来前，他们圆满完成了三项任务：全面的、多学科交叉的、有高度预见性和创造性的、切实可行的试验方案；有定量分析的爆炸效应图像；独立自主研制的性能稳定可靠的1700多台（套）测试、取样、控制的仪器设备。

戈壁滩上"蘑菇"起
总理问询吴侬语

1963年程开甲点名将几名大学毕业生直接安排到了他的手下，来自吴江的朱明发就是其中的一员。朱明发曾回忆，程开甲对年轻的科技工作者十分关心，并且敢于放手让他们在实践中成长，促使他们早日成才。对于一些难题，这些刚出校门的大学生束手无策。程开甲就来到课题组,给他们辅导,给他们指点,顺利帮他们完成了我国首次核试验地面放射性沾染的预报任务。

程开甲总是对年轻人说:"搞科研、搞技术工作来不得半点虚假,也不能有半点疏忽,一定要多问几个为什么。"朱明发记得,向程开甲汇报工作,他总要刨根问底,提出一连串的为什么。因此,他们汇报工作前一定要做足功课。

在生活中,朱明发眼中的程开甲对人和气,也很体贴人。1964年的中秋节,是在第一颗原子弹爆炸前,朱明发和同事一起在戈壁滩紧张试验。为了调节气氛,让大家在异地他乡过上一个欢快的中秋佳节,担任支部委员的朱明发和研究室指导员等人商量,决定在中秋之夜举办赏月晚会。当晚,副所长程开甲陪着试验现场指挥张爱萍来到了赏月现场,程开甲带着浓浓的吴江乡音对大家说:"今天是中秋节,张副总长特地来看望大家,和大家在戈壁滩一起过中秋节!"会场上响起了经久不息的掌声。

程开甲通过精密的计算,提出我国第一颗原子弹爆炸试验采用静态方式,将原子弹放在铁塔上进行爆炸试验,又根据产品设计参数,设计了百米高铁塔。为确保第一颗原子弹爆炸试验的测试万无一失,程开甲对所有测控仪器设备的工作状况进行大规模综合性的化爆模拟试验。同时,程开甲还观察到"拍震"现象,认识到核试验中气象因素的重要影响。为取得足够的数据,程开甲根据测试点的分布状况,设立了主控站和4个分控站,安排各类仪器设备1100多台(套),现场安装调试的难度和工作量都很大。

1964年10月15日夜,程开甲彻夜未眠。天一亮就起床观测天气。16日上午,张蕴钰、李觉、朱卿云按照张爱萍总指挥的指示,最后巡视全场,程开甲在主控站。站里气氛越来越紧张。9、8、7、6……在读秒声中,大家屏住呼吸。当数完"1"时,一声令下:"起爆!"

短暂的寂静之后,传来一声惊雷般的巨响。张爱萍在离爆心30公里处的指挥部看见蘑菇云腾空而起,立即打通周总理的电话,激动地向总理报告:"我们成功啦!原子弹爆炸成功啦!"

严谨的周总理却沉默了一会,问:"是不是真的核爆炸?"

这个问题让大家措手不及,一时无法提供准确的科学证据。于是,技术人员从各个测点迅速向主控站跑来,把他们获取的数据汇集给程开甲。经过程开甲团队的分析,实测爆炸量与设计量完全一致,证明中国第一颗原子弹爆炸成功!听到程开甲的吴侬语,现场再次欢呼起来,周总理也高兴地笑了。

这一声巨响,不但让世界重新认识了中国,而且让所有的炎黄子孙扬眉吐气。当时,看到现场升腾的蘑菇云,许多人禁不住流泪,朱光亚、王淦昌都背过身去擦眼泪，大家拥抱欢呼。那一晚的庆功宴，不太能喝酒的程开甲干了足足半斤酒。

荣耀，在心中升华，程开甲知道，这不是终点，而是起点。

（感谢熊杏林、程漱玉对本文贡献）

原载2017年9月7日《吴江日报》

孜孜不倦构建科学大厦　熠熠生辉名耀华夏史册
院士以智酬志诠释爱国精诚

本报记者　俞瑞凌　陈　静

程开甲的科学人生，始终服务于国家，他多次转变科研方向，都是为了国家需求——哪里有需要，他的智慧就用在哪里。在身边人的眼里，他是一位无时无刻不在思考的科学泰斗。而对于他来说，他所有的思考都是为了国家的强盛。

走出沙漠　告别马兰
带走小黑板　留下桃李香

1984年，66岁的程开甲离开核试验基地，担任国防科工委科技委常任委员。离开时，程开甲轻车从简，只带走了他的"宝贝"——一块小黑板。长期以来，程开甲养成了一个独特的习惯：总爱在小黑板上演算大课题，即便可以熟练运用计算机，但他仍对小黑板情有独钟，想起什么问题、思考什么方案，搞一个演算什么的，总爱在小黑板上写写画画，灵感也随之而来。第一颗原子弹的爆炸方案，正是他在小黑板上写出来的。直到现在，程开甲家中的墙上依然挂着一块小黑板。

虽然离开了马兰，但程开甲在戈壁滩上留下的脚印不会被风沙磨平。他在那里的20多年，奠定了中国核试验事业的基础，更是将科研任务与培养人才结合起来，打造了一支"豪华"的科学之师，吕敏、乔登江、邱爱慈、林俊德等科学家已形成了人才梯队。程开甲牢牢记得，培养他的科学前辈钱三强说的话：千里马是在茫茫草原的驰骋中锻炼出来的，雄鹰的翅膀是在同暴风的搏击中铸成的。而程开甲也是这样培养后起之秀的。

吕敏在浙大时就是程开甲的学生,在程开甲创建核试验技术研究所时,吕敏成为了程开甲最先点的将。吕敏回忆,当时,程开甲和3个学生挤在一间小办公室,吕敏等人初出茅庐,"所有重要的主意都是程先生自己确定的。程先生的重要贡献是一开始就把核试验当作一项科技事业看待,而不是当作任务,为未来创造了更多可能。"吕敏说。第一颗原子弹采用塔爆的决定,违反了苏联专家的意见,但程开甲没有动摇,坚持自主发展核试验技术。

邱爱慈是研究所唯一的女院士,从大学生到院士,与程开甲的精心培养有直接关系,在班子调整中,邱爱慈在程开甲支持下成为所里最年轻的研究室副主任。后来经程开甲大胆决策,邱爱慈承担起研制我国第一台强流脉冲电子束加速器的任务,并圆满成功。

1963年,同样是浙大毕业生的林俊德来到核试验技术研究所,面对第二年就要进行的首次核试验,程开甲慧眼识人,宣布林俊德为唯一不外协的项目组组长。林俊德没有辜负程开甲,带领平均年龄24岁的小组,通过一年攻关研制出中国第一台钟表式压力自计仪。"文革"中,程开甲不顾自己也是"改造对象",力保受诬告的爱徒留下。1978年,林俊德提出做气炮的设想,面对不同的意见,程开甲当场拍板:"马上建!"2012年,身患癌症坚持科研而壮烈殉国的林俊德感动了全中国,程开甲痛心疾首,亲笔题写挽词"一片赤诚忠心,核试贡献卓绝"。

1983年,程开甲突然收到一份特殊的工作汇报,来自航空工业部第603研究所的技术员张树祥、龚国政,他们参与了多次原子弹试验,但由于保密要求,一直没有向其他领导汇报,很少有人知道,随着国家的解密,他们也希望得到应有的评价。程开甲了解后唏嘘不已,想起了许许多多没有留下名字的英雄,忙为两人写证明信请功。

程开甲说,植物界有一种"共生效应",即单株植物显得黯然、单调,而众多植物一起生长,就茂密而充满生机,核试验,让他奋斗的戈壁桃李飘香。如今,核试验技术研究所已走出10位院士、20多位专业技术将军,取得了2600多项科技成果,许多成果填补了国家空白。

钟爱事业　勇开先河
未雨思绸缪　学界命题早

由于工作职责的变化,程开甲的科研工作也发生了变化,进入了新一轮的开拓创新。一方面,程开甲围绕"假如打一场高技术战争,我们怎么办?"进行思考,在抗辐射加固和高功率微波领域努力；另一方面，程开甲开展基础研究，发展完善了超导电双带理论，创建了材料科学的TFDC电子理论。

20世纪70年代，程开甲组织了我国最早的核爆炸辐射对元器件损伤的研究。20世纪80年代，程开甲开始考虑并组织推动了抗核加固的理论和实验研究。经过几代人的努力和奋斗，他们系统地开展了核爆辐射环境、电子元器件与抗辐射加固原理、方法和技术研究，为国防科研和武器装备发展作出了重要贡献。

同时期，高功率微波研究在国内是一个新的研究方向，程开甲积极推动我国高功率微波领域的研究。在一次会议上，程开甲根据大家的需求，首先做报告，介绍相关知识。多年后，已经成为该行业专家的一位研究人员见到程开甲说："当年就是你把我们引进门的，当时的第一课就是你给我们上的。"

为推动高功率微波的理论与实验研究，程开甲指导研究所在国内率先开展高功率微波的效应研究，后来又产生了当时国内最强能量和功率的高功率微波，为发展高功率微波技术奠定了重要基础。

同样在20世纪80年代，学界发现了高温超导现象，引起极大震动。1986年，中国科学院物理研究所成立国家超导专家委员会，程开甲是委员会所聘两位顾问之一。20世纪40年代，程开甲在爱丁堡大学就与导师M.玻恩共同提出了超导电双带理论模型，回到北京，程开甲重拾旧题，完善了"程—玻恩"超导电双带理论。同时，指出"BCS成对电子理论存在错误"，引起了超导理论界的争论，却得到国家自然科学基金委员会师昌绪主任的支持。

到了20世纪90年代，程开甲提出并创建了TFDC电子理论，提出了描述微观电子运动的新思想、新观点和新方法，并努力开展这一新理论的系统理论和应用研究。应用这一电子理论，给出了低压范围状态方程的计算方法，得到了与实测相符的金属材料状态方程。程开甲还利用理论的电子密度连续性边界条件，对余瑞璜院士的余氏经验电子理论进行诠释，使这一理论第一次得到了理论支持。

崇高荣誉　心如止水
愿奋斗终生　换国之强盛

在科学研究领域里，程开甲说，他只是做了应该做的，而党和人民却给予了他崇高的荣誉。

程开甲是全国人民代表大会第三、四、五届代表，中国人民政治协商会议第六、七届委员，中国科学院院士。程开甲获得过国家科技进步奖特等奖、一等奖，国家发明奖二等奖和全国科学大会奖等奖励。1999年,中共中央、国务院、中央军委在人民大会堂隆重举行表彰为研制"两弹一星"作出突出贡献的科技专家大会,程开甲被授予"两弹一星功勋奖章",时任中共中央总书记、国家主席江泽民为其颁奖。

2014年,中共中央、国务院隆重举行2013年度国家科学技术奖励大会,中共中央总书记、国家主席习近平为程开甲颁发"国家最高科学技术奖"证书。三年后,习总书记又一次将沉甸甸的"八一勋章"颁发给程开甲。

程开甲认为,荣誉不属于他个人。程开甲一直对大家说:"我只是研究所及基地的全体指战员和曾为核武器事业作出贡献的全体同志的代表,功劳是大家的,功勋奖章是对'两弹一星'精神的肯定。"国家最高科学技术奖是对整个核武器事业和从事核武器事业团队的肯定。他们的核试验,是研究所基地所有参与者,有名或无名的英雄们在弯弯曲曲的道路上一步一个脚印去完成的。

即便已过百岁,程开甲依然在坚持着科学的研究,他说,科学是前赴后继的,他愿意为祖国奋斗终生。

(感谢熊杏林、程漱玉对本文贡献)

原载2017年9月28日《吴江日报》

第二十二届苏州新闻奖一等奖

加快培育新产业新经济　激发转型发展新动能

主创人员　葛　洁　陈　燕　陈竞文　邹　磊

整优土地腾笼换鸟促转型

古里镇实施"退二优二"拓展经济发展新空间

本报讯（记者　葛洁）日前，记者来到位于淼泉工业园内的常熟市淼泉铸造有限公司，全新的自动化生产线正有条不紊进行生产。这是企业投资250万元进行的自主改造项目，生产效率显著提升。企业还打造了生产信息化管理系统，预计明年上线。届时，客户只需扫一扫产品上的二维码即可追溯生产过程，企业的信息化水平将不断提升，为客户提供更好的服务。得益于推进"退二优二"，企业成功实现了转型升级。

常熟市淼泉铸造有限公司成立于1993年，公司原先主要从事铸造生产。随着企业的发展，淼泉铸造公司扩充产能延伸产业链，在淼泉工业园增置29亩厂房开展机械加工生产。企业发展得红红火火，年销售额达6000万元。

然而，铸造生产粉尘含量高、能耗大、排放多，再好的设备也很难处理得一尘不染。随着"331""散乱污"等专项行动的推进，古里镇以此为抓手，结合村级零星工业用地整优工作，探索工业载体更新改造，在产业结构调整中，逐步淘汰落后产能，指导企业向高科技、高产值发展，实施"退二优二"，实现转型升级。淼泉铸造公司便是"尝鲜"的企业之一。淘汰落后产能，首先意味着要舍弃铸造生产。为此，淼泉铸造公司主动关停了兴湖路的厂房，改为外购毛坯件，只留下工业园的29亩厂房主营机械加工，并将配套的铸造设备更新换代为通用机加工设备。同时，自主研发附加值较高的产品，针对客户的要求进行"私人定制"。

产品"单一"了，工序变少了，但这恰恰助力了企业实现转型升级。常熟市淼泉铸造有限公司总经理高晓对"退二优二"的政策十分赞同。他说,以前兴湖路厂区的生活污水都要请专门的环保公司处理,一年要多花费好几万元。消防设施不够齐全,也给生产生活带来安全隐患。而在工业园区内,污水集中处理,还有专门的消防管道,"政府来提醒、监督企业,为企业提供更好的条件,何乐而不为?"

古里镇因地制宜,系统谋划,以镇、村工业集中区为重点,探索工业载体更新改造,实现盘活整合,促进产业转型。同时,深化"腾笼换鸟",积极推动"建新引新,更新增效",通过新增优化和存量提升双管齐下,解决本镇产业载体空间不足、载体质量不高、载体客户品质偏低的问题,对千斤顶铸造厂、虹盛石化、金属压延厂等6.6万多平方米存量资源进行提升改造,更新建设高标准厂房,引进智能制造、精密机械等新项目,让闲置资源"变闲为宝"。

这两天,常熟嘉禾新型建材有限公司总经理钱念成正忙得不可开交,由公司旧厂房打造的智能制造科技创新工场已经完成主体建设,他正和工人们抓紧进行外部管道道路的铺设,和客户进行内部布置的敲定。

8月1日,记者来到富春江路的嘉禾智能制造科技创新工场。远远望去,一排蓝灰色调的办公楼临街而立,简洁大气又不失时尚感。一年多前,这里还是嘉禾公司的旧厂房,企业专门生产琉璃瓦,由于环保不达标等各方面的因素制约,发展前景堪忧。在古里镇的帮助下,企业迅速转变思路,投入5000多万元打造智能制造科技创新工场,利用企业存量土地进行提升性改造,建设适用于智能制造、汽车零部件、精密机械等行业的高标准厂房。项目占地4.3万多平方米,建设3幢单层大跨度智能厂房,建筑面积2.64万平方米。

没想到,"梧桐树苗"刚刚栽下,就引来了"金凤凰"。嘉禾公司的项目还未完工,就已有一家上海的汽车零部件企业签约进驻,总投资规模超过1亿元。目前,工场主体建设已完工,进入软装收尾阶段,预计9月投用。建成运行后,年租金收入预计可达600多万元。

在"退二优二""腾笼换鸟"、深挖潜力的同时,古里镇还盘活现有企业内部存量资源,加快推进金辰研发、飞奥压力等市级"零地增长"项目建设,加大对重点产业、重点企业的宣传引导和挖掘力度。同时,对产业空间进行规划调优,结合红豆山庄的开放运营和健康特色小镇的规划,加快启动康养游综合体项目的建设。依托知旅街区一、二期开发运营,加快青墩塘路南片区征收和招商进度,尽快形成文化商住、现代功能服务和科创孵化融合发展的新城镇。

原载2019年8月2日《常熟日报》

昆承湖金融科技产业园启动建设
新兴产业融入城市经济版图

本报讯（记者 陈燕）日前，随着苏州昆承湖金融科技产业发展论坛的举行，常熟昆承湖金融科技产业园建设正式启动。论坛上，上海凯京信达等四家金融科技企业签约落户常熟高新区，一批金融研究机构和企业与市政府签署战略合作协议，共同助力常熟实体经济和金融科技融合发展。

早在2011年，常熟市委、市政府就在常熟高新区专门成立科技金融产业园，搭建常熟高科技产业发展的投融资平台。截至目前，产业园已引进中兴创投、华映资本等创业投资、股权投资管理团队80多个，吸引了日本三菱东京日联银行等5家知名外资银行入驻。同时，高新区与银行机构对接，搭建"科贷通"平台，推广中小企业科技信贷金融服务，推动知识产权质押、投贷联动等各类金融创新。

在此基础上，今年，市委、市政府将打造昆承湖金融科技产业园作为全市"一城四园"新兴产业布局之一，着力引进科技+金融项目，打造金融科技产业新高地，做大做强城市经济。这一发展规划也受到了国际著名的伦敦金融城的关注。伦敦金融城市长艾思林表示，愿意鼓励更多来自伦敦的金融科技企业，到中国各地包括常熟来发展。"我感到常熟的金融科技产业非常有活力，希望能够进一步加大和中国同行的紧密合作和联系。"昆承湖金融科技产业发展论坛上，艾思林表达了对双方合作的期待。

昆承湖金融科技产业园着力构建金融科技生态体系，将通过搭建行业内领先的金融科技研究创新平台，吸引知名金融科技企业和高端金融科技人才入驻，加快培育发展金融科技全产业链。在载体配套方面，高新区正推出科创大厦、同济广场约2万平方米办公载体作为产业园首期启动区，同时加快二期产业园的规划与建设。

昆承湖金融科技产业园的发展方向也十分明确，将以现代金融为依托，以先进信息技术为核心，打造云计算、大数据、人工智能、区块链与金融业紧密结合的金融科技服务业态，有效集聚金融、科技、投资、中介等机构，将引进一批行业知名标杆企业，入驻百家以上金融科技项目，形成高效金融资本、先进信息技术互动融合发展，全力打造长三角区域高效化、高端化、现代化的金融科技服务品牌。而随着凯京、云极等金融科技企业的落户，昆承湖区域金融科技资源将进一步集聚，构筑起金融交流和研究平台，引进和培育一批具有核心竞争力的金融科技企业和人才团队，形成长三角特色明显的金融生态圈，助力实体经济和金融科技融合发展。

随着高铁时代的来临，园区将全面融入上海半小时都市经济圈，主动承接上海自贸区等国内外的金融科技产业创新需求外溢，以开放的金融科技发展模式，促进本市产业转型升级，形成常熟经济新的增长极。上海交通大学中国金融研究院副院长严弘也对金融科技产业园的发展给出了自己的建议。他希望园区建设能够结合苏州地区以及整个长三角地区的金融科技发展，找到自己的特色，同其他城市、其他领域的发展形成相辅相成的作用。同时，常熟的高端制造、数字经济等产业都应该对金融科技产业园的建设起到连通作用。

为更高质量打造昆承湖金融科技产业园，常熟还将继续优化金融科技产业发展营商环境。将围绕金融科技产业基础设施做好顶层设计，打造国际化社区，为落户的金融科技企业和人才创造宜居宜业的良好环境；将重点围绕金融科技企业关注的产业政策、牌照审批及风险管理等实际问题，提升专业服务水平；将积极出台高端人才尤其是金融人才引进的激励政策，鼓励企业通过院企、校企合作等方式，与国内紧跟国际前沿、国内领先的跨学科金融研究基地合作，引进一批金融科技人才。

原载2019年8月23日《常熟日报》

常熟高新区打造人工智能科技产业园
"龙头"引领行业生态圈建设

本报讯（记者 邹磊）日前，位于常熟高新区裕昌工业坊3号的苏州臻迪智能科技有限公司的演示厅内，两款人工智能产品的演示体验吸引了人们的目光。其中，"小巨蛋"无人机只需要简单按动几个按钮，便能灵活地在空中飞行并传送清晰稳定的图像；另一款水下机器人"小海鳐"，不仅可在水深30米的环境中进行水下摄影摄像，还搭载了具有人工智能的寻鱼器，可以通过声呐准确探测出航行范围内鱼群分布、大小、深度等鱼情，以及水温、水深和水底地形地貌信息。

这款"小海鳐"水下机器人获得了中国红星设计奖的最高荣誉奖项至尊金奖，实现了工业设计大奖的大满贯。而另一款水面机器人"小海豚"，更是获得了"科技界奥斯卡"之称的爱迪生发明奖金奖。"这是中国企业第一次拿到此项殊荣，能够得到欧美等发达国家的认可，代表了我们科技研发和制造能力的跨越提升。"臻迪集团创始人兼首席执行官郑卫锋说。

去年,臻迪集团的新总部苏州臻迪智能科技有限公司落户本市,并于今年6月开始智能机器人的研发、测试和试生产,连获业界殊荣。本市借助臻迪集团的"产业龙头+专业领域投资+规模化的创新孵化+国际化的知识产权运营"的全生态发展模式,及其在人工智能领域的全产业链优势,在常熟高新区打造人工智能科技产业园。

"人工智能科技产业园建成后,公司预计能在常熟地区形成几十万台甚至几百万台的规模化量产,实现几十亿元甚至上百亿元的产值。"郑卫锋说。臻迪集团将向人工智能科技产业园提供从规划、建设到运营的一体化服务和综合解决方案,聘请国际知名机构完成园区的产业规划和概念规划。园区将重点突出"智能"元素,以人工智能技术应用融入其中,以创新开放的理念引导AI技术场景应用落地,如园区无人驾驶通勤车、街道机器人清扫、无人超市餐厅、智能办公等。

根据规划,至2021年,人工智能科技产业园将引入人工智能企业或项目超20家,主要为人工智能专项基金平台、专利创新平台、创新孵化平台、共享实验平台、云计算及存储等平台,产业核心规模突破20亿元产值,带动相关产业规模达到50亿元产值;至2025年,人工智能科技产业园建成,引进人工智能龙头企业不少于5家,培育5家以上独角兽企业,50家以上人工智能技术、产品制造、应用和服务领域的领军企业,产业核心规模突破50亿元,带动相关产业规模超200亿元;至2030年,引进不少于50名人工智能领军人才,培养1000名以上人工智能高端人才,吸引相关从业人员5000人以上。

"目前,已有辰科导航芯片、凌波微步毫米波雷达等6家与人工智能相关的企业入驻园区。"常熟高新区招商局局长陶传龙说。常熟高新区想通过3到5年时间的努力,以龙头企业为引领,吸引相关企业集聚常熟,积极构建人工智能生态圈,把常熟打造成为中国的人工智能示范城市,助推常熟经济高质量发展。

原载2019年8月28日《常熟日报》

第二十二届苏州新闻奖一等奖

苏报行走乡村·探访乡村振兴的苏州路径

主创人员 集体

一条凤恬路凝结融合发展新希望
——探访乡村振兴苏州路径大型实地采访·凤凰

苏报记者 陆晓华 王乐飞 杨 溢

走进张家港市凤凰镇，与天气一样火热的，是这里水蜜桃特色产业的火红发展、农文旅融合和提升民生的闪亮手笔。

一条凤恬路就是最好的印证。它西连万亩桃园，东接恬庄古街，中间还有湖光山色和肖家巷特色田园乡村。从水蜜桃"甜蜜"产业，到农文旅游观光带，凤恬路，这个美丽的路名，凝结着"江南美凤凰"乡村振兴的现实路径。

凤恬路还是一条民生幸福路，凤凰新城寸土寸金的位置留给老百姓，建安置小区、学校、医院等民生工程，彰显凤凰镇高质量发展的民生温度。

张家港市凤凰镇党委书记王文伟说，凤凰镇将以更实举措推进强村富民，不断擦亮凤凰山清水秀的美丽底色，实现经济发展、城乡融合、民生福祉的提档升级。

深耕特色让"甜蜜产业"更"甜"更长久

虽然已到晚桃季，但在张家港市凤凰佳园水蜜桃种植基地，桃农们依旧忙碌，新摘的水蜜桃按照"个头"分包装箱。"今年凤凰水蜜桃品质整体比较好，最贵可以卖到50元1公斤。"基地负责人颜大华说。

凤凰镇农村工作局局长蒋利春介绍，凤凰镇是苏南最早的水蜜桃产区之一，种植历史可追溯到100年前。早期农民种桃树只是作为庭院经济,在堂前屋后零散种植。上世纪90年代末,凤凰镇支山村率先把水蜜桃作为特色农业加以规划,随后凤凰镇因势利导,按照产业化要求,在全镇范围内推广水蜜桃种植,种植面积从最初的400亩增至目前的超万亩,带动农户2000多户。

凤凰镇聘请江苏省农科院园艺研究所做农民科学种植的"智囊团",还成立了凤凰水蜜桃种植技术指导小组,邀请省、市水蜜桃种植专家将技术送到田间地头。以凤凰佳园为龙头积极引育水蜜桃新品种,向全镇农户推广,带动凤凰水蜜桃品质提升。

蒋利春说,目前,凤凰镇上市主打的水蜜桃品种已有20多个,并形成了5月到10月均有鲜桃上市的格局,被称为"苏州第一桃"。

产销旺季,在凤凰,水蜜桃的身影随处可见。凤凰镇以凤凰水蜜桃种植专业合作社、佳园水蜜桃种植专业合作社、高庄果品合作社等为主导,组建凤凰水蜜桃合作联社,依托"合作社+基地+农户"运作机制,统一种植标准,统一品牌营销,逐步建立规范种植、集中购销的规模化果品产销体系。

"目前,我们凤凰水蜜桃的亩均效益超过1.2万元,真正成为当地农民的'甜蜜产业'。"蒋利春说。

这个"甜蜜产业"还不断被延伸,自2006年凤凰镇举办首届桃花节以来,每到三四月,凤凰桃花节都能吸引上万游客,成为张家港市旅游节庆品牌中的一张亮丽名片。"闺蜜仙子""吃货来了""蜜桃采摘"等特色主题线路更是以桃为媒,延伸拓展产业链。

更让人可喜的是,在凤凰,以凤凰佳园为代表的水蜜桃产业转型尝试已然开始,替换新的树种,采用高树型,用机器替换人工,"现有的桃树树龄偏大,桃农年龄也偏大,只有转型,才能让这份'甜蜜产业'长久持续。"颜大华说。

农文旅融合和民生福祉在凤凰新城"集结"

离开万亩桃园,沿凤恬路一路向东,很快,一片紫色的花海映入眼帘,花海间是新建成的休闲步道,花海边农家乐生意火爆。这便是到了双塘村肖家巷。走在肖家巷,村里河网交织,老宅散落田头,凤凰山、凤凰湖相得益彰,树林、茶场相映成趣。

小小的肖家巷,还蕴藏着大文化。肖家巷是凤凰镇河阳古城的文化根脉所在,孕育了河阳山歌、河阳宝卷、河阳庙会、高庄豆腐干制作技艺等18项国家级和张家港市级"非遗"。今年3月,肖家巷"河阳田园非遗村"项目正式启动,以深化"河阳"

文化、非遗民俗文化为主线,通过改造保护村庄、农田景观塑造、旅游产品建设等,形成集观光、体验、休闲等于一体的乡村田园综合体。

"目前已引进了总投资1.2亿元的农文旅融合产业项目,打造包括非遗文化广场、肖家巷双创中心、河阳文化广场、凤凰山花海等18个供游客游玩的景观节点。"凤凰镇文化旅游发展公司负责人介绍。

肖家巷的华丽蜕变,成为撬动凤凰镇农文旅融合发展的一个支点。凤凰镇以凤恬路为中轴线,将沿线景点和风光带进行有效整合,把恬庄古街、肖家巷、凤凰湖、凤凰山、河阳山歌馆、永庆寺、万亩桃园、温泉度假村等旅游景点串珠成链,构建起全域旅游大格局。

"让凤恬路成为凤凰旅游的一条景观线索,绘出'东有千年古街、西有万亩桃园、中有湖光山色'的农文旅融合发展新格局。"凤凰镇党委副书记、镇长王卫民说。

凤恬路不仅是一条富民增收路,更是一条民生幸福路。离肖家巷不足500米,便是凤凰镇正在建设中的动迁安置小区——凤凰嘉园,这个占地300多亩的安置小区,将建设43幢安置房,可安置居民2600多户。

凤凰嘉园正好处在凤凰新城规划区域的核心位置,距离凤凰山景区仅有500米,"原本计划做商业开发,但综合考虑之后,镇党委、政府还是决定要把凤凰新城最好的位置留给百姓。"凤凰镇副镇长顾竹江说。

而在凤凰嘉园周边,凤凰高级中学、凤凰镇人民医院、凤凰镇社会福利中心等民生工程在加速推进。凤凰镇社会福利中心预计明年8月启用,设计养老床位200余张,引入专业养老服务团队运营。"今后,将依托社会福利中心这一平台,构建福利中心、社区、家庭三位一体的养老服务体系。"凤凰镇社会事业局负责人说。

王卫民介绍,凤凰镇正以打造"最具江南水乡风格的宜居小镇"为目标,紧扣民生需求,加大各类公共服务设施的投入力度,打通服务群众的"最后一公里"。

"楼道文化墙"述说乡风文明新故事

在凤凰采访,一个个富有创意的实践载体,述说着乡风文明的新故事。

来到凤凰镇湖滨社区,居民楼的楼道墙面上,没有乱贴的小广告,各具特色的书法、绘画,将原本单调、枯燥的楼道变得温馨、祥和。社区采用"移步换景"的方式,在107幢居民楼的256个楼道墙面上描绘出一幅幅图文并茂、通俗易懂的画作,让"社会主义核心价值观""家风家训""八礼四仪""移风易俗""中华美德"这些文明大主题与社区居民零距离。

一个个"楼道画廊",也成为湖滨社区推进社区共建共享的新抓手。

湖滨社区工作人员沈喆介绍,社区要求楼道内所有居民积极参与维护楼道卫生,并由楼道长看护好楼道中的画作。同时积极发现在楼道志愿服务中"使得上力"的居民群众,把"楼道文明实践联络点"建在居民家中,方便居民在联络点内参与沟通议事等活动,推动"群众事,群众议,群众定,群众办",社区还联合志愿者团队,开展"楼道发现日""楼道爱心日"活动,通过对小区的巡查、走访,了解居民需求,有针对性地提供精准服务。

一面"楼道文化墙"走出了社区共建的新路子,更成为新时代文明实践的新阵地。目前,湖滨社区探索的楼道文化,不仅在凤凰全镇推广,还成为各地前来参观学习的样板。

煤油灯、旧钟表、织布机……在凤凰镇魏庄村的民俗文化展示厅,一个个"老物件",满满的年代感。这座面积150平方米的民俗文化展示厅是一位村民自发提供的场地,里面的物件由全体村民自发收集,日常也由村民自主管理。

魏庄村负责人说,这个由村民"众筹"而来的民俗文化展厅,可以让更多人了解到祖辈们创造的农耕文明以及民俗习惯,唤醒大家的乡村记忆。

涵养文明乡风,赋能乡村振兴。目前,凤凰镇已建成新时代文明实践站19个,实现全覆盖,2600余名志愿者组成101支志愿服务团队,因地制宜,有针对性地开展活动1500余场次。

凤凰镇党委宣传委员魏新阳说,凤凰镇将全力推进新时代文明实践工作,把各级各类公共服务阵地、团队、人才、资金、项目等资源引入实践所、站(点),通过打造一个个接地气、有创意的新时代文明实践载体和活动,让"江南美凤凰"的"颜值""气质"双提升。

记者手记
"转"得契合,"融"得贴切

到张家港凤凰镇采访乡村振兴,特色产业发展和农文旅融合是值得关注的两个重点。

凤凰水蜜桃种植保持在万亩规模,成为当地农民增收致富的"甜蜜产业"。多年来,凤凰镇一直在结构调整、专业销售、文化赋能等方面持续努力。但如何让特色产业持久、农民增收持续,考验智慧。从事水蜜桃产业10余年的颜大华认为,桃树树龄的老化,桃农年龄结构的老化,以及用工成本的上涨,将倒逼凤凰水蜜桃产业加快转型。

从自身做起,颜大华已经迈出了转型的步子,可能从凤凰全镇角度看,未必都像颜大华一样做,但这种转型迹象值得关注。转型的模式有很多种,关键是找到最契合本地的路径。同时,整体推进"三农"的最新政策动向要吃透并加以融合,如当前苏州全市推进的农产品区域公用品牌建设,是对特色农产品的更大赋能。

而说起农文旅深度融合,这是个方向。当前,全市各地有关农村一、二、三产业融合、农文旅深度融合、全域旅游的概念打造和具体实践纷纷展开,包括共享农庄(乡村民宿)等的全新理念和模式,也被高频提及。凤凰镇以凤恬路为轴打造的农文旅融合发展业态,是苏州全市的最新实践之一,亮点也十分突出,前景值得期待。

值得注意的是,在农文旅融合发展实践摸索中,还是要充分考虑差异化、特色化、专业化等问题,要与市场需求相贴切,给出一个"游客想来并愿意留下"的充分理由,真正"融"出一片新天地,成为地方发展和富民增收的推进器。

凤凰佳园
为水蜜桃产业重塑"金身"

桃子"体重"平均超过4两,颜色一致、口感香甜,4个水蜜桃包装成盒可以卖到188元,还供不应求。在张家港市凤凰佳园水蜜桃种植基地,一棵棵"身高"5米的"Y形"桃树藏着丰收的秘密,更成为凤凰镇科技兴农的生动注脚。

记者在凤凰佳园的种植大棚看到,这里的桃树明显比普通桃树高出一大截,最高的已经顶到5.5米高的大棚,通过修剪、塑形,桃树在距离地面约40厘米处,整齐分叉,形成了2条倾斜向上的主干,呈现出一个"Y形"。"桃子好不好吃,充足的光照是关键。原来种植的'主干形'桃树围绕着一根主干开枝散叶,就像撑起了一把伞,下面果子见不到阳光,甜度自然上不去。这种'Y形'树主干有了倾斜度之后,让每个桃子都可以晒到太阳,确保了整棵桃树果品品质的稳定性。"颜大华说。

2015年,颜大华将桃园里原有的120多亩"主干形"桃树全部挖掉,借鉴欧洲、日本种桃技术,因地制宜培育种植"Y形"桃树。采用"Y形"新种法后,桃树的行距扩大到4米,株距增加到2米,每亩地的桃树数量从200株减少到80株。别看每亩地的桃树数量减了六成,可桃子产量却不降反升。"长不高的'主干形'桃树好比是别墅,高达5米多的'Y形'桃树好比是小高层,肯定是小高层住的人多,而且'Y形'桃树果实成品率更高,经过测算,每亩地的桃子产量可以增加3成多。"颜大华说,今年第一批种植的40亩"Y形"桃树迎来丰收,亩均产量达到3000斤,效益超过100万元。

行距变大、树枝变高,也为桃园机械化管养提供了便利。这几年,基地先后将植保机、除草机等农机具引入桃园，不但提高了管养效率，更大大节省了人工成本。"人工除草几十个人一天一亩已经算是很快了，而用上一台除草机，一天一个人就能完成80亩的除草任务。'机器换人'带来的高效益显而易见。"颜大华说，为适应桃树长高后的"高空作业"，基地还专门定制了自动控制升降平台，从而实现了果品种植采摘的全程机械化。

通过这次树种改良，凤凰佳园的桃子品种也进一步扩充。目前基地内除了有传统的水蜜桃，还种植了油桃、蟠桃、油蟠桃、黄桃等10多个品类，果品上市时间从5月一直拉长到10月，亩均效益超过3万元，是普通桃园的一倍还多。目前凤凰镇正在全镇推广这一种植水蜜桃新技术，让更多桃农分享科技兴农的红利。

原载2019年8月16日《苏州日报》

标树现代农业的现实样板
——探访乡村振兴苏州路径大型实地采访·同里北联

苏报记者　陆晓华　黄　亮　王　英

在吴江区同里镇北联村采访，一幅幅现代农业的发展图景令人印象深刻。依托吴江国家现代农业示范区这棵"大树"，北联村形成优质粮油、高效设施和特色水产三大农业功能集聚区，入驻了26家农业龙头企业，洋溢港、旺塔、鸭头浜等美丽村庄和苏式村庄建设不断呈现崭新面貌，建立蔬菜配送追溯体系以及稻麦智慧管理平台等，"互联网+现代农业"日益丰富。

"来北联，你可以切实体察到现代农业发展的现实模样。"北联村党委书记徐海红说。而北联村及吴江国家现代农业示范区的现代农业发展，也成为同里镇加快全域旅游、产业融合发展的重要环节。

优先发展：1.2万亩耕地形成三大农业功能集聚区

走进北联村，农业农村发展的火热场景令人舒畅，稻田里金色海洋初显，一派丰收的图景。连栋大棚内，一茬茬时鲜蔬菜，经过严格的检验流程，配送各学校和机关单位食堂。水产养殖区内,新建的净化池设施,让养殖更生态。

徐海红介绍,北联村是吴江区户籍人口最多和土地规模最大的行政村。全村有58个村民小组,1830户,6231人,村区域面积12.83平方公里,耕地面积共12072亩。"北联村是个纯农业村,之前交通很闭塞,外出都要坐船。"

交通基础设施建设和现代农业示范区的创建,为这个纯农业村带来了发展新机。苏同黎公路、周松线在北联村内呈十字交叉,贯通全村。吴江国家现代农业示范区核心区规划总面积3.2万亩,已建成1.5万亩,北联的1.2万亩耕地是核心区内的核心。

得益于农业园区的大力扶持,北联村形成了优质粮油、高效设施和特色水产三大农业功能集聚区,其中水稻种植区4000亩,水产品基地2072亩,设施农业果蔬及花卉苗木6000亩。同时,依托现代农业示范区的招商引资,北联村入驻了三港配送、神元生物、骏瑞农业、江澜农业、五月田农场等26家农业企业。同时,通过发展创意农业、休闲农业加快产业发展。

徐海红介绍,吴江国家现代农业示范区自创建到获批以来,在农业基础设施上的投入就达3.5亿元,这为北联村的现代农业发展奠定了坚实基础。农业龙头企业的引入,不仅带动了本地农户、合作社等的发展,还辐射周边村庄2600多户农户。

在北联村,现代农业的发展,为当地村民提供了广阔的就业平台。4000亩稻田由15个种田大户承包,三港配送等农业企业吸纳的也都是本村村民,年轻人在农业企业做产业工人,年龄大的则从事农业种植养殖和田间管理。

今年57岁的庞菊明是个养殖能手,1998年就开始从事水产养殖,如今,他在北联水产品基地承包了28亩池塘,进行青虾养殖,"青虾市场价格比较稳定,一亩净利润能有个4000—5000元",庞菊明对现在的生活比较满意。

"今年中央一号文件提出,要坚持农业农村优先发展,北联村的发展正是体现了这种优先发展理念。"徐海红说。

特色田园:创意农业与休闲旅游融合发展

今年9月20日,2019年吴江区农民丰收节现场活动在北联村举行,洋溢港自然村的创意稻田画吸引了众人的目光。

登上四层高的瞭望台,从高处望去,一幅美轮美奂的立体画卷在田间舒展。约200亩面积的水稻田里,"我爱你中国"五个大字气势磅礴,长城、乐谱、高山、太阳等图案串联其中。

"前一段时间,稻田画吸引了一批又一批的摄影、摄像团队,以及观光休闲客。"北联村村委会工作人员杨婷告诉记者。

徐海红介绍,2017年以来,北联村从实现田园生产、田园生活、田园生态的有机结合开始以洋溢港为样板创建苏州市特色田园乡村。两年来,以洋溢港为代表的北联村已初步呈现:生态优、村庄美、产业特、乡风好的宜居乐居村,所到之处,一片"稻麦田边白鹭飞,村边河里鱼儿肥。村内路灯柏油路,粉墙黛瓦农舍美"的美丽乡村景象。

洋溢港自然村铭牌一旁,北联村游客中心整饰一新,徐海红说,中心一楼将开辟独立区域,建设蔺草文创展示区。"蔺草种植和蔺席编制工艺一直是北联村的传统工艺,建文创展示区,就是为了更好地做好传统工艺的传承。"同时,在现代农业示范区内将恢复蔺草种植,将蔺草的种植、生产及相关产品作为北联村的特色产业,给蔺草业注入更多的文创功能。

徐海红表示,推进特色田园乡村建设既是展现社会主义新农村建设成效的直观窗口,又是传承乡愁记忆和农耕文明的载体。接下来,北联村将总结前期特色田园乡村建设的成功经验,做好传统工艺及文化的传承,发展体验式观光农业,打造特色田园乡村文化氛围,发展民宿经济,将特色田园乡村建设得更加美好。

如今,油菜花节、农民丰收节等特色农业节庆活动,已经成为北联村的新名片。

"互联网+":农民种田更"智慧"更轻松

收获季将至,68岁的王彩龙并不忙碌,抽空去田里看看水稻,打水,放水,稻子一成熟,农业示范区、村里的机械化设施就会跟上,并不需要王彩龙太操心。

王彩龙是北联村的种田大户,承包了220亩土地,年收益25万元左右。"现在政府扶持力度大,提供育秧、插秧、管理、收割、烘干、碾米、包装等一条龙服务,我们种田不急技术、不急管理、不急销售,很有奔头。"

王彩龙的轻松,源自整个农业示范区农业现代化的高位发展。

吴江区同里镇副镇长计红华介绍,以北联为核心的吴江国家现代农业示范区,建有科技服务、农机服务、工厂化育秧和农资配送等4个中心,拥有2个院士工作站、3个专家工作站。同时,大力推进"互联网+现代农业"的发展模式,充分利用移动互联网、大数据、云计算、物联网等一系列信息技术与农业的跨界融合,促进了智慧农业的发展。

其中,稻麦智慧管理平台是集农田物联网、立体遥感、作物精确管理模型为一体的综合性智能化管理平台,可实现田块、园区、区域等不同尺度下作物播前栽培方案的定量设计、产中苗情的实时监测与动态调控、作物产量和品质指标的定量预测。

2004年,吴江依托南京农业大学国家信息农业工程技术中心,以水稻、小麦作物为主要对象,开展了基于模型的作物精确管理技术的示范与应用,实现精准化栽培管理,确保高产稳产。2008年"基于模型的作物生长预测与精确管理技术"荣获国家科技进步二等奖。2012年以来,吴江凭借高空卫星遥感、空中无人机、地面农田传感网和便携式作物监测仪等,依托稻麦智慧管理服务平台,在应用手机或电脑终端获取定量诊断作物生长状况和动态调控作物追肥方案,并提供量化的管理建议,确保增产增效。2015年,"稻麦生长指标光谱监测与定量诊断技术"也荣获国家科技进步二等奖。

计红华介绍,稻麦智慧管理系统的应用已取得了显著的经济、社会和生态效益。据统计,平均节氮5.2%、增产5%左右。

计红华说,北联村、吴江国家现代农业示范区的现代农业发展,与周边的国家级吴江经济开发区、国家同里5A级景区、国家级肖甸湖湿地公园、国家级"美丽乡村"试点等平台,将共同构建起同里镇高质量发展华美篇章。

北联:尽展特色田园乡村风采

来到吴江区同里镇北联村,水稻田连片成方,稻穗随风起浪。到田边走一走,闻一闻稻香,乡村野趣让人心旷神怡,回味无穷。

这就是特色田园乡村的魅力。

搭乘乡村振兴战略的"快车",同里北联村将现代化农业、创意农业与休闲旅游相结合,着力打造吴江、苏州乃至全省"文商旅农"融合发展的示范和样板。

这是历史带来的机遇,更是自身优异禀赋的真实表达。

北联村,北靠千年古镇同里,内含国家级现代农业示范园,东临同里国家湿地公园,古镇、生态、湿地,优势叠加,让这里成为发展特色田园乡村旅游的绝佳之地。

依托同里古镇的成熟旅游资源,北联"借梯登高",不断挖掘自身"文商旅农"融合发展潜力,通过每年举办村民文化节、农民丰收节,丰富活动载体的同时,积极推动这些活动成为北联村的田园品牌。

同时,北联还在洋溢港自然村以南地区启动了北联游客服务中心项目,将现代农业观光和乡村休闲旅游结合起来,建设旅游配套设施、对农房进行立面改造、修建村道、种植绿化、河道清淤……通过一系列整治，大大提升了农村环境，为乡村游打下扎实基础。

三四月的油菜画，七八月的稻田画，通过每年举办的同里油菜花节、"同里之春"国际旅游文化节等活动，北联吸引了一批又一批游客前来游览体验，感受江南"鱼米之乡"的特色与风情。北联村村委书记徐海红说，如今的北联村，已逐步展露出生态优、村庄美、产业特、乡风好的特色田园乡村现实模样，成为吴江、苏州、上海等地游客的重要休闲之地。

一扫二维码，所有食材"追溯"源头

在位于同里镇北联村的苏州三港农副产品配送有限公司，有一个68平方米的检测室，这个检测室有6个大冰橱，是用来放置配送食品的留样，每天留样品种超过300个，保留三天。食品留样，是确保集体配送用餐安全可靠的保证，也是农产品质量可追溯的一个环节。

成立于2010年的三港配送，是一家集农产品生产、加工、配送于一体的现代农业产业化龙头企业，目前负责苏州工业园区、吴江区100多家中小学校、幼儿园，12万名学生的集体食品配送。

从2014年开始，公司与苏州市经贸职业技术学院开展合作，联合成立了苏州市智慧农业协同创新重点实验室，在全国率先实施中小学食品配送质量管理及可溯源系统。

"食材送到食堂，工作人员扫一下配送单上的二维码，可以追溯出食材的源头，不仅可以知道这些食材是什么时候检测的，检测的结果是什么，还可以知道这个供应商的资质、经营规模等基本情况。"三港配送总经理助理钱火金告诉记者，运用这套系统，所有食材，包括干货、调料、粮油、蔬菜、肉类、水产品等都可以追溯到供应商。

不仅如此，在三港公司的蔬菜种植基地上，都安装有监控探头。教育主管部门相关负责人通过电脑端或者手机端的系统，从样本的采集到试剂的配制，再到检测机数据的输出，进行全程监控。"甚至，晚上我们进行检测的过程，他们第二天白天上班后也可以调看。"钱火金说。

实际上，食品可追溯系统只是三港配送运用互联网技术的一个方面。在三港配送，从蔬菜基地种植到冷链车配送，从接单配单再到车间工作人员的操作全过程，都实现了互联网的运用。

钱火金说，整个蔬菜基地实现了视频全覆盖，可以通过手机或者电脑操作，随时调节大棚温度、湿度等。三港公司39辆厢式冷链车，都装有GPS定位跟踪系统，每辆车安装两个摄像头，一个内置，用于监视食材的进出，是否存在二次污染，是否出现食材丢失。另一个装在车体外面，用于跟踪车子的行驶轨迹以及用于及时调度。

同时，车间工作人员操作是否规范、食材送错是仓储人员放错的还是配送人员拿错，这一切，在摄像头的监控之下，也都一目了然。

如今，三港配送每年接待的国内外的农业考察团有100多个批次，加拿大、澳大利亚、新西兰、美国等国家的农业专家都来三港"取经"。

记者手记
"借势"与"用势"

稻田画、生态池塘、高标准蔬菜基地、特色田园乡村……在北联村采访，所见所闻，都给人以愉悦与向往。这个曾经的闭塞村，如今已发展成为苏州现代农业发展的一个典型。

吴江国家现代农业示范区的创建，无疑给北联这样的纯农业村发展插上了"翅膀"。一方面，园区农业基础设施的大力投入，给北联村搭建了最厚实的发展根基。另一方面，农业园区招商引资又为北联带来了一大批农业龙头企业，不仅构筑了产业链，带动农户和合作社发展，更较好解决了当地农民的就业问题。此外，智慧农业、农业生产全程机械化等，让农民种田愈发轻松、有奔头。

背靠现代农业示范区，北联这样的纯农业村也可以较快地完成原始积累。北联村党委书记徐海红透露，这些年，北联村集体已积累了较为充足的现金流，这也为后续的创意农业、弘扬农耕文化、特色田园乡村建设等打好了基础。

北联村还因势利导，即将成立同里镇北联农场农业有限公司，形成"公司+农场"的经营发展模式，经营范围进一步扩大，承接园区内绿化工程、物业管理、保安保洁等，"自己的园区，自己管理"，将园区的发展与本村的发展更为紧密地联系在一起。

北联的实践，给人启示，现代农业发展和农业现代化，要充分"借势"，抢抓政策机遇、区域发展机遇和平台机遇等，不断优化农业产业布局和农业产业链构造；也要善于"用势"，找准契合点，找准发力点，找到自身发展路径。

原载2019年10月8日《苏州日报》

"雅""俗"之间焕发融合生机
——探访乡村振兴苏州路径大型实地采访·巴城

苏报记者 陆晓华 王乐飞 朱新国

昆山巴城，一方水土孕育了两个"宝"：阳澄湖大闸蟹和昆曲，当地人笑称一"俗"一"雅"。这两个"宝"都与水有关，阳澄湖湖水滋养出优质的大闸蟹，昆曲则被称为水磨腔。

被阳澄湖、巴城湖、傀儡湖等数千亩水域环抱滋养的巴城镇，正是在"雅""俗"间焕发出勃勃生机。文旅融合与农旅融合形成的叠加效应，为这座昆山城西小镇带来了发展理念上的超前。

巴城镇紧紧围绕昆曲文化、蟹文化等特色文化产业做文章，特别是以文化活动为载体，经过多年发展，活动规模和层次不断提升，已经成为巴城本土特色文化对外展示的重要窗口。

昆山市巴城镇党委书记石建刚说，作为阳澄湖大闸蟹故乡和昆曲发源地，巴城通过举办一年一度的蟹文化旅游节、重阳曲会等系列活动，开创了农旅融合、文旅融合的新局面，阳澄湖大闸蟹、昆曲、绿色生态等元素已成为巴城最闪亮的名片。

昆曲特色小镇扛起使命与担当

走在巴城老街上，昆曲文化的气息扑面而来，柔美的唱腔不时从昆曲名家工作室中传出；廊道间，有关昆曲历史的标识穿插交织。休憩的老者中，出口间或许就会让你惊叹不已。

老街不大，但名气越来越响。前些天，一年一度的巴城重阳曲会上，蔡正仁、梁谷音、岳美缇等众多"熊猫级"昆曲名家云集。自2015年巴城重阳曲会首次举办以来，五年来，重阳曲会形式不断创新，品位不断提升，影响不断扩大。巴城重阳曲会已成为昆曲文化界的一件盛事、一个特色鲜明的品牌活动。

随行的巴城阳澄湖旅游度假中心管委会主任顾继英告诉记者，巴城老街经过改造后更加注重嵌入昆曲文化的元素，通过筑巢引凤，打造沉浸式旅游体验，吸引更多的游客。同时，巴城还全力打造高端民宿，让游客真正留得下来。

如今，重阳曲会已成为巴城"昆曲之路"的一个重要节点，打造昆曲特色小镇，更是巴城的使命与担当。

顾继英介绍,巴城先后成立俞玖林工作室、一旦有戏(顾卫英)工作室等8个昆曲社团组织,成功举办阳澄曲叙、重阳曲会、紫金京昆艺术节少儿昆曲大赛等重量级昆曲文化活动24场,开展各类昆曲主题讲座、演出、拍曲等活动200多场次,开展线上直播活动50余次,线上线下参与人数超450万人次。

巴城镇还先后创作、整理了《图说昆曲小镇》《昆剧传字辈年谱》等二十余部著作,创作出版《昆腔缘起》《水磨新声》《开山之作》昆曲三部曲连环画,出版发行16期《玉山草堂》杂志。

值得一提的是,2017年起,巴城将富有教育警示意义的昆剧折子戏融入党员冬训,并在此基础上创建"昆韵曲红"党建特色品牌,使昆曲艺术"润物细无声"地进入寻常百姓家。石牌中心校小梅花戏曲团成立19年来,累计培训昆曲学员超千人,2008年被授予"中国戏剧家协会首家小梅花培训基地"。

"昆曲小镇巴城目前有四个重要身份:昆曲艺术演出地、昆曲人才培育地、昆曲古琴传承地和昆曲文化传播地。"石建刚说,巴城将继续在昆曲的人才培育、内涵丰富和宣传普及上发力,把巴城建设成为感受体验大美昆曲的胜地;积极探索"昆曲+"融合战略,塑造文创经济、乡村振兴的新模式、新亮点,探寻新时代的"昆曲之路"。

"4+1"特色产业体系助力农民增收

秋风起,蟹脚痒。一只蟹,掀起巴城秋冬季经济的热潮。

依托五大蟹市场及3万亩昆山市阳澄湖大闸蟹产业园区建设,巴城镇创新"互联网+"销售模式,2018年实现亩均净效益4500元,其中,大闸蟹产业园区亩均净效益7000元。2018年实现年产值近40亿元,净收益超6亿元。昆山市阳澄湖大闸蟹产区2018年入选农业农村部等9个部委联合命名的中国特色农产品优势区名单。

如今,巴城的蟹产业,正注入生态、高效的全新理念。

记者在昆山市阳澄湖现代渔业产业园看到,规划齐整的高标准池塘,优良的水质引来白鸥成群起舞,这里按照生态循环、养殖尾水集中处理的原则,打造池塘养殖循环水示范工程,政府财政大力投入,引导农民标准化、规范化养殖,"好水养出大蟹、好蟹。"

巴城镇阳澄湖农业发展公司总经理邢龙介绍,自2010年起,巴城镇政府规划建设昆山市阳澄湖现代渔业产业园,经多番论证,产业园区通过"统筹规划、选区试点、分步推进"方式开展实施,规划总面积约3万亩,预计总投入资金8亿元。共涉及武神潭村、武城村、方港村、新开河村等7个行政村,截至目前已完成改造建设面积14000余亩,预计于2021年前全部完成。

"产业园建设以阳澄湖天然生态环境为蓝本,以生态虾蟹养殖为主要内容,以生态、高效为主要特色,全面提升了阳澄湖水域生态环境保护能力和大闸蟹养殖生产空间。"邢龙说。

除了"一只蟹",还有"一串葡萄""一粒米""一件大衣",为巴城农民拓宽了增收渠道。

巴城依托万亩优质葡萄基地以及"萄醉一夏"活动品牌,不断调优葡萄新品种种植面积,2018年实现亩均净效益6000元。"一粒米"则日渐丰满,巴城加快5556亩高标准粮油基地建设,推进优质生态大米生产,巴城稻谷2019年2月获得国家农业农村部唯一认可认证机构颁发的"有机大米"认证证书。手缝羊绒大衣产业作为巴城的新兴特色富民产业,多年来名气在全国打响,巴城因此成了各地销售商的主要进货地。2018年全镇手缝羊绒大衣产量近2000万件,加工产值超30亿元,每年给百姓增收约5亿元。

顾继英说,四大特色产业为巴城推动产业融合发展提供了优质基础,巴城"春赏花、夏戏水、秋品蟹、冬养生"乡村旅游品牌持续擦亮。2018年,巴城镇接待游客超350万人次,同比增长6%。全镇农民人均纯收入达40462元,居昆山市前列。巴城镇2018年入选农业农村部和财政部联合颁发的农业产业强镇示范建设名单。

"乡村振兴的根本落脚点就是富民增收。"石建刚说,经过多年引导和市场营销,巴城镇"4+1"特色产业体系初步形成,实现农民持续稳定增收,农村经济稳步提质增效。

5个"狠抓"勾勒乡村振兴路径

今年72岁的姚弟明是巴城镇茅沙塘村的"老主任",十多年来,他退而不休,当起了一名义务调解员。每当邻里出现矛盾纠纷时,老姚总是挺身而出,至今已调解各类矛盾纠纷100余件。在巴城镇,像姚弟明这样的"新乡贤"现有25位,他们平时活跃在田间地头,调解邻里纠纷,维护公序良俗,涵育文明乡风,成为助推乡村振兴的重要力量。

新开河村的姚木生是位水产养殖能手,他经常与其他养殖户交流经验,探讨全新的养殖方法。许多养殖户上门求教,他不厌其烦,每次都亲自到农户鱼塘查看情况，帮助解决问题。他最大的心愿，是帮助更多的乡亲成为养殖能手，过上更加美好的生活。

这是巴城镇推进乡风文明的剪影。石建刚表示，围绕实施乡村振兴战略的总体部署，巴城将狠抓产业振兴、人才振兴、文化振兴、生态振兴和组织振兴，走出一条体现巴城特色的乡村振兴道路。

产业方面，巴城将加快阳澄湖大闸蟹产业园、高标准粮油基地等现代农业园区建设，继续擦亮阳澄湖大闸蟹、巴城葡萄、巴城大米等为代表的特色农业品牌。同时，鼓励推动一二三产融合发展，依托"水之梦"乐园和郁金香园等载体项目和阳澄湖大闸蟹、巴城葡萄等特色产业，不断丰富巴城"春赏花、夏戏水、秋品蟹、冬养生"的内涵和层次。

乡村振兴离不开人才支撑。石建刚表示，巴城将通过变人力资源为人力资本，促进各路人才投身乡村振兴，为促进农业农村高质量发展提供人才保证。巴城全镇现有经认证的新型职业农民、农产品经纪人等人才659名，计划到2020年增加到1000名；现有省、市各级乡土人才9人，昆山市乡土人才工作室4个。巴城还将深入实施青年人才"三个一百"工程（培养储备100名机关单位青年人才，100名村社区青年干部和100名特色专业技术人才）。

文化方面，巴城将通过深入实施昆曲小镇建设工程、镇民素质提升工程、移风易俗工程、群众文化繁荣工程等，全面提升农村精神风貌，留住文化之根和乡村的独特印记。特别是今年以来，正仪历史文化街区建设正式启动，将努力建设成为以昆曲等特色文化为主题的历史文化街区。

良好的生态环境是最大优势和宝贵财富，巴城还将重点在农村人居环境整治、美丽镇村面貌提升和新型农民集中居住区建设等方面，突出问题攻坚、强化长效治理，着力构建人与自然和谐共生的江南水乡风貌。

石建刚说，巴城将充分发挥党组织在引领基层自治、服务民生、平安乡村建设等方面的作用，继续擦亮"乡美村红""阳澄蟹红""昆韵曲红"三红党建品牌，完成东阳澄湖村"湖天e色"等特色党建品牌建设；推行"行动支部"工作法，打造阳澄湖社区、湖滨社区等行动支部，有效发挥支部在环境综合整治、专项行动开展等工作中的战斗堡垒作用。

一个老蟹农的新"养蟹经"

大闸蟹上市季节，昆山巴城的蟹农们又忙碌起来。在巴城的昆山阳澄湖现代渔业产业园内，记者见到了今年51岁的周文元。他是巴城镇武神潭村人，从事大闸蟹养殖已有27个年头。

黝黑精瘦，长期在池塘边养蟹，周文元脸上刻上了深深的岁月印痕。但周文元神情轻松愉悦："产业园里什么都弄好了，我们进来只要认真养蟹就行，螃蟹也不愁销，直接到塘里来抓的、蟹庄餐饮店订购的，有时候还缺货。"

进入昆山阳澄湖现代渔业产业园，是周文元养蟹经历的一次重要转变。"早期，在湖里养过；后来，进行池塘养蟹，但规模也不大，七八亩左右；现在，是专业化池塘养蟹，规模达42亩。"周文元说。

规模之外，周文元的投入产出也发生显著变化。"之前，一亩蟹塘能赚个五六千元，现在，一亩蟹塘的投入就要八九千元。"周文元说，一亩蟹塘的亩均净收益1万多元。

良好的收益，来自产业园对养殖的严格要求、品质把控。周文元说，产业园的基础设施建设齐全，对养殖户来说，无需考虑基础投入，但对养殖过程的要求，十分严格。"我们投的饲料都是生物饲料，用生物试剂调制的，不能随便投的。"周文元说，产业园里建有水质在线监测和水质在线分析，监测设备直接建到塘边，哪一个池塘的水质发生变化，就会报警。"水质对养蟹很重要，水质不好，蟹就不长。"

在周文元的蟹塘，记者看到塘岸边有两个白色金属装置，底座是一个遥控航模形状的设备。"这是机器人投饵船。"周文元介绍，把饵料填装进装置里，用遥控器遥控，就能在塘里各个地方投饵，"之前撑船人工投饵，现在轻松多了。"

不仅如此，蟹塘的四周布满微孔增氧设备，塘中间还有浮轮增氧，保证养蟹过程中因天气变化产生的增氧需求。"这些设备都是产业园投入的，我们养蟹也越来越现代化。"周文元承包的42亩蟹塘，基本上他与家人就能完成。

去年，周文元的蟹塘养出的蟹普遍规格在公7两、母5两，最大规格达公9两、母6两。"今年的螃蟹长势不错，我感觉现在的模式不错，很有奔头，也是个方向。"周文元对现在产业园的养蟹事业充满信心。

记者手记

新模式让大闸蟹"上好岸"

在巴城采访乡村振兴，一个绕不开的话题就是阳澄湖大闸蟹产业。抛开巴城当地"蟹经济"种种不谈，一种新的现代渔业发展模式令人印象深刻。

在昆山阳澄湖现代渔业产业园,现代化的经营管理模式和养殖模式,已初见成效。政府的投入和引导,让养殖户不仅适应了新模式,更尝到了现代化生态养殖的甜头。周文元承包42亩蟹塘,带着技术"拎包入住",亩均净收益1万多元,而且不用太操心,养殖风险、市场风险也不大。

由此,不由想起另外一个话题。随着生态保护力度加大,太湖、阳澄湖均将告别湖面养殖,但历经多年发展起来的大闸蟹产业和大闸蟹品牌不能丢弃,大闸蟹如何"上岸"?昆山阳澄湖现代渔业产业园的实践探索,具有很好的参考价值。以现代产业园为依托,一次性规划,高起点实施,有利于产业布局的优化提升。同时,统一苗种、统一饲药、统一管理、统一指导、统一品牌销售,养殖户组织性更强,质量安全更可控。

乡村振兴,产业兴旺是基础。但产业发展中,总会遇到各种各样的困难和问题,需要用不断的创新实践,来破解产业发展中的难题。新的经营模式、管理模式、种植养殖模式的出现,都将推动农业产业转型升级、跨越发展。

原载2019年11月5日《苏州日报》

附《苏报行走乡村·探访乡村振兴的苏州路径》系列报道见报文章目录

1.《"苏报行走乡村"触摸"三农"新脉动》
2.《一条凤恬路凝结融合发展新希望》
3.《铁琴铜剑楼下看城乡新风》
4.《沿江临沪建设现代田园城镇》
5.《标树现代农业的现实样板》
6.《"三大转变"盘活农业"一盘棋"》
7.《一个农业大镇的产业修炼》
8.《"雅""俗"之间焕发融合生机》
9.《一座新城的硬核发展与乡愁绵延》
10.《从传统工业重镇到现代农业高地》

第二十三届苏州新闻奖一等奖

吴江产业，新冠疫情下突围！

主创人员　杨　浪　沈卓琪　李梦卓　孙思齐　杨　隽　沈利芬

原本应该车来车往的水产专业合作社，眼下依旧冷冷清清；原本应该已经清塘放入虾苗的池塘，眼下依旧养着尚未找到销路的青虾；原本50元一斤都能卖完的蟹苗，现在30元一斤仍存塘过半——

是望"虾"兴叹？还是抢回失去的一个月？

融媒记者　孙思齐

大门不出、二门不迈，面对疫情，很多人开始了"宅守护"式的生活，这对防控疫情十分有利，但也对社会经济生活造成了一定的影响。

水产养殖业作为吴江农业的重要组成部分，在此次疫情中也受到了难以避免的影响。

交通受阻　流通是最大的难题

朱毛根在吴江养殖户中是非常出名的，养鱼虾卖鱼虾，他非常在行。可是面对此次疫情，他也几乎是束手无策。

上周五下午1点半，记者在位于八坼街道的朱毛根水产专业合作社看到，水池内有不少用渔网兜着的鲈鱼和鳜鱼，这些鱼即将发往各地。朱毛根告诉记者，鲈鱼多发往外地市场，平日里，合作社里总有前来装货的车辆，可在这段时日，合作社冷冷清清的，直到最近两天才开始逐渐有客户上门进货，而在前些日子，生意可谓惨不忍睹。

"年前的生意还可以,但养殖户通常会留一部分水产放在春节期间销售,现在受疫情影响,买的不敢买,卖的运不出去。"朱毛根说,春节是水产消费旺季,疫情发生后,各省市陆续启动重大突发公共卫生事件一级响应,这导致水产流通几乎停滞,供应和消费市场都受到了严重影响。

"不说鲈鱼,就说本地人爱吃的鳜鱼,虽然没有运输上的烦恼,但是饭店关门、批发市场休息,所以前段时间也根本没有生意。"朱毛根说。

存塘积压　青虾虾苗无法入塘养殖

一般来说,过了年,青虾养殖户就要开始为新一季的生产做准备了。

记者跟着朱毛根来到养殖塘边,一边塘内刚刚干了塘,另一边则"盛"满了水。朱毛根指着地上一堆漂白粉告诉记者:"青虾新一季的养殖,首先要干塘、清塘,然后消毒、栽草、放水、放苗,一步一步地来。"

正常情况下,朱毛根养殖的青虾在年前就可以全部卖光,春节前两三天准备投苗,但今年受疫情影响,到现在,塘里还存积着一万余斤的虾。

"存塘积压导致我们无法按计划开始新一季的青虾养殖,目前也只是投放了一部分虾苗。投放虾苗还要看气温,这两日温度已经高了,虾苗投下去存活率会低很多。"朱毛根说,按照以往,眼下虾应该已经进入蜕壳状态了。

为了能把存塘的青虾赶紧卖掉,原本卖60元一斤的青虾,朱毛根现在只卖45元一斤。"不管多少钱,先卖掉再说,抓紧开始新一季的生产,算是从头开始吧。"朱毛根很无奈地对记者说。

望"蟹"兴叹　5万余斤蟹苗成了难题

突如其来的疫情,不仅乱了朱毛根的脚步,也让卢国丰连日犯愁。

卢国丰是联众蟹业合作社的负责人,记者见到他时,他正在塘口捞蟹苗。卢国丰告诉记者,合作社有200亩蟹苗塘,产量有10万余斤。受疫情影响,塘里还有5万余斤蟹苗没有卖出去。

"今天春节前后原本是卖蟹苗的好时机,不仅价格好,买的人也多,收益自然也不错。"卢国丰说,就在他信心满满时,他却陆陆续续接到了退单电话,"本来跟一些老客户已经联系好了,等他们过来拉蟹苗时,却只等到了退单的电话。"

记者了解到,今年1月1日到1月22日是蟹苗的销售高峰,卢国丰最多一天能卖出去1万多斤蟹苗。

"从年初五到现在,只销售了40%的蟹苗,去年这个时候,我们已经卖掉80%到90%,准备进入收尾工作了。"卢国丰叹了口气说,"疫情发生后,我们这边基本没生意,难得来了一单生意,还只卖了3000斤。"

价格缩水　成本还在继续增加

"按照往年,这个时候会有很多客户过来看蟹苗、谈价格、定数量,正月二十之前,蟹苗就能销售一空,但今年受疫情影响,客户不能过来,蟹苗也就卖不出去了。"卢国丰说,如果蟹苗不能在3月中旬卖完,等到天暖和起来,积压的蟹苗就会大量死亡,一年的辛苦付出就白费了。

蟹苗卖不出去,就只能继续养在塘里。养着,就得给蟹苗提供好水、好饲料,再加上人工,已经有近一个月几乎没做生意的卢国丰,还倒贴了5万元,这是养了十多年蟹苗的他,第一次遇到的特殊情况。

"现在是只要有人买,我就卖,抓紧时间全部卖完,价格缩水也没有办法,这些蟹苗能保本就已经很好了。"卢国丰看着自己的蟹苗塘说,原本卖50元一斤的蟹苗,现在只卖30元一斤,接下来价格还有可能更低。

摸排协同　打好水产产销"攻坚战"

吴江水产养殖面积约有3万亩,养殖户有一千余户,受疫情影响,全区水产养殖存塘量有4500吨左右,存塘水产以加州鲈、青虾、河蟹等为主。

记者了解到,疫情发生后,区农业农村局在第一时间与交通部门对接协同,为养殖户找到了运输的办法。

"养殖户可以在网上申办运输通行证,这个证全国通用,有了这个证,运输车辆可以上高速。"区水产技术推广站站长周建忠说。

与此同时,区水产技术推广站还摸排了全区水产养殖存量,并给予技术指导服务。

"包括水产的科学管理、运输前需要准备什么等,也加入了一些安全宣传,如怎么做好个人防护等。"周建忠说。做这些工作的目的,就是努力维护水产产销秩序,保障人民群众正常生活所需。

原载2020年2月24日《吴江日报》

羊毛衫产业的传统旺季集中在下半年，疫情的出现，并没有对横扇的3500多家羊毛衫生产经营厂家带来大的"寒冬"效应。

回暖可期　横扇羊毛衫迎春来

融媒记者　李梦卓

3月3日傍晚，记者在位于横扇大桥路的羊毛衫一条街上看到，有两三家羊毛衫门市部的店外堆积着几个大包裹，店内有两名工人正忙着打包。"我们复工手续办完后，每次需要打包发货就稍微开一会儿，现在打包的这些货是广州客户急着要的。"一家门市部的老板娘告诉记者。

疫情不关"店"
网上销库存

"如果没有疫情，现在正是羊毛衫生产和销售的一个小高潮。"开门见山，朱利健告诉记者。

朱利健是土生土长的横扇人，他从十年前开始从事羊毛衫生产行业，春装出货季节对他来说正是一个短暂的销售黄金期。

朱利健经营着一家销售羊毛衫的天猫旗舰店，目前有3万多名"粉丝"。他对记者表示，其客户现在主要集中在网上，网上销售在疫情期间是不间断的，这段时间正好与羊毛衫行业的生产空档期有重叠，因此带来的影响并没有外界想象的那么大，反倒因为线上销量的提升，其工厂里积压的库存消耗掉了一些。

截至3月3日，朱利健的天猫店已经消耗了5000余件库存，回笼资金约30万元。但他也坦言，疫情期间的物流是让他头疼的事。"'四通一达'停运，只能发顺丰和邮政，快递费用高出了很多，导致了销售利润的下降。"他对记者说。

不过，比起销售，他担心的是产能恢复的问题。朱利健表示，受疫情影响，再加上羊毛衫企业所属的纺织服装行业又属于最后一批允许复工生产的行业，过年前返乡的外地工人暂时还回不来。以他的企业为例，平时厂里固定上班的工人有12人左右，目前厂里返工的只有3人，缺口达到四分之三，暂时影响了复工生产。

"以往，大概大年初八的时候，外地的生产工人就陆续返回工作岗位，但这个时候的人员和产能还是不足，到了正月十五，工人基本上到位了，产能也就跟上去了。"朱利健说。

朱利健去年全年的产量大概在6万件,跟2018年相比产量有所减少,疫情期间网店销售去掉了很多库存,对于他来说,实现了现金流的回笼,为疫情之后的生产和销售奠定了基础。

"羊毛衫主要的销售旺季还是在每年的秋冬两季,我们行业有'金九银十'的说法。"他认为,销售旺季并不会随着疫情的发生而改变。因此,他对羊毛衫产业在下半年的表现还是比较有信心的。对于2020年的目标,朱利健把总产量调整到了7万到8万件。

据悉,目前他已经将下半年的打版设计提上了5月的计划日程。

销售渐"复苏"
人工成难题

随后,记者来到位于横扇街道叶圣路的伟伟毛纱原料公司,见到了伟伟毛纱原料公司总经理、横扇羊毛衫协会副会长陈建伟。

"上半年原本就是我们横扇羊毛衫行业的淡季,这次疫情对我们的影响有限。"陈建伟告诉记者。

陈建伟带着记者来到他的伟伟毛纱原料公司仓库,满满的羊毛衫原料库存让记者十分好奇。"我们仓库里的原料就像超市里的生活必需品一样,不会缺少的。"陈建伟笑着说。

据陈建伟介绍,横扇目前有上百家大中小规模的羊毛衫原料贸易商。

关于此次疫情对原料供应是否存在影响的问题,他认为:"横扇羊毛衫的原料虽然来自全国各地,但都在上一年进行了囤料。上半年相对秋冬季来说,本来就是淡季,羊毛衫厂家对原料的需求量不会太大,所以囤货充足,暂时没有影响。"

据陈建伟介绍,横扇生产的羊毛衫,主要的销售渠道有三个,浙江濮院羊毛衫市场是主要的外销渠道,占整个横扇羊毛衫产业的七成比重;电商渠道占比二成;另外还有横扇本土的羊毛衫一条街,销售占比一成。

随着浙江濮院羊毛衫市场和羊毛衫一条街的逐渐"复苏",销售并不会有太大的影响。和朱利健一样,陈建伟担心的也是劳动力空缺的问题。他告诉记者,往年,横扇的电脑编织厂都会选择在上半年接一些外贸的加工订单来留住工人,上半年的订单加工价格便宜,利润空间小,基本都是为了"养工人"。

今年受疫情影响,大部分劳动力都留在老家无法外出,据陈建伟估计,目前全行业的返工率大概在10%，这种情况势必会影响到下半年。

但陈建伟认为，整体来看，疫情对横扇羊毛衫行业的影响主要发生在一季度，随着疫情的消退，横扇的羊毛衫产业运行会重新回到原来的轨道上。

4月复开工
产业等转型

据悉，横扇区域内7000多户居民中有3500多户直接从事羊毛衫生产，1000多户从事羊毛衫产业相关的配套服务。整个横扇地区年产羊毛衫超1.2亿件，年产值超10亿元，产品远销全国各地及美国、俄罗斯、意大利等20多个国家和地区，聚集电商近4000家，年销售额超15亿元。

"羊毛衫不仅关乎横扇老百姓的生计，也是我们横扇的名片。"横扇街道经济服务办公室主任李正斌告诉记者，目前横扇羊毛衫产业复工的前期工作都已准备完毕，根据苏州市防疫指挥部的指示，暂定于4月份复工。

李正斌介绍，横扇的羊毛衫产业长期以来都是作为浙江桐乡濮院的上游市场存在的，其之所以能经久不衰，原因在于横扇羊毛衫产业链的生产节奏快、市场反应快。整个羊毛衫产业也将视此次疫情为发展契机和动力，由横扇羊毛衫协会带头，通过打造自主品牌，提升产品质量，丰富横扇羊毛衫的产品层次。

作为政府职能部门，横扇街道办事处也将以江苏国际服装展等一系列国内外专业展会为平台，搭建设计师和商家、企业、行业巨头的交流合作平台，学习新技术，发现新设备，提档升级，争取快速转型。

原载2020年3月5日《吴江日报》

2020年1月,吴江汽车销量同比下降23%;2月,销量同比下降70.6%;3月,销量同比下降20.8%,但环比增长356%……像吴江所有受新冠肺炎疫情影响的行业一样,吴江汽车流通业也在久久地忍耐着,并在忍耐的同时——

于蛰伏中积蓄爆发的力量

融媒记者　杨　浪　沈利芬

新冠肺炎疫情发生以来,不少企业受创,短期内损失巨大。作为劳动密集型行业,汽车产业也因猝不及防的疫情而受到了不小的影响。

因疫情而颓废？不可能

2019年,我区社会消费品零售总额达639.8亿元,社会消费品零售是拉动消费的重要动力,而汽车消费在社会消费品零售结构中扮演着重要的角色。受疫情影响,吴江汽车销售企业经济损失较大,从数字上看,伤痛直观且深刻。

在区商务局抽样调查的18家汽车销售企业中,今年1到2月份,企业营业收入规模比去年同期下降100%的有6家,下降50%到100%的有10家,只有两家降幅在20%到50%;损失10万元到50万元的有4家,损失50万元到100万元的有7家,损失100万元到500万元的有5家,损失500万元到1000万元的有1家,损失1000万元以上的有1家。

苏州市吴江区汽车流通协会会长顾钧接受记者采访时说,2020年1月,吴江汽车销量同比下降23%;2月,销量同比下降70.6%;3月,销量同比下降20.8%……

但,下降终究是暂时的——3月,吴江汽车销量环比增长356%,拼搏的吴江汽车人更没有因为疫情的影响而颓废,相反,在他们看来,疫情这只"黑天鹅",或许还会成为行业升级、蜕变的加速器,加速行业优胜劣汰、重新洗牌,让吴江汽车流通业进入更良性的发展阶段。

汽车销售上抖音,路走通了

"大家上午好,欢迎来到吴江之星汽车销售服务有限公司(以下简称"吴江之星")线上抖音直播,我将为大家带来一场抖音直播活动。"

2月28日上午,吴江之星工作人员周莉,准时开始了抖音直播。

"早在2月初,我们就做了一次VR直播。通过VR直播,大家不仅可以看展厅,还可以看新车的外观、内饰、仪表台。"周莉说。直播开始前,大家也不知道效果会怎样,"直播一段时间后,不少人开始给我们留下看车的预约信息,那一刻我知道,这条路走通了。"

3月上旬,我区汽车销售企业在得到相关部门的批准后,陆续恢复营业。因为客户看车需要预约,所以汽车销售企业的销售员感觉客流量虽然没有去年同期大,但一切都是可控的。

"线上客户觉得车辆可以的话会先做个预约,等我们复工后陆陆续续地过来看车,目前每天都有相当数量的预约。"

采访中,不少汽车品牌经销商告诉记者,原以为抖音直播、VR直播是疫情期间一项"不得不做"的工作,但现在看来,这"不得不做"的工作,已给了汽车销售企业一个美丽的意外收获。

"原来是被动开展的,但我们在实践后发现,这种尝试也适应了不少客户的需求,我们接下来会加大力度推一些线上活动,因为这些互动很及时,效果也很直观。"吴江一家汽车品牌经销商如是说。

吴江这片热土,让未来有了更多期许

居安思危、防患于未然,是诸多企业在生生死死后得到的深刻教训。

顾钧告诉记者,虽然疫情对吴江车市的短期冲击不可避免,但吴江车市的未来仍是向好的。

因为扎根吴江这片热土,吴江诸多汽车销售企业有着更好的抗风险能力。

据业内人士分析,影响一地汽车销售的因素主要有几大方面——人口、城乡居民人均可支配收入、汽车保有量及二手车交易量。

目前,吴江超过百万的人口基数,是汽车销售最肥沃的土壤,而更重要的是,2019年吴江城乡居民人均可支配收入达到了5.75万元。

来自苏州车管部门的最新消息,去年,吴江新车上牌量达到45711台,二手车交易量达24235台。2019年,苏州汽车保有量达438万辆,目前,全国汽车保有量达到400万辆的城市只有北京、成都、重庆和苏州。上述因素,均强有力地支撑着吴江的汽车销售产业。

顾钧分析:首先,吴江市民的消费需求会在疫情结束后迅速释放;其次,从供给端来看,吴江汽车销售企业在向高质量发展转变;再次,疫情结束后,为刺激经济发展,各种鼓励汽车产业加快发展的政策也会相继出台。如此,吴江汽车市场会更加成熟,发展更良性,未来可期。

谁将率先突围?中高档汽车

"去年吴江二手车交易量达24235台,这是一个什么概念?也就是说,吴江去年有近25000户家庭换车,低档的换中档的,中档的换高档的,这些是刚需。"顾钧说,"这样的刚需,说明吴江中高档汽车市场空间巨大。"

可印证此观点的,是吴江奥迪、宝马、奔驰等品牌汽车的销量。

在全国中高档汽车销量普降的大背景下,2019年,吴江奥迪汽车销量增长6.3%,宝马汽车销量增长19.8%,奔驰汽车销量增长6.7%,诸多中档汽车的销量也均有较高提升。

吴江资深汽车从业人王爱兵说,眼下,吴江汽车销售企业应制定确保业务持续下去的行动计划,做好长期战略建设,做好各种预案,确保将损失降至最低,以便在疫情结束后,能以最快的速度恢复到正常运营水平。

春暖之时,必将花开

3月4日,习近平总书记强调,"要把被抑制、被冻结的消费释放出来,把在疫情防控中催生的新型消费、升级消费培育壮大起来,使实物消费和服务消费得到回补"。

当前,我区新冠肺炎疫情防控形势持续向好,作为低风险地区,政府工作重心逐渐从疫情防控转向经济发展,可把恢复商贸流通业繁荣作为扩内需促消费的有效抓手,增强消费对经济高质量发展的拉动作用。

对于汽车流通业而言,增强消费支撑、完善汽车消费市场是不二选择。采访中,有业内人士建议,可通过完善吴江汽车消费体系,促进汽车消费升级,挖掘汽车消费潜力,在存量中寻求增量。

首先,加快繁荣二手车市场,建设规模化、标准化的二手车交易市场,为二手车交易提供安全便捷的交易平台;其次,制定出台老旧机动车淘汰更新补贴奖励政策,鼓励汽车提前报废,在苏州补贴标准上额外加大补贴力度,全面推进"国三"机动车报废淘汰,促进汽车更新换代;另外,可顺应国家关于汽车消费的政策,出台汽车消费刺激方案。

新冠肺炎疫情是极端的挑战,但再寒冷的冬天,也挡不住春天的到来——春暖之时,必将花开!

原载2020年4月13日《吴江日报》

第二十三届苏州新闻奖一等奖

小康路上的苏州足迹

主创人员　张　帅　陈秀雅　朱　琦　薛　卿　赵　焱　钱茹冰

开栏的话

苏州,是小康宏图的起笔之处,更是现代化蓝图勾画之地。回望历史,苏州在小康征途上留下了一串串光辉的印记。一个个第一,一项项创新,无不彰显着苏州人的努力和追求。今起,本报推出《小康路上的苏州足迹》专栏,和您一起品读小康路上令人激动和自豪的苏州故事。

全国第一所县办大学沙洲职业工学院不仅被写入中国高等教育史,还被世人称为"惊人之举"——

拿出全县四分之一的钱办大学

苏报讯(记者　朱琦)时任中共中央总书记胡耀邦为学校题词,著名科学家钱伟长任名誉院长,著名社会学家费孝通题写校训……这所集众多荣耀于一身的学校就是创办于1984年的沙洲职业工学院。而让张家港人更感自豪的是:这是"全国第一所县办大学"。在学校第一任党委书记钱德元看来,这项世人眼中的"惊人之举",或许只有在张家港这片敢于争先的土地上才能实现。

沙洲县是张家港市的前身。上世纪80年代,乡镇工业兴起,沙洲县办乡镇工业积极性很高,但就是人才匮乏。比如,当时各乡镇纷纷办起建筑公司,可每年分配到建筑系统的大学生只有2个。恰在此时,兼任沙洲县兄弟县海城县委书记的李铁映(时任辽宁省委书记)和费孝通来沙洲县考察,非常赞同并支持县域经济发展自己的人才队伍。"没有大学,那就自己建。"钱德元回忆,时任沙洲县委书记陈壁显等领导毅然决定：不花国家一分钱，自力更生办大学。

创办全国第一所县办大学没有先例可以借鉴，正如时任香港《民报》社长金庸在校园落成后参观时所写的题词：县办大学是一个创新，破天荒之举。全国人大常委会原副委员长胡厥文在题写校名时说道："县办大学确属创举，希望为八亿人口的农村教育开创新路作出榜样。"沙工"破天荒"的创办不仅被写入中国高等教育史，还被载入了《中国共产党的七十年》大型历史画册。

1984年7月3日，沙洲职业工学院经省政府批准正式成立。1985年，沙洲县县长沈澍东担任工程总指挥，调动全县六个建筑施工队，耗时7个月建设完成了25000平方米的校园。"盖学校，县里花了大血本。"钱德元介绍，学校总投资850万元，占了沙洲县全年财力的四分之一。但这还不是最大的难题，钱德元说"办学最大的困难还是招聘教师"。

当时县里采取了各种优惠政策从上海和其他地方大学"挖人"，一辆脚踏车和一套房子是学校招聘时拿出的最质朴也是最大的诚意。

沙工是一所本土化的学校，最鲜明的办学特色就是"服务张家港"，80%的学生毕业后都留在了张家港。"联合国教科文组织来学校考察时惊叹'在世界范围内，一所学校的毕业生能如此高密度地留在县域内，这是罕见的'。"钱德元说。学院招收的是本地农家子弟，既帮助他们跳出"农门"，又满足乡镇工业对技能人才的迫切需求；学院开设的专业对接地方产业，举办多层次培训班，培养了一批乡镇和企业的管理人才，因此，沙工也被誉为"盛产老板的学府"。

相关链接

全面小康，教育优先。在全面小康的奋斗征程上，教育照亮了前进道路，孕育了美好希望。教育兴则国家兴，回望苏州迈向高水平全面小康的坚实足印，教育领域取得的成就令人赞叹——全国第一个教育双达标地级市、独墅湖科教创新区成为全国第一个高等教育国际化示范区、全国第一所在县级市创办的中外合办高校昆山杜克大学建成招生……这些率先无不折射出苏州教育的付出与收获。

原载2020年7月12日《苏州日报》

1984年，昆山创办了全国第一个自费开发区；1992年，昆山经济技术开发区成为国家级开发区——

"接裤腿"接出幸福小康

苏报讯（记者 薛卿）雨水，汗水，车的轰鸣，人的呐喊，钢铁搅拌着泥泞，朝阳路连接着县城东郊一块3.75平方公里的"工业小区"……这是昆山经济技术开发区党工委原书记、管委会原主任宣炳龙记忆里的一幅场景，时间是1984年夏天。那年8月，昆山县委、县政府决定在玉山镇自费创办一个工业新区，全国第一个自费开发区就这样诞生了。

宣炳龙把昆山早中期的规划建设比作"穷人家孩子穿裤子"。"我们这个城市和开发区，都是这么一段一段接出来的，接一段就扩一片，东南西北就这么逐步扩出来了。"宣炳龙说。

昆山原先是个农业县，经济基础比较薄弱，在20世纪70年代末还是当时苏州8个县中的"小八子"。1984年，昆山县委、县政府果断决策，在老城区以东划出3.75平方公里土地创办工业新区。靠十来个人、50万元启动资金起家，运用集体的智慧和创新的思路，走出了一条自费开发的创业之路。

4.2平方公里的老县城，第一期扩3.75平方公里，第二期扩6.18平方公里，第三期扩14平方公里。昆山依托老城，开发新区，滚动发展，逐步延伸，开发一片，成功一片。1992年，国务院正式批准昆山经济技术开发区，成为全国县（市）中第一个国批开发区。从此，昆山开发区由"另册"转为"正册"，跻身遍布天南地北的"开发大家庭"。

除了首创全国第一个自费建设的国家级开发区，昆山还以敢为人先的精神，办起全省第一家中外合资企业和外商独资企业，实施了全省第一幅国有土地使用权的有偿出让，创建了全省第一个陆路口岸通关点，兴办了中华人民共和国第一个出口加工区……在环境建设、招商引资、亲商服务、产业特色、科技创新等许多方面走在了全省乃至全国的前列。

实现了"农转工""内转外""低转高"的阶段性转变，昆山全市的综合实力迅速提升。2005年，昆山在全国百强县（市）评比中独占鳌头，成为全国18个改革开放典型地区之一。实力昆山，在群众的表达中，化作了一句朴实的话——"生活蛮好"。同年，昆山率先实现江苏全面小康指标体系。就这样，昆山"接裤腿"接出了幸福小康。

相关链接

突破条条框框，敢闯敢试。在建设高水平全面小康这条道路上，苏州大力发展开放型经济、大力引进外资，作为承接投资主体的开发区建设一直走在全国前列。2015年9月，常熟高新技术产业开发区升级为国家级高新区。至此，苏州共有14个国家级开发区，成为拥有国家级开发区数量最多、种类最全的城市。

原载2020年7月21日《苏州日报》

2019年，全国首个农村垃圾分类四级管理平台在苏运行，编织起一张囊括930个行政村的垃分"智慧管理网"——

农村垃圾分类"分"出小康颜值

苏报讯（记者 薛卿）早上8时，昆山市淀山湖镇永新村村民老张吃过早饭，将生活垃圾分类好，分别投放在摆在家门口的蓝色和灰色两只垃圾桶。很快，老张家的生活垃圾分类信息，通过收运人员扫描二维码进行记录评价，农村垃圾分类四级管理平台实现数字化跟踪。"如今村民都知道，容易腐烂的垃圾要放进厨余垃圾桶。"苏州市城管局镇村处工作人员朱斌说，"去年全市行政村生活垃圾分类覆盖率已超95%，这在8年前是无法想象的。"

朱斌口中的8年前正是2012年。那一年，全市自然村开展了村庄环境整治工作：村庄新粉刷的白墙上画着各种村庄环境整治的宣传画和风景画，院墙旁一条条规划好的沟渠将家庭产生的污水有序引导，崭新的垃圾桶、公共厕所、健身器件也一应俱全……"那时候我们就想，作为国家发改委城乡一体化改革试点城市，在10年的时间内，要让农村的环卫基础设施和日常环境管理水平逐步赶上城市。没想到，光是垃圾分类这一项，农村赶上城市步伐只花了5年。"朱斌说。

是什么让农村迅速实现了从"垃圾入桶"到"垃圾分类"的跨越？苏州市打造了全国首个农村垃圾分类四级管理平台，于2019年7月起正式运行。这个信息化平台管理功能覆盖了我市8个县级市、区，贯穿农村生活垃圾"分、收、集、运、处"各个环节，编织起了一张囊括苏州市930个行政村、约60万户居民的垃圾分类处置动态信息"智慧管理网"，为答好垃圾分类必解之题提供了技术支撑。

记者在苏州市农村垃圾分类四级管理平台上看到，系统点位图上闪动着大量彩色小房子图标。朱斌告诉记者，这些图标反映了垃圾分类村的分布情况，绿色和红色分别表示当天该村生活垃圾收集率高、低，收集质量一目了然。该平台还通过为垃圾转运车辆加装定位系统，为监管生活垃圾规范收运装上"千里眼"。

　　在平台上点击进入任意行政村，就能实时查询农户垃圾分类质量和日常收运情况。通过在农村生活垃圾处理站安装监控设施，进行实时监控及回看检查，镇村厨余垃圾的无害化处理、就地资源化利用情况也得以准确掌握。苏州市城管局副局长陆继军介绍，2020年，苏州市行政村生活垃圾分类将实现全覆盖。随着垃圾分类村数量的增加，更要用好信息化手段，让监管能力紧跟需求，促进提升垃圾分类实效。

相关链接

　　多年来，苏州市全面贯彻落实中央、省关于"三农"工作决策部署，大力实施乡村振兴战略，对标"到2022年率先基本实现农业农村现代化"的目标定位，坚持不懈抓重点、补短板、强基础。在农村人居环境方面，苏州市建成全国首个农村垃圾分类四级管理平台，全市共有22个镇（街道）入选省级农村生活垃圾分类试点乡镇，数量全省第一，农村生活污水治理率达85.1%，无害化卫生户厕基本全覆盖。常熟市入选全国农村生活垃圾分类和资源化利用示范县公示名单，昆山市入选全国农村人居环境整治成效明显的"激励候选县"，太仓市获评"2019年全国村庄清洁行动先进县"。

原载2020年8月13日《苏州日报》

附《小康路上的苏州足迹》系列报道见报文章目录

1.《拿出全县四分之一的钱办大学》

2.《以健康为中心铺就小康底色》

3.《沐浴春风"草根经济"异军突起》

4.《"接裤腿"接出幸福小康》

5.《勾画"美丽幸福新天堂"现实模样》

6.《"寒冬"过后姹紫嫣红终开遍》

7.《创新书写城市品牌传奇》

8.《农村垃圾分类"分"出小康颜值》

9.《生态补偿厚植小康"绿色家底"》

10.《全力打造制造业第一大市》

第二十四届苏州新闻奖一等奖

聚焦"民营经济看吴江"系列报道

主创人员　陈　洁　徐东升　黄明娟　张娴秋　史亚玲

"一马当先"引领"万马奔腾"不停蹄
—— 点击吴江民营经济为什么"强"

主创人员　陈　洁　徐东升　黄明娟　张娴秋　史亚玲

民营经济是吴江经济社会发展的优势、特色和根基所在,是当前我区深入推进高质量发展的重要依托。来自区工信局的统计显示:全区工业经济中,民营企业贡献了50%以上的规上工业总产值、60%以上的工业经济增加值和城镇劳动就业、70%以上的税收、80%以上的技术创新成果和90%以上的企业数量。

树高千尺,根深在沃土。吴江民营经济走在全省乃至全国前列,得益于"志在富民"的思想传承和悠久雄厚的工业基础,得益于区委、区政府为民营经济发展创造的优越环境和肥沃土壤,更得益于吴江一大批优秀企业家的敢闯敢干、锐意进取。

当前,吴江正以智改数转为抓手、以强链补链为关键、以技术攻关为先导、以绿色发展为方向,不断提升民营经济的规模优势、产业优势、创新优势、竞争优势,以高质量发展厚植吴江民营经济新优势。

从"草根工业"到"参天大树"
吴江民企崛起"一马当先"

对于吴江民企的发展轨迹,吴江民营经济研究会会长王剑云了然于胸——

吴江乡镇工业真正破土萌发,可以追溯到上世纪50年代后期。改革开放初期,吴江城乡涌现了一大批社队企业,率先开启了农村工业化道路,社会学家费孝通在此基础上提出了影响广泛的"苏南模式",乡镇企业由此进入大发展阶段。随着"草根工业"的发展壮大,一批企业家崭露头角。据统计,1990年,吴江乡镇工业占全县工业比重达71.4%。短短数年,一批乡镇企业迅速做大做强,尤其是丝绸纺织和通信电缆两大产业异军突起。

如今,吴江光电缆行业和丝绸纺织行业的几大地标性企业——恒力集团、盛虹集团、亨通集团等,都起步于上世纪90年代,它们的身上都流淌着吴江乡镇工业大发展的"血液"。

1994年,土生土长的盛泽人陈建华收购镇办企业吴江化纤织造厂(恒力集团前身),开创了私人收购集体企业的先河。从织造到化纤,从石化到炼化,27年间,恒力不断向产业链上游延伸、向价值链高端攀登,实现从"一滴油"到"一匹布"全产业链发展。

1992年,缪汉根接手了村里一家印染小厂——盛虹砂洗厂(盛虹集团前身),开始了创业人生。29年来,盛虹始终专注实体经济发展,成为以石化、纺织、能源为主业的创新型高新技术企业集团。

1991年,退役军人崔根良临危受命,接手倒闭的乡农机厂,转产创办七都通信电缆厂(亨通集团前身)。历经30年发展,已成为产业布局全国13个省市及全球十多个国家的高科技国际化企业集团。

中国企业联合会研究部副主任、管理学博士缪荣曾在接受记者采访时说,像恒力、盛虹这样的大企业不是人为培育来的,是在吴江的肥沃土地上长出来的。只要营造好生长的气候,森林里总会长出几棵大树。恒力、盛虹抓住了几次重大机遇乘势而上,在经历了国内外市场竞争洗礼后,最终成长为"参天大树"。

可以说,吴江的民营经济从"草根工业"到"参天大树",不乏"一马当先"的气势。截至今年上半年,吴江民营企业总数突破7.7万户,占全国民营企业数万分之七。其中,恒力、盛虹登上《财富》世界500强榜单;吴江有6家企业入围"中国民企500强",数量领跑全国县级区域。

从做强支柱产业到做大新兴产业
吴江民企转型升级"万马奔腾"

成立于2011年的凯伦建材,用一年投产、两年赢利、六年上市的"凯伦速度"奔腾前进,从一家传统的防水建材企业转型升级为与光伏产业配套的新材料企业。

"凯伦初涉防水行业时，国内防水行业门槛较低，相关企业固守传统工艺和材料，加上大量施工团队缺乏专业系统化培训，建设单位重成本、轻质量，导致了低价竞标、以次充好等恶性竞争充斥行业。"江苏凯伦建材股份有限公司副总裁陈洪进回忆早年发展，十分庆幸公司董事长钱林弟与总裁李忠人早年确立了将高分子产品作为主导的发展战略，坚定不移地"做专、做精、做特、做强"高分子建材，引领行业发展。

随着国家提出"双碳"目标，为快速有效地研发新品，凯伦不遗余力，更是不计成本。在规划布局中，凯伦将目光瞄准光伏建筑产业，开拓光伏屋面市场。今年7月，总投资15亿元的高分子防水产业园开业，创造性开发出了全生命周期光伏屋面系统CSPV系统，打造分布式光伏产业链系统服务商。

近年来，吴江民营企业瞄准产业技术制高点，持续推动传统产业转型升级、高新技术成果产业化的例子不胜枚举。由此，吴江民营经济在产业结构调整和产业集群布局上跃上新台阶，不断占领市场竞争新高地。

进入新世纪，吴江打造出了电子信息、丝绸纺织、装备制造三个千亿能级产业，光缆电缆五百亿级产业，以及新材料、新能源、生物医药、食品加工四大新兴产业，民营经济综合实力规模和核心竞争力不断提升。

当前，吴江产业集聚成效更加明显，全区四大板块及各镇（街道）工业集中区产业集聚亮点纷呈，为民营经济发展提供载体支撑。吴江开发区拥有国家新型工业化产业示范基地（电子信息和装备制造），汾湖高新区已初步形成机械智能制造、生物医药、新型食品产业集群（集成电路正在建设），吴江高新区形成纺织产业及新材料产业集群，东太湖度假区成为数字经济产城融合、新经济集聚发展的样板区。

在提升产业集聚成效的同时，吴江还将目光瞄准战略性新兴产业，围绕航空航天及配套产业建链、延链、升链。

今年5月，吴江举行航空航天产业推介会。会上，"同济大学航空航天与力学学院吴江创新中心"和"南京航空航天大学机电学院吴江创新中心"揭牌，累计10个项目签约落地，总投资金额达56亿元。

记者从区工信局了解到，接下来，吴江将瞄准航空航天方向，积极推进与中国商飞等龙头企业合作，重点布局以增材制造、高端数控机床为代表的航空智能装备产业，以无人机为代表的通用航空产业和以芳纶蜂窝纸、树脂基复合材料为代表的航空航天新材料产业，围绕建设一批创新中心，攻克一批关键核心技术，聘请一批专家顾问，培育一批企业梯队，形成一个百亿级航空航天产业集群，打造有影响力的航空航天产业集聚地。

从"补链强链"到"延链升链"
吴江民企高质量发展"马不停蹄"

普通一次性塑料袋，在土壤中自然分解需要200年，而恒力石化PBS类产品生产的生物可降解塑料袋，在堆肥条件下，被微生物分解的时间是180天，在降解过程中，不会产生有毒气体，反而可以产生有机肥料。在日常使用的小轿车里，同样藏着多种恒力工业丝的产品：安全带、安全气囊和轮胎帘子布等。因为具有能承受大拉力、耐磨、耐光照等特点，所以恒力石化的安全带丝受到了众多国内外高端客户的青睐。

恒力从生产纺织面料起步，不断向产业链上游延伸、向价值链高端攀登，已涉足石化、炼化、新材料等高科技含量、高附加值、更绿色环保领域。今年9月，恒力（长三角）国际新材料产业基地项目在吴江开工，总投资200亿元，建设年产100万吨高端功能性聚酯薄膜、工程塑料项目以及研发、仓储、营销中心。同月，盛虹集团旗下斯尔邦石化与冰岛碳循环利用公司，就"共建15万吨级二氧化碳捕集与综合利用项目"签约，共建全球首条"二氧化碳捕集利用—绿色甲醇—新能源材料"产业链项目。

江苏恒力化纤股份有限公司总经理助理汤方明介绍，恒力正快速进军可降解塑料领域等新材料产业，产能也在加速扩大。"我们有底气也有能力相信，随着公司在可降解塑料领域的持续发力，恒力下游可降解塑料与化工新材料业务板块产能结构升级与规模工艺优势将更为明显，全产业链经营能力也将得到进一步提升。"

作为吴江民营石化纺织领域的两大巨头，恒力和盛虹同时大举进军新能源新材料产业，拓展延伸产业链价值链，这与区委、区政府的决策部署不谋而合。

区工信局局长王炜介绍，今年下半年，吴江下发《推进吴江区重点产业链高质量发展三年行动计划（2021—2023年）》，主攻工业互联网、高端装备、生物医药和医疗器械、新一代信息技术、高端纺织、新材料、光电通信等七大重点产业，实施强链补链延链重点举措，着力推动产业基础高级化、产业链现代化。

王炜表示，根据三年行动计划，到2023年，有望实现全区工业互联网产业链形成品牌，行业赋能不断拓展；高端装备、新一代信息技术、高端纺织、光电通信四条产业链完整性显著提升，关键核心技术实现重大突破，国际竞争力进一步增强，龙头企业影响力进一步提升；生物医药和医疗器械、新材料两条产业链集聚度显著提高，发展生态不断优化，部分环节达到长三角领先水平。

原载2021年12月13日《吴江日报》

系列报道

在自主创新的道路上飞速奔跑
——点击吴江民营经济为什么"好"

主创人员　陈　洁　徐东升　黄明娟　张娴秋　史亚玲

从恒力、盛虹上榜世界500强，到明志科技成功打破国内铸造企业科创板上市"零记录"；从国家单项冠军企业博众精工、迈为股份，到行业翘楚信能精密、海拓仪器……

得益于创新驱动的发展战略、金牌"店小二"的营商环境，吴江的民营企业逐渐长成一棵棵参天大树，迸发出巨大的活力，显现出别样的韧劲，跑出了令人瞩目的"创新速度"，壮大稳固吴江全省民营经济"领头羊"地位。

从引进技术到研发技术
聚焦自主创新破解"卡脖子"

创新，是引领发展的第一动力。从引进技术到研发技术，吴江的民营企业一直在飞速奔跑。

迈为股份的"王牌"——太阳能电池丝网印刷生产线，不仅打破国外垄断，实现全面国产，而且产品远销海外，实现全球市场占有率第一。如今，在光伏、显示、半导体三个领域持续发力的迈为股份，总市值已突破700亿元。

微康益生菌研发的高密度、高活性、高稳定性益生菌菌种，突破"卡脖子"技术，有效填补国内技术空白。刚刚封顶的微康益生菌规模化智能制造项目，可实现年总产原菌粉830吨，产能为亚洲第一、全球领先。2018年开工建设，2021年通线量产，短短三年时间，英诺赛科实现了飞速发展。它拥有全球首条8英寸硅基氮化镓大规模生产线，是当前世界上唯一能够同时量产低压和高压硅基氮化镓芯片的企业，也是全区首个江苏省独角兽企业，估值突破10亿美元，多项技术处于国际领先。

潜心钻研核心技术的民营企业，正成为吴江高质量发展的"生力军"——

信能精密是全球仅有的三家全系列珩磨机生产企业之一，产品在国际处于领先；海拓仪器致力于检测仪器设备领域技术研发，公司主导产品连续三年处于同行业第一；中瑞科技自主研发的高速高精多系列工业级3D打印机，拥有多项专利，国内市场占有率39%……

吴江的这些民营企业注重科技创新，牢牢将关键技术掌握在自己手中，以专注铸专长、以配套强产业、以创新赢市场,用攻坚克难成就卓越之路。据最新统计,截至目前,吴江每万人有效专利拥有量达55.51件,相比去年增幅达7.89%;PCT国际专利323件,位居苏州大市第一方阵。

从传统车间到数字车间
聚焦"智改数转"蹚出"新路子"

在明志科技偌大的自动化生产车间,几乎见不到工人,50多个工业机器人手臂正在飞速运转着。这些机器人手臂动作精准、效率翻倍,相当于200多个人工,能替代一些工况条件很差、劳动强度较大的岗位。

车间信息化平台的大屏上不断跳动着数字,生产进度、设备状态、加工制作、订单发货、成品库存等状况"一目了然"。从砂芯模型设计、机器人传感应用,到生产状态分析、智能物流跟踪,明志科技已形成了一个数字化、自动化的闭环生产管理系统。

智能、绿色的生产方式,打破了人们对传统铸造业劳动密集型、环境脏乱差的"固有印象"。

早在2005年,明志科技就引入了机器人,进行车间智能化的集成研究。而信息化平台的上线,相当于给企业加装了"智慧大脑",为企业管理决策提供数据支撑,让数字经济赋能企业发展。

如今,明志科技已成长为中国铸造业的领军者,并于今年5月在科创板上市,打破国内铸造企业科创板上市"零记录",在铸造业这一传统赛道跑出了"加速度"。

"当前,我国的铸造产能已经全球第一,但80%以上的铸造企业都处于产业链的中低端,在高质量发展的大趋势下,铸造行业的转型升级已经迫在眉睫。"明志科技董事长吴勤芳说。一味压低成本、进行价格竞争的时代已经过去,只有对技术、人才、模式进行升级,研发出新的产品,得到高的附加值,形成良性循环,这样的转型升级之路才会越走越宽。

明志科技专注主业创新求变,正是吴江民营企业近年来转型升级的生动缩影。当前,吴江深入推进制造业"智改数转",全力打造"工业互联网看吴江"品牌。截至目前,吴江已完成"智改数转"项目1317个,完成投资近140亿元。累计培育智能工业示范企业105家、试点企业502家;创建国家级智能制造试点示范和新模式项目6个,省示范智能工厂3个、省级示范智能车间144个,连续多年领跑全省。

从单个产品到解决方案
聚焦集成创新服务"一站式"

以前,企业生产什么产品就卖什么产品,这是"生产导向";如今,围绕客户需求,企业根据市场变化决定出售系统服务,这是"市场导向"。

从传统的生产型制造业企业,向科技创新型、智能服务型企业转变,已然成为吴江民营企业实现转型升级、提高经济效益、降低成本的有效方式。

苏州巨峰电气绝缘系统股份有限公司在1995年成立之初,产品以绝缘漆、树脂为主。经过多年发展,巨峰电气已成长为国内电机绝缘系统的集成供应商,为各类客户"量身定做"绝缘系统整体解决方案。

在新冠肺炎疫情影响之下,巨峰电气却获得了逆势上扬的发展机遇。巨峰电气技术总监夏宇向记者透露:"受疫情影响,部分欧美供应商难以按期供货,但我们凭借高性能、高性价比等供应链优势,快速反应,为客户提供'一站式'绝缘系统解决方案,这为企业带来了源源不断的订单,销售额每年增长20%以上。"不仅如此,近期国家提出电机能效三年提升计划,这对于已经成功从生产产品转型到提供方案的巨峰电气而言,无疑又是一个重大发展利好。

如果说巨峰电气的转型是赢在了抢抓机遇上,那么博众精工的实践则印证了持续创新是企业壮大的"不二法宝"。

深耕智能制造领域20年的博众精工,已从创业之初的设计生产销售工装夹治具的小企业,发展成为如今的"中国十大系统集成商"之一,成为国内率先能为客户提供4.0智能工厂一站式解决方案的领军企业。

"我们的一站式解决方案,更加专注以客户为中心,能为客户提供稳定可靠的产品、有竞争力的价格、全周期立体化的客户服务、端到端的快速交付能力。"博众精工副总经理李芳说,博众将一如既往地加强研发投入和技术专家团队建设,完善管理体系,提升综合服务能力,努力打造装备制造业可持续发展的世界级企业。

从一项技术的突破、一个车间的转型,到一套集成解决方案的服务,吴江民营企业一步一个脚印,用全链条创新的"底色",擦亮高质量发展的"成色"。长三角一体化发展的广阔前景,就是属于吴江民营企业的星辰大海。乘着国家战略的东风,如今的吴江民营企业正凭借艰苦奋斗、创新求变的精气神,阔步迈入"高、精、尖"领域,日益成为长三角地区高质量发展最富活力、最具潜力、最有创造力的力量之一。

原载2021年12月16日《吴江日报》

薪火相传　逐梦新征程
——点击吴江民营经济为什么"旺"

主创人员　陈　洁　徐东升　黄明娟　张娴秋　史亚玲

改革开放40多年来，吴江涌现了一大批优秀民营企业家，他们以吃苦耐劳、敢创大业的拼搏精神，在时代的洪流中闯出了一条血路，为吴江经济社会发展作出了巨大贡献。

时至今日，吴江越来越多的新生代民营企业家——"创二代"，正接过父辈的重担，成为企业发展新的"舵手"。

近年来，吴江着眼于民营企业薪火相传，让青年一代接好父辈"接力棒"，锻造"有理想、有本领、有担当"的优秀"创二代"民营企业家群体，赛推出并深化吴江"创二代薪火工程"品牌，为吴江民营经济健康发展提供持续动能。

赓续红色血脉
铸牢成长压舱石

5月20日，吴江举办"百年逐'一'梦　使命'同'担当"——庆祝中国共产党成立100周年"融入式党建"主题活动。

活动中，亨通集团党委书记、董事局主席崔根良作为老一辈吴江民营企业家代表，分享了奋斗感悟："民企只有将自身发展融入党的事业、民族伟业和国家战略，跟党一起创业、一起奋斗、一起圆梦，才能走向更加广阔的舞台。"

这段话，不仅是崔根良艰苦创业的真实写照，也是他对众多新生代民营企业家想说的话。在他看来，吴江民营企业家的更新换代，不仅仅是身份意义上的接力传承，更是吴江企业家爱党爱国红色精神血脉的赓续。

崔巍是亨通集团副总裁、亨通光电董事长，一个受过西方高等教育及文化熏陶的"80后"海归。就在"七一"前夕，作为亨通集团第二代掌门人，他通过了党组织的考验，光荣地成了一名预备党员。

崔巍有感而发："站在建党百年新起点上，肩负历史新使命，我们年轻一代更要传承新长征精神，弘扬新时代精神，踏上新征程再出发，把小我融入大我，把个人梦融入中国梦，在困难面前无所畏惧，在成绩面前永不自满。"

父辈筚路蓝缕、艰苦拼搏的精神，是"创二代"的宝贵财富，也成了他们的动力源泉。

康力电梯总裁朱琳昊表示,面对全球政治经济变局,中国有更远大的未来,要接过父辈的接力棒,自己必须以更宽阔的视野、认知和思维,不断更新发展理念,用更高的愿景、更科学的逻辑提升公司的格局,在继承中创新引领,实现康力高质量、快速、可持续的卓越发展。

坚守实干创新
唱响成长主旋律

"作为母亲,不能让女儿过自己喜欢的生活,承受压力,我感到愧疚。谢谢你,女儿,愿意来继续我的事业。"华佳集团董事长王春花曾在接受采访时这样说。从工人到厂长,再带领华佳集团成为丝绸界的佼佼者,王春花专注于"一根丝"已经50年。作为女性企业家和母亲,她对于女儿接班的心情是矛盾的——既开心,又心疼。

对于这一点,王春花的女儿、华佳丝绸总经理俞金键坦然表示:"作为我来说,从小耳濡目染母亲把企业从无到有、从小到大做起来,企业就像自己的家,自己就是要把家打理好。"

在俞金键很小的时候,王春花就一直教育她:"女性不要依赖他人,要独立、自强。"对于女儿的成长,王春花都看在眼里,"她做任何事都很认真,也懂得吃苦耐劳,让我能够放心地把企业交给她。"

在工作中,母女俩也有理念不同、想法不同的时候。对此,母女俩都十分尊重对方的判断和选择。如今在华佳,母女两人分工明确,王春花主要负责管理种桑养蚕和缫丝等传统业务,而品牌经营和市场营销由俞金键全权负责。

"我很幸福,也很幸运,是女儿让我的百年企业梦有了延续的动力。"对于未来,王春花希望女儿能够像继承好老一辈企业家那种艰苦奋斗的拼搏精神一样,发自内心地去开拓和经营好这家企业。

南京大学商学院原院长、教育部长江学者特聘教授沈坤荣在接受记者采访时表示,吴江民营企业发展之所以可以领跑全省、领先全国,个性的因素主要体现在吴江企业家的个人特质,共性因素则体现在良好的政策环境、优渥的发展土壤。拼搏创新是吴江企业家群体共同的精神特质。

"吴江企业家善于抓住市场缝隙和稍纵即逝的机遇,从小打小闹到搏击国际市场,体现出了他们身上艰苦创业的拼劲、顽强奋斗的干劲、追求卓越的钻劲、永不服输的韧劲、勇于搏击市场风浪的闯劲,吴江企业家普遍拥有全球眼光,能够顺应国家战略、顺应时代发展,顺势而为,成就一番大业。"沈坤荣说。

面对新阶段、新环境,产品结构、市场布局瞬息万变,沈坤荣表示,如果说,吴江民营企业要"以不变应万变",那这个"不变"主要体现在企业家精神的传承上。"对于年轻一代,上一辈为他们创造了良好的条件,打下了较好的财富基础、经营基础,他们接过上一辈的接力棒,站在肩膀昂首远眺的同时,需要俯身传承好上一辈敢为人先、勇于拼搏的精神。"

薪火工程传承
跑出成长加速度

"打江山"难,"守江山"同样不易。"创二代"们站在父母的肩上,承担的责任和压力巨大,如何使年轻企业家们成为"有理想、有本领、有担当"的优秀接班人?吴江团区委不断深化"创二代薪火工程"品牌,为吴江"创二代"健康成长、干事创业积极助力赋能。

今年11月5日,吴江启动第二批"美美薪传"青年企业家培养工程,33名青年企业家前往14家市属国企开展挂职工作。

作为青年企业家挂职培养代表、吴江"创二代薪火工程"二期班委,吴江福琪纺织有限公司总经理张琪表示,身为"创二代",传承不是单纯的守业,而是要在"创"字上谋求突破,会将赴国企挂职的学习成果和宝贵经验转换为经营企业的内在动力,努力打造企业核心竞争力,激发企业发展的创新活力。

今年以来,吴江出台了《"创二代薪火工程"2.0版实施方案》,创新实施"新使命接力工程",从集中培训学习转向分层分类阶梯式培育。举办吴江区"创二代薪火工程"二期推进会暨2021"薪火工程青商学院"开班式,与清华大学合作在区委党校挂牌成立"创二代薪火工程青商学院",根据"创二代"需求精准定制培训课程;开展薪火师长、薪火学员结对跟班活动,以师长助力的形式强化"老带新"效果;承办2021中国长三角青商高峰论坛,为一市三省青年企业家提供交流互动和了解吴江的平台,联合上海市杨浦区、张家港、常熟成立"创二代"青年发展联盟;深度聚焦工业互联网主题,开展"创新赋能 数智未来"吴江区青年企业家交流座谈会,召开"安全生产 青年力行"吴江区青年企业家安全生产工作培训会议,为全力打造"创新湖区"、建设"乐居之城"凝聚青年力量。

"走进新时代,拥有新思想,才能更好地迈进新征程。"沈坤荣表示,吴江"创二代"群体普遍都接受了良好的教育,拥有宽阔的视野,起点也比上一辈更高,他们或许不需要艰苦创业,但他们需要的是勇于创新,要以更长远的眼光、更高的角度来把握时代脉搏,传承好做大做强企业的梦,助力实现民族伟大复兴的中国梦。

原载2021年12月24日《吴江日报》

第二十四届苏州新闻奖一等奖

苏州高水平全面小康建设启示录

主创人员　张　波　钱　怡　周奉超　朱雪芬　姜昊涵

编者按

"在中华大地上全面建成了小康社会！"7月1日，在庆祝中国共产党成立100周年大会上，中共中央总书记、国家主席、中央军委主席习近平的庄严宣告，在苏州城乡引发一片欢跃。

苏州是邓小平同志"小康构想"的印证地。今天，在苏州，高水平全面小康的美好图景已远远超过人们当初的期盼。从一个不起眼的消费型城市一跃而变成全国最大的制造业基地；从经济上平淡无奇的江南小城，华丽转身为熔古铸今的国际都会，苏州的小康之路具有怎样的现实意义和时代价值，更积累了哪些实践经验，这些经验又为苏州建设社会主义现代化强市带来哪些有益启示？苏报今起推出系列报道《苏州高水平全面小康建设启示录》（上、中、下三篇），敬请关注。

追梦路上的苏式实践观
——苏州高水平全面小康建设启示录（上）

苏报记者　张　波　钱　怡　周奉超　朱雪芬　姜昊涵

2021年6月5日，苏州，求是杂志社和江苏省委主办的"全面建成小康社会"理论研讨会成功举行。

这是时隔12年，苏州再次被国内理论界聚焦的高光时刻——2009年12月24日，中共中央文献研究室和江苏省委在苏举办"全面建设小康社会"理论研讨会。

两次研讨,主题一字之差,内涵却有天壤之别,彰显的是苏州这个"小康中国"样本成长发展的鲜活历史。

苏州是小康的"故乡"。1983年邓小平同志在此印证"小康构想","小康社会"自此成为苏州人孜孜以求的目标。从此,苏州人始终满怀雄心壮志,咬定"小康"目标不放松,敏于行事、勇于探索、敢于担当,形成了独特的苏式实践观,精彩了苏州小康建设的成色,为"小康中国"贡献了苏州经验。

从经济上平淡无奇的"江南小城",华丽转身为熔古铸今的"国际都会",巨变源自对党中央决策部署的全面贯彻和精准把握,始终以中央精神定向领航,咬定青山不放松——

一张蓝图续绘到底的发展定力

"小康"是苏州人最为耳熟能详的词语之一。

党的十二大提出20世纪末实现小康战略目标后不久,1983年2月6日,邓小平同志来苏视察。看到城乡"到处喜气洋洋",了解到苏州准备提前5年实现工农业年总产值翻两番,他兴奋地看到了"小康中国"的光明前景。"能不能提前翻两番?"一句嘱托,点燃了苏州干部群众如火的创业激情,苏州的小康蓝图就此起笔。

这一年春,32岁的常熟白茆镇山泾服装厂厂长高德康,骑着新换的摩托车到上海采购送货。看到上海首届羽博会上抢购的大场面,他嗅出了大商机。高德康的波司登启航了,更多的"波司登"也从田野里成长起来。在改革开放前期大约15年的时间里,苏州乡镇工业产值以年均30%以上的速度递增,支撑了全市经济总量20%左右的年均增长率。苏州率先实现"农转工"的历史性转变。1988年,苏州工农业总产值提前实现"翻两番"。

全球经济犹如一汪蓝海,敢于赶海弄潮,才能风生水起逐浪高。

1992年10月,党的十四大提出加快改革开放和现代化建设步伐。苏州全力推动外资、外贸、外经"三外齐上",开放型经济迅猛发展,"内转外"的发展格局强势推动地区生产总值于1996年、2002年先后突破千亿元和两千亿元大关。

2002年11月,党的十六大明确全面建设"更高水平的小康社会"。翌年春,江苏省委作出"率先全面建成小康社会,率先基本实现现代化"的决定。苏州市委九届五次全会把"两个率先"确定为新世纪新阶段的总目标,牵引着全市上下合力向前奔跑。2011年,苏州国内生产总值跻身"万亿元俱乐部",地方一般公共预算收入首次突破千亿元。

党的十八大以来，苏州紧扣"强富美高"总要求，以更高标准决胜全面建成小康社会，"经济强"的基础优势加快蓄集，"百姓富"的幸福指数稳步提升，"环境美"的生态底色日益鲜明，"社会文明程度高"的城市名片持续擦亮……

纵观苏州小康建设历程，苏州始终是紧跟中央部署的先行者。中央谋划的重大战略，苏州往往抓得早、起势快；全国都在做的事，苏州的标准要求往往定得高、谋得远。追梦路上，苏州人一张蓝图续绘接力，一代接着一代干，小康底色越发丰厚：党的十八大以来，经济总量迈上2万亿元新台阶；居民年人均可支配收入从37531元增至70966元。苏州以0.09%的国土面积，创造了全国2%的经济总量、2.4%的税收和6.9%的进出口总额，高水平全面小康有了现实模样。

苏州不是"制度高地"，也不是"政策洼地"，但始终解放思想、勇于探索，以先行先试激发机遇自励——

100多张"通行证"背后的机遇逻辑

熟悉苏州的人都说，苏州干部拼抢意识很强。国家或省的改革试点、先行试验任务，苏州人视为发展机遇，当仁不让，志在必得。

"试点的牌子不能当票子，怎么是机遇？""试验就是试错，失败了怎么办？"……面对外界的不解，苏州的回答是：试点试验，就是"尚方宝剑"。有了它，就能披荆斩棘，大胆探索。一旦试点试验成功，就有了先发优势。这不是机遇么！

这样的机遇逻辑，道出的是苏州人在小康建设中的主动性、积极性和预见性。

从上世纪80年代的金融管理体制、土地使用制度、农村教育等改革试点，到90年代的医保制度、旅游行业改革等试点探索，再到本世纪初建设全国农村改革试验区，探索经济发达镇行政管理体制改革等，苏州累计承担国家、省级各项试点任务100多项。苏州始终把试点试验视为创新突破的"政策通行证"、主动倒逼的"发展加压棒"、赢得优势的"制胜先手棋"，让试点试验在小康建设各领域"全面播种""次第花开"。

在苏州高新区，土地承包经营权有偿退出国家级试点深入推进，"承包地换社会保障、宅基地换住房"的"双地联动"机制，帮农民算好了"进城账""离农账""后路账"；在张家港，村民自治试点全面铺开，从"替民作主"到"由民作主"，自治、法治、德治相结合的乡村治理体系逐步健全……

党的十八大以来，苏州以更强烈的机遇自励担起先行使命，积极争取、主动承担重大改革试点任务：在苏南国家自主创新示范区"8+1"布局中，苏州独占3席，扛起打造核心区的重要任务；在江苏自贸区119.97平方公里范围中，苏州片区面积超过一半,肩负着构筑改革试验高地的使命;在长三角生态绿色一体化发展示范区中,苏州生态家底厚实,承担起战略先行、示范引领的重要职责。

时刻保持"摸石过河"的清醒头脑,秉持"推石上山"的坚韧耐力,试点试验"四两拨千斤",一批批改革试点由"盆景"变成独特"风景"。

一个城市的发展,一个地区的进步,最根本的支撑是什么?是这个地区这个城市千千万万建设者身上所体现出来的奋斗精神——

"三大法宝"凝练的精神传家宝

今年"七一"前夕,吴惠芳等3名张家港党员进京接受全国"两优一先"表彰,这是新时代"张家港精神"又一个闪亮时刻。

人是需要一点精神的。苏州小康建设的历程一再印证:精神之火一旦点燃,就会越燃越旺;精神共鸣一旦触发,就能催生磅礴力量。

上世纪80年代,苏州干部群众在党组织带领下,凭着"四千四万"精神,推动苏州快速走上了农村经济腾飞、农民脱贫致富的"小康之路"。90年代,"张家港精神""昆山之路"和"园区经验""三大法宝"树起了干事创业的精神标杆,推动苏州的发展确立了"领跑优势"。秦振华、常德盛、崔根良等一批坚守初心、造福人民的奋斗者、带头人,成为中国共产党精神谱系中一个个鲜明具体的"坐标"。

以"三大法宝"强化行动自觉,苏州人从不躺在功劳簿上"吃老本",而是以一贯的创新精神突破一个又一个发展上限。至今,苏州人还传颂着这么几句话:"别人没干过的事,先干起来!"这说的是苏州乡镇企业异军突起;"看上去不具备条件的事,善于创造条件干!"这说的是张家港办成全国首家内河港型保税区;"别人不敢想的,我们大胆试!"说的是昆山自费创办开发区,领改革风气之先;"别人先做的事情,学得更快、干得更好!"这说的是苏州工业园区开创中新合作国家级典范。

如今"三大法宝"这一伟大改革开放精神的"苏州符号",有了更为丰富的时代内涵:精益求精的工匠精神、勇敢担当的抗疫精神、久久为功的脱贫攻坚精神……它们正成为苏州高质量发展的不竭动力、精神富矿。在全面建成小康社会、乘势而上开启现代化新征程的今天,年轻的奋斗者们正以咬住目标不偏移的定力、抢抓机遇不迟疑的作为、敢于挑战不畏难的姿态,标定新时代的精神坐标,书写新时代的精彩答卷。

原载2021年7月3日《苏州日报》

一曲协奏里的创意统筹术
——苏州高水平全面小康建设启示录（中）

苏报记者 张 波 钱 怡 周奉超 朱雪芬 姜昊涵

再过两个月，第三届苏州江南文化艺术节将如约而至。

一面古典，一面现代；一面经济，一面文化。这个已举办两届的江南文化大雅集，被誉为苏州又一幅"双面绣"，延续着苏州一体两面的绝活，张扬着协调致美的苏州魅力。

小康建设是系统工程。从全局着眼，始终坚持全面协调、系统思维、开放赋能的观点与方法，苏州人用一个个有创意的统筹招数，让经济增长、城乡建设、生态优化、民生改善等全方位展现发展高质量，奏响了一首优美动听的高水平全面小康协奏曲。

全面小康，"单打冠军"不稀奇，目标是"全能金牌"。"缺什么，补什么"，源自清醒的发展认知，更延伸自强自新的发展逻辑——

一个"补"字诀的N种用法

独墅湖畔的纳微生物科技有限公司，一滴苏州研发生产、净重0.1克的纳米"药水"，打破了国外的技术垄断，市场售价高达两三千美元。

这"一滴水"的小故事，折射出苏州"补短板"的大文章。

对于"补短板"，苏州人的认识很形象：全面小康，讲究"全面"，重在"协调"，如同一个人要跑起来，全身的协调必不可少，否则不但跑不快，还有可能栽跟头。苏州人精于"拉长板"，勤于"补短板"。特别是党的十八大以来，对标"强富美高"新标杆，苏州人的这个"补"字诀，用得更全、立得更深。

以"补"求"突破"，始终保持经济增长力度。苏州持续推动发展动能由投资驱动向创新驱动转变。2019年，苏州实现制造业新兴产业产值1.8万亿元，占规上工业总产值比重达53.6%，新一代信息技术、生物医药、纳米技术、人工智能四大先导产业产值占规上工业总产值比重达21.8%。

以"补"筑底线，不断提升靶向富民温度。2017年起，苏州实施聚焦富民33条，拿出149项"干货"举措，持续实施城乡居民收入倍增计划。2019年，城乡居民人均可支配收入分别为6.86万元和3.52万元。从基础设施到公共服务再到低收入人群重点保障,苏州的小康"可期可感可享"。

以"补"强根基,延展"天堂美"高度。353个50亩以上湖泊、2万多条河道、占全市总面积36.6%的水域面积……苏州始终重视"水"文章,累计实施"十大类"太湖治理工程5400多个,投资约710亿元。2014年5月,苏州颁布《苏州市生态补偿条例》,这是全国首部关于生态补偿的地方性法规,"宁可牺牲GDP也不毁鱼米之乡金招牌"由此树立。

以"补"添动力,不断增强文明之城厚度。物质文明和精神文明两手抓、两手硬,苏州持之以恒创建全国文明城市,营造崇德向善、见贤思齐、德行天下的浓厚氛围,涌现出110名全国、省级先进典型和229名"中国好人"。新时代文明实践中心建设实现市域全覆盖,2019年,苏州注册志愿者人数达240.65万,占城镇人口比例达29.07%。

把现状吃透,把不足找准,把举措谋实,苏州人兢兢业业"补"出了发展新境界。

系统思维是一种发展执念,也是一种发展胸怀,锚定"往哪走、怎么走、走多远",主动破除机制体制壁垒,在"跨域谋域"中永争上游——

"想干事、干成事"的系统论

2011年12月18日,时任中共中央政治局常委、国务院总理温家宝考察昆山时指出,昆山的台资企业发展势头好,要在海关、金融等方面给予更多政策支持。为了这句"政策支持",昆山由市长带队,光北京一年就跑了30趟。2013年2月3日,同意设立"昆山深化两岸产业合作试验区"的国函批复(复印件)传回昆山。

一年30趟"跑北京",抖擞着"闯"的精神,更深藏系统、长远的眼光:有了"试验区",昆山的产业优化、两岸经贸文化创新交流有望再次破局。

事实证明,昆山想对了。"试验区"设立以来,在百余项先行先试政策措施支持下,昆山在两岸产业合作、投资贸易便利化等方面成果丰硕。截至2019年底,昆山累计批准台资企业项目5196个,占江苏省近五分之一。

想问题看问题,适度超前;认准的事,"一盘棋"盯到底。"想干事、干成事"的系统论,在全面小康建设中,成就了一个又一个苏州传奇。

系统谋划立在"大局"。做事情,不能"就事论事"。上世纪90年代,工业化、城市化加速,苏州开始推动工业向园区集中、土地向规模经营集中、农民向城镇集中。"'三集中'决不以损害农民利益为代价",苏州市委、市政府果断决策,一系列保障失地农民利益、推动农民就业的措施陆续出台。2012年,苏州在全国率先实现城乡低保、基本养老、医疗保险全面并轨,城乡居民收入比1.93:1,城乡收入差距全国最低。

系统谋划强在"贯通"。走一步，要"看两步、想三步"，才能"一快快三步"。自贸区，苏州"坐等"了6年，但6年里，苏州与自贸区关联的试验试点一步未停。2020年9月，苏州自贸片区设立一年即推出改革创新举措130余项，形成制度创新成果案例62项，其中2项获评国务院"最佳实践案例"。

系统谋划胜在"均衡"。以局部与整体的合拍踏出"超前"节拍，发展才能系统快、整体快。大院大所一直是苏州战略布局的重点，但不是"来一个谈一个、谈一个签一个"，政策引导从一开始就突出"人—团队—平台—转化"的系统规划，项目落地共享一个"政策包"。2020年11月，苏州发布《苏州大院大所合作政策》，东南大学苏州校区、南京医科大学姑苏创新研究院、河海大学苏州研究院等迅速落地，产学研链条式黏合的助力日益强劲。

潜入改革"深水区"，要啃下"硬骨头"，唯有放眼全球、对标先进，把开放的大门越开越大，才能倒逼改革取得新突破，实现综合实力新跃升——

开放赋能，一个视野两样精彩

"高低温温度冲击"成功试验，让上海德瑞电子工程师周正长舒一口气。通过在线对接大仪网，德瑞以"共享仪器"的方式完成了新品研发的关键一步。大仪网是苏州市研发资源共享服务平台，随着平台全面对接上海研发服务平台，专业仪器设备"共享"已覆盖长三角。

共享，展示开放的气质。从引进来、走出去，到不断提升对内对外开放水平，苏州的全面小康始终以"只有想不到，没有做不到"的开放思维，传递着靠前发展的紧迫感，也打开了眼界和格局。

深化改革，开放赋能，自我提高，努力提升国际化水平。苏州大做"开放+"赋能文章，以开放推动创新发展、促进产业转型、塑造城市品质。同时，推出"开放创新合作热力图""企业服务总入口"，营造审批最少、流程最优、效率最高、服务最好的发展环境，开放之城越发声名远播。

高点站位，精准对接，积极融入，谋求一体化发展新优势。2020年11月9日，连通上海青浦和江苏吴江的东航路——康力大道项目通车，这是长三角生态绿色一体化发展示范区成立后打通的首条省际断头路。借着这条"路"，苏州积极参与"示范区生态共育""干部跨域交流""社会治理"等机制体制创新，在融入长三角一体化发展国家战略中，加速释放历史机遇的红利。

双向作为，内向联手，外向对口，诠释协调发展新解。2020年4月8日，苏州首个"市内飞地"——苏州工业园区苏相合作区实体化运作。这一发展模式在2007年苏宿工业园区建设之初就开始实践。通过双向输出，苏通科技产业园、苏滁现代产业园、霍尔果斯口岸等"飞地"发展迅猛,在跨越区划壁垒、畅通资源流动的过程中,不断丰富区域协调的苏州创造。

审时度势、与时俱进、为我所用,由内而外的开放自觉,深深影响着苏州的全面小康进程。在主动融合中不断树立鲜明的发展优势,苏州"门户枢纽"地位在更大开放格局中悄然奠定。

原载2021年7月4日《苏州日报》

时代答卷里的幸福民生策
—— 苏州高水平全面小康建设启示录(下)

苏报记者 张 波 钱 怡 周奉超 朱雪芬 姜昊涵

6月初,正是江南梅雨季。在苏州高新区通安镇树山村,紫红色的杨梅挂满枝头,赶来尝鲜的游客络绎不绝。

一颗小杨梅折射出树山村民的"大幸福"。随着乡村振兴战略推进,树山村抢抓生态旅游业发展契机,扔掉了"穷"帽子,成为"国字号"美丽乡村。目前,靠销售农产品和发展旅游,树山村户均年收入12万元。

树山村的蝶变,是苏州书写决胜全面小康民生答卷的生动注脚。坚持以民为本,增进人民福祉,始终是苏州全面小康建设的鲜明主线。富民增收措施有力,公共服务优质均衡,社会保障兜底有力,文化惠民滋润心田,开放包容近悦远来,一项项"幸福民生策",让城乡居民的获得感、幸福感、安全感不断跃升。

全面建设小康的出发点和落脚点在于富民,坚持发展为了人民、发展依靠人民、发展成果由人民共享,就要办好民生大事、解决关键小事——

富民惠民增强群众获得感

小康是什么?姑苏区苏锦街道幸福股份经济合作社董事长金平拍拍口袋说:"村民鼓起来的钱袋子,就是小康。"

幸福股份经济合作社,由幸福村集体资产整合发展而成。上世纪80年代末,幸福村开始探索发展村集体经济,打造现代化农业示范点,建起了苏州第一个"丰产方"。路子对、人勤劳,幸福村成了"先富起来"的村。去年底,合作社总资产超2.5亿元,当年实现总收入1751万元;股民收入连续增长,每股分红从80元增长到270元,每位股民能拿到3055元。

"民之所盼"就是"政之所向"。无论是上世纪八九十年代,还是进入新世纪以来,富民惠民一直是苏州历届市委、市政府工作的重中之重。2017年,苏州实施聚焦富民33条,拿出149项"干货"举措,扎实推进民生幸福工程;2018年,苏州重磅出台十二项三年行动计划,510项重点任务从多方面全面提升富民惠民水平……多年来积极实施城乡居民收入倍增计划,健全就业创业服务体系,大力发展村级集体经济,城乡居民收入增长水平与经济发展水平更趋协调。2020年,苏州城镇居民人均可支配收入已超过7万元。

"民生幸福"是个多面体。在提升"百姓富"的幸福含量上,苏州既办好民生大事,又解决关键小事。

病有所医、医有所保,牵着千万心。2004年3月,昆山率先实施农村基本医疗保险,实现农村医疗保险全覆盖,31万农民可以和城里人一样刷卡看病。此后,苏州社保不断"更上一层楼":2011年实现城乡低保并轨,2012年实现城乡养老保险、医疗保险并轨。

住有所居、居有所安,连着千万家。在苏州古城,54个街坊的改造从1986年启动试点至今持续推进,老街坊居民扔掉了马桶,住进了宽敞的电梯房,通上了自来水和天然气。前不久,道前片区32号街坊改造项目有了新进展,133户居民集中选房,即将搬入新家。

关键小事,看似不起眼,却是大民生。今年暑期前夕,苏州在全市范围内依托新时代文明实践站点,开出1183个免费"家门口的暑托班",缓解双职工家庭孩子看护难题。今年5月,苏州公布的"我为群众办实事"项目清单上,类似这样解决百姓身边关键小事的市级项目就有20个。

全面小康的本质内涵和最终着眼点是"人"的全面发展,而非简单"物"的现代化。要缩小进而弥合"化人"与"化物"之间的"裂痕",就要像抓"富口袋"一样抓"富脑袋"建设——

文化滋养提升百姓幸福感

"一个村建管弦乐团,还登上了北京的大舞台,很多人不相信,但我们做到了。"

张家港永联小学副校长冯艳婷说,学校80%的学生是新市民子女,为了让他们和城里孩子一样接受高雅艺术熏陶,2015年永联村与北京荷风艺术基金会合作,在永联小学成立管弦乐团,还从上海请来老师。乐团已先后赴上海大剧院、北京天桥大剧院演出。

拥有2500多年历史文化的苏州,深切懂得"富口袋"和"富脑袋"的辩证关系,以人为本不仅体现在物质上的富裕,更体现在精神上的富足。

今年"七一"前夕,《唱支山歌给党听》音乐快闪放歌金鸡湖畔,苏州交响乐团与著名钢琴家郎朗携手伴奏,让世界听到了"苏州乐章"。昆曲、评弹、苏剧"三朵金花"的悠扬古韵依然回响耳畔,苏州交响乐团、芭蕾舞团、民族管弦乐团"新三朵金花"的典雅时尚让人深深陶醉。从金鸡湖畔移步大运河边,"运河十景"建设如火如荼。作为大运河沿线唯一以古城概念申遗的城市,苏州出台《"江南文化"品牌塑造三年行动计划》,66个项目逐项推进,让姑苏千年文化基因,成为建设更高水平人文之城的深厚底蕴。

有书香才是真小康。观前小巷,透过一家名为"慢书房"的独立书店的落地玻璃,温暖的灯光下,人们正在静静捧读。如此"书香",苏州随处可闻。加快书香城市建设,苏州率先把图书馆总分馆体系规划布局纳入经济社会整体发展规划,加快打造公共阅读服务体系,建设以各级图书馆为骨干,以家门口的"农家书屋"为延伸,以"市民读书站"为补充的全覆盖多层次的阅读设施。目前,苏州的图书馆、美术馆、博物馆总数位居全国第一方阵,人均公共文化体育设施面积超过0.96平方米。2018年,苏州位列"城市阅读指数排行榜"全国地级市阅读指数第一。

2020年,苏州全国文明城市创建实现"五连冠",全市域实现全国文明城市"满堂红",文明城市的每个角落无不浸透着文化的力量。文化滋养正提升着这座城市的幸福感,铺就了全面建成小康社会的温暖底色。

开放包容,是苏州城市的特质。坚持给"新苏州"以同城待遇,给"洋苏州"以市民待遇,给各路英才以城市礼遇——

融合共生激发"天堂"新活力

一条平江路,半座姑苏城。

在平江路上,芬兰人艾哲罗开了一家餐厅。清晨遛弯,在路边打鼓,与邻居和路人微笑照面,成了他的日常。艾哲罗1998年来苏州工作,至今已经23年。2004年,艾哲罗带着他的伊朗鼓和乐队,在央视的文艺晚会上唱起了评弹《枫桥夜泊》,让无数人认识了他。他常说："我热爱苏州，她是我生命中的一部分。"

在苏州，有一大批像艾哲罗一样的"新苏州""洋苏州"活跃在各行各业，他们既是苏州小康建设的见证者，也是参与者。英国籍玉雕师安大陆，是前BBC记者，来苏拜师学艺，找到了人生新方向。苏州通富超威半导体有限公司总经理曾昭孔来自新加坡，扎根苏州17年，他说："苏州是一座来了不想离开的城市。"

苏州历来是一座开放包容的城市。沧浪亭里记述的五百先贤，伍子胥、董仲舒、顾恺之、狄仁杰、李白……有100多位都是"新苏州"。这些"新苏州"在苏州这片热土开拓、耕耘、流芳。他们对苏州城市文明发展作出的贡献，苏州人至今不忘。

本地人，外地人，来了苏州就是一家人。2004年，苏州开始为外籍人士发放中国"绿卡"；2011年，苏州全面实施居住证制度，目前已累计办证1771.6万余张，为"新苏州"提供同城待遇；2016年，苏州实施流动人口积分管理制度，让流动人口享受到户籍准入、子女入学和子女参加苏州城乡居民医疗保险等相关福利待遇；2019年，苏州实现与上海、浙江跨省（市）异地就医门诊费用直接结算……一个个细节彰显出这座城市的温暖，让越来越多的人感知苏州、爱上苏州。

人因城而荣，城因人而兴。紧紧依靠人才、充分用好人才，2009年至今，苏州国际精英创业周已经连续举办十二届，直接引进和培养国家级重大人才141人，累计落户项目5773个。如今，以生物医药、纳米技术应用、人工智能等为代表的先导产业，正在成为苏州支撑未来发展的战略增长点。

城爱人，人恋城，人与城相依，实现同住苏州城，共筑"苏州梦"，共创"新家园"，这就是苏州全面建成小康社会的幸福密码。

原载2021年7月5日《苏州日报》

系列报道

第二十四届苏州新闻奖一等奖

双元育才20载

主创人员　太仓市融媒体中心

编者按

2001年,太仓开启德国"双元制"职业教育模式本土化实践。20年来,在引入、消化、本土化发展中,太仓积累了丰富的双元育才经验,擦亮了"德企之乡"品牌,并为我国现代职业教育改革作出积极探索。即日起,太仓市融媒体中心推出全媒体系列报道,回顾太仓开展"双元制"教育历程,探寻职业教育发展路径。敬请关注。

"双元制"的种子何以落地太仓?

本报记者　周　斌　戴周华

金秋时节,随着德企总数达到400家,太仓与德国的合作迎来新的里程碑。德企为何如此青睐太仓?用第400家德企艾威昂智能科技(太仓)有限公司负责人尤根·海瑞恩博士的话来说,太仓成熟的"双元制"人才培育环境,是企业落子太仓的重要考量。

众所周知,德国工业蜚声全球,与其精益求精的生产制造密不可分,与其重视人在生产中的作用息息相关。今年是太仓开展德国"双元制"育才实践的第20年。20年来,这里先后成立了10多个"双元制"培训基地,建立了国内唯一的AHK中德双元制职业教育示范推广基地,成为我国最大的德国职业资格考试和培训基地。

不懈探索形成了职业人才培育"太仓品牌",太仓实践又推动了"双元制"教育在中国生根、发展。

缘起
第一家落户的德资企业遭遇用工"困境"

德国"双元制"在太仓的发端,缘于第一家落户太仓的德资企业克恩—里伯斯公司。

1993年,太仓第一家德资企业克恩—里伯斯太仓公司成立。从一开始的投资"试水"到业务量的节节攀升,公司发展规模不断壮大。几年后,公司被招聘几名称心的模具工问题难住了。

"我们需要既能动手加工制作、又会操作加工中心机床的模具工,但往往有动手能力的年纪偏大,不会操作机床,能操控机床的年轻人动手能力又弱。"克恩—里伯斯太仓公司负责人张臻伟回忆。

1999年,太仓公司向德国总部汇报了这一用工"困境"。得到的答复是,在太仓建设"双元制"培训中心。

为了几名模具工而举办一个培训中心,这样的做法是否值得?围绕这个问题,克恩-里伯斯公司内部开了一次讨论会。最终,克恩—里伯斯德国总公司老板斯坦姆博士着眼长远,力排众议,果断拍板。

破局
政企校联手催生首个"双元制"培训中心

事实上,对优质技能工人的需求并非克恩—里伯斯一家。同样来自德国的太仓企业慧鱼公司表示愿意合作办班。

很快,企业的诉求提交到太仓高新区(时为太仓经济技术开发区)管委会。政府部门的反应高效快速。太仓高新区原招商局局长笪文敏介绍,他们积极协调各方资源,甚至远赴湖北十堰,为培训中心寻觅既懂德语又了解工程机械的专门人才。

同时,太仓市政府及高新区划拨了专款费用,德国巴符州政府也给予了大力支持,为培训中心提供了50万德国马克的无偿资助。

2001年"中德高技术对话论坛"第二次会议项目签约仪式及闭幕式上,由在太德企、太仓高新区、太仓中专合作共建的"太仓德国企业专业工人培训中心"项目在大会上签字,国内首个与德国职业教育同步的专业工人培训中心正式启航。

探路
中德职业教育理念和体制的桎梏逐一打通

按照德国"双元制"模式,职业教育的"一元"是企业,另外"一元"则是学校。

原江苏省太仓中专校长周新源刚调到太仓中专(时为"太仓职教中心"),正逢"双元制"项目筹备期。职业的敏感让他对开展"双元制"项目充满期待。

然而,随着组建事宜的深入推进,一些分歧和冲突也随之暴露出来。由于中德两国教育理念和体制不同,在学生学费、培训中心选址等方面产生了不同意见,一度使合作协商陷入僵局。

"德国人说要把培训中心建在企业里,而中方则认为应该在学校里。"周新源表示,中方出于学生安全和"归属权"的考虑,总觉得放在学校更合适。后来在德国专家"要让学生在企业的氛围中成长"理念的启发下,中方逐渐同意了德方的观念。

思想桎梏打通,确保了德国"双元制"精髓在太仓落地生根。

"企业对于产业发展的最新动态更为敏感,企业的要求、产业的需求,就是我们培育人才的方向。"太仓中专现任校长丁亮深谙"双元制"教育内涵。

丁亮介绍,"双元制"项目实现学校招生、企业招工一体化。在具体教学过程中,学生往返于学校与企业之间,实行"工学交替",能够更好掌握实用知识和技能。

"'双元制'不同于国内普通职业教育的一点,在于实践和理论结合得十分紧密。"张臻伟介绍,企业在培养学生过程中,投入了大量的财力物力,学生毕业走进企业后,对企业的文化认同度高,很快就能胜任工作。

如今,克恩-里伯斯公司的生产经理大多是"双元制"项目培养出的人才。

周新源一直致力于"双元制"研究。在他看来,"双元制"教育是一种投入与产出有机平衡的人才培养模式,在培养的过程中企业、学校作出了很大的投入,培养出了满足需求的学生。

原载2021年12月14日《太仓日报》

"双元制"人才是如何"炼成"的

本报记者 周 斌 周 琦

严雨穿着深蓝色的工作服,边操作着钻床,边向围拢过来的学生讲解如何打造出合格的配件。与学生年纪相仿,25岁的严雨却是海瑞恩培训中心的培训师,在海瑞恩工作8年,其中有5年在海瑞恩的德国总部深造。

这些年的历练,让严雨从一个稚嫩的中专生成长为一名有着丰富实操经验和理论知识的"双元制"培训老师。严雨成长的经历也是众多太仓"双元制"人才发展的缩影。

观念转变
"双元制"让上职校成为热门选择

今年读高四的黄丽丽是严雨手下为数不多的"女徒弟"。学数控的她对"双元制"的职业生涯还是蛮满意的。"在企业实训的3年里,企业不仅为我承担了实训及考试成本,而且每个月还有两三千元的津贴,工作也算轻松,家里很支持我读'双元制'。"黄丽丽表示,没有特殊情况,毕业后可直接进入海瑞恩工作,起薪较高,不比新入职的大学生低。

的确,大学生群体就业压力大,是众所周知的社会现实。仅仅两三千元的入职薪金让大学生"很受伤"。"毕业即失业"让很多家长焦虑,甚至不惜动用各方人脉为孩子寻找一个相对理想的"东家"。

"毕业即失业"?这对于苏州健雄学院中德工程学院副院长韩树明来说,根本不是问题,因为他的很多毕业生都被企业直接预订。"现在每年毕业生就业率达到97%以上,剩下不到2%都去创业啦!"韩树明说。

我市职业教育近几年的发展,让不少家长慢慢意识到:职业教育也可成才,高考真的不是唯一出路。职业教育紧密对接社会企业的特点,也告诉更多家长,职业教育和普通高等教育是平等的。

"条条大路通罗马""高级蓝领收入还是可以的""任何劳动都是值得尊敬的"……记者在走访调查中发现,不少市民对于职业教育的看法已经发生转变。

在亿迈齿轮当学徒的咸彤彤对自己的职业前景很有信心,"我们成为'双元制'

的学徒后，上学期间有明确的目标，学习特定的技能，毕业后留在企业，前景明朗。"

太仓"双元制"教育搭建了中专、大专、本科等多层次有序衔接的人才培养体系和"晋级通道"。甚至还可以到德国留学培训，拿到德国应用技术型大学的本科文凭。

多年塑造的职业教育形成了良好"口碑"，我市每年中考、高考后都会有很多学生选择职业教育。"可以说，近年来健雄学院已经形成了自己的品牌和示范效应。"韩树明表示。

蓝领变金领
"德式工匠"成为企业人才基础

当下，很多企业面临招工难问题，海瑞恩总经理叶森却不担心此事，因为企业从2013年开始实施了"双元制"培训项目。"每年我们都会招收20个左右'双元制'培训项目的学生，目前有4届学生在企业培训，加上和宿迁、广西容县中专合作的'双元制'项目，共有100多名学生在岗实习。"叶森表示，这些学生将成为企业的人才后备力量，目前企业有近四分之一的员工都是"双元制"培训而来的。

同样，克恩—里伯斯的太仓工厂有"双元制"毕业的员工100余人。周志浩是克恩—里伯斯第一批"双元制"培训项目的学生，如今他已当上了企业生产部经理。"'双元制'给了我很好的成长机会，让我从最初的冲压工、调试工变成一名独当一面的企业管理人员。"周志浩表示，作为"双元制"培训项目学生的最大优势就是对企业生产流程、产品的熟知。

因为有"童子功"，企业引进新技术时，一般会优先培训"双元制"毕业的员工。如今，公司培养的第一批"双元制"学生都已经成为技术和生产骨干。这回答了为何"双元制"能留住学徒的疑问。

对此，克恩—里伯斯太仓公司负责人张臻伟表示，他们公司经过这么多年的"双元制"培训实践，已经形成了一种全员培训、终身制培训的企业文化，打造了一条从培养优质蓝领到技术工人再到工程师的"进阶之路"。"这样培养出来的员工既有实践经验又有理论知识，对企业还有认同感，我们有信心继续把'双元制'这篇文章做好。"

从2001年"太仓德资企业专业工人培训中心"（DAWT）项目开始以来，DAWT培养了500多名毕业生，其中有6人获得了德国工匠领域最高专业资格证书，30余人在德企担任生产经理。

从1.0到3.0
现代职业教育体系不断完善

现就读"双元制"大专的毛阿康以前是学会计专业的。对于为什么要转专业，他坦言："像现在读的数控专业更具创造性，机会更多，我希望通过努力以后还能去德国进修！"

的确，经过20年发展，太仓"双元制"教育已经从最初1.0版本上升到现在的3.0版本，而且还在不断提升进阶通道。比如，12月10日，健雄学院与德国比勒费尔德中等企业应用技术大学（FHM）举行合作办学签约，两所院校将在机电一体化技术、物流管理两个专业开展3+0专科、3+2本科两个阶段合作办学；12月8日，魏德米勒亚太培训中心太仓基地、魏德米勒-迈创智能制造联合培训中心太仓基地揭牌成立；12月3日，省太中专与德国ETS缔结友好学校，学生从省太中专毕业后可就读德国Heuberg Campus本科项目……

当前，制造业向着更高质量迈进，呼吁更多"工匠"出现。这也推动了我市"双元制"培训向纵深发展，为企业培养具有国际化视野的现场管理人才。对于"双元制"学生而言，未来前途一片光明。

"双元制"本科项目，既培养产业技能人才，也培养管理人才。比如，克恩-里伯斯有德国大师证的培训，培养生产主管、领班等企业一线管理人才。

张臻伟非常推崇这样的"大师班"，他表示："精算、心理学等都将是'大师班'的课程，这将塑造一批工业大师。"最近一期的工业大师证（Meister）现场管理项目培训班在太仓市德资企业专业工人培训中心开班。有来自15家德资企业、民营企业以及相关院校的31名相关人员参加培训。培训针对太仓企业量身定制，引入德国工匠领域最高专业资格证书等级的大师证课程体系，70%以上课程由产业讲师授课。

"双元制"本土化实践20年，太仓也已经成为我国最大的德国职业资格考试和培训基地，累计培养1万多名高级管理人才和专业技术人才。

原载2021年12月18日《太仓日报》

系列报道

开启"双元制"教育的"出圈"之路

本报记者 周 斌 戴周华

12月17日,太仓市政府和中国德国商会签署AHK学院战略合作协议,标志着中国首个AHK学院正式落户太仓。根据协议,AHK学院将促进德国成熟的培训及认证体系与太仓制造业、"双元制"职业教育资源融合创新,为长三角地区乃至全国的职业培训提供智力支持与体系保障。

这意味着,太仓的"双元制"教育实践在自我深化的过程中,更被赋予了经验样本"推广复制"的使命。事实上,20年的"双元制"教育实践与探索,太仓已实现了从引入模式到形成样本,再到经验推广这样一个发展历程,并以实际行动,开启了"双元制"教育的"出圈"之路。

"走出去"既是外需也是内需

"疫情之前,每年有1000余人次的取经者来到学校考察学习。疫情期间,仍有不少电话、邮件咨询,有时候通过网络会议进行沟通。"对各地学习探索"双元制"教育模式的热情,苏州健雄职业技术学院中德双元制学院(筹)教授岳向阳深有感触。他表示,现在国家非常重视与推进职业教育改革和发展,很多地方的院校都在积极探索。

相较于考察学习和电话咨询,广西容县职业中专学校的"取经"方式则要直接得多。今年10月,该校与德企海瑞恩公司和省太中专签署合作协议,直接将8名学生安排在太仓完成学业,学校也安排了老师常驻太仓,和学生一起学习,提高对"双元制"教育模式的认识,并让驻点老师将所学知识带回广西。

"我们感受到社会对劳动力人才有着越来越高的要求,希望学习太仓的育人经验,培养出具有扎实技能的实用型人才。"罗常桄是广西壮族自治区容县中专机械工程专业部数控模具专业教师,最近他带领学生参加了太仓"双元制"教育的学习培训。

事实上,太仓"双元制"也面临着"走出去"的内在需求。正如海瑞恩精密技术(太仓)有限公司总经理叶森所言,太仓生源底数不大,真正进入"双元制"教育体系的学生数量有限,对外拓展,能给企业网罗更多的生源。同时,不少企业立足太仓向全国扩展,将"双元制"模式复制出去,也为企业做大做强打下人才基础。

"走出去"的探索与实践

如何让太仓的"双元制"教育模式走向全国？

广西容县中专和太仓的合作可谓是一种尝试。这种包含了企业方、省太中专、其他职校的合作模式，被省太中专称之为"企—校—校"合作模式。省太中专校长丁亮表示，"企—校—校"模式的开启意义重大，这既是太仓"双元制"职业教育的转型升级，也可有效辐射更大范围。

在容县中专之后，10月20日，省太中专与灌南中专就开展"双元制"人才联合培养签署协议，共同建设"双元制"培训中心，培养企业所需要的专业人才；12月23日，省太中专又与天津市北辰中职合作签约，来自北辰中职的学生将在太仓开展为期3年的学习培训。

"接下来，我们还将继续和海瑞恩、舍弗勒、慕贝尔等德企合作伙伴一起，在全国各地和友好学校共同推广'双元制'教育培训模式。"丁亮表示，他希望通过实际检验，努力形成一种推广范式，推动太仓"双元制"教育在全国遍地开花。

事实上，"走出去"的并非只有省太中专，苏州健雄职业技术学院在太仓"双元制"模式的推广示范上，也有诸多的探索与实践。岳向阳介绍，该校为周边职业院校培养"双元制"学徒提供各项支持，包括为国内职业院校进行培养方案开发和课程专业指导、指导设计跨企业培训中心、帮助开展师资培训等。6年前，AHK德国双元制职业教育联盟就在该院成立，目前已有70多家联盟单位，涉及学校、企业、研究机构等，遍及全国各地。

打造辐射全国的"磁力场"

辐射、融合是大势，这已经成为共识。

太仓"双元制"教育进入了一个立足本土、辐射全国的新阶段。那么，在"走出去"的过程中，太仓如何来打造辐射全国的"磁力场"？

2020年5月，全国首个中德在职业教育领域合作的标准化成果——《双元制职业教育人才培养指南》在太仓发布；今年4月，由健雄学院主导、多家重点企业参与研制的苏州地方标准《双元制职业教育培训中心建设规范》正式发布。岳向阳告诉记者，"双元制"体系包含六七十项标准，健雄学院、省太中专等单位还在逐步研究开发包括"双元制"师资建设在内的其他标准。毋庸置疑，标准化为"双元制"教育的转型升级与辐射发展打下了很好的根基。

目前，健雄学院提出申请，筹划建设长三角中德国际教育产业园项目。健雄学院副院长周晓刚介绍，该项目计划把企业、学校、行业协会等德国培训资源进行集聚，形成规模效应，打造中德教育交流的窗口、"双元制"全国示范的平台。

市教育局副局长顾新华表示，太仓"双元制"教育在全国有一定的知名度，但还要继续加强品牌建设，今后将依托上级教育部门，尤其是专业教科研部门，联合产业部门做深内涵，打造"双元制"人才培养创新区，塑造"大国工匠"人才培养高地和中德教育合作"太仓品牌"，形成适应产教深度融合、"双元制"特色更加彰显、中高本硕充分衔接的国内示范水平的现代职业教育。

为确保"双元制"精髓落实到位，市双元制教育研究院院长周新源给出了更为具体的操作办法，即"一定要建立两份协议"，一是学校与企业之间要签订合作培养协议，二是学生和企业之间要签订一份培训服务协议，这样可赋予企业主体地位、赋予学生学徒的身份。

从引进模式到制定标准，从探索实践到形成品牌，太仓"双元制"教育模式的"磁力"正越来越强。

原载2021年12月31日《太仓日报》

第二十五届苏州新闻奖一等奖

从太仓打造"中国最具幸福感城市"中总结"幸福辩证法"

主创人员　高　岩　孟海龙　王乐飞　顾志敏　周　哲

"动与静"：反差之美

苏报记者　高　岩　孟海龙　王乐飞　顾志敏　周　哲

编前——

　　日前，由新华社等单位主办的2021中国幸福城市系列榜单发布，太仓市位列县级市第一，这也是太仓市第10次入选"中国最具幸福感城市"并连续6次位列县级市榜首。为此，本报记者深入太仓市采访，归纳出太仓打造幸福城市的辩证法，以飨读者。

　　太仓在全力奔跑。

　　从上海静安区到太仓浏河镇，38公里的沪太公路走过百年时光，当年仅四五米宽的煤渣碎石路，如今成了双向六车道的宽阔柏油路。

　　路两端，曾经的"十里洋场"老上海，如今已是日新月异的繁华"魔都"，几十年来持续领时代之先；曾经的锦绣江南"金太仓"，如今还是优雅惬意的江南，精致的美好传承至今。

　　过去五年，太仓地区生产总值、一般公共预算收入分别达1386亿元、171.1亿元，年均分别增长6.1%、8.4%，增速不慢。

　　甚至，太仓远远跑在同类城市前面。

　　456天！西北工业大学太仓校区——不仅是全国县级市中首个"双一流"高校，更是创造了全国同等规模高校建设的最快纪录。

3天！朱义鑫博士带着科研成果，在太仓完成了园区考察、政策了解、资本对接、项目签约、公司注册等一系列工作。这样的高效政务服务，放眼全国，也是不遑多让。

一个显见的事实，"太仓速度"已经成为太仓的城市标识、太仓人的精神共识。

但太仓，依然安静。

早年，为了引进一个德资项目谈了5年，落地后投资才100万美元；常年位居全国县域经济综合竞争力百强县前十，却没有高架、鲜见堵车；市中心距离上海最近，耳濡目染黄浦江畔的霓虹璀璨，却仍保有新浏河岸的沉静夜色。

动静之间，反差迥然，这样的不均衡，对于城市管理者而言，考量的是定力、耐力还有实力。

在太仓城市样本的切片观察中，其实可以发现，城市发展相对论的辩证结果，动静之间并不是绝对的二元对立，太仓发展所形成的独特"动静观"，秘诀在于不均衡发力——既有"力出一孔"的雷霆万钧，也有"无孔不入"的水银泻地。

不均衡，不是失衡。

一个县级市，不但拥有集装箱吞吐量全国前十、全球前三十的港口，还将是长三角地区5条铁路交会的重要枢纽门户城市，在全国的精密制造、物流物贸产业格局中举足轻重。

但这座城市，并非完全把生产放在第一位，生活只是从属。在它的城市空间格局里，商业生活配套与产业结构布局实现远和近、疏与密的有机融合。工业总量占太仓全市比重过半的太仓高新区，同样是太仓最繁华的中心城区。

"动如脱兔"与"静若处子"的反差，恰好表明经济发展应当既有速度也有效率。

不均衡，亦不是失量。

同样5公里的车程，在上海市中心，可能是堵车1小时；在太仓市中心，却确定是畅行10分钟；论经济总量，太仓仅是上海的零头，但论人均地区生产总值，太仓是上海的1.3倍左右，谁能说太仓发展的力度不强劲？

深耕28年，从一个个周边地区看不上的德企小项目谈起，如今太仓制造业德企占全国的近10%，德企总投资超50亿美元，年工业总产值超500亿元，谁能说太仓引资的能级不强劲？

"劲道"与"静道"的反差，彰显文明发展的高阶应当是物质与精神的共同富裕。

不均衡，更不是失度。

既是高铁交会、高校矗立、人才云集、游客如织，城市充满国际化、现代化气息，又有吴歌浅唱、丝竹悠扬、田园村庄、古镇风光，让人们看得见田、望得见水，闻得到乡愁，品得到诗意。

生活在这座城市里的人，无论是老中还是青幼，无论是创业者还是打工人，都能够在这样的城市空间里，实现快慢节奏的平滑切换——投入肉眼可见的加速度，享受市井生活的烟火气。

"云端"与"思凡"的反差，实证着社会发展的终极目标就是每个人的全面发展。

动是静的喷薄，静是动的归宿。太仓的不均衡发力法，已经深入城市发展的脉络肌理，成为其在营城逻辑中的根本遵循：城市的发展需要高铁般的推背感，心灵的润泽需要牛毛似的杏花雨，动静结合，反差相宜，貌似太极，实则归一。

太仓终得以"幸福"。

原载2022年1月4日《苏州日报》

"市与野"：节奏之美

苏报记者　高　岩　孟海龙　王乐飞　顾志敏　周　哲

太仓城市腹地，一条双向六车道的双浮公路东西延展数十公里。

这条高标准的县道，沿线景观树仅是零星几段。大部分路段两侧，溪流、石桥、果园、草地夹杂着。再往外，三五聚落的民宅嵌在成片农田中。宽阔的视野下，满是田园风光，天然去雕饰。

不造景，处处皆是景。四季风光自有韵、步移景异各千秋。却又同出一脉——城在田中，园在城中。这是太仓独特的城市美学，更是太仓秉持的发展逻辑。

"小隐于野、大隐于市"。"市与野"的对立统一之中，凸显的是一个城市的情怀与底蕴。闹市、都市和市场经济，田野、乡野和自由生长，其中，"野"是前提，就是要先保护生态环境，其次有"市"，即城市发展。发展纵然有一千条紧迫的理由，但节奏一定不能搞乱。韵律之美，莫过于城乡协调进步。

在这方面，太仓早早跳出了先污染后治理、先发展后保护的发展阶段论窠臼，这一点，从"现代田园城　幸福金太仓"的城市发展总目标里可以清晰辨识。

利出于市，"金太仓"是对发展水平、城市能级、富裕程度的孜孜追求；礼求诸野，"田园城"是对尊重自然、顺应自然、融入自然的初心坚守。

"金太仓"与"田园城"的协调，破解了经济发展和环境保护的"两难"悖论，二者在同一目标中有机融合，完美印证了"绿水青山就是金山银山"的发展理念。

——"市"起于"野"。

在这里，集装箱吞吐量全国第八的长江第一大港太仓港，带动物贸产业达到千亿级。同时，建成长江沿岸防护林带610亩，沿江"绿廊""绿肺"连线成片，白茆口生态湿地数百亩的沿江林场，40年来从未开发。

在这里，航空航天、生物医药、精密制造等高端产业快速集聚，跑在创新发展的最前沿。同时，自然湿地保护率达72.4%，林草覆盖率达20.9%，是长三角地区有名的乡村休闲旅游目的地。

在这里，随着科教新城、娄江新城的开发建设，城市加速南拓、东进，框架不断拉大。同时，又保持生态红线面积不低于146.99平方公里，建成区绿化覆盖率达45%，人均公园绿地面积达到世界先进城市水平。

城市发展的节奏，就是既能追求效益，又可保持低碳，人与自然成为相融相生的生命共同体。这是对马克思主义自然观的践行，是对"自然先在性""人化自然"中蕴含的人与自然之间辩证发展关系的生动体现。

"高与低"的节奏，诠释着绿色发展和惬意生活的起伏和谐，已经成为太仓全市上下的精神主旋律。

——"野"归于"市"。

上海路南侧，太仓市中心核心地段，一片300多亩的黄金地块，太仓并没有进行大规模开发建设，而是规划建设了市民公园，融入市民乐园、城市绿肺、海绵湿地、智慧公园和综合开发五大理念的方案，在太仓市两会上高票通过。

如今，这座闹中取静的市民公园里，水清岸绿，树木成林，成了市民争相打卡的网红点，休闲游玩、健身锻炼、放松身心。

而包括市民公园在内，太仓在主城核心及周边构建了"一心两湖三环四园"生态园林体系，大小公园星罗棋布，生活在这座城市的人民看得见田、望得见水，体味到诗意。

在对生产空间、生活空间与生态空间的科学布局中，太仓追求着人口资源环境相均衡、经济社会生态效益相统一，实现人与自然的和谐共存，"市与野"的节奏感中，有紧凑与舒缓，有喧嚣与静雅，有奔放与内敛，有坚守与圆融。

太仓先后获评了国家生态园林城市、国家生态文明建设示范市。十步见景、百步见园的城市画卷流光溢彩，生活在这座城市里，家门口就有"诗和远方"。

"环境就是民生，青山就是美丽，蓝天也是幸福。"选准了绿色发展，太仓选对了幸福坐标。

原载2022年1月8日《苏州日报》

"普与特"：升华之美

苏报记者　高　岩　孟海龙　王乐飞　顾志敏　周　哲

走进位于太仓软件园的中德融创工场车间，员工们正忙碌地加工汽车配件。从安装弹簧、拼接螺丝到按压罗拉杆、组装卡箍，工人们操作熟练，很难让人想象到他们是一群心智障碍者。

这家成立近7年的残障人士公益工场，借鉴德国的心智障碍者就业模式，累计吸纳近40名心智障碍人员就业，年产量突破1000万件，还帮助26名残障人士从这里走出去，进入普通企业工作。

这本来是一个需要特殊照顾的人群。但他们对于幸福的追求并不特殊。相反，他们用自己的"善"与"爱"，让常人更加深刻地体悟到，幸福在于平时，幸福在于平凡，幸福在于平常。

自古以来，中国人的幸福感，来自"天下为公"，来自"四海之内皆兄弟"，所谓"鳏寡孤独废疾者皆有所养……是谓大同"，这是儒家文化对于幸福的终极诠释。

当代社会，如何让"鳏寡孤独废疾者"感受到平常的幸福，需要一套公平高效的社会治理体系和科学强劲的社会治理能力作为支撑和保障。因为个体由于天赋、环境、教育及能力等不同，在市场竞争中必然产生经济状况、社会地位等差别，用同一尺度衡量人的活动则会产生权利不平等。太仓的城市管理者特别注重将缩小不同地域、人群、城乡之间的差异化程度，作为优先配置民生资源的重要原则。

据统计，多年来，太仓每年都要拿出超过80%的财政收入用于民生支出，普惠均等，实现学有优教、劳有厚得、病有良医、老有颐养、弱有众扶，不断提高幸福城市的温度和温暖。

普惠之"普"，要让阳光洒满每个角落。

特惠之"特"，要让特殊群体共享发展成果。

最惠之"最"，要让无力者有力让悲观者前行。

这一民生理念，既与中华优秀传统文化中的"不患寡而患不均""损有余补不足"等思想意蕴源出一脉，又升华入共同富裕的时代主题行归一处。

归根结底，如何实现民生资源在服务需求侧与供给侧的精准对接，太仓的对策，仍是不均衡用力。

有"点与面"结合。定位城市未来标杆，高标准规划建设50平方公里娄江新城，抢抓多重国家战略机遇叠加，承载发展资源，引领城市能级提升、品质升级。既有各项民生服务的全面铺开、全面提升，满足人民群众日益增长的美好生活需求；也有特殊公共服务瞄准"靶心"，与人民群众个性化、差异化、多样化的需求更加匹配。

这是保障绝大多数人享有民生服务的普惠。

有"多轨制"归并。城乡社保并轨，"大病医保""政社互动"、公共法律服务的"太仓模式"在全国推广，江苏首个获得"长安杯"的县级市，"15分钟健康服务圈""10分钟养老服务圈"全覆盖……对老城区实施更新改造，系统性对居住空间提质更新、公共服务提标扩面、市政公用设施提档升级，让近千户老城区居民享受高品质城市空间。

这是力保也许只占9%的重点人群的特惠。

有"精准式"帮扶。全省首创困难"二无老人"救助政策，设立支出型困难家庭救助基金；低收入家庭帮扶中心统筹19个部门64个帮扶项目提供一站式综合救助服务；拓宽农民就业渠道，形成养老待遇+就业收入的双保障格局……

这是确保对1%甚至更少的"鳏寡孤独废疾者"的最惠。

90%+9%+1%=100%，再简单不过的数学计算，考验的是一个城市民生服务系统"普与特"的对接精准度。太仓给出的答案，既"全面保障"，又"精准投喂"，既实现绝大多数的普惠，又注重少数和单点的均等。"普与特"融合升华，精彩回答了天下如何走向"大同"，人类怎么构建"命运共同体"的精神之问。

遵循不均衡用力的辩证法，太仓既"遍地撒网"，又"有的放矢"，幸福红利落实落细，惠及这片热土上的每一个人。在这个城市幸福指数的坐标系中，人人都找到了自己幸福生活的坐标点。

原载2022年1月10日《苏州日报》

附《从太仓打造"中国最具幸福感城市"中总结"幸福辩证法"》系列报道见报文章目录

1.《动与静：反差之美》

2.《密与疏：结构之美》
3.《市与野：节奏之美》
4.《内与外：循环之美》
5.《普与特：升华之美》

第二十五届苏州新闻奖一等奖

来自过去 开向未来
——从苏嘉铁路到通苏嘉甬高铁

主创人员　张云霞　徐蕴海　林　琳　韩丽媛
　　　　　惠玉兰　周锡娟　陆晓华

由北向南，走在苏嘉路上
沿着大运河追寻苏嘉铁路遗迹

苏嘉铁路，生于战争毁于战争，1936年建成通车，运行时速35公里，1944年被侵华日军所毁。如今在水网密集的苏州以及嘉兴两地，仍留下不少当年苏嘉铁路桥梁、涵洞的遗迹。

时隔80余年，设计时速350公里的通苏嘉甬高铁于年内即将开工，它不仅将以隧道形式下穿苏州工业园区、吴江汾湖，还将新建跨海铁路大桥越过杭州湾，宛如一条钢铁巨龙蜿蜒在中国东部沿海。

一条几乎被历史的尘埃所埋没的铁路，经历了战乱的破坏，和漫长岁月的等待之后，在新时代长三角一体化发展国家战略的推动下，重获新生。

从苏嘉铁路到通苏嘉甬高铁，一条连接着过去和未来的铁路，见证了国力的飞跃。

从苏嘉铁路到通苏嘉甬高铁，这近百年的沧桑巨变，昭示着中华民族必将走向伟大复兴，抚今追昔，令人平添"学史明志增信、强国复兴有我"的豪情。

今天，我们开启"来自过去 开向未来——从苏嘉铁路到通苏嘉甬高铁"的跨越之旅，在通苏嘉甬高铁即将开工之际，回望过去，憧憬未来。

苏州篇

本报记者 林 琳

迎着蒙蒙细雨，由北向南，沿着大运河，沿着苏嘉铁路曾经的线位走向，已经退休的原吴江区文体广电和旅游局研究馆员陈志强，带着记者一路追寻苏嘉铁路的遗迹。

"苏嘉铁路在我们吴江人心中，是不能忘却的记忆。"陈志强说。

虽然苏嘉铁路消失在历史长河中已有近80年，但苏州和嘉兴两地努力发掘遗迹、保护遗迹的脚步从未停止。

一路追寻，一路探访，不禁感慨承载着"救亡图存"使命的苏嘉铁路，从其构想到毁灭，见证了中华民族的屈辱与抗争。

儿时常听苏嘉铁路的故事

1932年淞沪抗战爆发后，国民政府为贯通战时被阻断的京沪线（今沪宁线）与沪杭甬线这两条铁路，于1934年2月决定修筑苏嘉铁路。

1935年2月22日苏嘉铁路破土动工，北起京沪铁路苏州站，与运河、苏嘉公路并行南下，途经相门、吴江、八圻、平望、盛泽、王江泾六站而抵达嘉兴站，全长74.44公里，桥梁、涵洞共计99座。

在争分夺秒的建设中，1936年7月15日苏嘉铁路正式通车运营，最初每日开行4对客货混合列车，客车速度为每小时35公里，货车为每小时30公里。从1944年3月起，在战败的前夜，侵华日军开始拆除这条铁路的铁轨、枕木、桥梁，到1945年1月，苏嘉铁路除路基、道砟、桥墩桥桩以及部分站房外被全部摧毁。

出生于1951年的陈志强是吴江平望人，他的父亲10多岁时曾搭乘苏嘉铁路从吴江到嘉兴游玩、赶集，两地百姓往来频繁。

陈志强儿时家就住在苏嘉铁路边，常听长辈们讲述苏嘉铁路的历史。"苏嘉铁路被摧毁后，剩下的路基一直保留到上世纪70年代末，我们小时候经常在路基边玩耍、烧野火饭吃。"陈志强说。

改革开放后，由于从事文物保护工作的关系，陈志强一直关心苏嘉铁路的重建计划、历史研究和遗迹发掘。"我担任吴江区政协委员后，曾联合多名政协委员，多次递交呼吁重建苏嘉铁路的提案。"他说，"如今，沪苏湖高铁正在建设，通苏嘉甬高铁即将开工。两条高铁十字交会于吴江。作为吴江人，能看到家乡圆了高铁梦，感到欢欣鼓舞。"

平望建起64号桥遗址公园

苏嘉铁路苏州段的遗迹点主要在吴江境内,涉及盛泽镇、平望镇、八坼街道、江陵街道。目前吴江境内发现的苏嘉铁路遗迹共计7处。

在平望镇南面的莺湖村,记者冒着小雨走过泥泞的小路,看到了一座古朴的"拱桥",也就是苏嘉铁路的64号桥。如今,这座苏嘉铁路的路基桥不仅修旧如旧,而且以这座桥为核心,正在修建一座铁路遗址公园,工地上人们正忙着栽种花草树木。而就在这座遗址公园的斜上方,平地上高高崛起的沪苏湖高铁的高架桥自西往东蜿蜒而去,看上去非常壮观。新老铁路在此相遇,上演了穿越时空的交会,时间似乎在这里停下了脚步。

上海师范大学历史系副教授岳钦韬说:"如今,这里马上将变成一座美丽的遗址公园,树立起纪念牌,向过往的人们叙说苏嘉铁路64号桥的历史,非常有意义。"

77岁老人义务担当遗址讲解员

苏嘉铁路上共有99座桥梁、涵洞,由北向南依次编号,而位于盛泽镇群铁村史家浜自然村的75号桥侵华日军炮楼,是吴江境内苏嘉铁路现存遗迹中最南边的一处,位于江浙两省交界处。

沿着群铁村乡间小道一路向前,正值秋收季节,道路两旁大片的金黄色稻田美不胜收,村里住宅小区整齐划一,老年活动室、医疗站齐全,一派安居乐业的祥和景象。然而,当我们来到三面环水的75号桥侵华日军炮楼前时,似乎瞬间被拉回到那个炮火连天、民不聊生的岁月。

"侵华日军在苏嘉铁路沿线修筑的碉堡、炮楼不下百座,其中盛泽就有10座,随着时过境迁,75号桥炮楼是苏嘉铁路江苏段内仅存的炮楼遗址。"盛泽镇文联副主席沈莹宝介绍。炮楼总建筑面积119.42平方米,从整组炮楼平面布局上来看,西炮楼看守75号桥,东炮楼看守铁路。今年77岁的沈莹宝是盛泽镇人,义务担任这里的讲解员,并定期在此开设讲座,对青少年进行爱国主义教育。

75号桥炮楼在新中国成立后,曾被当作村碾米厂、养鸭场等。作为日军侵华历史的实物见证,2002年至2003年,吴江当地和有关部门对75号桥炮楼进行了维修,同时修筑了驳岸、道路等配套设施。

2003年9月18日,苏嘉铁路75号桥侵华日军炮楼作为吴江市爱国主义教育基地、吴江市国防教育基地正式对外开放,被列为苏州市爱国主义教育基地,2006年被列为江苏省文物保护单位。

嘉兴篇

本报记者　韩丽媛

1936年7月15日中午，在嘉兴烟雨楼内，来自苏州、嘉兴等地宾客共同举杯庆贺苏嘉铁路成功通车。

历史上苏嘉铁路嘉兴段占全线仅五分之一，存在仅8年，但嘉兴人对这条铁路有着绵长的感情。1945年，当日本宣布无条件投降的消息传来，苏嘉铁路已经消失在茫茫夜色中，直至今日，逝去的苏嘉铁路成为江南大地上一道无法抹去的伤疤。

今年通苏嘉甬高铁开工，让彼时见证中国荣辱兴衰的两地再续铁路前缘。本报记者顺运河南下，走进中国革命红船的起航地——嘉兴，在苏嘉铁路的终点共同追忆这条铁路的沧桑历史。记者发现，嘉兴人从未遗忘这条铁路，通过抢修、重建，铁路遗迹顽强地保留了下来，并成为嘉兴人铭记历史、传承红色文化的重要载体。

"王江泾站"讲述一段家国史

苏嘉铁路进入浙江境内的第一站便是王江泾站。曾经被厂房占据的车站如今肃然坐落在苏嘉铁路遗址公园内，成为沿线保存最完整的火车站遗迹。根据记载，1937年11月17日，王江泾站被后来入侵南京的日军国崎支队侵占。1944年4月，王江泾站的站房、宿舍等建筑被日方拆毁，铁轨、钢材被抢掠一空，只有进站口顶部那块刻有"王江泾站"字样的金山石站牌留存至今。如今这块站牌就被挂在2018年重建的王江泾站站房。

在站房边上，有一座1939年侵华日军建造的炮楼（含营房），与吴江境内的75号桥炮楼形态相同。2018年7月30日，营房内部建起沿线第一个苏嘉铁路历史陈列馆。

作为遗址公园的学术指导和陈列馆的内容制作者，岳钦韬凭借20余年的深入研究，一口气整理了14000字的展览文字和153幅来自海内外各地的历史影像。岳钦韬说："希望把8年的苏嘉铁路史扩展为123年的家国史，把小镇故事融入近代以来的中国发展历程。"如今的苏嘉铁路遗址公园内一步一景，无论是仿制的1936年苏嘉铁路通车首日的第一辆火车头，还是地面上精确定位铁路原址的轨道铺装，都让人仿佛穿越到80多年前，目前该公园已成为爱国主义教育基地和社会科学普及基地。

用"色彩"让人们记住伤痕

苏嘉铁路99号桥是距离嘉兴火车站最近的一座桥梁，从南到北长约6米，采用坚固的钢筋混凝土结构。

遗迹不仅留了下来，东方路的建设方还通过形象设计让遗址得到进一步传播。2018年9月15日，建设方斥资在99号桥遗址旁铸造了沿线第一座苏嘉铁路纪念雕塑。

99号桥遗址雕塑设计师朱锐告诉记者，在了解苏嘉铁路的历史后，他构思了整整两周，在99号桥边上的新桥梁上制作一节一节货车式样，采用耐候钢、铁锈红等工业风元素，"希望用通俗易懂的形象，让苏嘉铁路这段有价值的历史被人记住"。

想让这条铁路被人记住的不只朱锐。早在2015年，为纪念抗日战争胜利70周年，时任嘉兴日报报业传媒集团编委、视觉总监杨晓东策划了《南湖晚报》"抗战原色"系列影像报道，其中苏嘉铁路作为"银色"出现在报道的七个色彩系列中。"以全媒体传播的方式记录、还原嘉兴那段刻骨铭心的抗战'色彩'，展示这条铁路重要的经济和军事意义，激励当代人珍惜当下，为国家繁荣昌盛奉献力量。"该系列报道还获得了2015年度浙江省新闻奖重大主题报道创新策划奖。

有机会想乘通苏嘉甬首发列车

烟雨楼是苏嘉铁路通车当日，嘉兴作为东道主宴请宾客的地方。80余载过去，楼前的两棵百岁银杏平添岁月，两地人的铁路修复之梦始终在这里盘旋。

据考证，1936年7月15日11时30分左右，从苏州抵达嘉兴参加通车庆典的人员乘坐游艇，前往南湖烟雨楼与在嘉兴的沪、嘉两地各界人士共同庆祝苏嘉铁路的开通。

2016年7月15日是苏嘉铁路通车80周年纪念日，那一天岳钦韬站在烟雨楼上，将历史记载的通车当日庆祝文章诵读了一遍，这一"行为艺术"还引来周边诧异的目光。如今他终于等到通苏嘉甬高铁要开工了。岳钦韬是嘉兴人，工作在上海。"铁路开通后苏州、嘉兴在长三角的交通枢纽地位将大大提升，不仅能给出行带来更多的便利度和舒适度，同时也将促进长三角一体化发展国家战略下区域城市之间的资源流动，优化资源配置。到时候有机会搭乘首发列车，一圆旧时梦。"

南湖革命纪念馆现场管理员鲍泓丞是嘉兴海盐人。听说通苏嘉甬高铁即将在海盐的跨海铁路大桥北堍开工，鲍泓丞十分高兴，"很喜欢苏州的西山、留园和苏州博物馆，以往开车去苏州要一个半小时，铁路开通后来往一定更快捷，可以常去了。"除此之外，他还希望苏州与嘉兴的特产可以通过通苏嘉甬高铁更快送达。

原载2022年11月29日《姑苏晚报》

通苏嘉甬高铁：大幅缩短长三角南北时空距离

十一年酝酿，八十年梦圆

本报记者　徐蕴海

长期以来，长三角地区缺乏南北向串联沿线城市与上海、杭州等中心城市的快速通道。作为国家八纵八横高速铁路网的重要通道之一，沿海高速铁路通道一直未能全面打通。通苏嘉甬高铁建成后，将彻底改变该区域以东西向为主的传统铁路运输状况，明显消除区域城际交通南北纵向供给体系短板，实现南北客运快速化，大幅拉近长三角核心区主要城市间的时空距离。

从全国铁路干线网看，通苏嘉甬高铁是沿海高铁的重要组成部分。沿海高铁贯通京津冀、辽中南、山东半岛、东陇海、长三角、海峡西岸、珠三角以及北部湾等城市群，将整个沿海地区，也是我国经济最发达地区串联成一个有机整体。

从长三角城市群范围来看，通苏嘉甬高铁也是《长三角交通运输更高质量一体化发展规划》和《长三角多层次轨道网规划》中的重要项目。该项目建成后将持续优化长三角的交通格局，推动长三角核心区要素资源高质量流动配置，加快形成创新型产业集群，对于赋能建设中国式现代化大都市、新型城镇和高科技创新园区等具有重要支撑作用。

从跨江融合发展的角度看，通苏嘉甬高铁江苏段建成后，苏南苏北等地将进一步实现同城化和一体化。苏北将进一步加快融入苏南步伐，综合交通枢纽的能级也将进一步提升。

"苏州人终于等来了通苏嘉甬高铁！多年来我市铁路建设工作者的辛苦付出将迎来收获，这是铁路建设者、苏州人民欢欣鼓舞的盛事。"通苏嘉甬高铁苏州段今天将正式开工，苏州市交通运输局副局长马文欣不由百感交集。

在苏州和嘉兴之间，曾经有一条背对太湖、面对上海的苏嘉铁路，尽管存在不到8年，但在苏州老百姓的记忆中却留存了80多年。从苏嘉铁路的不幸夭折，到通苏嘉城际铁路的立项，再到如今通苏嘉甬国家干线铁路的"涅槃重生"，既有一朝圆梦的欣慰兴奋，也有盛世伟业的自信自豪，更有为民服务的百折不挠。

急不得，也等不得
11年初心不改

2011年1月，原铁道部在北京组织召开通苏嘉城际铁路预可报告预审会议，由此通苏嘉甬高铁的前期工作正式拉开序幕。

马文欣回忆，当时苏州的铁路"家族"还只有京沪线沪宁段，以及建成通车不久的沪宁城际铁路。"我们和全市人民一样，热切期盼新铁路早日开工建设，但是为了更好地适应时代发展、满足老百姓出行新需求，必须周密筹划，精心设计。"

在这种"急不得，也等不得"的心情下，围绕优化市民出行方案，全力提升通苏嘉甬高铁安全性、便捷性、高效性、绿色性、经济性的宗旨，苏州市多次向上传达群众呼声，积极争取地方诉求，恳请上级部门大力支持，助力通苏嘉甬高铁不断优化升级。江苏省、苏州市各级领导多次带队前往北京、上海、浙江等地，对接铁路的前期工作，积极争取苏州市诉求，不断优化铁路的线位和站位方案。

从2018年至2022年，规划蓝图中的通苏嘉甬高铁终于落地开工，5年后，还将铺展成宏伟实景。

"11年来，一次次沟通协调，一次次主动对接，一次次积极争取，都是为了全力书写好苏州'丰'字形国家干线铁路网这纵向'一竖'。"马文欣说。

苏嘉——通苏嘉——通苏嘉甬
一朝"涅槃""跨江越海"

顾名思义，苏嘉铁路是指苏州到嘉兴的铁路；2011年提上日程的通苏嘉城际铁路，则是指连通南通、苏州、嘉兴三地之间的铁路，当时设计时速为250公里。

2016年是一个重要的转折点，江苏省铁路办组织开展了通苏嘉铁路预可及初步设计工作，设计时速由250公里提升至350公里，铁路的规格也从城际铁路提升至国家干线铁路。

2018年初，通苏嘉铁路迎来又一次飞跃。为了适应新形势，在原中国铁路总公司的协调下，通苏嘉铁路规划进一步向南延伸至宁波，嘉兴到宁波段增加杭州湾铁路大桥工程。新一轮研究由原中国铁路总公司开展总体招标，重新启动项目前期工作，通苏嘉铁路更名为通苏嘉甬高铁，不仅铁路里程大幅增加，铁路辐射范围大大扩展，通苏嘉甬高铁更是一跃成为"跨江越海"的南北大通道，苏州与其他长三角核心城市之间的通达性进一步提升。

在2018年新一轮研究中，通苏嘉甬高铁苏州段的选线和方案也做了大幅度调整。"在苏州的多次争取下，苏州北站和苏州南站的站台规模得到大幅提升、站房面积增加，张家港站增设东侧站房，还增设了常熟西站。此外，新建苏州北动车运用所、预留如通苏湖城际铁路联络线工程、省界线路走向也符合我市的诉求。同时，我市争取了苏州东隧道方案，并做好振动评估，减少对振动敏感企业的影响。"马文欣说。

高架桥梁改为隧道穿越
铁路建设兼顾环境保护

在通苏嘉甬高铁的设计过程中，从苏州市委、市政府到铁路沿线的属地政府、铁路办，都牢牢把握两个原则：绿色环保，服务为民。

最终选定的江浙省界方案便体现了铁路建设和生态保护、经济发展与为民服务的高度融合。苏州市交通运输局铁路建设处处长许高磊介绍，通苏嘉甬高铁在经过江浙省界时要穿过汾湖，原先考虑的是桥梁施工方案，但是存在几个问题：首先，汾湖是一条重要的航道，对防洪的要求很严格；其次，太浦河流经汾湖境内的里程达22.04公里，是上海一个重要的水源地，保护好这一段的水质，对于为上海居民提供安全的饮用水源而言至关重要；再次，铁路穿越有可能对"全国文明村"杨文头村造成大面积影响；最后，水面宽达3公里，跨径过大，施工难度比较大。

为了加强铁路建设生态环境保护，最大限度减少对沿线自然、人文景观的破坏，苏州和嘉兴最终达成一致意见，选定隧道穿越方案，苏州市由此增加投资约3.66亿元。

不仅是在江浙省界，在通苏嘉甬苏州境内的线位设计中始终将减少对生态环境的影响放在重要位置。"常熟垃圾填埋场、阳澄湖水源保护地、吴江同里国家湿地公园……能避开就避开。"许高磊说。

而铁路如何穿越苏州工业园区，也是多次论证的焦点之一。在通苏嘉甬高铁预可、工可研究过程中，苏州工业园区段线位经多方案比选，形成了苏州东隧道和唯胜路高架2个主要方案。

如何选择？"一条铁路穿越，很大程度上会对城市的景观和城市的整体度产生割裂。苏州工业园区是国家级的重点工业园区，当时我们倾向隧道穿越方案，一是减少对既有重大交通基础设施的影响，二是减少对园区城市景观的整体影响，三是减少拆迁量、减少对老百姓的影响。"许高磊说。当时铁路通过城市隧道穿越在国内尚属罕见，作为一项重大决策，苏州积极地向国铁集团、上海铁路局、江苏省争取，最终确定了隧道穿越方案。

系列报道

苏州3个站增至4个站
出行需求旺盛催生常熟西站

在站点选择方面，起初通苏嘉甬高铁苏州段只设张家港站、苏州北站和苏州南站3个站点，常熟西站的设置可谓费尽心血。

许高磊介绍，根据原中国铁路总公司要求，纳入"八纵八横"高铁主通道及其他时速250至350公里的高速铁路，平均站间距宜为30至60公里。而根据设计单位的研究成果，张家港站至常熟西站约18公里，常熟西站至苏州北站约28公里，不能满足要求。

但是从另一方面来看，苏州经济发达，人口聚集，出行需求旺盛。其中，根据全国第七次人口普查数据，截至2020年11月1日零时，常熟市常住人口达167.7万余人。考虑到大客流这个因素，为了方便老百姓就近坐火车，苏州会同设计单位着手研究能不能多设一个站。

经过多次争取，2020年7月，国铁集团鉴定中心在工可评审会上明确同意新建常熟西站，站房建筑面积6000平方米。今年4月，苏州市铁路办会同常熟市政府就常熟市尚湖水源地准保护区的影响召开专家论证会，并就项目建设涉及尚湖水源地准保护区的保护措施提出了建议和要求。

最新方案确定，位于尚湖畔、与虞山隔山相望的常熟西站规模提升至15000平方米，常熟西站将以"境游之窗 山水入卷"的设计理念，将虞山尚湖"山水相依城相连"的独特景观引入站房，为旅客打造独特的观景平台。

原载2022年11月30日《姑苏晚报》

铁路交会处城市"起飞点"
由线到网丰行长三角

本报记者　徐蕴海　陆晓华　周锡娟　惠玉兰

随着通苏嘉甬高铁昨天上午正式开工，构成苏州"丰"字形铁路网的国铁干线均在建设中或已经建成。从单一的东西向线型运输，到纵横交错的网络通达，苏州铁路可谓"丰"收在望。

"丰"字形铁路网落地建设
把苏州与南北沿海城市紧紧相连

苏州市交通运输局副局长马文欣介绍,从北到南,"丰"字"第一横"是已经运营的沪苏通铁路第一期和正在建设的南沿江城际铁路及沪苏通铁路二期;"第二横"是已建成的京沪铁路、沪宁城际铁路及京沪高速铁路;"第三横"是在建的沪苏湖铁路;纵向的"一竖"便是南北向的"主动脉"通苏嘉甬高铁。

随着通苏嘉甬高铁的开工,苏州"丰"字形铁路骨架的完成指日可待,苏州的干线铁路也将实现从线到网的跨越。马文欣说,作为苏州市的一条南北向铁路大动脉,通苏嘉甬高铁建成后把苏州与南北沿海城市紧紧连在一起。

不仅如此,作为国家"八纵八横"高速铁路沿海通道的重要组成部分,通苏嘉甬高铁的建成将全面打通东部沿海更为顺直的南北高速铁路客运通道,从南通往北有盐通铁路、连盐铁路、徐宿淮盐铁路;如果到宁波以后再往南走,还可通过既有铁路与厦门、福州连接。

纵向一"竖"串成多个枢纽
苏州北站、苏州南站齐升级

通苏嘉甬高铁的这一"竖",不仅使苏州铁路由线成网,还将催生多个铁路枢纽。其中,张家港站是沪苏通铁路、南沿江城际铁路、通苏嘉甬高铁"三铁交会"的枢纽。苏州市交通运输局铁路建设处处长许高磊介绍,张家港站在2020年7月1日开通运营的沪苏通铁路一期建设时已经开建,在通苏嘉甬高铁建设中将增设张家港东站,即在现在的站房东侧增加一个站房,不仅可以满足通苏嘉甬高铁的客运需求,未来还将对接南沿江城际铁路对站房的使用需求。随着通苏嘉甬高铁的开工,苏州北站将成为苏州对外的一个高铁门户。在通苏嘉甬高铁项目苏州段的施工中,还包括新建苏州北动车运用所及有关动车走行线等。

马文欣介绍,为打造国家级枢纽城市,加快融入长三角一体化发展,苏州一直积极向上争取修建动车运用所。经过多轮争取,终于获得同意。

根据相关方案,苏州北动车运用所将设置6条检查库线(国铁4条+城际2条)、36条存车线(国铁24条+城际12条)。也就是说,苏州北站多了一个存停列车的地方,不需要从其他动所调车,可以大大提高通苏嘉甬高铁苏州北站的列车始发功能。此举可进一步提高动车开行数量,扩大苏州对外铁路出行范围,同时也能缓解上海虹桥动车运用所的压力。

相关动车走行线的建设,则是为了满足通苏嘉甬高铁与既有的沪宁城际铁路之间的联络功能。"如果这个联络功能可以实现,苏州老百姓可以从苏州站坐车到宁波去。"许高磊说。

苏州南站将迎来在建的沪苏湖铁路与通苏嘉甬高铁的"十"字交会。根据通苏嘉甬高铁苏州南站最初的设计,站房面积为2.2万平方米。2021年5月,随着《长三角生态绿色一体化发展示范区重大建设项目三年行动计划(2021—2023年)》的发布,苏州南站成为区域内唯一高铁枢纽站,提档升级势在必行。

今年9月,国铁集团、江苏省人民政府联合批复了苏州南站变更设计,其中线站规模由2台4线变更为2台6线;站房面积调至4万平方米;同步实施水乡旅游线、轨交10号线接入工程。苏州南站将与规划接入的城际铁路、城市轨道交通、公路客运等交通方式共同构成长三角生态绿色一体化发展示范区内最重要的综合交通枢纽之一。

通苏嘉甬未来可期
"高铁流量"有望转为"发展能量"

通苏嘉甬高铁建成后将进一步拉近苏州与杭州、宁波、嘉兴等地的距离,这将优化苏州本地乃至长三角更大范围内的资源配置,加速人员流动,带动区域经济发展,这让通苏嘉甬高铁沿线城市的人们感到欢欣鼓舞、未来可期,希望随之而来的"高铁流量"能够转化为"发展能量"。

"通苏嘉甬高铁开通后,必然带动人才、技术、资本等的流通和集聚,长三角一体化发展,首先是交通一体化带动下的发展。"苏州中关村信息谷创新中心及科创园位于高铁苏州北站东侧,总经理屠有庆谈及通苏嘉甬高铁开工,充满期待。

南通市铁路办副主任、市交通运输局三级调研员黄建东告诉记者:"南通西站至苏州北站约85公里,运行时间最短约20分钟。从跨江融合发展的角度看,通苏嘉甬高铁的建成对于南通来说是一个重大利好,南通与苏州等地将实现同城化、一体化,南通全方位融入苏南的步伐将进一步提速。"

宁波日报记者李芮对通苏嘉甬高铁期待满满:"它无疑是宁波乃至长三角地区的重要工程。"在李芮看来,通苏嘉甬高铁更是宁波打通北向高铁通道、深度融入长三角一体化发展的重要载体,宁波将因为这条铁路迎来重大发展机遇。"我们与上海方向的时空距离将大大缩短,开通后从宁波走高铁可跨过杭州湾,直达上海、苏州,宁波、上海、苏州这三大'万亿城市'之间的联系将更加紧密。"

链接>>>

苏州铁路百年历程

1908年,沪宁铁路建成通车,标志着苏州境内有了第一条铁路。

1935年2月,苏嘉铁路开工;1936年7月,北起苏州、南到嘉兴的苏嘉铁路正式通车;1944年3月,苏嘉铁路被日寇拆除。

2010年7月,沪宁城际铁路建成通车。

2011年6月,京沪高铁建成通车。

2020年7月1日,沪苏通铁路建成通车,张家港、常熟、太仓结束地无"寸铁"的历史,苏州实现"市市通铁路,市市有火车站"。

2021年12月29日,太仓港疏港铁路专用线建成通车,太仓港结束了无铁路接入历史,迈入"铁水联运"新时代。

2022年11月,苏州市规划建设批复铁路总里程达1089.7公里,其中已通车铁路总里程达323.7公里。国铁干线均已开工建设,通苏嘉甬高铁开工后,在建铁路里程达346.3公里。

原载2022年12月1日《姑苏晚报》

第二十五届苏州新闻奖一等奖

聚焦昆山开发区国批30周年系列报道

主创人员　刘毕亮　巫晓亮　郝之声　翟玉标　丁　燕　张　欢

卅载蝶变筑新城　勇立潮头再出发
——聚焦昆山开发区国批30周年系列报道之一

1984年，我国在沿海12座城市设立首批14个国家级经济技术开发区。随后，穷则思变的昆山也做出一个石破天惊的决定：自费开办工业区。一段30多年的奋斗佳话拉开序幕。

1992年，获国务院批准，昆山开发区跻身"国家级经济技术开发区"之列。从此，这里春潮涌动、生机勃发，种下了活力与希望的种子。

三十年来，这里风起云涌、化茧成蝶，书写了一个个世人瞩目的发展奇迹——从单一的工业园区变身为产城融合的现代化新城，连续多年稳居全国经开区"第一方阵"，成为昆山经济发展的"压舱石""顶梁柱"。

今天，昆山开发区傲立潮头，瞄准"高质量发展""集聚新动能"两条主线，紧抓打造"2+5+1"现代产业体系等战略叠加的风口，再次扬帆起航。

从"一穷二白"到"第一方阵"

今年上半年，面对肆虐全球的新冠肺炎疫情和复杂严峻的国内外环境，昆山开发区交出了一份亮眼的成绩单：全区规上工业产值完成2965.29亿元，同比增长0.1%；完成全社会固定资产投资169.11亿元；一般公共预算收入完成88.43亿元；进出口总额完成373.51亿美元，同比增长6.3%。尤其是6月当月，规上工业产值再创新高，首次突破600亿元，同比增长17.5%，淋漓尽致地体现了开发区经济发展的良好韧性。从"一穷二白"到跻身"第一方阵"，综合实力突飞猛进源于昆山开发区30多年来始终以敢为人先的精神奋斗实干、砥砺前行。

时间见证了艰难前行路上堆叠的"一砖一瓦"。1984年，作为典型的农业县、在苏州区县中排名垫底的"小六子"，昆山正酝酿一个大胆的决策：自费开办工业区。

理想很丰满，现实很骨感。横亘在决策者面前的阻碍如同万重山：没有政策扶持、没有资金支持、没有资源加持，这个工业区怎么办？善于钻研的昆山人想出"穷开发富规划""政策不足服务补"的办法，抱着既要有顶住压力的勇气，也要有改革发展的智慧和决心，最终蹚出了一条发展新路。

这是一条"敢想、敢当、敢为"自下而上、敢为人先的开拓进取之路，这是一条"不等、不靠、不要"解放思想、改革创新的艰苦创业之路，这是一条全面开放、不断深化的科学发展之路。昆山硬是打破常规，在城东稻香阵阵的农田里，自己规划、自筹资金，搞出了一个3.75平方公里的"工业小区"，这就是全国开发区典范的昆山开发区的前身。

从"一副手套"到"一杯咖啡"

都说"机会是留给有准备的人的"。这一次，不甘落后的昆山人，抓住的不仅仅是"一副手套"，更是戴上手套后"任尔东西南北风"的淡定从容。

1984年2月17日下午，原本"不在考察城市之列"的昆山，成功邀请到正在苏州考察的日本客商——苏旺你株式会社社长三好锐郎一行。经过半天的考察、座谈，双方初步达成合作意向。当年8月，江苏省第一家中外合资企业——中国苏旺你有限公司最终花落昆山开发区。这也打开了外资企业投资加码的大门。

在确定了"东依上海、西托'三线'"的招商引资策略后，从上海虹桥机场"蹲点"招来的一个个项目在昆山开发区"生根发芽"。1988年7月22日，《人民日报》在头版刊发报道《自费开发——记昆山经济技术开发区》，并配发评论员文章《"昆山之路"三评》，对昆山开发区自费开发所取得的成绩给予充分肯定。从此，"第一个吃螃蟹"的昆山凭借着"昆山之路"名扬四海。

历经7年埋头苦干，1991年昆山开发区被确定为省级重点开发区，并在第二年跻身"国家级经济技术开发区"行列，随后沪士电子、仁宝、纬创、南亚……一众行业巨头纷纷抢滩登陆。

如果说电子信息产业是开发区赖以生存、得以发展的"面包"，那么，高端休闲食品产业则是其向往已久的"爱情"。而立之年的开发区，"面包"与"爱情"都想要。

以"一杯咖啡"为例，2020年3月13日，在疫情防控形势依然严峻的情况下，全球咖啡烘焙与零售商巨头星巴克在昆山开发区投资建设"咖啡创新产业园"，这是其在美国以外最大的一笔生产性战略投资。

之后，昆山开发区串珠成链，全力打造集物流分拨、平台交易、研发制造、品牌销售于一体的咖啡全产业链基地，吸引包括瑞幸、亿政、中原、铂金、诺丁顿等咖啡产业链多家龙头企业入驻，用一粒粒漂洋过海的咖啡豆，加速打造高端休闲食品产业。昆山海关数据显示，去年昆山综保区进口咖啡豆验放共计515批次、5982吨，分别同比增长253%、344%，成为助推开发区经济发展的新增长极。

从"一句抱怨"到"半壁江山"

毫不夸张地说，这里是昆山最繁忙的区域之一。这里有许多"第一"的标签：中国大陆第一家封关运作的出口加工区、全国第一批国家级质量安全示范区、全国第一家海关特殊监管区域与一般纳税人资格试点、落地全球维修业务国内"第一票"……这里就是昆山综合保税区——昆山外贸进出口的"半壁江山"。她的建立，源于台商吴礼淦无意中的"一句抱怨"：昆山什么都好，就是报关速度太慢，要是能有一个出口加工区就好了。

为了弄清楚出口加工区的原委，时任昆山开发区管委会主任宣炳龙带队赴台学习考察，推动昆山开发区走上了申报之路。其间，昆山开发区的干部们几十次赴京，申请材料写了几麻袋，凭借着锲而不舍的努力，成功拿到八部委的会签，并在海关总署的帮助下，将报告递交给了国务院。2000年4月27日，国务院下达批文：建立全国首批试点15个出口加工区，昆山名列其中，也是唯一的县级市。同年10月8日，昆山出口加工区正式投入运行，成为中国大陆第一个封关运作的出口加工区。

20多年过去，当初台商的一句无心"抱怨"，促成了昆山的一诺千金。如今，在智慧管理平台的加持下，昆山综合保税区跨越数字鸿沟，通过数字卡口、数字路网、数字企业、数字车辆等数字场景，汇聚成"无感"采集、多维共享、智能辅助的大数据云享平台，预判企业通关需求，简化通关手续，最终实现"企在干、云在算，车在跑、云在看"的数字化监管模式。目前，平台已初步实现"管理放得开、通关效率高、企业成本低"的建设目标，不见面作业率达90%，低风险货物放行时间由半小时缩短到2分钟，特别是在进出卡口"无感监管"、提升进口货物集拼分拨效率、降低加工贸易企业核销成本等方面发挥了关键作用。

昆山海关发布的今年上半年外贸进出口情况显示，上半年，昆山完成外贸进出口总值3087.4亿元，同比增长4.6%。昆山综合保税区进出口总值1707.9亿元，同比增长8.6%，较全市进出口总值整体增幅高出4个百分点。因此，称这里为昆山外贸进出口的"半壁江山"，一点也不为过。

原载2022年8月16日《昆山日报》

产城融合，崛起一座现代化新城
——聚焦昆山开发区国批30周年系列报道之三

30年，对一座城市来说，能发生多大的变化？昆山开发区给出答案！

从最初工业区发展为主的"先产后城"雏形期，到服务于工业生产配套设施逐步完善的"产城互促"成长期，再到目前正积极向城市功能多元化、完善化、综合化方向发展的"产城融合"成熟期，30年来，昆山开发区的城市框架、布局、功能、配套等发生了重大变化。

沧海桑田、斗转星移，从工业小区到现代新城，不变的是"以人民为中心"的理念。"城市是人民的城市，人民城市为人民"。30年来，昆山开发区通过合理安排生产、生活、生态空间，努力为人民群众创造宜业、宜居、宜乐、宜游的良好环境，一个"产、城、人"有机融合和配套完善的现代化新城已初露峥嵘。

以人为本
产业转型展蓝图

回顾昆山开发区30年的开发建设历程，是典型的"先业后城"模式，从"农转工""内转外""散转聚"到"低转高""大转强"，先有工业区的布局扩张，再有城市功能的配套完善。

随着产业技术的升级、城市现代化的发展，原有模式下城镇化发展的弊端逐渐显现，交通出行、居住环境、生活配套设施等面临的挑战愈加凸显，无法满足昆山开发区建设现代化城市的要求。当"增强人民的幸福感、获得感"成为新的发展诉求时，如何以产业发展为依托，实现人与产业协同发展，使人们从中得到更多的红利，成为摆在昆山开发区面前的发展新命题。经过探索，开发区的做法是：结合现实发展情况,把高水平、现代化的产城融合作为城市发展的方向和路径,释放这座城市新的发展生机。

昆山市委、市政府发布的《关于打造社会主义现代化建设县域示范 走好新时代"昆山之路"的总体方案》明确提出"聚力打造城市中心,开启城市新界面"。根据《方案》,开发区将高标准规划建设3.4平方公里青阳港滨水城市客厅,推进一批高端文化场馆、公共休闲设施建设,布局一批新商业、新功能、新业态,打造城市新地标。

围绕这个目标,昆山开发区制定了昆山新时期高质量发展路线图,依托夏驾河科创走廊建设,全力打造昆山东部新城,依托"轨交+高铁",推进昆山南站区域TOD的开发与建设,打造昆山的城市门户,加快推进蓬朗老镇、慧聚广场"宝岛又一村"商业街等商业文旅载体……

一个以"产、城、人"融合为发展目标的现代化新城正在加速建设,成为现实。

从无到有
整体规划塑新城

家住兵希的居民刘永民,是个地地道道的"老开发区"。"三十年前,城东都是空旷的田野。放眼望去,这片土地上都是低矮的平房。除了几个工厂,没有什么像样的基础设施。"回忆起开发区以前的情形,刘永民仍然记忆犹新。和刘永民一样,几乎所有的开发区原住民都没有想到,只要30年的时间,原先的荒野上就立起了幢幢高楼,优质企业频频进驻,产业高地欣欣向荣。而这样的发展势头,越来越迅猛。

打破地域藩篱,昆山东部的城市版图上勾画出了新的天际线,交通道路、产业布局、公共配套、房产商业项目等统统都被建设者们囊括到规划库中。借助青阳港、夏驾河等天然资源,开发区依托宽敞的空间网络,构建"两轴、三带、两核、多园"的城市空间结构布局。其中"两轴"为沿长江路的对外展示轴、沿前进路的城市公共服务轴;"三带"为沿青阳港滨水城市中心景观带、沿夏驾河科创走廊景观带、沿瓦浦河老镇印象景观带;"两核"为青阳港两岸核心区、东部新城核心区;"多园"为城市生活园区、特色产业园区。

如今,开发区人最大的感受是,产业与城市协同发展,一座产城融合的现代化创新之城正在崛起。

聚焦配套
品质生活显魅力

"在高楼林立的金融街上班,下了班可以沿白士浦散步,周末去蓬朗老镇喝咖啡,东部医疗中心也近在咫尺。"生活在开发区的人真切地感受到,这里不仅是一片奋斗的沃土,更是一座生活之城。

"以前引进项目,为企业服务好就行。现在,我们首先考虑的是打造一个好环境,这样才能吸引人才、留住人才。开发区不应只有工业,也应有'生活'。"开发区规建局工作人员介绍。

城市发展既要有"实力",更要有"颜值"和"气质"。开发区不怕向城市功能配套短板"开刀",努力打造高质量发展"软环境"。夏驾河科创走廊正聚力打造不少于100万平方米的科创承载区。蓬朗老镇将打造集"产学研、文商旅、创享居"于一体的新兴产业街区、咖啡时尚产业集聚基地、昆曲文化休闲街区和高品质生活未来社区。正在建设中的足球场,总占地面积2万平方米,建成后将是全省唯一满足国际足联比赛要求的专业足球场。

各大重点项目加速推进,与高歌猛进的城市基础建设相契合,使开发区生态、教育、医疗、交通等配套设施逐步丰富。白士浦景观带、景王路滨水公园、太仓塘生态廊道、铁路及高速沿线绿廊以及各类口袋公园……开发区构建以绿色廊道、慢行系统、公园广场为主要载体的休闲活动网络,打造具有活力的街区,实现开发区城市发展尺度由粗放型向精细化转变。昆山狄邦华曜学校、景王路学校、夏驾园小学……开发区教育体系日臻完善。医疗方面,东部医疗中心即将启用,可满足开发区居民对医疗资源的需求。以苏州轨道交通S1线、东城大道快速化、朝阳路改造工程建设为契机,加快完善园区城市路网体系,全力打造畅通便捷的内部交通网络。

已见繁花结硕果,逐梦扬帆再起航。站在国批30周年的新发展坐标系上,开发区将围绕"建设新城市、发展新产业、布局新赛道",坚持推动高质量发展、打造高品质生活、强化高效能治理的发展路径,以"产、城、人"有机融合作为发展目标,完善规划引领、优化功能布局、更新发展空间、强化资源配置,加快建设品质、品位、品牌相得益彰,形态、业态、生态交相辉映,动力、活力、魅力竞相迸发的产城融合示范区,在现代化城市建设上争做示范。

原载2022年8月25日《昆山日报》

系列报道

厚厚的"民生答卷",托起"稳稳的幸福"
——聚焦昆山开发区国批30周年系列报道之六

初秋时节,伴着晨起的微风,市民在太仓塘滨水公园的"花海"中散步晨练、拍照打卡;又是一年新学期,孩子们背起小书包,高高兴兴走进了修葺一新的昆山开发区实验学校;在日间照料中心,老人们一起用餐、读书看报,在平淡中享受幸福晚年……30年来,在昆山开发区的土地上,一个个凝聚着民生期盼的愿景幻化为一幅幅生动的幸福实景,一张张汇聚着为民情怀的理想"清单"书写成为一份份让人暖心的"民生答卷"。

从自费开发起步,尤其是1992年国批后,昆山开发区成为一部分"先富起来"的地区和一扇"中国看世界"与"世界看中国"的窗口。30年来,昆山开发区始终坚持以人民为中心的发展思想,加强普惠性、基础性、兜底性民生建设,不断夯实民生保障、纾解民生难题、增进民生福祉,让人民群众收获满满的获得感、幸福感、安全感。

共奔致富路 口袋鼓起来

今年6月24日,在开发区第二批创业小额贷款发放仪式上,现年50岁的赵惠青成功申请到60万元的"发展型"城乡居民创业小额贷款。"原本我是一名打工族,2017年,我决心搏一把,开办了昆山凯特儿童用品有限公司。"赵惠青感慨地说。"扶上马,送一程",从2017年至今,从初创型到成长型再到发展型,他先后贷款6次,金额从15万元逐渐增至60万元。"短短几年,公司已步入正轨,目前拥有员工36人,去年销售额达到1200万元,较前年增长30%。今年有了60万元小额贷款作为流动资金,我的生产经营更有底气了。"赵惠青说。

提升人民群众的幸福指数,关键要让钱袋子鼓起来。一直以来,昆山开发区全力以赴稳住"最大民生",以推动创新创业、促进就业为重要抓手,释放创业带动就业倍增效应,构建增收长效机制。仅2021年,就为104家创业户发放小额贷款2403万元,不仅培育出了一批创业致富的"小老板",而且开辟了更多就业渠道,取得了经济效益和社会效益"双丰收"。

早上6点多起床,吃个早饭,小区里散步锻炼身体,再出门逛个菜场……唐庆中是平巷社区的居民,现年67岁的他,身体硬朗,晚年生活自在又幸福。"放在30年前,怎么也想不到,老了能这么享福。"唐庆中回忆说,改革开放前,农民都是靠种田养家糊口的,后来设立了开发区,慢慢开始变样了,平巷村的村级企业一家家诞生,企业多了,农民有活干了,收入来源也多了。"2004年,平巷社区成立了富民合作社,2015年又实行了社区股份合作制改革,现在每年年底,我都能领到一笔'分红',就像过年拿到'红包'一样高兴。"唐庆中喜滋滋地说。

老百姓的饭碗牢了,钱包鼓了,幸福生活才能越过越舒坦。昆山开发区通过建立小额贷款机制、组建三大合作社、推进富民强村等多元途径,促进村级经济和富民增收同步增长。2021年,昆山开发区村级经营性总资产14.33亿元,村均7960万元,较2012年增长了125%;村级可支配收入21528万元,村均1196万元,较2012年增长了212%;农民人均纯收入(全社会)52194元,较2012年增长了208%;股权分红4326万元,每股613元,较2015年增长了350%。集体经济保值增值,一串串数字增长的背后,更是百姓共同富裕的生动印证。

织密保障网　造福千万家

"看病有医保卡,每年都会往里打钱,直接可以刷卡报销,我们夫妻俩的农保也转成了社保,将来养老更有保障,没什么后顾之忧了。"说起如今的生活,夏驾园富苑小区居民蔡冬生最大的感受就是有保障、很安心。

像城里人一样刷卡看病,是中国几代农民心中的梦想。2004年3月,昆山率先实施农村基本医疗保险,这个"石破天惊"之举在全国引起巨大反响,也照进了开发区每个农民的日常生活。2005年,顺应全市户籍制度改革,昆山开发区鼓励引导原参加农保的农民"农保"转"社保",同时推行土地换保障政策,进一步提升失业农民养老保障水平。

越织越密的保险保障网,是最好的社会稳定器。开发区已建立城乡统一的居民基本医疗保险制度,真正实现人人享有基本医疗保险的目标。与此同时,开发区还完善多层次兜底保障体系,将保障弱势群体基本生活作为主责主业贯穿始终,坚持建立早发现、早介入、早救助的工作机制,推进精准帮扶,解决因病致贫问题。在落实上级政策保障的基础上,政府还买单为户籍居民量身定制团体人身意外险、民生保险等,让居民生产生活更有保障。

每天上午10点半,绣衣社区日间照料中心就开始热闹起来。"今天的红烧萝卜烧的好吃,软糯入味,最适合我们老年人的牙口。""今天有我喜欢的肉末炖蛋,一会我要多吃点"……老人们一边闲聊着,一边津津有味享受着午餐。"每天中午我都过来，家里也不用开火了，方便得很！"87岁的金惠芬老人已经在日间照料中心用餐3年了，对这里的服务十分满意。"三菜一汤只要8.5元，我们还为辖区内3名腿脚不便的老人提供送餐服务。中心配备了影音室、棋牌室、茶艺室、家庭医生工作室等，老人们还可以享受休闲娱乐、医疗服务等一站式服务。"绣衣社区书记温志刚介绍。

老有所养，病有所医，承载着老百姓最朴实的期待，也是社会保障的重要体现。让经济发展成果惠及到每一个百姓，开发区在社保、医保、养老服务、特殊群体帮扶等方面持续"发力"，让百姓幸福感不断"加码"。

幸福"生活圈" 共享新生活

每当夕阳西下、晚风拂面的时候，昆山开发区文体中心就热闹起来了，羽毛球、篮球、乒乓球……老老少少全民健身；图书馆宽敞明亮，为学习阅读的人群提供了安静舒适的空间；蓬朗影剧院内，人们有序排队检票入场，精彩的大片吸引了众多影迷前往"打卡"。

百姓的幸福指数，不仅要看一座城市物质富裕撑起的"天际线"，更要看人们精神富足拼成的幸福"地平线"。如今的开发区，遍布着许许多多的"幸福驿站"。翻开昆山开发区文体地图，体育场、24小时自助图书馆、电影院等构成的"10分钟文体生活圈"让居民享受分布合理、功能齐全、环境优美的文体公共服务。昆山开发区每年还策划文化艺术节、全民阅读节、公益电影节三大主题活动，举办五人制足球、男篮、羽毛球等赛事，推动区域全民健身活动广泛开展，"人均接受文化场馆服务次数"指标位居苏州前列，全区人均公共文体设施面积达2.05平方米，计划2025年达到人均4.65平方米。

让服务延伸到每一个角落，让民生工程惠及每一位百姓。针对老百姓最为关心的教育、医疗、老小区改造等民生关键词，开发区始终坚持民有所呼、政有所应。以"办好人民满意的教育"为宗旨，全力推进教育质量提升工程，全区现有建制学校57所，实现教育事业优质均衡发展；依托东部医疗中心，打造由三甲综合性医院—二级特色医院—社区卫生服务中心构成的"1+3+N"医疗服务体系；持续提升人居环境，升级各老旧小区的基础配套设施，开展为期三年的动迁小区婚丧喜事大厅改造工程，打造让居民足不出户就能办事的百姓客厅。

人民生活的持续向好，是衡量城市发展最根本的标尺。新时代，新目标；新征途，新干劲。站在"十四五"的新征程上，昆山开发区将继续把增进民生福祉作为一切工作的出发点和落脚点,聚焦群众对美好生活的向往,全面加快民生项目建设进度,加快补齐民生短板,努力实现公共服务优质化、均等化供给,着力构建安定和谐、共富共美的发展新格局。

原载2022年9月7日《昆山日报》

新闻特写

第十八届苏州新闻奖一等奖

海归陆涛筑梦双山岛

主创人员　王敏悦　钱超新

头顶着"牛津大学高材生"的光环,陆涛其实有足够多、足够好的就业机会。

在那么多条通向未来的道路中,有的是省时又省力的捷径和坦途,而陆涛却偏偏选择了一条少有人走的道路——回到家乡张家港,自主创业当起了农场主,做起了"农民"。

农民,这是一个时下很多年轻人不感兴趣也不愿意选择的职业。农业,这是一个需要漫长的投入期才能看到回报的行业。

不做白领做"农民"的陆涛,在一年的时间里,将"绿色""有机"的理念一点点地注入农场的管理和运营之中。双山岛上这个占地200亩的农场正一点点地拼凑出他的"绿色农场梦"。

阳光明媚的清晨,站在一片生机勃勃的枇杷林里,看着陆涛熟稔地和在农庄里劳作的阿姨打招呼,我们开始接近陆涛的绿色农场梦。

学霸陆涛
录取牛津大学,觉醒"农场梦"

陆涛的异国求学之路开始得很早,2007年,年仅17岁的他就只身远赴英国的肯特学院就读高中。由于此前一直就读于寄宿制学校,初来乍到的陆涛对这样的独立生活表现出了极强的适应能力,"从初中到高中都已经习惯了,没什么适应不了的。"他轻描淡写地一语带过。

陆涛是个很乐观的年轻人,当被问到"一个人在异国他乡,有没有遇到什么困难"或是类似的问题时,他总是潇洒地摇摇头,然后莞尔一笑。然而真有这么容易吗? 也不尽然。

英国高中的教育模式和国内有所不同，老师在课堂上讲得很浅，但考试的内容却很难，远远超出了课堂所学，陆涛说："这就得靠平时课余时间自习了，多看书多做题，没有什么捷径可走。"比起把困难挂在嘴边，陆涛显然更愿意把它们一一解决。他是一个典型的"务实派"，英语不灵光就边读书边学，觉得需要多交朋友就拓宽一下交际圈。

陆涛从那些优雅的英国人身上学到了绅士文化，也在高中阶段第一次接触到了英式有机农场。20亩地，每一个角落都利用得很充分，大的空间养猪，小的空间则用来圈养兔子之类的小动物。陆涛和他的英国同学们轮流去农场帮忙干活，利用各种各样的工具简化工作，做起农活来也有条有理。陆涛羡慕这样的劳作模式，想着要是中国的农具也能这么完善就好了。这大约是陆涛"农场梦"最初的觉醒。

2009年，陆涛收到了牛津大学的录取通知书，全年级300多人，他是唯一考上牛津大学的。"提交了申请之后，牛津大学给我设的'门槛'是4个A，当时我们高中有几十个人也考到了4个A，可能面试下来我的综合能力还是稍强些吧。"即便是谈到个人简历上最耀眼的这一笔，陆涛也显得非常从容。

牛津大学本科3年，研究生1年半，陆涛说，他几乎很少有睡过一个整觉，几乎都是在忙碌的课业或者研究项目中度过的，但是他觉得很有意义。攻读研究生的时候，他把化学专业改成了有机农业。陆涛的心里产生了一个朦胧的念头，"要学一些有用的、贴近生活的东西"，而之所以选择有机农业，陆涛说，一方面是由于高中时代的实地操作，另一方面，大概是他心底里的乡村情结在"作祟"。

"海归"陆涛
不做白领做"农民"，英国归来双山种地

陆涛的乡村情结滋生于童年时代，家住保税区（金港镇）的他曾在爷爷家度过了一段欢乐的童年时光。爷爷的两三亩地勾画出陆涛心里最初的农场模型。"地里种了香瓜、红薯、玉米和各种各样的蔬菜"，农村孩子的天地在田边，爷爷下地的时候常把陆涛带在身边，陆涛虽然没下过地，但是看着爷爷劳作，心里也觉得欢喜。

时光流转，陆涛没想到童年星星点点的乡村情结竟能在异国校园里开出一朵不一样的花。在牛津读研的一年半时间里，陆涛一点点地走进了有机农业的世界。在有机课上，陆涛对能够增强植物光合作用能力的叶面肥心驰神往，"有机的东西确实好，但是价格偏高，用的人还不多。"陆涛想，要是他能够将有机的理念推广出去就好了。

2013年底,在国外工作了1年的陆涛辞去高薪厚职回到张家港,他知道,梦开始的地方也一定能成为梦实现的地方。

"其实我一直想自己干一番事业,家里人也鼓励我这么做。我学的就是有机农业,这些年只要一回国,我就往全国各地跑,去考察有机农场在国内的发展情况。"山东、浙江、福建……陆涛亲眼见到了国内许多农业体系发展的成功实例,他的心里有一本账,比如"山东的畜牧业做得相当到位","广东有一种神湾菠萝种得很好"。

回国后的1年多时间里,陆涛一直在积蓄着一个有机农场梦。为了筹备前期资金,他利用国外的机遇做起了汽车贸易生意。

2014年下半年,陆涛的梦想终于有了实体——他在双山岛上承包了一片枇杷地,办起了有机农场。"有机农业的前景很好",陆涛的眼睛里闪现出自信的光芒,"最初会选择双山岛,主要是因为这里生态环境好、客流量大,是我心目中理想的绿色田园基地。"

自此之后,陆涛摘下了"牛津高材生"的光环,在双山岛上当起了"现代农民"。只要不出差,他总会搭乘早上8点半的船上岛,绕着农场视察一圈,看看植株长得好不好,树上有没有害虫,自己手上的这200亩地,每天总要看过一遍才安心。

农场主陆涛
用"有机"为农场注入新绿

陆涛对于自己农场的核心理念只有一个,那就是——将"有机"进行到底。

在陆涛的农场里,"有机"绝对不是一个营销的噱头,他要打造的,是一个真正绿色生态的有机农场。在这里,植物被施加有机的肥料和从植物中提取的农药,"我雇了几个阿姨轮班除草,人力除草效率低,平均每人每天只能除2亩地"。为了贯彻自己的理念,陆涛宁愿牺牲效率,至于对付虫害,他不计成本引进了绿色无污染的妙招。

陆涛向记者展示了一种新型的"牙签"。"'牙签'的一头有能使害虫死亡的物质,使用的时候,只需要把那一头插进树里,等虫子被消灭了之后,再把'牙签'拔掉,除虫任务就大功告成了。"陆涛打包票,使用这种"牙签"除虫,绝不会对树木和果实造成污染。

陆涛的农场里栽种了7000多棵枇杷树,为了提高枇杷的产出,陆涛专门去了苏州东山、西山的枇杷合作社"取经",还高薪聘请了专业的农技人员帮忙解决技术层面的问题。

利用读研期间学到的专业知识，陆涛在自己的农场里谨慎而大胆地实践着他的有机改革方案。他在枇杷树的间隔里栽种无花果树，充分利用无花果树的驱虫功效，又在果树下种植根瘤科植物，以其制造的氧分来实现对树木的补给。"果树还没有挂果，到目前为止农场都还在投入阶段，等明年果树挂果了，应该就会有稳定的产出。"陆涛相信这只是时间早晚的问题，付出总会有回报。

陆涛说，农场就像他的孩子一样，这一年的时间里，他见证着它的改变：农场四周围起了围栏，农具和器械多了起来，中间的水泥小径也修好了，枇杷、无花果、桑果以及各色时令蔬菜有序地种植在这方天地里，一草一木总关情。

2015年初，陆涛注册了苏元农业科技有限公司，农场的未来发展也被自然而然地提上议程。其实，在陆涛的心里，早就无数次地描摹过农场未来的发展蓝图。"今年10月，我准备引进一种英国的'盆栽葡萄'种植技术，曾有人在云南实践成功过。国外和国内的农业发展情况存在一定的差异性，这些技术不能整体照搬，得因地制宜。"

考虑到未来产品的销路问题，"90后"陆涛想到了互联网营销，"目前，我的团队正在做一个微信平台的开发和推广，下一步是微博，然后登上淘宝。"

他也计划着要把有机农场配套的农耕文化娱乐做起来，吸引更多市内外的游客前来观光旅游，为双山旅游画上出色的一笔。

相较于那些在"北上广"享受着高薪厚职的留学生同学，陆涛并不后悔自己当初的选择，每个人都有实现自己价值的方式，对于陆涛来说，他的价值就在这一方小小的绿色天地里。

原载于2015年5月29日《张家港日报》

第二十五届苏州新闻奖一等奖

新闻专栏：码上议事厅

主创人员　集体

春节前夕，我们走访多个菜场，发现一些因管理不到位导致的问题——
扮靓"菜篮子"　拎出更多幸福感
码上议事厅第22期

主持人　刘　争　吴　涛　实习生　罗　意

小市场，大民生。农贸市场连着市民的"菜篮子"，与百姓的日常生活息息相关，同时也从一个侧面体现了一个城市的文明素养和管理水平。为给市民提供整洁、有序、安全的购物环境，近年来，苏州相关部门不断对市区各大农贸市场进行升级改造和专项整治。

春节前夕，农贸市场经营秩序、环境卫生如何？周边居民买菜是否舒心、放心？本期"码上议事厅"，我们根据最近收集到的市民反映，在部分小区、农贸市场周边走访，把发现的问题反映给相关部门推动解决，希望能让市民"菜篮子"拎得更加舒心。

如果您在生活中也遇到一些烦心事，可以在苏州日报报业集团新闻客户端引力播APP"码上议事厅"专题中关注我们，给我们留言评论，或通过扫描二维码关注"96466新闻热线"微信（微信号：gswbsmjz）与我们联系，把您遇到的或者关注的"急难愁盼"告诉我们，通过我们共同的努力，让问题及时得到妥善解决。

车坊农贸市场晚上6点前关门　周边居民反映很不方便
管理方会尽快组织协商　设法满足居民诉求

苏州工业园区淞泽家园的租户王先生向"报料台"反映,不少居民晚上6点以后下班,而车坊农贸市场却在6点前关门。他们无处买菜,希望市场管理方能够考虑调整关门时间。

1月26日,"码上议事厅"主持人来到车坊农贸市场走访。菜市场入口处张贴了一张告示:自10月8日起,关门时间调整至晚上6点。据市场保安介绍,夏季菜市场一般是6点半关门,因为冬季天黑得比较早,所以10月份调整了关门时间。

菜场的商户吕先生告诉主持人,虽然菜场规定的关门时间是晚上6点,但关门后顾客还可以陆续进来买菜,一直到晚上6点半,市场才会完全禁止进入。"其实晚上6点半之后的生意还是比较好的,不少下班比较晚的顾客可以通过电话和商家沟通,选好买什么菜,我们帮忙送出去,这样对于商家和顾客来讲都比较麻烦。"刘先生是附近小区的居民,他觉得自己进入菜市场可以挑挑拣拣,"这里却只允许商家往外送菜,有时他们送出来的菜我们不满意,甚至不新鲜,也不好意思不买。"

随后,主持人将居民和商家的诉求反映给车坊农贸市场管理方,市场相关负责人高女士表示,农贸市场和邻里中心有较大的区别,"这里的商家有的凌晨两点钟就过来运送各类货物了。一些商家可能觉得想要多赚点钱,但大部分商家则想要好好休息。农贸市场关门之后大部分商户的摊位上只是用布把商品遮起来,如果任由顾客随意进出,很难保证这些商品的安全。"针对有些居民希望延长菜场营业时间的诉求,高女士表示会组织协商,争取在安全管理的前提下,满足大家的需求。

枫津农贸市场门口　车辆违停影响通行
交警加强执法　已经有所改观

市民章先生向"报料台"反映,位于苏州高新区何山路上的枫津农贸市场门口,不少驾驶员贪图方便,随意将汽车违停在路面上,给其他过往的车辆以及行人造成不便。

1月24日下午4点,"码上议事厅"主持人在现场看到,临近春节,市场内外人头攒动,在市场大门口,好几辆汽车就停在马路上排成了一路纵队,占据了一条车道,这让本不宽敞的道路显得更加拥堵。据附近市民反映,部分车主是临时将车停靠在路边,去市场内买完东西就开走。也有部分车主是给市场内商户送货的,长时间将车随意停放在路边。"送货的车辆一停就是几十分钟,经常堵住后面的车。"市场对面小区的保安说。

一位在市场买菜的市民告诉主持人,这些车辆乱停放不仅造成道路拥挤,还会影响其他过往车辆的视线。"我们平时进出市场都需要特别留意过往的车辆,希望广大车主还是要遵守交通法规。"

主持人随后将此情况反映给苏州高新区公安分局枫桥交警中队,中队回复称,交通高峰时段交警部门警力全部分布在主干道路口、学校、有轨电车沿线等一线岗位执勤,保障道路通畅。针对这一情况,中队将合理安排警力加强对该路段的巡逻管理,对道路上违停的车辆加大拍照取证力度。对违停卸货的商户,也会要求市场管理单位加强宣传,提醒商户注意遵守交通规则。

1月27日上午,主持人再次到现场回访,看到路面有交警骑车流动巡逻,暂时没有违法停靠的车辆。对于之前发现的问题,栏目组还将继续关注,也希望热心市民能够给我们提供相关线索,让我们共同守护枫津农贸市场周边安全文明的交通环境。

吴江区运东南部 不少小区已交房
但周围缺少菜市场 规划改造将参考居民意见

市民丁先生向"报料台"反映,吴江区运东南部,有中旅运河名著、河风印月、旭辉吴门里等许多大体量小区,周边建成或者规划的学校、公园、公交站等配套设施较为齐全,但缺少社区商业,尤其缺少菜市场,居民日常生活很不方便。

1月26日,"码上议事厅"主持人到现场了解情况,东太湖大道以北,山湖西路以南,江南运河西岸各个小区已建成多年,有恒森国际广场、新都汇城市广场等成熟的商业配套。市民所反映的小区集中在运河北岸,大多是新建的小区,其中一些还没有全部交房。

在中旅运河名著业主吴女士等人的带领下,主持人来到了业主们口中距离最近的蔬菜超市。这是一家规模不大的个体经营店,地图显示大家走了1.4公里。"如果以后买个菜都要走这么远的话,我们接受不了。"业主们表示,小区周围有不少尚未开发的地块,希望有关部门能够规划一个菜市场。

随后,主持人将居民的诉求反映到吴江经济技术开发区建设局规划科,据工作人员介绍,根据现有规划,运东大道以北、庞山路以东为弹性用地,原本计划用于周边配套、公园、停车场等。后期改造将综合考虑市民意见。

横街石炮头水产摊　乱倒污水致路面积水
执法人员已进行教育　并不定时巡逻严查

市民赵先生向"报料台"反映，姑苏区葑门横街农贸市场石炮头路段，道路上一直有大量的积水，清晨及夜晚市场收工时特别严重。

赵先生告诉"码上议事厅"主持人，石炮头作为从东环路及葑门路去往葑门横街菜场的必经之路，无论天气情况如何，经常一整天路面都是潮湿的。石炮头附近以售卖鱼虾水产摊位居多，他经常看见经营户把脏水直接倒入路边的下水窨井盖中，经常溢出导致路面积水，污水流得到处都是。"这几天气温很低，一旦路面积水结冰导致路人滑倒，很危险。"

1月21日傍晚，"码上议事厅"主持人从石炮头走进横街，就听到"哗啦"一声，有一户水产摊位的摊主直接将一整盆的水倒在了路面上的窨井处，溅起一阵水花。瞬间，空气中就夹杂了一股鱼腥味。地面上还有好几处积水，几位行人忍不住皱起眉头，踮着脚侧身走过。"很多卖鱼的经常把水就这么倒，所以这条路一直就是湿漉漉的。"附近居民郁先生说。

主持人与姑苏区双塔街道联系，工作人员表示，2018年区相关部门已对横街进行了路面改造，针对市民反映的污水横流导致路面积水、脏滑问题，将尽快安排城管执法人员到现场查看。

1月28日，主持人再次到现场回访，由于连日降雨市场地面或多或少都有积水，但主持人没有看到有摊主再随意倒污水，部分摊主还不时会清扫飞溅出盆的污水和异物。现场有城管执法人员不时提醒摊主注意摊前卫生，其中一名执法队员告诉主持人，他们已经对石炮头周边水产商户进行了宣传教育，并不定时巡逻，严查乱倒污水行为。

原载2022年1月31日《姑苏晚报》

转变城市治理理念、赋新"城市美学"——
从一片落叶开始，还能做更多
码上议事厅第65期

主持人　肖　辛

打造城市落叶景观道路，苏州一做就是12年。从最早在中心城区试点，到范围辐射全市，如今，每个县（市、区）都有了专属的落叶景观，保留自然景观之美也从道路延伸到更多角落。

近日，2022年度全市24条推行"落叶不扫"的景观道路名单出炉，再次为苏州人与自然之间打开相互交融的通道。

不同风格的美同样动人　拼出多样冬日城市景观

早在2010年，苏州就开启了秋冬季节景观道路"落叶不扫"的试点。当时，苏州市推出落叶景观道路的第一条消息，正是市环卫处副处长干磊编写的。"最初，我们从杂志上一张国外落叶景观的照片得到灵感，便做了有心人，在古城区捕捉这样的美景。"在2010年11月19日，中心城区的道前街、虎丘路、平齐路三条路的部分路段成了全市首批落叶景观道路。

十多年间，实行"落叶不扫"的道路每年有变化，但道前街始终是雷打不动的"老牌"落叶景观道路，每到秋冬时节，景还是那场景，却没影响市民的打卡热情。为了给市民不一样的打卡体验，今年，老景观还是玩出了新花样：人行道上搭起的银杏落叶形象的异形拱门和主题文化墙成了热门道具，吸引着市民纷纷排队合影。不少市民称赞这样的举动很有心："技术不够，道具来补，照片一下子丰富活泼了。"

更钟爱原汁原味自然美景的也大有人在。因为就住在道前街附近，摄影爱好者曹哲从2010年开始，每年都会用镜头定格家门口的落叶景致。晴天、雨天、雪天，白天、傍晚、深夜，不同时段、不同天气都能捕捉到不一样的美。"别人是等着和布置好的主题场景合照，我却在变着角度避开它们以及排队的人群。"在曹哲看来，既然主动选择了道路"落叶不扫"模式，为的就是能让大家欣赏到更加纯粹的大自然美景。

有人爱主题布置的贴心，有人爱自然景观的动人，还有人爱踩过落叶的声响。

苏州工业园区水泽路以法国梧桐为落叶景观，因为它的落叶在干燥时很脆，踩碎便沙沙作响，一位妈妈带着孩子在此漫步，孩子蹦蹦跳跳踩着叶子，还拉着妈妈一起加入。"一路走，叶子一路发出清脆的响声，很有趣。"

为了避免"画风"雷同多，全市落叶景观道的树种逐步丰富，从最早清一色的"满地黄金甲"开始，法国梧桐、白杨树、枫树、白桦树、杜英树、美国红枫等行道树逐年纷纷成为景观道路上的主角。"各美其美"，拼接出多样的冬日城市景观。

多元需求考验管理智慧　打造落叶景观求精求变

多样的景观满足多元的审美需求，对于城市管理者也提出了更高的要求。

这几天，记者在清晨时分前往了市区多条落叶景观道路，满地落叶中，还是能见到一些随地丢弃的卫生纸、饮料瓶、烟头等生活垃圾，甚至还有打包的快餐盒。一位路过的女士摇着头说："本来满地落叶挺好看，就是远远望去，这些'白点'就有些扎眼了。"

市环卫处作业中心工作人员单宇表示，落叶不扫，是顺应民意；全扫，是方便管理。相比"车过路净"的机械化保洁，这种环卫工用捡拾代替清扫的绣花式保洁，增加了城市环卫工作的难度，因此，落叶不扫也是反向要求市民在日常生活中自我规范，不乱扔垃圾，减轻环卫工人工作量的同时，共同守护城市美景。

"今年，苏州的城市落叶景观道路已经达到史上最多。明年我们计划把更多精力用在打造精品上，不追求数量。"干磊说。事实上，多年以来，城管部门一直在对不同的树种进行考察，发现一些树木从美观角度或清理难度方面，并不是落叶景观的最佳选择，因此部分树种和景观道路也将相应减少。

今年，苏州在全市范围内打造了一批"随手可摸、安心可坐、不脏衣裤"的"席地而坐"城市公共空间。市城管局环管处处长高峰表示，为了把落叶景观做精，明年，他们设想将打造城市落叶景观道路与建设"席地而坐"城市客厅相结合，精心打造一批落叶景观精品道路和特色区域。

道路以外挖掘更多庭院式小景　让更多生态景观嵌入城市空间

美丽的落叶景观，不只留在马路街道。苏城不少景区、单位、院校同样藏着"秘境"。

最近，《东南大学反向扫落叶》的视频在网上刷屏，网友们纷纷称赞："扫地大爷是懂秋天浪漫的。"而"懂浪漫"的还有苏州高校。上周末,一篇题为《银杏金黄、水杉火红,带你看看苏大的秋天》的文章同样在网络上引发围观,其中苏大天赐庄校区、独墅湖校区多组落叶美图让人印象深刻。"姑苏城在忙着落雪,苏大的校园里还藏着秋天的踪迹……"它们的拍摄者吴依瑶说,这些照片是她趁着周末在校学习时拍下的。虽然刚刚下过雨,天未放晴,路面也没有干透,但丝毫不影响出片。"天赐庄校区的银杏树,最吃香的要数东吴门前那几棵,每年银杏季,树下都站满了赏叶的人。独墅湖校区里的水杉也愈发红了,地上落满厚厚的一层,踩上去嘎吱嘎吱,让人沉醉于秋日的水彩画和交响乐中……"吴依瑶说,能留下这些动人心魄的画面,校园环境的"美容师"们为"落叶不扫"用了不少心。"虽然我去的时候,没有看到清扫人员,但整洁状况很好,显然每天有人在好好维护,同学们身在其中,也舍不得破坏这份美好。"

赵亮是一家本土摄影品牌的创始人。上周的一次偶遇,他被灵岩山寺的落叶美景深深吸引,在最冷的那几天带齐装备前往,说着"手指头快冻没了",却愣是拍了好久。"想静静享受冬韵,这里值得一探。"

"每年入冬后,都有很多精致、小而美的落叶景观带散落在苏城的各个角落。我们呼吁大家可以在'苏州城市管理'微信公众号留言告诉我们,分享给更多人。"干磊说。而明年,市城管部门也计划联合其他相关部门、单位,结合落叶景观道路的打造,进一步推出一批庭院式落叶景观小景。

从着力打造更丰富的"落叶不扫"自然景观带;到升级改造一批城市公园绿地,挖掘有限空间,打造"口袋公园""景观小品",实现推窗见"绿"、出门入"园",苏州在对生态景观的挖掘和"再造"中,不断展现人与自然和谐共生的"城市新美学"。

苏州科技大学建筑与城市规划学院风景园林系主任、教授朱颖表示,随着城市快速发展,人们生活的理念、方式及审美不断发生变化,对人居环境品质的要求也显著提升,越来越追求自然元素与城市空间的融合。"将更多自然元素嵌入城市空间,在让市民亲身感受回归自然之美、释放压力、缓解心情的同时,也呈现出多样化的城市特色,尽显一座城市的层次感和温度。"

原载2022年12月5日《姑苏晚报》

附《姑苏晚报》新闻专栏"码上议事厅"2017年度每月第二周作品目录
1.2022年1月10日A07版《为用电安全多加一道"保护闸"》
2.2022年2月14日A07版《节后求职旺季 擦亮眼避免"踩雷"》

3.2022年3月7日A07版《加把劲让工作生活更快"复苏"》
4.2022年4月11日A06版《建设整治两手抓　飞线充电要杜绝》
5.2022年5月9日A04版《有一种复工,叫"双向奔赴"》
6.2022年6月6日A07版《留住"烟火气"　不失"洁净美"》
7.2022年7月4日A07版《"垃分"这盘棋　需要本手更需妙手》
8.2022年8月8日A06版《切勿相信不考试就可办驾照谎言》
9.2022年9月5日A06版《放生,能否多一点"教科书式"?》
10.2022年10月10日A06版《从"操办"到"简办"　婚礼愈发多样》
11.2022年11月7日A05版《数字化传承,"偷书"旧题如何破?》
12.2022年12月5日A06版《从一片落叶开始,还能做更多》

新闻摄影、新闻编排类

2013—2022

| 苏州优秀新闻作品选（2013—2022）

第二十四届中国新闻奖三等奖　第十六届苏州新闻奖优秀新闻摄影

吕成芳：一个人的昆曲舞台

（摄影）作者　姚永强

原载2013年6月28日《苏州日报》

记者手记

昆曲是现今活跃于舞台上最古老的剧种之一，于2001年入选联合国教科文组织"人类口头和非物质遗产代表作"，600年传演不息，被称为"百戏之祖"。吕成芳是业余昆曲演员，也是苏州昆曲遗产抢救保护促进会的志愿者。她通常晚上在苏州平江路上的伏羲会馆进行昆曲表演以及解说，一年演出达300多场。吕成芳的表演特色在于，将昆曲以清口的方式传播给普通百姓，把昆曲表演与历史讲解、器乐演奏、观众互动等多种形式相结合，进行推广传播。

本组六张照片多侧面、多角度地抓取了吕成芳的演出、排练、生活场景，并针对不同的情节选取全景、中景、近景等适宜的视角加以合理表达，主题突出，内容丰富，细节丰满，将吕成芳与昆曲之间无法割舍的情感自然地呈现在读者面前。

专家点评

这是一组表现苏州昆曲志愿者的摄影作品。

昆曲是"百戏之祖"。

苏州，是昆曲的发源地，是全国昆曲艺术传承与创新卓有成效的城市。作者没有将镜头对准众多的昆曲演员，而是精心选择了一个昆曲遗产保护促进会的志愿者，用一组镜头反映她演出、排练、生活的场景，从一个独特的角度，反映了当代苏州人对昆曲艺术的热爱与实践，从一个侧面，反映了昆曲艺术在苏州这块土地上生存发展的原因及活力。

昆曲是历史悠久的舞台表演艺术。作品的构图具有明显的舞台性，无论是富有戏剧特征的脸谱，还是演员纷繁复杂的头面服饰，以及具有江南特色的剧场，都表现出了昆曲艺术的独特性。作品全景、中景、近景的选择，较好地再现了昆曲艺术的表演细节及人物气质，使作品气势恢宏细节丰满，人物呼之欲出。

| 苏州优秀新闻作品选(2013—2022)

第二十七届中国新闻奖二等奖

触目惊心！
2万多吨垃圾跨省非法倾倒苏州太湖边

（摄影）作者　王小兵

原载2016年12月12日苏州新闻网

记者手记

太湖是江浙沪"两省一市"的重要水源地和旅游风景区。2007年无锡太湖蓝藻暴发后，国家下决心治理太湖，关停太湖沿岸的排污企业。然而，就在全社会保护太湖之际，一些不法分子为了一己私利，竟然把2万多吨垃圾从上海运到江苏境内苏州太湖边倾倒，给周边生态环境造成了严重污染。记者作为一名新闻工作者，敏锐地判断出这起"上海垃圾非法跨省倾倒苏州太湖西山岛案"对我国环境保护工作的典型警示意义，于是冒着风险进行了长达半年的跟踪拍摄，客观、真实、完整地记录了从事发到垃圾最终得到清理，以及事发地生态环境逐步得到恢复的整个过程。

这组照片发表以后，在全国范围内引起了广泛关注，有关部门及时介入，使问题得到妥善解决，取得了良好的社会效果，也从一个方面体现出媒体人强烈的社会责任感和人文情怀。

本组照片故事叙述完整，镜头俯仰角恰当，充分运用画面语言，将事件关键性的新闻要素给予了恰当的张扬，因而形成了强烈的视觉冲击力和传播穿透力。

专家点评

第二十七届中国新闻奖新闻摄影作品的评选结果是：一等奖空缺，二等奖4件，三等奖6件。组照《2万多吨垃圾跨省非法倾倒苏州太湖边》从开评起就受到评委关注。

这件作品拥有环境保护的厚重题材，捕捉到跨省去太湖边倾倒万吨垃圾的独特事件，选择了最能凸显这一事件性新闻张力的体裁品种，并予以精准表达，八幅照片中有大特写、特写、近景、中景、远景以及航拍、仰拍，形成强烈视觉冲击力，发表后引起国务院高度重视，被最高检、公安部、环保部挂牌督办，15名犯罪嫌疑人受到惩处，作品完成价值变现。

厚重题材，独特切口，优选品种，精准表达，价值变现，冲击中国新闻奖的五个关键要素，这件作品一应俱全，最后获得第二十七届中国新闻奖新闻摄影二等奖。这是江苏省新闻摄影界自2009年度《姑苏晚报》作品获得中国新闻奖新闻摄影一等奖之后，又一件获得新闻摄影高等次奖作品，也是第一件首发于新媒体的新闻摄影获奖作品以及第一件舆论监督类新闻摄影获奖作品。个中启示，值得思考。

| 苏州优秀新闻作品选（2013—2022）

第二十五届苏州新闻奖一等奖

独具江南特色的"陆慕窑炉"长啥样

（摄影）作者　倪黎祥

原载2022年5月7日《姑苏晚报》

新闻图片

第二十五届苏州新闻奖一等奖

变与不变

（摄影）作者　于逸帆

原载2022年5月5日《现代苏州》杂志

| 苏州优秀新闻作品选（2013—2022）

第二十五届苏州新闻奖一等奖

"鸭司令"和他的6000只稻田鸭

（摄影）作者　熊曙光　田　野

原载2022年7月6日名城苏州网

第二十五届苏州新闻奖一等奖

跨越江河湖海　300公里纵贯线"丰"行长三角

韩　锋　胡建益

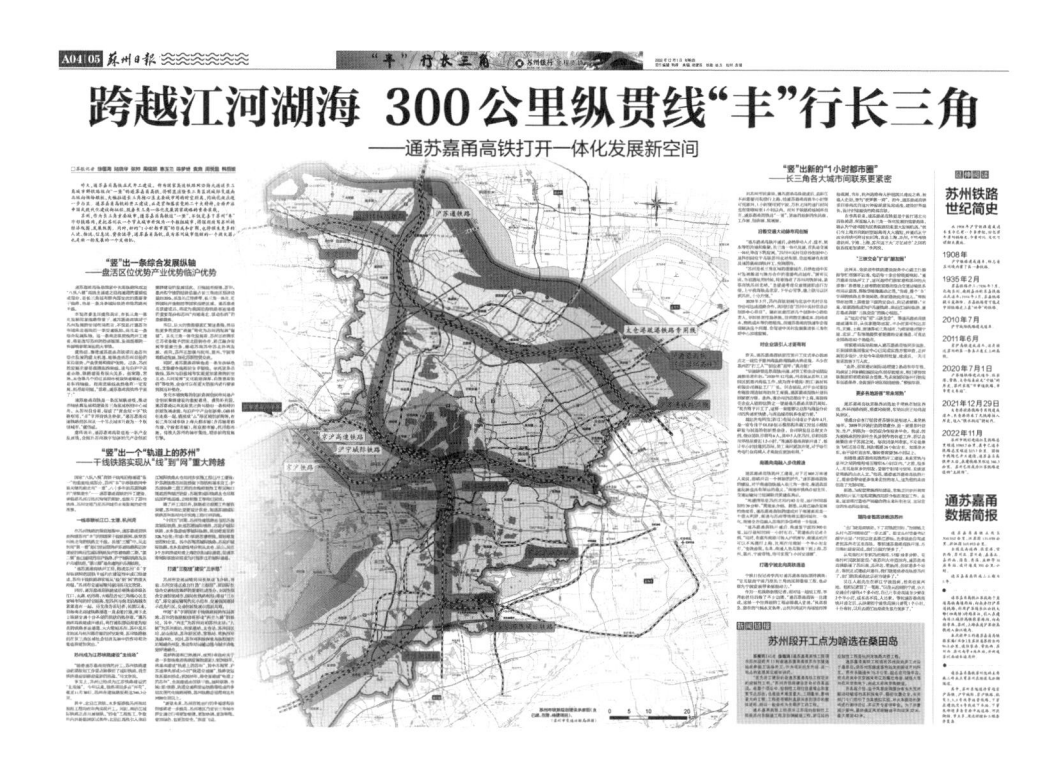

原载2022年12月1日《苏州日报》